A BOA FILHA

KARIN SLAUGHTER

A BOA FILHA

Tradução
Zé Oliboni

Rio de Janeiro, 2022

Copyright © Karin Slaughter 2017

Trecho da carta "To A" – Flannery O'Connor
Copyright © 1979 Regina O'Connor
Reproduzida com permissão de The Mary Flannery O'Connor
Charitable Trust através da Harold Matson Co., Inc.
Todos os direitos reservados.

Citação da entrevista de Dr Seuss para o L.A. Times reproduzida
com a gentil permissão do espólio de Dr. Seuss

Direitos de edição da obra em língua portuguesa no Brasil adquiridos
pela Casa dos Livros Editora LTDA. Todos os direitos reservados.
Nenhuma parte desta obra pode ser apropriada e estocada em sistema de banco de dados ou processo similar, em qualquer forma ou
meio, seja eletrônico, de fotocópia, gravação etc., sem a permissão
do detentor do copyright.

Gerente editorial: *Mariana Rolier*

Editora: *Alice Mello*

Copidesque: *Dênis Rubra*

Revisão: *Ana Beatriz Seilhe, Manoela Alves, Lucas Bandeira*

Diagramação: *Abreu's System*

Adaptação de capa: *Osmane Garcia Filho*

CIP-Brasil. Catalogação na Publicação
Sindicato Nacional dos Editores de Livros, RJ

S641b

Slaughter, Karin,
A boa filha / Karin Slaughter ; tradução Zé Oliboni. -
1. ed. - Rio de Janeiro : Harper Collins, 2018.
464 p. : il. ; 23 cm.

Tradução de: The good daughter
ISBN 978-85-9508-256-4

1. Romance americano. I. Oliboni, Zé. II. Título.

18-48962   CDD: 813
               CDU: 821.111(73)-3

Meri Gleice Rodrigues de Souza - Bibliotecária CRB-7/6439

Os pontos de vista desta obra são de responsabilidade de seu autor, não refletindo ne-
cessariamente a posição da HarperCollins Brasil, da HarperCollins Publishers ou de sua
equipe editorial.

HarperCollins Brasil é uma marca licenciada à Casa dos Livros Editora LTDA.
Todos os direitos reservados à Casa dos Livros Editora LTDA.
Rua da Quitanda, 86, sala 218 – Centro
Rio de Janeiro, RJ – CEP 20091-005
Tel.: (21) 3175-1030
www.harpercollins.com.br

"… o que você chama de minha luta para me submeter… não é uma luta para me submeter, mas uma luta para aceitar e aceitar com paixão. Quer dizer, talvez, com alegria. Me imagine com os dentes à mostra perseguindo a diversão, com as armas carregadas, como se fosse uma caçada muito perigosa."

FLANNERY O'CONNOR

Quinta-feira, 16 de março de 1989

O QUE ACONTECEU COM SAMANTHA

SAMANTHA QUINN SENTIU AS picadas de milhares de vespas dentro das suas pernas, enquanto descia correndo pela longa estrada abandonada até a casa da fazenda. O som dos tênis golpeando a terra batida ecoava junto com as pulsações rápidas de seu coração. O suor tinha transformado seu rabo de cavalo em uma corda grossa que a chicoteava nos ombros. As varetas de ossos delicados dentro dos tornozelos dela pareciam que iam quebrar.

Ela correu mais, engolindo o ar seco, sentindo mais dor.

Mais à frente, Charlotte estava parada sob a sombra da mãe delas. Todos ficavam à sombra da mãe delas. Gamma Quinn era uma figura imponente: olhos azuis, cabelo preto curto, pele pálida como um papel e uma língua afiada sempre a postos para causar pequenos cortes doloridos em lugares inconvenientes. Mesmo de longe, Samantha pôde ver a linha fina dos lábios reprovadores de Gamma, que analisava o cronômetro na sua mão.

O tique-taque dos segundos ecoou dentro da cabeça de Samantha. Ela se forçou a correr mais rápido. Os tendões das suas pernas pareciam gritar. As vespas se moveram para dentro dos seus pulmões. O bastão de plástico pareceu escorregadio na mão dela.

Quinze metros. Dez. Cinco.

Charlotte ficou em posição, virando seu corpo no sentido contrário ao de Samantha, olhando direto para a frente e, então, começou a correr. Às cegas, esticou o braço direito para trás, aguardando a batida do bastão na palma de sua mão para que pudesse correr a próxima etapa.

Essa era a passagem às cegas. A transferência exigia confiança e coordenação e, como em todas as outras vezes, na última hora, nenhuma delas estava à altura do desafio. Charlotte hesitou, olhando para trás. Samantha deu um impulso abrupto para a frente. O bastão de plástico derrapou no pulso de Charlotte, seguindo a marca vermelha de pele machucada, da mesma forma que acontecera vinte vezes antes.

Charlotte gritou. Samantha cambaleou. O bastão caiu. Gamma praguejou alto.

— Já basta pra mim. — Gamma enfiou o cronômetro no bolso da parte de cima do avental. Ela disparou em direção à casa, com as solas dos pés descalços vermelhas por causa da terra batida do quintal.

Charlotte esfregou o pulso.

— Babaca.

— Idiota. — Samantha tentou forçar o ar para dentro dos pulmões agitados. — Você não deveria olhar para trás.

— Você não deveria rasgar o meu braço.

— Chama-se passagem às cegas, não passagem surtada.

A porta da cozinha bateu ao fechar. Ambas olharam para a casa centenária da fazenda — ela estava se desmanchando, era um monumento desregrado em homenagem a uma época anterior à dos arquitetos diplomados e das licenças para construção. O sol poente não suavizava os ângulos bizarros. Nada muito além de uma camada obrigatória de tinta branca fora aplicada ao longo dos anos. Havia cortinas de renda penduradas na fileira de janelas. A porta da frente desbotou para um tom cinza de madeira gasta por mais de um século de alvoreceres do norte da Geórgia. O telhado tinha envergado em um ponto, uma manifestação física do peso que a casa precisava carregar agora que os Quinn tinham se mudado para lá.

Dois anos e uma vida inteira de discórdias separavam Samantha da sua irmãzinha de treze anos, mas ela sabia que, ao menos nesse momento, estavam pensando a mesma coisa: *Quero ir para casa.*

"Casa" era um rancho de tijolos vermelhos mais próximo da cidade. "Casa" eram os quartos da infância delas, que elas decoraram com pôsteres e adesivos e, no caso de Charlotte, com uma canetinha verde. Na casa, tinha um gramado quadrado bem cuidado na frente e não um pedaço de terra barrento ciscado pelas galinhas, com uma estrada de setenta metros antes que fosse possível ver quem estava chegando.

Ninguém tinha visto quem estava chegando na casa de tijolos vermelhos.

Só oito dias tinham se passado desde que a vida delas fora destruída, mas parecia muito tempo. Naquela noite, Gamma, Samantha e Charlotte tinham caminhado até a escola para uma reunião da equipe de corrida. O seu pai estava trabalhando, porque Rusty sempre está trabalhando.

Depois, um vizinho se lembrou de ter visto um carro preto estranho passando devagar pela rua, mas ninguém vira o coquetel Molotov voando pela janela da casa de tijolos vermelhos. Ninguém vira a fumaça serpenteando pelas calhas ou as labaredas chegando até o teto. Quando foi dado um alarme, a casa de tijolos vermelhos era um poço preto flamejante.

Roupas. Pôsteres. Diários. Bichos de pelúcia. Lição de casa. Livros. Dois peixinhos dourados. Dentes de leite perdidos. Dinheiro ganho nos aniversários. Batons roubados. Cigarros escondidos. Fotos de casamento. Fotos de bebês. Uma jaqueta de couro de um garoto. Uma carta de amor do mesmo garoto. Fitas com músicas gravadas. CDs, um computador, uma televisão e um lar.

— Charlie! — Gamma parou na soleira do lado de fora da porta da cozinha. As mãos dela estavam nos quadris. — Venha arrumar a mesa.

Charlotte virou para Samantha e disse:

— Última palavra! — E correu na direção da casa.

— Retardada — murmurou Samantha. Você não dá a última palavra em uma discussão apenas falando as palavras *última palavra*.

Ela se moveu ainda mais devagar em direção à casa, com as pernas bambas, porque não era uma idiota que não podia esticar o braço para trás e esperar que um bastão fosse posto na sua mão. Não entendia porque Charlotte não conseguia aprender aquela passagem simples.

Samantha deixou os tênis e as meias ao lado dos de Charlotte, na soleira da cozinha. O ar dentro da casa estava frio, úmido e parado. *Sem amor*, foi o primeiro pensamento que saltou na cabeça de Samantha quando passou pela porta. O ocupante anterior, um solteirão de 96 anos, tinha morrido no quarto do andar de baixo no ano passado. Um amigo do pai delas os deixou viver na casa da fazenda até que as coisas se acertassem com a seguradora. Se as coisas pudessem ser acertadas. Aparentemente, estavam questionando se as ações do pai tinham ou não incitado o incendiário.

Um veredito já havia sido proferido na corte da opinião pública, o qual, provavelmente, foi o motivo que levou o dono do hotel onde estavam na semana anterior a solicitar que encontrassem outras acomodações.

Samantha bateu a porta da cozinha, porque esse era o único jeito de garantir que ela fechasse. Uma panela de água estava parada sobre o fogão verde-oliva. Um pacote de espaguete permanecia fechado sobre o balcão marrom de fórmica. A cozinha parecia abafada e úmida, o espaço mais sem amor da casa. Nenhum item no cômodo vivia em harmonia com os outros. A geladeira antiquada rangia toda vez que abriam a porta. Um balde sob a pia estremeceu sozinho. Havia uma coleção embaraçosa de cadeiras de modelos diferentes em volta da mesa instável de aglomerado barato. O gesso estufado das paredes era salpicado por trechos brancos onde fotos velhas tinham sido penduradas no passado.

Charlotte mostrou a língua enquanto jogava os pratos de papel na mesa. Samantha pegou um dos garfos de plástico e o lançou no rosto da irmã.

Charlotte bufou, mas não por indignação.

— Caramba, isso foi incrível! — O garfo dera uma pirueta graciosa no ar e fincara na fresta entre os lábios dela. Charlotte agarrou o garfo e o ofereceu para Samantha. — Eu lavo a louça se você conseguir fazer isso duas vezes seguidas.

— Se você acertar uma vez na minha boca, eu lavo por uma semana — retrucou Samantha.

Charlotte cerrou um olho e mirou. Samantha estava tentando não pensar muito sobre o quanto foi estúpida a ideia de sugerir para a irmã menor jogar um garfo na cara dela quando Gamma entrou carregando uma caixa grande de papelão.

— Charlie, não jogue talheres na sua irmã. Sam, me ajude a procurar aquela frigideira que comprei outro dia. — Gamma largou a caixa na mesa. Do lado de fora, estava escrito TUDO POR $1,99. Havia dezenas de caixas parcialmente desocupadas espalhadas pela casa. Elas criavam um labirinto pelos cômodos e corredores, todas cheias com doações que Gamma comprara em brechós por alguns trocados.

— Pensem em quanto dinheiro estamos economizando — proclamou Gamma, segurando uma camiseta roxa desbotada com uma estampa da Church Lady do programa de TV *Saturday Night Live* dizendo *"Bem, isso não é ESPE-CIAL?"*.

Pelo menos foi isso que Samantha achou que estava escrito na camiseta. Ela estava muito ocupada se escondendo com Charlotte no canto, as duas aterrorizadas ao ver que a mãe esperava que usassem roupas de outras pessoas. Meias de outras pessoas. Inclusive as roupas íntimas de outras pessoas até que, com a graça de Deus, o pai delas tomasse alguma providência.

— Pelo amor de Deus! — gritara Rusty com Gamma. — Por que não costura de vez a gente em uns sacos e acaba logo com isso?

O que fez Gamma estourar com ele.

— Agora você quer que eu aprenda a *costurar*?

Os pais delas discutiam por coisas novas porque não havia mais coisas velhas para serem discutidas. A coleção de cachimbos de Rusty. Os chapéus dele. Seus livros jurídicos empoeirados espalhados por toda a casa. Os diários e papéis de pesquisa de Gamma com grifos e círculos vermelhos e anotações. Os Keds dela largados na porta da frente. As pipas de Charlotte. As presilhas de cabelo de Samantha. A frigideira da mãe de Rusty se foi. A panela elétrica verde que Gamma e Rusty ganharam de presente de casamento se foi. O forno elétrico com cheiro de torrada queimada se foi. O relógio de cozinha em forma de coruja com os olhos que iam de um lado para o outro. Os ganchos onde deixavam as jaquetas. A parede em que os ganchos estavam pregados. O furgão de Gamma, sempre parado como um fóssil de dinossauro na caverna escurecida que um dia fora a garagem.

A casa da fazenda continha cinco cadeiras cambaleantes que não foram vendidas na liquidação dos bens do fazendeiro solteiro, uma mesa de cozinha velha que era barata demais para ser chamada de antiguidade e um roupeiro grande enfiado dentro de um closet pequeno sobre o qual a mãe lhes disse que teriam que pagar uma moeda para Tom Robinson, personagem do livro *O sol é para todos*, desmontá-lo.

Nada estava pendurado no roupeiro. Nada estava dobrado nas gavetas do quartinho ou guardado nas prateleiras altas da despensa.

Tiveram que se mudar para a casa da fazenda dois dias atrás, mas quase nenhuma das caixas fora aberta. O corredor da cozinha era um labirinto de contêineres com etiquetas erradas e sacos de papel marrom manchados que não poderiam ser esvaziados até que os armários fossem limpos; e os armários não seriam limpos até que Gamma as forçasse a fazê-lo. Os colchões no andar de cima foram postos direto no chão. As caixas reviradas continham abajures quebrados, e os livros que liam não eram preciosidades que lhes pertenciam e sim empréstimos da biblioteca pública de Pikeville.

Toda noite, Samantha e Charlotte lavavam à mão suas bermudas de corrida, tops, meias três quartos e camisetas femininas de corrida da Lady Rebels, porque essas coisas estavam entre os poucos de seus pertences preciosos que tinham escapado das chamas.

— Sam — Gamma apontou para o ar-condicionado na janela —, ligue aquela coisa pra circular algum ar aqui.

Samantha analisou a caixa grande de metal antes de achar o botão para ligar. Os motores roncaram. Um ar frio com um toque de frango frito molhado assoprou pelas frestas. Samantha encarou o quintal lateral pela janela. Um trator enferrujado estava perto do celeiro dilapidado. Algumas ferramentas agrícolas desconhecidas estavam parcialmente enterradas ao lado dele. O Chevette do pai dela estava coberto de terra, mas, pelo menos, não estava derretido no chão da garagem como o furgão da mãe.

— Que horas deveríamos buscar o papai no trabalho? — perguntou ela.

— Ele vai pegar uma carona com alguém no tribunal. — Gamma olhou para Charlotte, que estava assobiando para si mesma enquanto tentava dobrar um prato para transformá-lo em um avião. — Ele está naquele caso.

Aquele caso.

As palavras ricochetearam dentro da cabeça de Samantha. O pai dela sempre tinha um caso e sempre houve pessoas que o odiaram por isso. Não havia nenhum vagabundo *supostamente* criminoso em Pikeville, Geórgia, que Rusty Quinn não representasse. Traficantes de drogas. Estupradores. Assassinos. Ladrões. Ladrões de carros. Pedófilos. Sequestradores. Assaltantes de bancos. As ações contra eles pareciam livros policiais que sempre acabavam do mesmo jeito, do pior jeito. O pessoal da cidade chamava Rusty de "o advogado dos malditos", que também era como as pessoas chamavam Clarence Darrow, apesar de que, até onde Samantha sabia, ninguém nunca incendiara a casa dela por livrar um assassino da pena de morte.

O incêndio tinha sido por causa disso.

Ezekiel Whitaker, um homem negro condenado injustamente pelo assassinato de uma mulher branca, tinha saído da prisão no mesmo dia em que uma garrafa flamejante de querosene fora jogada na janela. E, para o caso de a mensagem não ter sido clara o suficiente, o incendiário também pichou as palavras AMANTE DE PRETOS na beira da calçada.

E nesse momento Rusty estava defendendo um homem que fora acusado de raptar e estuprar uma garota de dezenove anos. Homem branco, garota branca, mas, ainda assim, os ânimos estavam acalorados porque ele era um homem branco de uma família da ralé e ela era uma garota branca de uma família boa. Rusty e Gamma nunca discutiram o caso abertamente, mas os detalhes do crime eram tão sinistros que os sussurros pela cidade tinham se infiltrado por debaixo da porta da frente, se misturado pelos dutos de ventilação e zunido pelos ouvidos das meninas à noite, quando tentavam dormir.

Penetração com um objeto estranho.

Confinamento ilegal.

Crimes contra a natureza.

Havia fotos nos arquivos de Rusty que mesmo a intrometida Charlotte era esperta o suficiente para não tentar ver, porque algumas das fotos eram da garota enforcada no celeiro do lado de fora da casa de sua família — o que o homem fizera com ela era uma memória tão horrível que a jovem tirou a própria vida.

Samantha frequentava a mesma escola que o irmão da garota. Ele era dois anos mais velho que Sam, mas, como todo mundo, sabia quem o pai dela estava defendendo. Andar pelo corredor dos armários dos alunos era como andar pela casa de tijolos vermelhos enquanto as chamas arrancavam a sua pele.

O fogo não tinha tirado dela apenas o quarto, as roupas e os batons roubados. Samantha tinha perdido o garoto que fora o dono da jaqueta, os amigos que a convidavam para festas, filmes e noites do pijama. Mesmo seu amado técnico de corrida, seu treinador desde a sexta série, começara a inventar desculpas sobre não ter mais tempo para treiná-la.

Gamma dissera ao diretor que as garotas não iriam para a escola e nem para o treino de corrida para que pudessem ajudar na mudança, mas Samantha sabia que era porque Charlotte tinha voltado para casa chorando todos os dias desde o incêndio.

— Bem, merda. — Gamma fechou a caixa de papelão, desistindo da frigideira. — Espero que vocês não se importem em virar vegetarianas hoje à noite.

Nenhuma delas se importava, porque aquilo de fato não tinha importância. Gamma era uma cozinheira ruim. Ela se ressentia de receitas. Era declaradamente hostil a temperos. Como um gato selvagem, se eriçava por instinto contra qualquer domesticação.

Harriet Quinn não era chamada de Gamma por causa de uma incapacidade infantil fofa de pronunciar a palavra "mamãe", mas porque tinha dois doutorados — um em física e outro em algo do mesmo nível de nerdice que Samantha nunca era capaz de se lembrar, mas, se tivesse que chutar, diria que era algo relacionado a raios gama. A mãe dela trabalhara para a NASA, depois se mudou para Chicago para trabalhar no Fermilab antes de voltar para Pikeville para cuidar dos pais prestes a morrer. Se existiu uma história romântica sobre como Gamma tinha desistido da sua promissora carreira científica para casar com um advogado do interior, Samantha nunca a ouvira.

— Mãe — Charlotte desabou na mesa, a cabeça apoiada nas mãos —, meu estômago dói.

— Você não tem lição de casa? — perguntou Gamma.

— Química. — Charlotte olhou para cima. — Pode me ajudar?

— Não é ciência de foguetes. — Gamma despejou o espaguete instantâneo em uma panela de água fria no fogão. Girou o botão para liberar o gás.

Charlotte cruzou os braços na cintura.

— Você quer dizer: não é ciência de foguetes, então eu deveria ser capaz de entender sozinha; ou quer dizer: não é ciência de foguetes, e essa é a única ciência que você conhece, portanto não pode me ajudar?

— Há muitas conjunções nessa sentença. — Gamma usou um fósforo para acender o fogo. Um som sibilante súbito chamuscou o ar. — Vá lavar as mãos.

— Acho que minha pergunta é válida.

— Agora.

Charlotte grunhiu cheia de drama enquanto levantou da mesa e perambulou pelo longo corredor. Samantha ouviu uma porta abrir, depois fechar e, então, outra abrindo e depois fechando.

— Meleca! — berrou Charlotte.

Havia cinco portas pelo longo corredor, nenhuma delas projetada de uma forma que fizesse sentido. Uma levava para um porão medonho. Outra para o roupeiro. Uma das portas do meio inexplicavelmente levava para o quartinho no andar de baixo, onde o velho solteiro morrera. Outra para a despensa. A que sobrava era para o banheiro e, mesmo depois de dois dias, nenhuma delas foi capaz de reter de fato a localização na memória de longo prazo.

— Achei! — anunciou Charlotte como se estivessem esperando ansiosamente.

— Tirando a gramática, ela será uma boa advogada um dia. Eu espero. Se essa garota não for paga para discutir, não será paga por nada — disse Gamma.

Samantha sorriu com a ideia da sua irmã relaxada e bagunceira vestindo um blazer e carregando uma pasta.

— O que eu vou ser?

— O que você quiser, minha filha, só não seja isso aqui.

Esse tema vinha aparecendo com mais frequência ultimamente: o desejo de Gamma de que Samantha se mudasse, fugisse, fizesse qualquer coisa que não fosse o que as mulheres faziam ali.

Gamma nunca se enturmou com as mães de Pikeville, mesmo antes do trabalho de Rusty transformá-los em párias. Vizinhos, professores, pessoas na rua, todos tinham uma opinião sobre Gamma Quinn e era raro ser uma opinião positiva. Ela era esperta demais para seu próprio bem. Era uma mulher difícil. Não sabia quando ficar de boca fechada. Recusava-se a se adaptar.

Quando Samantha era pequena, Gamma começou a se dedicar à corrida. Como tudo mais, ela fora uma atleta antes disso ser algo popular, corria maratonas aos fins de semana, fazia videoaulas de Jane Fonda na frente da TV. Não eram apenas suas proezas atléticas que as pessoas achavam desconcertantes. Não era possível vencê-la no xadrez, um jogo de conhecimento geral ou mesmo em Banco Imobiliário. Ela sabia todas as perguntas do *Perfil*. Sabia quando usar que e quem. Não conseguia tolerar a ignorância. Desdenhava das religiões organizadas. Em situações sociais, tinha o hábito estranho de falar sobre fatos obscuros.

Você sabia que os pandas têm ossos largos nos pulsos?

Você sabia que as vieiras têm uma fileira de olhos no seu manto?

Você sabia que o granito dentro do terminal central de Nova York emite mais radiação do que é considerado aceitável para uma usina nuclear?

Se Gamma era feliz, se curtia sua vida, se estava contente com suas filhas, se amava o marido, eram pedaços vagos e inconsistentes de informações que não se encaixavam no quebra-cabeças de mil peças que era a mãe delas.

— Por que sua irmã está demorando tanto?

Samantha se reclinou na cadeira e olhou para o corredor. Todas as cinco portas ainda estavam fechadas.

— Talvez ela tenha se afogado na descarga.

— Tem um desentupidor em uma daquelas caixas.

O telefone tocou, um som peculiar do chacoalhar de uma campainha dentro de um telefone de disco antigo pregado na parede. Eles tinham um telefone sem fio na casa de tijolos vermelhos e uma secretária eletrônica para filtrar todas as ligações que recebiam. A primeira vez que Samantha ouvira a palavra "foder" foi na secretária eletrônica. Ela estava com a sua amiga Gail, que morava do outro lado da rua. O telefone estava tocando quando entraram pela porta da frente, mas Samantha demorou muito para atender, então a secretária fez as honras.

— *Rusty Quinn, eu vou te foder, rapaz. Você está me ouvindo? Vou te matar e estuprar a sua mulher e esfolar suas filhas como se estivesse limpando um maldito veado, seu merda do caralho sem coração.*

O telefone tocou pela quarta vez. Depois pela quinta.

— Sam. — O tom de Gamma foi severo. — Não deixe a Charlie atender isso.

Samantha levantou da mesa, guardando para si o "e eu posso ouvir isso?". Tirou o telefone do gancho e colocou-o no ouvido. Automaticamente, o queixo dela se encaixou e ela travou o maxilar, se preparando para um golpe.

— Alô?

— E aí, Sammy-Sam. Deixa eu falar com a mamãe.

— Papai. — Samantha falou o nome dele com um suspiro. E, então, viu Gamma balançar a cabeça com rigidez. — Ela acabou de subir para tomar um banho. — Samantha percebeu tarde demais que essa era a mesma desculpa que dera horas atrás. — Quer que eu peça para ela retornar?

— Sinto que nossa Gamma tem sido mais do que zelosa com a higiene ultimamente — comentou Rusty.

— Desde que a casa pegou fogo? — As palavras escorregaram antes que Samantha pudesse segurá-las. O corretor de seguros da Pikeville Incêndios e Eventualidades não era a única pessoa que culpava Rusty Quinn pelo incêndio.

Rusty riu.

— Bem, agradeço por você ter evitado ao máximo falar isso. — O isqueiro dele estalou no telefone. Ao que tudo indicava, o pai dela se esquecera que jurara sobre uma pilha de bíblias que pararia de fumar. — Então, querida, diga a Gamma, quando ela sair da *banheira* que vou pedir para o xerife mandar um carro até aí.

— O xerife? — Samantha tentou transmitir seu pânico para Gamma, mas a mãe se manteve de costas. — O que aconteceu?

— Nada, docinho. É que nunca pegaram o cara maldoso que queimou a casa e hoje outro homem inocente foi libertado. Algumas pessoas também não gostaram disso.

— Você está falando do homem que estuprou a garota que se suicidou?

— As únicas pessoas que sabem o que aconteceu com aquela garota são ela mesma, seja lá quem cometeu o crime e o bom Deus lá no céu. Não presumo que eu seja qualquer uma dessas pessoas e sou da opinião de que você não deveria presumir isso também.

Samantha odiava quando o pai usava o tom de voz do advogado-do-interior-apresentando-seu-argumento-final.

— Papai, ela se enforcou em um celeiro. Isso é um fato comprovado.

— Por que minha vida é cercada por mulheres contrariadas? — Rusty colocou a mão sobre o telefone e falou com outra pessoa. Samantha podia ouvir a risada rouca da mulher. Lenore, a secretária do pai. Gamma nunca gostou dela. — Tudo certo então. — Rusty voltou para a ligação. — Você ainda está aí, querida?

— Onde mais eu estaria?

— Desligue o telefone — ordenou Gamma.

— Filhinha... — Rusty expirou um pouco de fumaça. — Me diga o que você precisa que eu faça para melhorar essa situação e vou fazer agora mesmo.

Um velho truque de advogado: faça a outra pessoa resolver o problema.

— Papai, eu...

Gamma afundou o gancho do telefone com os dedos, encerrando a ligação.

— Mamãe, a gente estava conversando.

Os dedos da Gamma continuaram no gancho. Em vez de se explicar, ela disse:

— Considere a etimologia da frase "desligue o telefone". Ela puxou o telefone da mão de Samantha e o colocou no gancho. — Então, "pegue o telefone", até mesmo "tire do gancho", começa a fazer sentido. E, é claro, você sabe que o gancho é a alavanca que, quando pressionada para baixo, abre o circuito, indicando que uma ligação pode ser recebida.

— O xerife está mandando um carro — avisou Samantha. — Ou, quero dizer, o papai vai pedir para ele mandar.

Gamma pareceu incrédula. O xerife não era fã dos Quinn.

— Você precisa lavar as mãos para o jantar.

Samantha sabia que não fazia sentido tentar forçar mais a conversa. Só se quisesse que a mãe achasse uma chave de fenda e abrisse o telefone para explicar os circuitos, algo que tinha acontecido com inúmeros equipamentos pequenos no passado. Gamma era a única mãe no quarteirão que trocava ela mesma o óleo do carro.

Não que ainda vivessem em um quarteirão.

Samantha tropeçou em uma caixa no corredor. Agarrou os dedos, apertando-os como se pudesse espremer a dor para fora. Teve que mancar pelo resto do caminho até o banheiro. Cruzou com a irmã no corredor. Charlotte socou a irmã no braço, porque esse era o tipo de coisa que Charlotte fazia.

A pirralha tinha fechado a porta, com isso Samantha abriu a porta errada antes de encontrar o banheiro. A privada era próxima do chão, instalada em uma época em que as pessoas eram mais baixas do que hoje. O chuveiro ficava em um canto fechado por um plástico com mofo preto crescendo nos rejuntes. Um martelo de bola repousava dentro da pia. Uma marca preta de ferro se formou no lugar onde o martelo tinha sido largado repetidas vezes na louça. Gamma foi quem descobriu o motivo. A torneira era tão velha e tão enferrujada que era preciso golpear a alavanca para fazê-la parar de pingar.

— Conserto isso esse fim de semana — dissera Gamma, preparando uma recompensa para ela mesma no final do que, claramente, seria uma semana difícil.

Como de costume, Charlotte tinha feito uma bagunça no banheiro minúsculo. Água empoçada pelo chão e espirrada no espelho. Até o assento da privada estava molhado. Samantha esticou a mão para pegar o rolo de papel pendurado na parede e, então, mudou de ideia. Desde o começo, a casa passara uma sensação de ser algo temporário e, já que o pai tinha praticamente lhe dito que estava mandando o xerife porque essa casa poderia ser bombardeada como a anterior, limpá-la parecia uma perda de tempo.

— Jantar! — gritou Gamma da cozinha.

Samantha jogou água no rosto. O cabelo dela parecia arenoso. Faixas vermelhas cobriam as panturrilhas e os braços, onde o barro se misturara com o suor. Ela queria ficar de molho em água quente, mas havia apenas uma banheira na casa, daquelas antigas, com pés, manchada com um anel escuro de cor enferrujada em volta do lado em que o morador anterior amolecera a terra da sua pele por décadas. Nem mesmo Charlotte entraria naquela banheira, e Charlotte era uma porca.

— Esse lugar tem um ar muito triste — dissera a irmã, voltando lentamente do banheiro de cima.

A banheira não era a única coisa que Charlotte achou perturbadora. O porão úmido e assustador. O sótão arrepiante, cheio de morcegos. As portas barulhentas dos armários. O quarto onde o fazendeiro solteiro morrera.

Havia uma foto do fazendeiro solteiro na gaveta de baixo do roupeiro. Elas a encontraram na manhã enquanto fingiam que limpavam. Nenhuma delas ousou tocá-la. Encararam o rosto redondo e solitário do homem e se sentiram oprimidas por algo sinistro, apesar de a foto ser apenas uma cena típica dos tempos da depressão das fazendas com um trator e uma mula. Samantha se sentiu assombrada pela visão dos dentes amarelados do fazendeiro, apesar de ser um mistério como algo poderia parecer amarelado em uma foto branco e preto.

— Sam? — chamou Gamma, parada na porta do banheiro, olhando para o reflexo delas no espelho.

Ninguém nunca tinha dito que pareciam irmãs, mas era evidente que eram mãe e filha. Tinham o mesmo queixo forte e as mesmas maçãs altas no rosto, o mesmo arco nas sobrancelhas que a maioria das pessoas confundiam com uma expressão de indiferença. Gamma não era bonita, mas era impressionante, com o cabelo escuro, quase preto, e olhos azuis-claros que faiscavam de deleite quando achava algo muito engraçado ou ridículo. Samantha já tinha idade o suficiente para lembrar de um tempo em que a mãe levou a vida com muito menos seriedade.

— Você está desperdiçando água — falou Gamma.

Samantha fechou a torneira com o martelo e o largou de volta na pia. Ouviu um carro parando na entrada. O homem do xerife, o que era uma surpresa, porque era raro Rusty cumprir alguma promessa.

Gamma parou atrás dela.

— Você ainda está triste por causa de Peter?

O garoto cuja jaqueta de couro queimara no incêndio. O garoto que escrevera para Samantha uma carta de amor, mas que não olharia de novo nos olhos dela quando se cruzassem no corredor da escola.

— Você é bonita. Você sabe, não é? — perguntou Gamma.

Samantha viu suas bochechas corarem no espelho.

— Mais bonita do que eu. — Gamma penteou com os dedos o cabelo de Samantha para trás. — Queria que minha mãe tivesse vivido o suficiente para conhecer você.

Era raro Samantha ouvir sobre os avós. Pelo que conseguiu deduzir, eles nunca tinham perdoado Gamma por se mudar a fim de ir para a faculdade.

— Como a vovó era?

Gamma sorriu, sua boca navegando de modo estranho pela expressão.

— Bonita como Charlie. Muito esperta. Incansavelmente feliz. Sempre borbulhando com alguma coisa para fazer. O tipo de pessoa que você gosta. — Ela balançou a cabeça. Com todos os seus diplomas, Gamma ainda não tinha decifrado a ciência de ser querida. — Tinha mechas cinzas no cabelo antes mesmo de fazer trinta anos. Ela dizia que era porque o seu cérebro trabalhava muito, mas você sabe, é claro, que todo cabelo originalmente é branco. Eles recebem melanina através de células especializadas chamadas melanócitos, que bombeiam pigmento para os folículos capilares.

Samantha se reclinou para os braços da mãe. Fechou os olhos, curtindo a melodia familiar da voz de Gamma.

— Estresse e hormônios podem sugar a pigmentação, mas a vida dela na época era bem simples: mãe, esposa, professora de catecismo... Então podemos presumir que o grisalho era devido a um traço genético, o que significa que ou você ou Charlie, ou ambas, podem passar pela mesma coisa.

Samantha abriu os olhos.

— Seu cabelo não é grisalho.

— Porque vou no salão de beleza uma vez por mês. — A risada dela cessou com muita rapidez. — Me prometa que você sempre vai cuidar de Charlie.

— Charlotte pode cuidar dela mesma.

— Estou falando sério, Sam.

Samantha sentiu seu coração tremer com o tom insistente da mãe.

— Por quê?

— Porque você é a irmã mais velha e esse é o seu trabalho. — Ela apertou as mãos de Samantha nas suas. Seu olhar estava fixo no espelho. — Temos passado por um período difícil, minha garota. Não vou mentir e dizer que vai melhorar. Charlie precisa saber que pode contar com você. Você tem que colocar aquele bastão com firmeza na mão dela todas as vezes, não importa onde ela esteja. Encontre-a. Não espere que ela procure você.

Samantha sentiu a garganta fechar. Gamma estava falando sobre alguma outra coisa, algo mais sério do que uma corrida de revezamento.

— Você vai embora?

— É claro que não — zombou Gamma. — Só estou dizendo que você precisa ser uma pessoa útil, Sam. Acho que você já passou daquela fase boba e dramática da adolescência.

— Eu não sou...

— Mamãe! — gritou Charlotte.

Gamma girou Samantha. Colocou as mãos calosas nas bochechas da filha.

— Não vou a lugar nenhum, garota. Você não vai se livrar de mim tão fácil. — Beijou o nariz dela. — Dê mais uma martelada nessa torneira antes de vir jantar.

— Mãe! — gritou Charlotte novamente.

— Meu Deus — resmungou Gamma enquanto saía do banheiro. — Charlie Quinn, não grasne comigo como um moleque de rua.

Samantha pegou o martelo. O cabo fino de madeira estava sempre úmido, como uma esponja densa. A cabeça redonda estava enferrujada, com a mesma cor vermelha do quintal. Ela bateu na torneira e esperou para ter certeza de que a água não ia pingar mais.

— Samantha? — chamou Gamma.

Samantha sentiu sua testa franzir. Virou em direção à porta aberta. A mãe nunca a chamava pelo nome inteiro. Até Charlotte teve que passar pelo sofrimento de ser chamada de Charlie. Gamma dissera que um dia agradeceriam por poder variar. Ela publicara mais trabalhos e obtivera mais financiamentos assinando o nome como Harry do que jamais conseguira assinando como Harriet.

— Samantha. — O tom da Gamma era frio, mais parecido com um alerta. — Por favor, certifique-se de que a válvula está fechada e venha para a cozinha.

Samantha olhou de novo no espelho, como se o reflexo pudesse explicar o que estava acontecendo. Esse não era o jeito que a mãe falava com elas. Nem mesmo quando estava explicando a diferença entre o modelador Marcel e a alavanca com mola da prancha de alisamento dela.

Sem pensar, Samantha esticou a mão até a pia e pegou o martelinho. Segurou-o atrás das costas enquanto andou pelo longo corredor em direção à cozinha.

Todas as luzes estavam acesas. O céu tinha escurecido do lado de fora. Imaginou seus tênis de corrida ao lado dos tênis de Charlotte na soleira da cozinha, o bastão de plástico abandonado em algum lugar do quintal. A mesa da cozinha posta com os pratos de papel. Garfos e facas de plástico.

Ouviu uma tosse, profunda, talvez de um homem. Talvez de Gamma, porque ela tossia daquela forma ultimamente, como se a fumaça do incêndio, de algum jeito, tivesse encontrado o caminho até seus pulmões.

Outra tosse.

Os pelos da nuca de Samantha se arrepiaram em alerta.

A porta dos fundos era do lado oposto do corredor, um halo de luz fraca cingia o vidro embaçado. Samantha olhou para trás enquanto continuava pelo corredor. Podia ver a maçaneta. Podia se imaginar girando-a mesmo enquanto se distanciava ainda mais. A cada passo que deu, ela se perguntou se estava sendo tola, se deveria se preocupar ou se isso era uma brincadeira, porque a mãe costumava pregar peças nelas, como colocar olhos arregalados de plástico na caixa de leite na geladeira ou escrever "socorro, estou presa dentro da fábrica de papel higiênico!" no lado de dentro do rolo de papel.

Havia apenas um telefone na casa, o telefone de disco na cozinha.

O revólver de seu pai estava na gaveta da cozinha.

As balas, em algum lugar dentro de uma das caixas de papelão.

Charlotte riria se a visse com o martelo. Samantha o enfiou na parte de trás de sua bermuda de corrida, o cabo úmido como uma língua retorcida. Levantou a camisa para cobrir o martelo conforme andava para a cozinha.

Samantha sentiu seu corpo se enrijecer.

Isso não era uma brincadeira.

Dois homens estavam na cozinha. Fediam a suor, cerveja e nicotina. Vestiam luvas pretas. Máscaras pretas de esqui cobriam seus rostos.

Samantha abriu a boca. O ar tinha engrossado como algodão, fechando sua garganta.

Um era mais alto do que o outro. O mais baixo era mais pesado. Mais corpulento. Vestido com jeans e uma camisa abotoada preta. O homem mais alto usava uma camiseta branca desbotada de banda, jeans e um tênis de cano alto azul com cadarços vermelhos desamarrados. O mais baixo parecia mais perigoso, porém era difícil dizer, porque a única coisa que Samantha pôde ver por trás das máscaras eram suas bocas e seus olhos.

Não que estivesse olhando nos olhos deles.

Cano Alto tinha um revólver.

Camisa Preta tinha uma espingarda apontada diretamente para a cabeça de Gamma.

As mãos de sua mãe estavam levantadas.

— Está tudo bem — disse ela para Samantha.

— Não, não está. — A voz do Camisa Preta tinha um sibilar severo como o de um chocalho de cobra. — Quem mais está na casa?

Gamma balançou a cabeça.

— Ninguém.

— Não minta para mim, cadela.

Havia um barulho de batida. Charlotte estava sentada à mesa, tremendo tanto que as pernas da cadeira golpeavam o chão como um pica-pau furando uma árvore.

Samantha olhou para trás no corredor, para a porta, para o halo fraco de luz.

— Aqui. — O homem com o cano alto azul indicou para que Samantha sentasse ao lado de Charlotte. Ela se moveu devagar, dobrando os joelhos com cuidado, mantendo as mãos sobre a mesa. O cabo de madeira do martelo fez um barulho quando se chocou com o assento da cadeira.

— O que é isso? — Os olhos do Camisa Preta saltaram na direção dela.

— Desculpa — sussurrou Charlotte. Uma poça de urina se formou no chão. Ela manteve a cabeça baixa, balançando para a frente e para trás. — Desculpa-desculpa-desculpa.

Samantha pegou a mão da irmã.

— Digam o que querem — disse Gamma. — Entregamos e vocês podem ir embora.

— E se eu quiser aquilo? — Os olhos reluzentes do Camisa Preta dispararam sobre Charlotte.

— Por favor — implorou Gamma. — Farei o que quiserem. Qualquer coisa.

— Qualquer coisa? — Camisa Preta disse aquilo de um jeito que todos entenderam o que estava sendo negociado.

— Não — falou Cano Alto. Sua voz tinha um timbre mais jovem, nervoso, talvez assustado. — Não viemos pra isso. — Seu pomo de adão saltava sob a máscara conforme tentava limpar a garganta. — Onde está o seu marido?

Alguma coisa brilhou nos olhos de Gamma. Raiva.

— Está trabalhando.

— Então, por que o carro dele está ali fora?

— Só temos um carro porque... — disse Gamma.

— O xerife... — Samantha engoliu as outras palavras, percebendo tarde demais que não deveria tê-la dito.

Camisa Preta estava olhando para ela de novo.

— O que foi, garota?

Samantha abaixou a cabeça. Charlotte apertou a mão dela. "O xerife", ela tinha começado a dizer. O xerife vai mandar alguém. Rusty disse que estavam mandando um carro, mas ele disse um monte de coisas que acabaram sendo diferentes.

— Ela só está assustada — falou Gamma. — Por que não vamos para o outro quarto? Podemos conversar, entender o que vocês querem.

Samantha sentiu algo duro batendo na sua cabeça. Sentiu um gosto de metal nos dentes. Seus ouvidos estavam zunindo. A espingarda. Ele estava pressionando o cano no topo da cabeça dela.

— Você disse algo sobre o xerife, garota. Eu ouvi.

— Ela não disse — falou Gamma. — Ela quis dizer...

— Cala a boca.

— Ela só...

— Eu disse cala a merda dessa boca!

Samantha olhou para cima quando a espingarda foi para a direção de Gamma.

Gamma esticou a mão, mas bem devagar, como se estivesse empurrando sua mão por dentro da areia. Todos ficaram repentinamente presos em câmera lenta, os movimentos eram bruscos, seus corpos se transformaram em barro. Samantha assistiu enquanto os dedos da mãe envolveram um por um a espingarda de cano cerrado. Unhas meticulosamente aparadas. Um calo grosso no dedão no lugar onde segurava o lápis.

Houve um *clique* quase imperceptível.

Um segundo que passa em um relógio.

Uma porta sendo travada.

O pino batendo contra a base de um cartucho de espingarda.

Talvez Samantha tenha ouvido o clique ou talvez tenha intuído o som porque estava com o olhar fixo nos dedos do Camisa Preta quando ele puxou o gatilho para trás.

Uma explosão de uma névoa vermelha no ar.

O jato de sangue no teto. Sangue esguichado no chão. Um emaranhado quente de tentáculos vermelhos jogados pelo topo da cabeça de Charlotte espalhados por um lado do pescoço e do rosto de Samantha.

Gamma caiu no chão.

Charlotte gritou.

Samantha sentiu a própria boca abrindo, mas o som estava preso dentro do peito. Ela estava congelada. Os gritos de Charlotte se transformaram em um eco distante. Todas as cores empalideceram. Estavam suspensos em branco e preto, como a foto do fazendeiro solteiro. Sangue preto tinha espirrado pela grelha do ar-condicionado branco. Gotas pequenas de preto se fixaram na janela de vidro. Do lado de fora, o céu noturno era cinza escuro, com um pontinho solitário de luz, uma estrela distante.

Samantha esticou os dedos para tocar o pescoço. Cascalho. Osso. Mais sangue, porque tudo estava manchado com sangue. Sentiu uma pulsação na garganta. Era seu coração ou um pedaço do coração da mãe pulsando sob seus dedos trêmulos?

O grito de Charlotte se amplificou para uma sirene perfurante. O sangue preto ficou carmim nos dedos de Samantha. O cômodo cinza desabrochou de volta para cores vívidas, furiosas e ofuscantes.

Morta. Gamma estava morta. Ela nunca mais diria para Samantha sair de Pikeville, nunca mais gritaria com ela por errar uma questão óbvia em uma prova, por não se esforçar mais na pista de corrida, por não ser paciente com Charlotte, por não fazer algo útil da sua vida.

Samantha esfregou os dedos. Estava com a lasca de um dente de Gamma na sua mão. Um vômito disparou até sua boca. Foi cegada pelas lágrimas. O pesar vibrava como a corda de uma harpa dentro do corpo dela.

Em um piscar de olhos, o mundo tinha virado de ponta cabeça.

— Cala a boca! — Camisa Preta bateu com tanta força em Charlotte que ela quase caiu da cadeira. Samantha a segurou, agarrando-se nela. Ambas estavam soluçando, tremendo, gritando. Isso não podia ser verdade. A sua mãe não podia estar morta. Ela abriria os olhos. Explicaria para elas o funcionamento do sistema cardiovascular enquanto remontava lentamente seu corpo.

Vocês sabiam que o coração bombeia cinco litros de sangue por minuto?

— Gamma... — sussurrou Samantha. O disparo da espingarda tinha aberto o peito, o pescoço e o rosto dela. O lado esquerdo do queixo tinha desaparecido. Parte do crânio. Seu cérebro lindo e complicado. Suas sobrancelhas arqueadas com indiferença. Ninguém mais explicaria as coisas para Samantha. Ninguém se importaria se ela entendia ou não. — Gamma...

— Meu Deus! — Cano Alto se estapeou com fúria no peito, tentando tirar pedaços de ossos e tecido. — Meu Deus, Zach!

A cabeça de Samantha girou rápido.

Zachariah Culpepper.

As palavras brilharam em neon na cabeça dela. Então: *roubo de carro. Crueldade com animais. Atentado ao pudor. Contato inapropriado com um menor de idade.*

Charlotte não era a única que lia os arquivos do pai. Por anos, Rusty Quinn tinha salvo Zach Culpepper de cumprir uma sentença longa. Os honorários advocatícios que ele nunca pagara eram uma fonte constante de tensão entre Gamma e Rusty, especialmente depois que a casa pegou fogo. Mais de vinte mil dólares em dívidas, mas Rusty se recusava em cobrar dele.

— Merda! — Zach percebera que Samantha o reconhecera. — Merda!

— Mamãe... — Charlotte não tinha percebido que tudo mudara. Ela só conseguia ficar com o olhar fixo em Gamma, seu corpo tremia tanto que os dentes rangiam. — Mamãe, mamãe, mamãe...

— Está tudo bem. — Samantha tentou acariciar o cabelo da irmã, mas seus dedos se enroscaram nos emaranhados de sangue e ossos.

— Não está tudo bem. — Zach arrancou a máscara. Ele era um homem feio. Cicatrizes de espinhas marcavam sua pele. Círculos de respingos cercavam sua boca e olhos onde o borrifo do tiro da espingarda tinha pintado o rosto dele. — Que merda! Por que você tinha que usar meu nome, garoto?

— Eu não... — respondeu Cano Alto. — Me desculpe.

— Não contamos pra ninguém. — Samantha olhou para baixo, como se fingisse que não via o rosto dele. — Não falamos nada. Prometo.

— Garota, acabei de estourar os miolos da sua mãe. Você acha mesmo que vai sair viva daqui?

— Não — disse Cano Alto. — Não foi pra isso que viemos.

— Eu vim pra zerar umas dívidas, garoto. — Os olhos cinza-metálico de Zach fuzilaram o cômodo como uma metralhadora. — Agora acho que é aquele Rusty Quinn quem tem que me pagar.

— Não — repetiu Cano Alto. — Eu falei pra você...

Zach o calou enfiando a espingarda no rosto dele.

— Você está pensando pequeno. Precisamos sair da cidade e isso custa muito caro. Todo mundo sabe que Rusty Quinn guarda dinheiro em casa.

— A casa pegou fogo. — Samantha ouviu as palavras antes de perceber que estavam saindo da própria boca. — Tudo pegou fogo.

— Merda! — gritou Zach. — Merda! — Ele segurou Cano Alto pelo braço e o arrastou para o corredor. Manteve a espingarda apontada na direção delas, com o dedo no gatilho. Houve uma troca furiosa de sussurros entre eles que Samantha pôde ouvir com clareza, mas seu cérebro se recusou a processar as palavras.

— Não! — Charlotte caiu no chão. Uma mão trêmula desceu para segurar a mão da mãe delas. — Não morra, mamãe. Por favor. Eu te amo. Te amo tanto.

Samantha olhou para cima. O emaranhado de linhas vermelhas grudou no teto como serpentina em spray. Lágrimas rolaram pelo seu rosto, ensoparam a gola da única camiseta que fora salva do incêndio. Ela deixou o pesar fluir pelo seu corpo antes de expulsá-lo de novo. Gamma se foi. Elas estavam sozinhas na casa com o assassino e o homem do xerife não estava vindo.

Me prometa que você sempre vai cuidar de Charlie.

— Charlie, levanta. — Samantha puxou a irmã pelo braço, com os olhos virados porque não conseguia olhar para o peito aberto de Gamma, para as costelas quebradas que despontavam como dentes.

Você sabia que os dentes do tubarão são feitos de escamas?

— Charlie, levanta — sussurrou Sam.

— Não posso. Não posso deixar...

Sam puxou com força a irmã de volta para a cadeira. Ela encostou a boca na orelha de Charlie e disse:

— Corra quando puder. — A voz dela era tão baixa que se enroscou na garganta. — Não olhe para trás. Só corra.

— O que vocês duas estão dizendo? — Zach enfiou a espingarda na testa da Sam. O metal estava quente. Pedaços da pele de Gamma ficaram encrustados no cano. Ela podia sentir o cheiro, era como carne na grelha. — O que você disse para ela fazer? Sair correndo? Tentar fugir?

Charlotte soltou um gemido. Cobriu a boca com a mão.

— O que ela falou para você fazer, linda? — perguntou Zach.

O estômago de Sam se revirou com o modo como o tom dele se suavizou quando falou com sua irmã.

— Vamos, querida. — O olhar de Zach escorregou como uma serpente pelos peitos pequenos e pela cintura fina de Charlie. — Não vamos ser amigos?

— Pa-pare — gaguejou Sam. Ela estava suando, tremendo. Como Charlie, estava prestes a perder o controle da bexiga. O cano redondo da arma parecia uma broca perfurando seu crânio. Ainda assim, ela continuou: — Deixe ela em paz.

— Eu estava falando com você, cadela? — Zach forçou a espingarda contra a cabeça dela até que o seu queixo apontasse para cima. — Estava?

Sam fechou os punhos. Tinha que parar aquilo. Tinha que proteger Charlotte.

— Deixe a gente em paz, Zachariah Culpepper. — Ela ficou chocada com a própria ousadia. Estava apavorada, mas cada grama de terror era manchado por uma fúria avassaladora. Ele tinha matado a sua mãe. Estava olhando com malícia para a irmã dela. Tinha dito às duas que elas não sobreviveriam. Pensou no martelo enfiado na sua bermuda, visualizou-o entrando no cérebro de Zach. — Eu sei quem você é, seu maldito pervertido.

Ele estremeceu com essa palavra. A raiva contorceu as feições dele. Suas mãos apertaram a espingarda com tanta força que os nós dos seus dedos ficaram brancos, mas a voz dele estava calma quando respondeu:

— Vou arrancar suas pálpebras para que você possa me assistir desvirginando sua irmã com a minha faca.

Os olhos dela travaram nos dele. O silêncio que seguiu a ameaça foi ensurdecedor. Sam não podia desviar o olhar. O medo passava como navalha pelo coração dela. Nunca na sua vida conhecera alguém tão cruel, tão profundamente desalmado.

Charlie começou a soluçar.

— Zach! — chamou Cano Alto. — Vamos, cara. — Ele esperou. Todos esperaram. — Tínhamos um acordo, certo?

Zach não se moveu. Nenhum deles se moveu.

— Tínhamos um acordo — repetiu Cano Alto.

— Claro. — Zach quebrou o silêncio. Ele deixou Cano Alto pegar a espingarda das mãos dele. — Um homem se mede pelo valor da sua palavra.

Ele começou a se virar, mas, de repente, mudou de ideia. As mãos dele dispararam como um chicote. Ele agarrou o rosto de Sam, os dedos segurando o crânio dela como uma bola, lançando as suas costas com tanta força que a cadeira caiu e a cabeça dela fez um barulho contra a frente da pia.

— Ainda acha que sou um pervertido? — A palma dele esmagou o nariz dela. Os seus dedos perfuraram os olhos dela como agulhas quentes. — Você tem mais alguma coisa para dizer sobre mim?

Samantha abriu a boca, mas não tinha fôlego para formar um grito. A dor se espalhou pelo seu rosto quando as unhas dele se fincaram em suas pálpebras. Ela agarrou o pulso grosso do homem, chutou em sua direção às cegas, tentou arranhá-lo, socá-lo, tentou parar a dor. O sangue escorreu pelas bochechas dela. Os dedos de Zach tremeram, apertando tanto que Sam pôde sentir os seus globos oculares afundarem para dentro do cérebro. Os dedos dele se curvaram enquanto tentava rasgar as pálpebras de Sam. Ela sentiu as unhas arranharem diretamente os seus olhos.

— Pare! — gritou Charlie. — Pare!

A pressão parou de forma tão repentina quanto começou.

— Sammy! — A respiração de Charlie era quente, em pânico. As mãos dela foram para o rosto de Sam. — Sam? Olha pra mim. Você consegue enxergar? Olha pra mim, por favor!

Cuidadosamente, Sam tentou abrir os olhos. As pálpebras estavam cortadas, quase retalhadas. Ela se sentiu como se olhasse por um pedaço velho de renda.

— Que merda é essa? — perguntou Zach.

O martelo. Tinha caído da bermuda dela.

Zach o pegou do chão. Examinou o cabo de madeira, então lançou um olhar muito significativo para Charlie.

— Está se perguntando o que posso fazer com isso?

— Chega! — Cano Alto agarrou o martelo e o jogou no corredor. Todos ouviram a cabeça de metal deslizando pelo piso de madeira.

— Só estou me divertindo um pouco, mano — falou Zach.

— As duas, levantem — mandou Cano Alto. — Vamos acabar com isso.

Charlie continuou no chão. Sam piscou com os olhos ensanguentados. Ela mal podia enxergar para se mover. A luz do teto era como óleo fervente nos olhos dela.

— Ajude ela — falou Cano Alto para Zach. — Você prometeu, cara. Não deixe isso ficar pior do que tem que ser.

Zach deu um puxão no braço de Sam com tanta força que ele quase se soltou do ombro. Ela se esforçou para ficar de pé, apoiando-se na mesa. Zach a empurrou em direção à porta. Ela trombou em uma cadeira. Charlie alcançou a mão dela.

Cano Alto abriu a porta.

— Vai.

Elas não tinham outra opção a não ser se mover. Charlie foi primeiro, se arrastando pelos lados para ajudar Sam a descer a escada. Longe das luzes intensas da cozinha, os olhos dela pararam de latejar tanto. Não houve ajuste para a escuridão. As sombras continuavam indo e vindo no seu olhar.

Elas deveriam estar no treino de corrida agora. Tinham implorado para Gamma deixá-las ter uma folga pela primeira vez na vida e, agora, a mãe estava morta e elas estavam sendo conduzidas para fora de casa sob a mira de uma arma pelo homem que veio zerar sua dívida de honorários advocatícios com uma espingarda.

— Consegue ver? — perguntou Charlie. — Sam, você consegue ver?

— Sim — mentiu Sam, porque a visão dela oscilava como um globo espelhado de discoteca, exceto que, em vez dos brilhos das luzes, estava vendo uma série de cinzas e pretos.

— Por aqui — disse Cano Alto, conduzindo-as, não em direção à velha caminhonete na entrada, mas para dentro do campo atrás da casa da fazenda. Repolho. Sorgo. Melancias. Era isso que o fazendeiro solteiro cultivara. Elas encontraram os registros de cultivo em um armário no andar de cima que, exceto por isso, estava vazio. Seus 120 hectares tinham sido arrendados para uma fazenda vizinha, um cultivo de quatrocentos hectares que foram plantados no começo da primavera.

Sam pôde sentir o solo recém-plantado sob os pés descalços. Ela se inclinou na direção de Charlie, que segurava firme sua mão. Com a outra mão, Sam tateava às cegas, com um medo irracional de que trombaria em alguma coisa no campo aberto. Cada passo para longe da casa da fazenda, para longe da luz, somava mais uma camada de escuridão na visão dela. Charlie era uma massa cinza. Cano Alto era alto e magro, como um lápis de carvão. Zach Culpepper era um quadrado preto ameaçador de ódio.

— Onde estamos indo? — perguntou Charlie.

Sam sentiu a espingarda encostada nas costas.

— Continue andando — mandou Zach.

— Eu não entendo — falou Charlie. — Por que estão fazendo isso?

A voz dela era dirigida para Cano Alto. Como Sam, ela entendeu que o homem mais jovem era o mais fraco, e que ele estava mais ou menos no comando.

— O que fizemos para o senhor? — continuou Charlie. — Somos só crianças. Não merecemos isso.

— Cala a boca — alertou Zach. — As duas, calem a merda das bocas.

Sam apertou a mão de Charlie com mais força ainda. Ela estava quase completamente cega agora. Ela ficaria cega para sempre, mesmo que para sempre não fosse muito tempo. Pelo menos não para Sam. Deixou a mão solta em volta da mão de Charlie. Desejou em silêncio que a irmã ficasse atenta aos arredores, que estivesse alerta para a chance de correr.

Gamma tinha mostrado a elas um mapa topográfico da área dois dias atrás, no dia em que tinham se mudado. Estava tentando as convencer sobre a boa vida no campo, indicando todas as áreas que poderiam explorar. Naquele momento, Sam repassou mentalmente os pontos mais importantes, buscando uma rota de fuga. A área cultivada do vizinho ia para além do horizonte, um campo muito aberto que faria com que Charlie levasse um tiro pelas costas se corresse naquela direção. Árvores cercavam ao longe o lado direito da propriedade, uma floresta densa que Gamma alertou que devia estar infes-

30

tada de carrapatos. Havia um riacho do outro lado da floresta que fluía para um túnel que serpenteava por baixo de uma torre meteorológica e levava para uma estrada pavimentada raramente usada. Um celeiro abandonado oitocentos metros ao norte. Outra fazenda, três quilômetros ao leste. Um lago de pesca pantanoso. Haveria sapos lá. As borboletas ficariam por aqui. Se tivessem paciência, talvez vissem um veado nesse campo. Fique longe da estrada. Fuja das formigas antes que elas descubram o doce que você é.

Por favor, fuja, implorou Sam silenciosamente para Charlie. *Por favor, não olhe para trás para ver se estou seguindo você.*

— O que é isso? — indagou Zach.

Todos viraram.

— É um carro — disse Charlie, mas Sam só podia discernir os faróis brilhantes se movendo lentamente pela longa estrada até a casa da fazenda.

O homem do xerife? Alguém levando seu pai até em casa?

— Merda, vão ver minha caminhonete em dois segundos. — Zach as empurrou na direção da floresta, usando a espingarda como um cabresto para fazê-las andar depressa. — Continuem andando ou atiro em vocês aqui mesmo.

Aqui mesmo.

Charlie enrijeceu com as palavras. Os dentes dela começaram a ranger de novo. Finalmente tinha ligado os pontos. Entendeu que estavam andando para a morte.

— Podemos terminar isso de outro jeito — falou Sam.

Ela estava falando para Cano Alto, mas foi Zach quem rosnou.

— Faço tudo que vocês quiserem — prosseguiu ela. Ela ouviu a voz de Gamma dizendo as palavras com ela. — Qualquer coisa.

— Merda — disse Zach. — Você não percebeu que vou pegar o que quero de um jeito ou de outro, sua cadela estúpida?

Sam tentou de novo.

— Não vamos contar que foi você. Vamos dizer que vocês ficaram com as máscaras o tempo todo e...

— Com a minha caminhonete na garagem e a sua mãe morta na casa? — Zach bufou. — Vocês, Quinn, acham que são todos espertos demais, que podem escapar de tudo na conversa.

— Me escuta — implorou Sam. — Você tem que sair da cidade de qualquer jeito. Não tem por que nos matar também. — Ela virou a cabeça para Cano Alto. — Por favor, pensa nisso. Tudo que precisam fazer é nos amarrar.

Larguem a gente em um lugar onde não vão nos achar. Vocês vão ter que sair da cidade de qualquer jeito. Não querem mais sangue nas suas mãos.

Sam esperou uma resposta. Todos esperaram.

Cano Alto limpou a garganta antes de finalmente dizer:

— Me desculpe.

A risada de Zach tinha uma pontada de triunfo.

Sam não podia desistir.

— Deixa minha irmã ir. — Ela teve que parar de falar por um momento, para que pudesse engolir a saliva que estava na boca. — Ela tem treze anos. É só uma criança.

— Não parece uma criança para mim — comentou Zach. — Tem uns belos peitinhos bem firmes.

— Cale-se — ordenou Cano Alto. — É sério.

Zach fez um barulho chupando o dente.

— Ela não vai contar nada pra ninguém. — Sam continuou tentando. — Ela vai dizer que eram estranhos. Não vai, Charlie?

— Um cara negro? — perguntou Zach. — Como aquele que o seu papai livrou da prisão?

Charlie cuspiu.

— Quer dizer do jeito que ele livrou você por mostrar seu pinto para um monte de garotinhas?

— Charlie... — implorou Sam. — Por favor, fique quieta.

— Deixa ela falar — disse Zach. — Gosto quando elas lutam um pouco.

Charlie ficou quieta. Permaneceu em silêncio enquanto entravam na floresta.

Sam a seguiu bem de perto, maquinando na sua cabeça uma apelação que persuadiria os atiradores de que não tinham que fazer aquilo. Mas Zach Culpepper estava certo. A caminhonete dele lá na casa mudava tudo.

— Não — sussurrou Charlie para si mesma. Ela fazia isso o tempo todo, vocalizando uma discussão que estava tendo na sua cabeça.

Por favor, corra, implorou Sam em silêncio. *Tudo bem se você for sem mim.*

— Mexa-se. — Zach enfiou a espingarda nas costas dela até que Sam andasse mais rápido.

Folhas de pinheiros se enfiaram nos pés dela como agulhas. Estavam entrando cada vez mais na floresta. O ar ficou mais gelado. Sam fechou os olhos, porque não havia sentido em tentar enxergar. Deixou Charlie guiá-la pela floresta. As folhas faziam barulhos. Pisaram sobre árvores caídas, entraram em um córrego estreito que provavelmente escoava da fazenda até o riacho.

Corra, corra, corra, repetia Sam em silêncio para Charlie na sua cabeça. *Por favor, corra.*

— Sam... — Charlie parou de andar. O braço dela envolveu Sam pela cintura. — Tem uma pá. Uma pá.

Sam não entendeu. Passou os dedos pelas pálpebras. Os coágulos de sangue tinham selado seus olhos. Ela empurrou com delicadeza, abrindo aos poucos os olhos.

A luz suave da lua lançou um brilho azulado na clareira em frente a elas. Havia mais do que uma pá. Um monte de terra revolvida a pouco tempo estava ao lado de um buraco aberto na terra.

Um buraco.

Uma cova.

A visão dela se afunilou no vazio escancarado preto quando tudo voltou a ficar em foco. Isso não era um assalto ou uma tentativa de intimidação para se livrar de um monte de dívidas. Todos sabiam que o incêndio da casa tinha colocado os Quinn em uma situação financeira penosa. A luta com a seguradora. A expulsão do hotel. As compras nos brechós. Zachariah Culpepper tinha presumido que Rusty forraria sua conta bancária forçando os clientes devedores a pagar suas dívidas. Ele não estava tão errado. Gamma tinha gritado com Rusty na noite anterior sobre como os vinte mil dólares que os Culpepper deviam ajudariam muito a tornar a família solvente de novo.

O que significava que tudo aquilo se resumia ao dinheiro.

E pior, era uma estupidez, porque as contas em aberto não teriam morrido com o pai dela.

Sam sentiu reverberar a raiva de antes. Mordeu a língua com tanta força que o sangue inundou sua boca. Havia uma razão pela qual Zachariah Culpepper era um vigarista de longa data. Como em todos os seus crimes, o plano era ruim, mal executado. Cada mancada os levara para aquele momento. Tinham cavado uma cova para Rusty, mas, como ele estava atrasado, porque ele sempre está atrasado, e como hoje foi o único dia em que elas tiveram permissão para faltar ao treino de corrida, agora a cova seria para Charlie e Sam.

— Certo, garotão. Hora de fazer a sua parte. — Zach repousou o apoio da espingarda no quadril. Ele tirou um canivete do bolso e o abriu com uma mão. — As armas farão muito barulho. Pegue isso. Passe bem na garganta, como se fosse um porco.

Cano Alto não pegou a faca.

— Vamos, como combinamos — falou Zach. — Você cuida dela. Eu pego a menor.

Cano Alto não se mexeu.

— Ela tem razão. Não temos que fazer isso. O plano nunca foi ferir as mulheres. Elas nem deveriam estar aqui.

— Como é que é?

Sam agarrou a mão de Charlie. Eles estavam distraídos. Ela podia correr.

— O que está feito, está feito — disse Cano Alto. — Não temos que piorar tudo matando mais gente. Gente inocente.

— Meu Deus. — Zach fechou o canivete e o enfiou de volta no bolso. — Já falamos disso na cozinha, cara. Não é como se tivesse escolha.

— Podemos nos entregar.

Zach apertou a espingarda.

— Bela. Merda.

— Eu me entrego. Levo a culpa por tudo.

Sam empurrou Charlie, avisando-a que era hora de se mexer. Charlie não se moveu. Ficou paralisada.

— O diabo que você vai. — Zach bateu no peito de Cano Alto. — Acha que vou ser preso por assassinato só porque você encontrou a merda da sua consciência?

Sam soltou a mão da irmã.

— Charlie, corra — sussurrou Sam.

— Não vou entregar você — repetiu Cano Alto. — Vou dizer que fui eu.

— Na droga da minha caminhonete?

Charlie tentou pegar a mão de Sam de novo. Sam a empurrou, sussurrando:

— Vai.

— Maldito. — Zach levantou a espingarda, apontando para o peito de Cano Alto. — Vou dizer o que vai acontecer, filho. Você vai pegar o meu canivete e vai rasgar a garganta dessa cadela ou vou abrir um buraco no seu peito do tamanho do Texas. — Ele bateu o pé — Agora.

Cano Alto sacou o revólver, apontando para a cabeça de Zach.

— Nós vamos nos entregar.

— Tira essa merda dessa arma da minha cara, seu viadinho de merda.

Sam cutucou Charlie. Ela tinha que se mexer. Ela tinha que sair dali. Só haveria uma chance. Praticamente implorou para a irmã:

— Vai.

— Eu mato você antes de matar elas — ameaçou Cano Alto.

— Você não tem culhões para puxar esse gatilho.

— Tenho, sim.

Charlie não desempacava. Os dentes dela estavam rangendo de novo.

— Corra — implorou Sam. — Você tem que correr.

— Riquinho de merda. — Zach cuspiu no chão. Ele foi limpar a boca, mas era só uma distração. Ele tentou pegar o revólver. Cano Alto tinha antecipado o ataque. Ele empurrou a espingarda para trás com a mão. Zach perdeu o equilíbrio. Não conseguiu controlar os pés. Caiu de costas balançando os braços.

— Corra! — Sam empurrou a irmã para longe. — *Charlie, vai!*

Charlie virou um borrão em movimento. Sam começou a segui-la, perna alta, braço dobrado...

Outra explosão.

O clarão do revólver.

Uma vibração repentina do ar.

A cabeça de Sam foi lançada com tanta violência que o pescoço estalou. O corpo dela seguiu em um giro brutal. Ela girou como um peão, caindo na escuridão, da mesma forma que Alice caiu na toca do coelho.

Você é bonita. Você sabe, não é?

Os pés de Sam bateram no chão. Ela sentiu os joelhos absorvendo o choque.

Olhou para baixo.

Os dedos do pé dela estavam todos apoiados no piso de madeira molhado.

Olhou para cima para ver seu reflexo a encarando de volta no espelho.

Inexplicavelmente, Sam estava na casa da fazenda em frente da pia do banheiro.

Gamma estava atrás dela, com os braços fortes em volta de sua cintura. A mãe parecia mais jovem, mais delicada, no espelho. As sobrancelhas dela estavam arqueadas como se tivesse ouvido algo dúbio. Essa era a mulher que explicara a diferença entre fissão e fusão para um estranho no mercado. Que elaborava caças aos tesouros tão complicadas que duravam páscoas inteiras.

Quais eram as pistas agora?

— Me fala — perguntou Sam para o reflexo da mãe. — Me fala o que você quer que eu faça.

A boca de Gamma abriu, mas ela não falou. O rosto dela começou a envelhecer. Sam sentiu saudades da mãe que nunca veria envelhecer. Linhas finas se espalharam a partir da boca de Gamma. Pés de galinha em volta dos olhos. Rugas se aprofundaram. Mexas grisalhas salpicaram o cabelo preto. O queixo dela cresceu mais.

A pele começou a desmanchar.

Dentes brancos apareceram pelo buraco na bochecha dela. O cabelo virou um emaranhado branco seboso. Os olhos murcharam. Ela não estava envelhecendo.

Ela estava se decompondo.

Sam lutou para fugir. O cheiro da morte a envolveu: terra molhada, vermes frescos perfurando a pele dela. As mãos de Gamma em volta do rosto dela. Ela fez Sam virar. Os dedos reduzidos a ossos secos. Os dentes pretos afiados como navalhas, quando Gamma abriu a boca e gritou: *Eu disse para fugir!*

Sam respirou profundamente acordando.

Os olhos dela abriram uma fresta para a escuridão impenetrável.

A terra encheu sua boca. Solo molhado. Folhas de pinheiros. As mãos dela estavam na frente do rosto. A respiração quente rebatia contra as palmas. Havia um som...

Shsh. Shsh. Shsh.

Uma vassoura varrendo.

Um machado golpeando.

Uma pá jogando terra em uma cova.

A cova de Sam.

Estava sendo enterrada viva. O peso da terra sobre ela era como uma prensa de metal.

— Me desculpe — Reconheceu a voz de Cano Alto no meio das palavras. — Por favor, Deus, por favor, me perdoe.

A terra continuava vindo, o peso se transformando em um torno que ameaçava espremer o ar direto para fora dela.

Você sabia que Giles Corey foi a única ré nos julgamentos das bruxas de Salém condenada à morte?

Lágrimas encheram os olhos de Sam, escorreram pelo rosto dela. Um grito ficou preso dentro da garganta. Não podia entrar em pânico. Não podia começar a gritar ou se agitar porque eles não iriam ajudá-la. Atirariam de novo nela. Implorar pela sua vida apenas apressaria o fim de sua existência.

Acho que você já passou daquela fase boba e dramática da adolescência.

Sam inspirou insegura.

Ela se surpreendeu quando percebeu que o ar estava entrando nos pulmões.

Ela podia respirar!

As mãos dela formaram uma concha em volta do rosto, criando um bolsão de ar embaixo da terra. Sam firmou a junção das mãos. Se forçou a respirar bem devagar para preservar o precioso ar que lhe restava.

Charlie tinha dito para ela fazer isso. Anos atrás. Sam podia imaginar a irmã com o uniforme de bandeirante. Os braços e as pernas dela como pequenos gravetos. A camisa amarela vincada e o jaleco marrom com todas as medalhas que tinha ganho. Ela lera em voz alta o guia do aventureiro na hora do café da manhã.

— Se for pega por uma avalanche, não chore ou abra sua boca — lera Charlie. — Coloque as mãos na frente do rosto e tente criar uma bolha conforme você para de cair.

Sam colocou a língua para fora, tentando ver qual era a distância até as mãos. Calculou que era meio centímetro. Flexionou os dedos, tentando ampliar a bolha de ar. Não havia espaço para se mover. A terra estava compactada firme em volta das mãos, quase como cimento.

Tentou avaliar a posição de seu corpo. Não estava deitada sobre as costas. O ombro esquerdo dela estava apertado contra a terra, mas também não estava apoiada por completo na lateral do corpo. Os quadris estavam virados, formando um ângulo com os ombros. O frio se infiltrou pela parte de trás da bermuda de corrida. O joelho direito estava dobrado, a perna esquerda reta.

O torso retorcido.

Um alongamento de corredor. O corpo caíra em uma posição familiar.

Sam tentou jogar o peso para outro lado. Não pôde mover as pernas. Tentou os dedos. Os músculos da panturrilha. Os tendões do joelho.

Nada.

Sam fechou os olhos. Estava paralisada. Nunca mais andaria de novo, não correria de novo, não se mexeria sem ajuda. O pânico invadiu seu peito como um enxame de mosquitos. A corrida era tudo que ela tinha. Era o que a definia. Qual era o sentido de tentar sobreviver se nunca mais pudesse usar as pernas de novo?

Apertou o rosto nas mãos para não chorar.

Charlie ainda podia correr. Sam tinha visto a irmã disparar na direção da floresta. Foi a última coisa que vira antes de o revólver disparar. Sam conjurou na sua mente a imagem de Charlie correndo, as pernas esguias se movendo com uma velocidade impossível conforme fugia, para longe, sem nunca hesitar, nunca parando para olhar para trás.

Não pense em mim, implorou Sam, a mesma coisa que dissera à irmã um milhão de vezes antes. *Apenas concentre-se em você e continue correndo.*

Será que Charlie conseguiu? Encontrou ajuda? Ou teve que olhar para trás para ver se Sam a seguia e, em vez dela, encontrou a espingarda de Zachariah Culpepper enfiada em sua cara?

Ou pior.

Sam expulsou o pensamento de sua mente. Viu Charlie correndo livre, conseguindo ajuda, trazendo a polícia até a cova, porque ela tinha o senso de direção da mãe, nunca se perdia, e lembraria onde a irmã estava enterrada.

Sam contou as batidas do coração até que as sentiu ficando mais lentas, indo para um ritmo menos frenético.

E, então, sentiu uma coceira na garganta.

Tudo estava cheio de terra: olhos, nariz, boca, pulmões. Ela não conseguia conter a tosse que queria sair da boca dela. Os lábios abriram. A inspiração involuntária puxou mais terra para dentro do nariz. Tossiu de novo e de novo. A terceira vez foi tão forte que sentiu uma câimbra no estômago quando o corpo tentou se retorcer para uma posição fetal.

Sam sentiu um choque no coração.

As pernas tremeram.

O pânico e o medo tinham cortado as conexões vitais entre o cérebro e a musculatura. Não estava paralisada, e sim aterrorizada, algum mecanismo ancestral de luta ou de defesa a expulsou do próprio corpo até que ela pudesse entender o que estava acontecendo. Sam se alegrou muito conforme voltou a sentir a parte de baixo do corpo. Era como se estivesse andando dentro da piscina. No começo, pôde sentir os dedos se abrindo sob a terra espessa. Então, os tornozelos foram capazes de se dobrar. Depois sentiu um movimento muito pequeno nos tornozelos.

Se podia mover os pés, o que mais podia mover?

Sam flexionou as panturrilhas, aquecendo-as. Os quadris começaram a queimar. Os joelhos se tensionaram. Concentrou-se nas pernas, dizendo a si mesma que poderiam se mover, até que o corpo retornou com a mensagem de que, sim, as pernas podiam se mover.

Não estava paralisada. Tinha uma chance.

Gamma sempre disse que Sam tinha aprendido a correr antes de aprender a andar. As pernas eram a parte mais forte do corpo dela.

Poderia cavar um buraco aos pontapés.

Sam trabalhou com as pernas, fazendo movimentos infinitesimais para a frente e para trás, tentando cavar através da camada pesada de terra. A respiração ficou quente nas mãos. Uma neblina densa ocultou o pânico no seu cérebro. Estava usando muito ar? Isso importava? Continuava perdendo a noção do que estava fazendo. A parte de baixo do seu corpo se movia para frente e para trás e, às vezes, se pegava pensando que estava deitada no convés de um barquinho balançando no oceano e, então, voltava para a realidade, percebia que estava presa sob a terra e lutava para se mover mais rápido, com mais força, só para ser acalentada de volta no barco.

Tentou contar bem devagar: *um... dois... três...*

Sentiu câimbras nas pernas. No estômago. Em tudo. Se forçou a parar, mesmo que por alguns segundos. O descanso foi quase tão dolorido quanto o esforço. O ácido lácteo ferveu os músculos cansados, fazendo o estômago revirar. A coluna tinha torcido como um parafuso apertado que pinçava os nervos e disparava uma corrente de dor no pescoço e nas pernas. Cada respiração ficava aprisionada nas mãos como um pássaro na gaiola.

— Existe uma chance de sobrevivência de cinquenta por cento — lera Charlie em seu guia do aventureiro. — Mas só se a vítima for encontrada dentro de uma hora.

Sam não sabia há quanto tempo estava na cova. Era como a perda da casa de tijolos vermelhos, como assistir a morte da mãe, algo que tinha acontecido há mil anos.

Enrijeceu os músculos do estômago e tentou uma flexão lateral. O braço foi contraído. O pescoço forçou. A terra pressionou de volta, afundando o ombro no chão molhado.

Precisava de mais espaço.

Sam tentou balançar os quadris. Tinha dois centímetros de espaço no começo, depois quatro, então pôde mover a cintura, o ombro, o pescoço, a cabeça.

De repente, surgiu mais espaço entre sua boca e as mãos?

Sam colocou a língua para fora de novo. Sentiu a ponta encostando na fresta entre as duas palmas. Aquilo era um centímetro, no mínimo.

Progresso.

Começou a usar os braços, movendo-os para cima e para baixo, para cima e para baixo. Havia pouco espaço dessa vez. Centímetros e, então, alguns milímetros de terra se moveram. Tinha que manter as mãos em frente ao rosto para que pudesse respirar.

Uma hora. Era isso que Charlie dera para ela. O tempo de Sam estava quase no fim. As palmas estavam quentes, ensopadas com a condensação. O cérebro boiava com a vertigem.

Sam deu uma última respiração profunda.

Empurrou as mãos. Os pulsos pareciam prestes a quebrar conforme ela girava as mãos. Pressionou os lábios juntos, rangeu os dentes e cravou os dedos no solo, tentando furiosamente deslocar a terra.

E, ainda assim, a terra a empurrava para baixo.

Os ombros incendiaram com a dor. Trapézios. Romboides. Escápulas. Ferros quentes perfurando os bíceps dela. Os dedos pareciam prestes a partir. As unhas lascaram. A pele das articulações rasgou. Os pulmões iam colapsar. Não podia continuar segurando a respiração. Não podia continuar lutando. Estava cansada. Sozinha. A mãe estava morta. A irmã se foi. Sam começou a gritar, primeiro dentro da cabeça, depois pela boca. Estava tão brava, furiosa com a mãe por ter agarrado a espingarda, com ódio do pai por ter trazido esse inferno até a casa deles, chateada com Charlie por não ser mais forte e perplexa para caralho porque ia morrer em uma cova maldita.

Uma cova rasa.

O ar frio envolveu os dedos dela.

Tinha atravessado o chão. Menos de sessenta centímetros a separavam da morte.

Não havia tempo para se alegrar. Não tinha ar nos pulmões, nenhuma esperança a menos que continuasse cavando.

Afastou os detritos com os dedos. Folhas. Pinhas. O assassino tentara esconder a terra recém-revolvida, mas não contara com a garota cavando sua saída de dentro para fora. Agarrou um punhado de terra, depois outro e continuou até que foi capaz de contrair os músculos abdominais uma última vez e se impulsionar para cima.

Sam engasgou com a lufada repentina de ar. Cuspiu terra e sangue. O cabelo estava emaranhado. Encostou os dedos no lado da cabeça. O dedinho escorregou para dentro de um pequeno buraco. O osso estava liso dentro do círculo. Era ali onde a bala tinha entrado. Tinha levado um tiro na cabeça.

Tinha levado um tiro na cabeça.

Sam afastou a mão. Não ousou limpar os olhos. Apertou as pálpebras para ver mais longe. A floresta era um borrão. Viu dois pontos gordos de luz flutuando como abelhas preguiçosas na frente dela.

Ouviu a água escorrendo, ecoando, como se passasse pela saída de um túnel que serpentava por baixo de uma torre meteorológica e desembocava em uma estrada pavimentada.

Outro par de luzes passou flutuando.

Não eram abelhas.

Eram faróis.

CAPÍTULO UM

28 anos depois

CHARLIE QUINN ANDOU PELOS corredores sombrios da escola de ensino fundamental de Pikeville consumida por uma sensação de apreensão. Não o sentimento de vergonha de chegar cedo com as mesmas roupas do dia anterior. Era a sensação de um arrependimento guardado nas profundezas. O que era apropriado, já que tinha sido nesse mesmo prédio que ela fizera sexo pela primeira vez, com um rapaz com quem não deveria ter feito. No ginásio, para ser exata, o que só serviu para mostrar que o pai dela estivera certo sobre os perigos de voltar tarde para casa.

Apertou o celular na mão quando virou em um corredor. O garoto errado. O homem errado. O telefone errado. O caminho errado, porque ela não fazia a menor ideia de para onde estava indo. Charlie deu a volta e retornou por onde veio. Tudo nesse prédio estúpido lhe pareceu familiar, mas nada estava onde ela achava que deveria estar.

Virou à esquerda e percebeu que estava parada na porta da secretaria. As cadeiras vazias à espera dos maus alunos que seriam encaminhados ao diretor. Os assentos de plástico pareciam semelhantes àqueles pelos quais Charlie tinha passado na juventude. Retrucando. Falando mais do que devia. Discutindo com professores, colegas, objetos inanimados. Sua versão adulta bateria na versão adolescente por ser tão chata.

Apoiou as mãos na janela e olhou o interior da sala escura. Finalmente, algo que parecia estar como deveria. O balcão alto no qual a sra. Jenkins, a secretária da escola, comandara sua corte. Flâmulas penduradas em um teto manchado pela umidade. Trabalhos artísticos dos alunos pregados nos corredores. Havia uma luz solitária no fundo. Charlie não estava prestes a perguntar para o diretor Pinkman como chegar até a sua aventura sexual. Não que aquilo fosse uma aventura sexual. Estava mais para algo como *Ei, garota, peguei o iPhone errado depois de trepar com você na minha caminhonete no Shady Ray's ontem à noite.*

Não havia razões para Charlie se questionar sobre o que tinha passado em sua cabeça, porque você não vai a um bar chamado Shady Ray's para pensar.

O telefone na mão dela tocou. Charlie viu o descanso de tela desconhecido com a foto de um pastor alemão com um brinquedo de cachorro na boca. O identificador de chamadas dizia ESCOLA.

— Sim? — atendeu a ligação.

— Onde você está? — Ele pareceu tenso e ela pensou em todos os perigos ocultos que surgem quando se transa com um estranho que se conhece em um bar: doenças venéreas incuráveis, esposas ciumentas, uma mãe de família homicida, um partidário irritante do Alabama.

— Estou na frente da sala do Pink — falou ela.

— Dê a volta e pegue o segundo corredor à direita.

— Certo.

Charlie desligou. Ela se viu querendo compreender o tom de voz dele, mas disse a si mesma que aquilo não importava, porque nunca mais o veria de novo.

Voltou por onde tinha vindo, seus tênis rangendo sobre o chão encerado conforme descia pelos corredores escuros. Ouviu um estalo atrás dela. As luzes se acenderam na secretaria. Uma velha corcunda que se parecia mais do que deveria com o fantasma da sra. Jenkins se arrastou para trás do balcão. Em algum lugar distante, portas pesadas de metal abriram e fecharam. O apito repetitivo do detector de metais ecoou nos ouvidos dela. Alguém balançou um molho de chaves.

O ar parecia se contrair a cada novo som, como se a escola estivesse se preparando para o massacre matinal. Charlie olhou para o relógio grande na parede. Se os horários ainda eram os mesmos, o primeiro sinal para a entrada soaria em breve, e as crianças que eram trazidas logo cedo e armazenadas na cantina inundariam o prédio.

Charlie fora uma dessas crianças. Por muito tempo, sempre que pensava no seu pai, sua mente conjurava a cena do braço dele para fora da janela do Chevette, com um cigarro que tinha acabado de acender entre os dedos, enquanto saía do estacionamento da escola.

Ela parou de andar.

Os números das salas lhe chamaram a atenção e ela soube de imediato onde estava. Charlie encostou seus dedos em uma porta de madeira fechada. Sala 3, o seu santuário. A srta. Beavers tinha se aposentado séculos atrás, mas a voz da velha ecoou nos ouvidos de Charlie: "Eles só pegarão sua cabra se você os mostrar onde guarda o feno."

Charlie ainda não sabia exatamente o que aquilo significava. Poderia extrapolar que tinha algo a ver com o enraizado clã Culpepper, que a perseguira de forma incansável quando ela retornara para a escola.

Ou era possível deduzir que, por ser uma treinadora de basquete feminino chamada Etta Beavers, a professora sabia o que era ser provocada.

Ninguém poderia dar um conselho a Charlie sobre como lidar com a situação atual. Pela primeira vez desde a época do colegial, ela dormiu com um desconhecido. Ou não dormiu, se for se ater ao que aconteceu de fato. Charlie não era o tipo de pessoa que fazia esse tipo de coisa. Ela não ia para bares. Não bebia em excesso. Não costumava cometer erros que virariam arrependimentos imensos. Pelo menos não até pouco tempo.

A sua vida tinha começado a descarrilar em agosto do ano passado. Charlie passara quase todas as horas em que estivera acordada desde então remoendo erro atrás de erro. Ao que tudo indicava, o novo mês de maio não demonstraria nenhuma melhora. As mancadas estavam começando antes mesmo dela sair da cama. Naquela mesma manhã, ela estava deitada, bem acordada, olhando para o teto, tentando se convencer de que o acontecido na noite passada não tinha de fato existido, quando um toque de celular desconhecido veio da bolsa dela.

Atendera porque a ideia de embrulhar o telefone em papel-alumínio, jogá-lo em uma lixeira atrás do escritório, comprar um novo celular e restaurar os dados dela não lhe ocorreu até depois que dissera "alô".

A conversa curta que se seguiu era do tipo que se esperaria entre dois completos estranhos: *olá, pessoa cujo nome devo ter perguntado, mas não me lembro agora. Acho que estou com seu telefone.*

Charlie tinha se oferecido para encontrar o sujeito no trabalho dele porque não queria que ele soubesse onde ela vivia. Ou trabalhava. Ou que tipo de carro dirigia. Entre a caminhonete e o corpo notoriamente extraordinário dele, ela achava que ele tinha dito que era um mecânico ou um fazendeiro. Então, ele dissera que era um professor e ela de imediato vislumbrou algo do tipo *Sociedade dos poetas mortos*. Quando ele disse que era professor de ensino fundamental, ela se precipitou para a conclusão sem fundamento que ele era um pedófilo.

— Aqui. — Ele estava parado do lado de fora de uma porta aberta no final do corredor.

Como se seguissem uma deixa, as luzes fluorescentes acima acenderam, banhando Charlie com a iluminação mais desfavorável possível. De imediato, se arrependeu de ter escolhido um jeans rasgado e desbotado e uma camiseta de manga longa do time de basquete Duke Blue Devils.

— Pelo amor de Deus — murmurou Charlie. Nenhum problema parecido aconteceu no fim do corredor.

O Sr. Eu-Não-Me-Lembro-Do-Seu-Nome era ainda mais atraente do que ela recordava. O uniforme padrão camisa-abotoada-com-calças-cáquis de professor do colégio não era capaz de esconder o fato de que ele preservara os músculos em lugares que homens quarentões no geral os tinham substituído por cerveja e frituras. Sua barba rala estava mais para uma sombra das cinco da tarde. O grisalho nas têmporas lhe dava um ar envelhecido de mistério. Ele tinha um daqueles furinhos no queixo que você poderia usar para abrir uma garrafa.

Ele não era o tipo de homem com que Charlie saía. Era o tipo de homem que ela se esforçava para evitar. Ele parecia muito esculpido, muito forte, muito incompreensível. Era como brincar com uma arma carregada.

— Esse aqui sou eu. — Ele apontou para o quadro de avisos do lado de fora da sala dele. Pequenas palmas tinham sido desenhadas em papel manilha branco. Em letras roxas recortadas lia-se: SR. HUCKLEBERRY.

— Huckleberry? — perguntou Charlie.

— É Huckabee, na verdade. — Ele esticou a mão. — Huck.

Charlie apertou a mão dele, percebendo tarde demais que ele estava solicitando o iPhone.

— Me desculpe. — Ela lhe entregou o celular.

Ele deu um sorriso torto que provavelmente já deve ter enviado para várias garotinhas na puberdade.

— O seu está aqui.

Charlie o seguiu até a sala de aula. As paredes eram decoradas com mapas, o que fazia sentido, porque ele aparentemente era professor de história. Isso é, caso você acreditasse na placa que dizia O SR. HUCKLEBERRY AMA HISTÓRIA MUNDIAL.

— Posso estar um pouco confusa sobre a noite passada, mas achei que você tinha dito que era um fuzileiro naval? — comentou ela.

— Não mais, só que é mais sensual do que dizer professor de colégio. — Ele deu uma risada zombando de si mesmo. — Me alistei quando tinha dezessete anos, me aposentei seis anos atrás. — Ele se apoiou na mesa. — Estava procurando um jeito de continuar servindo, então fiz o mestrado em uma escola militar e aqui estou.

— Aposto que recebe vários cartões de dia dos namorados borrados de lágrimas. — Charlie teria reprovado em história todos os dias da sua vida se o professor dela fosse parecido com o sr. Huckleberry.

— Você tem filhos? — perguntou ele.

— Não que eu saiba. — Charlie não retribuiu a pergunta. Presumiu que alguém com filhos não usaria a foto do cachorro como descanso de tela. — Você é casado?

Ele fez que não com a cabeça.

— Não combinava comigo — acrescentou.

— Combinava comigo... Estamos oficialmente separados há nove meses.

— Você o traiu?

— Você deve imaginar isso, mas não. — Charlie passou o dedo pelos livros na prateleira sobre a mesa. Homero. Eurípedes. Voltaire. Brontë. — Você não me parece um típico leitor de *O morro dos ventos uivantes*.

Ele sorriu.

— Não conversamos muito na caminhonete.

Charlie começou a retribuir o sorriso, mas o arrependimento fez os cantos da sua boca desabarem. De certa forma, esse flerte dava uma sensação de transgressão maior do que o sexo em si. Ela jogou com o marido. Fez perguntas bobas para ele.

E, na noite passada, pela primeira vez na sua vida de casada, o traíra.

Aparentemente, Huck percebeu a mudança no seu humor.

— É óbvio que não tenho nada a ver com isso, mas ele é louco por ter deixado você escapar.

— Dou muito trabalho. — Charlie analisou um dos mapas. Tinham pinos azuis na maior parte da Europa e em parte do Oriente Médio. — Você foi para todos esses lugares?

Ele assentiu, mas não elaborou.

— Marinha — observou ela. — Você era um dos fuzileiros de elite?

— Os fuzileiros navais podem ser de elite, mas nem todos do grupo de elite são fuzileiros navais.

Charlie estava prestes a dizer que ele não tinha respondido à pergunta, mas Huck falou primeiro.

— Seu telefone começou a tocar no meio da madrugada.

O coração saltou no peito dela.

— Você atendeu?

— Não, é muito mais divertido tentar entender você pelos nomes no identificador de chamadas. — Ele se sentou sobre a mesa. — B2 ligou lá pelas 5h da manhã. Presumo que seja o seu contato na loja de vitaminas.

O coração de Charlie saltou de novo.

— Era Riboflavin, meu professor de *spinning*.

Ele estreitou os olhos, mas não a pressionou.

— A próxima ligação foi às 5h15, alguém *quem* está registrado como Pai e, como não pareceu uma referência a um cara mais velho aleatório, suponho que seja seu pai mesmo.

Ela assentiu, mesmo quando a voz internalizada de sua mãe salientou silenciosamente que o correto é *que* e não *quem*.

— Alguma outra pista?

Ele fingiu alisar uma barba longa.

— Começando por volta das 5h30, você recebeu uma série de ligações da cadeia. Pelo menos seis, em intervalos de cinco minutos entre cada uma.

— Você me pegou, Nancy Drew. — Charlie levantou as mãos se rendendo. — Sou uma traficante de drogas. Alguns dos meus aviõezinhos foram presos no fim de semana.

Ele riu.

— Estou quase acreditando em você.

— Sou advogada de defesa — admitiu ela. — No geral, as pessoas são mais receptivas com traficantes de drogas.

Huck parou de rir. Os olhos dele se estreitaram de novo, mas a diversão tinha evaporado.

— Qual o seu nome?

— Charlie Quinn. — Ela podia ter jurado que ele hesitou. — Algum problema?

A mandíbula dele estava tão travada que o osso ficou saliente.

— Esse não é o nome no seu cartão de crédito.

Charlie parou um instante, porque havia muitas coisas erradas naquela declaração.

— Aquele é meu nome de casada. Por que olhou meu cartão de crédito?

— Não olhei. Só bati o olho quando você o usou no bar. — Ele se levantou da mesa. — Eu deveria me preparar para a aula.

— Foi alguma coisa que eu disse? — Ela estava tentando transformar aquilo em uma piada, porque é claro que tinha sido algo que ela disse. — Olha, todo mundo odeia advogados até precisar de um.

— Eu cresci em Pikeville.

— Você diz isso como se explicasse alguma coisa.

Ele abriu e fechou as gavetas da mesa.

— A primeira aula está prestes a começar. Preciso me preparar.

Charlie cruzou os braços. Essa não era a primeira vez que tinha essa conversa com alguém que vivia há muito tempo em Pikeville.

— Tem duas razões para você estar agindo dessa forma.

Ele a ignorou, abrindo e fechando outra gaveta.

Ela contou as possibilidades com os dedos.

— Ou você odeia meu pai, o que é normal, porque muita gente o odeia, ou... — Ela levantou o dedo para a desculpa mais provável, a que tinha colocado um alvo nas costas de Charlie há 28 anos, quando voltou para a escola, a que ainda lhe garante olhares tortos na cidade das pessoas que apoiam o extenso e tradicional clã Culpepper. — Acha que sou uma vadiazinha mimada que ajudou a culpar Zachariah Culpepper e seu inocente irmão caçula para que meu pai pudesse pôr as mãos em uma mísera apólice de seguro e na droga de trailer deles. Coisa que ele nunca fez, aliás. Ele poderia tê-los processado pelos vinte mil que deviam em honorários, mas não o fez. Isso sem mencionar que eu poderia reconhecer aqueles malditos com meus olhos fechados.

Ele estava balançando a cabeça antes mesmo que ela terminasse.

— Nenhuma dessas opções.

— Sério? — Ela tinha certeza de que ele era um dos fiéis aos Culpepper desde que dissera ter crescido em Pikeville.

Por outro lado, Charlie podia imaginar um militar profissional como alguém que odeia o tipo de advocacia que Rusty praticava, até que um militar fosse pego com um pouco de opiáceos demais ou com um pouco de prostitutas demais. Como seu pai sempre disse, um democrata é um republicano que passou pelo sistema criminal.

— Olha, amo meu pai, mas não pratico o mesmo estilo de advocacia que ele. Metade dos meus casos são na corte juvenil, a outra é na corte de drogas. Trabalho com pessoas estúpidas que fazem coisas estúpidas, que precisam de um advogado para impedir que os promotores as condenem com penas mais severas do que merecem. — Ela abriu as mãos e encolheu os ombros. — Eu só equilibro o jogo.

Huck a encarou. Sua raiva inicial escalonou para fúria em um piscar de olhos.

— Quero que saia da minha sala. Agora.

O tom severo fez com que Charlie desse um passo para trás. Pela primeira vez lhe ocorreu que ninguém sabia que ela estava na escola e que o sr. Huckleberry poderia quebrar-lhe o pescoço com uma mão.

— Tudo bem. — Ela agarrou o seu telefone na mesa e começou a andar em direção à porta. Mesmo dizendo a si mesma que deveria se calar e ir, virou-se novamente. — O que meu pai fez para você?

Huck não respondeu. Ele estava sentado à mesa, com a cabeça encurvada sob uma pilha de papéis e com a caneta vermelha na mão.

Charlie esperou.

Ele começou a bater a caneta na mesa, o rufar de tambores da rejeição.

Ela estava prestes a dizer para ele onde deveria enfiar a caneta, quando ouviu um barulho alto de estalo ecoando pelo corredor.

Mais três estalos seguiram em uma sucessão rápida.

Não era o escapamento de um carro.

Não eram fogos de artifício.

Uma pessoa que estivera bem perto de uma arma sendo disparada em outro ser humano nunca confunde o som de um tiro com o de qualquer outra coisa.

Charlie foi puxada para baixo. Huck a jogou para trás de um armário, protegendo-a com o seu corpo.

Ele disse algo, ela viu a sua boca se mover, mas o único som que pôde ouvir eram os disparos ecoando dentro de sua cabeça. Quatro tiros, cada um deles um eco distinto e aterrorizador do passado. Da mesma forma como acontecera antes, a boca de Charlie ficou seca. A sua garganta fechou. Sua visão estreitou. Tudo parecia pequeno, reduzido a um ponto minúsculo.

A voz de Huck se acelerou.

— Tiroteio em andamento na escola — sussurrou com calma no telefone. — Parece ser perto da sala do diretor...

Outro estalo.

Outra bala disparada.

Depois outra.

Então, o sinal de entrada soou.

— Jesus — disse Huck. — Tem pelo menos quinze crianças na cantina. Tenho que...

Um grito horripilante interrompeu a fala dele.

— Socorro! — gritou uma mulher. — Por favor, nos ajude!

Charlie piscou.

O peito de Gamma explodindo.

Piscou de novo.

Uma nuvem de sangue da cabeça de Sam.

Charlie, corra!

Ela estava do lado de fora da porta antes que Huck pudesse pará-la. As pernas preparadas. O coração disparado. As solas dos tênis se agarraram no chão encerado, mas, na mente dela, podia sentir a terra se movendo contra seus pés descalços, os galhos das árvores cortando seu rosto, o medo apertando seu peito como um pedaço de arame farpado.

— Nos ajudem! — implorou a mulher. — Por favor!

Huck alcançou Charlie quando ela entrou no outro corredor. Ele não era mais do que um borrão quando sua visão focou de novo, dessa vez em três pessoas no final do corredor.

Os pés de um homem apontando para o teto.

Atrás dele, à sua direita, um conjunto menor de pés esparramados.

Sapatos rosas. Estrelas brancas nas solas. Luzes que piscariam quando ela andasse.

Uma mulher mais velha se ajoelhou ao lado da garotinha, balançando para a frente e para trás, chorando.

Charlie queria chorar também.

O sangue tinha espirrado nas cadeiras de plástico do lado de fora da secretaria, estava espalhado pelas paredes e pelo teto e tinha jorrado pelo chão.

Havia uma sensação familiar na carnificina, que espalhava um torpor pelo corpo de Charlie. Ela parou de correr e passou para um andar rápido. Tinha visto aquilo antes. Sabia que era possível por tudo em uma caixinha e fechar com o tempo, que era possível seguir com a vida se não dormisse muito, não respirasse muito, não vivesse muito, até que a morte voltasse e lhe arrastasse para a partida.

Em algum lugar, um conjunto de portas bateu ao abrir. Passos barulhentos soaram pelos corredores. Vozes se elevaram. Gritos. Choro. Palavras sendo gritadas, mas incompreensíveis para Charlie. Ela estava submersa. Seu corpo se moveu lentamente, os braços e as pernas flutuavam contra uma gravidade exagerada. O seu cérebro catalogou em silêncio todas as coisas que ela não queria ver.

O sr. Pinkman estava caído no chão. A gravata azul dele estava jogada sobre o ombro. O sangue brotava do centro da camisa branca. O lado esquerdo da cabeça estava aberto, a pele pendurada como papel rasgado em volta do crânio branco. Havia um buraco preto e profundo onde seu olho direito deveria estar.

A sra. Pinkman não estava do lado do marido. Ela era a mulher gritando, que tinha acabado de parar de gritar. Estava embalando a cabeça da criança no colo, segurando um agasalho azul-pastel no pescoço da garota. A bala tinha rasgado algo vital. As mãos da sra. Pinkman estavam com uma cor vermelha reluzente. O sangue tinha deixado o diamante da aliança dela com a cor de uma cereja.

Os joelhos de Charlie cederam.

Ela estava no chão ao lado da garota.

Estava se vendo deitada na terra da floresta.

Doze? Treze?

Pernas longas finas. Cabelo preto curto como o de Gamma. Cílios longos como os de Sam.

— Socorro — sussurrou a sra. Pinkman com a voz rouca. — Por favor.

Charlie esticou as mãos, sem saber onde colocá-las. Os olhos da garotinha se moveram e subitamente se fixaram em Charlie.

— Está tudo bem — disse Charlie. — Você vai ficar bem.

— Venha diante desse cordeiro, ó meu Senhor — rezou a sra. Pinkman. — Não se afaste dela. Venha com urgência ajudá-la.

Não morra, implorou o cérebro de Charlie. *Não se entregue. Você se formará no colégio. Irá para a faculdade. Casará. Não deixará um vazio na sua família, onde o amor por você costumava ficar.*

— Venha com urgência me guiar, ó meu Senhor, meu salvador.

— Olhe pra mim — disse Charlie para a garota. — Você vai ficar bem.

A garota não ia ficar bem.

As pálpebras dela começaram a piscar. Os lábios azulados se abriram. Os dentes pequeninos. A gengiva branca. A ponta rosada da língua.

Lentamente, a cor começou a desaparecer do rosto dela. Charlie se lembrou da forma como o inverno recai sobre a montanha, das folhas festivas vermelhas, laranjas e amarelas escurecendo, ficando marrom e depois começando a cair, para que, quando o frio esticasse seus dedos gélidos pelo sopé da montanha em volta da cidade, tudo estivesse morto.

— Ó, meu Deus... — A sra. Pinkman soluçava. — Anjinha. Pobre anjinha.

Charlie não conseguia se lembrar de ter pego a mão da criança, mas ali estavam os dedinhos dela entrelaçados nos dedos maiores de Charlie. Tão pequenos e gelados, como uma luva em um parquinho. Charlie observou os dedos se soltarem lentamente até que a mão da garota caísse sem vida no chão.

Ela se foi.

— Avistei um corpo!

Charlie saltou com o som.

— Avistei um corpo! — Um policial estava correndo pelo corredor. Ele estava com o rádio em uma mão e um rifle em outra. O pânico fez a voz dele oscilar. — Venham para a escola! Venham para a escola!

Por uma fração de segundo, o homem fez contato visual com Charlie. Houve uma faísca de reconhecimento e, então, ele viu o corpo da criança morta. O horror, e depois o pesar, fez sua expressão colapsar. A ponta da bota dele encontrou uma poça de sangue. Os seus pés escorregaram e se abriram. Ele caiu com tudo no chão. Sua respiração virou um urro. O rifle voou da mão dele e deslizou pelo chão.

Charlie olhou para a própria mão, a que tinha segurado a da criança. Ela esfregou os dedos. O sangue era pegajoso, mas não como o de Gamma, que passava uma sensação de algo escorregadio como óleo.

Ossos brancos reluzentes. Pedaços de coração e pulmão. Novelos de tendões, artérias e veias e a vida se despejando para fora dos buracos dos seus ferimentos.

Ela se lembra de ter voltado para a casa da fazenda depois que tudo acabou. Rusty contratara alguém para limpar, mas não foi feito um trabalho cuidadoso. Meses depois, Charlie estava procurando uma tigela no fundo de um dos armários e achou o pedaço de um dente de Gamma.

— Não! — gritou Huck.

Charlie olhou para cima, chocada com o que viu. Com o que tinha deixado passar. Algo que a princípio não pôde compreender, mesmo que estivesse acontecendo à menos de cinco metros à sua frente.

Uma adolescente estava sentada no chão, suas costas apoiadas nos armários. O cérebro de Charlie mostrou uma imagem anterior, a garota se esgueirando pela beirada do foco de visão dela conforme Charlie corria pelo corredor em direção à carnificina. Charlie no mesmo instante reconhecera o tipo da garota: roupas pretas, delineador preto. Uma gótica. Sem sangue. O rosto arredondado demonstrando pânico e não dor. *Ela está bem*, pensara Charlie, passando correndo por ela para alcançar a sra. Pinkman, para chegar até a criança. Mas a garota gótica não estava bem.

Ela era a atiradora.

Ela tinha um revólver nas mãos. E, em vez de escolher mais vítimas, apontou a arma para o próprio peito.

— Abaixe a arma! — O policial estava parado a alguns metros de distância, seu rifle apoiado firme no ombro. O terror era evidente em cada movimento dele, desde a forma como se movia sobre as pontas do pé, até o jeito como agarrava sua arma. — Eu disse para abaixar essa merda!

— Ela vai abaixar. — Huck se ajoelhou com as costas viradas para a garota, protegendo-a com seu corpo. As mãos dele estavam erguidas. A voz firme. — Está tudo bem, policial. Vamos ficar todos calmos agora.

— Sai da minha frente! — O policial não estava calmo. Estava agitado, pronto para puxar o gatilho assim que pudesse mirar. — Sai da minha frente, droga!

— O nome dela é Kelly — disse Huck. — Kelly Wilson.

— Sai logo, imbecil!

Charlie não olhou para o homem. Olhou para as armas.

Revólver e rifle.

Rifle e revólver.

Sentiu uma onda passando por seu corpo, o mesmo tipo de anestesia que tinha formigado seu corpo em outras tantas ocasiões anteriores.

— Saia! — gritou o policial. Ele balançou o rifle para um lado e depois para outro, tentando achar um ângulo em volta de Huck. — Sai da porra do meu caminho!

— Não. — Huck permaneceu ajoelhado, de costas para Kelly. Suas mãos continuaram erguidas. — Não faça isso, cara. Ela só tem dezesseis anos. Você não quer matar uma...

— Sai do meu caminho! — O medo do policial era como uma corrente elétrica estalando no ar. — Deite no chão!

— Para, cara. — Huck se movia com o rifle, bloqueando-o em todos os ângulos. — Ela não está tentando atirar em ninguém, só nela mesma.

A boca da garota abriu. Charlie não pôde ouvir as palavras, mas ficou óbvio que o policial ouviu.

— Você ouviu essa vadia de merda! — gritou o policial. — Deixa ela terminar isso ou sai da porra do meu caminho!

— Por favor — sussurrou a sra. Pinkman. Charlie tinha quase se esquecido da mulher. A esposa do diretor estava com a cabeça enfiada nas mãos, com seus olhos cobertos para não ter que olhar. — Por favor, pare.

— Kelly. — A voz do Huck era calma. Ele esticou a mão por cima do ombro, com a palma para cima. — Kelly, meu bem, me dê a arma. Você não tem que fazer isso. — Esperou alguns segundos e continuou: — Kelly. Olhe para mim.

Lentamente, a garota olhou para cima. A sua boca estava paralisada, aberta. Seus olhos sem brilho.

— No corredor da frente! No corredor da frente! — Outro policial passou correndo por Charlie. Ele se posicionou com um joelho no chão, deslizando pelo corredor, com as duas mãos na sua Glock, gritando. — Abaixe a arma!

— Por favor, Deus — A sra. Pinkman soluçava dentro das mãos. — Perdoe esse pecado.

— Kelly, me dê a arma — pediu Huck. — Ninguém mais precisa se machucar.

— Abaixe-se! — mandara o segundo policial. O tom de histeria na voz dele era muito alto. Charlie podia ver o dedo dele tenso no gatilho. — Fique deitado no chão!

— Kelly. — Huck firmou a voz, como um pai bravo. — Não estou mais pedindo. Me dê a arma agora. — Ele balançou a mão aberta no ar para enfatizar. — É sério.

Kelly Wilson começou a assentir. Charlie observou os olhos da adolescente voltarem a focar aos poucos, conforme as palavras de Huck começavam a penetrar. Alguém estava lhe dizendo o que fazer, mostrando para ela uma saída. Os ombros dela relaxaram. A boca fechou. Ela piscou várias vezes. Charlie compreendeu intrinsecamente o que a garota estava passando. O tempo tinha congelado e, então, alguém, de alguma forma, tinha encontrado a chave para reativá-lo.

Devagar, Kelly se movimentou para colocar o revólver na mão de Huck.

O policial puxou o gatilho mesmo assim.

CAPÍTULO DOIS

CHARLIE VIU O OMBRO esquerdo de Huck saltar quando a bala passou rasgando o braço dele. As narinas dele dilataram. Os lábios se abriram para respirar. O sangue serpenteou pelas fibras da camisa como uma íris vermelha. Ainda assim, ele segurou o revólver que Kelly tinha posto na sua mão.

— Meu Deus — sussurrou alguém.

— Eu estou bem — falou Huck para o policial que atirara nele. — Pode guardar sua arma, tudo bem?

As mãos do policial tremiam tanto que ele mal podia segurar a própria arma.

— Policial Rodgers, guarde sua arma e pegue esse revólver — falou Huck.

Charlie sentiu, mas quase não viu, um enxame de policias passar correndo por ela. O ar serpenteou em volta deles como aqueles riscos espirais que saem das nuvens nos desenhos, nada além de linhas curvas finas indicando o movimento.

Do nada, um paramédico estava segurando com força o braço de Charlie. Então, alguém acendeu uma lanterna ofuscante nos seus olhos, perguntando se estava ferida, se estava em choque, se queria ir para um hospital.

— Não — disse a sra. Pinkman. Outro paramédico estava vendo se ela tinha ferimentos. A camisa vermelha dela estava ensopada de sangue. — Por favor. Estou bem.

Ninguém estava examinando o sr. Pinkman.

Ninguém estava examinando a garotinha.

Charlie olhou para suas mãos. Os ossos dentro dos dedos estavam vibrando. A sensação se espalhou devagar até que ela sentiu que estava parada a dois centímetros do próprio corpo, que cada respiração reverberava outra respiração que tinha dado anteriormente.

A sra. Pinkman colocou as mãos nas bochechas de Charlie. Usou os dedões para enxugar as lágrimas. A dor estava gravada nas rugas profundas do rosto da mulher. Se fosse qualquer outra pessoa, Charlie teria se afastado, mas se entregou à ternura da sra. Pinkman.

Elas já tinham passado por aquilo.

Vinte e oito anos atrás, a sra. Pinkman era a srta. Heller, que vivia com os pais a três quilômetros da casa da fazenda. Foi ela quem atendera a batida insegura na porta e encontrara Charlie, com treze anos, de pé na varanda, ensopada de suor, coberta de sangue, perguntando se eles tinham um pouco de sorvete.

Era nisso que as pessoas focavam quando contavam a história — não no assassinato de Gamma e em Sam enterrada viva, mas em Charlie comendo duas tigelas de sorvete antes de dizer para a srta. Heller que algo ruim tinha acontecido.

— Charlotte. — Huck agarrou o seu ombro. Ela viu a boca dele se mover conforme repetia o nome que não era mais o dela. A gravata dele desamarrada. Via as machas vermelhas salpicando a bandagem branca em volta do braço dele.

— Charlotte. — Ele a chacoalhou de novo. — Você precisa ligar para o seu pai. Agora.

Charlie olhou para cima, olhou em volta. O tempo tinha seguido sem ela. A sra. Pinkman se fora. Os paramédicos tinham desaparecido. A única coisa que permanecia igual eram os corpos. Estavam parados lá, apenas a alguns metros de distância. O sr. Pinkman com sua gravata sobre o ombro. A garotinha com a jaqueta rosa manchada de sangue.

— Ligue para ele — disse Huck.

Charlie procurou o telefone no bolso traseiro da calça. Ele estava certo. Rusty estaria preocupado. Precisava avisá-lo que estava bem.

— Fale para trazer os jornais, o chefe de polícia e quem mais ele conseguir trazer aqui. — Ele disse e desviou o olhar. — Não posso pará-los sozinho.

Charlie sentiu um aperto no peito, o corpo lhe dizendo que estava presa em algo perigoso. Seguiu o olhar de Huck pelo corredor.

Ele não estava preocupado com ela.

Estava preocupado com Kelly Wilson.

A adolescente estava virada com a cara no chão e os braços algemados apertados nas costas. Era miúda, menor que Charlie, mas estava presa como se fosse um bandido perigoso. Um policial estava com o joelho apoiado nas costas dela, outro ajoelhou nas suas pernas e ainda tinha outro pressionando a sola da bota no rosto da garota.

Essas ações em si já poderiam ser vistas sob a ótica ampla do excesso de força policial, mas não foi por isso que Huck tinha lhe dito para ligar para Rusty. Cinco outros policiais formaram um círculo em volta da garota. Ela não tinha escutado eles, mas podia ouvi-los com clareza naquele momento. Estavam gritando, xingando, agitando os braços. Charlie conhecia alguns daqueles homens, os reconhecia do ensino médio, do tribunal ou de ambos. As expressões nos rostos deles estavam todas tingidas com o mesmo tom de raiva. Estavam furiosos com as mortes, empalidecidos com a própria impotência. Aquela era a cidade deles. A escola deles. Tinham filhos que eram alunos ali, professores, amigos.

Um dos policiais socou um armário com tanta força que quebrou a dobradiça da porta de metal. Outros continuavam abrindo e fechando os punhos. Alguns andavam para a frente e para trás pelo espaço curto do corredor, como animais enjaulados. Talvez *fossem* animais. Uma palavra errada poderia incitar um chute, depois um soco e, então, os cassetetes seriam puxados, armas seriam sacadas e eles se atracariam sobre Kelly Wilson como chacais.

— Minha filha tem essa idade — sibilou alguém por entre os dentes rangendo. — Elas estão na mesma turma.

Outro punho golpeou outro armário.

— O Pink foi meu treinador — disse outro.

— Ele nunca mais vai treinar ninguém.

De novo, outro armário foi chutado para fora das dobradiças.

— Você... — A voz de Charlie falhou antes que pudesse terminar. Isso era perigoso. Muito perigoso. — Pare — pediu e, em seguida, implorou: — Por favor, pare.

Ou não a ouviram ou não se importaram.

— Charlotte, não se meta nisso — falou Huck. — Só...

— Vaca de merda. — O policial com o joelho enfiado nas costas de Kelly arrancou um tufo do cabelo dela. — Por que fez isso? Por que matou eles?

— Pare — falou Charlie. A mão de Huck foi até o braço dela, mas ela se levantou mesmo assim. — Pare.

Ninguém estava escutando. A voz dela era muito tímida, porque cada músculo do seu corpo estava lhe dizendo para não entrar naquele vespeiro de fúria masculina. Era como tentar impedir cães de brigar, exceto que os cães tinham armas carregadas.

— Ei — Charlie tentou de novo, com o medo fazendo-a se engasgar na palavra. — Leve ela para a delegacia. Coloque ela em uma cela.

Jonah Vickery, um atleta babaca que ela conhecia do ensino médio, sacou seu cassetete de metal.

— Jonah. — Os joelhos de Charlie estavam tão fracos que ela teve que se apoiar na parede para não cair no chão. — Você precisa ler os direitos dela e...

— Charlotte. — Huck fez um sinal para ela se sentar de volta no chão. — Não se meta nisso. Ligue para o seu pai. Ele pode parar isso.

Ele estava certo. Os policiais tinham medo do pai dela. Sabiam sobre os processos e a ideologia que ele pregava. Charlie tentou apertar o botão do telefone. Os seus dedos estavam muito pegajosos. O suor transformara o sangue coagulado em uma pasta grossa.

— Rápido — falou Huck. — Vão acabar matando ela.

Charlie viu um pé voando na lateral do corpo de Kelly com tanta força que fez os quadris dela saírem do chão.

Outro cassetete de metal foi sacado.

Charlie conseguiu apertar o botão. Uma foto do cachorro de Huck preencheu a tela. Ela não pediu o código para Huck. Era tarde demais para ligar para Rusty. Ele não chegaria na escola a tempo. Apertou o ícone da câmera, sabendo que funcionaria mesmo com o celular bloqueado. Duas passadas de dedo e o vídeo estava sendo gravado. Ela deu um zoom no rosto da garota.

— Kelly Wilson. Olhe para mim. Você pode respirar?

Kelly piscou. A cabeça dela parecia ser do tamanho da cabeça de uma boneca comparada com a bota do uniforme da polícia que estava sendo pressionada na cara dela.

— Kelly, olhe para a câmera — falou Charlie.

— Merda — xingou Huck. — Eu disse para...

— Vocês precisam parar com isso. — Charlie escorou seu ombro nos armários conforme se aproximava mais da toca dos leões. — Levem ela para a delegacia. Tirem a foto dela. As impressões digitais. Não deixem isso se transformar...

— Ela tá filmando a gente — disse um dos policiais. Greg Brenner. Outro atleta babaca. — Guarda isso, Quinn.

— Ela é uma garotinha de dezesseis anos. — Charlie continuou filmando. — Vou com ela no banco de trás da viatura. Você pode prender ela e...

— Faça ela parar — falou Jonah. Era ele quem estava com o pé apertando o rosto da adolescente. — Ela é pior que aquele seu pai maldito.

— Dá um sorvete para ela — sugeriu Al Larrisy.

— Jonah, tire sua bota da cabeça dela — falou Charlie. Ela passou com a câmera pelos rostos de cada um dos policiais. — Tem um jeito certo de fazer isso. Vocês sabem disso. Não sejam o motivo desse caso nem ir a julgamento.

Jonah apertou tanto seu pé que a boca de Kelly foi forçada a abrir. Começou a pingar sangue onde o aparelho dela cortou a bochecha por dentro.

— Está vendo aquele bebê morto ali? — perguntou ele, apontando para o corredor. — Está vendo como o pescoço dela explodiu?

— O que acha? — perguntou Charlie, porque estava com as mãos cobertas pelo sangue da garota.

— Acho que você se importa mais com um assassino maldito do que com duas vítimas inocentes.

— Chega. — Greg tentou agarrar o telefone. — Desligue.

Charlie desviou para que pudesse continuar filmando.

— Coloque nós duas no carro — falou ela. — Nos leve para a delegacia e...

— Me dá isso. — Greg avançou no telefone de novo.

Charlie tentou driblá-lo, mas Greg era muito rápido. Agarrou o celular da mão dela e o jogou no chão.

Charlie se abaixou para recolhê-lo.

— Deixa isso onde está — ordenou ele.

Charlie continuou na direção do telefone.

Sem avisar, a ponta do cotovelo de Greg golpeou a ponte do nariz dela. A cabeça de Charlie foi jogada para trás, batendo no armário. A dor foi como se uma bomba tivesse explodido dentro do rosto dela. A sua boca se abriu. Ela cuspiu sangue.

Ninguém se mexeu.

Ninguém falou nada.

Charlie levou as duas mãos para o rosto. O sangue escorria do nariz como uma torneira. Sentiu-se atordoada. Greg *pareceu* atordoado. Ele levantou as mãos como se dissesse que não teve a intenção. Mas o estrago estava feito. Charlie cambaleou. Tropeçou no próprio pé. Greg tentou segurá-la. Demorou muito.

A última coisa que ela viu foi o teto girando sobre a sua cabeça quando caiu no chão.

CAPÍTULO TRÊS

HARLIE SE SENTOU NO chão da sala de interrogatórios com as costas encaixadas em um canto. Não tinha ideia de quanto tempo passara desde que fora arrastada até a delegacia. Uma hora, no mínimo. Os seus punhos estavam algemados. Lenços de papel estavam enfiados no seu nariz quebrado. Os pontos coçavam na parte de trás da cabeça. A sua cabeça latejava. A visão estava borrada. O estômago revirado. Tinha sido fotografada. As impressões digitais foram colhidas. Ainda estava vestindo as mesmas roupas. Seu jeans salpicado de pontos vermelhos. O mesmo padrão marcava sua camiseta dos Duke Blue Devils. As mãos estavam cobertas de sangue coagulado, porque a cela em que a deixaram usar o banheiro tinha apenas um fio gelado de água marrom saindo de uma torneira imunda.

Vinte oito anos atrás, implorara para que as enfermeiras do hospital a deixassem tomar um banho. O sangue de Gamma havia ressecado na pele dela. Tudo ficara pegajoso. Charlie não tinha se submergido completamente na água desde que a casa de tijolos vermelhos queimara. Queria sentir o calor envolvê-la, assistir ao sangue e aos ossos flutuarem para longe, como um sonho ruim desaparecendo na sua memória.

Nada nunca desaparecia de verdade. O tempo apenas amortecia as dores.

Charlie expirou devagar. Repousou o lado da cabeça contra a parede. Fechou os olhos. Viu a garotinha morta no corredor da escola, a forma como a sua cor fora drenada como no inverno, o modo como a sua mão caíra, do mesmo jeito que a mão de Gamma.

A garotinha ainda estaria no corredor frio da escola (seu corpo, pelo menos), junto com o do sr. Pinkman. Ambos mortos. Ambos expostos a mais uma injustiça final. Seriam deixados no meio do caminho, descobertos, desprotegidos, enquanto as pessoas iam e vinham relutantes em volta deles. Era assim que os homicídios funcionavam. Ninguém movia nada, nem mesmo uma criança, nem mesmo um treinador adorado, até que cada centímetro da cena fosse fotografado, catalogado, medido, diagramado, investigado.

Charlie abriu os olhos.

Isso tudo era um território tão familiar e tão triste: as imagens que não podia tirar da cabeça, os lugares obscuros aos quais o seu cérebro continuava indo de novo e de novo, como rodas de um carro cavando uma trilha em uma estrada de terra.

Ela respirou pela boca. O seu nariz tinha uma pulsação dolorida. O paramédico dissera que não estava quebrado, mas Charlie não confiava neles. Antes mesmo que terminassem de suturar a cabeça dela, os policiais estavam combinando uma desculpa que livraria um ao outro, articulando seus relatórios, todos concordando que Charlie fora hostil, que ela mesmo tinha se chocado contra o cotovelo de Greg, que o telefone quebrara quando ela pisara acidentalmente nele.

O telefone de Huck.

O sr. Huckleberry tinha repetido várias vezes que o telefone e todo seu conteúdo pertencia a ele. Até mostrou a tela a eles para que pudessem ver o vídeo sendo deletado.

Enquanto aquilo estava acontecendo, teria sido muito dolorido para ela balançar a cabeça, mas Charlie fez isso agora. Tinham atirado em Huck sem ele ter provocado e ele estava quebrando o galho deles. Ela vira esse tipo de comportamento em quase todas as forças policiais com que tinha trabalhado.

Não importava o que fosse, esses caras sempre, sempre davam cobertura um ao outro.

A porta abriu. Jonah entrou. Ele trouxe duas cadeiras dobráveis, uma em cada mão. Piscou para Charlie, porque ele gostava mais dela agora que estava em custódia. Ele continuava o mesmo sádico de quando estava no ensino médio. O uniforme tinha apenas oficializado isso.

— Quero o meu pai — falou ela, o mesmo que tinha dito todas as vezes que alguém entrou na sala.

Jonah piscou de novo enquanto abria as cadeiras, uma em cada lado da mesa.

— Tenho o direito legal a um advogado.

— Acabei de falar com ele no telefone. — Isso não veio de Jonah e sim de Ben Bernard, o assistente da promotoria do condado. Ele mal olhou para Charlie quando jogou uma pasta na mesa e se sentou. — Tire as algemas dela.

— Quer que eu prenda as correntes na mesa? — perguntou Jonah.

Ben alisou sua gravata. Olhou para o homem.

— Eu disse para tirar essas merdas da minha esposa agora.

Ben tinha elevado a voz para dizer isso, mas não gritara. Ele nunca gritava, pelo menos não durante os dezoito anos em que Charlie o conhecera.

Jonah girou as chaves em volta dos dedos, deixando claro que faria aquilo no seu ritmo, quando sentisse vontade. Abriu as algemas com brutalidade e as arrancou dos pulsos de Charlie, mas ela riu por último, porque estava tão atordoada que não sentiu nada.

Jonah bateu a porta quando saiu da sala.

Charlie ouviu o barulho da porta ecoando pelas paredes de concreto. Ela continuou sentada no chão. Esperou Ben soltar alguma piada sobre como ninguém coloca o amor dele no canto de castigo, mas Ben tinha duas vítimas de homicídio no colégio, uma adolescente suicida assassina em custódia e sua esposa sentada em um canto coberta de sangue, então, em vez disso, Charlie se consolou com o jeito que ele levantou seu queixo para indicar que ela deveria se sentar na cadeira em frente a ele.

— Kelly está bem? — indagou ela.

— Está em observação para não se suicidar. Duas policiais, o tempo todo.

— Ela tem dezesseis anos — disse Charlie, apesar deles dois saberem que Kelly Wilson seria julgada como adulta. A única salvação da adolescente, literalmente, era que menores não estavam mais sujeitos a pena de morte. — Se ela pedir por um dos pais, isso pode ser apresentado como o equivalente a pedir um advogado.

— Depende do juiz.

— Você sabe que meu pai vai conseguir mudar o foro do julgamento. — Charlie sabia que seu pai era o único advogado na cidade que pegaria o caso.

A luz do teto refletiu nos óculos de Ben conforme ele acenou em direção à cadeira de novo.

Charlie se levantou, apoiando na parede. Uma onda de vertigem a fez fechar os olhos.

— Precisa de tratamento médico? — perguntou Ben.

— Alguém já me perguntou isso. — Charlie não queria ir para um hospital. Deve ter tido uma concussão. Mas ainda podia andar, desde que mantivesse alguma parte do seu corpo em contato com algo sólido. — Estou bem.

Ele não disse nada, mas um silencioso "é claro que você está bem, você está sempre bem" reverberou pela sala.

— Viu? — Ela tocou a parede com as pontas dos dedos, uma acrobata em um fio.

Ben não levantou os olhos. Ajeitou os óculos. Abriu o arquivo na frente dele. Havia um único formulário dentro. Os olhos de Charlie não focariam o suficiente para ler palavras, nem mesmo quando ele começou a escrever com letras de forma grandes.

— Com qual crime me acusaram? — perguntou ela.

— Obstrução de justiça.

— Esse é um coringa bem útil.

Ele continuou escrevendo. Continuou sem olhar para ela.

— Você já viu o que fizeram comigo, né?

O único som que Ben fez foi o da sua caneta raspando pelo papel.

— É por isso que não vai olhar para mim agora, porque viu o que aconteceu por esses relatórios. — Ela acenou para o vidro espelhado. — Quem mais está aí? Coin? — O promotor Ken Coin era o chefe de Ben, um exibido insuportável que enxergava tudo em preto e branco e, ultimamente, marrom, por causa da expansão habitacional que trouxera um influxo de imigrantes mexicanos de Atlanta.

Charlie viu o reflexo da sua mão levantada no espelho, o dedo do meio em riste para saudar o promotor Coin.

— Colhi nove depoimentos que disseram que você estava inconsolável na cena e, quando foi ser confortada pelo policial Brenner, seu nariz foi de encontro ao cotovelo dele.

Se ele ia falar com ela como um advogado, então Charlie seria uma advogada.

— É isso o que o vídeo no telefone mostrou ou preciso entrar com uma intimação para um exame forense de todos os arquivos deletados?

Os ombros de Ben se encolheram.

— Faça o que tiver que fazer.

— Certo. — Charlie firmou as mãos na mesa para que pudesse sentar. — Essa é a parte que você oferece retirar a falsa acusação de obstrução se eu não entrar com uma denúncia de violência policial?

— Já retirei a falsa acusação de obstrução. — A caneta dele desceu para a próxima linha. — Você pode entrar com quantas denúncias quiser.

— Tudo que quero é um pedido de desculpas.

Ela ouviu um som vindo de trás do espelho, algo parecido com um suspiro. Nos últimos doze anos, representando seus clientes, Charlie entrara com dois processos muito bem-sucedidos contra o Departamento de Polícia de Pikeville. Ken Coin tinha presumido que ela estava sentada ali contando todo o dinheiro que arrancaria da cidade, em vez de sofrer pela criança que morrera nos seus braços ou de estar de luto pela perda do diretor que a colocara de castigo em vez de expulsá-la da escola quando ambos sabiam que era isso que ela merecia.

Ben manteve a cabeça inclinada. Bateu a caneta contra a mesa. Ela tentou não pensar em Huck fazendo a mesma coisa na mesa dele da escola.

— Tem certeza? — perguntou ele.

Charlie acenou na direção do espelho, torcendo para Coin estar lá.

— Se pudessem pelo menos admitir quando fazem alguma coisa errada, as pessoas acreditariam em vocês quando dissessem que fizeram o certo.

Ben finalmente olhou para ela. Os olhos dele vasculharam o rosto dela, absorvendo o estrago. Ela viu as linhas finas em volta da boca do marido quando ele franziu a testa aprofundando suas rugas, e se perguntou se, alguma vez, ele notara os mesmos sinais de envelhecimento no rosto dela.

Tinham se conhecido na faculdade. Ele se mudara para Pikeville para ficar com ela. Tinham planejado passar o resto da vida juntos.

— Kelly Wilson tem direito a... — disse ela.

Ben ergueu a mão para pará-la.

— Você sabe que concordo com tudo que vai dizer.

Charlie se reclinou na cadeira. Ela teve que se lembrar de que nem ela nem Ben nunca seguiram a mentalidade do "nós contra eles" de Rusty e de Ken Coin.

— Quero uma desculpa por escrito de Greg Brenner — explicou ela. — Um pedido de verdade, não qualquer porcaria de "lamento que você se sinta assim", como se eu fosse uma mulher histérica e ele não tivesse agido como um maldito soldado nazista.

Ben assentiu.

— Feito.

Charlie puxou o formulário. Pegou a caneta. As palavras eram um borrão, mas ela lera testemunhos o suficiente para saber onde deveria assinar. Rabiscou a assinatura na parte de baixo e deslizou o formulário de volta para Ben.

— Vou confiar que manterá sua parte no trato. Preencha o testemunho do jeito que quiser.

Ben olhou para o formulário. Os seus dedos passaram por cima das bordas. Não estava olhando para a assinatura, mas para as impressões digitais de sangue marrom que ela deixara no papel branco.

Charlie piscou para focar a visão. Isso foi o mais perto que eles chegaram de se tocar em nove meses.

— Certo. — Ele fechou a pasta. Fez questão de ficar de pé.

— Foram só os dois? — perguntou Charlie. — O sr. Pink e a garo...

— Sim. — Ele hesitou antes de se sentar de volta na cadeira. — Um dos zeladores trancou a cantina. O assistente da diretoria parou os ônibus na rua.

Charlie não quis pensar nos danos que Kelly Wilson poderia ter causado se tivesse começado a disparar a arma alguns segundos depois do sinal em vez de antes.

— Todos precisam ser interrogados — informou Ben. — As crianças. Professores. Funcionários.

Charlie sabia que a equipe do município não era capaz de coordenar tantos interrogatórios, muito menos montar um caso tão complexo sozinha. O Departamento de Polícia de Pikeville tinha dezessete policiais em tempo integral. Ben era um dos seis advogados no escritório da promotoria.

— Ken vai pedir ajudar? — indagou ela.

— Já estão aqui — respondeu Ben. — Tudo mundo apareceu do nada. Polícia Estadual. Polícia Federal. O gabinete do xerife. Nem precisamos ligar.

— Isso é bom.

— É. — Ele pegou no canto da pasta com os dedos. Os lábios dele se retorceram da forma que faziam quando ele mordiscava a ponta da língua. Era um hábito antigo que ele não perdia. Charlie uma vez vira a mãe dele se esticar do outro lado da mesa para bater na mão dele e fazê-lo parar.

— Você viu os corpos? — quis saber.

Ele não respondeu, mas não precisava. Charlie sabia que Ben vira a cena do crime. Estava claro no tom sombrio da voz dele, no peso que derrubava seus ombros. Pikeville crescera nas duas últimas décadas, mas ainda era uma cidade pequena, o tipo de lugar em que a heroína era uma preocupação muito maior do que homicídios.

— Você sabe como essas coisas demoram, mas falei para levarem os corpos o mais rápido possível — respondeu ele.

Charlie olhou para o teto para conter as lágrimas. Ele a tinha acordado uma dezena de vezes do seu pior pesadelo: um dia normal, Charlie e Rusty cuidando de afazeres cotidianos dentro da velha casa da fazenda, cozinhando, lavando roupas e pratos, enquanto o corpo de Gamma apodrecia encostado no armário porque a polícia tinha esquecido de levá-la.

Provavelmente isso era por causa do pedaço de dente que ela tinha encontrado atrás do armário... O que mais teriam esquecido?

— Seu carro está estacionado atrás do seu escritório — avisou Ben. — Eles fecharam a escola. É provável que fique fechada pelo restante da semana. Já tem uma van do noticiário vinda de Atlanta.

— Meu pai está lá? Penteando o cabelo?

Ambos sorriram um pouco, porque sabiam que não havia nada que o pai dela gostasse mais do que se ver na televisão.

— Ele falou para você aguentar firme. Quando liguei para ele, foi isso que Rusty disse: "Diga para aquela garota aguentar firme."

O que significava que Rusty não viria resgatá-la. Que ele presumia que sua filha durona podia lidar com uma sala cheia de policiais trapalhões enquanto ele corria para a casa de Kelly Wilson e fazia os pais dela assinarem um contrato com ele.

Quando as pessoas falavam sobre o quanto odiavam advogados, era a imagem de Rusty que aparecia na cabeça delas.

— Posso mandar uma das viaturas levar você até o escritório — comentou Ben.

— Não vou entrar em um carro com nenhum desses babacas.

Ben passou os dedos pelo cabelo. Precisava ser cortado. A camisa dele estava amassada. Faltava um botão no terno. Ela queria pensar que ele estava em ruínas sem ela, mas a verdade é que ele sempre fora desgrenhado e havia mais chances de Charlie provocá-lo por parecer um mendigo hipster do que de pegar uma agulha e uma linha.

— Kelly Wilson estava sob custódia deles — contou ela. — Não estava resistindo. No momento que a algemaram, se tornaram responsáveis pela segurança dela.

— A filha de Greg estuda naquela escola.

— Kelly também. — Charlie se inclinou mais perto dele. — Não vivemos em Abu Ghraib, certo? Kelly Wilson tem o direito constitucional de um julgamento justo conforme a lei. Cabe a um juiz e a um júri a decisão, não a um bando de policiais vingativos sedentos por espancar uma adolescente.

— Eu entendo. Todos nós entendemos. — Ben achou que ela estava encenando para o grande mágico de Oz atrás do espelho. — "Uma sociedade justa é uma sociedade cumpridora da lei. Você não pode ser um dos mocinhos se agir como um dos vilões."

Ele estava citando Rusty.

— Iam bater nela até cansar. Ou pior — retomou ela.

— Então você se ofereceu no lugar dela?

Charlie sentiu uma ardência nas mãos. Sem pensar, estava coçando onde o sangue coagulara, transformando as crostas em bolinhas. As suas unhas eram dez luas crescentes e pretas.

Ela olhou para o marido.

— Você disse que pegou o testemunho de nove pessoas?

Ben deu um único aceno relutante. Sabia por que ela estava fazendo aquela pergunta.

Oito policiais. A sra. Pinkman não estava lá quando o nariz de Charlie foi quebrado, o que significava que o nono testemunho viera de Huck, o que significava que Ben já tinha falado com ele.

— Você sabe? — Essa era a única questão que importava entre eles agora, se Ben sabia ou não por que ela fora na escola naquela manhã. Porque, se Ben sabia, então todo mundo sabia, o que significava que Charlie tinha encontrado outra forma cruel de humilhar o marido. — Ben?

Ele passou os dedos pelo cabelo. Alisou a gravata. Tinha tantos tiques nervosos que eles nunca podiam jogar cartas, nem mesmo rouba-monte.

— Amor, me desculpe — sussurrou ela. — Me desculpe mesmo.

Houve uma batida rápida antes de a porta abrir. Charlie continuou com a esperança de que fosse seu pai, mas uma senhora negra mais velha, vestindo uma calça de alfaiataria azul-marinho e uma blusa branca, entrou na sala. O cabelo preto curto dela tinha tufos brancos. Ela tinha uma bolsa surrada grande nos braços, que era quase tão grande quanto a que Charlie levava para o trabalho. Um crachá plastificado estava pendurado em um cordão em volta do pescoço dela, mas Charlie não podia lê-lo.

— Sou a agente especial encarregada Delia Wofford, do Departamento de Investigação da Geórgia. Você é Charlotte Quinn? — perguntou a mulher. Ela esticou o braço para apertar a mão de Charlie, mas mudou de ideia quando viu o sangue coagulado. — Você foi fotografada?

Charlie assentiu.

— Por Deus. — Ela abriu a bolsa e tirou um pacote de lenços umedecidos. — Use quantos precisar. Posso trazer mais.

Jonah voltou com outra cadeira. Delia apontou para o canto da mesa, indicando que era ali que queria sentar.

— Você é o imbecil que não deixou essa mulher se limpar? — perguntou ela para Jonah.

Jonah não sabia o que fazer com aquela pergunta. É provável que ele nunca tenha precisado obedecer a nenhuma mulher além da mãe dele, e isso fora havia muito tempo.

— Feche a porta quando sair. — Delia enxotou Jonah com a mão enquanto se sentava. — Srta. Quinn, vamos terminar isso o mais rápido possível. Se importa se eu gravar?

Charlie fez que não com a cabeça.

— Fique à vontade.

Delia tocou alguns botões no celular para ativar o gravador e, então, abriu a bolsa, jogando cadernos, livros e papéis na mesa.

A concussão fez com que fosse impossível para Charlie ler qualquer coisa na sua frente, então abriu o pacote de lenços umedecidos e começou a usá-los. Esfregou entre os dedos primeiro, desalojando pedaços pretos que flutuaram como cinzas de uma fogueira agitada. O sangue tinha se infiltrado nos poros. As mãos dela pareciam com as de uma velha. De repente foi tomada pela exaustão. Queria ir para casa. Queria um banho quente. Queria pensar sobre o que acontecera naquele dia, examinar todas as peças, montá-las, colocá-las em uma caixa e guardá-las no alto, em uma prateleira, para que nunca mais tivesse que lidar com aquilo de novo.

— Srta. Quinn? — Delia Wofford estava lhe oferecendo uma garrafa de água.

Charlie quase a arrancou da mão da mulher. Não tinha percebido o quanto estava com sede até aquele momento. Metade da água tinha ido antes que a parte lógica do cérebro a lembrasse que não era uma boa ideia beber tão rápido com o estômago doendo.

— Me desculpe. — Charlie colocou a mão na boca para cobrir o arroto desagradável.

Era óbvio que a agente já tinha aguentado coisa pior.

— Pronta?

— Está gravando?

— Sim.

Charlie puxou outro lenço do pacote.

— Primeiro, quero algumas informações sobre Kelly Wilson.

Delia Wofford tinha anos de experiência profissional o suficiente para não transparecer o quanto deve ter se sentido incomodada.

— Ela foi examinada por um médico. Está sob vigilância constante.

Não foi isso que Charlie quis dizer e a agente sabia.

— Há nove fatores que devem ser considerados antes de definir se uma declaração de um menor é ou não...

— Srta. Quinn — interrompeu Delia —, vamos parar de nos preocupar com Kelly Wilson e começar a nos preocupar com você. Tenho certeza de que você não quer passar nem mais um minuto além do que for absolutamente necessário aqui.

Charlie teria revirado os olhos se não fosse pelo medo de ter uma vertigem.

— Ela tem dezesseis anos. Não tem idade o suficiente para...

— Dezoito.

Charlie parou de limpar as mãos. Encarou Ben, não Delia Wofford, porque tinham combinando bem no começo do casamento que uma mentira por omissão também era uma mentira.

Ben a encarou de volta. A expressão dele não lhe dizia nada.

— De acordo com a certidão de nascimento, Kelly Wilson fez dezoito anos dois dias atrás — falou Delia.

— Você tinha... — Charlie teve que desviar o olhar de Ben, porque o seu casamento fracassado ficou de lado diante da perspectiva de uma sentença de morte. — Você viu a certidão dela?

Delia mexeu na pilha de pastas até que achou o que estava procurando. Colocou uma folha de papel na frente de Charlie. Tudo que ela pôde compreender foi um selo redondo de aparência oficial.

— Os registros da escola confirmaram — continuou Delia —, mas recebemos por fax essa cópia oficial do Departamento de Saúde da Geórgia uma hora atrás. — O dedo dela apontava para o que deveria ser a data de nascimento de Kelly. — Ela fez dezoito anos às 6h23 da manhã de sábado, mas você sabe que a lei lhe dá até a meia-noite para ser considerada oficialmente uma adulta.

Charlie sentiu um enjoo. *Dois dias.* Quarenta e oito horas significaram a diferença entre uma vida com uma possível liberdade condicional e a morte por injeção letal.

— Ela repetiu uma série. Provavelmente foi isso que confundiu as coisas.

— O que ela estava fazendo no ensino fundamental?

— Ainda há uma grande quantidade de perguntas sem respostas. — Delia vasculhou sua bolsa e achou uma caneta. — Agora, srta. Quinn, oficialmente, está disposta a prestar depoimento? É seu direito recusar. Você sabe disso.

Charlie mal podia acompanhar as palavras da agente. Colocou a mão aberta sobre o estômago, se forçando a se acalmar. Mesmo se por algum milagre Kelly Wilson desse um jeito de escapar da pena de morte, a Lei dos Sete Pecados Capitais da Geórgia garantiria que ela nunca mais saísse da prisão.

Isso seria muito errado?

Não havia ambiguidade aqui. Kelly foi pega literalmente segurando a arma do crime.

Charlie olhou para as próprias mãos, ainda havia sangue da garotinha que morrera nos seus braços. Morta porque Kelly Wilson tinha atirado nela. Assassinado. Da mesma forma que matara o sr. Pinkman.

— Srta. Quinn? — Delia olhou para o relógio, mas Charlie sabia que a mulher estava exatamente onde deveria estar.

Charlie também sabia como o sistema judiciário funcionava. Ninguém contaria a história sobre o que aconteceu naquela manhã sem a intenção de crucificar Kelly Wilson. Os oito policiais que estavam lá teriam essa intenção. Huck Huckabee também. Talvez até a sra. Pinkman, cujo marido foi assassinado a menos de dez metros da sala de aula dela.

— Concordo em prestar depoimento — respondeu Charlie.

Delia tinha um bloco de anotações à sua frente. Girou a caneta para abrir.

— Srta. Quinn, primeiro eu gostaria de dizer o quanto lamento por você ter sido envolvida nisso. Estou ciente do seu histórico familiar. Tenho certeza de que foi difícil testemunhar...

Charlie girou a mão para indicar que ela deveria seguir em frente.

— Certo — prosseguiu Delia. — Essa próxima parte eu tenho que dizer. Quero que saiba que a porta atrás de mim está destrancada. Você não está presa. Não está detida. Como já foi dito, está livre para sair a qualquer momento, contudo, como uma das poucas testemunhas da tragédia de hoje, seu depoimento voluntário pode ser fundamental para nos ajudar a compreender o que aconteceu.

Charlie reparou que a mulher não a alertou que mentir para uma agente do DIG poderia levá-la para a prisão.

— Você quer que eu ajude a montar um caso contra Kelly Wilson.

— Só quero que diga a verdade.

— E só posso fazer isso até onde é do meu conhecimento. — Charlie não percebeu que estava se sentido hostil até que olhou para baixo e viu seus braços cruzados.

Delia repousou a caneta na mesa, mas o gravador continuava ligado.

— Srta. Quinn, vamos deixar claro que essa é uma situação bem estranha para todos nós.

Charlie esperou.

— Você se sentiria mais à vontade para falar se o seu marido saísse da sala? — perguntou Delia.

Charlie apertou os lábios.

— Ben sabe por que eu estava na escola essa manhã.

Se Delia estava desapontada que sua carta na manga tinha sido descoberta, ela não demonstrou. Voltou a pegar a caneta.

— Vamos começar desse ponto, então. Sei que o seu carro estava estacionado no setor dos funcionários a leste da entrada principal. Como entrou no prédio?

— Pela porta lateral. Estava aberta.

— Você reparou que a porta estava aberta quando estacionou o carro?

— Ela está sempre aberta. — Charlie balançou a cabeça. — Quero dizer, sempre estava quando estudei lá. É mais rápido ir por ali do estacionamento até a cantina. Eu costumava ir até... — A voz dela desapareceu, porque aquilo não importava. — Estacionei nas vagas da lateral e entrei pela porta lateral, a qual presumi, baseado na minha experiência prévia como estudante, que estaria aberta.

A caneta de Delia se movia pelo bloco. Ela não olhou para cima quando perguntou:

— Você foi direto para a sala do sr. Huckabee?

— Virei para o lado errado. Passei na frente da secretaria. Estava tudo escuro, exceto pela luz da sala do sr. Pinkman no fundo.

— Viu alguém?

— Não vi o sr. Pinkman, só que a luz dele estava acesa.

— E alguma outra pessoa?

— A sra. Jenkins, a secretária da escola. Acho que a vi indo em direção à sala dela, mas já estava no final do corredor naquela hora. As luzes acenderam. Eu virei. Estava a uns trinta metros de distância. — Parada onde Kelly

Wilson parou quando matou o sr. Pinkman e a garotinha. — Não sei se foi a sra. Jenkins quem entrou na secretaria, mas era uma mulher mais velha que se parecia com ela.

— E essa foi a única pessoa que você viu, uma mulher mais velha entrando na secretaria?

— Sim. As portas para as salas de aula estavam fechadas. Alguns professores estavam dentro, então suponho que os vi, também. — Charlie mordeu o lábio, tentando organizar os pensamentos. Não era de se admirar que seus clientes complicavam suas situações quando falavam. Charlie era uma testemunha, nem mesmo uma suspeita, e já estava deixando de lado os detalhes. — Não reconheci nenhum dos professores atrás das portas. Não sei se me viram, mas é possível que sim.

— Certo, então você foi até a sala do sr. Huckabee a seguir?

— Sim. Estava na sala dele quando ouvi o disparo de uma arma.

— *Um* disparo?

Charlie juntou e amassou os lenços umedecidos sobre a mesa.

— Quatro disparos rápidos.

— Rápidos?

— Sim. Não. — Ela fechou os olhos. Tentou se lembrar. Apenas um punhado de horas tinham se passado. Por que parecia que tudo tinha acontecido havia uma eternidade? — Ouvi dois tiros e depois mais dois? Ou três e depois um?

Delia segurou sua caneta como um mastro, aguardando.

— Não me lembro da sequência — admitiu Charlie e, de novo, se lembrou que aquele era um depoimento oficial. — Pelo que posso me lembrar, houve quatro tiros no total. Me lembro de contá-los. E, então, Huck me puxou para baixo. — Charlie limpou a garganta. Resistiu à necessidade de olhar para Ben, para ver como ele estava absorvendo aquilo. — O sr. Huckabee me puxou para trás de um armário, presumo que para me proteger.

— Mais algum disparo?

— Eu... — Ela balançou a cabeça porque, de novo, não tinha certeza. — Não sei.

— Vamos voltar um pouco — sugeriu Delia. — Estavam apenas você e o sr. Huckabee na sala?

— Sim. Não vi mais ninguém no corredor.

— Por quanto tempo você ficou na sala do sr. Huckabee antes de ouvir os tiros?

De novo, Charlie balançou a cabeça.

— Talvez dois a três minutos?

— Então, você foi na sala dele, dois ou três minutos se passaram, você ouviu esses quatro disparos, o sr. Huckabee a puxou para trás do armário e então?

Charlie encolheu os ombros.

— Corri.

— Na direção da saída?

Os olhos de Charlie piscaram na direção de Ben.

— Na direção dos tiros.

Ben coçou o queixo em silêncio. Esse era um dos problemas deles, a forma como Charlie sempre corria em direção ao perigo enquanto todas as outras pessoas fugiam.

— Tudo bem — falou Delia enquanto escrevia. — O sr. Huckabee estava junto quando você correu em direção aos tiros?

— Estava atrás de mim. — Charlie se lembrou de ter passado como um raio por Kelly, saltando sobre as pernas esticadas dela. Dessa vez a memória lhe mostrou Huck ajoelhado do lado da garota. Aquilo fazia sentido. Ele teria visto a arma na mão de Kelly. Ele teria tentado convencer a adolescente a lhe dar o revólver durante todo o tempo que Charlie estava assistindo à garotinha morrendo.

— Pode me dizer o nome dela? Da garotinha? — perguntou à Delia.

— Lucy Alexander. A mãe é professora na escola.

Charlie viu as feições da garota ficarem nítidas. O casaco cor-de-rosa. A mochila combinando. O monograma do nome dela no interior do casaco, ou esse era um detalhe que Charlie estava inventando?

— Não divulgamos o nome dela para a imprensa, mas os pais foram notificados.

— Ela não sofreu. Pelo menos... acho que não. Ela não sabia que estava... — Mais uma vez, Charlie balançou a cabeça, ciente que estava preenchendo as lacunas com coisas que queria que fossem a verdade.

— Então, você correu na direção dos tiros, na direção da secretaria — retomou Delia. Virou uma nova página no seu bloco. — O sr. Huckabee estava atrás de você. Quem mais você viu?

— Não me lembro de ter visto Kelly Wilson. Quero dizer, me lembrei depois que a vi, quando ouvi os policiais gritando, mas, quando estava correndo, bem, antes disso, Huck me alcançou, ele me ultrapassou virando o corredor e depois passei por ele... — Charlie mordeu o lábio de novo. Essa narrativa cheia de meandros era o tipo de coisa que a enlouquecia quando falava com seus clientes. — Passei correndo por Kelly. Pensei que ela era uma criança. Uma estudante. — Kelly Wilson fora ambas as coisas. Mesmo com dezoito anos, era pequena, o tipo de garota que sempre pareceria uma criança, mesmo quando fosse uma mulher adulta com os próprios filhos.

— Estou meio confusa com a cronologia — admitiu Delia.

— Me desculpe — tentou explicar Charlie: — A cabeça sai do eixo quando se está no meio desse tipo de coisa. O tempo muda de uma linha reta para uma esfera e só mais tarde você consegue segurá-la na mão e olhar todos os lados diferentes e pensar *Ah, agora me lembro... isso aconteceu, depois isso, então...* Só depois do fato que você consegue esticá-lo de volta em uma linha reta que faça sentido.

Ben a estudava. Ela sabia o que ele estava pensando porque conhecia o que tinha dentro da cabeça dele melhor do que o conteúdo da sua própria. Com aquelas poucas frases, Charlie revelou mais a respeito dos seus sentimentos sobre quando Gamma e Sam levaram um tiro do que aludira nos dezesseis anos de casamento deles.

Charlie manteve o foco em Delia Wofford.

— O que estou dizendo é que não lembro de ter visto Kelly na primeira vez até que a vi pela segunda vez. Como um déjà-vu, só que de verdade.

— Entendi. — Delia acenou enquanto voltou a escrever. — Prossiga.

Charlie tinha que encontrar o ponto em que estava.

— Kelly não tinha se mexido entre as duas vezes que a vi. As suas costas estavam contra a parede. As pernas esticadas na frente dela. A primeira vez, quando eu estava correndo pelo corredor, me lembro de olhar para ela para ter certeza de que estava bem. Para ter certeza de que não era uma vítima. Não vi a arma. Ela estava vestida de preto, como uma gótica, mas não olhei as mãos dela. — Charlie parou para respirar profundamente. — A violência parecia estar confinada no final do corredor, na frente da secretaria. O sr. Pinkman estava no chão. Parecia morto. Deveria ter checado o pulso dele, mas fui direto para a garotinha, para Lucy. A srta. Heller estava lá.

Delia parou a caneta.

— Heller?

— O quê?

Elas olharam uma para a outra, ambas claramente confusas.

Ben rompeu o silêncio.

— Heller é o nome de solteira de Judith Pinkman.

Charlie balançou sua cabeça dolorida. Talvez deveria mesmo ter ido para o hospital.

— Tudo bem. — Delia virou outra página. — O que a sra. Pinkman estava fazendo quando você a viu no final do corredor?

De novo, Charlie teve que pensar para se localizar.

— Ela gritou. Não naquele momento, antes. Me desculpe. Não falei isso. Antes, quando estava na sala de Huck, depois que ele me puxou para trás do armário, ouvimos uma mulher gritando. Não sei se foi antes ou depois do sinal tocar, mas ela gritou: "Nos ajude."

— *Nos* ajude — repetiu Delia.

— Sim — confirmou Charlie. Foi por isso que ela começara a correr, porque conhecia o desespero excruciante de esperar por alguém, qualquer um, que pudesse fazer o mundo voltar ao normal.

— E então? — disse Delia. — A sra. Pinkman estava em que lugar do corredor?

— Estava ajoelhada ao lado de Lucy, segurando a mão dela. Estava rezando. Segurei a outra mão de Lucy. Olhei nos olhos dela. Ainda estava viva naquele momento. Os olhos se moviam, a boca abriu. — Charlie tentou engolir o luto. Passara as últimas horas revivendo a morte da garota, mas descrever aquilo em voz alta era muito para ela. — A srta. Heller fez outra prece. A mão de Lucy caiu da minha e...

— Ela faleceu? — completou Delia.

Charlie fechou a mão. Mesmo depois de todos esses anos, ainda podia lembrar como foi a sensação de segurar os dedos trêmulos de Sam dentro dos seus.

Não tinha certeza do que foi mais difícil de testemunhar: uma morte repentina e chocante ou o modo lento e deliberado como Lucy Alexander se apagou da existência.

Cada um dos eventos estava no seu próprio reino de coisas insuportáveis.

— Precisa de um momento? — perguntou Delia.

Charlie deixou seu silêncio responder. Olhou para além do ombro de Ben, no espelho. Pela primeira vez desde que a trancaram na sala, estudou seu reflexo. Tinha se vestido com o propósito de ir à escola, com a intenção de não mandar a mensagem errada. Jeans, tênis, uma camiseta bem larga de mangas longas. O logotipo desbotado do Duke Devil's estava respingado de sangue. O rosto de Charlie não estava muito melhor. A descoloração vermelha em volta do seu olho direito estava se transformando em um machucado de verdade. Puxou os chumaços de algodão do nariz. A pele rasgada como uma cicatriz. Lágrimas brotaram nos seus olhos.

— Não tenha pressa — falou Delia.

Charlie não queria ir devagar.

— Ouvi Huck dizendo para o policial abaixar a arma. Ele tinha um rifle. — Ela se lembrou. — Ele escorregou antes. O policial com o rifle. Pisou em uma poça de sangue e... — Balançou a cabeça. Ainda podia ver o pânico no rosto do homem, o sentimento sufocante do dever. Ele estivera apavorado, mas, como Charlie, correra em direção ao perigo em vez de fugir.

— Quero que você olhe essas fotografias. — Delia vasculhou a bolsa de novo. Espalhou três fotos na mesa. Retratos. Três homens brancos. Três cortes militares. Três pescoços grossos. Se não fossem policiais, seriam mafiosos.

Charlie apontou para o do meio.

— Esse estava com o rifle.

— Oficial Carlson — completou Delia.

Ed Carlson. Estivera um ano à frente de Charlie na escola.

— Carlson estava apontando o rifle para Huck. Huck disse para ele se acalmar ou algo assim. — Ela apontou para outra foto. O nome abaixo dizia RODGERS, mas Charlie não o conhecia. — Rodgers estava lá também. Tinha uma pistola.

— Uma pistola?

— Uma Glock 19 — disse Charlie.

— Você entende de armas?

— Sim. — Charlie passara os últimos 28 anos aprendendo tudo que pôde sobre todas as armas já fabricadas.

— Os oficiais Carlson e Rodgers estavam apontando as armas para quem?

— Para Kelly Wilson, mas o sr. Huckabee estava ajoelhado na frente dela, protegendo-a, então suponho que tecnicamente estavam apontando as armas para ele.

— E o que Kelly Wilson estava fazendo nessa hora?

Charlie percebeu que ela não mencionara a arma.

— Ela tinha um revólver.

— Cinco projéteis? Seis?

— Se eu respondesse, seria um chute. Parecia mais antigo. Não era uma cano-curto, mas... — Charlie parou. — Tinha outra arma? Outro atirador?

— Por que essa pergunta?

— Porque me perguntou quantos tiros foram disparados e quantas balas havia no revólver.

— Preferia que você não extrapolasse a partir das minhas questões, srta. Quinn. A essa altura da investigação, podemos afirmar com um alto grau de certeza que não havia outra arma e não havia outro atirador.

Charlie apertou os lábios. Ouvira mais do que quatro tiros no começo? Ouvira mais do que seis?

De repente, não tinha mais certeza de nada.

— Você disse que Kelly Wilson estava com o revólver — continuou Delia. — O que ela estava fazendo com ele?

Charlie fechou os olhos para dar ao cérebro um momento para retornar ao corredor.

— Kelly estava sentada no corredor como falei. Com as costas na parede. Estava com o revólver apontado para o peito dela, desse jeito. — Charlie juntou as mãos, imitando a forma como a garota segurara a arma com ambas as mãos, o dedão enlaçado dentro do guarda-mato. — Parecia que ela ia se matar.

— O dedão esquerdo estava dentro do guarda-mato?

Charlie olhou para as mãos.

— Desculpe, estou supondo. Eu sou canhota. Não sei qual dedão estava dentro, mas um deles estava.

Delia continuou escrevendo.

— E?

— Carlson e Rodgers estavam gritando para ela abaixar a arma. Estavam enlouquecidos. Todos estávamos. Exceto Huck. Acho que ele já esteve em combate ou... — Ela não especulou. — Huck estava com as mãos à mostra. Disse para Kelly dar o revólver para ele.

— Kelly Wilson fez alguma declaração em algum momento?

Charlie não validaria o que Kelly Wilson falara, porque não confiava que os dois homens que tinham ouvido as suas palavras as transmitiriam com sinceridade.

— Huck estava negociando a rendição de Kelly. Ela estava colaborando. — O olhar de Charlie se voltou para o espelho, onde esperava que Ken Coin estivesse perto de se mijar. — Kelly colocou o revólver na mão de Huck. Ela tinha se entregado. Foi então que o oficial Rodgers atirou no sr. Huckabee.

Ben abriu a boca para falar, mas Delia levantou a mão para pará-lo.

— Onde ele foi atingido? — questionou a agente.

— Aqui. — Charlie indicou o bíceps.

— Qual o estado de Kelly Wilson durante o ocorrido?

— Ela parecia atordoada. — Charlie se repreendeu em silêncio por responder. — Isso foi só um palpite. Não a conheço. Não sou uma especialista. Não posso falar sobre o estado mental dela.

— Compreendido. O sr. Huckabee estava desarmado quando foi atingido?

— Bem, ele tinha o revólver na mão, mas estava deitado na palma dele, do jeito que Kelly o colocou lá.

— Pode me mostrar? — Ela pegou uma Glock 45 da bolsa. Tirou o pente, deslizou para ejetar o cartucho e colocou a arma na mesa.

Charlie não queria pegar a arma. Ela odiava armas, mesmo indo duas vezes por mês para treinar no estande de tiro. Ela nunca mais iria se ver em outra situação onde não soubesse como usar uma arma.

— Srta. Quinn, você não tem que fazer isso, mas ajudaria muito se me mostrasse a posição do revólver quando foi colocado na mão do sr. Huckabee.

— Ah. — Charlie sentiu como se uma lâmpada gigante fosse acesa sobre a sua cabeça. Tinha sido tão sobrecarregada pelos assassinatos que não processara o fato de haver uma segunda investigação sobre o disparo envolvendo o policial. Se Rodgers tivesse movido sua arma dois centímetros na direção errada, Huck poderia ter sido um terceiro corpo caído no corredor da secretaria. — Estava assim. — Charlie pegou a Glock. O metal preto gelou a sua pele. Ela sustentou o revólver na mão esquerda, mas aquilo estava errado. Huck tinha esticado para trás a mão direita. Ela colocou a arma na sua palma direita aberta, e virou-a de lado, cano apontado para trás, da mesma forma que Kelly tinha feito.

Delia já estava com o celular na mão. Tirou várias fotos, dizendo:

— Não se importa? — Quando sabia muito bem que seria tarde demais para Charlie se importar. — O que aconteceu com o revólver?

Charlie colocou o revólver na mesa de um jeito que o cano ficou apontado na direção da parede de trás.

— Não sei. Huck de fato não se moveu. Quero dizer, ele se retorceu, suponho que pela dor da bala rasgando o braço, mas não caiu nem nada. Disse para Rodgers pegar o revólver, mas não lembro se ele pegou ou se foi outra pessoa.

A caneta da Delia parara.

— Depois do sr. Huckabee ser atingido, ele disse para Rodgers pegar o revólver?

— Sim. Ele estava muito calmo com tudo aquilo, quero dizer, estava tudo tenso porque ninguém sabia se Rodgers ia ou não atirar de novo nele. Ele ainda estava com a Glock apontada para Huck. Carlson ainda estava com o rifle.

— Mas não houve outro tiro?

— Não.

— Você podia ver se alguém estava com o dedo no gatilho?

— Não.

— E você não viu o sr. Huckabee entregar o revólver para ninguém?

— Não.

— Você o viu guardando a arma em algum lugar com ele? Ou colocando-a no chão?

— Eu não... — Charlie balançou a cabeça. — Estava mais preocupada com ele ter levado um tiro.

— Certo. — Ela fez mais algumas anotações antes de olhar para cima. — O que se lembra a seguir?

Charlie não sabia do que se lembrava depois disso. Tinha olhado para as mãos da mesma forma que as estava olhando agora? Ela podia se lembrar do som da respiração pesada de Carlson e de Rodgers. Ambos pareciam tão assustados quanto Charlie, suando profusamente, os peitos deles subindo e descendo sob o peso dos coletes à prova de balas.

Minha filha tem essa idade.

O Pink foi meu treinador.

Carlson não tinha afivelado o colete à prova de balas. Os lados balançavam livres enquanto ele corria pela escola com o rifle. Ele não tinha ideia do que encontraria quando virasse o corredor: corpos, carnificina, uma bala na cabeça.

Se você nunca viu algo assim antes, pode derrubar você.

— Srta. Quinn, precisa de um tempo? — perguntou Delia.

Charlie pensou no olhar aterrorizado no rosto de Carlson quando escorregou no rastro de sangue. Havia lágrimas nos olhos dele? Ele estava se perguntando se a garota morta a alguns metros de distância do seu rosto era sua filha?

— Eu gostaria de ir agora. — Charlie não sabia que diria aquelas palavras até que as ouviu saindo da sua boca. — Estou indo.

— Você deveria terminar seu depoimento. — Delia sorriu. — Só preciso de mais alguns minutos.

— Gostaria de terminá-lo outro dia. — Charlie se segurou na mesa para que pudesse levantar. — Você disse que estou livre para ir.

— Com certeza. — Delia Wofford de novo se provou imperturbável. Entregou para Charlie um dos seus cartões de visita. — Quero muito falar com você de novo em breve.

Charlie pegou o cartão. Sua vista ainda estava embaçada. O estômago lançou ácido na garganta.

— Vou com você até a porta dos fundos — falou Ben. — Está bem para andar até o seu escritório?

Charlie não tinha certeza de nada, só de que tinha que sair dali. As paredes estavam se fechando. Não podia respirar pelo nariz. Ia sufocar se não saísse daquela sala.

Ben enfiou a garrafa de água no bolso do paletó. Abriu a porta. Charlie praticamente caiu no corredor. Apoiou as mãos na parede do lado oposto à porta. Quarenta anos de tinta tinham alisado os blocos de cimento. Encostou a bochecha na superfície gelada. Deu algumas respirações profundas e esperou a náusea passar.

— Charlie? — chamou Ben.

Ela se virou de volta. De repente havia um rio de pessoas entre eles. O prédio estava repleto de agentes da lei. Homens e mulheres musculosos com rifles grandes afivelados nos seus peitos largos indo para a frente e para trás. Tropas estaduais. Homens do xerife. Patrulha rodoviária. Ben estava certo — todos tinham aparecido. Ela viu as letras nas costas dos uniformes. DIG. FBI. DENARC. SWAT. GOE. Esquadrão antibombas.

Quando o corredor foi liberado, Ben estava com o telefone nas mãos. Estava em silêncio enquanto os dedos se moviam pela tela.

Ela se inclinou apoiada na parede e o esperou terminar de digitar para quem quer que estivesse digitando. Talvez para a garota de 26 anos do seu escritório, Kaylee Collins. Ela fazia o tipo de Ben. Charlie sabia disso, porque naquela idade fora o tipo do marido também.

— Merda. — Os dedões de Ben deslizaram pela tela. — Me dê mais um segundo.

Charlie poderia ter saído sozinha da delegacia. Poderia ter caminhado os seis quarteirões até seu escritório.

Mas não o fez.

Analisou a cabeça de Ben, a forma como o cabelo dele crescia por cima como camadas brilhantes. Ela queria se dobrar dentro do corpo dele. Se perder nele.

Em vez disso, Charlie repetiu em silêncio as frases que tinha praticado no carro, na cozinha e, algumas vezes, no banheiro em frente ao espelho:

Eu não posso viver sem você.

Os últimos nove meses foram os mais solitários da minha vida.

Por favor, volte para casa porque não aguento mais.

Me desculpe.

Me desculpe.

Me desculpe.

— O acordo em outro caso não rolou. — Ben largou o celular no bolso do paletó. Fez um barulho ao bater na garrafa de água meio vazia de Charlie. — Pronta?

Ela não tinha outra opção senão andar. Manteve as pontas dos dedos na parede, virando de lado quando mais policiais com uniformes táticos pretos passaram por ela. As expressões deles eram frias, indecifráveis. Ou estavam indo para algum lugar ou voltando, seus queixos travados contra o mundo.

Foi um tiroteio em uma escola.

Charlie tinha se concentrado tanto no acontecido que se esquecera de onde tinha sido.

Ela não era uma especialista, mas sabia o suficiente sobre essas investigações para compreender que um tiroteio em escola oferecia informações sobre o próximo. Columbine, Virginia Tech, Sandy Hook. Os agentes da lei estudavam essas tragédias em um esforço para prevenir ou ao menos entender a próxima.

A Polícia Federal passaria um pente fino na escola atrás de bombas porque outros usaram bombas antes. O DIG procuraria por cúmplices, porque, algumas vezes, raras vezes, havia cúmplices. Os cães farejadores caçariam mochilas suspeitas nos corredores. Verificariam cada armário, cada mesa de cada professor, cada gabinete, à procura de explosivos. Investigadores procurariam pelo diário de Kelly ou uma lista de alvos, diagramas da escola, esconderijos de armas, um plano de ataque. Os técnicos olhariam computadores, telefones, páginas do Facebook, contas no Snapchat. Todos buscariam um motivo, mas qual motivo poderiam encontrar? Qual resposta uma garota de dezoito anos poderia oferecer para explicar por que decidira cometer homicídios a sangue-frio?

Isso era problema de Rusty agora. Exatamente o tipo espinhento de questão moral e jurídica que o tirava da cama pela manhã.

Exatamente o tipo de advocacia que Charlie nunca quis praticar.

— Vamos. — Ben andou na frente dela. Ele dava passadas largas e galopantes porque sempre colocava muito peso nos metatarsos.

Kelly Wilson foi abusada? Essa seria a primeira linha de inquérito de Rusty. Havia algum tipo de questão que a livraria da pena de morte? Ela repetiu pelo menos um ano na escola. Isso indicava um QI baixo? Capacidade reduzida? Kelly Wilson era capaz de diferenciar o certo do errado? Podia participar da própria defesa, como requerido pela lei?

Ben empurrou a porta da saída.

Kelly Wilson nasceu má? Tal explicação era a única que nunca faria sentido? Delia Wofford diria aos pais de Lucy Alexander e à sra. Pinkman que a razão pela qual perderam seus entes queridos era porque Kelly Wilson era malvada?

— Charlie — chamou Ben. Ele estava segurando a porta aberta. O iPhone dele estava de volta na mão.

Charlie protegeu os olhos quando saiu. A luz do sol era afiada como uma navalha. Lágrimas rolaram pelas bochechas dela.

— Aqui. — Ben lhe deu um óculos de sol. Pertenciam a ela. Ele deve ter pegado no carro dela.

Charlie pegou os óculos, mas não pôde colocá-lo no nariz dolorido. Abriu a boca para respirar. O calor repentino era demais para aguentar. Ela se abaixou, abraçando os joelhos.

— Você vai vomitar?

— Não. Talvez.

Então, vomitou apenas o suficiente para respingar no chão.

Ben não saiu de perto. Deu um jeito de segurar o cabelo dela longe do rosto sem tocar na pele dela. Charlie se retorceu para vomitar mais duas vezes antes de ele perguntar:

— Tudo bem?

— Talvez. — Charlie abriu a boca. Esperou um pouco mais. Um fio de saliva saiu, nada mais. — Estou bem.

Ele deixou o cabelo dela cair de volta nos ombros.

— O paramédico me disse que você teve uma concussão.

Charlie não podia levantar a cabeça, mas respondeu:

— Não tem nada que eles possam fazer sobre isso.

— Podem monitorar seus sintomas como enjoo, visão embaçada, dores de cabeça, esquecimento de nomes ou não compreensão quando lhe fazem uma pergunta simples.

— Eles não saberiam os nomes que estou esquecendo — retrucou ela. — Não quero passar a noite num hospital.

— Fique no RR. — O "rancho relaxo". O nome que Sam dera para a temerosa casa da fazenda tinha pegado. — Rusty pode ficar de olho em você.

— Para que eu morra como uma fumante passiva em vez de morrer com um aneurisma no cérebro?

— Isso não é engraçado.

Com a cabeça ainda baixa, Charlie esticou a mão para trás na direção da parede. A sensação do bloco de concreto sólido lhe deu a firmeza necessária para se arriscar a endireitar o corpo. Protegeu os olhos com a mão. Se lembrou de ter apoiado a mão daquele jeito na janela da secretaria naquela manhã.

Ben lhe entregou a garrafa de água. Ele já tinha tirado a tampa para ela. Ela tomou alguns goles lentos e tentou não ver nada demais nessa gentileza. O marido era atencioso com todo mundo.

— Onde a sra. Jenkins estava quando o tiroteio começou? — perguntou ela.

— No arquivo.

— Ela viu alguma coisa?

— Rusty descobrirá tudo na apresentação das evidências do processo.

— Tudo — repetiu Charlie. Nos próximos meses, Ken Coin seria obrigado pela lei a entregar todo material da investigação que, dentro da razoabilidade, pudesse ser interpretado como evidência. O conceito de Coin de "razoabilidade" era tão firme quanto a teia de uma aranha.

— A sra. Pinkman está bem? — indagou Charlie.

Ele não comentou o deslize dela ao chamá-la de "Heller" porque esse não era o estilo dele.

— Está no hospital. Sedada.

Charlie deveria visitá-la, mas sabia que encontraria uma desculpa para não fazê-lo.

— Você me deixou pensar que Kelly Wilson tinha dezesseis anos.

— Achei que você poderia descobrir segurando uma esfera na sua mão e desmontando o tempo.

Charlie riu.

— Foi uma enrolação de primeira lá dentro — falou ela.

— Tem um pouco aqui também.

Charlie limpou a boca com a manga. Sentiu o cheiro de sangue coagulado de novo. Como tudo mais, ela se lembrou do cheiro que sentiu antes. Lembrou as partículas pretas caindo como cinzas do cabelo. Lembrou que mesmo depois que tomasse banho, mesmo depois que se esfregasse até arrancar a pele, o odor da morte ficaria impregnado.

— Você me ligou hoje cedo — disse ela.

Ben encolheu os ombros como se aquilo não fosse nada demais.

Charlie escorreu o restante da água nas mãos para limpá-las.

— Você conversou com a sua mãe e as suas irmãs? Elas devem estar preocupadas.

— Conversamos. — Ele encolheu os ombros de novo. — Eu deveria entrar.

Charlie esperou, mas ele não entrou. Caçou uma razão para fazê-lo ficar.

— Como está Barkzilla?

— Latindo. — Ben pegou a garrafa vazia. Fechou-a com a tampa. Guardou-a de volta no paletó. — Como está Eleanor Roosevelt?

— Quieta.

Ele enterrou o queixo no peito, retornando para o silêncio. Isso não era novidade. Seu marido bem articulado não era muito articulado com ela nos últimos nove meses.

Mas ele ainda estava ali. Não a enxotou. Não disse que a única razão pela qual não perguntava se ela estava bem era porque ela diria que sim mesmo se não estivesse. Especialmente se não estivesse.

— Por que você ligou hoje cedo?

Ben grunhiu. Ele apoiou a cabeça na parede.

Charlie encostou a cabeça na parede também.

Ela estudou o perfil anguloso do queixo dele. Esse era o tipo dela, um nerd descontraído magrelo que podia citar *Monty Python* com a mesma facilidade com que citava a constituição dos Estados Unidos. Ele lia quadrinhos. Bebia um copo de leite todas as noites antes de dormir. Amava salada de batata, *O Senhor dos Anéis* e ferromodelismo. Preferia fantasy games aos jogos de verdade. Não engordava nem se o alimentassem à força com manteiga. Tinha 1,83m de altura quando ficava ereto, o que não acontecia com frequência.

Ela o amava tanto que seu coração literalmente doía com a ideia de nunca mais abraçá-lo.

— Peggy tinha uma amiga quando tinha catorze anos — disse ele. — O nome dela era Violet.

Peggy era a mais mandona das três irmãs mais velhas dele.

— Ela morreu em um acidente de carro. Estava andando de bicicleta. Fomos no enterro. Não sei o que a minha mãe tinha na cabeça para me levar junto. Eu era muito novo para ver aquele tipo de coisa. O caixão estava aberto. Carla me levantou para que eu pudesse vê-la. — Ele engoliu seco. — Eu meio que me descontrolei. Minha mãe teve que me levar para o estacionamento. Aquilo me deu pesadelos. Achava que seria a pior coisa que eu veria na vida. Uma criança morta. Uma garotinha morta. Mas ela estava arrumada. Não dava para ver o que tinha acontecido, que o carro tinha atingido ela nas costas. Ela tinha sangrado até morrer, mas por dentro. Não como a garota de hoje. Não como o que vi na escola.

Havia lágrimas nos olhos dele. Cada palavra que saía da sua boca partia mais um pedaço do coração de Charlie. Teve que cerrar os punhos para não abraçá-lo.

— Assassinato é assassinato — continuou ele. — Posso aceitar isso. Traficantes. Crime organizado. Até violência doméstica. Mas uma criança? Uma garotinha? — Ele balançava a cabeça. — Não parecia como se ela estivesse dormindo, parecia?

— Não.

— Parecia que ela tinha sido assassinada. Que alguém tinha disparado uma arma de fogo na garganta dela, que a bala a rasgou, e que ela morreu de uma forma horrível e violenta.

Charlie olhou para o sol, porque não queria rever Lucy Alexander morrendo.

— O cara é um herói de guerra. Sabia disso? — comentou Ben, falando de Huck. — Salvou um batalhão ou algo assim, mas não fala sobre isso porque é como o Batman. — Ben se afastou da parede, de Charlie. — E essa manhã tomou um tiro no braço. Para salvar uma assassina, que depois ele impediu que fosse morta. E ainda defendeu o cara que quase o matou. Mentiu em um depoimento oficial para tirar outro cara de uma enrascada. E ele é lindo de morrer, não é? — Ele estava bravo, mas a sua voz era baixa, encolhida pela humilhação que foi uma cortesia da sua esposa vadia. — Um cara desses, se você o vê andando pela rua, não sabe se transa com ele ou chama para uma cerveja.

Charlie olhou para o chão. Ambos sabiam que ela fizera as duas coisas.

— Lenore está aqui.

A secretária de Rusty estacionara no portão com seu Mazda vermelho.

— Ben, me desculpe — falou Charlie. — Foi um erro. Um erro muito, muito horrível.

— Você deixou ele ficar por cima?

— Claro que não. Não seja ridículo.

Lenore buzinou. Abaixou a janela e acenou. Charlie acenou de volta, com a mão aberta, tentando fazê-la entender que precisava de um minuto.

— Ben...

Era tarde demais. Ele já estava fechando a porta.

CAPÍTULO QUATRO

CHARLIE CHEIROU SEUS ÓCULOS de sol enquanto andava em direção ao carro de Lenore. Sabia que estava agindo como uma garota boba vivendo um romance adolescente, mas queria sentir o cheiro de Ben. Em vez disso, o que sentiu foi o cheiro do próprio suor misturado com vômito.

Lenore se inclinou no carro para abrir a porta.

— Isso aí é para colocar sobre o nariz, querida, não na frente dele.

Charlie não podia colocar nada sobre o nariz. Jogou os óculos no painel conforme entrou no carro.

— Meu pai mandou você?

— Ben me mandou uma mensagem, mas escuta: seu pai quer que peguemos os Wilson e os levemos de volta para o escritório. Coin está tentado cumprir um mandado de busca. Eu trouxe sua roupa de trabalho para você se trocar.

Charlie começara a balançar a cabeça assim que ouviu as palavras "seu pai quer".

— Onde está Rusty? — perguntou Charlie.

— No hospital com a garota Wilson.

Charlie bufou uma risada. Ben tinha aprendido a mentir melhor.

— Quanto tempo demorou para o meu pai adivinhar que ela não estava na delegacia?

— Mais de uma hora.

Charlie colocou o cinto.

— Estava pensando no quanto Coin gosta de fazer esses joguinhos. — Não tinha dúvidas de que o promotor colocara Kelly Wilson em uma ambulância para levá-la até o hospital. Ao manter a ilusão de que ela não estava em custódia da polícia, poderia alegar que qualquer declaração que ela deu na ausência de um advogado foi voluntária. — Ela tem dezoito anos.

— Rusty me disse. A garota está quase catatônica no hospital. Ele mal conseguiu que ela falasse o número do telefone da mãe.

— Era assim que ela estava quando a vi. Quase em estado de fuga. — Charlie esperava que Kelly Wilson se recuperasse logo. Naquele momento, ela era a fonte de informação mais vital para Rusty. Até que ele recebesse as evidências de Ken Coin (lista de testemunhas, relatórios dos policiais, anotações dos investigadores, análises forenses) o pai dela pilotaria no escuro.

Lenore colocou a mão no câmbio.

— Pra onde a levo?

Charlie se imaginou em casa, de pé sob o chuveiro, se cercando de travesseiros na cama. E, então, se lembrou de que Ben não estaria lá.

— Acho que para os Wilson.

— Eles moram no final do Vale. — Lenore engatou a marcha. Fez uma conversão em U e subiu a rua. — As ruas lá não têm nome. Seu pai me mandou uma rota com instruções rurais, vire à esquerda no cachorro branco velho, à direita no carvalho torto.

— Isso é uma boa notícia para Kelly, suponho. — Rusty podia cassar um mandado de busca que não tivesse o endereço correto ou, no mínimo, uma descrição apropriada da casa. As chances de conseguir um ou outro estavam contra Ken Coin. Havia centenas de casas de aluguel e trailers para todos os lados no Vale. Ninguém sabia o número exato de pessoas que viviam lá, nem os nomes delas ou se as crianças estavam ou não indo para a escola. Os donos dos terrenos não ligavam para contratos ou antecedentes criminais, desde que a quantidade certa de dinheiro aparecesse toda semana.

— Quanto tempo você acha que temos até Ken localizar a casa? — quis saber Charlie.

— Não faço ideia. Eles trouxeram um helicóptero de Atlanta uma hora atrás, mas, até onde sei, está do outro lado da montanha.

Charlie sabia que podia achar a casa dos Wilson. Ela ia para o Vale pelo menos duas vezes por mês para cobrar honorários de clientes que não pagavam. Ben se apavorara quando ela mencionara por acaso suas excursões noturnas. Sessenta por cento dos crimes de Pikeville eram cometidos dentro ou perto do Vale da Sadie.

— Trouxe um sanduíche para você — avisou Lenore.

— Não estou com fome. — Charlie olhou para o relógio no painel: 11h52. Menos de cinco horas antes, estava olhando dentro da secretaria escura do colégio. Menos de dez minutos depois, duas pessoas morreram, outra levou um tiro e Charlie estava prestes a ter o nariz quebrado.

— Você deveria comer — comentou Lenore.

— Eu vou. — Charlie olhou pela janela. A luz do sol reluzia pelas árvores altas atrás dos prédios. As luzes piscantes formavam imagens dentro da mente dela como um antigo projetor de slides. Charlie se permitiu a rara indulgência de se fixar um pouco mais nas lembranças de Gamma e de Sam; ela correndo pela estrada longa até a fazenda, rindo do garfo plástico arremessado. Ela sabia o que viria depois, então acelerou as memórias até que Sam e Gamma estivessem cristalizadas no passado e até que tudo que restasse fossem as repercussões dessa manhã.

Lucy Alexander. Sr. Pinkman.

Uma garotinha. Um diretor do ensino básico.

As vítimas não pareciam ter muito em comum, exceto estarem no lugar errado na hora errada. Se Charlie tivesse que adivinhar, presumiria que o plano de Kelly Wilson era ficar no meio do corredor, com o revólver na mão e esperar o sino tocar.

Então a pequena Lucy Alexander apareceu no corredor.

Pá.

Depois o sr. Pinkman saiu correndo da sua sala.

Pá-pá-pá.

Logo o sinal soou e, se não fosse pelo grupo de funcionários que pensou rápido, um mar de vítimas fresquinhas teria inundado o mesmo corredor.

Gótica. Solitária. Repetiu uma série.

Kelly Wilson era o tipo de garota provocada pelos colegas. Sozinha na mesa da cantina, a última a ser escolhida na educação física, convidada para o baile por um garoto que só queria uma coisa.

Por que Kelly pegou uma arma e Charlie não?

— Tem uma Coca-Cola no isopor. Pelo menos beba um pouco — continuou Lenore. — Vai ajudar com o choque.

— Não estou em choque.

— Aposto que você acha que o seu nariz não está quebrado.

— Na verdade, acho que está sim. — As observações persistentes de Lenore sobre a saúde de Charlie finalmente a deixaram ciente de que o seu estado não era dos melhores. A sua cabeça estava com uma atadura. Seu nariz tinha pulsação própria. As pálpebras pareciam estar grudadas com mel. Ela desistiu por alguns segundos, fechando-as, dando boas-vindas ao vazio.

Sob o zunido do motor, podia ouvir os pés de Lenore pressionando os pedais enquanto mudava as marchas. Ela sempre dirigia descalça, com seus saltos altos no chão ao seu lado. Tinha uma tendência a usar saias curtas e meias coloridas. O visual era muito juvenil para uma mulher de setenta anos, mas considerando que, no momento, Charlie tinha mais pelos nas pernas do que Lenore, não estava em posição de julgá-la.

— Você precisa beber um pouco daquela Coca-Cola — repetiu Lenore.

Charlie abriu os olhos. O mundo ainda estava lá.

— Agora.

Charlie estava exausta demais para discutir. Encontrou o isopor enfiado atrás do assento. Pegou a Coca, mas deixou o sanduíche. Em vez de abrir a garrafa, apertou-a contra a nuca.

— Posso tomar uma aspirina?

— Não. Aumenta o risco de sangramentos.

Charlie preferiria um coma em vez da dor. Havia algo no brilho do sol que tinha transformado a sua cabeça em um sino gigante que soava sem parar.

— Como chama aquela coisa que a gente tem nos ouvidos?

— Zunido — respondeu Lenore. — Vou parar o carro se você não começar a beber essa Coca agora.

— E deixar a polícia chegar na casa dos Wilson antes de nós?

— Primeiro, eles teriam que passar por essa estrada. Segundo, mesmo se achassem a localização e tivessem um juiz de prontidão, levaria no mínimo meia hora para emitirem o mandado. E, terceiro, cala a boca e faz o que mandei antes que eu soque a sua perna.

Charlie usou a camiseta para girar a tampa. Tomou um gole e viu a cidade sumindo no espelho retrovisor.

— Você vomitou? — quis saber Lenore.

— Podemos falar sobre outra coisa? — Charlie sentiu o estômago apertando de novo. O mundo lá fora era tão desorientador. Tinha que fechar os olhos para recuperar o equilíbrio.

Os slides acenderam na sua cabeça de novo: Lucy Alexander. Sr. Pinkman. Gamma. Sam. Charlie passou pelas imagens com rapidez, como se estivesse procurando um arquivo no computador.

O que dissera para a agente especial Delia Wofford que poderia prejudicar a defesa de Kelly Wilson? Rusty iria querer saber. Também iria querer saber a quantidade e a sequência dos disparos, a capacidade do revólver e o que Kelly sussurrou quando Huck estava implorando que ela lhe entregasse a arma.

A última parte seria crucial para a defesa de Kelly Wilson. Se ela admitiu alguma coisa, se fez algum comentário mordaz ou declarou o motivo sinistro dos seus crimes, nesse caso, Rusty poderia fazer o discurso mais florido do mundo que não a salvaria da agulha. Ken Coin nunca entregaria um processo tão importante para o Estado. Ele tinha advogado em duas acusações de crimes capitais antes. Nenhum júri em Pikeville recusaria seu pedido de injeção letal. E ele, em especial, tem autoridade para discursar sobre isso. Muito tempo atrás, quando era policial, executou um homem com as próprias mãos.

Vinte e oito anos antes, Daniel Culpepper, o irmão de Zachariah Culpepper, estava sentado no seu trailer vendo televisão quando o policial Ken Coin chegou com a viatura. Eram 20h30, o corpo de Gamma já tinha sido encontrado na casa da fazenda. Sam estava sangrando até a morte no riacho raso que seguia por baixo da torre meteorológica. Charlie, com treze anos, estava em uma ambulância implorando para que os paramédicos a deixassem ir para casa. O policial Coin chutara a porta da frente do trailer de Daniel Culpepper. O suspeito agarrara a arma. Coin atirara sete vezes no peito do rapaz de dezenove anos.

Até aquele dia, a maioria do clã Culpepper insistia na inocência de Daniel, mas as evidências contra o rapaz eram incontestáveis. O revólver encontrado em sua mão foi posteriormente identificado como sendo a mesma arma usada para atirar na cabeça de Sam. O jeans coberto de sangue de Daniel e seus peculiares calçados azuis de cano alto tinham sido encontrados pegando fogo em um barril chamuscado atrás do trailer. Até mesmo seu irmão disse que os dois foram até o RR para matar Rusty. Estavam preocupados em perder a casa por causa de algumas dívidas estúpidas que presumiram que seriam cobradas depois que os Quinn perderam tudo no incêndio. Charlie sobrevivera à provação para descobrir que a vida da sua família tinha sido reduzida ao preço de um trailer usado.

— Vamos passar em frente à escola — avisou Lenore.

Charlie abriu os olhos. A escola de ensino fundamental de Pikeville fora colégio Pikeville quando Charlie era aluna. O prédio tinha se espalhado ao longo dos anos, reformado às pressas para acomodar os 1.200 alunos trazidos das comunidades vizinhas. O ensino médio ao lado era ainda maior, feito para abrigar quase 2 mil garotos e garotas.

Ela viu o espaço vazio onde tinha estacionado o carro. Faixas da polícia cercavam a área. Havia outros carros que pertenciam aos professores espalhados entre as viaturas policiais, os sedans do governo, as ambulâncias, os caminhões de bombeiros, as vans de técnicos forenses e a van do médico-legista. Um helicóptero de um noticiário voava baixo sobre o ginásio. A cena parecia surreal, como se um diretor fosse gritar "corta" e todo mundo parasse para almoçar.

— A sra. Pinkman teve que ser sedada — comentou Charlie.

— Ela é uma boa mulher. Não merece isso. Ninguém merece.

Charlie assentiu com a cabeça porque não podia falar com o vidro que estava bloqueando sua garganta. Judith Heller Pinkman fora um porto seguro estranho para Charlie ao longo dos anos. Se viam pelos corredores quando Charlie finalmente voltou para a escola. A srta. Heller sempre sorria, mas não se impunha com ela, não a forçava a falar sobre a tragédia que as conectava. Ela lhe dava espaço, o que, pensando em retrospecto, exigia um tipo de disciplina que a maioria das pessoas não possui.

— Fico me questionando quanto tempo a cobertura da mídia vai durar? — Lenore estava olhando para o helicóptero enquanto falava. — Duas vítimas. Isso é pitoresco se comparado com a maioria dos tiroteios.

— Garotas não matam. Pelo menos, não desse jeito.

— Não gosto de segundas-feiras.

— No geral ou está falando da música dos Boomtown Rats?

— A música — respondeu Lenore — é baseada em um tiroteio. 1979. Uma garota de dezesseis anos foi com um rifle de precisão em um parquinho. Me esqueci quantos morreram. Quando os policiais perguntaram a ela o motivo, ela disse "não gosto de segundas-feiras".

— Meu Deus — sussurrou Charlie, torcendo que Kelly Wilson não tenha sido tão insensível quando sussurrou seja lá o que tenha dito no corredor.

E, então, Charlie se perguntou porque se importava com Kelly Wilson, já que a garota era uma assassina.

Charlie se chocou com a sua clareza mental repentina.

Se retirar tudo que aconteceu naquela manhã — o medo, as mortes, as memórias, o coração partido —, restaria a Charlie uma única verdade simples: *Kelly Wilson assassinara duas pessoas a sangue-frio.*

Sem convite, a voz de Rusty se intrometeu: *E daí?*

Kelly ainda tinha direito a um julgamento. Ainda tinha direito à melhor defesa que pudesse obter. Charlie dissera tudo isso para o grupo furioso de policiais que quisera espancar a garota até a morte, mas, sentada no carro com Lenore, se questionava se tinha defendido a garota só porque ninguém mais o faria.

Outra falha de caráter que se tornara um incômodo no seu casamento.

Esticou o braço para o banco de trás, dessa vez para pegar suas roupas de trabalho. Achou a peça que Ben chamava de "sua camisa Amish", a qual Charlie considerava estar a um passo de ser uma burca. Os juízes de Pikeville, todos velhos rabugentos, eram um grupo com um conservadorismo agressivo. Advogadas tinham que escolher entre vestir saias longas e blusas recatadas ou ter todas suas objeções, todas suas moções e todas as palavras que saíam das suas bocas indeferidas.

— Você está bem? — perguntou Lenore.

— Na verdade, não.

Expor a verdade tirou um pouco da pressão no peito dela. Charlie sempre dissera a Lenore coisas que nunca admitira para mais ninguém. Lenore conhecia Rusty havia mais de cinquenta anos. Ela era um buraco onde todos os segredos da família Quinn desapareciam.

— Minha cabeça está me matando. Meu nariz está quebrado. Sinto como se tivesse vomitado um pulmão. Nem posso enxergar o suficiente para ler e nada disso importa porque ontem à noite eu traí Ben.

Lenore mudou de marcha em silêncio conforme entrou na estrada de pista dupla.

— Estava tudo bem enquanto durou — continuou Charlie. — Quero dizer, ele deu conta do recado. — Ela tirou com cuidado a camiseta do Duke, tentando não encostá-la no nariz. — Acordei chorando hoje. Não podia parar. Fiquei só deitada na cama por meia hora olhando para o teto e pensando em me matar. Daí o telefone tocou.

Lenore trocou de marcha de novo. Estavam saindo dos limites de Pikeville. O vento da montanha bufou contra o sedan compacto.

— Não deveria ter atendido aquela ligação estúpida. Não conseguia nem lembrar o nome dele. Ele não lembrava o meu. Ou, no mínimo, fingiu não lembrar. Foi vergonhoso e sórdido e agora... Ben sabe. O DIG sabe. Todos no escritório sabem. Foi por isso que eu estava na escola de manhã, para encontrar esse cara, porque peguei o celular dele por engano e ele me ligou e...

Ela colocou sua camisa de ir ao tribunal, engomada, com um babado sobre a frente abotoada, para garantir aos juízes que estava levando a sério a questão feminina.

— Não sei no que eu estava pensando.

Lenore passou outra marcha.

— Você estava se sentindo sozinha.

Charlie riu, apesar de não haver nada engraçado sobre a verdade. Observou seus dedos abotoando a camisa. De repente, os botões eram muito pequenos. Ou talvez o problema fosse que as mãos dela estavam suando. Ou talvez era a tremedeira voltando nos dedos, a vibração dos ossos que dava a impressão de que um diapasão fora batido contra o peito dela.

— Querida, põe para fora.

Charlie balançou a cabeça. Não queria pôr para fora. Queria prender aquilo, colocar todas as imagens horríveis em suas devidas caixas, enfiá-las em uma prateleira e nunca mais abri-las.

Mas, então, uma lágrima caiu.

Depois outra.

E Charlie estava chorando, depois soluçando com tanta força que se curvou, com a cabeça enfiada nas mãos, porque a dor era demais para carregar.

Lucy Alexander. Sr. Pinkman. Srta. Heller. Gamma. Sam. Ben.

O carro desacelerou. Os pneus saltaram no cascalho quando Lenore encostou ao lado da estrada. Acariciou as costas de Charlie.

— Está tudo bem, meu amor.

Mas não estava tudo bem. Ela queria o marido. Queria o idiota inútil do pai. Onde estava Rusty? Por que ele nunca estava presente quando ela precisava?

— Está tudo bem. — Lenore continuou acariciando as suas costas e Charlie continuou chorando porque nunca ia ficar tudo bem.

Desde o momento que Charlie ouvira aqueles primeiros disparos na sala de Huck, todos os segundos da hora mais violenta da vida dela explodiram de volta na sua memória consciente. Ela continuou ouvindo as mesmas palavras de novo e de novo. Continuou correndo. Não olhou para trás. Por dentro da floresta. Na direção da casa da srta. Heller. Pelo corredor da escola. Na direção dos tiros. Charlie estava sempre muito atrasada.

Lenore acariciou a parte de trás do cabelo de Charlie.

— Inspire fundo, querida.

Charlie percebeu que estava começando a hiperventilar. A sua vista embaçou. O suor brotou em sua testa. Ela se forçou a respirar até que os pulmões pudessem conter mais de um pouco de ar por vez.

— Não tenha pressa — disse Lenore.

Charlie inspirou fundo mais algumas vezes. A vista clareou, pelo menos o tanto quanto clarearia. Fez mais uma sequência de respirações, mantendo o ar por um segundo, talvez dois, para provar a si mesma que poderia.

— Melhor?

Charlie sussurrou.

— Isso foi um ataque de pânico?

— Talvez continue sendo.

— Me ajuda a levantar. — Charlie procurou a mão de Lenore. O sangue subiu depressa para a cabeça. Por instinto, ela tocou o nariz dolorido e a dor se intensificou.

— Você levou uma bela pancada, querida.

— Devia ter visto o outro cara. Nem um arranhão nele.

Lenore não riu.

— Me desculpe. Não sei o que estava pensando.

— Não seja estúpida. Você sabe o que estava pensando.

— É, bem... — Charlie disse as duas palavras que sempre falava quando não queria conversar sobre algo.

Em vez de engatar o carro, os dedos longos de Lenore se entrelaçaram com os pequeninos de Charlie. Apesar de todas as minissaias, ela ainda tinha mãos de homem, com nós largos e protuberantes nos dedos e, com o passar do tempo, com manchas de senilidade. Em vários aspectos, Charlie teve mais Lenore como mãe do que Gamma. Foi Lenore que a mostrou como usar maquiagem, que a levou na farmácia para comprar seu primeiro pacote de absorventes, que a alertou para nunca confiar que um homem se encarregaria de evitar uma gravidez.

— Ben mandou uma mensagem para você me buscar — falou Charlie. — Isso já é alguma coisa, não é?

— Sim, é.

Charlie abriu o porta-luvas e achou alguns lenços. Não podia assoar o nariz. Só limpou um pouco por baixo. Cerrou os olhos para ver pela janela, aliviada por poder enxergar coisas em vez de apenas formas. Infelizmente, a vista era a pior possível. Estavam a 270 metros de onde Daniel Culpepper fora baleado no seu trailer.

— A grande merda é que nem posso dizer que hoje foi o pior dia da minha vida — falou Charlie.

Lenore riu dessa vez, uma confirmação rouca e profunda de que Charlie estava certa. Ela engatou a marcha e voltou para a estrada. O trajeto foi suave até que reduziram para virar na estrada Culpepper. O asfalto esburacado se transformou em cascalho, que, eventualmente, virou terra batida. Houve uma mudança sutil na temperatura, talvez alguns graus, enquanto dirigiram montanha abaixo. Charlie controlou o desejo de tremer. Seus tremores pareciam algo que podia conter na mão. Os pelos na nuca se arrepiaram. Sempre se sentia assim quando vinha para o Vale. Não era apenas a sensação de não pertencer àquele lugar, mas o fato de saber que uma curva errada, o Culpepper errado e o perigo físico não seriam mais conceitos abstratos.

— Merda! — Lenore se assustou quando um bando de cães correu por uma cerca de arrame. Os seus latidos frenéticos pareciam milhares de martelos golpeando o carro.

— O alarme dos caipiras — comentou Charlie. Não era possível colocar um pé no Vale sem que centenas de cães uivassem com a sua chegada. Quanto mais alguém se aprofundasse naquele lugar, mais veria rapazes brancos de pé nas varandas, com uma mão segurando um celular e outra sob a camisa alisando suas barrigas. Esses jovens eram capazes de trabalhar, mas evitavam o trabalho braçal pesado para o qual eram qualificados. Usavam drogas o dia todo, jogavam videogames, roubavam quando precisavam de dinheiro, batiam nas namoradas quando queriam opiáceos, mandavam os filhos buscarem no correio os cheques das pensões por invalidez que recebiam e deixavam suas gloriosas escolhas de vida formarem a parte central do trabalho de Charlie como advogada.

Ela sentiu uma pontada de culpa por pintar todo o Vale com a paleta de cores dos Culpepper. Sabia que algumas pessoas boas viviam ali. Eram trabalhadores, homens e mulheres esforçados cujo único pecado era serem pobres, mas Charlie não podia impedir a reação inquieta do joelho diante da contaminação pela proximidade.

Existiram seis garotas Culpepper de várias idades que tornaram a vida de Charlie um inferno na terra quando ela voltou para a escola. Eram sacos de pulgas, vadias nojentas com unhas longas pintadas e bocas imundas. Provocaram Charlie. Roubaram o seu dinheiro do almoço. Rasgaram seus livros. Uma delas tinha até deixado um monte de merda na mochila de ginástica de Charlie.

Até hoje, a família insistia que ela mentira sobre ter visto Zachariah com a espingarda. Decidiram que ela foi guiada por algum esquema glorioso feito por Rusty para exigir a apólice de seguro miserável e o trailer de dois quartos que ficou à disposição depois que Daniel morrera e Zachariah foi mandado para a prisão. Como se um homem que escolhera a justiça como opção de sua vida fosse trocar a sua moralidade por algumas moedas de prata.

O fato de que Rusty nunca processara a família para receber qualquer coisa não melhorara em nada as teorias conspiratórias selvagens. Continuaram acreditando que Ken Coin plantara a abundância de evidências encontradas no trailer e no corpo de Daniel. Que Coin o matara para alavancar sua carreira policial. Que o irmão de Coin, Keith, o ajudara a alterar as evidências no laboratório estadual.

Ainda assim, era Charlie quem estava na outra ponta da maior parte do ódio. Ela identificara os irmãos. As mentiras não tinham apenas começado nos seus lábios, mas ela continuara insistindo que eram verdades. E assim, a morte de um irmão Culpepper e o confinamento no corredor da morte de outro repousava por completo nos ombros dela.

Não estavam totalmente errados, pelo menos não no que se tratava de Zachariah. Apesar da reprovação severa de Rusty, Charlie, com treze anos, ficou em frente a uma corte lotada e pediu ao juiz que sentenciasse Zachariah Culpepper à morte. Teria feito o mesmo no julgamento de Daniel se Ken Coin não tivesse roubado esse prazer dela.

— O que é esse barulho? — perguntou Lenore.

Charlie ouvira o som de um helicóptero sobrevoando. Reconheceu o logotipo de um dos canais de notícia de Atlanta.

Lenore entregou o celular para Charlie.

— Leia para mim o trajeto.

Charlie digitou a senha, que era o seu aniversário, e abriu a mensagem de Rusty. O pai tinha se graduado pela Faculdade de Direito da Universidade da Geórgia e era um dos litigantes mais conhecidos do estado, mas não era capaz de soletrar nada.

— Esquerda ali na frente — disse a Lenore, apontando para um caminho marcado por mastro branco com a bandeira dos Confederados. — Depois à direita nesse trailer.

Charlie vasculhou rapidamente a área à frente, reconhecendo a rota como uma que já seguira antes. Tinha um cliente com um problema com metanfetamina que se financiava vendendo o produto para outros clientes viciados na droga. Ele tentara pagá-la com pedras uma vez. Ao que tudo indicava, ele vivia a duas portas dos Wilson.

— Pegue à direita aqui, depois outra direita no final da colina — falou Charlie.

— Enfiei seu contrato de honorários na sua bolsa.

Charlie sentiu os lábios coçando para perguntar por quê, mas respondeu à própria pergunta.

— Meu pai quer que eu represente os Wilson para me queimar como testemunha contra Kelly.

Lenore olhou para ela e depois olhou mais uma vez.

— Como não entendeu isso vinte minutos atrás?

— Não sei — respondeu Charlie, mas ela sabia.

Foi porque estava traumatizada. Porque sofria com a falta do marido. Porque era tão idiota que, de novo e de novo, esperou que o pai fosse o tipo de pessoa que se preocupava com a filha do mesmo modo que se preocupava com cafetões, gângsteres e assassinos.

— Não posso fazer isso. Qualquer juiz que valha o que ganha me estapearia com tanta força com uma queixa na Ordem dos Advogados que eu estaria na China antes da minha licença ser revogada.

— Você não terá que perseguir ossos de galinha para cima e para baixo no Vale quando fizer um acordo no seu processo. — Ela acenou para o celular. — Você precisa tirar algumas fotos do seu rosto enquanto os machucados estão frescos.

— Disse para Ben que não vou entrar com um processo.

O pé de Lenore escorregou do pedal.

— Tudo que quero é um pedido sincero de desculpas. Por escrito.

— Desculpas não vão mudar nada.

Tinham chegado no final da colina. Lenore virou para direita. Charlie não teria que esperar muito para o discurso que ela estava fermentando.

— Babacas como Ken Coin pregam um governo mínimo, mas acabam gastando duas vezes mais em processos judiciais do que no treinamento correto de policiais, isso só para começo de conversa.

— Eu sei.

— O único jeito de fazê-los mudar é atingi-los no bolso.

Charlie queria colocar os dedos nas orelhas.

— Já vou ouvir isso do meu pai. Não preciso ouvir de você. É aqui.

Lenore pisou no freio. O carro parou abruptamente. Ela voltou alguns metros e, então, virou em outra estrada de terra. O mato despontava entre os sulcos cavados pelos pneus. Passaram por um ônibus escolar amarelo estacionado sob um salgueiro chorão. O Mazda saltou por um monte de terra e um conjunto de casinhas surgiu no campo de visão. Eram quatro ao todo, espalhadas em uma área oval ampla. Charlie conferiu a mensagem de Rusty de novo e viu que o número correto era o da casa na ponta da direita. Não tinha garagem, só o fim da trilha. A casa era feita de aglomerado pintado. A janela larga da sala despontava na frente como uma espinha madura. Blocos de cimento eram usados como degraus.

— Ava Wilson dirige um ônibus. Ela estava na escola essa manhã quando trancaram o prédio — contou Lenore.

— Alguém disse para ela que Kelly era a atiradora?

— Não tinha descoberto até que Rusty ligou no celular dela.

Charlie ficou feliz por Rusty não ter largado na mão dela essa ligação.

— O pai faz parte da família?

— Ely Wilson. Trabalha por dia no Ellijay, um daqueles caras que espera do lado de fora da madeireira todas as manhãs por alguém que o coloque para trabalhar.

— A polícia o localizou?

— Não que a gente saiba. A família só tem um celular e está com a esposa.

Charlie encarou a casa de aparência triste.

— Então, ela está ali sozinha.

— Não por muito tempo.

Lenore olhou para cima conforme outro helicóptero entrava no campo de visão. Esse estava pintado com as tradicionais faixas azuis e prateadas da Polícia Estadual da Geórgia.

— Vão colocar um mapa do Google no mandado; estarão aqui em meia hora.

— Serei rápida. — Charlie ia sair do carro, mas Lenore a segurou.

— Aqui. — Lenore puxou a bolsa de Charlie do banco de trás. — Ben me deu isso quando trouxe seu carro de volta.

Charlie envolveu a alça com a mão, imaginando se estava segurando a bolsa do mesmo jeito que Ben segurara.

— Isso significa alguma coisa, né?

— Sim.

Charlie saiu do carro e andou na direção da casa. Fuçou a bolsa procurando balas de hortelã. Teve que se conformar com um punhado de Tic Tacs enroscados como piolhos na costura do bolso da frente.

Aprendera do pior jeito que o pessoal do Vale, no geral, atendia a porta com algum tipo de arma nas mãos. Então, em vez de cruzar os degraus feitos com blocos de cimento, foi para a janela. Não havia cortinas. Três vasos de gerânios estavam sob a janela. Tinha um cinzeiro de vidro no chão, mas estava vazio.

Dentro, Charlie pôde ver uma mulher pequena de cabelo preto sentada no sofá, petrificada diante da imagem na televisão. Todos no Vale tinham uma TV gigante de tela plana que aparentemente caíra do mesmo caminhão. Ava Wilson estava assistindo ao noticiário. O som estava tão alto que a voz da repórter era audível do lado de fora.

...mais detalhes estão chegando da nossa filial em Atlanta...

Charlie foi para a porta da frente e bateu, três batidas firmes.

Esperou. Ouviu. Bateu uma segunda vez. Depois a terceira.

— Olá? — chamou ela.

Por fim, a televisão ficou muda. Ouviu pés se arrastando. Uma trava fez um barulho. Uma corrente deslizou. Outra trava abriu. Essa segurança adicional era uma piada considerando que um ladrão poderia atravessar a parede frágil com um soco.

Ava Wilson piscou diante da estranha do lado de fora da porta. Era tão pequena quanto a filha, com quase a mesma aparência infantil. Estava vestindo pijamas azuis-claros com desenhos de elefantes nas calças. Seus olhos estavam inchados. Era mais nova que Charlie, mas mechas cinzas marcavam seu cabelo castanho-escuro.

— Eu sou Charlie Quinn — falou para a mulher. — Meu pai, Rusty Quinn, é o advogado da sua filha. Ele me pediu para acompanhar você até o escritório dele.

A mulher não se moveu. Não falou nada. Tinha todas as características de um estado de choque.

— A polícia falou com você? — perguntou Charlie.

— Não, dona — respondeu Ava com seu sotaque do Vale, mesclando as palavras. — Seu pai me disse para não atender o telefone a menos que reconheça o número.

— Ele está certo. — Charlie mexeu os pés. Podia ouvir os cachorros latindo ao longe. O sol estava queimando o topo da sua cabeça. — Olha, sei que você está devastada com o que aconteceu com a sua filha, mas preciso prepará-la para o que vem a seguir. A polícia está a caminho agora.

— Vão trazer Kelly para casa?

Charlie foi surpreendida pela esperança na voz de Ava Wilson.

— Não. Vão revistar a casa. É provável que comecem pelo quarto de Kelly e depois...

— Vão levar algumas roupas limpas para ela?

Mais uma vez, Charlie foi arrebatada.

— Não, vão revistar a casa em busca de armas, anotações, computadores...

— Não temos computador.

— Isso é bom. Kelly faz lições de casa na biblioteca?

— Ela não fez nada. Ela não matou... — A voz dela sumiu. Os olhos brilharam. — Dona, me ouve. Meu bebê não fez o que estão dizendo.

Charlie lidara com sua cota de mães convencidas de que armaram contra os seus filhos, mas não havia tempo para fazer o discurso para Ava Wilson sobre como às vezes pessoas boas faziam coisas ruins.

— Ouça, Ava. A polícia virá, quer você queira ou não. Vão tirar você da casa. Farão uma busca minuciosa. Podem quebrar algumas coisas ou encontrar coisas que você não quer que encontrem. Duvido que mantenham você sob custódia, mas podem fazer isso se acharem que você vai alterar alguma evidência, então, por favor, não faça isso. Você não pode, por favor, preste atenção: você não pode dizer nada para eles sobre Kelly ou sobre por que ela poderia ter feito isso ou o que pode ter acontecido. Eles não estão tentando ajudá-la e não são seus amigos. Entendeu?

Ava não confirmou ter entendido as informações. Só ficou parada ali.

O helicóptero passou mais baixo. Charlie pôde ver o rosto do piloto por trás da bolha de vidro. Estava falando no microfone, provavelmente dando coordenadas para o mandado de busca.

— Podemos entrar? — perguntou Charlie.

A mulher não se moveu, então Charlie a pegou pelo braço e a conduziu para dentro da casa.

— Falou com o seu marido?

— Ely não liga antes de terminar o trabalho, ele usa o orelhão do lado de fora da madeireira.

O que significava que o pai de Kelly saberia sobre os crimes da filha pelo rádio do carro.

— Você tem uma mala ou bolsa onde possa pôr umas roupas?

Ava não respondeu. Os olhos estavam fixos na televisão, que estava no mudo.

A escola estava no noticiário. Uma vista aérea mostrava a cobertura do ginásio, que estava sendo utilizado como centro de comando. No letreiro na parte de baixo da tela lia-se: ESQUADRÃO ANTIBOMBAS VASCULHA O PRÉDIO EM BUSCA DE OBJETOS SUSPEITOS. DOIS MOR-

TOS — ALUNA DE OITO ANOS, DIRETOR HERÓI QUE TENTOU SALVÁ-LA.

Lucy Alexander tinha apenas oito anos.

— Ela não fez isso — repetiu Ava. — Não faria.

As mãos geladas de Lucy.

Os dedos trêmulos de Sam.

A pele de Gamma, de repente branca como cera.

Charlie limpou os olhos. Olhou pela sala, lutando contra a sequência de imagens de horror que voltavam à sua cabeça. A casa dos Wilson era pobre, mas arrumada. Um Jesus pendurado em uma cruz na porta da frente. A cozinha estreita como a de um navio ficava logo depois da sala apertada. Pratos secavam no escorredor. Luvas amarelas se dobravam molengas na beirada da pia. A pia estava cheia, mas ordenada.

— Não vão deixar você voltar para casa por algum tempo — avisou Charlie. — Você precisará de uma muda de roupas e algumas coisas do banheiro.

— O banheiro é logo atrás de você.

Charlie tentou de novo.

— Você precisa pegar algumas coisas. — Esperou para ver se Ava compreendia. — Roupas, escova de dentes. Só isso.

Ava assentiu, mas ou ela não podia ou não desviaria o olhar da televisão.

Do lado de fora, o helicóptero se afastou. O tempo de Charlie estava acabando. Era provável que o mandado de Coin já estivesse assinado. A equipe de busca estaria a caminho, com as luzes girando e as sirenes.

— Você quer que eu pegue as coisas para você? — Charlie aguardou por outro aceno. E esperou. — Ava, vou pegar algumas roupas para você, depois vamos esperar pela polícia lá fora.

Ava espremeu o controle remoto nas mãos conforme se sentou na beirada do sofá.

Charlie abriu várias portas do armário da cozinha até que achou uma sacola plástica. Vestiu uma das luvas de borracha da pia e passou em frente ao banheiro pelo corredor curto revestido de madeira. Havia dois quartos, ambos ocupando um extremo da casa. Em vez de uma porta, Kelly tinha uma cortina roxa para garantir alguma privacidade. Uma folha de caderno pregada no material dizia PROIBIDA A PAÇAJEM DE ADULTOS.

Charlie sabia que não deveria entrar no quarto de um suspeito de homicídio, mas usou o celular de Lenore para tirar uma foto da placa.

O quarto dos Wilson era o da direita, com vista para a colina íngreme atrás da casa. Dormiam em um colchão d'água grande que ocupava a maior parte do espaço. Um gaveteiro alto impedia que a porta se abrisse por completo. Charlie estava contente por ter pensado em pôr a luva amarela quando abriu as gavetas, apesar de que, para ser honesta, os Wilson eram mais organizados do que ela. Achou algumas roupas íntimas femininas, algumas cuecas e um par de jeans que parecia vir da seção infantil. Pegou mais duas camisetas e enfiou tudo na sacola. Ken Coin era conhecido por demorar desnecessariamente nas suas buscas. Os Wilson teriam sorte se permitissem que voltassem para casa no fim de semana.

Charlie se virou, planejando ir no banheiro na sequência, mas algo a parou.

PAÇAJEM.

Como Kelly Wilson chegou aos dezoito anos sem saber soletrar uma palavra tão simples?

Charlie hesitou por um instante, depois puxou a cortina. Não entraria no quarto. Tiraria fotos do corredor. Era mais fácil falar do que fazer. O quarto era do tamanho de um closet generoso.

Ou de uma cela de prisão.

A luz se esgueirava por uma janela horizontal estreita instalada bem no alto da parede onde estava encostada uma cama de solteiro. Os painéis de madeira das paredes foram pintados com um tom lilás claro. O carpete era de pelagem laranja. A colcha tinha estampa da Hello Kitty ouvindo walkman com fones largos sobre as orelhas.

Esse não era o quarto de uma garota gótica. Não havia paredes pretas ou pôsteres de heavy metal. A porta do armário estava aberta. Pilhas de camisas estavam dobradas cuidadosamente sobre o chão. Algumas peças mais longas estavam penduradas em um varão envergado. As roupas de Kelly eram todas claras e coloridas com pôneis e coelhos e o tipo de apliques que se esperaria que uma garota de dez anos vestisse, não uma quase mulher de dezoito.

Charlie fotografou tudo que pôde: a colcha, os pôsteres de gatinhos, o brilho labial rosinha sobre a cômoda. Todo o tempo, seu foco estava nas coisas que não estavam lá. Garotas de dezoito anos tinham todo o tipo de maquiagem. Tinham fotos com amigos, bilhetes de possíveis futuros namorados e segredos que mantinham para si mesmas.

O coração dela saltou quando ouviu pneus rodando na estrada de terra. Subiu na cama e olhou pela janela. Uma van preta com "SWAT" escrito na lateral reduziu até estacionar na frente do ônibus escolar amarelo. Dois caras com rifles a postos saltaram da van e entraram no ônibus.

— Como... — Charlie começou a dizer, mas percebeu que não importava como conseguiram chegar ali tão rápido, porque, assim que revistassem o ônibus, desmontariam a casa onde ela estava parada.

Mas Charlie não estava parada na casa. Estava parada sobre a cama de Kelly Wilson, dentro do quarto de Kelly Wilson.

— Me fodi — sussurrou ela, porque não tinha outra forma de descrever aquilo. Saltou da cama. Usou a mão com a luva para tirar a sujeira que o seu tênis havia feito. Um tecido bem roxo ocultava as marcas de pegada, mas um técnico forense atento saberia o tamanho, a marca e o modelo antes do pôr do sol.

Charlie precisava sair. Precisava levar Ava para fora, com as mãos levantadas. Precisava deixar claro para a equipe bem armada da SWAT que ela estava cooperando.

— Merda — xingou Charlie. Quanto tempo ainda restava? Ficou na ponta dos pés e olhou para o lado de fora da janela. Os dois policiais estavam revistando o ônibus. O restante permaneceu dentro da van. Ou acreditavam que tinham o elemento-surpresa ou estavam procurando explosivos.

Charlie viu uma movimentação mais próxima da casa.

Lenore estava parada ao lado do carro. Os olhos dela se arregalaram quando olhou para Charlie, porque qualquer tolo poderia dizer que a fresta da janela pela qual ela estava olhando era de um dos quartos.

Lenore apontou a cabeça para a direção da porta da frente. A boca dela se moveu para dublar as palavras: "Sai daí."

Charlie enfiou a sacola com as roupas na bolsa dela e foi para a saída.

As paredes roxas. A Hello Kitty. Os pôsteres de gatinho.

Trinta, talvez quarenta segundos. Esse era o tempo que levaria para terminarem no ônibus, voltarem para a van e chegarem na porta da frente.

Usou a mão com a luva para abrir as gavetas da cômoda. Roupas. Roupas íntimas. Canetas. Nenhum diário. Nenhum caderno. Ela ajoelhou e passou a mão entre o colchão e o estrado, depois olhou embaixo da cama. Nada. Estava verificando entre as pilhas de roupas no chão do armário quando ouviu as portas da van da SWAT batendo para fechar, os pneus estalaram sobre a terra conforme se aproximavam da casa.

Quartos de adolescente nunca eram tão arrumados. Charlie revirou o conteúdo de um armário pequeno com uma mão, largou duas caixas de sapatos com brinquedos no chão, puxou roupas dos cabides e as jogou na cama. Bateu nos bolsos e virou os chapéus do avesso. Ficou na ponta dos pés e colocou a mão às cegas na prateleira.

A luva de borracha escorregou em alguma coisa plana e dura.

Uma foto enquadrada?

— Policiais. — A voz profunda de Lenore chegou aos ouvidos dela pelas paredes finas. — Tem duas mulheres na casa, ambas desarmadas.

O policial não estava interessado.

— Volte para o seu carro! Agora!

O coração de Charlie estava prestes a explodir dentro do peito. Agarrou a coisa na prateleira. Era mais pesada do que imaginou. A ponta afiada golpeou o topo da cabeça dela.

Um anuário.

Turma de 2012 da escola de ensino fundamental de Pikeville.

Uma batida ensurdecedora veio da porta da frente. As paredes tremeram.

— Polícia Estadual! — ecoou uma voz masculina. — Estou executando um mandado de busca. Abra a porta!

— Estou indo! — Charlie enfiou o anuário na bolsa. Chegara só até a cozinha quando a porta foi destruída.

Ava gritou como se estivesse em chamas.

— No chão! No chão! — Lasers varreram todo o cômodo. A casa tremeu no alicerce. Janelas se quebraram. Portas foram chutadas. Homens gritaram palavras de ordem. Ava continuou gritando. Charlie estava de joelhos, com as mãos no ar, olhos arregalados para que pudesse ver qual dos homens atiraria nela.

Ninguém atirou.

Ninguém se moveu.

O grito de Ava parou do nada.

Seis policiais enormes com equipamento tático completo tomaram cada centímetro disponível na sala. Os braços deles estavam tão tensos segurando as AR-15 que Charlie podia ver os feixes de músculos trabalhando para impedir que os dedos movessem os gatilhos.

Lentamente, Charlie olhou o próprio peito.

Havia um ponto vermelho sobre o seu coração.

Olhou para Ava.

Mais cinco pontos no peito dela.

A mulher estava sobre o sofá, com os joelhos dobrados. A boca estava aberta, mas o medo paralisara suas cordas vocais. Inexplicavelmente, ela segurava uma escova de dentes em cada uma das mãos erguidas.

O homem mais próximo de Ava abaixou o rifle.

— Escovas de dente.

Outro rifle foi abaixado.

— Parece com um maldito detonador.

— Parece mesmo, não?

Mais rifles se abaixaram. Alguém riu.

A tensão se aliviou aos poucos.

— Cavalheiros? — gritou uma mulher do lado de fora da casa.

— Liberado — respondeu o primeiro cara. Ele agarrou Ava pelo braço e a empurrou para fora. Virou para fazer o mesmo com Charlie, mas ela foi por conta própria, com as mãos no ar.

Ela não abaixou os braços até estar no quintal. Respirou profundamente o ar fresco e tentou não pensar em como poderia ter morrido se qualquer um daqueles homens não tivesse agido com calma para diferenciar uma escova de dentes de um detonador de bombas em um colete suicida.

Em Pikeville.

— Meu Deus — disse Charlie, torcendo para que aquilo servisse como uma oração.

Lenore ficara ao lado do carro. Olhou com fúria para Charlie, algo que tinha todo o direito de sentir, mas ela apenas levantou o queixo e fez a pergunta óbvia: *Você está bem?*

Charlie assentiu com a cabeça, mas não se sentia bem. Sentia raiva, raiva de Rusty que a mandara ali, dela mesmo por ter corrido um risco tão estúpido, de ter quebrado a lei por razões que eram completamente desconhecidas para ela, de ter se arriscado a levar um tiro no coração com o que aparentemente era um projétil de ponta oca e expansão rápida.

Tudo por uma merda de um anuário.

— O que está acontecendo? — sussurrou Ava.

Charlie olhou para trás em direção à casa que ainda estava balançando com todos os homens pesados indo para a frente e para trás.

— Estão buscando coisas que possam usar no julgamento contra Kelly.

— Como o quê?

Charlie listou as coisas que estivera procurando.

— Uma confissão. Uma explicação. Um diagrama da escola. Uma lista de pessoas que Kelly odiava.

— Ela nunca odiou ninguém.

— Ava Wilson? — Uma mulher alta com um equipamento tático volumoso andou na direção delas. Tinha um rifle pendurado ao seu lado. Um papel enrolado estava na mão dela. Foi dessa forma que chegaram tão rápido ali. O mandado foi enviado por fax para a van. — Você é Ava Wilson, mãe de Kelly Rene Wilson?

Ava enrijeceu diante do tom autoritário.

— Sim, senhor. Dona.

— Essa é a sua casa?

— Nós a alugamos, sim, dona. Senhor.

— Sra. Wilson. — A policial parecia não se importar com os pronomes. — Sou a capitã Isaac da Polícia Estadual. Tenho um mandado de busca para a sua casa.

— Vocês já estão fazendo a busca — argumentou Charlie.

— Temos razões para acreditar que as evidências podem ser alteradas. — Isaac estudou o olho ferido de Charlie. — Você foi ferida acidentalmente durante ação, senhora?

— Não. Foi um outro policial que me bateu hoje.

Isaac olhou para Lenore, que aparentemente ainda estava pálida, depois olhou de volta para Charlie.

— Vocês duas estão juntas?

— Sim — falou Charlie. — A sra. Wilson gostaria de ver uma cópia do mandado.

Isaac deixou claro que notou a luva amarela na mão de Charlie.

— Luva de lavar pratos — disse Charlie, o que tecnicamente era verdade. — A sra. Wilson gostaria de ver uma cópia do mandado.

— Você é a advogada da sra. Wilson?

— Eu sou *uma* advogada — esclareceu Charlie. — Só estou aqui como uma amiga da família.

Isaac disse para Ava.

— Sra. Wilson, conforme o pedido da sua amiga, estou lhe entregando uma cópia do mandado.

Charlie teve que levantar o braço de Ava para o que mandado pudesse ser posto na mão da mulher.

— Sra. Wilson, há alguma arma na casa? — perguntou Isaac.

Ava balançou a cabeça.

— Não, senhor.

— Alguma agulha com a qual devamos nos preocupar? Alguma coisa que possa nos cortar?

De novo, Ava balançou a cabeça, contudo, pareceu incomodada com a pergunta.

— Explosivos?

A mão de Ava correu para cobrir a boca.

— Tem um vazamento de gás?

Isaac buscou em Charlie alguma explicação. Charlie encolheu os ombros. A vida daquela mãe foi virada do avesso. Lógica era a última coisa que deveriam esperar dela.

— Senhora, temos seu consentimento para revistar a senhora? — perguntou Isaac.

— Si...

— Não — interrompeu Charlie. — Você não tem consentimento para revistar nada ou ninguém além do escopo do seu mandado.

Isaac olhou para a bolsa de Charlie, que tinha se moldado mais ou menos na forma de um anuário retangular.

— Tenho que revistar sua bolsa?

Charlie sentiu o coração pular.

— Você tem um motivo?

— Se você ocultou evidência ou removeu algo da casa com o propósito de ocultar, então...

— Isso seria ilegal — interrompeu Charlie. — Como revistar um ônibus escolar que não está listado no seu mandado e que não é parte da propriedade.

Isaac assentiu com a cabeça uma vez.

— Você teria razão, a menos que haja motivo.

Charlie arrancou a luva amarela.

— Removi isso da casa, mas não foi intencional.

— Obrigada pela sua franqueza. — Isaac virou para Ava. Tinha um roteiro a seguir. — Senhora, você pode ficar aqui fora ou ir embora, mas não pode voltar para casa até que a liberemos. Compreendido?

Ava balançou a cabeça.

— Ela compreendeu — respondeu Charlie.

Isaac andou pelo quintal e se juntou aos homens dentro da casa. Embalagens plásticas estavam empilhadas ao lado da porta. Registros de evidências.

Lacres de embalagens. Sacos plásticos. Ava olhou pela janela da sala. A televisão ainda estava ligada. A tela era tão grande que do lado de fora Charlie podia ler as legendas na parte de baixo: FONTE NA POLÍCIA DE PIKEVILLE: IMAGENS DAS CÂMERAS DE SEGURANÇA NÃO SERÃO LIBERADAS.

Câmeras de segurança. Charlie não reparara que estavam lá nessa manhã, mas agora se lembrava de uma câmera no final de cada corredor.

A matança foi gravada em vídeo.

— O que vamos fazer? — perguntou Ava.

Charlie suprimiu sua primeira resposta: *Assistir a sua filha ser amarrada em uma maca para ser executada.*

— Meu pai vai explicar tudo lá no escritório dele. — Charlie pegou o mandado enrolado da mão suada da mulher. — A acusação tem que ser apresentada em menos de 48 horas. É provável que Kelly seja mantida na cela da delegacia, mas, depois, vão transferi-la para outro lugar. Haverá várias audiências no tribunal e muitas oportunidades para vê-la. Nada disso será rápido. Tudo leva muito tempo. — Charlie leu por cima o mandado de busca, o qual era, basicamente, uma carta de amor do juiz permitindo que os policiais fizessem o que bem entendessem. Perguntou para Ava: — Esse é o seu endereço?

Ava olhou o mandado.

— Sim, dona, esse é o número da rua.

Pela porta aberta, Charlie viu Isaac começar a arrancar as gavetas da cozinha. Os talheres fizeram barulho. O carpete foi arrancado do chão. Nenhum deles estava sendo gentil. Levantavam alto os pés conforme pisavam com força para lá e para cá, procurando por um som que indicasse um espaço oco embaixo das tábuas, cutucando as placas manchadas do forro.

Ava agarrou o braço de Charlie.

— Quando Kelly vai voltar para casa?

— Você precisa conversar sobre isso com o meu pai.

— Não sei como podemos pagar isso — falou Ava. — Não temos dinheiro, se foi atrás disso que você veio.

Rusty nunca se interessou pelo dinheiro.

— O estado pagará a defesa dela. Não será muito, mas prometo que meu pai trabalhará duro pela sua filha.

Ava piscou. Não parecia compreender.

— Ela tem tarefas para fazer.

Charlie olhou nos olhos da mulher. As pupilas dela eram pequenas, mas isso podia ser explicado pelo brilho intenso do sol.

— Você está doidona?

Ela olhou para os pés.

— Não, dona. Eu sou assim mesmo.

Charlie esperou por um sorriso inapropriado, mas a mulher estava falando sério.

— Você tomou algum remédio? Ou fumou um baseado para aliviar a tensão?

— Ah, não, dona. Sou motorista de ônibus. Não posso usar drogas. As crianças dependem de mim.

Charlie olhou nos olhos dela de novo, dessa vez buscando qualquer sinal de racionalidade.

— Meu pai explicou o que aconteceu com Kelly?

— Ele disse que estava trabalhando para ela, mas não sei — sussurrou ela. — Meu primo disse que Rusty Quinn é um homem mau, que só representa a escória, estupradores e assassinos.

A boca de Charlie ficou seca. A mulher não parecia entender que Rusty Quinn era exatamente o tipo de homem de que a filha dela precisava.

— Olha Kelly ali. — Ava estava olhando para a televisão de novo.

O rosto de Kelly Wilson preencheu a tela. Era óbvio que alguém tinha vazado uma foto da escola. Em vez da maquiagem gótica pesada e das roupas pretas, Kelly estava vestindo uma camiseta que estava no seu armário, com um pônei com uma crina que parecia um arco-íris.

A foto desapareceu e foi substituída pela transmissão ao vivo de Rusty saindo do hospital do condado de Derrick. Ele franziu a testa para o repórter que enfiou um microfone no rosto dele, mas tinha saído pela porta da frente por um motivo. Rusty fez uma ceninha óbvia de alguém relutante em parar para dar uma entrevista. Charlie podia dizer pelo modo como a boca dele estava se movendo que estava oferecendo uma dose cavalar do sotaque sulista que seria transmitido sem parar em rede nacional. Era assim que esses casos populares funcionavam. Rusty tinha que aparecer na frente dos âncoras para pintar Kelly Wilson como uma adolescente problemática encarando uma punição definitiva em vez de um monstro que matou uma criança e o diretor da escola.

— Um revólver é uma arma? — perguntou Ava, sussurrando.

Charlie sentiu o estômago sendo perfurado. Afastou Ava da casa e ficou com ela no meio da estrada de terra.

— Você tem um revólver?

Ava assentiu.

— Ely leva um no porta-luvas do carro.

— O carro que ele usou para ir no trabalho hoje?

Ela assentiu de novo.

— A arma dele é legalizada?

— Não roubamos nada, dona. Trabalhamos por ela.

— Me desculpe, o que quero saber é se o seu marido já foi condenado por algum crime.

— Não, dona. Ele é um homem honesto.

— Você sabe quantas balas cabem na arma?

— Seis. — Ava pareceu ter bastante certeza disso, mas acrescentou: — Acho que seis. Já vi um milhão de vezes, mas nunca presto atenção. Desculpa, não consigo lembrar.

— Tudo bem. — Charlie tinha se sentido da mesma forma quando Delia Wofford a interrogou. *Mas não houve outro tiro? E você não viu o sr. Huckabee entregar o revólver para ninguém? Você o viu guardando a arma em algum lugar com ele? Ou colocando no chão?*

Charlie estivera bem no meio de tudo, mas o medo abafara a sua memória.

— Quando foi a última vez que você viu o revólver? — perguntou Charlie.

— Não... ah. — O telefone de Ava estava tocando no bolso da frente do pijama. Ela tirou um telefone barato de flip, do tipo que permite que você deixe seus créditos pré-pagos. — Não conheço esse número.

Charlie conhecia o número. Era do iPhone dela, o qual, aparentemente, ainda estava com Huck.

— Entre no carro — disse a Ava, acenando para Lenore ajudar. — Deixa que eu atendo isso.

Ava olhou desconfiada para Lenore.

— Não sei se...

— Entre no carro. — Charlie praticamente empurrou a mulher. Ela atendeu o telefone no quinto toque. — Alô?

— Sra. Wilson, aqui é o sr. Huckabee, professor de Kelly.

— Como você destravou o meu telefone?

Huck hesitou um tempo, um bom tempo.

— Você precisa de uma senha melhor do que 1-2-3-4.

Charlie ouvira a mesma coisa de Ben várias vezes. Andou um pouco pela estrada para ter mais privacidade.

— Por que está ligando para Ava Wilson?

Ele hesitou de novo.

— Fui professor de Kelly por dois anos. Também fiz um acompanhamento com ela alguns meses atrás, quando ela passou para o ensino médio.

— Isso não responde minha pergunta.

— Passei quatro horas respondendo perguntas de dois babacas do DIG e outra hora respondendo perguntas no hospital.

— Quais babacas?

— Atkins. Avery. Um garoto de dez anos com o cabelo lambido e uma mulher negra mais velha ficaram se alternando comigo.

— Merda — praguejou Charlie. Ele devia estar falando de Louis Avery, o agente regional do FBI na Geórgia. — Ele deixou o cartão?

— Joguei fora. Meu braço está bem, aliás. A bala passou direto.

— Meu nariz está quebrado e tive uma concussão — retrucou Charlie. — Por que está ligando para Ava?

O suspiro dele indicava que ia ceder.

— Porque me importo com os meus alunos. Quero ajudar, ter certeza de que ela terá um advogado. Que será cuidada por alguém que não vá explorá-la ou colocá-la em uma situação pior. — Huck parou do nada com o tom desafiador. — Kelly não é esperta, Charlotte. Não é uma assassina.

— Você não precisa ser esperta para matar alguém. Na verdade, o contrário é o mais comum. — Ela se virou para ver a casa dos Wilson. A capitã Isaac estava carregando uma caixa plástica cheia de roupas de Kelly. — Se você quer mesmo ajudar, não fale com nenhum repórter, não apareça em frente às câmeras, não deixe tirarem uma foto boa de você, nem mesmo fale com os seus amigos sobre o que aconteceu, porque eles vão aparecer na TV ou falarão com os repórteres e você não será capaz de controlar o que sairá das suas bocas.

— Esse é um bom conselho. — Ele soltou um suspiro curto. — Ei, preciso pedir desculpas a você.

— Pelo quê?

— B2. Ben Bernard. Seu marido ligou essa manhã. Quase atendi.

Charlie sentiu as bochechas corarem.

— Não sabia até que os policiais me contaram — continuou Huck. — E isso foi depois de eu ter falado com ele, contado o que fizemos e porque você estava na escola.

Charlie colocou a mão na cabeça. Sabia como certos homens falavam sobre as mulheres, em especial sobre aquelas com quem transaram na caminhonete atrás do bar.

— Você podia ter me avisado. Acabamos todos em uma situação pior ainda.

— Você está se desculpando, mas faz parecer que a culpa é minha. — Não conseguia acreditar naquele cara. — Quando eu diria isso? Antes de Greg Brenner me espancar? Ou depois de você deletar o vídeo? Ou que tal quando você mentiu no seu depoimento oficial sobre como o meu nariz foi quebrado, o que é um crime, aliás... mentir para dar cobertura para um policial, ficar com o dedo enfiado na bunda enquanto uma mulher leva um soco na cara. Isso é perfeitamente legal?

Huck forçou outro suspiro.

— Você não sabe como é passar por isso. As pessoas erram.

— Eu não sei como é? — Charlie sentiu seu corpo tremer com a fúria repentina. — Eu estava lá, Huck. Acho que cheguei lá antes de você, então sei como é se deparar com algo assim. Além disso, se você cresceu mesmo em Pikeville, então sabe que já passei por isso antes, então foda-se com o seu "você não sabe como é passar por isso".

— Tudo bem, você tem razão. Me desculpe.

Charlie não tinha terminado.

— Você mentiu sobre a idade de Kelly.

— Dezesseis, dezessete. — Ela conseguia visualizar Huck balançando a cabeça. — Ela está no segundo ano do ensino médio. Que diferença isso faz?

— Ela tem dezoito e a diferença é a pena de morte.

Ele engasgou. Não havia outra definição para aquilo, a inalação repentina que vinha do choque absoluto.

Charlie esperou que ele dissesse algo. Verificou se o celular tinha sinal.

— Alô?

Ele limpou a garganta.

— Preciso de um minuto.

Charlie precisava de um minuto também. Estava deixando algo grande passar. Por que Huck foi interrogado por horas? O interrogatório médio demorava de meia hora a duas horas. Charlie estimou que duraria no máximo 45 minutos. O tempo que ela e Huck estiveram envolvidos com o crime fora menos de dez minutos. Por que Delia Wofford trouxe o FBI para fazer o joguinho do policial bom/policial mau com Huck? Nada indicava que ele seria uma testemunha hostil. Ele levara um tiro no braço. Mas disse que fora interrogado antes de ir para o hospital. Delia Wofford não era o tipo de policial que não seguia os procedimentos. O FBI com certeza não estava de brincadeira.

Então por que mantiveram sua principal testemunha na delegacia por quatro horas? Esse não era o modo de se tratar uma testemunha. Era o jeito de tratar um suspeito que não está colaborando.

— Certo, voltei — disse Huck. — Kelly é... Como chamam hoje em dia? Com retardo? Mentalmente limitada? Ela faz as aulas básicas. Não consegue reter conceitos.

— A lei chamaria de capacidade mental reduzida, como se ela fosse incapaz para formar o estado mental exigido para um crime, mas essa é uma linha de defesa bem difícil de argumentar — explicou Charlie. — As prioridades de uma escola pública e de um processo público contra um assassino são bem diferentes. Uma está tentando ajudá-lo, o outro está tentando matá-lo.

Ele ficou tão quieto que tudo que ela podia ouvir era a respiração dele.

— Os dois agentes, Wofford e Avery, falaram com você por quatro horas direto ou teve algum intervalo? — quis saber Charlie.

— O quê? — Ele pareceu abalado com a pergunta. — Sim, um deles sempre estava na sala. E o seu marido algumas vezes. E aquele cara, qual é o nome dele? Que usa aqueles ternos brilhantes?

— Ken Coin. Ele é o promotor. — Charlie mudou sua tática. — Kelly era provocada pelos outros alunos?

— Não na minha aula — acrescentou ele. — Fora da escola, nas redes sociais, não temos como controlar.

— Então está dizendo que a provocavam?

— Estou dizendo que ela era diferente e isso nunca é bom quando se é adolescente.

— Você era seu professor. Como não sabia que ela repetiu uma série?

— Tenho mais de 120 alunos todos os anos. Não olho o histórico escolar deles, a menos que me deem uma razão.

— Ser lenta não é uma razão?

— Muitos dos meus alunos são. Ela mantinha uma média C consistente. Nunca causava problema.

Charlie podia ouvir um som de batida, uma caneta batendo na beirada da mesa. Huck prosseguiu:

— Olha, Kelly é uma boa garota. Não é esperta, mas é doce. Ela segue o que estiver na frente dela. Não faz coisas como o que aconteceu hoje. Ela não é assim.

— Você teve alguma intimidade com ela?

— O que isso quer...

— Transar. Trepar. Você sabe o que quero dizer.

— Claro que não. — Ele pareceu enojado. — Ela era uma das minhas crianças. Deus do céu.

— Alguma outra pessoa estava fazendo sexo com ela?

— Não. Eu teria denunciado.

— O sr. Pinkman?

— Nunca...

— Algum outro aluno da escola?

— Como eu poderia...

— O que aconteceu com o revólver?

Se ela não estivesse ouvindo atentamente, teria perdido a variação sutil na respiração dele.

— Qual revólver? — falou ele.

Charlie balançou a cabeça, se repreendendo em silêncio por não ter percebido o óbvio.

Durante o próprio testemunho dela para Delia Wofford, estivera desorientada demais para juntar as peças, mas agora pôde ver que a mulher praticamente desenhara um cenário para ela. E você não viu o sr. Huckabee entregar o revólver para ninguém? Você o viu guardando a arma em algum lugar com ele? Ou colocando no chão?

— O que você fez com a arma? — perguntou Charlie.

Ele parou de novo, porque era o que ele fazia quando estava mentindo.

— Não sei do que você está falando.

— Foi isso que respondeu para os agentes?

— Falei o mesmo que para você. Não sei. Muita coisa estava acontecendo.

Charlie só podia balançar a cabeça diante da estupidez dele.

— Kelly disse alguma coisa no corredor?

— Não ouvi nada. — Ele parou pela bilionésima vez. — Como falei, muita coisa acontecendo.

O cara levou um tiro e mal fez uma careta. O medo não abafou as memórias dele.

— De que lado você está? — indagou Charlie.

— Não tem lado nenhum. Só tem a coisa certa a se fazer.

— Odeio acabar com a sua filosofia, Horácio, mas se existe uma coisa certa, existe uma coisa errada e, por ser uma pessoa com diploma em Direito, posso dizer que roubar a arma do crime de um homicídio duplo e depois mentir para um agente do FBI pode colocar você do lado errado das grades por um tempo bem longo.

Ele manteve o silêncio por dois segundos.

— Não sei se estávamos nele, mas há um ponto cego nas câmeras de segurança.

— Pare de falar.

— Mas se...

— Cale a boca. — Charlie o alertou. — Eu sou uma testemunha. Não posso ser sua advogada. O que você me diz não está sob confidencialidade.

— Charlotte, eu...

Ela encerrou a ligação antes que ele pudesse se afundar mais no buraco em que estava.

CAPÍTULO CINCO

COMO ERA DE SE esperar, o velho Mercedes de Rusty não estava parado no estacionamento quando Lenore manobrou na vaga atrás do prédio. Charlie vira o pai sair do hospital ao vivo na televisão. Ele estava a meia hora do escritório, mais ou menos a mesma distância da casa dos Wilson, então devia ter ido para algum outro lugar antes.

— Rusty está vindo — informou Lenore. Uma mentira que contava para vários clientes, várias vezes ao dia.

Ava não pareceu se interessar pela localização de Rusty. A sua boca se abriu conforme o portão de segurança fechou atrás deles. A área interna, com sua ampla variedade de luzes de segurança, câmeras, barras de metal nas janelas e a cerca de 3,5m coberta por arame farpado, parecia o interior de uma prisão de segurança máxima.

Ao longo dos anos, Rusty continuou recebendo ameaças de morte porque continuou defendendo motociclistas foras da lei, gangues de traficantes e crianças assassinas. Acrescente à lista organizações sindicais, trabalhadores sem registro e clínicas de aborto. Desse modo, ele realizou a proeza de irritar quase todo mundo no estado. A teoria de Charlie era que a maioria das ameaças de morte era cortesia dos Culpepper. Só uma fração vinha dos bons e respeitáveis cidadãos que acreditavam que Rusty Quinn era a mão direita do Satanás.

Não havia como imaginar o que fariam quando espalhasse a notícia de que Rusty estava representando a autora do tiroteio na escola.

Lenore estacionou o Mazda ao lado do Subaru de Charlie. Ela se virou e olhou para Ava Wilson.

— Vou mostrar onde você pode se trocar.

— Você tem uma TV? — perguntou Ava.

— Talvez seja melhor não... — disse Charlie.

— Eu quero assistir.

Charlie não podia negar a uma mulher adulta o direito de ver TV. Ela saiu do carro e abriu a porta para Ava. A princípio, a mulher não se moveu. Ela olhou fixo para a parte de trás do banco à sua frente, com as mãos repousadas sobre os joelhos.

— Isso tudo está acontecendo de verdade, não é? — falou Ava.

— Lamento — respondeu Charlie. — Está sim.

A mulher se virou lentamente. Suas pernas pareciam dois gravetos dentro da calça do pijama. A pele dela era tão pálida que ficava quase transparente na luz intensa do dia.

Lenore fechou a porta do lado do motorista sem fazer barulho, mas o seu olhar indicava que queria bater a porta do carro com toda a força. Estava com raiva de Charlie desde o momento em que a vira no quarto da frente na casa dos Wilson. Se não fosse por Ava Wilson, ela teria arrancado a cabeça de Charlie e jogado pela janela no caminho de volta.

— Isso não vai ficar assim — resmungou Lenore.

— Ótimo! — Charlie abriu um sorriso cheio de dentes, afinal, por que não colocar mais lenha na fogueira? Não havia nada que Lenore pudesse dizer sobre as atitudes tolas dela que a própria Charlie já não tivesse dito a si mesma. Se havia uma coisa em que ela era excepcional, era em ser uma crítica mordaz de si mesma.

Ela entregou para Ava Wilson a sacola plástica com as roupas para que pudesse procurar as chaves.

— Eu abro. — Lenore destravou a grade de aço de segurança e a abriu. A porta pesada de metal tinha um código e outra chave para acionar a trava de segurança que passava de ponta a ponta por dentro da porta e se fixava em ambos os lados do batente de aço. Lenore teve que fazer força para girar o trinco. Um *cha-chunk* profundo ecoou antes da porta abrir.

— Vocês guardam dinheiro aqui ou o quê? — perguntou Ava.

Charlie estremeceu com a pergunta. Deixou Lenore e Ava entrarem primeiro.

O odor familiar de cigarros abriu caminho pelo nariz quebrado de Charlie. Tinha proibido Rusty de fumar dentro do prédio, mas a ordem fora dada com trinta anos de atraso. Ele carregava o fedor consigo como o Chiqueirinho nas tirinhas do Snoopy. Não importava quantas vezes ela limpasse, pintasse a parede ou até trocasse o carpete, o fedor continuava impregnado.

— Por aqui. — Lenore lançou outro olhar gelado para Charlie antes de acompanhar Ava até a recepção, uma sala escura e deprimente com uma persiana metálica que bloqueava a vista da rua.

Charlie foi em direção ao escritório dela. Sua prioridade era ligar para o pai e dizer para ele voltar correndo. Ava Wilson não deveria ficar abandonada no sofá afundado deles recebendo todas as informações sobre a filha pelos noticiários.

Por via das dúvidas, ela deu a volta para passar em frente ao escritório de Rusty, para se certificar de que ele não tinha estacionado na frente do prédio. A tinta branca na porta dele tinha amarelado por causa da nicotina. Manchas se espalhavam pelas paredes finas e se acumulavam no teto. Até a maçaneta tinha uma película em volta. Ela puxou a manga da camisa para cobrir a mão e confirmou que a porta estava trancada.

Ele não estava ali.

Charlie soltou um suspiro longo e andou até seu escritório. Por escolha própria, se alojara do lado oposto do prédio, que fora, em uma vida anterior, ocupado pela área administrativa de uma rede de lojas de material de escritório. A arquitetura do prédio térreo era similar em termos de relaxo com a da casa da fazenda. Compartilhava a recepção com o pai, mas seu trabalho era completamente separado do dele. Outros advogados iam e vinham e alugavam salas por mês. A Universidade Pública da Geórgia, a Universidade Estadual da Geórgia, a Faculdade Morehouse e a Universidade Emory esporadicamente enviavam estagiários que precisavam de mesas e telefones. O investigador de Rusty, Jimmy Jack Little, montara seu escritório na sala que fora o almoxarifado. Até onde Charlie sabia, Jimmy Jack usava o cômodo para guardar seus arquivos, acreditando que a polícia pensaria duas vezes antes de invadir um escritório dentro de um prédio cheio de advogados.

O carpete era mais grosso e a decoração era melhor no lado de Charlie. Rusty pendurara uma placa sobre a porta dela que dizia "Dewey, Pleadem & Howe", uma piada baseada nas comédias clássicas sobre o seu hábito de manter a maioria dos seus clientes longe dos tribunais. Charlie não se importava em defender um caso, mas a maioria dos clientes dela era pobre demais para bancar um julgamento e já era bastante conhecido pelos juízes de Pikeville para valer a pena perder tempo lutando contra o sistema.

Rusty, por outro lado, apresentaria uma defesa contra uma multa de trânsito perante a Suprema Corte dos Estados Unidos se o deixassem ir tão longe.

Charlie procurou as chaves do escritório na bolsa. A alça escorregou do ombro. A sua boca se abriu. O anuário de Kelly Wilson tinha uma caricatura do general Lee na capa, porque a mascote da escola era o Rebelde.

O advogado de defesa que possuir um item físico sob circunstâncias que impliquem um cliente em uma conduta criminal deve revelar a localização do item ou deve entregá-lo para as autoridades competentes.

Charlie estava ciente de que passara um sermão em Huck sobre ocultar evidências enquanto ela mesma estava com o anuário de Kelly Wilson enfiado sob o braço.

Contudo, era possível argumentar que Charlie foi pega pelo equivalente legal do gato de Schrödinger. Não saberia se havia alguma evidência dentro do anuário até que o abrisse. Procurou as chaves de novo. A coisa mais fácil a fazer seria largar o livro na mesa de Rusty e deixá-lo lidar com isso.

— Vamos. — Lenore estava de volta e pronta para dizer o que pensava.

Charlie apontou para o banheiro do outro lado do corredor. Não podia resolver aquilo com a bexiga cheia.

Lenore a acompanhou e fechou a porta.

— Uma parte de mim questiona se vale a pena repreendê-la, porque você é idiota demais para saber o quanto é estúpida.

— Por favor, ouça essa parte.

Lenore apontou o dedo para Charlie.

— Não venha dar uma de espertinha.

Uma cornucópia de respostas sagazes inundou a cabeça de Charlie, mas ela se segurou. Desabotoou a calça e sentou na privada. Lenore tinha dado banho em Charlie quando o sofrimento com o luto fora demais e a impedira de cuidar de si mesma. Então, não tinha problemas em vê-la fazer xixi.

— Você nunca pensa, Charlotte. Você só *faz*. — Lenore andou pelo cômodo apertado.

— Você tem razão — disse Charlie. — E sei que você tem razão, da mesma forma que sei que você não pode fazer eu me sentir pior do que já estou me sentido.

— Você não vai escapar tão fácil.

— Isso parece fácil? — Charlie abriu bem os braços para mostrar o estrago. — Caí em uma zona de guerra hoje de manhã. Antagonizei um policial até que isso acontecesse. — Indicou o rosto. — Humilhei meu marido. De novo.

Transei com um cara que é um mártir, um pedófilo ou um psicopata. Perdi o controle na sua frente. E você não quer nem saber o que eu estava fazendo quando a SWAT entrou. Quero dizer, sério mesmo, você *não* quer saber porque precisa de uma negação plausível.

As narinas de Lenore dilataram.

— Vi as armas deles apontadas para o seu peito, Charlotte. Seis homens, todos com rifles a postos, todos engatilhados para matar você enquanto fiquei torcendo minhas mãos como uma velha desesperada.

Charlie percebeu que Lenore não estava brava. Estava assustada.

— O que você tinha na cabeça? — continuou Lenore. — Por que você arriscaria sua vida desse jeito? O que era tão importante?

— Nada era tão importante. — A vergonha de Charlie se amplificou ao ver as lágrimas rolando pelo rosto de Lenore. — Me desculpe. Você tem razão. Não deveria ter feito aquilo. Nada daquilo. Sou uma besta e uma idiota.

— Disso eu tenho toda a certeza do mundo. — Lenore agarrou o papel higiênico e enrolou o suficiente para assoar o nariz.

— Por favor, grita comigo — implorou Charlie. — Não sei lidar com você chorando.

Lenore olhou para outro lado e Charlie queria desaparecer em uma piscina repleta da raiva que sentia de si mesma. Quantas vezes tivera essa mesma discussão com Ben? A vez no mercado em que ela empurrara um homem que tinha estapeado a esposa. A vez em que quase foi esmagada por um carro tentando ajudar um motorista enroscado no cinto. Quando antagonizava os Culpepper que via pela cidade. Quando ia até o Vale no meio da noite. A forma como passava seus dias defendendo viciados desprezíveis e criminosos violentos. Ben alegava que Charlie saltaria de cabeça em uma serra elétrica, se fossem dadas as circunstâncias certas para isso.

— Nós duas podemos chorar — comentou Lenore.

— Não estou chorando — mentiu Charlie.

Lenore passou o rolo de papel higiênico para ela.

— Por que acha que o cara é um psicopata?

— Não posso contar. — Charlie abotoou a calça e depois foi até a pia para lavar as mãos.

— Preciso me preocupar se você vai ficar como antes?

Charlie não queria pensar sobre como era antes.

— Há um ponto cego nas câmeras de segurança.

— Ben disse isso para você?

— Você sabe que Ben não fala sobre os casos. — Charlie limpou embaixo dos braços com uma toalha de papel molhada. — O psicopata está com o meu telefone. Preciso bloquear o aparelho e comprar outro. Perdi duas audiências hoje.

— O tribunal fechou no mesmo minuto em que saíram as notícias sobre o tiroteio.

Charlie se lembrou que o procedimento era esse. Já houve um alarme falso uma vez. Assim como Ava Wilson, ela estava com muita dificuldade para acreditar que tudo aquilo era real.

— Tem dois lanches em um pote na sua mesa — falou Lenore. — Vou na loja de celulares se você comer tudo.

— Combinado — concordou Charlie. — Ouça, me desculpa por hoje. Vou tentar ser melhor.

Lenore revirou os olhos.

— Faça o que quiser.

Charlie esperou até que a porta estivesse fechada para terminar seu banho de prostituta. Analisou seu rosto no espelho enquanto se limpava. A cada hora que passava, a aparência dela piorava. Havia dois hematomas, um sob cada olho, o que fazia com que ela parecesse uma vítima de violência doméstica. A ponte do seu nariz estava com uma cor vermelho-escuro e havia um calombo sobre o calombo formado na outra vez que quebrara o nariz.

— Você vai parar de ser idiota — disse ela para o próprio reflexo.

O reflexo tinha um olhar tão descrente quanto o de Lenore.

Charlie voltou para o escritório. Jogou a bolsa no chão para achar as chaves. Depois teve que descobrir como enfiar tudo de volta. Só então percebeu que Lenore já tinha aberto a porta, porque Lenore sempre estava dois passos à sua frente. Charlie largou a bolsa no sofá ao lado da porta. Ligou as luzes. Sua mesa. Seu computador. Sua cadeira. Se sentiu bem por estar cercada por coisas familiares. O escritório não era a casa dela, mas passava mais tempo ali, especialmente depois que Ben se mudou. Então, era o segundo melhor lugar para estar.

Ela engoliu um dos sanduíches de geleia e pasta de amendoim que Lenore deixara na mesa. Passou os olhos por sua caixa de e-mails no computador e respondeu aos que perguntavam se estava bem. Charlie deveria ter ouvido a caixa postal do seu telefone, ligado para os clientes e verificado com o tribunal para quando suas audiências seriam remarcadas, mas estava muito nervosa para se concentrar.

Huck praticamente admitira ter retirado a arma da cena do crime.

Por quê?

Na verdade, a maior dúvida era *como*?

Um revólver não é algo pequeno e, considerando que era a arma do crime, a polícia faria uma busca por ele quase que de imediato. Como Huck a tirou do prédio? Na calça? Escondeu em uma das bolsas dos paramédicos? Charlie supôs que a polícia de Pikeville deu bastante liberdade para ele. Não se revista um cidadão inocente em quem atiraram por acidente. Huck também apagara o vídeo que Charlie fizera, provando que estava de fato do lado deles, quer dizer, até o ponto em que o sr. Huckleberry acreditava em lados.

Mas os agentes Delia Wofford e Louis Avery não acreditavam tanto assim nele. Não é de se espantar que o interrogaram por quatro horas enquanto o ferimento de bala no braço dele ensopava lentamente os curativos. Devem ter suspeitado que ele tinha ficado com a arma, da mesma forma que suspeitaram que os policiais locais eram idiotas por deixá-lo sair sem fazer uma revista minuciosa.

Mentir para um agente do FBI garantiria uma pena de até cinco anos em uma prisão federal e uma multa de 250 mil dólares. Acrescente a isso a destruição de evidências e a obstrução da investigação e era possível que Huck fosse acusado como cúmplice em um homicídio duplo — e ele nunca mais trabalharia em uma escola, em nenhum outro lugar, na verdade.

Tudo aquilo complicava as coisas para Charlie. A menos que quisesse destruir a vida de um homem, precisaria achar um jeito de contar para o pai sobre a arma sem implicar Huck. Sabia o que Rusty faria se sentisse que algo estava errado. Huck era o tipo de bonitão, bom samaritano, que os jurados saboreavam com uma colher. Seu histórico militar heroico, sua escolha profissional benevolente, nada disso importaria se ele testemunhasse em um uniforme laranja de presidiário.

Ela olhou para o relógio sobre o sofá: 14h16.

Esse dia era como uma maldita esfera infinita.

Charlie abriu um documento em branco no Word. Digitaria tudo que lembrava e entregaria para Rusty. Era provável que ele já tivesse ouvido a história de Kelly Wilson àquela altura. Charlie poderia ao menos contar o que a promotoria ouvira.

As mãos passaram sobre o teclado, mas ela não digitou. Olhou para o cursor piscando. Não sabia por onde começar. Obviamente, pelo começo, mas o começo era a parte mais difícil.

A rotina diária de Charlie normalmente era imutável. Acordava às cinco. Alimentava os animais. Saía para correr. Tomava banho. Tomava café da manhã. Ia para o trabalho. Ia para casa. Com a partida de Ben, suas noites eram preenchidas lendo os arquivos dos casos, assistindo à TV sem prestar muita atenção e vigiando o relógio até chegar a hora em que ir para a cama deixasse de ser humilhante.

Aquele dia não foi assim e Rusty precisaria saber o porquê.

O mínimo que Charlie poderia fazer era descobrir o primeiro nome de Huck.

Abriu o navegador do computador. Procurou por "corpo docente da escola de ensino fundamental de Pikeville".

A rodinha colorida começou a girar. Depois de um tempo, a tela mostrou a mensagem: *WEBSITE NÃO RESPONDE*.

Tentou entrar por outro caminho, para escapar da página inicial, digitando departamentos diferentes, nomes de professores e até o jornal da escola. Tudo dava a mesma mensagem. Os servidores do Departamento de Educação de Pikeville não tinham capacidade suficiente para lidar com centenas de milhares de curiosos tentando acessar seu website.

Ela clicou para abrir uma página de busca nova. Digitou "Huckabee Pikeville".

— Merda — murmurou. O Google perguntara: *Você quer dizer huckleberry?*

O primeiro site listado era uma página na Wikipédia dizendo que a huckleberry era a principal fruta do estado de Idaho. Depois havia várias histórias sobre conselhos escolares tentando banir *Huckleberry Finn*. No final da página estava um verbete no Urban Dictionary, um dicionário on-line colaborativo de gírias, que afirmava que "Eu sou seu huckleberry" era uma gíria do século XIX para "Eu sou seu homem".

Charlie bateu o dedo no mouse. Deveria olhar na CNN, MSNBC ou até na Fox, mas não conseguia se forçar a abrir os sites de notícia. Uma hora inteira se passara sem que as imagens voltassem à sua cabeça. Não queria provocar uma inundação de memórias ruins.

Além do quê, esse caso era de Rusty. Era provável que Charlie fosse chamada para ser testemunha da acusação. Ela confirmaria a história de Huck, mas isso só daria ao júri uma pequena peça do quebra-cabeças.

Se alguém sabia mais, era a sra. Pinkman. A sala dela era diretamente em frente ao lugar onde Kelly provavelmente esteve quando começou a atirar. Judith Pinkman teria sido a primeira na cena. Teria encontrado o marido morto. Lucy morrendo.

Por favor, nos ajude!

Charlie ainda podia ouvir os gritos da mulher ecoando nos seus ouvidos. Os quatro tiros já tinham sido disparados. Huck arrastara Charlie para trás do armário. Ele estava ligando para a polícia quando ela ouviu mais dois tiros.

Charlie ficou impressionada com a repentina vivacidade da memória.

Seis disparos. Seis balas no revólver.

Se não fosse por isso, Judith Pinkman teria levado um tiro na cara quando abriu a porta da sala de aula.

Charlie olhou para o teto. O pensamento invocara uma imagem antiga que ela não queria ver.

Tinha que sair do escritório.

Ela pegou a embalagem plástica com o segundo lanche e foi procurar Ava Wilson. Charlie sabia que Lenore já oferecera comida para Ava, ela possuía aquele impulso típico sulista de alimentar todo mundo que encontrava, e tinha certeza de que Ava estava estressada demais para comer, mas não queria que a mulher ficasse muito tempo sozinha.

Na recepção, Charlie se deparou com uma cena familiar: Ava Wilson no sofá em frente à televisão, o som bem alto.

— Quer meu outro sanduíche?

Ava não respondeu. Charlie estava prestes a repetir a pergunta quando percebeu que os olhos dela estavam fechados. Os lábios estavam entreabertos, um assovio suave passava entre o vão onde faltava um dos dentes.

Charlie não a acordou. O estresse tinha um mecanismo que desativava o corpo quando já não podia aguentar mais. Se Ava Wilson teria um momento de paz hoje, era esse.

O controle remoto estava na mesa de centro. Charlie nunca questionava por que ele estava sempre grudento. A maioria dos botões não funcionava. Os outros emperravam. O botão de ligar e desligar não funcionava. O mudo evaporara, havia um retângulo vazio onde o botão estivera. Ela foi até o aparelho para ver se havia outra forma de desligá-lo.

Na tela, o noticiário estava naquele período de calmaria, sem informações de verdade para noticiar, então montaram um debate de especialistas e psiquiatras para especular sobre o que *poderia* ter acontecido, o que Kelly *possivelmente* estava pensando, como ela *pôde* ter feito o que fez.

— E *há* precedentes — disse uma loira bonita. — Se você lembrar da música do Boomtown Rats de...

Charlie estava prestes a arrancar o fio da tomada quando o âncora interrompeu a terapeuta.

— Temos notícias urgentes. Nossa equipe está ao vivo na coletiva de imprensa em Pikeville, Geórgia.

A imagem mudou de novo, dessa vez para um pódio colocado em um lugar familiar. O refeitório da delegacia. Tinham retirado as mesas e espetado uma bandeira azul com o logotipo da cidade na parede.

Um gordo usando uma calça cáqui vincada e uma camisa branca estava atrás do pódio. Ele olhou para a esquerda e a câmera girou para Ken Coin, que pareceu irritado quando acenou para o homem prosseguir.

Estava claro que Coin queria ter sido o primeiro no palco.

O homem abaixou o microfone, depois subiu, por fim abaixou de novo. Se inclinou e, com os lábios muito próximos do equipamento, disse:

— Meu nome é Rick Fahey. Lucy Alex...— A voz dele travou. — Sou o tio de Lucy Alexander. — Rick usou as costas da mão para enxugar as lágrimas. O rosto dele estava vermelho. Os lábios muito rosados. — A família me pediu... oh. — Fahey pegou um pedaço de papel do bolso de trás da calça. As mãos dele tremiam tanto que o papel chacoalhou como se tivesse sido atingido por um vento repentino. Por fim, ele abriu a página no pódio e continuou:

— A família me pediu para ler esta declaração.

Charlie olhou para Ava. Ela continuava dormindo.

— "Lucy era uma criança linda. Criativa. Amava cantar e brincar com o seu cachorro, o Salsicha. Ela frequentava o catecismo com a sra. Dillard na igreja Batista, amava recitar os salmos. Passava o verão na fazenda dos avós em Ellijay e os ajudava a colher maçãs..." — Ele tirou um lenço do bolso de trás e secou o suor e as lágrimas em seu rosto redondo. — "A família depositou sua confiança em Deus para nos ajudar nesse momento de provação. Pedimos por bons pensamentos e orações da comunidade. Também gostaríamos de expressar nosso apoio ao Departamento de Polícia de Pikeville, à Promotoria do Condado de Dickerson, ao sr. Ken Coin, para que façam tudo que puderem para trazer justiça com rapidez para a assas..."— Sua voz sumiu mais uma vez. — "A assassina de Lucy." — Ele olhou para os repórteres. — "É isso que Kelly Wilson é. Uma assassina a sangue-frio."

Fahey virou para Ken Coin. Os dois trocaram um aceno solene de uma promessa que fora feita.

— "A família gostaria de pedir que nesse momento a mídia e os outros respeitem nossa privacidade". — prosseguiu Fahey. — "Nenhum preparativo para o funeral foi feito ainda." — O foco dele mudou para o vazio, para além da multidão de microfones, para além das câmeras. Ele estava pensando no funeral de Lucy, em como os pais dela escolheriam o caixão pequeno em que a filha seria enterrada.

Ela era tão pequena. Charlie podia se lembrar do quanto as mãos da garota eram delicadas quando as segurou nas próprias mãos.

— Sr. Fahey? — chamou um dos repórteres. — Poderia nos dizer...

— Obrigado.

Fahey saiu do pódio. Ken Coin o tocou com firmeza no braço quando se cruzaram.

Charlie assistiu ao chefe do marido agarrar os cantos do pódio como se estivesse prestes a sodomizá-lo.

— Meu nome é Ken Coin, o promotor do condado — falou para a multidão. — Estou aqui para responder suas questões sobre o julgamento desse assassinato vil. Não tenham dúvidas, senhores e senhoras. Demandaremos olho por olho nesse egrégio...

Charlie tirou a televisão da tomada. Se virou para ter certeza de que Ava não acordara. A mulher estava na mesma posição, ainda vestindo o pijama. O saco de roupas estava no chão, aos seus pés. Charlie estava tentando se lembrar se tinham um cobertor em algum lugar quando a porta dos fundos bateu com força ao fechar.

Só Rusty entrava no prédio fazendo esse escândalo.

Por sorte, o barulho não acordara Ava. Ela apenas se virou no sofá, com a cabeça repousada de lado.

Charlie deixou o sanduíche na mesa de centro antes de encontrar o pai nos fundos.

— Charlotte?! — gritou Rusty. Ela ouviu a porta do escritório dele abrindo. A maçaneta já cavara um buraco na parede. Ele nunca deixava passar uma chance de fazer barulho. — Charlotte?

— Estou aqui, pai. — Ela parou no lado de fora da porta. O escritório dele era tão bagunçado que não havia onde ficar ali dentro. — Ava Wilson está na recepção.

— Boa garota. — Ele não tirou os olhos dos papéis que segurava. Rusty era nervoso e disperso, nunca se concentrava por completo em uma única coisa por vez. Naquele mesmo momento, estava batendo o pé no chão, lendo, assobiando espontaneamente e prosseguindo com algo que se parecia com uma conversa. — Como ela está?

— Nada bem. Cochilou há pouco tempo. — Charlie falou com o topo da cabeça dele. Ele tinha 74 anos e os seus cabelos ainda eram grossos, com fios pretos salpicados de branco e com o corte que ele sempre mantinha, comprido demais nas laterais. — Você tem que ter calma com ela. Não tenho certeza do quanto ela entendeu.

— Anotado. — Ele escreveu uma observação nos papéis. Seus dedos ossudos seguraram uma caneta da mesma forma que seguravam um cigarro. Qualquer um que falasse com ele pelo telefone acharia que Rusty era um cruzamento entre o coronel Sanders e o Frangolino. Mas não era o caso. Rusty Quinn era alto, um mastro esguio em forma de homem, mas não do mesmo modo que Ben. Charlie preferia se jogar de uma montanha a casar com alguém parecido com seu pai.

Além da altura e da inabilidade de jogar fora cuecas velhas, os dois homens na vida dela não tinham nada de parecido. Ben era um furgão esportivo com quem se podia contar. Rusty era uma retroescavadeira industrial. Apesar dos dois enfartes e uma ponte de safena dupla, ele continuava alimentando feliz seus vícios: uísque, frango frito, Camel sem filtro, discussões aos gritos. Ben era dado a discussões equilibradas, cervejas especiais e queijos artesanais.

Na verdade, Charlie percebeu que havia uma nova semelhança entre os dois: naquele dia, ambos estavam com dificuldade de olhar para ela.

— Como ela é? — perguntou ela.

— A garota? — Rusty disparou outra anotação, assobiando como se a caneta seguisse algum tipo de ritmo. — Uma miniatura de gente. Coin deve estar se cagando de medo. O júri vai se apaixonar por ela.

— Talvez a família de Lucy Alexander tenha algo a dizer sobre isso.

— Estou preparado para a batalha.

Charlie enfiou os dedos do pé no carpete. Não havia nada que ele não pudesse transformar em uma competição.

— Você poderia tentar fazer um acordo com Ken, para tirar a pena de morte da jogada.

— Besteira! — respondeu ele, porque os dois sabiam que Ken não faria um acordo. — Acho que pegamos um unicórnio aqui.

Algo no cérebro de Charlie estalou. Um unicórnio era o termo que eles usavam para um cliente inocente; uma criatura rara e mítica que poucos haviam visto.

— Você não pode estar falando sério.

— Claro que é sério. Por que não seria sério?

— Eu estava lá, pai. — Ela queria sacudi-lo. — Estava bem no meio daquilo tudo.

— Ben me deixou a par do que aconteceu. — Ele tossiu no antebraço. — Parece que você passou por um momento bem difícil.

— Isso é uma forma magnífica de subestimar a situação.

— Sou famoso por minha sutileza.

Charlie o observou mexendo nos papéis. O assobio parou. Ela contou até trinta, até que ele olhasse para ela por cima dos óculos de leitura. Ele pareceu feliz e se manteve em silêncio por quase dez segundos, então abriu um sorriso.

— Belos olhos roxos. Você é durona, garota. Parece um bandido de filme mexicano.

— Levei uma cotovelada na cara.

— Já avisei para Coin ficar com o talão de cheques na mão.

— Não prestei queixa.

Ele continuou sorrindo.

— Boa ideia, querida. Guarde suas armas até que tudo se assente. Nunca chute um cocô fresco em um dia quente.

Charlie colocou a mão nos olhos. Ela estava muito cansada para fazer volteios.

— Pai, preciso contar uma coisa.

As palavras dela ficaram sem resposta. Ela abaixou a mão.

— É sobre por que você estava na escola hoje cedo? — Ele não estava com dificuldade em olhar para Charlie agora. Se olharam nos olhos por um momento breve e desconfortável antes de ela virar o rosto. — Pronto, você já sabe que eu sei.

— Ben contou?

Ele balançou a cabeça.

— O velhaco de Kenny Coin teve o prazer.

Charlie não se desculparia para o pai.

— Vou escrever tudo que lembro sobre hoje, o que eu disse para a agente do DIG que pegou meu depoimento. É a agente especial encarregada, Delia Wofford. Estou com o cartão dela. Wofford interrogou outras testemunhas junto com um agente chamado Avery ou Atkins. Ben estava na sala comigo. Acho que Coin estava atrás do espelho ou na sala ao lado a maior parte do tempo.

— Charlotte, presumo que se você não estivesse bem você me contaria.

— Russell, presumo que você seja esperto o suficiente para extrapolar essa informação a partir dos dados brutos.

— Olha aí, um impasse familiar. — Ele largou os papéis na mesa. — A última vez que tentei adivinhar o que você estava sentindo, um selo nos correios custava 29 centavos e você parou de falar comigo por dezesseis dias e dezoito horas.

Charlie tinha perdido havia muito a força de vontade para negociar a simpatia do pai.

— Ouvi que tem um furo nas filmagens das câmeras de segurança da escola.

— Onde ouviu isso?

— No lugar em que se ouvem as coisas.

— Pegou mais alguma coisa enquanto estava lá?

— Estão preocupados com a arma do crime. Tipo, talvez não saibam exatamente onde foi parar.

As sobrancelhas dele saltaram.

— Isso é uma complicação.

— Isso é um palpite — disse Charlie, querendo não dar bandeira sobre Huck. — A agente estava me perguntando várias questões sobre onde a arma esteve, quando a vi por último, quem a pegou quando, como, onde. Era um revólver. Não tenho cem por cento de certeza, mas acho que era de seis tiros.

Os olhos de Rusty se estreitaram.

— Tem mais alguma coisa, certo? Tenho a permissão de extrapolar?

Charlie se virou, sabendo que ele a seguiria. Estava no meio do caminho do corredor quando ouviu as passadas pesadas de seu pai atrás dela. Ele tinha passadas longas e rápidas, porque achava que andar rápido servia como atividade física. Ouviu os dedos dele batendo na parede. Ele assobiava algo parecido com "feliz aniversário". O único momento que Charlie via o pai completamente parado era dentro de um tribunal.

Ela pegou a bolsa no sofá do seu escritório. Tirou o anuário.

Rusty congelou, sem respirar.

— O que é isso?

— É um anuário.

Ele cruzou os braços sobre o peito.

— Você precisa ser mais específica com o papaizinho aqui.

— Você pode comprá-lo na escola, no final do ano. Tem fotos das turmas e dos clubes e as pessoas escrevem coisas nas páginas, do tipo "Nunca vou te esquecer" ou "Obrigada por me ajudar com biologia". — Ela encolheu os ombros. — É uma coisa estúpida. Quanto mais assinaturas você tem, mais popular é.

— Isso explica por que você nunca trouxe um para casa.

— Muito engraçado.

— E então, nossa garota era popular? Não era?

— Não o abri. — Charlie abanou o livro na cara de Rusty, indicando que ele deveria pegá-lo.

Rusty continuou com os braços cruzados, mas Charlie viu a coceira dentro dele, a mesma que ele sentia quando estava no tribunal.

— Onde foi encontrado? — perguntou ele.

— No armário de Kelly Wilson, na casa dela.

— Antes do mandado de busca ser executado?

— Sim.

— Algum agente da lei lhe disse que um mandado de busca estava sendo encaminhado?

— Não.

— A mãe...

— Ava Wilson.

— Ava Wilson lhe deu isso para que você guardasse?

— Não.

— Ela é sua cliente?

— Não. E obrigada por tentar me fazer perder minha licença.

— Você teria o melhor advogado do país garantindo que você a manteria. — Rusty acenou em direção ao anuário. — Abra para mim.

— Pegue ou jogo no chão.

— Droga, você me deixa com saudades da sua mãe. — A voz de Rusty teve um tremor estranho. Ele raramente falava de Gamma, e se a mencionava era sempre para fazer comparações não favoráveis com Charlie. Ele pegou o anuário e fez uma saudação. — Muito grato.

— Ei, babaca.

Rusty se virou, sorrindo enquanto marchava de volta da mesma forma como saíra. Abriu o anuário brilhando. A orelha interna do livro estava cheia de mensagens escritas, algumas com caneta preta, outras com azul e poucas com rosa. Letras diferentes. Assinaturas diferentes. Rusty virou a página. Mais tinta colorida. Mais recados rabiscados às pressas.

Se Kelly Wilson era solitária, era a solitária mais popular da escola.

— Me desculpe, por favor — falou ele. — Estaria pisando nos seus escrúpulos aqui se pedisse para você ler alguns desses para mim? — Ele bateu na têmpora. — Não estou com os meus óculos.

Charlie gesticulou para ele virar o livro. Ela leu o primeiro texto que lhe chamou a atenção, uma letra de forma que parecia pertencer a um rapaz.

— "Ei, garota, obrigado pela chupada incrível. Você é uma vadia."— Ela olhou para o pai. — Uau.

— Uau mesmo. — Rusty não se chocava com nada. Charlie desistira de tentar anos antes. — Continue.

— "Vou estuprar você, cadela." Sem assinatura. — Ela olhou por tudo. — Outra ameaça de estupro, "vou *sodomisar* seu rabo, cadela", sodomizar escrito com *s*.

— No começo ou no fim?

— Nos dois. — Ela procurou por alguma letra de mão rosa, torcendo para que as garotas fossem menos cruéis. — "Você é uma vadia de merda e eu te odeio e quero que você morra, seis pontos de exclamação. S-D-D-S, Mindy Zowada."

— S-D-D-S?

— Saudades.

— Bem sincero.

Charlie olhou as outras anotações, tão lascivas quanto as primeiras.

— São todas assim, pai. Ou a chamando de puta ou se referindo a sexo ou pedindo por sexo ou dizendo que vão estuprá-la.

Ele virou a página, que fora deixada em branco para que os colegas pudessem escrever mais recados. Não havia recados. Um pinto gigante com bolas ocupava a maior parte do espaço. No topo estava o desenho de uma garota com cabelo emaranhado e olhos arregalados. A sua boca estava aberta. Havia uma seta apontando para a cabeça dela com a palavra KELLY.

— O cenário começa a se formar aos poucos — comentou Rusty.

— Continue.

Ele virou mais páginas. Havia mais desenhos. Mais mensagens sexuais. Algumas ameaças de estupro. A foto da turma de Kelly fora rasurada — dessa vez, o pinto e as bolas que apontavam para a sua boca estava ejaculando.

— Devem ter passado isso por toda a escola — falou Charlie. — Centenas de crianças participaram.

— Quantos anos você acha que ela tinha quando isso foi feito?

— Doze ou treze?

— E ela guardou isso por tooooodo esse tempo. — Ele lançou a frase como se estivesse testando como soaria para um júri. Charlie não podia culpá-lo pela performance. Ele tinha nas mãos um exemplo clássico de fator mitigante.

Kelly Wilson não foi apenas provocada na escola. A agressividade sexual das mensagens dos colegas apontava para algo ainda mais sinistro.

— A mãe disse se ela foi abusada sexualmente? — quis saber Rusty.

— Ela pensa que a garota é um floco de neve.

— Tudo bem. Então, se aconteceu algo, deve estar no prontuário escolar dela ou deve ter alguém na promotoria para quem você poderia perguntar se...

— Não. — Charlie soube cortá-lo de imediato. — Você pode pedir para Ava solicitar uma cópia do prontuário escolar e pode peticionar a corte juvenil para buscar um eventual processo.

— Farei isso.

— Você precisa de um cara de informática bem bom, alguém que possa fazer uma investigação forense em mídias sociais. Se muitas crianças estiverem envolvidas nesse anuário, pode ter até uma página no Facebook só para isso.

— Não preciso de um cara. Eu tenho a CNN. — Ele tinha razão. A mídia já teria colocado seus especialistas para revirar a internet. Os repórteres entrevistariam os colegas de classe de Kelly, os professores, procurariam por amigos ou pessoas que aleguem ser amigas e que estejam dispostas a aparecer em frente às câmeras e dizer qualquer coisa, seja verdade ou não, sobre Kelly Wilson.

— Você teve a oportunidade de ver como a sra. Pinkman está?

— Tentei fazer uma visita, mas ela estava sedada. — Rusty soltou uma respiração pesada. — É bem difícil perder um parceiro, mas perdê-lo desse jeito é a verdadeira definição de angústia.

Charlie o analisou, tentando compreender o tom dele. Era a segunda vez que mencionava Gamma. Ela supôs que foi por sua culpa, levando em consideração o envolvimento dela no ocorrido na escola. Outra flecha que lançara na direção do pai.

— Onde você foi hoje depois do hospital?

— Dei uma passadinha em Kennesaw para fazer uma entrevista via satélite. Você será presenteada com a bela aparição do seu pai na sua TV hoje à noite.

Charlie nem chegaria perto de uma TV se soubesse o que era melhor para ela.

— Você vai ter que ser cuidadoso com Ava, pai. Ela não entende muita coisa. Não acho que seja só o choque. Ela não engrena.

— A filha tem o mesmo problema. Diria que o QI dela está beirando os setenta. — Ele bateu no anuário. — Obrigado por ajudar, querida. Ben falou com você essa manhã?

O coração dela saltou da mesma forma que saltara quando soube que Ben ligara.

— Não, você sabe por que ele ligou?

— Sei.

O telefone da mesa dela tocou. Rusty começou a sair.

— Pai?

— Você vai precisar de um guarda-chuva amanhã. Setenta e três por cento de chance de chuva pela manhã. — Ele assobiou um "parabéns pra você" tolerável, fazendo uma saudação para ela enquanto voltava pelo corredor, com os joelhos altos como o líder de uma banda marcial.

— Você vai ter outro enfarte — falou ela.

— Vai sonhando!

Charlie revirou os olhos. Ele sempre tinha que fazer uma saída triunfal. Ela pegou o telefone.

— Charlie Quinn.

— Não deveria falar com você — falou Terri, a caçula entre as irmãs mais velhas de Ben. — Mas queria ter certeza de que você está bem.

— Estou bem. — Charlie podia ouvir os gêmeos de Terri gritando no fundo. Ben os chamava de "Denise" e "Denephew".* Ela prosseguiu: — Ben disse que ligou para vocês hoje de manhã.

— Ele estava bem chateado.

— Chateado *comigo* ou *por mim*?

— Bem, você sabe que esse tem sido o grande mistério dos últimos nove meses.

Não era, na verdade, mas Charlie sabia que qualquer coisa que dissesse para Terri seria passada para Carla e Peggy, que contariam para a mãe de Ben. Por isso, ela ficou com a boca bem fechada.

---

* O nome Denise em inglês soa como "the niece", a sobrinha, e o apelido Denephew soa como "the nephew", o sobrinho, formando um trocadilho. [N.T.]

— Está na linha?

— Me desculpa, estou trabalhando.

Terri não entendeu a deixa.

— Quando Ben ligou estava pensando no quanto ele é engraçado nesse aspecto de falar sobre as coisas. Você tem que cutucar e cutucar e então, talvez, eventualmente ele dirá que lá em 1998 você roubou a batata frita do prato dele e ele ficou muito sentido com aquilo.

Ela falou mais, porém Charlie parou de ouvir, focando, em vez disso, nos filhos de Terri tentando matar um ao outro. No passado, Charlie fora tragada pelas irmãs reclamonas de Ben, levando-as a sério quando deveria ter percebido que havia uma razão para Ben só encontrá-las no Dia de Ação de Graças. Eram mandonas, mulheres sem um pingo de consideração, que o dominaram com punho de ferro. Para ele foi mais rápido ir para a faculdade do que perceber que os homens podiam fazer xixi em pé.

— E eu estava falando com Carla sobre esse lance que está rolando com vocês dois — continuou Terri. — Não faz o menor sentido. Você sabe que ele te ama. Mas tem algo que ele está guardando que não fala o que é. — Ela parou por um momento para gritar com as crianças e, então, prosseguiu a conversa do ponto em que tinha parado: — Benny já contou alguma coisa para você? Deu algum tipo de motivo?

— Não — mentiu Charlie, pensando que se elas o conhecessem de verdade saberiam que ele nunca iria embora sem um motivo.

— Continue cutucando, aposto que é só uma bobagem.

Não era uma bobagem.

— Ele é sensível demais para o seu próprio bem. Eu já contei sobre a vez na Disneylândia quando...

— Tudo que podemos fazer é trabalhar essa questão.

— Precisam trabalhar com mais vontade, então — rebateu ela. — Nove meses é muito tempo, Charlie. Peggy estava dizendo outro dia que se ela pôde gestar um bebê em nove meses como vocês não conseguem resolver isso... merda.

Charlie sentiu a mão apertando o telefone com mais força.

— Merda — repetiu Terri. —Você sabe que não penso antes de falar. Eu sou assim.

— Está tudo bem, sério. Não se preocupe. Mas, olha, tenho um cliente me ligando na outra linha. — Charlie falou bem rápido para Terri não conse-

136

guir interrompê-la. — Muito obrigada por ligar. Por favor, mande lembranças para todo mundo. Falo com vocês noutra hora.

Charlie bateu o telefone.

Ela apoiou a cabeça nas mãos. A pior parte daquele telefonema era que Charlie não seria capaz de ir para a cama com Ben naquela noite, não poderia pôr a mão sobre o seu peito e dizer como as irmãs dele eram chatas e que só sabiam reclamar.

Charlie desabou na cadeira. Viu que Lenore cumpriu a parte dela da barganha. Um novo iPhone estava plugado no seu computador. Charlie apertou o botão. Tentou a senha 1-2-3-4, mas não funcionou. Colocou a data do aniversário dela e o celular destravou.

A primeira coisa que abriu foi sua lista de mensagens de voz. Uma de Rusty daquela manhã. Várias de amigos depois do tiroteio.

Nada de Ben.

O trovoar peculiar da voz de Rusty ecoou pelo prédio. Estava levando Ava Wilson para o escritório dele. Charlie era capaz de adivinhar o que ele estava dizendo com sua voz cadenciada. Estava fazendo seu discurso rotineiro: "Você não precisa me dizer *toda* a verdade, mas tem que me dizer a verdade."

Charlie se perguntou se Ava era capaz de lidar com essa sutileza. E rezou para que Rusty não lançasse sua teoria do unicórnio para a mulher. Ava já estava se afogando na própria falsa esperança. Não precisava que Rusty a afundasse mais.

Charlie clicou para que a tela do computador acendesse. O navegador ainda estava aberto na pesquisa sobre huckleberries. Ela fez uma nova pesquisa: MINDY ZOWADA PIKEVILLE.

A garota que chamara Kelly Wilson de vadia de merda no anuário tinha uma página no Facebook. A configuração de Mindy estava ajustada como privada, mas Charlie pôde ver o cabeçalho que mostrava que a garota gostava muito de Justin Bieber. A sua foto do perfil a apresentava vestida como líder de torcida dos Rebels. Ela parecia ser exatamente do jeito que Charlie imaginara: bonita, nojenta e esnobe.

Charlie deu uma olhada na lista de coisas que Mindy gostava e desgostava, incomodada por ser velha demais para entender metade das coisas que as adolescentes curtiam.

Bateu o dedo no mouse de novo.

Charlie tinha duas contas no Facebook, uma no seu próprio nome e outra falsa. Criara a segunda conta de brincadeira. Ou, pelo menos no começo, ela se permitiu acreditar que era uma piada. Depois de criar o endereço de e-mail para a conta e a foto do perfil com um porco usando uma gravata, finalmente aceitara que usaria a conta para espionar as garotas Culpepper que a atormentaram durante o colegial. Todas aceitaram o pedido de amizade de Iona Trayler, o que provara que muitos estereótipos que Charlie formara sobre a inteligência delas eram verdadeiros. O mais estranho é que ela também aceitou a amizade de uma extensa família Trayler que mandava parabéns no aniversário falso dela e que sempre pedia para ela rezar pelas tias doentes e primos distantes.

Charlie entrou com a conta de Trayler e solicitou a amizade de Mindy Zowada. Era um tiro no escuro, mas ela queria saber o que a garota que foi tão cruel com Kelly Wilson disse sobre a sua vítima naquela situação. O fato de Charlie estender o uso da sua identidade falsa que espionava os Culpepper para espionar os atormentadores de outra garota seria uma neurose para se analisar em outro momento.

Ela minimizou o navegador. O documento em branco do Word estava na área de trabalho. Não havia mais nada que pudesse fazer para procrastinar, então começou a digitar o depoimento para Rusty. Transmitiu os eventos da maneira mais enxuta possível, pensando sobre a manhã da forma que pensaria sobre uma matéria que lera no jornal. Aconteceu isso, depois aquilo, então isso.

As coisas horríveis ficavam mais fáceis de digerir quando se tirava a emoção.

A parte da história sobre o que ocorreu na escola era igual à que tinha dito para Delia Wofford. Poderiam intimá-la a apresentar o documento e não havia nada entre as lembranças de Charlie que diferisse do que dissera à agente. O que mudara foi sua convicção. Quatro tiros antes da sra. Pinkman gritar. Dois depois.

Charlie parou de digitar. Encarou a tela até que as palavras viraram um borrão. A sra. Pinkman abrira a porta quando ouvira os quatro tiros iniciais? Ela gritou quando viu o marido e a criança no chão? Kelly descarregou as balas remanescentes em uma tentativa de silenciá-la?

A menos que Kelly se abrisse para Rusty, ninguém saberia a verdade sobre a sequência dos eventos por semanas, talvez meses, até que ele tivesse os relatórios forenses e os depoimentos das testemunhas nas mãos.

Charlie piscou para clarear a mente. Apertou o "enter" para começar um parágrafo novo, pulando a conversa dela com Ben na delegacia e indo direto para o depoimento que deu a Delia Wofford. Apesar de toda a baboseira que falou sobre a esfera, estava certa sobre como o passar do tempo afiava a perspectiva. De novo, foi a certeza que mudara. Ela teria que retificar partes do depoimento que deu para o DIG antes de assiná-lo.

Um alerta soou no computador.

TraylerLvr483@gmail.com: Mindy Zowada aceitou sua solicitação de amizade!

Charlie maximizou a página da garota no Facebook. A foto de capa fora mudada para uma vela solitária com a chama tremulando sob o vento.

— Fala sério... — murmurou Charlie, descendo a tela para ver as postagens.

Seis minutos atrás, Mindy Zowada escrevera:

nem sei o q q eu fasso tô taum triste pensei q kelly fosse uma boa pessoa

acho q a única coisa que podemos fazer é rezar

Engraçado, considerando o que ela pensava sobre Kelly Wilson cinco anos antes.

Charlie olhou os comentários. Os três primeiros acompanhavam a declaração de Mindy dizendo que estavam todos chocados (chocados!) que a garota que a escola inteira atormentara tinha perdido o controle. A quarta resposta foi a do babaca do grupo, porque a razão de existir do Facebook era a eterna existência de um babaca que estragaria tudo, desde a foto inocente de um gato até o vídeo do aniversário do seu filho.

Nate Marcus escreveu:

eu sei qual era o problema dela ela era uma vadia que transou com o time de futebol inteiro e talvez seja por isso que ela fez aquilo porque tem aids

Chase Lovette respondeu:

uau cara vão enforcar aquela cadela ela chupou todo meu pau então talvez minha porra maligna fez ela fazer isso.

Então Alicia Todd lançou:

a cadela vai queimar no inferno kelly wilson sinto muito pvc!

Charlie teve que ler a frase em voz alta para entender que "pvc" era "por você".

Anotou todos os nomes, pensando que Rusty iria querer falar com eles. Se estiveram na sala de Kelly no ensino básico, pelo menos um ou outro dos que comentaram teria dezoito anos, o que significava que Rusty não precisaria de permissão dos pais para alcançá-los.

— Lenore levou Ava Wilson para encontrar o marido.

O som da voz de Rusty a fez pular na cadeira. O homem mais barulhento do mundo deu um jeito de pegá-la de surpresa.

— Eles querem ficar um pouco a sós, para conversar sobre isso. — Rusty desabou no sofá na frente da mesa dela. Ele bateu as mãos nas pernas. — Não sei se podem pagar um hotel. Acho que vão dormir no carro. O revólver não está no porta-luvas, aliás.

Charlie olhou para o relógio: 18h38. O tempo se arrastara e depois disparara.

— Você não falou com ela sobre inocência? — perguntou ela.

— Não. — Ele se reclinou no sofá, uma das mãos nas almofadas, a outra ainda batendo na perna. — Não falei com ela sobre muita coisa, para ser honesto. Anotei algumas coisas para ela mostrar ao marido... O que esperar nas próximas semanas. Ela acha que a garota vai voltar para casa.

— Como um bom unicórnio fofinho?

— Bem, minha ursinha, existem os inocentes e aqueles que não são culpados, e não há muita poesia ou razão entre os dois. — Ele deu uma piscada para ela. — Por que você não leva seu paizinho velho e cansado para casa?

Charlotte odiava ir até a casa da fazenda, mesmo que só para largá-lo lá. Ela não entrava no RR há anos.

— Onde está o seu carro?

— Mandei para o conserto. — Ele bateu no joelho com mais força. Havia um ritmo nas suas batidas agora. — Você já descobriu porque Ben ligou hoje de manhã?

Charlie fez que não com a cabeça.

— Você sabe?

Ele abriu a boca para responder, mas, em vez disso, sorriu.

— Não estou em condições de lidar com as suas sacanagens agora, Rusty. Só me fala a verdade.

Ele grunhiu enquanto levantou do sofá.

— "Raramente, muito raramente a verdade é totalmente revelada."

Ele saiu antes que Charlie pudesse achar algo para jogar na sua direção.

Ela não se apressou para encontrá-lo no carro porque, apesar de toda agitação, Rusty estava sempre atrasado. Ela imprimiu uma cópia do depoimento. Enviou outra por e-mail para si mesma, caso quisesse olhar em casa. Pegou uma pilha de arquivos em que precisava trabalhar. Verificou a página do Facebook de novo para ver se tinha novas postagens. Por fim, juntou suas coisas, trancou o escritório e encontrou o pai do lado de fora da porta dos fundos fumando um cigarro.

— Que carranca essa no seu rostinho lindo — comentou Rusty, esmagando o cigarro no calcanhar do sapato e largando a bituca no bolso do casaco. — Você vai ficar com as mesmas rugas em volta da boca que sua avó tinha.

Charlie jogou a bolsa no banco de trás do carro e entrou. Esperou Rusty trancar o prédio. Ele trouxe o fedor da fumaça de cigarro consigo. Quando ela chegasse na estrada, o carro já pareceria uma fábrica da Camel.

Ela abriu a janela, já irritada por ter que ir até a casa da fazenda.

— Não vou dizer nada sobre o quanto é estúpido fumar depois de ter dois enfartes e uma cirurgia aberta de coração.

— Isso é chamado de paralipse, ou, do grego, *apophasis* — informou Rusty. — Um mecanismo retórico com o qual você dá ênfase a um assunto afirmando saber pouco ou nada sobre ele. — Ele estava batendo o pé com satisfação. — Também é um parente retórico da ironia, com quem, acredito, você foi junto para a escola.

Charlie esticou o braço para o banco de trás e achou a impressão da declaração.

— Leia isso. Silêncio no carro até o RR.

— Sim, senhora. — Rusty achou seus óculos de leitura no bolso. Ele acendeu a luz interna do carro. E, então, o seu pé parou de bater.

Ela podia dizer, pelo calor no lado de seu rosto, que ele a estava encarando.

— Tudo bem. Eu mereço. Não sei o primeiro nome do cara — confessou ela.

As páginas chacoalharam quando as mãos de Rusty desabaram no colo dele.

Ela olhou para o pai. Ele tirara os óculos. Nada estava batendo, soando ou saltando. Ele estava olhando pela janela, em silêncio, com o olhar fixo no vazio.

— Algo errado? — perguntou ela.

— Dor de cabeça.

O pai nunca reclamava de doenças de verdade.

— É por causa do cara? — Rusty não disse nada, então ela perguntou: — Está bravo por causa do cara?

— Claro que não. — Charlie sentiu ansiedade. Apesar de toda a sua raiva, não podia tolerar desapontar o pai. — Eu consigo o nome dele amanhã.

— Não é o seu trabalho. — Rusty guardou os óculos no bolso da camisa. — A menos que você esteja pensando em continuar saindo com ele.

Charlie sentiu um peso estranho por trás daquela questão.

— Faria diferença?

Rusty não respondeu. Ele estava olhando pela janela de novo.

— Você tem que começar a assobiar ou fazer piadas bobas ou vou ter que levar você para o hospital para ter certeza de que não há nada de errado com o seu coração.

— Não é com o *meu* coração que estou preocupado. — A declaração saiu piegas, sem os floreios habituais dele. Ele perguntou: — O que aconteceu com você e Ben?

O pé de Charlie quase escorregou do pedal.

Em nove meses, Rusty não fizera aquela pergunta. Ela esperara cinco dias para contar a ele que Ben tinha saído de casa. Charlie estava na porta do escritório dele. Planejara transmitir ao pai o fato da saída de Ben, nada mais, e foi exatamente o que fizera. Mas, então, Rusty deu um aceno breve com a cabeça, como se Charlie o estivesse lembrando de cortar o cabelo, e o silêncio subsequente dele acionara uma espécie de diarreia verbal que Charlie não experienciava desde a nona série. A sua boca não parava de se mover. Dissera a Rusty que tinha esperanças de que Ben voltaria para casa até o fim de semana. Que esperava que ele retornasse as ligações dela, as mensagens de texto e de voz, o bilhete que deixara no para-brisa do carro dele.

Por fim, provavelmente para calá-la, Rusty recitou a primeira estrofe do poema de Emily Dickinson "A 'Esperança' é uma coisa com penas".

— Pai... — disse Charlie, mas não conseguia pensar em mais nada para falar. Os faróis de um carro vindo na direção oposta ofuscaram os olhos dela. Charlotte olhou no espelho retrovisor, observando as luzes vermelhas desaparecerem. Ela não queria, mas falou para Rusty. — Não foi uma coisa. Foi um monte de coisas.

— Talvez a questão seja... como você vai consertar isso?

Ela podia ver naquele momento que falar sobre aquilo foi um erro.

— Por que presumiu que sou a única que deve consertar algo?

— Porque Ben nunca trairia você ou faria qualquer coisa para magoá-la de propósito, então deve ser algo que você fez ou que não está fazendo.

Charlie mordeu o lábio com muita força.

— Esse homem com quem você está saindo...

— Não estou saindo — interrompeu ela. — Aconteceu uma vez e foi a primeira e única vez e eu não gosto...

— Foi por causa da perda do bebê?

A respiração de Charlie ficou presa no peito.

— Isso foi há três anos. — E seis. E treze. — Além disso, Ben nunca seria tão cruel.

— Isso é verdade, Ben não seria cruel.

Ela refletiu sobre o comentário dele. Estava deixando implícito que Charlie seria?

Rusty suspirou. Enrolou os papéis em suas mãos. Os pés dele bateram no chão duas vezes.

— Sabe, tive um tempo longo, bem longo, para pensar sobre isso e acho que o que eu mais amava na sua mãe era que ela era uma mulher difícil de amar.

Charlie sentiu a pontada da comparação implícita.

— O problema dela, o único problema, se você perguntasse ao homem que a adorou, era que ela era esperta demais. — Ele bateu o pé com as três últimas palavras para dar ênfase. — Gamma sabia tudo e podia explicar algo para você sem ter que pensar sobre aquilo nem por um segundo. Como a raiz quadrada de três. Sem pestanejar ela diria... Bom, eu não sei a resposta, mas ela diria...

— Que é 1,73.

— Certo, certo. Ou se alguém perguntasse, digamos, qual o pássaro mais comum na terra?

— A galinha.

— A coisa mais mortal?

— O mosquito.

— O principal produto de exportação da Austrália?

— Humm... minério de ferro? — Ela franziu a testa. — Pai, onde quer chegar com isso?

— Deixa eu perguntar uma coisa: quais foram minhas contribuições pra esse breve diálogo que acabamos de ter?

Charlie não conseguia entender.

— Pai, estou muito cansada para charadas.

— Algo para ilustrar... — Ele acionou o botão da janela, abaixando um pouco, subindo um pouco e de novo para cima e para baixo.

— Certo, sua contribuição é me irritar e quebrar meu carro.

— Charlotte, me deixe te dar a resposta.

— Certo.

— Não, querida. Ouça o que eu estou falando. Algumas vezes, mesmo quando você sabe a resposta, tem que deixar a outra pessoa tentar responder. Se ele achar que está errado o tempo todo, nunca terá a chance de achar que está certo.

Ela mordeu o lábio de novo.

— Ilustremos de novo. — Rusty pressionou o botão da janela de novo, mas segurou dessa vez. O vidro desceu até o final. Depois apertou na outra direção e a janela subiu. — Simples e fácil. Pra frente e pra trás. Como se você lançasse uma bola em uma quadra de tênis, exceto que, desse jeito, não tenho que correr por uma quadra de tênis para demonstrar.

Charlie o ouviu batendo o pé junto com o pisca-alerta do carro enquanto ela entrava à direita na estrada para a casa da fazenda.

— Você deveria ser terapeuta de casais.

— Eu tentei, mas, por algum motivo, nenhuma mulher entrava no carro comigo.

Ele a cutucou com o cotovelo até que ela sorrisse relutante.

— Lembro que uma vez a sua mãe falou para mim... ela disse: "Russel, tenho que descobrir antes de morrer se quero ser feliz ou ter sempre razão."

Charlie sentiu uma pontada estranha no coração, porque aquilo soou exatamente como o tipo de declaração que Gamma faria.

— Ela era feliz?

— Acho que ela estava quase lá. — Ele soltou o ar com um chiado. — Ela era inescrutável. Era linda. Era...

— Enrabador de cabras? — As luzes do Subaru iluminaram a frente da casa da fazenda. Alguém pichou ENRABADOR DE CABRAS sobre as tábuas brancas com letras gigantes.

— Tem uma coisa engraçada nisso — comentou Rusty. — Assim, a cabra já estava aí havia uma semana ou duas. O enrabador só apareceu hoje. — Ele deu um tapa no próprio joelho. — Eles são muito eficientes, não acha? Digo, a cabra já estava ali. Não precisaram gastar sua fluência em Shakespeare.

— Você precisa chamar a polícia.

— Bom, querida, provavelmente foram os policiais que fizeram isso.

Charlie estacionou o carro perto da porta da cozinha. Os refletores acenderam. Eram tão brilhantes que ela pôde ver cada capim que precisava ser cortado no quintal.

Ela não queria, mas se ofereceu.

— Deveria entrar com você para garantir que não tem ninguém lá dentro.

— Não. — Ele abriu a porta e saiu. — Lembre-se de trazer seu guarda-chuva amanhã. Tenho cem por cento de certeza sobre a chuva.

Ela observou a caminhada alegre de seu pai até a casa. Ele parou na varanda onde tantos anos atrás Charlie e Sam deixaram suas meias e tênis. Rusty destrancou as duas fechaduras e abriu a porta. Em vez de entrar, virou para saudá-la, ciente de que estava entre o ENRABADOR e as CABRAS.

— "O que foi feito não pode ser desfeito! E agora, para a cama, para a cama, para..." — recitou ele.

Charlie deu ré no carro.

Não precisava gastar sua fluência em Shakespeare.

CAPÍTULO SEIS

CHARLIE FICOU SENTADA NA garagem com as mãos no volante.

Ela odiava todas as implicações de chegar em uma casa vazia.

A casa *deles* vazia.

Odiava pendurar as chaves no gancho ao lado da porta, porque o gancho de Ben estava sempre vazio. Odiava se sentar no sofá, pois ele não estava no outro lado com os dedos dos pés como garras enganchadas na mesinha de centro. Não podia nem se sentar ao balcão da cozinha, porque o banquinho vazio dele a deixava triste. Na maioria das noites, acabava comendo uma tigela de cereais na pia enquanto encarava a escuridão do lado de fora da janela.

Não era normal uma mulher se sentir assim em relação ao marido depois de quase vinte anos de casamento, mas, com a ausência do homem que ainda era seu marido, Charlie foi abalada por um tipo de paixonite adolescente que não experimentava desde o ensino médio.

Não lavou a fronha de Ben. A cerveja favorita dele ainda ocupava o espaço na porta da geladeira. Deixou suas meias sujas ao lado da cama, porque sabia que, se as pegasse, ele não estaria lá para largar outro par.

Durante o primeiro ano de casamento, uma das maiores brigas deles fora sobre o hábito de Ben de tirar as meias todas as noites e largá-las no chão do quarto. Charlie começara a chutá-las para baixo da cama quando ele não estava vendo e, um dia, Ben percebera que não lhe restara nenhuma meia, Charlie rira, ele gritara com ela, ela gritara com ele e, como os dois tinham 25 anos, acabaram transando no chão. Como em um passe de mágica, a fúria que ela sentira se reduzira para uma irritação média, como o finzinho de uma infecção por fungos.

No primeiro mês sem ele, quando ficou claro que sua partida não era algo momentâneo, que talvez ele não voltasse nunca mais, ela sentara no chão, do lado das meias, e chorara e soluçara como um bebê.

Essa não fora a última vez que ela se permitira ceder à tristeza. Depois daquela noite longa de lágrimas, Charlie se forçara a parar de dormir tarde, se obrigara a escovar os dentes pelo menos duas vezes ao dia, a tomar banhos com regularidade e a fazer todas as outras coisas que mostravam ao mundo que ela era um ser humano funcional. Tinha aprendido isso no passado: no momento que baixasse a guarda, o mundo despencaria em um abismo distante, mas familiar.

Os primeiros quatro anos de faculdade foram um mergulho de cabeça em um bacanal que ela apenas vislumbrara no ensino médio. Sem Lenore por perto para enfiar um pouco de juízo nela, Charlie se soltara. Muito álcool. Muitos garotos. Um abandono dos limites que só voltavam a importar na manhã seguinte, quando não reconhecia o garoto na sua cama ou em que cama estava, e quando não era capaz de lembrar se dissera sim, não ou se apenas apagara por causa da quantidade obscena de cerveja que entornara.

Por algum milagre, fora capaz de dar um jeito na vida a tempo de gabaritar o exame final. A Duke foi a única faculdade de Direito em que se inscreveu. Queria começar do zero. Uma nova universidade. Uma nova cidade. A jogada funcionara depois de uma longa série de fracassos. Conhecera Ben na aula de Introdução à filosofia do Direito. No terceiro encontro, tinham concordado que se casariam um dia e, desse modo, podiam muito bem tirar isso da frente e se casar logo.

Um barulho alto de algo raspando a fez retornar à realidade. O vizinho deles estava arrastando o latão de lixo até a esquina. Ben era quem fazia aquilo. Desde que partira, Charlie acumulava tão pouco lixo que, na maioria das semanas, deixava uma sacola solitária na calçada.

Ela se olhou pelo espelho retrovisor. Os hematomas sob os olhos já estavam pretos, como os olhos de um guaxinim. Sentia-se dolorida. O nariz latejava. Queria sopa e biscoitos e chá quente, mas não havia ninguém para fazer nada disso para ela.

Charlie balançou a cabeça.

— Você é tão deprimente — disse a si mesma, esperando que a humilhação verbal a tirasse daquele estado.

Não tirou.

Charlie se arrastou para fora do carro antes que se sentisse tentada a fechar a porta da garagem e ligar o motor.

Ela ignorou a vaga vazia onde a caminhonete de Ben não estava estacionada. As prateleiras que abrigavam as caixas meticulosamente etiquetadas e os equipamentos esportivos que ele ainda não viera buscar. Achou o saco de ração de gato no armário de metal que Ben montara no verão passado.

Costumavam rir em segredo das pessoas cujas garagens eram tão cheias de tranqueiras que tinham que parar o carro do lado de fora. A arrumação era uma das coisas em que ambos eram bons. Limpavam juntos a casa todo sábado. Charlie lavava as roupas. Ben dobrava. Charlie limpava a cozinha. Ben aspirava os tapetes e tirava pó dos móveis. Liam os mesmos livros ao mesmo tempo para que pudessem conversar sobre eles. Assistiam a maratonas de séries da Netflix juntos. Se aconchegavam no sofá e falavam sobre o trabalho, os parentes e o que fariam no fim de semana.

Ela se envergonhou ao lembrar do quanto foram presunçosos sobre o casamento fantástico deles. Havia tantas coisas sobre as quais concordavam: de que lado o papel higiênico deveria ficar, o número de gatos que uma pessoa deveria ter, o número apropriado de anos de luto que se deveria guardar por um cônjuge que desapareceu no mar. Quando os amigos deles brigavam em público ou faziam críticas ácidas um ao outro em um jantar, Charlie sempre olhava para Ben, ou ele para ela, e ambos sorriam porque a sua relação era tão sólida.

Ela o menosprezara.

Era por isso que ele partiu.

A transição de Charlie de uma esposa que o apoiava para uma harpia raivosa não fora gradual. Aparentemente, do dia para a noite, ela não era mais capaz de chegar a um meio-termo. Não podia deixar as coisas passarem em branco. Tudo que Ben fazia a irritava. Não era como as meias. Não havia chance de resolver isso transando. Charlie estava ciente do seu comportamento intolerante, mas não conseguia parar. Não queria parar. Sentia mais raiva ainda quando fingia interesse de um jeito mordaz pelas coisas que antes ela sentira interesse genuíno: os jogos políticos no emprego de Ben, os comportamentos peculiares dos diversos animais deles ou o calombo estranho na nuca de um dos seus colegas de trabalho.

Ela foi ao médico. Não havia nada de errado com os hormônios. A tiroide estava bem. O problema não era médico. Charlie era só uma esposa chata e mandona.

As irmãs de Ben ficaram em êxtase. Podia se lembrar dos olhos delas brilhando na primeira vez em que o ofendera no dia de Ação de Graças, como se tivessem acabado de sair da selva.

Agora ela é uma de nós.

Sem falta, uma ou duas delas começaram a ligar para Charlie quase todos os dias e ela expelia raiva como uma locomotiva. O passo arrastado. A caminhada errática. Quando Ben mastigava a ponta da língua. O cantarolar ao escovar os dentes. Por que ele trouxe leite desnatado em vez de semidesnatado? Por que deixou o saco de lixo na porta dos fundos em vez de levar para o latão quando sabia que os guaxinins mexiam ali?

Logo, começara a contar coisas pessoais para elas. Como aquela vez em que Ben tentara entrar em contato com o pai que havia sumido havia muito tempo. O porquê de ele ter parado de falar com Peggy por seis meses quando ela foi para a faculdade. O que aconteceu com a garota que todas elas gostavam (mas não tanto quanto Charlie), com quem ele afirmava que tinha rompido, mas que todas acreditavam que tinha partido o coração dele.

Ela discutia com ele em público. O interrompia em jantares.

Ela não estava apenas o menosprezando. Depois de quase dois anos de atritos constantes, Charlie desgastara Ben até ele se reduzir a pó. O ressentimento nos olhos dele e os pedidos constantes para que ela deixasse alguma coisa (qualquer coisa) passar entravam por um ouvido e saíam pelo outro. As duas vezes que ele dera um jeito de forçá-la a ir na terapia de casais, Charlie fora tão desagradável com ele que a terapeuta sugerira atendê-los em sessões individuais.

Foi impressionante o fato de Ben ainda ter forças para fazer as malas e partir.

— Me-e-er-da — falou Charlie do fundo do coração. Derramara ração de gato na varanda dos fundos. Ben estava certo sobre o número apropriado de gatos. Charlie começara a alimentar gatos de rua e esses vira-latas se multiplicaram. Logo vieram os esquilos de todos os tipos e, para o seu horror, um gambá do tamanho de um cachorro pequeno que fuçava a varanda todas as noites, encarando-a pela porta de vidro com seus olhos vermelhos miúdos refletindo a luz da televisão.

Charlie usou a mão para recolher a ração. Amaldiçoou Ben por estar com o cachorro essa semana, porque Barkzilla, o seu jack russell terrier guloso, avançaria sobre todas as migalhas em segundos. Como tinha fugido dos seus afazeres pela manhã, havia mais coisas para cuidar à noite. Acrescentou água e comida nas vasilhas apropriadas dos animais, usou o forcado para virar o feno que eles usavam como cama. Encheu os comedouros dos pássaros. Lavou a varanda. Usou a vassoura que ficava do lado de fora para tirar algumas teias de aranha. Fez tudo que pôde para evitar entrar na casa até que, por fim, ficou muito escuro e muito frio para não entrar.

O gancho sem a chave de Ben a recebeu na porta. A banqueta vazia. O sofá vazio. O vazio a seguiu pela escada até o quarto e o chuveiro. O cabelo de Ben não estava grudado no sabonete, a sua escova de dentes não estava na pia, o barbeador não estava no seu lado do armário.

O nível tóxico da situação patética de Charlie era tão perceptível que quando ela se arrastou até o andar de baixo, de pijama, até mesmo despejar o cereal na tigela parecia ser muito trabalhoso.

Ela despencou no sofá. Não queria ler. Não queria olhar para o teto e lamentar. Fez o que evitara ao longo do dia, ligou a televisão.

O aparelho já estava sintonizado na CNN. Uma adolescente loira e bonita estava em frente à escola de ensino fundamental de Pikeville. Segurava uma vela na mão porque estava acontecendo algum tipo de vigília. A legenda a identificava como CANDICE BELMONT, NORTE DE GEÓRGIA.

— A sra. Alexander falava sobre a filha o tempo todo nas aulas — falava a garota. — A chamava de "bebê", porque ela era muito carinhosa, como um bebezinho. Não tinha como duvidar do quanto ela amava a filha.

Charlie desligou o som. A mídia estava explorando a tragédia do mesmo modo que ela estava explorando a pena que sentia por si mesma por causa de Ben. Como alguém que vivera de perto a violência, que vivera o que acontece depois, ela se sentia mal sempre que via esse tipo de cobertura midiática. Os gráficos estilizados. A música sombria. As montagens com as pessoas em luto. Os canais se desesperavam para manter os espectadores assistindo, e a forma mais fácil de atingirem essa meta era divulgar tudo que ouviam e mais tarde separar o que era verdade.

A imagem saiu da loira e da vigília e foi para um belo repórter de campo, com as mangas da camisa arregaçadas e o brilho suave das luzes das velas no fundo. Charlie analisou o luto ensaiado do repórter conforme ele retornou a transmissão para o estúdio. O âncora do jornal na bancada estava com a mesma expressão solene enquanto continuava a anunciar o que não era novidade. Charlie leu as legendas que se arrastavam na parte de baixo da tela, uma citação da família Alexander: TIO: KELLY RENE WILSON "UMA ASSASSINA A SANGUE-FRIO".

Kelly fora promovida a três nomes agora. Charlie supôs que algum produtor em Nova York decidira que soaria mais amedrontador.

A legenda parou. O âncora desapareceu. Ambos substituídos por uma ilustração de um corredor de colégio com armários de ambos os lados. O desenho era tridimensional, mas tinha uma falta de profundidade estranha. Charlie supôs que era para deixar bem claro que não era real. Algum advogado aparentemente não ficara satisfeito com a crueza. A palavra "RECONSTITUIÇÃO" apareceu em vermelho no canto superior direito da tela.

O desenho virou uma animação. Uma figura entrou no corredor, movendo-se com rigidez, desenhada de forma blocada. O cabelo longo e as roupas pretas da figura remetiam a Kelly Wilson.

Charlie aumentou o som.

—... aproximadamente às 6h55, a suposta atiradora, Kelly Rene Wilson, entrou no corredor. — A versão animada de Kelly parou no meio da tela. Havia uma arma na sua mão, mais parecida com uma 9mm do que com um revólver. — Foi dito que Wilson estava nesse lugar quando Judith Pinkman abriu a porta da sala de aula.

Charlie se moveu para a beirada do sofá.

Uma sra. Pinkman quadrada abriu a porta. Por alguma razão, o animador fez o seu cabelo loiro claro com uma cor grisalha, arrumado em um coque em vez de solto sobre os ombros.

— Wilson viu Pinkman e disparou duas vezes — continuou o âncora. A arma na mão de Kelly soltou duas nuvens de fumaça. As balas foram representadas por linhas retas, ficando mais parecidas com flechas. — Nenhum dos tiros a acertou, mas o diretor Douglas Pinkman, marido de Judith Pinkman há 25 anos, saiu correndo do seu escritório quando ouviu os tiros.

Um sr. Pinkman virtual flutuou da direção da diretoria, suas pernas não se moviam no mesmo ritmo em que avançava para a frente.

— Wilson viu seu ex-diretor e disparou mais duas balas. — A arma soltou fumaça de novo. Duas balas/flechas avançaram para o peito do sr. Pinkman. — Douglas Pinkman morreu na mesma hora.

Charlie viu o sr. Pinkman virtual cair de lado, com a mão no peito. Duas manchas vermelhas parecendo polvos surgiram no meio da sua camisa azul de manga curta.

O que estava errado, também, porque a camisa do sr. Pinkman era branca e de manga longa. E ele não estava com um corte de cabelo raspado.

Era como se o animador tivesse decidido que um diretor do ensino básico se parecia com um agente do FBI dos anos 1970 e uma professora de inglês era uma velha ranheta com um coque na cabeça.

— A seguir — narrou o âncora —, Lucy Alexander entrou no corredor.

Charlie fechou bem os olhos.

— Lucy se esquecera de pegar o dinheiro do almoço com a mãe, uma professora de biologia que estava na reunião de departamento do outro lado da rua quando o tiroteio ocorreu. — Houve um momento de silêncio e Charlie viu uma imagem de Lucy Alexander na sua cabeça, não a do desenho blocado que os animadores teriam feito bem erroneamente, mas a da garota de fato, balançando os braços, sorrindo enquanto entrava no corredor. — Mais dois tiros foram disparados na garota de oito anos. O primeiro foi na parte superior do torso. A segunda bala atravessou a janela da sala atrás dela.

Três batidas fortes.

Charlie abriu os olhos. Colocou a TV no mudo.

Outras duas batidas.

O pânico tomou o seu coração. Sempre sentia uma pontinha de medo toda vez que uma pessoa desconhecida batia à porta.

Ela se levantou do sofá. Pensou na arma no seu criado-mudo quando olhou pela janela da frente.

Sorriu quando foi abrir a porta.

Durante todo o dia, Charlie estivera tão ocupada imaginando como as coisas poderiam piorar que nem lhe ocorrera pensar em como poderiam melhorar.

— Ei. — Ben estava parado na varanda, com as mãos nos bolsos. — Desculpa incomodar tão tarde. Preciso de uma pasta que está no armário.

— Ah... — Foi tudo que ela pôde dizer, porque a onda de desejo por ele era avassaladora demais para dizer qualquer outra coisa. Não que ele tivesse feito um esforço. Ben tinha se trocado e estava vestindo uma camiseta e um moletom que ela não conhecia, o que a fez se perguntar se Kaylee Collins, a garota de 26 anos do seu trabalho, comprara aquela roupa para ele. O que mais a garota teria modificado? Charlie queria cheirar o cabelo de Ben para ver se ainda usava o mesmo xampu de antes. Queria ver a sua cueca para saber se era da mesma marca.

— Posso entrar?

— A casa ainda é sua. — Charlie percebeu que teria de fato que se mover para que ele pudesse entrar. Deu um passo para trás, segurando a porta aberta.

Ben parou em frente à TV. A animação havia terminado. O âncora estava de volta à tela.

— Alguém está vazando detalhes, mas alguém que não tem os detalhes corretos.

— Eu sei — respondeu Charlie. Eles não estavam errados apenas sobre o que acontecera e quando, mas também sobre a aparência das pessoas, onde pararam, como se moveram. Quem estava vazando a informação para a mídia não era alguém envolvido com o caso, mas alguém próximo o suficiente para conseguir um dinheiro por qualquer informação especial que pudesse oferecer.

— Então... — Ben coçou o braço. Olhou para o chão. Olhou para Charlie.

— Terri me ligou.

Ela assentiu, porque era óbvio que a irmã teria ligado. Qual seria o motivo de dizer alguma coisa horrível para Charlie se Ben não ficasse sabendo?

— Me desculpa por ela ter falado aquilo — falou ele.

Ela deu de ombros.

— Não importa.

Nove meses atrás, ele diria que importava, mas, agora, ele apenas encolheu os ombros.

— Então... vou ali em cima, se não for um problema.

Charlie gesticulou em direção à escada como um garçom.

Ouviu os passos leves conforme ele subiu os degraus, perguntando-se como esquecera daquele som. A mão fez um barulho no corrimão quando ele virou no corredor. O verniz estava gasto na madeira onde ele fazia isso todas as vezes.

Como esse detalhe não estava na lista de prazeres dela?

Charlie ficou onde ele a deixou. Olhou impassível para a TV de tela plana. Era gigante, maior do que qualquer outra no Vale. Ben trabalhara o dia todo para montar os componentes. Por volta da meia-noite, ele perguntou: "Quer assistir ao noticiário?"

Quando Charlie concordara, ele pressionou algumas teclas no computador e, do nada, Charlie estava vendo um vídeo com um bando de gnus.

No andar de cima, ela ouviu uma porta abrindo. Charlie cruzou os braços sobre a barriga. O que seria apropriado para uma esposa fazer quando o marido que se foi, que não estivera na casa por nove meses, estava dentro de casa?

Encontrou Ben no quarto de visitas, que estava mais para um depósito de livros, com alguns gaveteiros e umas prateleiras personalizadas que ele usava para guardar sua coleção de *Star Trek*.

Só quando Charlie percebera que a coleção de *Star Trek* não estava mais lá que descobrira que Ben tinha ido de fato.

— Ei — disse ela.

Ele estava dentro do closet, revirando uma caixa de arquivos.

— Precisa de ajuda? — perguntou.

— Não.

Charlie bateu a perna na cadeira. Deveria sair? Sim, deveria sair.

— O acordo que fiz hoje — comentou Ben, então ela supôs que ele estava procurando anotações antigas relacionadas a um caso. — O cara mentiu sobre o cúmplice.

— Que pena. — Charlie se sentou na cama. — Você deveria levar o brinquedo do Barkzilla. Achei ele perto do...

— Comprei um novo para ele.

Charlie olhou para o chão. Tentou não imaginar Ben na loja escolhendo um brinquedo para o cachorro deles sem ela. Ou com outra pessoa.

— Fico pensando se a pessoa que vazou os fatos errados para o noticiário o fez porque queria atenção ou para desviar a atenção da imprensa — falou ela.

— O condado de Dickerson está analisando as câmeras de segurança do hospital.

Charlie não conseguia ver a conexão.

— Que bom — disse ela.

— A pessoa que rasgou os pneus do seu pai deve ser algum idiota exibido, mas estão levando a sério o caso.

— Babaca — resmungou Charlie. Rusty mentira sobre o porquê precisava de uma carona.

Ben esticou a cabeça para fora do closet.

— O quê?

— Nada. Alguém pichou a casa dele também. Escreveram "enrabador de cabras". Ou só "enrabador" porque a "cabra" já estava lá.

— Eu vi a "cabra" no fim de semana passado.

— O que você foi fazer no RR no fim de semana?

Ele saiu do closet com uma caixa de arquivos nas mãos.

— Vejo seu pai todo último domingo do mês. Você sabe disso.

Rusty e Ben sempre tiveram uma amizade estranha. Se tratavam como contemporâneos, apesar da diferença de idade.

— Não imaginei que você ainda fizesse isso.

— É, bem. — Ele colocou a caixa na cama. O colchão afundou com o peso. — Vou avisar Keith sobre o "enrabador". — Ele estava falando de Keith Coin, o chefe de polícia e irmão mais velho de Ken Coin. — Ele disse que mandaria alguém investigar a cabra, mas, com o que aconteceu hoje... — A voz dele falhou quando tirou a tampa da caixa.

— Ben... — Charlie o observou procurando o arquivo. — Você acha que nunca deixo você responder as perguntas?

— Você não está me deixando responder uma agora?

Ela sorriu.

— Quero dizer, porque meu pai fez essa coisa confusa com a janela do carro e... Essa parte não é importante. Basicamente, ele disse que eu tinha que escolher entre ter sempre razão ou ser feliz. Disse que Gamma tinha falado que precisava decidir isso antes de morrer, se queria ter sempre razão ou ser feliz.

Ele levantou a cabeça.

— Não entendo por que não pode ser as duas coisas.

— Acho que se você está certa muitas vezes, é como se soubesse demais ou como se fosse muito esperta e fizesse questão que as pessoas soubessem disso... — Ela não sabia como explicar. — Gamma sabia a resposta para um monte de coisas. Para tudo, na verdade.

— Então o seu pai disse que ela teria sido mais feliz se fingisse que não era tão esperta quanto era?

Por instinto, Charlie defendeu o pai.

— Gamma disse isso, não meu pai.

— Isso parece um problema do casamento deles, não do nosso. — Ele apoiou as mãos na caixa. — Charlie, se você está preocupada por ser como a sua mãe, isso não é algo ruim. Por tudo que ouvi, ela era uma pessoa incrível.

Ben era tão decente que ela perdeu o fôlego.

— Você é uma pessoa incrível.

Ele deu uma risada sarcástica profunda. Ela tentara isso antes, corrigir — até demais — suas maldades, tratá-lo como um garotinho que estava precisando de um troféu pela participação.

— Estou falando sério, Ben. Você é esperto e engraçado e... — A expressão de surpresa dele interrompeu a sua frase. — O que foi?

— Você está chorando?

— Merda. — Charlie tentava não chorar na frente de ninguém além de Lenore. — Me desculpa. Estou assim desde que acordei.

Ele não se moveu.

— Quer dizer desde o que aconteceu na escola?

Charlie apertou os lábios.

— Antes disso.

— Você pelo menos sabe quem é esse cara?

Ela ficou mal com a pergunta.

— O principal motivo de sair com um estranho é que ele é um estranho e, em um mundo perfeito, você nunca mais precisaria vê-lo de novo.

— Bom saber. — Ele tirou um arquivo e o folheou.

Charlie se levantou para poder olhá-lo nos olhos.

— Isso nunca aconteceu antes. Nenhuma vez. Nem nada parecido.

Ben balançou a cabeça.

— Nunca olhei para outro homem quando estava com você.

Ele guardou o arquivo na caixa e tirou outro.

— Você gozou com ele?

— Não — falou ela, mas era uma mentira. — Sim, mas tive que usar minha mão e não significou nada. Foi como um espirro.

— Um espirro — repetiu ele. — Ótimo, agora toda vez que eu espirrar, vou pensar em você gozando com o Batman.

— Eu estava me sentindo sozinha.

— Sozinha...

— O que quer que eu diga, Ben? Quero que *você* me faça gozar. Quero estar com você. — Ela tentou tocar as mãos dele, mas Ben se afastou. — Faço o que for preciso para consertar isso. Só me fala o que eu faço.

— Você sabe o que eu quero.

A terapia de casais de novo.

— Não precisamos de uma assistente social diplomada com roupas ridículas e com um corte de cabelo ruim para me dizer que eu sou o problema. Sei que eu sou o problema. Estou tentando resolver.

— Você perguntou o que eu quero e eu disse.

— Pra que ficar remexendo em uma coisa que aconteceu há trinta anos? — Charlie suspirou, irritada. — Sei que estou brava, Ben. Estou furiosa pra caralho. Não estou tentando esconder. Não estou fingindo que não aconteceu. Se eu estivesse obcecada e não parasse de falar sobre isso, ela também diria que tem algo errado comigo.

— Você sabe que não foi isso que ela disse.

— Por Deus, Ben, pra que isso? Você ainda tem alguma vontade de ficar comigo?

— Claro que eu tenho. — Ele pareceu nervoso, como se não quisesse ter dito aquilo. — Por que não entende que essa parte não importa?

— Importa, sim. — Ela se aproximou dele. — Sinto sua falta, amor. Você não sente a minha?

Ele balançou a cabeça de novo.

— Charlie, isso não vai resolver as coisas.

— Pode resolver um pouco. — Ela passou a mão no cabelo dele. — Quero você, Ben.

Ele continuou balançando a cabeça, mas não a afastou.

— Faço tudo que você quiser. — Charlie se aproximou mais. Se jogar nele era a única coisa que ainda não tentara. — Me fala e eu faço.

— Para — disse ele, mas não a parou.

— Eu quero você. — Ela beijou o pescoço dele. O modo como a pele dele reagiu à sua boca a fez querer chorar. Ela o beijou do queixo até a orelha. — Quero sentir você dentro de mim.

Ben soltou um grunhido quando as mãos dela desceram pelo seu peito.

Ela continuou beijando ele, lambendo.

— Me deixa chupar você.

Ele respirou trêmulo.

— Você pode fazer o que quiser comigo, amor. Com a minha boca. Com as minhas mãos. Com a minha bunda.

— Chuck... — A voz dele estava rouca. — A gente não devia...

Ela o beijou nos lábios e continuou beijando até que ele retribuiu. A sua boca parecia uma seda. O toque da sua língua enviou um calor para o meio das pernas de Charlie. Cada nervo no corpo dela estava pegando fogo. A mão dele foi para o peito dela. Ben estava ficando excitado, e Charlie usou a mão para deixá-lo mais duro.

Ben colocou as mãos sobre as dela. A princípio, ela achou que a estava ajudando, mas, então, percebeu que a segurava.

— Ai, meu Deus. — Ela se afastou rápido, saltando da cama, encostando as costas na parede, envergonhada, humilhada, em pânico. — Me desculpa. Me desculpa.

— Charlie...

— Não! — Ela levantou a mão como um guarda no trânsito. — Se você disser alguma coisa agora vai ser o fim, e não pode ser o fim, Ben. Isso não pode acontecer. É muito para aguentar depois...

Charlie parou de falar, mas suas palavras se penduraram nas suas orelhas como um alerta.

Ben a encarou, engolindo em seco.

— Depois do quê?

Charlie ouviu o sangue pulsando nas suas orelhas. Sentiu-se agitada, como se os dedos dos seus pés estivessem tocando a beira de um abismo.

O telefone de Ben tocou as primeiras notas da música de abertura da série *COPS*, o toque que ele selecionara para o Departamento de Polícia de Pikeville.

Bad boys, bad boys, whatchu gonna do...

— É do trabalho — disse ela. — Você tem que atender.

— Não, não tenho. — Ele levantou o queixo, aguardando.

Bad boys, bad boys...

— Me conta o que aconteceu hoje.

— Você ouviu o meu depoimento.

— Você correu na direção dos tiros. Por quê? No que você estava pensando?

— Não corri na direção dos tiros. Corri na direção da sra. Pinkman gritando por socorro.

— Você quer dizer Heller?

— Esse é o tipo de merda que um terapeuta da Oprah diria. — Ela teve que gritar para ser ouvida com o toque estúpido do telefone dele. — Que me coloco em perigo porque trinta anos atrás, quando alguém precisou de mim, eu fugi.

— E olha o que aconteceu! — O rompante repentino de raiva de Ben reverberou pelo silêncio.

O toque parou.

O silêncio soou como um trovão.

— Que *merda* você quer dizer com isso?

A mandíbula de Ben estava tão rígida que ela quase podia ouvir os dentes dele rangendo. Ele agarrou a caixa na cama e a jogou no armário.

— Do que você está falando, Ben? — Charlie se sentiu abalada, como se algo irreparável tivesse rasgado. — Quer dizer olhe o que aconteceu lá atrás ou o que aconteceu hoje?

Ele enfiou as caixas nas prateleiras.

Ela parou na porta do closet, deixando-o sem saída.

— Você não pode jogar as coisas no ar e depois virar as costas para mim.

Ele não disse nada.

Charlie ouviu o toque distante do celular dela enterrado no fundo da bolsa no andar de baixo. Ela contou cinco toques longos, segurando a respiração entre as pausas até a ligação cair na caixa postal.

Ben continuou mexendo nas caixas.

O silêncio começou a ficar tóxico. Ela estava prestes a começar a chorar de novo, porque chorar era tudo que podia fazer naquele dia.

— Ben? — Ela finalmente se entregou, implorando: — Por favor, me fala o que você quis dizer.

Ele tirou a tampa de uma das caixas. Passou os dedos em cima das etiquetas dos arquivos. Charlie pensou que ele continuaria a ignorando, mas ele disse:

— Hoje é dia três.

Charlie olhou em outra direção. Era por isso que Ben tinha ligado de manhã. Era por isso que Rusty estava assobiando "parabéns pra você" enquanto ela ficou parada como uma imbecil perguntando de novo e de novo o que ele sabia.

— Eu vi semana passada no calendário, que dia caía, mas... — disse ela.

O telefone de Ben tocou de novo. Não era a polícia dessa vez, mas um toque padrão. Uma vez. Duas. Ele atendeu no terceiro toque. Ela ouviu as respostas curtas dele:

— Quando? Está muito mal? — Depois o tom dele ficou mais grave. — O médico disse...

Charlie apoiou o ombro no batente da porta. Ouvira ligações parecidas várias vezes. Alguém no Vale socara a esposa com muita força ou puxara uma faca para terminar uma briga e outra pessoa sacara uma arma e, agora, o assistente do promotor tinha que ir até a delegacia e oferecer um acordo para o primeiro que falasse.

— Ele vai sobreviver? — perguntou Ben. Começou a assentir com a cabeça. — Sim. Eu cuido disso. Obrigado.

Charlie o viu encerrar a ligação, guardar o telefone no bolso.

— Deixa eu adivinhar, um Culpepper foi preso? — falou ela.

Ele não se virou. Segurou nas bordas da prateleira como se precisasse se apoiar em algo.

— Ben? — perguntou ela. — O que foi?

Ele fungou. Ben não era completamente estoico, mas Charlie podia contar nos dedos o número de vezes em que vira o marido chorar. Só que ele não estava só chorando. Os seus ombros estavam tremendo. Ele pareceu arrebatado pela dor.

Charlie começou a chorar também. As irmãs dele? A mãe? O pai egoísta que fora embora quando Ben tinha seis anos?

Ela colocou a mão no ombro dele. Ben ainda estava tremendo.

— Amor, o que foi? Você está me assustando.

Ele limpou o nariz e se virou. As lágrimas escorriam pelo rosto dele.

— Me desculpa.

— O quê? — A voz dela era quase um sussurro. — Ben, o que foi?

— Seu pai. — Ele engoliu o pesar. — Tiveram que levá-lo de helicóptero para o hospital. Ele...

Os joelhos de Charlie começaram a ceder. Ben a segurou antes de ela cair no chão.

Ele vai sobreviver?

— Um vizinho o encontrou — explicou Ben. — Estava perto do portão.

Charlie visualizou Rusty andando até a caixa de correio, assobiando, marchando, estalando os dedos, e, então, segurando o peito e caindo no chão.

— Ele é tão... — *Estúpido. Teimoso. Autodestrutivo.* — Estávamos no meu escritório hoje e eu disse que ele teria outro enfarte, e agora...

— Não foi um enfarte.

— Mas...

— Seu pai não enfartou. Alguém o esfaqueou.

A boca de Charlie se mexeu sem emitir som até que pôde falar a palavra.

— Esfaqueado? — Ela teve que repetir, porque não fazia sentido: — Esfaqueado?

— Chuck, você precisa ligar para a sua irmã.

O QUE ACONTECEU COM CHARLOTTE

Charlotte se virou para a irmã.

— Última palavra! — gritou.

Ela correu em direção ao RR antes que Samantha pudesse pensar em uma boa resposta. O barro vermelho subiu pelos pés de Charlotte e grudou em suas pernas suadas. Ela saltou os degraus da varanda, chutou os sapatos para longe, tirou as meias e abriu a porta a tempo de ouvir Gamma xingando:

— *Merda!*

A mãe estava com o corpo dobrado na altura da cintura, com uma das mãos agarrando o balcão e a outra na boca como se estivesse tossindo.

— Mamãe, isso é um palavrão — disse Charlotte.

Gamma se levantou. Usou um lenço que tirou do bolso para limpar a boca.

— Eu disse "meleca", Charlie. O que acha que eu disse?

— Você disse... — Charlotte percebeu a armadilha. — Se eu disser o palavrão, então você vai saber que sei o palavrão.

— Não mostre suas cartas, docinho. — Ela guardou o lenço de volta no bolso e seguiu em direção ao corredor. — Deixe a mesa pronta antes de eu voltar.

— Aonde você está indo?

— É incerto.

— Como vou saber qual a pressa que devo ter arrumando a mesa se não sei quando você volta? — Ela esperou uma resposta.

A tosse alta de Gamma ecoou.

Charlotte pegou os pratos de papel. Jogou o pacote de garfos plásticos na mesa. Gamma tinha comprado pratos e talheres de verdade no brechó, mas ninguém conseguia achar a caixa. Charlotte sabia que estava no escritório de Rusty. Deveriam desembrulhar as coisas do escritório amanhã, o que significava que alguém iria lavar a louça na noite seguinte.

Samantha bateu a porta da cozinha com tanta força que a parede balançou.

Charlotte não caiu na provocação. Jogou os pratos de papel na mesa.

De repente, sem aviso, Samantha jogou um garfo no rosto da irmã.

Charlotte estava abrindo a boca para chamar a mãe quando sentiu as pontas do garfo espetarem a parte de baixo dos seus lábios. Por instinto, ela fechou a boca.

O garfo ficou preso, uma flecha balançando no centro do alvo.

— Caramba, isso foi incrível! — falou Charlotte.

Samantha encolheu os ombros, como se pegar um garfo rodopiante com os lábios fosse fácil.

— Eu lavo a louça se você conseguir fazer isso duas vezes seguidas.

— Se você acertar uma vez na minha boca, eu lavo por uma semana.

— Combinado. — Charlotte mirou, considerando suas opções: acertar Samantha no rosto de propósito ou tentar de verdade acertar na sua boca.

Gamma estava de volta.

— Charlie, não jogue talheres na sua irmã. Sam, me ajude a procurar aquela frigideira que comprei outro dia.

A mesa já estava pronta, mas Charlotte não queria ser recrutada para a busca. As caixas tinham cheiro de naftalina e pé fedido de cachorro. Ela alinhou os pratos. Realinhou os garfos. Comeriam espaguete naquela noite, então precisariam das facas, porque Gamma sempre cozinhava a massa menos do que o necessário e ela grudava como feixes de tendão.

— Sam — Gamma voltara a tossir. Ela apontou para o ar-condicionado —, ligue aquela coisa pra circular algum ar aqui.

Samantha olhou para a caixa gigante na janela como se nunca tivesse visto um ar-condicionado antes. Ela estava lamentando desde que a casa de tijolos vermelhos pegou fogo. Charlotte se lamentava também, só que por dentro, porque Rusty já se sentia mal mesmo sem elas esfregarem na cara dele a tristeza que sentiam.

Charlotte pegou um prato de papel que estava sobrando. Tentou dobrá-lo como um aviãozinho para dar ao pai.

— Que horas deveríamos buscar o papai no trabalho? — perguntou Samantha.

— Ele vai pegar uma carona com alguém no tribunal — respondeu Gamma.

Charlotte torceu para que Lenore desse uma carona para ele. A secretaria de Rusty tinha lhe emprestado um livro chamado *Alcova*, sobre quatro amigas. Uma delas foi estuprada por um sheik, só que você não sabe qual, e ela ficou grávida e ninguém disse à filha o que aconteceu até que ficasse adulta e muito rica. Então, a filha perguntou a elas: "*Qual das vagabundas é a minha mãe?*"

— Bem, merda. — Gamma se levantou. — Espero que vocês não se importem em virar vegetarianas hoje à noite.

— Mãe — Charlotte desabou na mesa. Apoiou a cabeça nas mãos, fingindo estar doente na esperança de poder pedir uma lata de sopa para a janta. —, meu estômago dói.

— Você não tem lição de casa? — perguntou Gamma.

— Química. — Charlotte olhou para cima. — Pode me ajudar?

— Não é ciência de foguetes.

— Você quer dizer: não é ciência de foguetes, então eu deveria ser capaz de entender sozinha; ou quer dizer: não é ciência de foguetes, e essa é a única ciência que você conhece, portanto não pode me ajudar?

— Há muitas conjunções nessa sentença — retrucou Gamma. — Vá lavar as mãos.

— Acho que minha pergunta é válida.

— Agora.

Charlotte correu pelo corredor. Era tão longo que você podia ficar na cozinha e usá-lo como pista de boliche. Pelo menos foi o que Gamma dissera e era exatamente o que Charlotte faria assim que conseguisse uma bola.

Ela abriu uma das cinco portas e deu de cara com as escadas para o porão nojento. Tentou outra e achou o corredor para o quarto apavorante do fazendeiro.

— Meleca! — gritou Charlie.

Abriu outra porta. O roupeiro. Charlotte sorriu, porque estava pregando uma peça em Samantha ou talvez não fosse uma brincadeira, fosse seja lá como você chama quando quer assustar muito alguém.

Ela estava tentando convencer a irmã que o RR era assombrado.

No dia anterior, Charlotte encontrara uma foto preto e branca esquisita em uma das caixas dos brechós. A princípio, começara a colorir a foto, mas só tinha amarelado os dentes quando teve a ideia de enfiá-la no fundo da gaveta de baixo do roupeiro para que Samantha a encontrasse.

A irmã já tinha se apavorado, porque na noite anterior Charlotte fizera as tábuas do lado de fora do seu quarto ranger para que Samantha a seguisse até o cômodo assustador onde o fazendeiro solteiro morrera, e onde ela plantou a ideia de que o velho deixara a casa em corpo, mas não em espírito. Ou seja, era um fantasma.

Charlotte tentou outra porta.

— Achei!

Puxou a corda da luz. Abaixou o short, mas paralisou quando viu um respingo de sangue no assento da privada.

Aquele não era o tipo de mancha de sangue que Samantha às vezes deixava quando estava menstruada. Esse era um respingo, do tipo que saía da sua boca quando tossia com muita força.

Gamma estava tossindo muito e com muita força.

Charlotte subiu o short. Abriu a torneira e fez uma concha com as duas mãos sob a água. Jogou no assento para lavar a mancha vermelha. Então, viu que havia mais manchas vermelhas no chão. Jogou um pouco de água nelas e no espelho, porque tinha algumas lá. Até a beirada mofada do canto do chuveiro foi lavada.

O telefone tocou na cozinha. Charlotte esperou mais dois toques, se perguntando se atenderiam. Gamma não as deixava atender porque poderia ser

Rusty. Ela ainda estava chateada com o incêndio, mas não estava se lamentando como Samantha. Estava gritando na maior parte do tempo. E ela chorou também, mas só Charlotte sabia disso.

O cabo do martelo de bola estava encharcado quando Charlotte o usou para bater na torneira. A sua bunda se molhou quando sentou na privada. Ela percebeu que tinha feito uma bagunça. Um pouco da água tinha ficado rosa. Levantou o short. Ela tentou secar a água com uma bola de papel higiênico. O papel começou a desintegrar e ela usou mais. E, então, usou ainda mais. O papel deveria absorver as coisas, mas tudo que ela estava fazendo era criar uma bola gigante de papel molhado que entupiria o banheiro se tentasse dar descarga.

Charlie levantou. Olhou o banheiro. A cor rosa se foi, mas ainda havia muita água. O cômodo era úmido de qualquer forma. O rejunte do chuveiro parecia de um filme com um lago do qual um monstro do pântano saía.

No corredor, uma caixa balançou. Sam soltou um som abafado, como se tivesse batido o dedo.

— Meleca — disse Charlotte. A bola de papel higiênico estava rosa por causa do sangue. Ela a enfiou no bolso da frente do short. Não havia tempo para fazer xixi. Fechou a porta do banheiro quando saiu. Samantha estava a três metros de distância. Charlotte socou a irmã no braço para distraí-la para que não visse o calombo molhado no short dela. Depois galopou até o fim do corredor porque cavalos eram mais rápidos.

— Jantar! — gritou Gamma. Ela estava em frente ao fogão quando Charlotte chegou na cozinha.

— Estou aqui — falou Charlie.

— Sua irmã não está.

Charlotte viu o macarrão grosso que Gamma pescara na panela com uma pinça.

— Mãe, por favor, não força a gente a comer isso.

— Não vou deixar vocês com fome.

— Posso tomar sorvete.

— Quer ter uma diarreia explosiva?

Charlotte passava mal com qualquer coisa que tivesse leite, mas tinha quase certeza de que o chumaço de espaguete causaria o mesmo efeito.

— Mamãe, o que aconteceria se eu comesse duas tigelas de sorvete? Daquelas bem grandonas.

— Seus intestinos explodiriam e você morreria.

Charlotte analisou as costas da mãe. Algumas vezes não sabia dizer se Gamma estava falando sério.

O telefone soou seu toque. Charlotte o agarrou antes que Gamma pudesse proibi-la.

— Alô?

— E aí, ursinha? — Rusty riu, como se não tivesse dito aquilo para ela um milhão de vezes antes. — Estava com a esperança de falar com a minha querida Gamma...

Gamma podia ouvir a voz de Rusty do outro lado do cômodo, porque ele sempre falava muito alto no telefone. Ela fez que não com a cabeça para Charlotte e gesticulou com a boca a palavra "não" para deixar claro.

— Ela está escovando os dentes — disse Charlotte. — Ou, talvez, já esteja passando o fio dental agora? Eu ouvi um barulho, mas achei que era um rato, só que...

Gamma agarrou o telefone. Ela falou para Rusty.

— "'Esperança' é a coisa com penas/ Que se empoleira na alma/ E canta um som sem palavras/ E nunca, mas nunca, para."

Ela colocou o telefone de volta no gancho.

— Você sabia que a galinha é o pássaro mais comum na Terra? — perguntou para Charlie.

Charlotte balançou a cabeça. Não sabia aquilo.

— Vou ajudar com a lição de química depois do jantar, que não será sorvete.

— A química não será sorvete ou o jantar?

— Garota esperta. — Ela segurou o rosto de Charlotte com a mão. — Você vai conhecer um homem um dia que vai ficar caidinho por esse seu cérebro.

Charlotte imaginou um homem caindo pelo ar como o garfo de plástico.

— E se quebrar o pescoço na queda?

Gamma beijou o topo da cabeça da filha antes de sair da cozinha.

Charlotte afundou na cadeira. Inclinou a cadeira e viu que a mãe ia em direção à dispensa. Ou às escadas do porão. Ou ao quarto. Ou ao banheiro.

Ela apoiou a cadeira de volta no chão. Inclinou-se com os cotovelos na mesa.

Charlotte não tinha certeza se queria que um homem se apaixonasse por ela. Havia um garoto na escola que estava apaixonado por Samantha. Peter Alexander. Ele tocava jazz com sua guitarra e queria se mudar para Atlanta e se juntar a uma banda quando saísse da escola. Pelo menos, foi isso que ele escreveu nas cartas longas e chatas que Samantha escondia embaixo do colchão.

Ter perdido Peter era o principal motivo pelo qual Samantha lamentava. Charlotte vira que ela deixou que ele passasse a mão por baixo da blusa dela, o que significava que Samantha gostava mesmo dele, porque não era para fazer isso se não fosse o caso. Ele tinha uma jaqueta de couro legal que emprestara para ela e que fora queimada no incêndio. Ele levou uma bronca enorme dos pais por perdê-la. Peter não falava mais com Samantha.

Charlotte tinha vários amigos que não estavam mais falando com ela também, mas Rusty disse que era porque os pais deles eram imbecis que não viam problema em um homem negro ser condenado à pena de morte mesmo sendo inocente.

Ela assobiou por entre os dentes enquanto dobrava os lados do prato de papel e tentou mais uma vez transformá-lo em um aviãozinho. Rusty também dissera para Charlotte que o incêndio mudaria as coisas por algum tempo. Gamma e Samantha, que costumavam ser as pessoas lógicas da família, trocaram de papéis com Rusty e Charlotte, que eram as pessoas emocionais. Era como *Sexta-feira muito louca*, exceto pelo basset hound, porque a Samantha era alérgica.

Charlotte lambeu as dobras do avião, torcendo para que sua saliva o mantivesse vincado. Ela não dissera para Rusty que o modo lógico do seu cérebro não tinha se ligado de verdade. Ela estava fingindo que tudo estava bem quando não estava. Charlotte perdera suas coisas também, como todos os romances de Nancy Drews, o peixinho dourado, que era *uma coisa viva*, suas medalhas das Bandeirantes e seis insetos mortos que ela estava guardando para o ano seguinte porque sabia que, no grupo de estudo de biologia, a primeira tarefa era pregar insetos em uma placa e identificá-los para o professor.

Várias vezes, ela tentara falar sobre a tristeza que estava sentido para Samantha, mas tudo que a irmã fazia era começar a listar todas as coisas que perdera, como se fosse uma competição. Então, Charlotte tentara falar sobre outras coisas, como a escola, programas de TV e os livros que ela pegara na biblioteca, mas Samantha a encarava até que Charlotte entendesse o recado e fosse embora.

O único momento que a irmã a tratara como um ser humano normal era à noite, quando lavavam as camisas, os shorts e os tops na pia do banheiro. Suas roupas de corrida e tênis eram as únicas coisas que ainda possuíam depois do incêndio, mas Samantha não falava sobre elas. Ela ensinaria passo a passo, com muita paciência, a passagem cega para Charlotte, como se fosse a única coisa de importância que restou nas suas vidas. *Dobre a sua perna da frente, mantenha a mão reta para trás, incline-se para a frente, na direção da pista, mas não dispare até que eu esteja na minha marca. Quando sentir o bastão bater na sua mão... vai.*

— Não olhe para trás — dizia Samantha. — Você tem que confiar que vou estar lá. É só ficar com a cabeça abaixada e correr.

Samantha sempre amou correr. Queria uma bolsa de estudos para que pudesse ir correndo para a faculdade e nunca mais voltar para Pikeville, o que significava que ela poderia partir em um ano porque Gamma deixaria que ela pulasse outra série na escola se acertasse todas as questões do vestibular.

Charlotte desistiu do aviãozinho, derrotada. O prato não se firmava no novo formato. Queria continuar sendo um prato. Deveria pegar alguma folha do caderno e fazer o avião. Charlotte queria lançar o avião de cima da velha torre meteorológica. Rusty prometera levá-la lá porque estava preparando uma surpresa para Gamma.

O fazendeiro solteiro fora um cientista amador associado ao Programa Cooperativo do Serviço de Observadores Meteorológicos. Rusty encontrara caixas cheias de livros de registros meteorológicos no celeiro da época que o fazendeiro anotava a temperatura, a pressão atmosférica, a precipitação, o vento e a umidade quase todos os dias desde 1948.

Existiam centenas de voluntários como ele por todo o país, que enviavam suas leituras para a Administração Nacional dos Oceanos e da Atmosfera, para ajudar os cientistas a prever quando as tempestades e os tornados se formariam. Basicamente, era algo que precisava fazer vários cálculos, e se existia algo que poderia fazer Gamma feliz seria fazer contas todos os dias.

A torre meteorológica seria a maior surpresa da vida dela.

Charlotte ouviu um carro se aproximando da casa. Pegou o prato que não virou avião e o picou para que Rusty não adivinhasse o que estava planejando, porque ele já tinha dito que ela não poderia escalar até o topo da torre de metal e jogar um avião de papel de lá. Foi até a lata de lixo, enfiou a mão no short e desenterrou a bola nojenta de papel higiênico molhado. Limpou a mão na camiseta. Correu para a porta para ver o pai.

— Mamãe! — gritou Charlotte, mas não disse que Rusty estava lá.

Abriu a porta, sorrindo, e então parou de sorrir, porque dois homens estavam na varanda.

Um deles deu um passo para trás no degrau. Charlotte viu sua mandíbula se mover, como se não esperasse que a porta se abrisse e, então, viu que ele estava usando uma máscara preta de esqui, camisa preta e luvas de couro. Depois viu o cano de uma espingarda apontado para a cara dela.

— Mãe! — gritou Charlotte novamente.

— Cala a boca — sibilou Camisa Preta, empurrando Charlotte de volta para a cozinha. As botas pesadas dele estavam cobertas pelo barro vermelho do quintal. Charlotte deveria estar apavorada, deveria gritar, mas tudo em que conseguia pensar era no quanto Gamma ficaria brava por ter que limpar o chão da cozinha de novo.

— Charlie Quinn — Gamma a chamou do banheiro. —, não grite comigo como um moleque de rua.

— Onde está o seu papaizinho? — perguntou Camisa Preta.

— Po-por favor — gaguejou Charlotte. Estava falando com o segundo sujeito. Ele também usava máscara e luvas, mas estava com uma camiseta branca do Bon Jovi, o que o deixava menos ameaçador, mesmo portando uma arma. — Por favor, não machuca a gente.

Bon Jovi não estava olhando para Charlotte e sim para o corredor. Ela pôde ouvir os passos lentos da mãe. Gamma deve tê-lo visto quando saiu do banheiro. Ela sabia que algo estava errado, que Charlotte não estava sozinha na cozinha.

— Ei! — Camisa Preta estalou os dedos para chamar a atenção de Charlotte. — Onde está o puto do seu pai?

Charlotte balançou a cabeça. Por que queriam Rusty?

— Quem mais está na casa? — perguntou Camisa Preta.

— Minha irmã está no... — respondia ela e, de repente, a mão de Gamma cobriu a sua boca. Os dedos dela apertaram o ombro da filha.

— Tem cinquenta dólares na minha bolsa e outros duzentos em um pote de vidro no celeiro — falou Gamma.

— À merda com isso — disse Camisa Preta. — Chama a sua filha aqui. E não tenta nenhuma gracinha.

— Não. — Bon Jovi parecia nervoso. — Elas deveriam estar no treino, cara. Vamos só...

Charlotte foi puxada com violência dos braços de Gamma. A mão de Camisa Preta a segurou pelo pescoço, seus dedos como garras. A nuca dela ficou grudada no peito dele. Ela sentiu os dedos apertando o esôfago dela, o puxando como uma alavanca.

— Chame-a agora, cadela — falou ele para Gamma.

— Sam... — Gamma estava tão assustada que a voz mal saía. — Samantha? Ouviram. Esperaram.

— Deixa pra lá, cara — disse Bon Jovi. — Ele não está aqui. Vamos fazer o que ela disse, pegar o dinheiro e ir embora.

— Vira macho, seu viadinho de merda. — Camisa Preta apertou mais a mão na garganta de Charlotte. A dor ardeu como fogo. Ela não podia respirar. Ficou na ponta dos pés. Os seus dedos estavam em volta do pulso dele, mas ele era muito forte. — Traga ela aqui antes que eu...

— Samantha. — O tom de Gamma era frio. — Por favor, certifique-se de que a válvula está fechada e venha para a cozinha.

Bon Jovi saiu da frente do corredor para que Samantha não pudesse vê-lo.

— Vai cara, ela fez o que você mandou. Solta a garota — pediu Bon Jovi.

Devagar, Camisa Preta afrouxou a mão em volta da garganta de Charlotte. Ela engasgou com a volta do ar. Ela tentou ir até a mãe, mas ele espalmou a mão no peito dela. Prendeu Charlotte com força contra o próprio corpo.

— Você não tem que fazer isso. — Gamma estava falando com Bon Jovi. — Não sabemos quem vocês são. Não sabemos seus nomes. Podem ir agora e não falamos nada para ninguém.

— Cala a merda da boca. — Camisa Preta balançava de um lado para o outro. — Não sou estúpido o suficiente para acreditar em qualquer droga que saia da sua boca.

— Você não pode... — Gamma tossiu na mão. — Por favor. Deixa minhas filhas irem e eu vou... — Tossiu de novo. — Você pode me levar no banco. Ficar com o carro. Pode ficar com tudo, até o último centavo.

— Dona, vou pegar tudo que eu quiser. — A mão de Camisa Preta deslizou pelo peito de Charlotte. Apertou com força contra o externo dela e se esfregou nas costas dela. As partes íntimas dele a cutucaram. Ela sentiu um enjoo repentino. A bexiga queria estourar. O rosto dela ficou quente.

— Pare. — Bon Jovi agarrou o braço de Charlotte. Ele puxou, puxou de novo com mais força e, por fim, conseguiu soltá-la.

— Querida... — Gamma envolveu Charlotte, lançando os braços com força em volta dos ombros dela, beijando a sua cabeça e depois a sua orelha. Ela sussurrou: — Corra se você...

Sem aviso, Gamma a soltou, quase a empurrando para longe. Deu dois passos para trás até chegar no balcão da cozinha. Manteve as mãos no ar.

Camisa Preta estava com a arma apontada para o peito dela.

— Por favor. — Os lábios de Gamma tremeram. — Por favor. Eu imploro — a voz dela era baixa, como se apenas ela e Camisa Preta estivessem no cômodo. — Pode fazer o que quiser comigo, mas não machuca meu bebê.

— Não se preocupa — sussurrou Camisa Preta também. — Só dói nas primeiras vinte vezes.

Charlotte começou a tremer.

Sabia o que ele queria dizer. O olhar sombrio no rosto dele. A língua despontando nos lábios molhados. A forma como a *coisa* dele se pressionou nas costas dela.

Os joelhos dela perderam a força.

Ela cambaleou até a cadeira. O suor cobria o rosto dela. Mais suor escorria pelas costas. Olhou para as mãos, mas não pareciam normais. Os ossos estavam vibrando por dentro como se tivessem batido no peito dela com um diapasão.

— Está tudo bem — falou Gamma para Samantha.

— Não, não está — rebateu Camisa Preta.

Não estavam mais falando um com o outro. Samantha estava parada na porta, congelada como um coelho assustado.

— Quem mais está na casa? — questionou Camisa Preta.

Gamma balançou a cabeça.

— Ninguém.

— Não minta para mim, cadela.

A audição de Charlotte ficou abafada. Ouviu o nome do pai, viu a fúria nos olhos de Gamma.

Rusty. Estavam atrás de Rusty.

Charlotte começou a balançar, incapaz de parar o movimento para a frente e para trás enquanto tentava, de forma inconsciente, se acalmar. Isso não era um filme. Tinha dois homens dentro da casa. Estavam armados. Não queriam dinheiro. Vieram atrás de Rusty, mas agora que sabiam que ele não estava lá, Camisa Preta decidira que queria outra coisa. Charlotte sabia o que era a outra coisa. Lera sobre aquilo no livro de Lenore. E Gamma só estava ali porque Charlotte a chamara e Samantha só estava ali porque Charlotte dissera ao homem que a irmã estava na casa.

— Desculpa — sussurrou Charlotte. Não conseguiu segurar mais a bexiga. Sentiu o líquido quente escorrendo pelas pernas. Fechou os olhos. Balançou para a frente e para trás. — Desculpa-desculpa-desculpa.

Samantha apertou a mão de Charlotte com tanta força que pôde sentir os seus ossos se movendo.

Charlotte ia vomitar. O estômago continuava revirando, se revolvendo como se estivesse presa em um barco no mar agitado. Ela apertou os olhos. Pensou sobre as corridas. A sola dos sapatos batendo no chão. As pernas queimando. O peito demandando ar. Samantha ao seu lado, com o rabo de cavalo balançando ao vento, sorrindo, dizendo a Charlotte o que fazer.

Respire até passar. Devagar e constante. Espere a dor passar.

— Eu disse cala a merda dessa boca! — gritou Camisa Preta.

Charlotte levantou a cabeça, mas era como se estivesse andando dentro de um óleo grosso.

Houve uma explosão, em seguida um jato de líquido quente atingiu o rosto e o pescoço dela com tanta força que ela caiu sobre Samantha na mesa.

Charlotte começou a gritar antes de saber o porquê.

Havia sangue por todo o lado, como se uma mangueira tivesse sido aberta. Era quente e viscoso e cobriu o rosto dela, as mãos, o corpo inteiro.

— Cala a boca! — Camisa Preta bateu no rosto de Charlotte.

Samantha a segurou. Estava soluçando, tremendo, gritando.

— Gamma... — sussurrou Samantha.

Charlie se pendurou na irmã. Virou o rosto. Se forçou a olhar para a mãe, porque queria ter certeza de que nunca esqueceria o que aqueles malditos tinham feito.

Ossos brancos reluzentes. Pedaços de coração e pulmão. Novelos de tendões, artérias e veias e a vida se despejando para fora dos buracos dos seus ferimentos.

— Meu Deus, Zach! — gritou Bon Jovi.

Charlie permaneceu parada, sem reação. Nunca mais entregaria o jogo.

Zachariah Culpepper.

Lera os arquivos dos casos dele. Rusty o representara pelo menos quatro vezes. Gamma havia falado na noite anterior que se Zach Culpepper pagasse suas dívidas, a família não precisaria viver na casa da fazenda.

— Merda! — Zach estava encarando Samantha. Ela também lera os arquivos. — Merda!

— Mamãe... — disse Charlotte, tentando distraí-los, para convencer Zach de que ela não sabia. — Mamãe, mamãe, mamãe...

— Está tudo bem. — Samantha tentou acalmá-la.

— Não está tudo bem. — Zach jogou a máscara no chão. Os olhos dele ficaram como os de um guaxinim por causa do jato de sangue de Gamma. Ele se parecia com a foto da ficha policial, só que mais feio. — Que merda! Por que você tinha que usar meu nome, garoto?

— Eu não... — balbuciou Bon Jovi. — Me desculpe.

— Não contaremos pra ninguém. — Samantha estava olhando para baixo, como se não fosse tarde demais. — Não falaremos nada. Prometo.

— Garota, acabei de estourar os miolos da sua mãe. Você acha mesmo que vai sair viva daqui?

— Não — disse Bon Jovi. — Não foi pra isso que viemos.

— Eu vim pra zerar umas dívidas, garoto — falou Zach. — Agora acho que é aquele Rusty Quinn quem tem que me pagar.

— Não — repetiu Bon Jovi. — Eu falei pra você...

Zach o calou enfiando a espingarda no rosto dele.

— Você está pensando pequeno. Precisamos sair da cidade e isso custa muito caro. Todo mundo sabe que Rusty Quinn guarda dinheiro em casa.

— A casa pegou fogo — disse Samantha. — Tudo pegou fogo.

— Merda! — gritou Zach. — Merda! — Ele empurrou Bon Jovi para o corredor. Continuou com a espingarda apontada para a cabeça de Samantha, com o dedo no gatilho.

— Não!

Charlie puxou a irmã para o chão, para longe da espingarda. Ela sentiu os joelhos sendo arranhados. Fragmentos de osso cobriam o chão. Olhou para Gamma. Pegou a mão fria e pálida dela. O calor já tinha deixado o corpo. Sussurrou:

— Não morra, mamãe. Por favor. Eu te amo. Te amo tanto.

Ouviu Zach dizer:

— Por que você está agindo como se não soubesse como isso vai terminar?

Sam puxou a irmã pelo braço.

— Charlie, levanta.

— Não vamos sair daqui sem você sujar suas mãos de sangue também — falou Zach.

— Charlie, levanta — repetiu Samantha.

— Não posso. — Estava tentando ouvir o que Bon Jovi estava dizendo. — Não posso deixar...

Samantha praticamente a agarrou e a colocou de volta na cadeira.

— Corra quando puder — sussurrou para Charlie, a mesma coisa que Gamma tentara lhe dizer. — Não olhe para trás. Só corra.

172

–– O que vocês duas estão dizendo? — Zach voltou para a mesa. As botas dele trituraram alguma coisa no chão. Ele enfiou a espingarda na testa de Sam. Charlie pôde ver pedaços de Gamma encrustados no cano. — O que você disse para ela fazer? Sair correndo? Tentar fugir?

Charlie fez um barulho com a garganta, tentando distrair a atenção dele.

Zach manteve a espingarda apontada para Sam, mas sorriu para Charlie, mostrando uma fileira de dentes tortos e manchados.

— O que ela falou para você fazer, linda?

Charlie tentou não pensar na forma que a voz dele mudava quando falava com ela.

— Vamos, querida. — O olhar de Zach se fixou no peito de Charlie. Lambeu os lábios de novo. — Não vamos ser amigos?

— Pa-pare — guaguejou Sam. A espingarda estava apertando a testa dela com tanta força que um filete de sangue escorreu. — Deixa ela em paz.

— Eu estava falando com você, cadela? — Zach se inclinou sobre a espingarda. A cabeça de Sam se inclinou para trás com a pressão. — Estava?

A mandíbula de Sam travou. Os punhos dela fecharam. Era como ver uma chaleira que começava a ferver, só que era fúria que borbulhava dentro dela.

— Deixa a gente em paz, Zachariah Culpepper.

Zach jogou o peso para trás, chocado com o tom desafiador.

— Eu sei quem você é, seu maldito pervertido.

Ele apertou a espingarda nas mãos. Os lábios curvaram.

— Vou arrancar suas pálpebras para que você possa me assistir desvirginando sua irmã com a minha faca.

Elas olharam uma para a outra. Sam não ia recuar. Charlie a viu assim antes, aquele olhar que a irmã tinha quando não ouviria ninguém. Exceto que, dessa vez, a briga não era com Rusty ou com garotas malvadas da escola. Era com um homem com uma espingarda, com um temperamento cruel, que tinha quase espancado outro homem até a morte no ano anterior.

Charlie vira fotos nos arquivos de Rusty. Lera os boletins de ocorrência policial. Zachariah fraturara o crânio de um sujeito só com as mãos.

Um soluço saiu da boca de Charlie.

— Zach! — chamou Bon Jovi. — Vamos, cara.

Charlie esperou Sam desviar o olhar, mas ela não o fez. Não faria. Não poderia.

— Tínhamos um acordo, certo? — continuou Bon Jovi.

Zach não se moveu. Nenhum deles se moveu.

— Tínhamos um acordo — repetiu Bon Jovi.

— Claro. — Zach jogou a espingarda para Bon Jovi. — Um homem se mede pelo valor da sua palavra.

Ele agiu como se fosse embora, mas as mãos dele se moveram com rapidez, como o bote de uma cobra. Ele agarrou a cabeça de Sam e a empurrou com tanta força para a pia que a cabeça dela fez um barulho ao bater no metal.

— Não! — gritou Charlie.

— Ainda acha que sou um pervertido? — Zach estava tão próximo de Sam que a saliva dele respingava no rosto dela. — Você tem mais alguma coisa para dizer sobre mim?

A boca de Sam abriu, mas ela não podia gritar. Agarrou o braço dele com as mãos, arranhando, encravando os dedos, mas as unhas de Zach estavam enfincadas nos olhos dela. O sangue escorreu como lágrimas. Os pés de Sam chutavam. Ela estava sem ar.

— Pare! — Charlie saltou nas costas de Zach, socando-o. — Pare!

Ele a jogou do outro lado da cozinha. A cabeça de Charlie bateu contra a parede como um sino. A sua visão embaçou, mas se focou em Sam. Zach a largara no chão. O sangue escorrendo pelas bochechas, acumulando na gola da camisa.

— Sammy! — chamou Charlie. Tentou olhar nos olhos de Sam para ver o estrago que ele tinha feito. — Sam? Olha pra mim. Você consegue enxergar? Olha pra mim, por favor!

Cuidadosamente, Sam tentou abrir os olhos. As pálpebras estavam retalhadas como pedaços de papel molhado.

— Que merda é essa? — perguntou Zach.

O martelo da pia do banheiro. Ele o pegou do chão. Piscou para Charlie.

— Está se perguntando o que posso fazer com isso?

— Chega! — Bon Jovi agarrou o martelo e o jogou no corredor. Zach encolheu os ombros.

— Só estou me divertindo um pouco, mano.

— As duas, levantem — mandou Bon Jovi. — Vamos acabar com isso. Charlie não se moveu. Sam piscou os olhos ensanguentados.

— Ajude ela — falou Bon Jovi para Zach. — Você prometeu, cara. Não deixe isso ficar pior do que tem que ser.

Zach deu um puxão no braço de Sam com tanta força que o ombro dela fez um barulho de estalo. Ela bateu contra a mesa. Zach a empurrou em direção à porta. Ela trombou em uma cadeira. Charlie agarrou a mão da irmã para impedir que ela caísse.

Bon Jovi abriu a porta.

— Vai.

Charlie foi primeiro, se arrastando pelos lados para ajudar Sam a descer a escada. Sam esticou a outra mão para a frente, como se estivesse cega. Charlie viu os sapatos e meias. Se pudessem vesti-los, podiam correr. Mas apenas se Sam pudesse ver para onde ir.

— Consegue ver? — perguntou Charlie. — Sam, consegue ver?

— Sim — falou Sam, mas devia ser uma mentira. Ela mal podia abrir os olhos por completo.

— Por aqui. — Bon Jovi apontou para o campo atrás do RR. O solo tinha acabado de ser plantado. Não deveriam andar sobre ele, mas Charlie seguiu naquela direção, guiando Sam atrás dela, ajudando-a a navegar pelos sulcos profundos.

— Onde estamos indo? — perguntou Charlie para Bon Jovi.

Zach enfiou a espingarda nas costas de Sam.

— Continue andando.

— Eu não entendo — falou Charlie para Bon Jovi. — Por que estão fazendo isso?

Ele balançou a cabeça.

— O que fizemos para o senhor? — continuou Charlie. — Somos só crianças. Não merecemos isso.

— Cala a boca — alertou Zach. — As duas, calem a merda das bocas.

Sam apertou a mão de Charlie com mais força ainda. Ela estava com a cabeça erguida, como um cachorro tentando farejar algo. Por instinto, Charlie sabia o que a irmã estava fazendo. Dois dias atrás, Gamma tinha mostrado a elas um mapa topográfico da área. Sam estava tentando lembrar dos pontos de referência, para se orientar.

Charlie também tentou.

A área cultivada do vizinho ia para além do horizonte, mas o terreno era plano naquela direção. Mesmo se Charlie desse um jeito de correr em zigue-zague, Sam acabaria tropeçando e caindo. As árvores marcavam a fronteira do lado direito da propriedade. Se pudesse guiar Sam por aquele caminho, poderiam ter a chance de achar um lugar para se esconder. Do outro lado da floresta, havia um riacho que passava por baixo da torre meteorológica. No final dele havia uma estrada pavimentada, mas que as pessoas não usavam.

Havia um celeiro abandonado a oitocentos metros ao norte. Uma segunda fazenda ficava a três quilômetros para o leste. Essa seria a melhor alternativa. Se pudesse levar Sam até a segunda fazenda, poderiam ligar para Rusty e ele as salvaria.

— O que é isso? — indagou Zach.

Charlie olhou de volta para a casa da fazenda. Viu faróis, dois pontos flutuantes ao longe. Não era o furgão de Lenore.

— É um carro.

— Merda, vão ver minha caminhonete em dois segundos. — Zach forçou a espingarda nas costas de Samantha, como se estivesse usando um leme para direcioná-la. — Continuem andando ou atiro em vocês aqui mesmo.

Aqui mesmo.

Charlie enrijeceu com as palavras. Rezou para que Samantha não tivesse ouvido, que não tivesse entendido o que aquilo significava.

— Podemos terminar isso de outro jeito. — A cabeça de Sam estava virada para Bon Jovi, mesmo que não pudesse vê-lo.

Zach rosnou.

— Faço tudo que vocês quiserem — prosseguiu Sam. Ela limpou a garganta. — Qualquer coisa.

— Merda — disse Zach. — Você não percebeu que vou pegar o que quero de um jeito ou de outro, sua cadela estúpida?

Charlie engoliu seco o gosto da bile. Viu uma clareira em frente. Podia correr com Sam por ali, procurar um lugar para se esconder.

— Não vamos contar que foi você — insistiu Sam. — Vamos dizer que vocês ficaram com as máscaras o tempo todo e...

— Com a minha caminhonete na garagem e a sua mãe morta na casa? — Zach rosnou de novo. — Vocês, Quinn, acham que são todos espertos demais, que podem escapar de tudo na conversa.

Charlie não conhecia nenhum esconderijo na floresta. Ficara presa desembalando a mudança desde que chegaram, não teve tempo para explorar. A melhor chance delas era correr de volta para o RR onde o policial estava. Charlie podia guiar Sam pelo campo. A irmã teria que confiar nela, da mesma forma que sempre dizia que Charlie deveria confiar nela durante a passagem cega. Sam corria rápido, mais rápido do que Charlie. Desde que ela não tropeçasse...

— Me escuta — implorou Sam. — Você tem que sair da cidade de qualquer jeito. Não tem por que nos matar também. — Ela virou na direção de

Bon Jovi. — Por favor, pensa nisso. Tudo que precisam fazer é nos amarrar. Larguem a gente em um lugar onde não vão nos achar. Vocês vão ter que sair da cidade de qualquer jeito. Não querem mais sangue nas suas mãos.

Bon Jovi já estava balançando a cabeça.

— Me desculpe.

Charlie sentiu um dedo deslizar pelas suas costas. Ela estremeceu e Zach riu.

— Deixa minha irmã ir — pediu ela. — Ela tem treze anos. É só uma criança.

— Não parece uma criança para mim. — Zach gesticulou com os dedos na direção do peito de Charlie. — Tem uns belos peitinhos bem firmes.

— Cale-se — ordenou Bon Jovi. — É sério.

— Ela não vai contar nada pra ninguém — falou Sam. — Ela vai dizer que eram estranhos. Não vai, Charlie?

— Um cara negro? — perguntou Zach. — Como aquele que o seu papai livrou da prisão?

Charlie sentiu os dedos dele roçando pelo peito dela. Se virou para ele, gritando:

— Quer dizer do jeito que ele livrou você por mostrar seu pinto para um monte de garotinhas?

— Charlie... — implorou Sam. — Por favor, fique quieta.

— Deixa ela falar — disse Zach. — Gosto quando elas lutam um pouco.

Charlie o encarou. Marchou pela floresta, puxando Sam atrás dela, tentando não ir muito rápido, mas ansiosa para ir rápido o suficiente para que Zach não ficasse ao lado dela.

— Não — sussurrou Charlie. Por que ela estava indo rápido? Precisava ir devagar. Quanto mais longe estivessem do RR, mais perigoso seria disparar e correr para trás. Charlie parou. Se virou. Mal podia ver as luzes na cozinha.

Zach estava com a espingarda nas costas de Sam de novo.

— Mexa-se.

Folhas de pinheiros penetravam nos pés descalços de Charlie conforme se aprofundavam na floresta. O ar ficou mais gelado. O short dela estava duro por causa da urina seca. Podia sentir uma assadura começando a se formar no interior das coxas. Cada passo parecia arrancar uma camada nova de pele.

Ela olhou de volta para Sam. Os seus olhos estavam fechados, a mão tateando à sua frente. Folhas faziam barulho sob os pés delas. Charlie parou para ajudá-la a passar sobre uma árvore caída. Caminharam pela correnteza, a água parecia gelo nos pés dela. As nuvens se moveram, exibindo um pouco mais a luminosidade da lua. Ao longe, Charlie podia ver o contorno da torre meteorológica, a estrutura enferrujada de metal era como um esqueleto recortando o céu escuro.

Charlie sentiu seu senso de direção se ajustando. Se a torre estava à esquerda, eles estavam seguindo para o leste. A segunda fazenda estaria três quilômetros ao norte, à sua direita.

Três quilômetros.

O melhor tempo de Charlie para um quilômetro era 4,38 minutos. Sam podia fazer em 3,45 em uma superfície plana. A floresta não era plana. A luz da lua era imprevisível. Sam não podia enxergar. Podiam correr um quilômetro em cinco minutos, talvez, se Charlie prestasse atenção, se olhasse direto para a frente em vez de olhar para trás.

Avaliou a área, procurando o melhor trajeto, a rota mais direta.

Era tarde demais.

— Sam... — Charlie parou de andar. Um pouco de urina desceu pelas pernas dela de novo. Segurou a irmã pela cintura. — Tem uma pá. Uma pá.

Os dedos de Sam tatearam pelo rosto e ergueram as suas pálpebras. Ela puxou o ar com rapidez quando viu o que estava na frente delas.

Dois metros à frente, a terra escura e úmida estava aberta como uma ferida no chão.

Os dentes de Charlie começaram a bater de novo. Podia ouvir o barulho. Zach e Bon Jovi tinham cavado uma cova para Rusty e, em vez disso, a usariam para Sam e Charlie.

Tinham que correr.

Charlie soube disso naquele instante, sentiu no fundo da sua alma. Sam pôde ver, pelo menos o suficiente para enxergar a cova. O que significava que talvez pudesse ver o suficiente para correr. Não havia escolha. Não podiam ficar ali esperando comportadas pelo assassinato delas.

E pelo que quer que fosse que Zachariah Culpepper tivesse em mente.

Charlie apertou a mão de Sam. Sam apertou de volta, indicando que estava pronta. Tudo que precisavam fazer era esperar pelo momento certo.

— Certo, garotão. Hora de fazer a sua parte. — Zach repousou o apoio da espingarda no quadril. Ele abriu um canivete com a outra mão. — As armas farão muito barulho. Pegue isso. Passe bem na garganta, como se fosse um porco.

Bon Jovi ficou parado lá, inerte.

— Vamos, como combinamos. — falou Zach. — Você cuida dela. Eu pego a menor.

— Ela tem razão. Não temos que fazer isso. O plano nunca foi ferir as mulheres. Elas nem deveriam estar aqui.

— Como é que é?

Sam apertou a mão de Charlie com mais força ainda. Ambas assistiram, esperaram.

— O que está feito, está feito — respondeu Bon Jovi. — Não temos que piorar tudo matando mais gente. Gente inocente.

— Meu Deus. — Zach fechou o canivete e o enfiou de volta no bolso. — Já falamos disso na cozinha, cara. Não é como se tivesse escolha.

— Podemos nos entregar.

— Bela. Merda.

Sam se inclinou sobre Charlie, a empurrando alguns passos para a direita, a preparando para ir.

— Eu me entrego. Levo a culpa por tudo.

— O diabo que você vai. — Zach bateu no peito de Bon Jovi. — Acha que vou ser preso por assassinato só porque você encontrou a merda da sua consciência?

Sam soltou a mão da irmã.

Charlie sentiu o coração afundando até o estômago.

— Charlie, corra — sussurrou Sam.

— Não vou entregar você — repetiu Bon Jovi. — Vou dizer que fui eu.

Charlie tentou pegar a mão de Sam de novo. Tinham que ficar próximas para que ela pudesse guiá-la pelo caminho.

— Na droga da minha caminhonete?

Sam a empurrou, sussurrando:

— Vai.

Charlie balançou a cabeça. O que ela queria dizer? Não podia ir sem Sam. Não podia deixar a irmã ali.

— Maldito. — Zach apontou a espingarda para o peito de Bon Jovi. — Vou dizer o que vai acontecer, filho. Você vai pegar o meu canivete e vai rasgar a garganta dessa cadela ou eu vou abrir um buraco no seu peito do tamanho do Texas. — Ele bateu o pé. — Agora.

Bon Jovi apontou a arma para a cabeça de Zach.

— Nós vamos nos entregar.

— Tira essa merda dessa arma da minha cara, seu viadinho de merda.

Sam cutucou Charlie, indicando que ela tinha que se mexer.

— Vai.

Charlie não se mexeu. Não deixaria a irmã.

— Eu mato você antes de matar elas — ameaçou Bon Jovi.

— Você não tem colhões para puxar esse gatilho.

— Tenho, sim.

Charlie ouviu seus dentes rangerem de novo. Deveria ir? Sam a seguiria? Era isso que ela queria dizer?

— Corra — implorou Sam. — Você tem que correr.

Não olhe para trás. Você tem que confiar que eu vou estar lá.

— Riquinho de merda. — A mão livre de Zach avançou.

Bon Jovi desviou a espingarda.

— Corra! — Sam empurrou a irmã com força. — *Charlie, vai!*

Charlie caiu de bunda com força no chão. Viu o brilho reluzente de uma arma disparando, ouviu a explosão repentina da bala saindo do cano e, então, uma névoa saiu do lado da cabeça de Sam.

Sam girou no ar, quase rodopiando como o garfo para dentro da boca aberta do túmulo.

Bum.

Charlie olhou para a terra aberta, esperando, implorando, rezando para que Sam se sentasse, para que olhasse em volta, dissesse algo, qualquer coisa que indicasse que estava viva.

— Merda — disse Bon Jovi. — Deus. Meu Deus. — Ele largou a arma como se estivesse envenenada.

Charlie viu o brilho do metal da arma enquanto caía no chão. O choque no rosto de Bon Jovi. O branco repentino dos dentes de Zach quando ele sorriu.

Para Charlie.

Estava sorrindo para Charlie.

Ela se afastou como um caranguejo, de quatro.

Zach avançou na direção dela, mas Bon Jovi agarrou a camisa dele.

— O que vamos fazer?

As costas de Charlie bateram em uma árvore. Ela se levantou. Os joelhos tremiam. As mãos tremiam. O corpo inteiro dela tremia. Ela olhou para a cova. A irmã estava na cova. Sam levou um tiro na cabeça. Charlie não podia vê-la, não sabia se estava morta ou viva ou se precisava de ajuda ou...

— Está tudo bem, docinho — disse Zach a Charlie. — Fique paradinha aí me esperando.

— Eu a-acabei... — gaguejou Bon Jovi. — Acabei de matar... acabei... *Matar*.

Ele podia não ter matado Sam. A bala da arma era pequena, não era como a da espingarda. Talvez não tivesse machucado ela de verdade. Talvez Sam estivesse bem, se escondendo no túmulo, pronta para saltar e correr.

Mas ela não estava saltando. Não estava se movendo ou falando ou gritando ou mandando em todo mundo.

Charlie precisava que a irmã falasse, que dissesse o que deveria fazer. O que Sam diria naquele momento? O que mandaria Charlie fazer?

— Cobre essa cadela — falou Zach. — Vou ficar um pouco com a pequenina.

— Cristo.

Sam não falaria naquele momento, mas gritaria furiosa com Charlie por ficar parada ali, por perder a chance, por não fazer o que ela a treinara para fazer.

Não olhe para trás... confie que eu vou estar lá... mantenha a cabeça abaixada e...

Charlie correu.

Os braços no ar. Os pés lutando para ter tração. Os galhos das árvores cortaram o seu rosto. Não podia respirar. Os pulmões pareciam agulhas perfurando seu peito.

Respire até passar. Devagar e constante. Espere a dor passar.

Costumavam ser melhores amigas. Costumavam fazer tudo juntas. E, então, Sam fora para o colegial e Charlie ficou para trás e a única forma de conseguir a atenção da irmã era pedindo para Sam ensiná-la como correr.

Não fique tensa. Inspire por dois passos longos. Expire por um.

Charlie odiava tudo na corrida, porque era estúpido, a machucava e a deixava dolorida, mas queria continuar por perto da irmã, fazer algo que a irmã estivesse fazendo, talvez um dia ser melhor do que Sam naquilo. Assim, Charlie ia para a pista com ela, participava do time da escola e marcava seus tempos todos os dias, porque a cada dia a irmã ficava mais rápida.

— Volta aqui! — gritou Zach.

Três quilômetros até a segunda fazenda. Doze, talvez treze minutos. Charlie não podia correr mais do que um garoto, mas podia correr por mais tempo. Tinha vigor e treinamento. Sabia como ignorar a dor do corpo. Respirar durante o choque nos seus pulmões quando o ar entrava cortando como uma navalha.

Ela nunca treinara para lidar com o pânico ao ouvir solas pesadas de botas golpeando a terra atrás dela, para lidar com a forma que o *tum-tum-tum* vibrava dentro do seu peito.

Zachariah Culpepper estava logo atrás.

Charlie correu mais rápido. Encaixou os braços nos lados do corpo. Forçou para fora a tensão nos ombros. Imaginou que as pernas eram pistões em uma máquina trabalhando rápido. Ignorou as pinhas e as pedras afiadas perfurando seus pés descalços. Pensou sobre os músculos que a ajudavam a se mover...

Panturrilhas, quadríceps, isquiotibiais. Firme o abdômen, proteja as costas.

Zachariah estava se aproximando. Podia ouvi-lo como uma locomotiva abrindo caminho.

Charlie saltou sobre uma árvore caída. Olhou para a direita, para a esquerda, sabendo que não deveria correr em linha reta. Precisava localizar a torre meteorológica, para se certificar de que estava indo na direção correta, mas sabia que se olhasse para trás veria Zachariah Culpepper e que, se o visse, sentiria um pânico ainda maior e, se o pânico fosse maior, tropeçaria e, se tropeçasse, cairia.

E, então, ele a estupraria.

Charlie desviou para a direita, os dedos do pé grudando na terra enquanto alterava a direção. Em cima da hora, viu outra árvore caída. Se lançou por cima dela, pousando de forma estranha. O pé dela virou. Sentiu o osso do tornozelo tocando a terra. A dor subiu pela perna.

Continuou indo.

E indo.

E indo.

Os pés dela estavam pegajosos com o sangue. O suor escorria pelo seu corpo. Os pulmões queimavam no peito, mas não tanto quanto queimariam se Zachariah beliscasse seu peito de novo. As entranhas dela doíam, os intestinos tinham se liquefeito, mas não era nada comparado a como se sentiria se Zachariah enfiasse a coisa dele dentro dela.

Charlie buscou alguma luz no caminho, qualquer indicação de civilização.

Quanto tempo se passara?

Quanto mais ele poderia correr?

Imagine a linha de chegada na sua cabeça. Você tem que desejá-la mais do que qualquer pessoa atrás de você.

Zachariah queria algo. Charlie queria mais, só que outra coisa, fugir, ajudar a irmã, encontrar Rusty para que ele encontrasse um jeito de consertar tudo.

De repente, a cabeça de Charlie foi jogada para trás com tamanha violência que sentiu como se tivesse sido decapitada.

Os pés dela voaram para a frente.

As costas dela se chocaram contra o solo.

Ela viu sua respiração sair pela boca como se fosse algo real.

Zachariah estava em cima dela. As mãos dele estavam em todo lugar. Agarrando os seios dela. Puxando o short. Os dentes dele bateram contra a boca fechada dela. Ela arranhou os olhos dele. Tentou subir com o joelho até a virilha dele, mas não podia dobrar a perna.

Zachariah se sentou, montando nela.

Charlie o estapeava, tentando em vão afastar o peso tremendo do corpo dele.

Ele puxou seu cinto pela fivela.

A boca de Charlie se abriu. Não lhe restara fôlego para gritar. Estava atordoada. O vômito queimou a garganta. Ela fechou os olhos e viu Sam girando pelo ar. Pôde ouvir o *bum* do corpo da irmã caindo na cova como se tudo estivesse acontecendo de novo. Então viu Gamma. No chão da cozinha. Encostada no armário.

Ossos brancos reluzentes. Pedaços de coração e pulmão. Novelos de tendões, artérias e veias e a vida se despejando para fora dos buracos dos seus ferimentos.

— Não! — gritou Charlie, as suas mãos viraram punhos. Bateu no peito de Zachariah, golpeando-o com tanta força no queixo que a cabeça do homem chicoteou para o lado. Sangue escorreu da boca dele... bolhas grandes, não os pequenos respingos de Gamma.

— Cadela de merda. — Ele puxou a mão para trás para socá-la.

Charlie viu um borrão no canto do olho.

— Sai de cima dela!

Bon Jovi voou pelo ar, jogando Zachariah no chão. Seus punhos voavam para a frente e para trás. Ele montou em Zachariah do mesmo modo que Zachariah havia montado nela. Os braços de Bon Jovi giravam enquanto batia no outro homem no chão.

— Maldito! — gritou ele. — Eu vou te matar!

Charlie se afastou dos homens. As mãos dela afundaram na terra quando se impulsionou para se levantar. Ela cambaleou. Limpou os olhos. O suor fizera o sangue coagulado em seu rosto e no pescoço voltar a um estado líquido. Ela girou o corpo, cega como Sam. Não conseguiu se localizar. Não sabia para onde correr, mas sabia que tinha que continuar se movendo.

O tornozelo dela gritava de dor quando ela correu de volta para a floresta. Não procurou a torre meteorológica. Não tentou ouvir a correnteza ou achar Sam ou seguir na direção do RR. Continuou correndo, depois andando e, então, se sentiu tão exausta que queria se arrastar.

Por fim, ela cedeu, colapsando de quatro no chão.

Tentou ouvir se tinham passos atrás dela, mas tudo que podia escutar era a própria respiração pesada e ofegante saindo pela boca.

Ela vomitou. A bile bateu no chão e respingou de volta no rosto dela. Queria deitar, fechar os olhos, dormir e acordar em uma semana quando tudo tivesse acabado.

Sam.

Em uma cova.

Uma bala na cabeça.

Gamma.

Na cozinha.

Ossos brancos reluzentes.

Pedaços de coração e pulmão.

Novelos de tendões e artérias e veias e a vida se despejando para fora dos buracos dos ferimentos feitos pela espingarda de Zachariah Culpepper.

Charlie sabia o nome dele. Sabia como era o corpo de Bon Jovi, a voz dele, a forma como ficou em silêncio enquanto Gamma era assassinada, o modo como sua mão fez um arco no ar quando atirou na cabeça de Sam, o jeito que Zachariah o chamou de irmão.

Irmão.

Veria os dois mortos. Assistiria ao carrasco amarrá-los em uma cadeira de madeira, pôr o chapéu de metal na cabeça deles com uma esponja por baixo para que não se incendiassem e olharia entre as pernas de Zachariah Culpepper para ver a urina escorrer quando ele percebesse que seria eletrocutado.

Charlie levantou.

Cambaleou, andou, voltou a correr e, eventualmente, por fim, viu a luz na varanda na casa da outra fazenda.

CAPÍTULO SETE

S AM QUINN ALTERNAVA OS braços, o esquerdo, depois o direito, de novo o esquerdo, enquanto cruzava a raia estreita de água gelada da piscina. Virava a cabeça sempre na terceira braçada e inspirava. Os pés flutuavam. Esperava a próxima respiração.

Esquerda-direita-esquerda-inspira.

Sempre amou a calma e a simplicidade das braçadas do nado livre; o tanto que precisava se concentrar nas braçadas era o suficiente para que a mente se libertasse de outros pensamentos. Sem telefones tocando na água. Sem computadores alertando sobre reuniões urgentes. Não havia e-mails na piscina.

Ela viu a marca dos dois metros, a indicação de que a raia estava prestes a terminar e prosseguiu até que os dedos tocassem a beirada.

Sam se ajoelhou no fundo da piscina, estava ofegante, verificou seu cronômetro de natação: 2,4 quilômetros a 150 segundos por 100 metros, então foram 37,5 segundos a cada etapa de 25 metros.

Sentiu uma pontada de desapontamento quando viu que os números estavam dentro do tempo do dia anterior, porque seu lado competitivo brilhava com intensidade na direção oposta das suas capacidades físicas. Sam olhou para o comprimento da piscina, se questionando se tinha mais um pouco de energia.

Não.

Era o seu aniversário. Não iria se cansar a ponto de ter que usar a bengala para caminhar até o escritório.

Se impulsionou na beirada da piscina. Tomou uma ducha rápida para tirar a água salgada. As pontas dos dedos dela estavam enrugadas e ásperas quando passaram na toalha de algodão egípcio. Em algum lugar na cabeça de Sam, a voz da mãe lhe disse que a resposta do corpo ao ser submergido por muito tempo era o enrugamento das pontas dos dedos para melhorar o atrito com a água.

Gamma tinha 44 anos quando morrera, a mesma idade que Sam tinha agora.

Ou, pelo menos, que teria em três horas e meia.

Sam manteve seus óculos de natação de grau enquanto subiu de elevador até o apartamento. A superfície cromada nas portas do elevador exibia seu reflexo ondulado. Seu corpo esguio. Seu maiô preto. Sam passou os dedos pelo cabelo para ajudá-lo a secar. Vinte e oito anos atrás, quando andara pela floresta atrás da casa da fazenda, seu cabelo era da cor das penas de um corvo. Quase um mês depois, acordara no hospital e se deparara com sua nova cabeleira branca despontando da sua cabeça raspada.

Sam se acostumara com as pessoas olhando para ela pela segunda vez, com aquele olhar surpreso que os estranhos faziam quando percebiam que a velha de cabelo grisalho no fundo da sala de aula, comprando vinho no mercado ou andando pelo parque era, na verdade, uma garota.

O difícil de admitir era que isso não estava mais acontecendo com tanta frequência. O marido de Sam a alertara que, um dia, o rosto dela, por fim, alcançaria a idade que o cabelo demonstrava.

As portas do elevador abriram.

O sol brilhava pela janela que ia do chão até o teto ao redor de todo o apartamento dela. Abaixo, o distrito financeiro estava bem desperto, as buzinas dos carros, os guindastes ruidosos e o barulho rotineiro da vida na cidade eram abafados pelo vidro espelhado triplo.

Sam andou até a cozinha, apagando as luzes conforme seguia. Trocou os óculos de natação por óculos normais. Colocou comida para o gato. Encheu a chaleira. Preparou o infusor de chá, a caneca e a colher, mas, antes da água ferver, foi até o tapete de ioga na sala.

Tirou os óculos. Fez uma série de alongamentos para manter a flexibilidade dos músculos. Encerrou sobre o tapete, com as pernas cruzadas. Apoiou a parte de trás das mãos nos joelhos. Juntou os dedos do meio com os dedões em um formato leve de pinça. Fechou os olhos, respirou profundamente e se concentrou.

Vários anos após ter levado o tiro, um psiquiatra mostrara para ela um homúnculo cortical das áreas motoras do cérebro dela. O homem queria que ela visse o caminho pelo qual a bala viajara para que Sam pudesse entender qual estrutura havia sido danificada. Queria que ela pensasse sobre aquele dano pelo menos uma vez por dia, que despendesse todo o tempo possível para contemplar as dobras individuais e fissuras, e visualizasse cérebro e corpo trabalhando em uníssono como antes.

Sam fora resistente à ideia. O exercício parecia um misto de autoajuda com uma boa dose de vodu.

Depois de muito tempo, ele era a única coisa que controlava as suas enxaquecas, que mantinha seu equilíbrio sob controle.

Por consequência, Sam fizera uma pesquisa mais profunda do cérebro, vira ressonâncias magnéticas e estudara estudos complexos de neurologia, mas aquele primeiro desenho nunca fora substituído como guia para a sua meditação. Na sua visualização mental, as intercessões motoras do lado esquerdo e do córtex sensorial estavam sempre marcadas em amarelo brilhante e verde. Cada secção estava demarcada com as influências anatômicas correspondentes. Dedos do pé. Tornozelo. Joelho. Quadril. Tronco. Braço. Pulso. Dedos das mãos.

Sam sentia um formigamento análogo em várias áreas do corpo, conforme examinava em silêncio as facções que formavam o todo.

A bala entrara na cabeça dela pelo lado esquerdo, logo acima da orelha. O lado esquerdo do cérebro controla o direito e o lado direito controla o esquerdo. Em termos médicos, a lesão foi diagnosticada em uma área mais superficial. Sam sempre considerara a palavra *superficial* enganosa. Era verdade que o projétil não cruzara o centro do cérebro e não se alojara nas profundezas do sistema límbico, mas a Área de Broca, onde a fala está alojada, a Área de Wernicke, onde a fala é compreendida, e as várias regiões que controlam o movimento no lado direito do seu corpo foram alteradas de modo inexorável.

Superficial: (su.per.fi.ci:al) *relativo à superfície, frívolo, precipitado, aparente e não real.*

Havia uma placa de metal na sua cabeça. A cicatriz sobre a orelha era do tamanho e da largura de seu dedo indicador.

A memória da Sam sobre aquele dia permaneceu fragmentada. Tinha certeza apenas de algumas poucas coisas. Se lembrava da bagunça que Charlie fizera no banheiro. Lembrava dos irmãos Culpepper, do cheiro deles, o gosto quase tangível da ameaça deles. Não se lembrava de testemunhar a morte de Gamma.

Não se lembrava do que precisara fazer para sair da cova. Se lembrava de Charlie urinando em si mesma. Lembrava de ter gritado com Zachariah Culpepper. Lembrava do seu anseio primal e intenso de que Charlie corresse, que ficasse em segurança, que vivesse, independente do que acontecesse com ela.

Fisioterapia. Terapia ocupacional. Sessões com o fonoaudiólogo. Terapia cognitiva. Psicoterapia. Hidroterapia. Sam tivera que aprender de novo como falar. Como pensar. Como fazer conexões. Como conversar. Como escrever. Como ler. Como compreender. Como se vestir. Como aceitar o que acontecera com ela. Tivera que aprender a aceitar que as coisas seriam diferentes. Teria que aprender de novo como estudar. Teria que voltar mais uma vez para a escola. Teria que aprender mais uma vez a articular seu processo mental. A compreender a retórica, a lógica, o movimento, a função e a forma.

Com frequência, Sam comparava seus primeiros anos de recuperação a um disco em uma vitrola antiga. Ela acordou no hospital com tudo se movendo na velocidade errada. Suas palavras eram incompreensíveis. Seus pensamentos se moviam como se passassem por uma massa de bolo. Voltar a operar em $33\frac{1}{3}$ rpm parecia impossível. Ninguém acreditava que ela poderia fazê-lo. Mas todos sentiam que a sua juventude poderia ser um componente mágico. Um dos cirurgiões dissera para ela que se fosse para levar um tiro na cabeça, o ideal era que isso acontecesse quando se tem quinze anos.

Sam sentiu um cutucão no braço. Conde Fosco, o gato, terminara de comer e queria atenção. Ela coçou as orelhas dele, ouvindo o ronronar suave e se perguntando se seria melhor abandonar a meditação e adotar mais gatos.

Ela colocou os óculos. Voltou para a cozinha e ligou a chaleira. O sol se inclinava pela parte baixa de Manhattan. Fechou os olhos e deixou o calor banhá-la. Quando abriu os olhos novamente, viu que Fosco estava fazendo o mesmo. Ele parecia amar o calor radiante sob o piso da cozinha. Sam não conseguia se acostumar com a sensação repentina de calor nos seus pés descalços quando acordava pela manhã. O novo apartamento tinha alarmes e apitos modernos que o anterior não tinha.

E essa era a razão de estar em um apartamento novo, nada ali a lembrava do antigo.

A chaleira apitou. Encheu a caneca de chá. Ajustou o cronômetro em forma de ovo para três minutos e meio, para que as folhas se infundissem. Pegou um iogurte da geladeira e o misturou com granola usando uma colher da gaveta. Tirou seus óculos normais e colocou os de leitura; os olhos dela nunca se ajustaram às lentes multifocais.

Sam ligou o telefone.

Havia vários e-mails do trabalho, alguns cumprimentos de amigos pelo aniversário, mas Sam desceu a tela até achar o recado de aniversário já esperado de Ben Bernard, o marido da irmã. Tinham se visto uma única vez há muito tempo. Era provável que os dois não se reconhecessem na rua, mas Ben tinha um senso cativante de responsabilidade relacionado a Charlie, que o levava a fazer pela esposa o que ela não podia fazer por si só.

Sam sorriu com a mensagem de Ben, uma foto do sr. Spock fazendo a saudação Vulcana com a frase: *A lógica determina que eu deveria desejar-lhe feliz aniversário.*

Sam respondera uma vez um e-mail de Ben, no 11 de setembro, para avisá-lo que estava em segurança.

O cronômetro tocou. Colocou um pouco de leite no seu chá quente e sentou-se ao balcão.

Atacou os e-mails de trabalho, respondeu alguns, encaminhou outros, fez anotações sobre o progresso e trabalhou até que o chá esfriasse e até que o iogurte com granola acabasse.

Fosco saltou para o balcão para inspecionar a tigela.

Sam olhou o relógio. Deveria tomar um banho e ir para o escritório.

Olhou para o telefone. Bateu os dedos no balcão.

Deslizou o dedo pela tela para achar as mensagens de voz.

Outro recado de aniversário antecipado.

Sam não via o pai pessoalmente havia mais de vinte anos. Pararam de se falar quando Sam foi para a faculdade de Direito. Não houve uma discussão ou uma separação oficial entre eles, mas um dia Sam era a boa filha que ligava para o pai uma ou duas vezes ao mês e, no dia seguinte, não era mais.

No começo, Rusty tentou procurá-la e, quando Sam não correspondeu, ele começara a ligar nas horas em que ela estava na aula para deixar mensagens no alojamento dela. Ele não era invasivo. Quando acontecia de Sam estar lá, ele não pedia para falar com ela. Nunca pediu para ela ligar de volta. As mensagens repassadas diziam que ele estava lá se ela precisasse dele ou que ele estivera pensando nela ou que pensara em ver se estava tudo bem. Nos anos subsequentes, ele passou a ligar sem falta toda segunda sexta-feira de cada mês e no seu aniversário.

Quando Sam se mudou para Portland para trabalhar na promotoria, Rusty deixava recados no escritório dela na segunda sexta-feira de cada mês e no seu aniversário.

Quando ela se mudou para Nova York, para iniciar sua carreira como advogada, ele deixava recados no escritório dela na segunda sexta-feira de cada mês e no aniversário dela.

Então, surgiram do nada os celulares e na segunda sexta-feira de cada mês e no aniversário dela, Rusty deixava mensagens de voz do telefone de flip de Sam, depois no Razr, depois no Nokia, depois no BlackBerry e, agora, era o iPhone que dizia a Sam que o seu pai ligara às 5h32 daquela manhã, no seu aniversário.

Sam podia prever o padrão das ligações dele e, muitas vezes, podia acertar o conteúdo exato. Rusty desenvolvera uma fórmula peculiar ao longo dos anos. Começava com seu tradicional cumprimento fervoroso, passava um boletim meteorológico, porque, por razões desconhecidas, ele achava que o tempo em Pikeville importava para ela, e, então, acrescentaria um detalhe estranho sobre aquele dia em que estava ligando (a data do aniversário dela ou aquela segunda sexta-feira em especial na qual ele estava entrando em contato) e, depois, um *non sequitur* em vez de uma despedida.

Houve uma época em que Sam ficava brava com o nome de Rusty em rosa na seção de mensagens *enquanto-você-estava-ausente*, e deletava suas mensagens sem pensar duas vezes ou postergava ouvi-las por tanto tempo que nem apareciam mais na tela.

Mas esse tempo passou e ela ouviu a mensagem:

— Bom dia, Sammy-Sam! — gritou o pai. — Aqui é Russel T. Quinn, ao seu dispor. A temperatura agora está 6 graus, com ventos vindos do sudoeste em uma velocidade de 3,21 quilômetros por hora. A umidade relativa estava em 39%. A pressão barométrica se mantém em trinta. — Sam balançou a cabeça, perplexa. — Estou ligando hoje, exatamente no mesmo dia em que, em 1536, Ana Bolena foi presa e levada para a Torre de Londres, para lembrá-la, minha querida Samantha, de não perder a cabeça no seu 44º aniversário. — Ele riu, porque sempre ria da própria esperteza. Sam esperou pela conclusão. — "Sai, perseguido por um urso."

Sam sorriu. Estava prestes a deletar a mensagem quando, de forma incomum, Rusty acrescentou algo novo:

— Sua irmã manda lembranças.

Sam sentiu sua testa enrugar. Voltou a mensagem para ouvir de novo a última parte.

— "...um urso." Sua irmã manda lembranças.

Sam duvidava muito de que Charlie tivesse dito qualquer coisa.

A última vez que falara com a irmã, a última vez que estivera no mesmo cômodo que ela, houve um rompimento imediato e definitivo no relacionamento delas, um entendimento de que não havia nem desejo nem necessidade de uma falar com a outra de novo.

Charlie estava no último ano da Duke. Voara para Nova York para visitar Sam e fazer entrevistas em vários escritórios conservadores. Sam concluiu, na época, que a irmã não a estava visitando e sim usando o seu apartamento como um lugar gratuito para ficar em uma das cidades mais caras do planeta. Apesar disso, como quase uma década tinha se passado desde que vira a irmã caçula, estava ansiosa para que as duas se reencontrassem naquele ponto da vida em que já eram adultas.

O primeiro choque da viagem não foi o fato de que Charlie trouxera um homem estranho com ela, mas que esse estranho era o seu marido. O namoro de Charlie com Ben Bernard tinha menos de um mês quando ela se prendeu legalmente a alguém sobre quem não sabia absolutamente nada. A decisão era irresponsável e perigosa e, se não fosse pelo fato de que Ben era o ser humano mais decente e gentil do mundo, sem mencionar o fato evidente de que ele estava louco de amores por ela, Sam teria ficado furiosa com a irmã por aquele ato tão impetuoso e estúpido.

O segundo choque foi que Charlie cancelara todas as entrevistas. Ela pegara o dinheiro que Sam enviara para comprar um traje social adequado e o usara para comprar ingressos para ver Prince no Madison Square Garden.

Isso levou ao terceiro choque, o mais mortal da sequência.

Charlie estava planejando trabalhar com Rusty.

Insistira que só ficaria no mesmo prédio que o pai, que não se envolveria de fato com o trabalho de Rusty, mas, para Sam, essa distinção não fazia diferença alguma.

Rusty corria riscos no trabalho que o seguiam até em casa. As pessoas que iam ao escritório dele, o escritório que Charlie compartilharia com ele em breve, eram do tipo que incendiavam casas, que iam até o seu lar para procurar por você e, quando descobriam que o seu alvo não estava lá, assassinavam sua mãe, atiravam na cabeça da irmã e a perseguiam pela floresta com uma espingarda porque queriam estuprá-la.

A discussão final entre Sam e Charlie não acontecera de imediato. Discutiram sobre adaptações e começos por três longos dias na visita que estava planejada para durar cinco dias.

Então, no quarto dia, Sam explodira.

O temperamento dela fermentava lentamente. Foi isso que a fizera atacar Zachariah Culpepper na cozinha enquanto a mãe estava caída morta a alguns metros dela, enquanto a irmã estava ensopada de urina e quando a espingarda coberta de sangue estava apontada diretamente para o rosto dela.

Como consequência da lesão cerebral, o temperamento de Sam se tornara quase incontrolável. Havia inúmeros estudos que mostravam como certos tipos de lesões nos lóbulos frontais e temporais poderiam induzir impulsividade e até violência e fúria, mas a ferocidade da ira de Sam ultrapassava as explicações científicas.

Ela nunca batera em ninguém, o que era uma vitória lamentável, mas atirava objetos, quebrava coisas, atacava até aquilo de que ela gostava, como se estivesse dominada por uma insanidade. Mas os atos físicos de destruição não eram nada se comparados com os danos causados pela sua língua afiada. Quando a fúria tomava conta, a boca de Sam se abria e o ódio era cuspido como ácido.

Depois de muito tempo, a meditação ajudara a controlar as emoções dela. A natação ajudara a redirecionar a ansiedade para algo positivo.

Mas, na época, nada era capaz de parar a raiva venenosa de Sam.

Charlie era mimada. Egoísta. Infantil. Uma puta. Queria tanto agradar o pai. Nunca amara Gamma. Nunca amara Sam. Ela era a razão pela qual as duas foram para a cozinha. Era a razão pela qual Gamma fora assassinada. Ela deixara Sam para morrer. Fugira no passado do mesmo jeito que estava fugindo naquele momento.

A última parte, ao menos, se provara verdadeira.

Charlie e Ben voltaram para Durham no meio da noite. Nem se deram ao trabalho de pegar as poucas coisas que trouxeram.

Sam se desculpara. É claro que se desculpara. Estudantes não recebiam mensagens de voz ou e-mails na época, então Sam mandara uma carta registrada para o apartamento de Charlie, junto com uma caixa embalada com as coisas deixadas em Nova York.

Escrever a carta foi sem dúvida a coisa mais difícil que Sam tivera que fazer na vida. Dissera à irmã que a amava, que sempre a amou, que ela era especial, que a relação delas significava alguma coisa. Que Gamma a adorava, que ela era muito importante para a mãe. Que Sam entendia que Rusty precisava de Charlie. Que Charlie precisava ser necessária ao pai. Que Charlie merecia ser feliz, aproveitar o casamento, ter filhos, muitos filhos. Que tinha idade suficiente para tomar as próprias decisões. Que todos sentiam muito orgulho dela, estavam felizes por ela. Que Sam faria qualquer coisa para Charlie perdoá-la.

"Por favor", escrevera Sam no final da carta. "Você tem que acreditar em mim. A única coisa que me fez sobreviver aos meses de agonia, aos anos de recuperação, a uma vida de dor crônica, é o fato de que meu sacrifício e até o sacrifício de Gamma, deram a você uma chance de correr para se salvar."

Seis semanas se passaram antes de Sam receber uma resposta por carta.

A resposta de Charlie fora uma única sentença complexa, composta, honesta:

"Eu te amo, sei que você me ama, mas todas as vezes que nos vemos lembramos do que aconteceu e nenhuma de nós conseguirá seguir em frente se estivermos sempre olhando para trás."

A irmã caçula era bem mais esperta do que ela sempre considerara.

Sam tirou os óculos. Esfregou os olhos com delicadeza. As cicatrizes nas pálpebras pareciam um texto em Braile sob as pontas dos dedos. Com toda sua contestação sobre o adjetivo *superficial*, ela trabalhou bastante para esconder seus ferimentos. Não por ter vergonha, mas porque as outras pessoas ficavam curiosas. Não existia nada mais eficaz para encerrar uma conversa do que a frase: "Levei um tiro na cabeça."

A maquiagem cobria as ondulações rosadas onde as pálpebras foram retalhadas. Um corte de cabelo de trezentos dólares cobria a cicatriz na lateral da cabeça. Costumava se vestir com calças e saias pretas folgadas para ajudar a camuflar a hesitação no seu passo. Quando dizia algo, falava com clareza, e quando a exaustão ameaçava afrouxar o seu domínio sobre a linguagem, guardava para si seus conselhos. Havia dias em que Sam precisava de uma bengala para caminhar, mas, ao longo dos anos, aprendera que a única recompensa para um esforço físico intenso era mais esforço físico intenso. Se ficava até tarde no escritório e queria que um carro a levasse pelos seis quarteirões até a sua casa, pegava um carro.

Naquele dia, andou os seis quarteirões com relativa facilidade. Em homenagem ao seu aniversário, vestira um cachecol colorido para iluminar seu traje preto tradicional. Quando virou à esquerda em Wall Street, uma rajada de vento forte veio do East River. O cachecol voou por trás dela como uma capa. Sam riu enquanto brigava com o cachecol de seda. O enrolou em volta do pescoço e o deixou solto nas pontas enquanto andava pela sua vizinhança.

Não fazia muito tempo que ela era residente da área, mas sempre adorara a história de que Wall Street fora, na verdade, um muro de barro feito para proteger a fronteira do norte de Nova Amsterdã; que as ruas Pearl, Beaver e Stone foram batizadas em homenagem às mercadorias — pérola, castor e pedra — que os comerciantes holandeses vendiam pelas vias lamacentas que se espalhavam a partir do local onde os grandes navios de madeira ficavam atracados.

Dezessete anos atrás, quando Sam se mudara para Nova York, pôde escolher o escritório de advocacia em que trabalharia. No mundo das patentes, o seu mestrado em engenharia mecânica em Stanford tinha bem mais importância do que o mestrado em Direito pela Northwestern. Sam passara no exame da Ordem dos Advogados de Nova York e no exame do escritório de patentes na primeira tentativa. Era uma mulher em um território dominado por homens que precisava desesperadamente de diversidade. As ofertas de emprego foram feitas praticamente de joelhos.

Escolhera a primeira empresa cujo salário inicial era o suficiente para pagar a entrada da compra de um apartamento em um prédio com elevador e com uma piscina aquecida.

O prédio era em Chelsea, uma construção retrô adorável de poucos andares, com pé direito alto e uma piscina no subsolo de estilo vitoriano. Apesar da melhora rápida das finanças de Sam ao longo dos anos, ela vivera feliz no apartamento apertado de dois quartos até o marido morrer.

— Feliz aniversário. — Eldrin, o assistente dela, estava esperando do lado de fora do elevador quando as portas se abriram. A rotina de Sam era tão rígida que ele podia prever com precisão os movimentos dela.

— Obrigada. — Deixou ele pegar a sua pasta, mas não a bolsa.

Ele a acompanhou pelos escritórios, repassando o cronograma dela como sempre.

— Sua reunião com a UXH é as 10h30 na sala de conferência seis. Você tem uma ligação por telefone com Atlanta às 15h, mas eu disse para Laurens que você tem que encerrar às 17h para ir a uma reunião muito importante.

Sam sorriu. Tinha marcado com uma amiga para comemorar o aniversário.

— Há um detalhe um pouco urgente sobre a reunião dos sócios na próxima semana — avisou ele. — Você tem que definir uma questão para eles. Deixei os documentos na sua mesa.

— Obrigada. — Sam parou na copa do escritório. Não esperava que Eldrin pegasse um chá para ela todas as manhãs, mas, por causa da rotina deles, ele acabava assistindo Sam prepará-lo. — Recebi um e-mail de Curtis hoje de manhã. — Tirou um sachê de chá de um balcão de metal. — Quero estar em Atlanta na próxima semana para o depoimento da Coca-Cola.

Entre outros lugares, a Stehlik, Elton, Mallory e Sanders tinha filiais em Atlanta. Sam viajava mensalmente para a cidade, ficava no Four Seasons, andava duas quadras até o escritório na rua Peachtree e ignorava o fato de que Pikeville estava apenas a duas horas de viagem dali pela rodovia interestadual.

— Avisarei o departamento de viagens. — Eldrin pegou uma caixa de leite da geladeira. — Também posso perguntar se Grainger tem... ah não.

Ele estava olhando para a TV com o som desligado no canto. Um letreiro girava sem parar na tela. TIROTEIO EM ESCOLA.

Por ser vítima da violência com armas, Sam sempre sentiu um horror particular quando ouvia falar de tiroteios, mas, como todos seus compatriotas, se acostumara um pouco com sua ocorrência quase mensal.

A tela mostrou a fotografia de uma garotinha, obviamente de um anuário. O nome na legenda era LUCY ALEXANDER.

Sam acrescentou leite no chá.

— Namorei um garoto chamado Peter Alexander na escola.

Eldrin levantou as sobrancelhas conforme a seguiu para fora da copa. Não era comum ela dar detalhes da vida pessoal.

Sam prosseguiu em direção ao escritório. Eldrin continuou a elencar o itinerário do dia, mas ela parou de prestar atenção. Não pensava em Peter Alexander há muito tempo. Ele fora um garoto temperamental, dado a discursos longos e tediosos sobre a tortura inerente de ser um artista. Sam o deixara tocar os seus seios, mas só porque queria saber qual era a sensação.

A sensação era de algo suado, para ser honesta, porque Peter não tinha ideia do que estava fazendo.

Sam largou a bolsa na mesa, um monstro de metal e vidro que ancorava seu escritório amplo e bem iluminado pelo sol. A vista dela, como a maioria das vistas no distrito financeiro, era do prédio do outro lado da rua. Não havia regras para o recuo dos prédios quando os Cânions de Wall Street foram erguidos. Seis metros de calçada era tudo que separava a rua da maior parte dos prédios.

Eldrin encerrou a falação quando ela colocou o chá em um apoio ao lado do computador.

Sam esperou ele sair. Ela se sentou na cadeira. Achou os óculos de leitura na pasta. Começou a revisar as anotações para a reunião das 10h30.

Sam compreendera quando escolhera a área de litígio de patentes como carreira profissional que o seu trabalho seria basicamente tentar influenciar a transferência de grandes somas de dinheiro: uma empresa com uma fortuna inacreditável processava outra, que também possuía uma fortuna surpreendente, por usar um conjunto similar de faixas nos seus novos tênis de corrida ou por cooptar uma cor específica da marca delas, e advogados bem caros tinham que debater em frente a juízes bem entediados sobre as porcentagens de ciano em uma determinada cor da escala Pantone.

Algo bem distante da batalha entre Newton e Leibniz pelo direito de ser creditado como o inventor do cálculo. A maior parte do tempo de Sam era gasta passando um pente fino pelas minúcias de projetos e por referências de aplicações de patentes que, algumas vezes, remetiam ao início da revolução industrial.

Ela amava cada minuto disso.

Amava a fusão entre a ciência e a lei, deleitava-se com o fato de que dera um jeito de destilar as melhores partes da mãe e do pai e criar uma vida recompensadora.

Eldrin bateu à porta de vidro.

— Quero atualizar você. Parece que o tiroteio na escola foi no norte da Geórgia.

Sam assentiu com a cabeça. "Norte da Geórgia" era um termo genérico nebuloso para qualquer área do estado exceto Atlanta.

— Sabem quantas vítimas?

— Apenas duas.

— Obrigada. — Sam tentou não debater o "apenas", porque Eldrin estava correto em afirmar que o número de vítimas era baixo. A história nem estaria mais nos noticiários no dia seguinte.

Ela ligou o computador. Abriu um rascunho da minuta que ela gostaria de ter na ponta da língua para a reunião das 10h30. Um advogado novo, que trabalhava havia dois anos na firma, fez uma tentativa de resposta a uma moção sumária feita no caso da *SaniLady, uma divisão da UXH Controladora Financeira LTDA. contra LadyMate Corp., uma divisão da Nippon Desenvolvimentos e Pesquisa S/A.*

Depois de seis anos de idas e vindas, duas conciliações fracassadas e uma discussão acalorada em japonês, o caso iria para julgamento.

Estava em disputa o projeto de uma dobradiça que controlava o movimento de uma tampa que se fechava sozinha em um reservatório embutido em banheiros públicos para o descarte de lenços e absorventes. A Corporação LadyMate produzia diversas variações do contêiner em questão, desde o

FemyGeni até o *LadyMate* original, passando por algo com nome estranho, o *Tough Guy.**

Sam era a única pessoa envolvida no caso que de fato tinha usado um desses contêineres. Se tivesse sido consultada durante o desenvolvimento, teria optado pela sinceridade na publicidade e chamaria todas as versões de *Filhosdaputa*, porque, no geral, era essa a primeira coisa que vinha na cabeça de uma mulher quando usava um deles.

Ela também teria projetado a dobradiça retrátil impulsionada por uma mola como uma peça em dois componentes, o que custaria 0,03 centavos a mais na produção, em vez de arriscar uma dobradiça de peça única integrada, que os deixou abertos para um processo de quebra de patente resultando em milhões de dólares em honorários advocatícios, sem mencionar a indenização caso a Nippon perdesse o litígio.

Se a minuta no seu computador resultasse em algo, a UXH não veria aquela indenização. As patentes não eram a área mais barroca de litígio, mas o advogado iniciante que esboçara a minuta a escrevera com a sutileza de uma lixa.

Esse fora o motivo de Sam ter desviado sua carreira por três anos trabalhando na promotoria de Portland. Ela queria ser capaz de falar a língua dos tribunais.

Sam leu por alto o documento, fazendo anotações, reescrevendo uma passagem longa para aproximá-la de um texto mais simples, acrescentado um pequeno floreio textual no final porque sabia que aquilo perturbaria o advogado da outra empresa, um homem que, na primeira reunião com Sam, mandara ela lhe servir um café com duas colheres de açúcar e dizer ao seu chefe que ele não gostava de esperar.

Gamma estava certa sobre tantas coisas. Sam Quinn era um nome bem mais respeitável do que Samantha Quinn jamais seria.

Exatamente às 10h34, Sam foi a última pessoa a entrar na sala. O atraso era planejado. Ela não gostava de ficar chamando a atenção dos retardatários.

Ela se sentou na ponta da mesa. Olhou para o mar de jovens homens brancos com egos inflados por seus diplomas de Michigan, de Harvard e do MIT. Talvez o ar de superioridade fosse justificado. Estavam sentados em uma sala envidraçada reluzente de uma das firmas mais importantes do mundo na área de patentes. Se estavam se sentindo capitães industriais, era porque provavelmente logo estariam nesse posto.

---

* Machão. [N.T.]

Mas, por enquanto, tinham que se provar diante de Sam. Ela ouviu as atualizações do caso, comentou as estratégias que propuseram e, no geral, deixou-os lançar ideias até que sentisse que estavam correndo atrás do próprio rabo. Ela era famosa por fazer reuniões enxutas. Pediu que pesquisassem as jurisprudências, que reescrevessem as minutas por completo até o dia seguinte e que a incorporação de uma aplicação de patente específica dos anos 1960 fosse integrada de forma mais profunda no trabalho deles.

Ela se levantou e todos fizeram o mesmo. Fez um comentário anódino sobre estar ansiosa pelos resultados deles quando saiu da sala.

Eles a seguiram, mantendo certa distância, porque todos trabalhavam no mesmo lado do prédio. Com frequência, Sam tinha a impressão de que, durante a longa caminhada até a sua sala, estava sendo perseguida por um bando de gansos. Todas as vezes, um deles tentava avançar, na esperança de que seu nome fosse lembrado ou para provar aos outros que não tinha medo dela. Alguns se desgarraram para outras reuniões, desejando feliz aniversário para ela. Alguém perguntou se ela se divertira na viagem que havia feito para a Europa. Outro jovem, um pouco mais ansioso do que deveria desde que espalharam a fofoca de que Sam se tornaria sócia titular da firma, seguiu-a até a sua sala, narrando uma história longa que terminou com o detalhe de que a avó dele nascera na Dinamarca.

O marido de Sam era dinamarquês.

Anton Mikkelsen tinha 21 anos a mais que Sam, um professor de Stanford com quem ela fizera um curso de tecnologia na sociedade chamado *Projetando o Império Romano*. A paixão de Anton pelo tema cativara Sam. Ela sempre fora atraída por pessoas que se admiravam com o mundo, que olhavam mais para fora do que para dentro.

Da parte dele, Anton não se aproximara nem um pouco enquanto Sam era sua aluna, chegava a ser indiferente. Então, ela estava convencida de que fizera algo errado. Só depois que se graduou, quando estava no segundo ano na Northwestern, Anton a procurou.

Em Stanford, Sam fora uma das poucas mulheres estudando em uma área dominada por homens. Ela recebera e-mails ocasionais de alguns dos professores. Os assuntos tendiam a mostrar uma combinação de desespero e um uso vago de elipses: *"Não consigo tirar você da minha cabeça..."* ou *"...você tem que... me ajudar...."* Como se estivessem enlouquecendo de desejo e apenas ela pudesse aliviar a sua dor. A insegurança coletiva deles fora uma das razões pela qual ela se inscrevera na faculdade de Direito em vez de investir em um doutorado. A ideia de qualquer um daqueles patéticos libertinos de meia-idade serem encarregados de orientar a sua tese era indefensável.

Anton estava bem ciente da reputação dos colegas quando escrevera para Sam pela primeira vez.

— Me desculpe se você considerar esse contato indesejado — escrevera ele. — Aguardei três anos para ter certeza de que minha autoridade profissional não se sobreporia ou teria qualquer impacto no campo profissional que você escolheu.

Ele se aposentara cedo de Stanford. Aceitou um emprego como consultor para empresas estrangeiras de engenharia. Fixara sua base de trabalho em Nova York para poder ficar mais perto dela. Se casaram quatro anos depois de Sam se tornar sócia da firma.

Anton abrira a vida dela de maneiras que Sam nunca compreendera.

A primeira viagem do casal para fora do país foi mágica. Exceto por uma excursão insensata para Tijuana no primeiro ano da faculdade, Sam nunca estivera fora dos Estados Unidos. Anton a levou para a Irlanda, onde, na infância, ele passara um verão com a família da mãe. Para a Dinamarca, onde aprendera a amar o design. Para Roma, para lhe mostrar as ruínas, para Florença, para que ela visse a Catedral, e para Veneza, para apresentá-la ao amor.

Viajaram muito durante o período que estiveram casados, para os trabalhos que Anton era chamado ou para reuniões que Sam participava com o único propósito de conhecer um lugar novo. Dubai. Austrália. Brasil. Singapura. Bora Bora. Cada novo país, cada nova cidade estrangeira que Sam conhecia, pensava em Gamma, na forma como a mãe desejava que ela partisse, que visse o mundo, que vivesse em qualquer lugar que não fosse Pikeville.

O fato de fazer isso com um homem que ela adorava tornou cada viagem bem mais recompensadora.

O telefone na mesa de Sam tocou.

Ela se recostou na cadeira. Olhou para o relógio. A ligação das 15h de Atlanta. Tinha se distraído com o trabalho de novo, pulado o almoço, irremediavelmente perdida no desenho industrial de uma dobradiça estreita com encaixe chapeado.

Laurence Van Loon era holandês, vivia em Atlanta e era o especialista em direito internacional de patentes da firma. Estava ligando sobre o caso da UXH, mas, como Sam, era apaixonado por viajar. Antes de falarem de trabalho, ele queria saber tudo sobre a viagem que ela fizera algumas semanas atrás, um passeio de dez dias pela Itália e pela Irlanda.

Houve uma época na vida de Sam em que ela falava de cidades estrangeiras em termos da cultura local, da arquitetura, das pessoas, mas o dinheiro e a passagem do tempo a tornou mais propensa a falar sobre hotéis.

Ela contou a Laurens sobre o Merrion em Dublin, sobre como a suíte-jardim não tinha vista para o gramado, mas para um corredor nos fundos. Que o Aman no Grand Canal era de tirar o fôlego, o serviço era impecável, a pequena varanda onde ela tomara chá todas as manhãs era um dos pontos mais tranquilos da cidade. Em Florença havia o Westin Excelsior, com uma vista magnífica do rio Arno, mas o barulho do bar na cobertura às vezes ecoava na suíte. Em Roma, relatou, ficara no Cavalieri, pelas banheiras e pelas belas piscinas.

A última parte era mentira.

Ela reservara um quarto no Raffaello, porque o hotel econômico fora o único lugar que ela e Anton foram capazes de pagar naquela primeira viagem mágica para Roma.

Para beneficiar Laurens, Sam continuou prevaricando, recomendando restaurantes e museus de viagem anteriores. Não contou para ele que, em Dublin, ela parou no salão principal da Biblioteca Antiga do Colégio Trindade e olhou para a bela abóboda do teto com lágrimas nos olhos. Nem relatou que quando esteve em Florença, ela se sentara em um dos muitos bancos dentro da Galleria dell'Accademia, onde o *Davi* de Michelangelo está exposto, e chorou.

Roma fora preenchida com partes iguais de nostalgia e luto. A Fonte de Trevi, os Degraus Espanhóis, o Panteão, o Coliseu, a Piazza Navona, onde Anton a pedira em casamento enquanto bebiam vinho sob o luar.

Sam conhecera todos esses lugares maravilhosos com o marido e, agora que Anton estava morto, nunca mais olharia para eles com o mesmo prazer.

— Parece que sua viagem foi incrível — comentou Laurens. — Irlanda e Itália. Então, esses são os países com "I", apesar de eu supor que você tecnicamente deveria ter incluído a Índia.

— Islândia, Indonésia, Israel... — Sam sorriu com a risada dele. — Acho que precisamos parar de debater sobre hotéis e passar para o excitante mundo das lixeiras para banheiros.

— Sim, é claro. Mas se eu puder perguntar... sem querer me intrometer.

Sam se preparou para uma pergunta sobre Anton, porque, mesmo um ano depois, as pessoas ainda perguntavam.

— Com esse tiroteio na escola — prosseguiu Laurens.

Sam se sentiu envergonhada por ter esquecido disso.

— É um momento ruim para conversar?

— Não, não. É claro que é uma situação terrível. Mas vi esse homem na televisão. Russel Quinn, o advogado que está representado a suspeita.

Sam apertou o telefone com tanta força que o seu dedão começou a tremer. Não ligara os pontos, mas Rusty se voluntariar para defender alguém que matou duas pessoas dentro de uma escola não deveria ter sido uma surpresa.

— Sei que você é da Geórgia, então me perguntei se haveria algum parentesco — acrescentou ele. — Parece que esse homem é um verdadeiro campeão dos liberais.

Sam ficou sem palavras. Por fim, ela conseguiu dizer:

— É um nome comum.

— É mesmo? — Laurens estava sempre ávido para aprender mais sobre sua cidade adotiva.

— Sim. Anterior à Guerra Civil. — Sam balançou a cabeça, porque poderia ter inventado uma mentira melhor. Tudo que podia fazer naquele momento era prosseguir. — Então, ouvi da equipe da UXH que a Nippon está prestes a sofrer uma mudança no alto escalão.

Laurens hesitou um pouco antes de mudar o tópico da conversa para o trabalho. Sam o ouviu repassar os rumores que tinha escutado, mas a atenção dela desviou para o computador.

Ela abriu o site do *New York Times*. Lucy Alexander. O tiroteio acontecera na escola de ensino fundamental de Pikeville.

A escola de Sam.

Ela analisou o rosto da criança, procurando uma feição familiar nos olhos, na curvatura dos lábios, algo que pudesse fazê-la se lembrar de Peter Alexander, mas não encontrou nada. Ainda assim, Pikeville era uma cidade bem pequena. As chances eram grandes da garota ter algum parentesco com o seu ex-namorado.

Ela leu por alto o texto para ver os detalhes do tiroteio. Uma garota de dezoito anos foi com uma arma para a escola. Começara o tiroteio antes do primeiro sinal. Ela foi desarmada por um professor não identificado, um ex-fuzileiro altamente condecorado que agora dava aulas de história para adolescentes.

Sam desceu para outra foto, era da segunda vítima.

Douglas Pinkman.

O telefone caiu da mão de Sam. Ela teve que pegá-lo do chão.

— Me desculpe — falou para Laurens, a sua voz estava instável. — Podemos continuar isso amanhã?

Sam nem prestou atenção na resposta dele. Só conseguia olhar para a fotografia.

Durante a sua passagem pela escola, Douglas Pinkman era treinador tanto do time de futebol quanto da equipe de corrida. Ele fora o primeiro exemplo de campeão na vida de Sam, um homem que acreditava que se ela treinasse duro o bastante, se esforçasse o suficiente, poderia ganhar a bolsa na faculdade que quisesse. Sam sabia que o seu intelecto poderia lhe garantir isso e muito mais, mas ficou intrigada com a perspectiva do corpo trabalhar com o mesmo nível de eficiência da mente. E gostava de verdade de correr. O campo aberto. O suor. A liberação das endorfinas. A solidão.

E agora Sam era forçada a usar uma bengala nos seus dias ruins e o sr. Pinkman fora assassinado na frente da sala dele na escola.

Desceu a notícia em busca de mais detalhes. Levou dois tiros no peito com balas de ponta oca. A morte de Pinkman, segundo o relato de fontes anônimas, foi instantânea.

Sam clicou para abrir o *Huffington Post*, sabendo que eles dariam mais atenção à história do que o *Times*. A página inicial inteira estava dedicada ao tiroteio. No destaque lia-se: TRAGÉDIA NO NORTE DA GEÓRGIA. Fotos de Lucy Alexander e de Douglas Pinkman estavam lado a lado.

Sam passou pelos links:

FUZILEIRO HERÓI PREFERE PERMANECER ANÔNIMO

ADVOGADO DA SUSPEITA DÁ DECLARAÇÃO

O QUE ACONTECEU E QUANDO: A CRONOLOGIA DO TIROTEIO

ESPOSA DE PINKMAN ASSISTE À MORTE DO MARIDO

Sam não queria ver o advogado da suspeita. Ela clicou no último link.

A sua boca se abriu com a surpresa.

O sr. Pinkman se casara com Judith Heller.

Que mundo bizarro.

Sam nunca encontrara pessoalmente a sra. Heller, mas era claro que conhecia o seu nome. Depois que Daniel Culpepper atirara em Sam, depois que Zachariah tentara sem sucesso estuprar Charlie, Charlie correra até a fazenda dos Heller procurando por socorro. Enquanto a srta. Heller cuidava dela, o pai idoso da mulher se sentara na varanda, armado até os dentes, para o caso dos Culpepper aparecerem antes da polícia.

Por razões óbvias, Sam só soubera desses detalhes muito tempo depois. Mesmo durante seu primeiro mês de recuperação, não era capaz de reter a sequência dos eventos. Tinha lembranças vagas de Charlie sentada no leito dela no hospital, repetindo várias vezes a história de como sobreviveram, porque a memória de curto prazo de Sam parecia uma peneira. Os olhos dela ainda estavam enfaixados. Estava cega, sem esperanças. Procurava a mão de Charlie, demorava para identificar a voz dela e repetia sem parar as mesmas perguntas.

Onde estou? O que aconteceu? Por que Gamma não está aqui?

Toda vez, dezenas de vezes, talvez mais de uma centena de vezes, Charlie respondera: *Você está no hospital. Você levou um tiro na cabeça. Gamma foi assassinada.*

Depois, Sam dormia ou alguns minutos se passavam e ela procurava Charlie, perguntando de novo: Onde estou? O que aconteceu? Por que a Gamma não está aqui?

Gamma está morta. Você está viva. Tudo vai ficar bem.

Por muitos anos, Sam não levara em consideração as consequências emocionais para a irmã de treze anos que precisara contar e recontar a história delas. Sabia que, depois de um tempo, as lágrimas de Charlie pararam de escorrer. A emoção fora abatida, ou, pelo menos, deu um jeito de se esconder. Depois, Charlie não mostrava nenhuma relutância ao falar sobre os eventos, começara a narrá-los como algo distante. Não como se fosse algo que aconteceu com outra pessoa, mas como se quisesse deixar claro que a tragédia não tinha mais poder sobre ela.

Esse efeito ficou mais claro nas transcrições do julgamento. Várias vezes no decorrer da vida, Sam lera o documento de 1.258 páginas como um exercício de memória. *Isso* aconteceu comigo, depois *aquilo* aconteceu comigo e, então, foi *assim* que consegui sobreviver.

O testemunho de Charlie durante a acareação da promotoria foi seco, parecia mais um repórter narrando uma história. *Isso* aconteceu com Gamma. *Isso* aconteceu com Sam. *Isso* foi o que Zachariah Culpepper tentou fazer. *Isso* foi o que a srta. Heller disse quando abriu a porta dos fundos.

Por sorte, o testemunho de Judith Heller servia para colocar alguma cor nas frases frias de Charlie. No tribunal, a mulher descrevera seu choque ao encontrar uma garotinha apavorada coberta de sangue parada na varanda. Charlie tremia tanto que, a princípio, não podia falar. Quando ela entrou, quando foi capaz de formar palavras, inexplicavelmente, pedira uma tigela de sorvete.

A srta. Heller não sabia o que fazer, a não ser atender o pedido enquanto o pai ligava para a polícia. Nem tinha ideia de que o sorvete deixaria Charlie doente. Servira duas tigelas para ela antes de Charlie correr para o banheiro. Só então, por trás da porta fechada do banheiro, Charlie dissera para a srta. Heller que achava que a mãe e a irmã estavam mortas.

Um ruído alto tirou a concentração de Sam dos seus pensamentos.

Laurens tinha desligado minutos atrás, mas Sam ainda estava segurando o telefone. Ela colocou o aparelho no gancho. A mão dela hesitou.

Considere a etimologia da frase "desligue o telefone".

A página do *Huffington Post* recarregou automaticamente. A família Alexander estava dando uma declaração ao vivo para a imprensa.

Sam ligou o som baixo. Assistiu ao vídeo. Um homem chamado Rick Fahey falou em nome da família. Ela ouviu as súplicas dele por privacidade, sabendo que elas entrariam por um ouvido e sairiam pelo outro. Sam pensou que o lado bom de ficar em coma era que, depois de ter levado o tiro, não tivera que ouvir as especulações intermináveis sobre o caso dela nos noticiários.

No vídeo, Fahey olhou diretamente para a câmera e disse:

— É isso que Kelly Wilson é. Uma assassina a sangue-frio.

A cabeça de Fahey se virou. Trocou um olhar com um homem que só poderia ser Ken Coin. Só que em vez do seu uniforme apertado de policial, Coin estava vestindo um terno azul-marinho brilhoso. Sam sabia que ele era o promotor no distrito de Pikeville, mas não tinha certeza de como obtivera aquela informação.

Independentemente disso, a troca de olhares entre os dois homens confirmava o óbvio, esse seria um caso de pena de morte. O que explicava o envolvimento de Rusty. Ele sempre foi um opositor declarado da pena de morte. Como advogado de defesa, como alguém que foi essencial para a exoneração de homens condenados, ele acreditava que a chance de erro era muito alta.

Pelas transcrições do julgamento dos Culpepper, Sam sabia que o pai falara no tribunal por quase uma hora, apresentando um pedido comovente e emotivo pela vida do Zachariah Culpepper, alegando que o Estado não tinha autoridade moral para tirar uma vida.

Charlie argumentara com igual fervor pela morte.

Sam ficara em algum ponto no meio. Na época, era incapaz de verbalizar seus pensamentos. Sua carta para a corte pedira que Zachariah Culpepper passasse o resto da vida na prisão. Aquela não era uma demonstração de compaixão. Na época, Sam era residente do Centro Shepherd de Neurologia em Atlanta. As pessoas que a atenderam durante os árduos meses de recuperação eram profissionais e tinham muita compaixão, mas Sam se sentia como um coelho preso em uma armadilha.

Não podia sair da cama sem ajuda.

Não podia usar o banheiro sem ajuda.

Não podia sair do quarto sem ajuda.

Não podia comer quando queria ou escolher o que comeria.

Como os dedos dela não podiam lidar com um botão ou um zíper, não podia vestir as roupas que queria.

Como não podia amarrar os tênis, era obrigada a usar sapatos ortopédicos feios de velcro.

Tomar banho, escovar os dentes, escovar o cabelo, dar uma volta, sair no sol ou na chuva, tudo era feito conforme a vontade de outra pessoa.

Rusty, citando seus altos princípios morais, queria que o juiz condenasse Zachariah Culpepper à prisão perpétua. Charlie, ardendo com um desejo de vingança, queria uma sentença de morte. Sam pedira que Zachariah Culpepper fosse sentenciado a uma longa e duradoura existência privada de qualquer sensação de controle, porque aprendera por experiência própria qual era a sensação de ser uma prisioneira.

Talvez todos tenham realizado seus desejos. Por causa das apelações, adiamentos temporários e manobras legais, Zachariah Culpepper era, atualmente, um dos prisioneiros com a sentença mais longa no corredor da morte da Geórgia.

Ele continuava alegando sua inocência para qualquer um que o ouvisse. Continuava alegando que Charlie e Sam fizeram um conluio para condenar ele e o irmão porque deviam milhares de dólares em honorários para Rusty.

Pensando de novo, Sam deveria ter pedido a pena de morte.

Ela fechou o navegador do computador.

Abriu um e-mail em branco e enviou um pedido de desculpas para uma amiga, desmarcando a comemoração de seu aniversário naquela noite. Disse para Eldrin segurar suas ligações. Colocou seus óculos de leitura.

Voltou a atenção para a dobradiça estreita com encaixe chapeado.

* * *

Quando Sam tirou os olhos do computador, a noite tinha escurecido as janelas. Eldrin tinha partido. O escritório estava em silêncio. Não era a primeira vez que ficava sozinha no andar.

Ficara muito tempo sentada sem se mexer. Fez alguns alongamentos antes de se levantar. O corpo estava duro, mas, eventualmente, com sua determinação, foi capaz de se levantar. Ela desdobrou a bengala retrátil que tirou da última gaveta. Enrolou o cachecol no pescoço. Cogitou chamar um carro, mas até que um aparecesse já teria andado os seis quarteirões.

Se arrependeu da decisão assim que colocou o pé na rua.

O vento vindo do rio estava violento. Sam agarrou o cachecol com uma das mãos. Com a outra, manteve a bengala firme. A pasta e a bolsa forçavam o seu cotovelo a se dobrar. Deveria ter esperado o carro. Deveria ter saído com a amiga. Deveria ter feito várias coisas de forma diferente.

O porteiro do turno da noite assobiou um feliz aniversário para Sam quando ela entrou no prédio. Ela parou para agradecer, perguntou dos filhos dele, mas a perna doía demais para ficar em pé.

Subiu sozinha no elevador.

Olhou o próprio reflexo nas portas.

A pessoa solitária de cabelo branco a olhou de volta.

A porta abriu. Fosco rolou e se alongou no chão quando Sam entrou na cozinha. Se forçou a comer umas sobras de comida tailandesa do jantar de aniversário do sábado à noite. O banquinho era desconfortável. Sentou na beirada, com os dois pés no chão. A dor se espalhou pelo lado da perna como se uma lâmina quente estivesse rasgando o músculo.

Olhou para o relógio. Muito cedo para ir para a cama. Muito cansada para se concentrar no trabalho. Muito exausta para ler o livro novo que ganhara de presente de aniversário.

No seu antigo apartamento em Chelsea, Anton e ela evitavam assistir à televisão. Sam passava o dia todo olhando para uma tela. Havia um limite de luz azul que o olho dela podia aguentar antes da enxaqueca começar a corroer seus olhos por dentro.

O novo apartamento viera com uma televisão grande instalada em uma saleta. Sam várias vezes se via atraída para a sala escura, uma daquelas caixas sem janelas que os construtores chamavam de *espaço extra* porque, por força de lei, não podiam classificá-los como quartos.

Sam se sentou no sofá. Colocou a taça vazia de vinho na mesa de centro. Ao lado, colocou uma garrafa de Tenuta Poggio San Nicolò, safra de 2011.

O vinho favorito de Anton.

Fosco saltou no colo dela. Sam o coçou entre as orelhas, mas sua mente estava em outro lugar. Estudou a etiqueta elegante da garrafa de vinho, um ornamento delicado cercando um pergaminho e um selo vermelho simples de cera no centro.

O líquido dentro poderia muito bem ser um veneno.

Sam acreditava que eram vinhos como San Nicolò que mataram o marido.

Conforme o trabalho de Anton como consultor expandira, bem como o trabalho de Sam na firma, foram capazes de comprar coisas melhores. Hotéis cinco estrelas. Voos de primeira classe. Suítes. Passeios exclusivos. Alta gastronomia. Uma das paixões duradoras de Anton era o vinho. Ele amava apreciar uma taça no almoço e outra, ou talvez duas outras, no jantar. Os tintos secos, em especial, eram seus favoritos. Às vezes, quando Sam não estava por perto, ele acompanhava a bebida com um charuto.

Os médicos de Anton culparam o destino e talvez os charutos, mas Sam achava que foram os altos níveis de tanino dos vinhos que o mataram.

Câncer no esôfago.

Menos de dois por cento de todos os cânceres eram desse tipo.

O tanino, um adstringente natural, dava a certas plantas uma defesa contra insetos e predadores. O composto químico podia ser encontrado em várias frutas e legumes. Havia várias aplicações para o tanino. O tanino vegetal e sintético é empregado na fabricação de couros. O mundo farmacêutico usa com frequência sais de tanino na produção de anti-histamínicos e medicamentos antitussivos.

No vinho tinto, o tanino age como um componente estrutural, uma reação do contato da casca da uva com os caroços. Vinhos com altos níveis de tanino envelhecem melhor do que os com menos, dessa forma as garrafas mais maturadas, mais caras, possuem uma concentração mais elevada.

O tanino também se forma naturalmente nos chás, mas o poder coagulante deles pode ser neutralizado pelas proteínas do leite.

Na cabeça de Sam, as proteínas e os taninos estavam no cerne da doença de Anton; em especial, as histaminas, que eram proteínas salivares secretadas por glândulas no fundo da língua. O líquido contém propriedades antibactericidas e fungicidas, mas também tem um papel importante na cicatrização dos ferimentos.

A última função talvez fosse a mais vital. O câncer, afinal, é o resultado de um crescimento anormal das células. Se as histaminas não protegem e não reparam os tecidos que revestem o esôfago, então o DNA das células pode ser alterado e o crescimento anormal pode se iniciar.

O tanino é famoso por suprimir a produção de histaminas na boca.

Cada brinde que Anton fez, cada *saúde*, contribuiu para o crescimento maligno dentro dos tecidos que revestiam o esôfago dele, se espalhando pelos nódulos linfáticos até chegar, por fim, nos demais órgãos.

Pelo menos essa era a teoria de Sam. Enquanto assistia seu marido lindo e vibrante murchar ao longo de dois anos, ela se agarrou ao que lhe parecera uma explicação tangível, um x que causara um y. Os exames de Anton deram negativo para HPV, uma infecção viral que estava ligada a aproximadamente setenta por cento dos cânceres da cabeça e do pescoço. Ele era um fumante eventual. Não era alcoólatra. Não havia histórico de câncer nos parentes diretos.

Portanto, tanino.

Aceitar que o destino tinha qualquer papel na doença dele, que o raio atingira Sam não duas vezes, mas três, estava além da sua capacidade emocional e intelectual.

Fosco pressionou a cabeça no braço de Sam. Ele era o gato de Anton. Havia algum tipo de reação de Pavlov com o cheiro do vinho.

Sam o colocou gentilmente do seu lado enquanto se movia para a beirada do sofá. Ela serviu uma taça de vinho que não beberia para o marido que já não podia ver.

Então, fez o que tentara evitar desde às 15h.

Ligou a televisão.

A mulher que Sam sempre chamaria de srta. Heller estava do lado de fora do hospital do condado de Dickerson. Como era de se esperar, parecia devastada. Seu cabelo longo loiro-acinzentado parecia tentáculos indomáveis soprados pelo vento. Os seus olhos estavam inchados. A linha fina dos lábios era quase da mesma cor da pele dela.

— A tragédia de hoje não pode ser apagada com a morte de outra jovem.
— Ela parou. Os lábios apertados. Sam ouviu os barulhos dos cliques das máquinas fotográficas e de repórteres limpando a garganta. A voz da sra. Pinkman permaneceu forte. — Estou rezando pela família Alexander. Rezando pela alma do meu marido. Pela minha própria salvação.

Mais uma vez, ela apertou os lábios. As lágrimas fizeram os olhos brilhar.

— Mas também rezo pela família Wilson. Porque eles sofreram hoje tanto quanto nós. — Olhou diretamente para as câmeras, com os ombros alinhados. — Eu perdoo Kelly Wilson. A absolvo por essa tragédia horrível. Como está escrito em Matheus, "porque, se perdoardes aos homens as suas ofensas, também vosso Pai celestial vos perdoará a vós".

A mulher se virou e entrou no hospital. Os guardas bloquearam as portas para impedir os repórteres de segui-la.

Sam soltou a respiração que ficara presa bem dentro do seu peito.

O âncora do jornal voltou para a tela. Ele estava sentado à mesa com um grupo de autointitulados especialistas. As palavras deles flutuaram sobre a cabeça de Sam enquanto ela puxou Fosco para o seu colo.

Uma amiga britânica de Sam alegara que a Inglaterra perdera sua frieza no dia em que a princesa Diana morrera. Do dia para a noite, um povo com uma cultura dada a comentários irônicos em vez de emoções se transformara em um bando de chorões. A amiga chamava esse fenômeno de mais outra americanização indesejada (os britânicos sempre ficam reclamando dos norte-americanos, mesmo que tenham concordado em consumir a produção cultural dos Estados Unidos) e completava dizendo que o luto público e choroso pela morte de Diana mudara para sempre a forma como seu povo poderia responder de modo aceitável às tragédias.

Era provável que houvesse alguma verdade nessa teoria, mesmo na parte da culpa ser dos Estados Unidos, mas Sam acreditava que o pior resultado dessas tragédias nacionais que pareciam implacáveis era que havia emergido uma fórmula para a recuperação. Os ataques na Maratona de Boston. San Bernardino. A boate Pulse.

As pessoas ficavam ultrajadas. Ficavam grudadas nas televisões, nos sites, nas redes sociais. Verbalizavam sua tristeza, horror, fúria e dor. Choravam um pouco. Arrecadavam dinheiro. Demandavam ação.

E, então, voltavam para suas vidas até que a próxima tragédia acontecesse.

Os olhos de Sam piscaram diante da televisão. O âncora do jornal disse:

— Vamos mostrar o vídeo anterior. Para os espectadores que acabaram de sintonizar, essa é uma reconstituição dos fatos que aconteceram nessa manhã em Pikeville, que fica a aproximadamente duas horas ao norte de Atlanta.

Sam assistiu aos desenhos grosseiros se moverem de forma estranha pela tela, estava mais para uma simulação do que uma reconstituição.

— ...aproximadamente às 6h55, a suposta atiradora, Kelly Rene Wilson, entrou no corredor — falou o âncora.

Sam viu a figura se mover até o centro do corredor.

Uma porta abriu. Uma senhora mais velha se abaixou quando duas balas foram disparadas.

Sam fechou os olhos, mas continuou ouvindo.

O sr. Pinkman foi atingido. Lucy Alexander foi atingida. Outras duas figuras entraram em cena. Nenhuma delas identificada pelos nomes. Um homem e outra mulher. A mulher correu até Lucy Alexander. O homem lutou com Kelly Wilson para tomar a arma.

Sam abriu os olhos. Havia uma gota de suor na testa dela. Ela apertou as mãos com tanta força que o entalhe no sofá em forma de semicírculo marcou as suas palmas.

O celular dela começou a tocar. Na cozinha. Dentro da bolsa.

Sam não se mexeu. Assistiu à televisão. O âncora estava entrevistando um homem careca cuja gravata-borboleta indicava que estava envolvido no ramo da psiquiatria.

— No geral, descobre-se que esse tipo de atirador é solitário. Eles se sentem alienados, sem amor. Com frequência, são humilhados pelos outros.

O telefone parou de tocar.

— O fato de, nesse caso, ser uma mulher assassina... — continuou Gravata-Borboleta.

Sam desligou a televisão. O quarto caiu na escuridão aos poucos, mas ela estava acostumada a se mover no escuro. Passou a mão para ter certeza de que Fosco estava dormindo do lado dela. Tateou até alcançar a garrafa de vinho e a taça e as levou para a cozinha, onde os conteúdos de ambas foram para o ralo.

Olhou o telefone. A ligação era de um número desconhecido. Como um telemarketing, apesar de ela ter registrado o número na lista do "não perturbe". Sam usou o dedão para operar o aparelho e bloqueou o número.

O telefone vibrou na mão dela, anunciando um novo e-mail. Olhou para a hora. O expediente em Hong Kong já tinha começado. Se havia uma certeza na vida de Sam, era o volume constante e incansável de trabalho a ser feito.

Não queria se empenhar em encontrar os óculos de leitura a menos que fosse uma mensagem urgente. Ela apertou os olhos e vasculhou a lista de e-mails.

Não abriu nenhum.

Sam colocou o telefone no balcão. Seguiu sua rotina de arrumação. Se certificou de que as vasilhas de água de Fosco estavam cheias. Apagou as luzes, apertou os botões apropriados para fechar as cortinas, conferiu para ter certeza de que o alarme estava ativado.

Foi para o banheiro e escovou os dentes. Tomou seus remédios da noite. No closet, vestiu o pijama. Havia um romance muito bom no criado-mudo, mas Sam ansiava pelo descanso, por deixar aquele dia para trás, por acordar na manhã seguinte com uma nova perspectiva.

Foi para a cama. Fosco apareceu do nada. Ele ficou no lugar dele no travesseiro perto da cabeça de Sam. Ela tirou os óculos. Desligou a luz e fechou os olhos.

Soltou a respiração com um assobio baixo e longo.

Lentamente, fez sua rotina de exercícios noturnos, ativando e relaxando cada músculo no corpo, do flexor do plantar dos dedos do pé até a gálea aponeurótica sob o couro cabeludo.

Esperou que o corpo relaxasse, para que o sono viesse, mas havia uma pronunciada falta de cooperação. O silêncio no quarto era absoluto. Até Fosco não estava fazendo seus típicos suspiros, lambidas e ronronares.

Os olhos de Sam se abriram.

Ficou olhando para o teto, esperou até a escuridão ficar cinza, um cinza que mostrava as sombras projetadas pelas pequenas frestas de luz que sempre serpenteava pelas cortinas da janela.

— *Consegue ver?* — *perguntou Charlie.* — *Sam, consegue ver?*

— *Sim* — *mentiu Sam.*

Pôde sentir o solo recém-plantado sob os pés descalços. Cada passo para longe da casa da fazenda, para longe da luz, somava mais uma camada de escuridão na visão dela. Charlie era uma massa cinza. Cano Alto era alto e magro, como um lápis de carvão. Zach Culpepper era um quadrado preto ameaçador de ódio.

Sam se sentou, girou as pernas sobre a lateral da cama. Apertou as mãos nas coxas, trabalhando os músculos enrijecidos. O calor radiante do piso aqueceu as solas dos seus pés.

Podia sentir seu coração batendo. Lento e ritmado. O nódulo sinoatrial, o atrioventricular, a rede de fibras His-Purkinje que enviavam os impulsos para as paredes ventriculares, fazendo-as alternar as contrações e relaxamentos.

Sam se levantou. Voltou para a cozinha. Pegou os óculos de leitura na pasta. Segurou o telefone na mão.

Abriu o novo e-mail de Ben.

Charlie precisa de você.

CAPÍTULO OITO

S AM SE SENTOU NO banco traseiro de uma Mercedes preta, apertando e soltando a mão em volta do telefone enquanto o motorista seguia pela rodovia interestadual 575.

Duas décadas de progresso tinham causado um estrago na paisagem do norte da Geórgia. Nada foi deixado intocado. Shopping centers brotaram como ervas daninhas. Outdoores salpicavam a paisagem. Até os campos outrora exuberantes de flores selvagens com seus alinhamentos característicos se foram. Um pedágio com pistas reversíveis enormes rasgava o centro da interestadual, se alimentado de todos os motoristas de caminhonetes que iam para Atlanta todos os dias para ganhar dinheiro e depois voltavam à noite para protestar contra os liberais sem Deus no coração, que colocam as mãos nos bolsos e subsidiam seus serviços de utilidade pública, seus planos de saúde, os lanches das suas crianças e as escolas.

— Talvez mais uma hora — informou Stanislav, o motorista, com seu sotaque croata. — Por esse trajeto... — Ele deu de ombros. — Quem sabe?

— Está tudo bem. — Sam olhou pela janela. Sempre contratava Stanislav quando ia para Atlanta. Ele era um tipo raro de motorista que compreendia a sua necessidade de silêncio. Ou, talvez, ele presumisse que ela era uma passageira nervosa. Ele não tinha como saber que Sam estava tão acostumada a ficar no banco de trás de carros pretos de luxo que ela quase não notava a estrada.

Ela nunca aprendera a dirigir um carro. Quando fez quinze anos, Rusty a levou para dar uma volta no furgão de Gamma, mas, como a maioria das atribuições relacionadas à família, ele logo a inundou com desculpas por causa do trabalho e postergou permanentemente as aulas. Gamma tentara assumir a responsabilidade, mas ela era uma motorista incessantemente exigente e uma passageira cáustica. Acrescente a essa combinação que tanto Gamma quanto Sam eram explosivas e cheias de argumentos corrosivos e, no fim das contas, elas haviam concordado que Sam deveria começar a dirigir no segundo semestre do ensino médio.

Mas, então, os irmãos Culpepper apareceram na cozinha.

Enquanto as outras garotas estavam tirando suas carteiras de motorista, ela estava ocupada tentando reestabelecer as conexões entre dedos, pés, tornozelos, panturrilhas, coxas, nádegas e quadris na esperança de aprender de novo como andar.

Não que a mobilidade fosse o único obstáculo. O dano que Zachariah Culpepper causou aos seus olhos era, para usar *aquela palavra* de novo, quase superficial. A sensibilidade permanente às luzes era um problema de fácil solução. As pálpebras retalhadas foram costuradas no lugar por um cirurgião plástico. As unhas curtas e irregulares de Zachariah tinham perfurado a esclerótica, mas não a coroide ou o nervo óptico, nem a retina ou a córnea.

Quem furtara a visão dela foi um derrame hemorrágico, subsequente a um rompimento de um aneurisma cerebral congênito durante a cirurgia. Aquilo danificara algumas das fibras responsáveis por transmitir as informações visuais dos olhos para o cérebro. A visão dela foi alterada para 20/40, limite para dirigir na maioria dos estados, mas a visão periférica no seu olho direito caiu para menos de vinte graus de visibilidade.

Para fins legais, Sam era considerada cega.

Por sorte, dirigir nunca se mostrou necessário. Um motorista a levava e buscava nos aeroportos. Ela andava até o trabalho, até o mercado ou até várias reuniões sociais na sua vizinhança. Se precisava ir até o centro, podia chamar um táxi ou pedir para Eldrin agendar um motorista. Nunca fora um daqueles nova-iorquinos que alegavam amar a cidade, mas que nunca perdiam uma oportunidade para escapar para Hamptons ou para Martha's Vineyard assim que podiam comprar uma segunda casa. Sam e Anton nunca nem discutiram a possibilidade. Se queriam ver o mar, podiam ir para Palioxori ou Korčula, não se aprisionar no equivalente solitário para Manhattan, a praia de férias da Disney.

O telefone de Sam vibrou. Não percebera que o estava segurando com tanta força até que viu seu suor nas bordas da tela.

Ben vinha mandando notícias esporádicas desde que Sam respondera ao seu e-mail na noite anterior. Primeiro, Rusty foi para a cirurgia, depois saiu da cirurgia e foi para a UTI, então voltou para a cirurgia por causa de um sangramento que não tinha sido visto e retornou mais uma vez para a UTI.

A última atualização era a mesma que vira antes do avião decolar:

Sem mudanças.

Sam olhou para o relógio. Ben acompanhara o número do voo que ela tinha lhe passado. O e-mail dele chegou dez minutos após o horário programado para desembarque. Ele não fazia ideia de que Sam mentira sobre o número do voo, bem como sobre o voo em si. Stehlik, Elton, Mallory e Sanders tinha um jato particular que ficava disponível para os sócios, seguindo a hierarquia. O nome de Sam não estava ainda na placa de metal na frente das portas do elevador, mas os contratos foram assinados, o investimento dela na firma fora transferido e o jato foi disponibilizado quando Eldrin o solicitou.

Mas Sam não partira na noite anterior.

Pesquisara o número de um voo vespertino para enviar para Ben. Fizera as malas. Mandara um e-mail para a babá do gato. Se sentara no balcão da cozinha. Ouvira Fosco roncar e grunhir conforme se assentava na cadeira ao seu lado e, então, ela chorou.

O que estava abandonando ao voltar para Pikeville?

Sam prometera a Gamma que nunca retornaria.

Apesar de que, se a mãe estivesse viva, se Gamma ainda habitasse a casa desleixada da fazenda, com certeza Sam teria voltado na época do Natal, talvez até nos feriados que antecedem o fim do ano. Gamma a encontraria para jantar em Atlanta quando ela estivesse na cidade a negócios. Sam levaria a mãe para o Brasil ou para a Nova Zelândia ou para onde Gamma quisesse ir. O rompimento com Charlie não teria acontecido. Sam teria sido uma irmã de verdade, uma cunhada, talvez até uma tia.

A relação de Sam com Rusty provavelmente seria a mesma, se não pior, porque ela teria que vê-lo, mas Rusty sempre venceu esse tipo de adversidade. Talvez Sam também tivesse superado isso nessa outra vida, a vida que ela viveria se não tivesse levado um tiro na cabeça.

Sam seria fisicamente capaz.

Poderia correr todas as manhãs em vez de se arrastar pela piscina. Poderia andar sem dor. Levantar a mão sem se perguntar até qual altura alcançaria naquele dia. Poderia confiar que a boca articularia com clareza as palavras da sua cabeça. Poderia dirigir pela rodovia interestadual. Poderia saborear a liberdade de saber que o corpo, a mente e o cérebro estavam inteiros.

Sam engoliu de volta o pesar que entalou no fundo de sua garganta. Não se permitia imaginar esses cenários de *e se* desde que saiu do Centro Shepherd de Neurologia. Se ela se entregasse à tristeza agora, ficaria paralisada.

Olhou para o telefone, voltou para o primeiro e-mail de Ben.

Charlie precisa de você.

Ele encontrara a única frase que faria Sam responder.

Mas não de imediato. Não sem se questionar muito.

Na noite anterior, depois de ler o e-mail, Sam hesitara. Andou pelo apartamento, a sua perna tão fraca que ela começou a mancar. Tomou um banho quente. Se serviu uma xícara de chá, tentou fazer alongamentos, tentou meditar, mas uma curiosidade perturbadora roera os cantos da procrastinação dela.

Charlie nunca precisara de Sam antes.

Em vez de mandar as perguntas óbvias para Ben — *Por quê? Qual o problema?* —, Sam ligara a TV no noticiário. Meia hora se passara até que a MSNBC noticiara o esfaqueamento. Tinham pouca informação para oferecer. Rusty fora encontrado por um vizinho. Estava deitado de bruços na entrada da casa. A correspondência estava espalhada no chão. O vizinho chamara a polícia. A polícia chamara uma ambulância. A ambulância chamara um helicóptero e, depois disso, Sam estava voltando para o único lugar que ela prometera para a mãe que nunca retornaria.

Sam lembrou a si mesma que, tecnicamente, não estava indo *para* Pikeville. O hospital do condado de Dickerson ficava a trinta minutos dali, em uma cidade chamada Bridge Gap. Quando Sam era uma adolescente, Bridge Gap era a cidade grande, o lugar para onde você ia se o seu namorado ou um amigo tivesse um carro e seus pais fossem lenientes.

Talvez, quando Charlie era mais jovem, ela tivesse ido para Bridge Gap com um garoto ou um grupo de amigos. Com certeza Rusty fora leniente — sempre foi Gamma quem cuidava da disciplina. Sam sabia que sem Gamma para equilibrar a conta, Charlie se transformara em alguém inconsequente. A faculdade foi a pior parte. Recebera várias ligações tarde da noite de Athens, onde Charlie fizera os primeiros anos de faculdade na UGA. Ela precisava de dinheiro para comida, aluguel, para consultas médicas e, uma vez, para uma gravidez que depois se revelou um alarme falso.

— *Você vai me ajudar ou não?* — cobrava Charlie, com seu tom agressivo cortando as recriminações ainda não verbalizadas de Sam.

Julgando por Ben, Charlie dera um jeito de se endireitar. A transição não teria sido uma simples mudança e sim uma guinada de 180 graus. Charlie nunca fora rebelde. Era uma daquelas pessoas que se davam bem com todo mundo, uma das garotas populares, do tipo que era convidada para tudo, que, sem esforços, se misturava com a multidão. Tinha um tipo de amabilidade natural que sempre faltara a Sam, mesmo antes do acidente.

Como era a vida de Charlie agora?

Sam não sabia se a irmã tivera filhos. Presumia que sim. Charlie sempre amara bebês. Era a babá de metade da vizinhança até que a casa de tijolos vermelhos pegou fogo. Sempre cuidava de animais de rua, deixando nozes do lado de fora para os esquilos, construindo casinhas para os pássaros nas reuniões das Bandeirantes e, uma vez, construiu uma toca para coelhos no quintal, mas, para a tristeza dela, os coelhos preferiam a casa de cachorro abandonada do vizinho.

Como seria a aparência dela naquele ponto da vida? Tinha cabelo grisalho como Sam? Ainda era magra e forte por causa do movimento perpétuo na vida dela? Sam reconheceria a própria irmã se a visse?

Quando a visse.

Uma placa dando boas-vindas ao condado de Dickerson passou pela janela.

Deveria ter pedido para Stanislav dirigir mais devagar.

Sam abriu o navegador no celular. Atualizou a página da MSNBC e viu uma atualização na história de Rusty. *Em observação*. Sam, mesmo depois de passar uma vida inteira entrando e saindo de hospitais, não fazia ideia do que significava aquilo. Melhor do que crítico? Pior do que estável?

No final da vida de Anton, quando ele finalmente foi hospitalizado, não recebia atualizações sobre a condição dele, só falavam que ele estava confortável um dia, desconfortável no outro e, então, veio o silêncio mais solene de todos que indicava que não haveria dia seguinte.

Sam acessou o *Huffington Post* no navegador para ver se tinham mais detalhes. Ela ficou sem ar com a surpresa ao ver uma foto recente de Rusty.

Por razões desconhecidas, todas as vezes que ouvia as mensagens do pai, Sam visualizava a imagem do Burl Ives nos comerciais do Chá Luzianne: um homem robusto e redondo, vestindo um chapéu e um terno branco com uma gravata-borboleta preta presa por algum tipo de medalhão prateado espalhafatoso.

O pai dela não se parecia em nada com isso. Não parecera antes e muito menos naquele momento.

O cabelo preto grosso de Rusty estava quase todo grisalho. O rosto dele tinha a textura, se não a cor, de uma carne seca. Ele ainda tinha aquele visual esguio, como se tivesse acabado de sair da floresta. As bochechas eram ocas. Os olhos profundos. As fotos nunca fizeram justiça a Rusty. Pessoalmente, ele estava em constante movimento, sempre se mexendo, gesticulando as mãos como o mágico de Oz, para que você não visse o velho enfraquecido atrás da cortina.

Sam se perguntou se ele ainda estava com Lenore. Mesmo quando era adolescente, Sam compreendia por que Gamma desgostava tanto da mulher com quem Rusty passava a maior parte do tempo. Ele teria cedido ao clichê e casado com a secretária depois de um período apropriado de luto? Lenore era jovem quando Gamma foi assassinada. Haveria um meio-irmão ou meia-irmã a esperando no hospital?

Sam largou o celular dentro da bolsa.

— Certo — disse Stanislav. — Temos mais 1,5 quilômetro, de acordo com o GPS. — Ele apontou para o iPad dele. — Você disse que ficaremos duas horas e depois voltamos?

— Aproximadamente — falou Sam. — Talvez menos.

— Vou comer em um restaurante. A lanchonete do hospital, aquela comida não é boa. — Ele entregou seu cartão de visitas para ela. — Me mande uma mensagem. Cinco minutos e paro na porta.

Sam resistiu ao desejo de dizer para ele esperar no carro, com o motor ligado e com as rodas apontadas na direção de Atlanta.

— Tudo bem — respondeu ela em vez disso.

Stanislav ligou a seta. Girou a direção com a palma da mão, fazendo uma curva aberta para a rua sinuosa do hospital.

O estômago de Sam revirou.

O hospital do condado de Dickerson era bem maior do que ela se lembrava ou, talvez, o prédio fora ampliado ao longo dos últimos trinta anos. A família Quinn só estivera uma vez naquele pronto-socorro antes dos Culpepper entrarem na vida deles. Charlie caíra e quebrara o braço. Isso acontecera pelas mesmas razões de sempre: Charlie estava tentando resgatar um gato. Sam podia se lembrar de Gamma falando mais alto do que os gritos de Charlie no caminho até o hospital, não sobre o quanto era idiota resgatar uma criatura cujos nervos e tendões eram equipados para fazê-la descer sozinha da árvore, mas sobre a estrutura anatômica humana.

O osso partindo do ombro até o cotovelo é o úmero. Isso é o que chamamos de parte superior do braço ou, simplesmente, braço. O úmero se liga com dois ossos no cotovelo: o rádio e a ulna, que formam o antebraço.

Nenhuma daquelas informações aliviaram os gritos. Pela primeira vez, Sam não podia acusar Charlie de exagerar. O seu úmero quebrado, ou *braço*, como Gamma o chamara, despontava como uma barbatana de tubarão através da pele rasgada.

Stanislav estacionou o Mercedes sob a marquise ampla de concreto na entrada principal. Ele era um homem grande. O carro balançou quando ele içou seu corpo para fora. Ele andou até a porta de trás e a abriu para Sam. Ela teve que erguer a perna direita para sair. Estava usando a bengala porque todas as pessoas com quem ela encontraria sabiam o que acontecera.

— Me mande uma mensagem, chego em cinco minutos — repetiu Stanislav e, então, voltou para o carro.

Sam o viu partindo, sentiu um aperto diferente na garganta. Precisou lembrar a si mesma que o número dele estava na bolsa, que poderia chamá-lo de volta, que tinha um cartão de crédito sem limites, um jato à sua disposição, que tinha a habilidade de sumir quando quisesse.

E, ainda assim, sentiu como se uma camisa de força fosse apertada em volta dela enquanto o carro se afastava.

Sam se virou. Olhou para o hospital. Dois repórteres estavam em um banco ao lado da porta com suas credenciais de imprensa penduradas em cordões em volta do pescoço e as câmeras perto dos pés. Olharam para Sam e voltaram para os celulares enquanto ela entrava no prédio.

Ela vasculhou a área procurando por Ben, achando que ele a aguardaria. Sam só viu pacientes e acompanhantes vagando pela recepção. Havia recepcionistas, mas as setas coloridas no chão eram claras o suficiente para ela, que seguiu a linha verde até o elevador. Passou o dedo pelo painel até achar as palavras UTI ADULTOS.

Ela subiu sozinha. Sentia como se tivesse gastado a maior parte da vida subindo e descendo por elevadores enquanto os outros iam pelas escadas. Um sinal soava a cada andar que passava. O elevador estava limpo, mas tinha um cheiro vago de doença.

Ela olhou direto para a frente, se forçando a não contar os andares. A parte de dentro das portas do elevador eram cromadas para esconder as marcas de dedos, mas ela podia ver o contorno anamórfico da sua figura solitária: uma presença indiferente, olhos azuis, cabelo branco curto, pele pálida como um papel e uma língua afiada sempre a postos para causar pequenos cortes doloridos em lugares inconvenientes. Mesmo com a distorção, Sam podia reconhecer a linha fina dos seus lábios reprovadores. Aquela era uma mulher raivosa e amarga que nunca deixara Pikeville.

As portas abriram.

Havia uma linha preta no chão, parecida com a linha no fundo da piscina, que conduzia para as portas fechadas da Unidade de Tratamento Intensivo.

Para Rusty.

Para a irmã.

Para o cunhado.

Para o desconhecido.

As picadas de mil abelhas ardiam de cima a baixo na perna dela enquanto Sam prosseguia pelo longo corredor desolador. O som dos sapatos dela golpeando os ladrilhos do hospital ecoavam junto com as batidas lentas do seu coração. O suor grudara o cabelo na nuca. Os ossos delicados como gravetos dentro dos pulsos e tornozelos pareciam prestes a quebrar.

Sam continuou andando, engolindo seco o ar antisséptico, avançando em direção à dor.

As portas automáticas se abriram antes de ela chegar.

Uma mulher bloqueava o caminho. Alta, atlética, cabelo preto longo, olhos azuis-claros. O nariz parecia ter sido quebrado havia pouco tempo. Dois hematomas pretos circundavam cada olho.

Sam se forçou a se mover mais rápido. Os tendões envolvendo sua perna emitiam um lamento agudo. As abelhas subiram para o peito. O cabo da bengala estava escorregadio na mão.

Ela se sentia muito nervosa. Por que estava tão nervosa?

— Você se parece com a mamãe — falou Charlie.

— Pareço? — A voz de Sam tremia no peito.

— Menos o cabelo, o dela era preto.

— Porque ela ia ao cabeleireiro. — Sam passou a mão pelo cabelo. As pontas dos dedos tropeçaram no buraco por onde a bala entrara. Ela prosseguiu: — Há um estudo latino-americano conduzido pela Universidade de Londres que isolou o gene causador do cabelo grisalho. IRF4.

— Fascinante — respondeu Charlie. Os braços dela estavam cruzados. Deveriam se abraçar? Deveriam dar um aperto de mãos? Deveriam ficar uma de frente para a outra até que a perna de Sam desabasse?

— O que aconteceu com o seu rosto?

— O que aconteceu?

Sam esperou que Charlie falasse sobre os hematomas em volta dos olhos, sobre o calombo chocante no nariz, mas, como sempre, a irmã não parecia querer se explicar.

— Sam? — Ben quebrou o silêncio estranho que se formou. Ele jogou os braços em volta de Sam, a segurou com mãos firmes em suas costas de um modo que ninguém fizera desde que Anton morrera.

Sentiu lágrimas nos olhos. Viu Charlie observando e desviando o olhar.

— Rusty está estável — disse Charlie. — Ele oscilou durante toda a manhã, mas acham que acordará em breve. — Ben continuou com as mãos nas costas de Sam. Ele disse para ela: — Você não mudou nada.

— Obrigada — murmurou Sam, constrangida.

— O xerife deve dar uma passada por aqui — avisou Charlie. — Keith Coin. Lembra daquele babaca?

Sam lembrava.

— Fizeram uma declaração fajuta sobre usarem todos os recursos disponíveis para descobrir quem esfaqueou Rusty, mas espere sentada. — Ela continuou com os braços firmes cruzados sobre o peito. A mesma Charlie arredia e pretensiosa de sempre. — Não me surpreenderia se descobrissem que um dos policiais dele fez isso.

— Ele está representando aquela garota — comentou Sam. — A que atirou na escola.

— Kelly Wilson — respondeu Charlie. — Vou poupar você dessa história longa e entediante.

Sam refletiu sobre aquela escolha de adjetivos. Duas pessoas morreram. Rusty foi esfaqueado. Não parecia haver nenhum aspecto na história que fosse longo e muito menos tedioso, mas Sam se lembrou de que não estava ali para descobrir detalhes.

Estava ali por causa do e-mail.

— Pode nos deixar sozinhas um momento? — pediu Sam a Ben.

— É claro. — A mão de Ben continuava nas costas dela e ela percebeu que o gesto era por causa da sua deficiência e não por um afeto em especial.

Sam se endireitou.

— Estou bem, obrigada.

— Eu sei. — Ben acariciou as costas dela. — Tenho que ir para o trabalho. Estou por perto se você precisar.

Charlie tentou pegar a mão dele, mas Ben já tinha se virado para sair.

A porta automática se fechou assim que ele passou. Sam observou a marcha suave e direta dele pelo vidro. Esperou ele virar o corredor. Pendurou a bengala em um dos braços. Fez um sinal para Charlie prosseguir pelo corredor de cadeiras plásticas.

Charlie foi na frente, os pés dela se movendo pelo chão com sua costumeira confiança física. O passo de Sam era mais tênue. Sem a bengala, sentia-se como se andasse pelo chão inclinado de uma casa maluca em um parque de diversões. Ainda assim, chegou até a cadeira. Firmou a mão no assento e se abaixou.

— E Rusty com essa causa... — Os olhos de Sam se fecharam quando as palavras confusas chegaram aos seus próprios ouvidos. — Quero dizer...

— Acham que é porque ele está representando Kelly Wilson — respondeu Charlie. — Alguém na cidade não ficou feliz com isso. Podemos descartar Judith Heller. Ela ficou aqui a noite toda. Ela se casou com o sr. Pinkman há 25 anos. Estranho, né?

Sam só tinha confiança para assentir com a cabeça.

— Então, sobre a família Alexander. — Charlie bateu o pé silenciosamente no chão. Sam esquecera que a irmã era capaz de ser tão inquieta quanto Rusty. — Não há nenhuma ligação com Peter. Você se lembra de Peter do colegial, né?

Sam assentiu mais uma vez, tentando não repreender Charlie por voltar ao seu velho hábito de encerrar todas as frases com a palavra "né", como se quisesse erradicar a obrigação linguística da resposta, para que Sam não precisasse oferecer nada além de um aceno com a cabeça.

— Peter se mudou para Atlanta, mas ele foi atropelado por um carro uns anos atrás — contou Charlie. — Li sobre isso no Facebook de alguém. Triste, né?

Sam assentiu pela terceira vez, sentiu uma pontada inesperada de dor pela descoberta da perda.

— Tem outro caso que o papai está trabalhando — continuou Charlie. — Eu não sei ao certo quem está envolvido, mas ele tem chegado mais tarde do que o de costume. Lenore não quer me contar. Ele a irrita tanto quanto irrita todo mundo, mas ela guarda os segredos dele.

As sobrancelhas de Sam se ergueram.

— Curioso, né? Como ela trabalha com ele há todo esse tempo sem o matar? — Ela soltou um riso repentino. — Caso você esteja se perguntando, ela estava em casa quando papai foi esfaqueado.

— Onde? — perguntou Sam. Estava tentando perguntar onde era a casa de Lenore, mas Charlie entendeu errado a pergunta.

— O sr. Thomas, o cara que vive no final da rua, achou ele na frente da casa. Não havia muito sangue, exceto por um corte na perna e um pouco na camisa. Ele sangrou mais por dentro do abdômen. Acho que é assim que funciona com esse tipo de ferimento. — Ela apontou para a própria barriga. — Aqui, aqui e aqui. Como retalham as pessoas na prisão, *pá-pá-pá*, por isso acho que pode estar relacionado ao outro caso. O papai tem um jeitinho especial de irritar os condenados.

— Não diga — comentou Sam, uma concordância crua, mas precisa.

— Talvez você consiga arrancar alguma informação dela? — Charlie se levantou quando as portas abriram. Era óbvio que vira Lenore pelo vidro.

Sam a viu, também. Sentiu sua boca abrindo.

— Samantha — disse Lenore, com sua voz rouca tão familiar como quando Sam era criança e ela ligava no telefone da cozinha para anunciar que Rusty se atrasaria. — Tenho certeza que o seu pai vai ficar feliz por você estar aqui. Foi tudo bem com o voo?

Sam, mais uma vez, se limitou a assentir, dessa vez por causa do choque.

— Presumo que vocês duas estejam se falando como se nada tivesse acontecido e como se tudo estivesse bem? — falou ela, sem esperar uma resposta. — Vou ver o pai de vocês.

Ela apertou o ombro de Charlie e prosseguiu pelo corredor. Sam assistiu Lenore enfiando uma bolsa azul-escuro sob o braço enquanto se aproximava da sala das enfermeiras. Usava saltos altos azuis-marinhos e um short que combinava com uma saia de bainha muito acima do joelho.

— Você não sabia? — perguntou Charlie.

— Que ela é... — Sam lutou para achar as palavras certas. — Que... Quero dizer, ela é...

Charlie cobriu a boca com a mão. Balançou com a risada.

— Isso não é engraçado — disse Sam.

O ar vazava pela mão de Charlie.

— Pare. Você está sendo desrespeitosa.

— Só com você — retrucou Charlie.

— Não consigo acreditar... — Sam não conseguia concluir seu pensamento.

— Você sempre foi esperta demais para perceber o quanto você é estúpida. — Charlie não conseguia parar de rir. — Sério mesmo que você nunca deduziu que Lenore é transexual?

Sam voltou a fazer que não com a cabeça. Durante sua vida em Pikeville, ela fora protegida, mas a identidade de gênero de Lenore parecia algo evidente. Como Sam não percebera que Lenore nasceu homem? A mulher tinha, pelo menos, 63 anos. A voz dela era mais profunda que a de Rusty.

— Leonard — disse Charlie. — Era o melhor amigo do papai na faculdade.

— Gamma a odiava. — Sam se virou para Charlie, alarmada com o pensamento que teve. — A mamãe era transfóbica?

— Não. Pelo menos acho que não. Ela namorou com Lenny antes. Quase se casaram. Acho que ela enlouqueceu com... — A voz de Charlie hesitou, porque as lacunas eram fáceis de serem preenchidas. — Gamma descobriu que Lenore estava usando algumas roupas dela. Ela não disse quais, mas você sabe que a primeira coisa que me veio à mente quando ela me contou foram as roupas íntimas. Lenore me contou, quero dizer. Gamma nunca falou sobre isso comigo. Você não tinha deduzido?

Mais uma vez, Sam só podia fazer que não com a cabeça.

— Para mim, Gamma pensava que eles tinham um caso.

— Não desejaria isso para ninguém — comentou Charlie. — Rusty, quero dizer. Não desejaria...

— Garotas? — Os saltos de Lenore batiam sobre os azulejos enquanto ela voltava na direção delas. — Ele está lúcido, pelo menos para os padrões de Rusty. Falaram que só pode receber duas visitas por vez.

Charlie se levantou com rapidez e ofereceu o braço para Sam.

Sam se apoiou com força na bengala e se impulsionou para cima. Não deixaria aquelas pessoas a tratarem como uma inválida.

— Quando poderemos falar com os médicos?

— Eles passam de hora em hora — respondeu Lenore. — Você se lembra de Melissa LaMarche, da turma do sr. Pendleton?

— Sim — falou Sam, apesar de não saber por que Lenore se lembrava dos nomes das amigas de escola de Sam.

— Ela é a dra. LaMarche agora. Ela operou Rusty na noite passada.

Sam pensou em Melissa, o modo como chorava todas as vezes que errava uma questão em uma prova. Esse era provavelmente o tipo de pessoa que você iria querer operando seu pai.

Pai.

Ela não associava essa palavra a Rusty havia anos.

— Pode ir primeiro — disse Charlie a Lenore. Ficou claro que a ansiedade dela para ver Rusty se dissipara. Ela parou em frente a uma fila de janelas largas. — Sam e eu iremos depois.

Lenore foi em silêncio.

A princípio, Charlie deixou o silêncio perdurar. Andou até a janela. Olhou para o estacionamento.

— Agora é a sua chance.

De ir embora, Charlie quis dizer. Antes que Rusty a visse. Antes que Sam fosse dragada de novo para esse mundo.

— Você precisa mesmo de mim aqui? — perguntou Sam. — Ou foi coisa de Ben?

— Fui eu, e Ben foi gentil o suficiente para falar com você porque eu não poderia ou não conseguia fazer isso, mas achei que o papai ia morrer. — Ela encostou a testa no vidro. — Ele teve um ataque cardíaco dois anos atrás. O outro, anterior a esse, foi leve, mas no segundo ele precisou de uma cirurgia e houve complicações.

Sam não disse nada. Fora deixada no escuro sobre o aparente problema cardíaco de Rusty. Ele nunca perdera uma ligação. Até onde Sam sabia, ele permanecera saudável por todos esses anos.

— Tive que tomar uma decisão — disse Charlie. — Em um dado momento, ele não podia mais respirar sozinho e tive que decidir se mantinha ele respirando por equipamentos ou não.

— Ele não tem uma ONR? — perguntou Sam. O formulário de Ordem de Não Reanimar especifica se uma pessoa quer uma morte natural ou uma reanimação cardiorrespiratória e suporte cardíaco, normalmente, e é preenchido junto com o testamento. Sam percebeu o problema antes que Charlie pudesse responder. — Rusty não tem um testamento.

— Não, ele não tem. — Charlie se virou, ficou com as costas apoiadas na janela. — Eu fiz a escolha certa, é claro. Quero dizer, está claro agora, porque ele sobreviveu e está bem, mas, na época, quando Melissa saiu durante a cirurgia e disse que estavam com dificuldade para controlar o sangramento, que as batidas cardíacas eram erráticas e que eu teria que tomar a decisão de usar ou não os equipamentos de suporte...

— Você queria que eu estivesse aqui para matá-lo.

Charlie ficou alarmada, mas não por causa da franqueza de Sam. Foi o tom dela, uma gota de ódio borbulhando em volta das palavras.

— Se você vai ficar brava, deveríamos ir lá fora — comentou Charlie.

— Para que os repórteres possam ouvir?

— Sam... — Charlie parecia ansiosa, como se estivesse observando o cronômetro em uma ogiva nuclear iniciar a contagem regressiva. — Vamos lá fora.

Sam cerrou os punhos. Podia sentir a escuridão há muito esquecida se revolvendo dentro dela. Respirou fundo, respirou de novo e mais uma vez até que raiva se compactasse na forma de uma bolinha dentro do peito dela.

— Você não faz ideia, Charlotte, de como você está errada sobre a minha disposição ou a minha capacidade para terminar com a vida de alguém.

Sam se inclinou sobre a bengala enquanto andou em direção à sala das enfermeiras. Ela olhou para o quadro branco atrás da mesa para achar o quarto de Rusty. Levantou a mão para bater à porta, mas Lenore a abriu antes de ela poder encostar na madeira.

— Contei para ele que você estava aqui — falou Lenore. — Você não ia querer que ele tivesse um ataque do coração.

— Outro ataque, quer dizer — comentou Sam.

Ela não deu tempo para Lenore responder.

Em vez disso, entrou no quarto do pai no hospital.

O ar parecia rarefeito.

As luzes eram muito brilhantes.

Ela piscou para parar a dor de cabeça que a mordiscava no fundo dos olhos.

O quarto de Rusty na UTI era familiar, uma versão mais econômica da suíte no hospital particular onde Anton morrera. Não havia painéis de madeira, sofás, televisões de tela plana ou uma mesa onde Sam pudesse trabalhar, mas os equipamentos eram os mesmos: o monitor cardíaco apitando, o assobio do tanque de oxigênio, o som de algo moendo que a braçadeira de pressão sanguínea fazia conforme inflava em volta do braço de Rusty.

Ele se parecia muito com a fotografia, sem cor no rosto. A câmera nunca fora capaz de captar o brilho diabólico nos olhos dele, nem as covinhas nas suas bochechas elásticas.

— Sammy-Sam! — gritou ele, sendo interrompido por uma tosse no final. — Vem aqui, garota. Deixa eu ver você de perto.

Sam não se aproximou. Ela sentiu o nariz retorcer. Ele fedia a cigarro e desodorante barato, dois odores que se sentia abençoada por ter se livrado na vida.

— Nossa! Como você se parece com a sua mamãe. — Ele deu uma risada de deleite. — Ao que seu velho pai deve essa honra?

Charlie apareceu de repente do lado direito de Sam. Ela sabia que esse era o lado que Sam não enxergava. Ela não tinha como saber a quanto tempo Charlie estava lá.

— Pai, achamos que você ia morrer — disse Charlie.

— Permaneço um desapontamento constante às mulheres da minha vida. — Rusty coçou o queixo. Sob as cobertas, o pé dele se mexia em um ritmo silencioso. — Estou feliz em ver que não houve nenhuma troca recente de estilingadas e flechadas.

— Não tantas que você possa ver. — Charlie andou até o outro lado da cama. Os braços dela estavam cruzados. Ela não pegou a mão do pai. — Você está bem?

— Bem. — Rusty pareceu pensar sobre o assunto. — Fui esfaqueado. Ou, no linguajar das ruas, *furado*.

— Da forma mais cruel.

— Três vezes na barriga, uma na perna.

— Não diga.

Sam parou de prestar atenção na brincadeira deles. Ela sempre fora uma espectadora relutante do show de Rusty e Charlie. O pai, por outro lado, parecia adorar. Era evidente que ele ainda se divertia com Charlie, um brilho literal surgia nos olhos dele quando estavam juntos.

Sam olhou para o relógio. Não podia acreditar que apenas dezesseis minutos tinham se passado desde que saíra do carro. Ela elevou sua voz por causa do barulho.

— Rusty, o que aconteceu?

— O que você quer dizer com o que... — Ele olhou para o próprio estômago. Os drenos cirúrgicos estavam pendurados no lado do torso. Ele olhou de volta para Sam, fingindo um choque. — "Oh, me mataram!"

Dessa vez, Charlie não o incentivou.

— Pai, Sam tem que pegar o voo de volta essa tarde.

Sam ficou chocada com o lembrete. Por algum motivo, tinha se esquecido por um momento de que poderia partir.

— Vamos, pai. Conta o que aconteceu.

— Certo, certo. — Rusty soltou um grunhido grave enquanto tentava sentar na cama. Sam percebera que aquele era o primeiro sinal que o pai dava de que fora ferido.

— Bem... — Ele tossiu, um chocalho molhado balançou dentro do peito dele. Ele estremeceu com o esforço, tossiu de novo, estremeceu de novo, então esperou para ter certeza de que a tosse tinha passado.

Quando finalmente conseguiu, dirigiu suas palavras para Charlie, sua espectadora mais receptiva.

— Depois que você me deixou na minha humilde residência, comi um pouco, talvez tenha bebido um pouco e, então, percebi que não tinha olhado a correspondência.

Sam não se lembrava da última vez em que recebera alguma correspondência na sua casa. Aquilo pareceu um ritual de outro século.

— Coloquei meus calçados de caminhada e segui — continuou Rusty. — A noite estava bonita ontem. Meio nublada, com probabilidade de chuva pela manhã. Oh... — ele pareceu se lembrar de que a manhã já passara. — Choveu?

— Sim. — Charlie fez um movimento com a mão, indicando que ele deveria acelerar a história. — Você viu quem o atacou?

Rusty tossiu de novo.

— Essa é uma questão complexa com uma resposta tão complexa quanto.

Charlie esperou. Ambas esperaram.

— Certo, andei até a caixa de correio para ver as correspondências. A noite estava bonita. A lua alta no céu. A calçada estava irradiando o calor que acumulou do sol — falou ele. — Isso cria um cenário, não?

Sam se viu assentindo junto com Charlie, como se trinta anos não tivessem se passado e elas fossem de novo garotinhas ouvindo uma das histórias do pai.

Ele parecia adorar a atenção. Um pouco de cor voltou para suas bochechas.

— Dei a volta na curva e ouvi algo acima de mim, estava procurando um pássaro. Lembra que falei para você sobre o falcão, Charlotte?

Charlie assentiu.

— Achei que o camarada tinha pego um esquilo de novo, mas daí... shazam! — Ele bateu as mãos juntas. — Senti essa dor quente na minha perna.

Sam sentiu as bochechas enrubescerem. Como Charlie, ela pulara quando ele bateu as palmas.

— Olhei para baixo e tive que me virar para ver o que estava errado e foi aí que vi. Havia uma faca velha de caça enorme espetada na parte de trás da minha coxa.

Sam colocou a mão na boca.

— Lá estava eu, caindo no chão como uma rocha jogada na água, porque dói quando enfincam uma faca na parte de trás da sua coxa. E, então, vi esse cara vindo, ele começou a me chutar. Só chutando e chutando, nos braços, nas costelas, na cabeça. E as cartas espalhadas por todos os lados, mas o importante era que eu ainda estava tentando me levantar enquanto a faca estava na minha coxa. Então, o cara dá esse último chute na minha cabeça e agarro a perna dele com os dois braços e bato no pinto dele.

Sam sentiu o coração pulsando na garganta. Sabia o que era lutar pela sua vida.

— Então lutei um pouco mais, com ele pulando para lá e para cá porque eu estava pendurado na sua perna e estava tentando me erguer, e o cara pareceu se lembrar que a faca estava em mim. Então ele a agarrou, simplesmente a arrancou e começou a me esfaquear na barriga. — Rusty fez um movimento com as mãos como se estivesse sendo esfaqueado. — Nós dois estávamos esgotados depois disso. Sem direção. Eu mancando para me afastar dele, segurando minhas tripas. Ele de pé, ali. Me perguntei se conseguia voltar para a casa, ligar para a polícia e, então, o vi sacando uma arma.

— Uma arma? — perguntou Sam. *Ele levou um tiro também?*

— Uma pistola — confirmou Rusty. — Um daqueles modelos estrangeiros.

— Que merda, pai — murmurou Charlie. — Depois você jogou um contêiner de um navio na cabeça dele?

— Bem...

— Esse é o final de *Máquina Mortífera 2*. Você me falou que assistiu outro dia.

— Assisti? — Rusty parecia inocente, o que queria dizer que era muito culpado.

E que Sam era uma idiota.

— Babaca. — Charlie colocou as mãos no quadril. — O que aconteceu de verdade?

Sam sentiu a boca começar a se mover, mas não podia falar.

— Fui esfaqueado. Estava escuro. Não vi quem foi. — Ele deu de ombros. — Perdoem esse homem por tentar explorar as migalhas de atenção das suas duas filhas exigentes.

— Tudo aquilo era mentira? — Sam se agarrou na bolsa. — Tudo aquilo? Tirado de um filme idiota? — Antes de perceber o que estava fazendo, Sam bateu na cabeça do pai com a bolsa. — Seu babaca — sibilou ela, ecoando as palavras de Charlie. — Por que fez isso?

Rusty riu mesmo enquanto levantava a mão para bloquear o golpe.

— Babaca — repetiu ela e bateu de novo.

Rusty estremeceu. Suas mãos se moveram para o estômago.

— Isso não faz sentido: você levanta o braço e a barriga dói.

— Eles cortaram seus músculos abdominais, seu mentiroso imbecil — explicou Sam. — É chamado de centro do tronco, porque é algo central, o alicerce mais importante da sua musculatura corporal.

— Meu Deus — disse ele. — É como se eu estivesse ouvindo Gamma.

Sam largou a bolsa no chão antes que batesse de novo nele. As suas mãos estavam tremendo. Ela se sentiu cercada por acrimônia, acerbidade, indignação e todos os outros sentimentos tumultuosos que a mantiveram longe da família por tanto tempo.

— Meu Deus do céu — gritou ela. — O que há de errado com você?

Rusty contou nos dedos.

— Fui esfaqueado várias vezes. Tenho um problema cardíaco. Uma boca imunda que, aparentemente, foi herdada pelas minhas filhas. Acho que fumar e beber são duas coisas separadas, mas...

— Cala a boca — interrompeu Charlie, a raiva dela aparentemente reascendida pela explosão de Sam. — Você faz ideia da noite que tivemos? Dormi em uma droga de cadeira. Lenore estava prestes a arrancar o cabelo. Ben está... Bom, Ben dirá que está bem, mas não está, pai. Ele está muito chateado e ele teve que me contar que você foi atacado e sabe como isso é uma merda de fazer e depois ele teve que mandar um e-mail para Sam e tenho certeza absoluta de que Sam não queria nunca mais na vida vir pra cá. — Ela finalmente parou para respirar. Seus olhos estavam cheios de lágrimas. — Pensamos que você ia morrer, seu velho babaca mesquinho.

Rusty permaneceu parado.

— A morte ronda a todos nós, minha querida. O lacaio eterno não segurará meu casaco para sempre.

— Não vem com a porra do Prufrock pra cima de mim. — Charlie secou os olhos com os dedos. Ela se virou para Sam. — Acho que consigo entrar no site e mudar seu voo para um mais cedo. — E disse para Rusty:

— Você vai ficar no hospital por, pelo menos, uma semana. Vou falar para Lenore avisar aos seus clientes. Posso pedir prorrogação nos...

— Não. — Rusty se sentou, seu humor se retraiu com rapidez. — Preciso que você cuide da denúncia de Kelly Wilson amanhã.

— Que mer... — Charlie jogou as mãos para o ar, irritada. — Rusty, já falamos disso. Eu não posso ser...

— Ele está falando de mim — falou Sam, porque Rusty não parara de olhar para ela desde que fizera o pedido. — Ele quer que eu cuide da denúncia.

Uma onda de inveja se acendeu nos olhos de Charlie, mesmo que tivesse recusado a tarefa.

Rusty deu de ombros.

— Amanhã às 9h. Fácil, fácil. Chegar e sair, talvez resolva em dez minutos.

— Ela não tem licença da Ordem dos Advogados desse estado — apontou Charlie. — Ela não pode...

— Ela tem a licença. — Rusty piscou para Sam. — Diga para ela que estou certo.

Sam não perguntou ao pai como ele sabia que ela passara na prova da Geórgia. Em vez disso, olhou para o relógio.

— Meu voo já está agendado para hoje mais a tarde.

— Planos podem ser mudados.

— A empresa aérea vai me cobrar uma taxa para mudar e...

— Posso emprestar um dinheiro para cobrir a taxa.

Sam tirou um pelo imaginário da manga da sua blusa de seiscentos dólares. Eles sabiam que não era uma questão de dinheiro.

— Só preciso de alguns dias para me reerguer e logo posso mergulhar de volta no caso — falou Rusty. — É um mergulho profundo, minha garota. Tem muita coisa acontecendo. O que me diz de ajudar seu velho pai a garantir que as engrenagens continuem rodando?

Sam balançou a cabeça, apesar de saber que era provável que Rusty fosse a única chance de Kelly Wilson ter uma defesa zelosa. Mesmo se os padrões fossem rebaixados para uma defensoria pública, era quase certo que seria impossível encontrar alguém para fazer o trabalho com tanta urgência, especialmente considerando que o advogado dela tinha sido esfaqueado.

Ainda assim, aquele era um problema de Rusty.

— Tenho trabalho a fazer lá em Nova York — respondeu Sam. — Tenho meus próprios casos. Casos importantes. Iremos a julgamento em menos de três semanas.

Nenhum deles falou nada. Os dois olharam para ela.

— O quê?

— Sam, sente-se — pediu Charlie, com calma.

— Não preciso sentar.

— Você está falando palavras sem sentido.

Sam sabia que ela estava certa. Também sabia que estaria condenada caso se rendesse a um episódio simples de disartria induzida pela exaustão.

Ela só precisava de um momento.

Tirou os óculos. Puxou um lenço da caixa ao lado da cama de Rusty. Limpou as lentes, como se o problema fosse uma mancha que poderia ser removida com facilidade.

— Querida, por que você não vai ao andar de baixo com a sua irmã, deixa ela alimentar você e depois podemos falar sobre isso quando estiver melhor? — perguntou Rusty.

Sam balançou a cabeça.

— Eu estou...

— Não mesmo — interrompeu Charlie. — O senhor não vai por isso na minha conta. Conta para ela sobre o seu unicórnio.

— Para com isso. — Ele estalou a língua. — Ela não precisa saber essa parte agora.

— Ela não é uma idiota, Rusty. Uma hora ou outra ela vai perguntar e não vou ser eu quem vai contar para ela.

— Eu ainda estou aqui. — Sam colocou os óculos. — Vocês dois podem parar de falar como se eu estivesse em outro lugar?

Charlie se apoiou na parede. Cruzou os braços de novo.

— Se você cuidar da denúncia, vai ter que entrar com uma alegação de inocência.

— E? — perguntou Sam. Era raro alguém alegar ser culpado em uma denúncia.

— Não é apenas uma formalidade. O papai acha mesmo que Kelly Wilson é inocente.

— Inocente? — Nesse momento o processo auditivo de Sam foi atingido. Eles conseguiram dar um curto-circuito nas partes menos importantes do cérebro dela. — É claro que ela é culpada.

— Fala isso para o dr. Frangolino aí. Ele acha que ela é inocente — respondeu Charlie.

— Mas...

Charlie jogou as mãos para cima se rendendo.

— Sujo/mal-lavado.

Sam se virou para Rusty. Se ela era incapaz de fazer a pergunta óbvia, não era por causa da lesão dela. O pai finalmente tinha perdido a cabeça.

— Fale com Kelly Wilson pessoalmente — sugeriu ele. — Vá até a delegacia depois de comer. Diga para eles que você vai dividir o caso comigo. Fique sozinha com ela em uma sala e fale com ela. Cinco minutos, no máximo. Você vai entender o que estou falando.

— Entender o quê? — perguntou Charlie. — Ela matou um adulto e uma garotinha a sangue-frio. Você quer falar sobre entender o que aconteceu? Eu estava lá menos de cinco minutos depois de acontecer. Eu vi Kelly, literalmente, segurando a arma do crime. Eu assisti à garotinha morrendo. Mas o Têmpera de Aço ali acha que ela é inocente.

Sam precisou de um momento para deixar o choque de saber do envolvimento de Charlie assentar antes de perguntar:

— O que você estava fazendo lá? No tiroteio? Como você...

— Isso não vem ao caso. — Charlie manteve o foco em Rusty. — Pensa no que você está pedindo, pai. O que significa para ela se envolver nisso. Você quer que Sam também seja atacada por um maníaco sedento por vingança?

— Ela abafou uma risadinha. — De novo?

Rusty era imune a esses golpes baixos.

— Sammy-Sam, olha aqui, só fale com a garota. De qualquer forma, vai ser útil ter uma segunda opinião. Mesmo esse grande homem aqui na sua frente não é infalível. Eu valorizo seu parecer como colega de profissão.

Os elogios dele só a irritaram.

— Massacres se enquadram na ótica da propriedade intelectual? — perguntou Sam. — Ou você esqueceu em que área do direito eu atuo?

Rusty piscou para ela.

— A promotoria do distrito de Portland era inundada com casos de quebra de patente, era?

— Portland foi há muito tempo.

— E agora você está muito ocupada ajudando a Merda S/A a processar a Merda LTDA. por causa de alguma merda?

— Todos têm direito à própria merda. — Sam não o deixou sair do tema. — Não sou o tipo de advogada que Kelly Wilson precisa. Não mais. Na verdade, nunca fui. Eu seria mais útil para o promotor, porque esse foi o lado em que sempre fiquei.

— Acusação, defesa... o que importa é entender o ritmo do tribunal e você tem isso no seu sangue. — Rusty se esforçou para sentar de novo. Tossiu na mão. — Querida, sei que você veio até aqui esperando me encontrar no meu leito de morte e juro para você, pela minha vida, que uma hora ou outra vou chegar nessa situação, mas, por enquanto, vou dizer algo que eu nunca disse nos seus belos 44 anos nessa Terra: preciso que você faça isso por mim.

Sam balançou a cabeça, mais pela frustração do que pela discórdia. Não queria estar ali. O seu cérebro estava exausto. Podia ouvir algo sibilante deslizando pela sua boca como uma cobra.

— Eu vou embora — falou ela.

— Com certeza, mas só amanhã. — disse Rusty. — Querida, ninguém mais vai cuidar de Kelly Wilson. Ela está sozinha no mundo. Os pais dela não têm a capacidade para compreender o problema em que ela se meteu. Ela não pode se ajudar. Não pode ajudar na própria defesa e ninguém se importa. Nem a polícia. Nem os investigadores. Nem Ken Coin. — Rusty esticou a mão para Sam. Seus dedos manchados de nicotina alisaram a manga da blusa dela. — Vão matá-la. Vão enfiar uma agulha no braço dela e vão encerrar a vida de uma garota de dezoito anos.

Sam retrucou.

— A vida dela acabou no minuto em que decidiu levar uma arma carregada para a escola e matar duas pessoas.

— Samantha, não discordo de você — falou Rusty. — Mas, por favor, apenas fale com a garota. Dê uma chance para ela ser ouvida. Seja a voz *dela*. Comigo nesse estado, você é a única pessoa no planeta em que eu confio para ser advogada dela.

Sam fechou os olhos. A sua cabeça estava latejando. O som das máquinas irritantes. As luzes muito intensas.

— Fale com ela — implorou Rusty. — Estou falando sério quando digo que confio em você para ser a advogada dela. Se não concordar com a alegação de inocência, então vá na audiência e jogue a toalha para incapacidade mental. Nisso, pelo menos, todos concordamos.

— Isso não são opções, Sam — comentou Charlie. — De um jeito ou de outro, ele joga você no tribunal.

— Sim, Charlie, estou acostumada com falácias retóricas. — O estômago de Sam se revirou. Não comia há quinze horas. Não dormia há mais tempo que isso. Estava misturando as palavras, isso é, quando conseguia falar frases completas. Não podia se mover sem a bengala. Sentia raiva, muita raiva, como não sentia há anos. E estava escutando Rusty como se ele fosse seu pai e não um homem que faria qualquer coisa, sacrificaria qualquer um, por um cliente.

Até mesmo a sua família.

Ela recolheu a bolsa do chão.

— Onde você vai? — quis saber Charlie.

— Para casa — respondeu Sam. — Preciso dessa merda tanto quanto preciso de outro buraco na cabeça.

Rusty soltou uma risada assim que ela saiu do quarto.

CAPÍTULO NOVE

S AM SENTOU-SE EM UM banco de madeira em um jardim amplo atrás do
prédio do hospital. Tirou os óculos. Fechou os olhos. Inclinou a cabeça
na direção do sol. Inspirou ar fresco. O banco estava em uma área murada,
uma fonte de água jorrava perto do portão na entrada, uma placa na qual se
lia JARDIM DA SERENIDADE, TODOS SÃO BEM-VINDOS estava instalada imediatamente acima de outra placa mostrando um celular dentro de um
círculo cortado com uma linha vermelha.

Aparentemente, o segundo sinal era o suficiente para manter o jardim vazio. Sam, solitária, sentou-se com serenidade. Ou, ao menos, em uma tentativa de recuperar a serenidade.

Meros 36 minutos se passaram entre a hora que Stanislav a abandonara
na porta da frente e a hora que Sam abandonara Rusty no seu quarto. Outros
trinta minutos se passaram desde que ela achou o jardim da serenidade. Sam
não tinha escrúpulos em relação a interromper o almoço do seu motorista,
mas precisava de tempo para recuperar o controle. As mãos dela não paravam
de tremer. Não tinha confiança para falar. A cabeça doía com uma intensidade
que não sentia há anos.

Ela deixara os remédios em casa.

Casa.

Ela pensou em Fosco se alongando de barriga para cima enquanto rolava
pelo chão. O sol radiando pela janela. O calor da piscina. O conforto da sua
cama.

E Anton.

Ela se permitiu um momento para pensar no marido. Suas mãos grandes e fortes. Sua risada. Seu deleite com novas comidas, novas experiências, novas culturas.

Não pôde deixá-lo partir.

Não quando isso foi uma questão importante. Não quando ele pedira para ela, demandara, implorara para ela ajudá-lo a pôr um fim na angústia da sua existência.

A princípio, a luta era algo que enfrentariam juntos. Viajaram do Centro Oncológico MD Anderson, em Houston, para a Clínica Mayo, em Rochester, e voltaram para Sloan Kettering, em Nova York. Cada especialista, cada oncologista de renome mundial, dera a Anton algo entre dezessete a vinte por cento de chance de sobrevivência.

Sam tinha certeza de que ele venceria aquelas probabilidades.

Terapia fotodinâmica. Quimioterapia. Radioterapia. Endoscopia com dilatação. Endoscopia com implante de stent. Eletrocoagulação. Terapia antiangiogênico. Removeram o esôfago dele, subindo o estômago e o prendendo no alto da garganta. Removeram os nódulos linfáticos. Fizeram uma cirurgia mais reconstrutiva. Colocaram uma sonda alimentar. Um saco de colonoscopia. Testes clínicos. Tratamentos experimentais. Suporte nutricional. Cirurgia paliativa. Mais tratamentos experimentais.

Em que ponto Anton desistiu de viver?

Quando perdera a voz, sua habilidade de falar? Quando sua mobilidade ficou tão reduzida que lhe faltava força para mover as pernas frágeis no leito hospitalar? Sam não se lembrava do momento da rendição dele, não percebeu a mudança. Anton lhe dissera uma vez que se apaixonara por ela ser uma lutadora, mas, no final, a sua inabilidade de desistir prolongara o sofrimento dele.

Sam abriu os olhos. Colocou os óculos. Uma mancha azul e branca flutuava logo além do ponto em que a visão periférica estreita do olho direito alcançava.

— Pare com isso — falou para Charlie.

Charlie entrou no seu campo de visão. Os braços cruzados de novo.

— Por que está aqui fora?

— Por que eu estaria lá dentro?

— Boa pergunta. — Charlie se sentou no banco na frente dela. Olhou para as árvores enquanto o vento suave balançava as folhas.

Sam sempre soubera que herdara as características chocantes de Gamma, como aquela frieza obtusa que deixava muitas pessoas arrepiadas. O semblante afável de Charlie ia na direção oposta dos traços da mãe. O rosto dela, mesmo com os machucados, ainda era muito lindo. Ela sempre fora esperta de um jeito que fazia as pessoas rirem e não se retraírem. *Incansavelmente feliz*, dizia Gamma. *O tipo de pessoa de que você* gosta.

Não naquele dia, contudo. Havia algo diferente em Charlie, uma melancolia quase palpável que parecia não estar nem um pouco relacionada com o estado de saúde de Rusty.

Por que ela pediu para Ben mandar o e-mail?

Charlie se inclinou no banco.

— Você está me encarando.

— Você se lembra de quando a mamãe trouxe você aqui? Você quebrou o braço tentando salvar aquele gato.

— Não era um gato — disse Charlie. — Estava tentando tirar a minha espingarda de chumbinho do telhado.

— Gamma tinha jogado lá para que você não brincasse mais com aquilo.

— Exatamente. — Charlie revirou os olhos enquanto se afundou mais no banco. Ela tinha 41 anos, mas parecia ter treze de novo. — Não deixe ele convencer você a ficar.

— Não está nos meus planos. — Sam olhou para o copo. Comprara água quente na cafeteria junto com um sanduíche que fora incapaz de terminar. Tirou um saco da bolsa. Os sachês de chá estavam dentro.

— Temos chá aqui — comentou Charlie.

— Gosto dessa marca. — Sam mergulhou o sachê na água. Teve um silencioso momento de pânico quando viu seu dedo anelar sem nada. Então, lembrou que deixara a aliança em casa.

Charlie não deixava nada passar.

— O que foi?

— Você teve filhos?

— Não. — Charlie não retribuiu a pergunta. — Não chamei você para matar Rusty. Ele mesmo vai fazer isso uma hora ou outra. O coração dele não está bem. O cardiologista disse que ele pode morrer até com um esforço excessivo sentado na privada. Mas ele não para de fumar. Não diminui a bebida. Você sabe como ele é um idiota teimoso. Não ouve ninguém.

— Não acredito que ele não teve a cortesia de deixar um testamento.

— Você é feliz?

Sam achou a pergunta tão estranha quanto abrupta.

— Uns dias são melhores que outros.

Charlie bateu o pé de leve no chão.

— Às vezes, imagino você sozinha naquela droga de apartamento apertado e fico triste.

Sam não disse para ela que a droga do apartamento fora vendido por 3,2 milhões de dólares. Em vez disso, ela citou:

— "Me imagine com os dentes à mostra perseguindo a diversão".

— Flannery O'Connor. — Charlie sempre fora boa com citações. — Gamma estava lendo *Habit of Being*, não estava? Tinha me esquecido disso.

Sam não esquecera. Ela ainda podia se lembrar de como se surpreendeu quando a mãe pegou emprestada a coletânea de ensaios da biblioteca. Gamma desdenhava publicamente do simbolismo religioso que regia a maior parte do cânone inglês.

— Papai disse que ela estava tentando ser feliz antes de morrer — falou Charlie. — Talvez porque soubesse que estava doente.

Sam olhou para o chá. Durante a necropsia de Gamma, o médico-legista descobriu que os pulmões dela estavam tomados pelo câncer. Se não tivesse sido assassinada, era provável que morresse em menos de um ano.

Zachariah Culpepper usou isso como parte da sua defesa, como se mais alguns meses preciosos com Gamma não fossem significar nada.

— Ela me disse para cuidar de você — falou Sam. — No banheiro, naquele dia. Ela soou tão estridente.

— Ela sempre soava estridente.

— Bem... — Sam deixou o barbante do chá pendurado sobre a borda do copo.

— Me lembro de como você costumava discutir com ela. Mal conseguia compreender o que as duas estavam dizendo. — Ela fez uns gestos de fala com as mãos. — O papai diz que vocês duas eram como ímãs, sempre se recarregando uma na outra.

— Ímãs não recarregam. Ou se atraem ou se repelem, depende do alinhamento das suas polaridades norte/sul. Norte com sul ou sul com norte se atraem, enquanto norte com norte ou sul com sul se repelem — explicou ela. — Se você os carrega, presumindo que ele esteja se referindo a algum tipo de corrente elétrica, você só fortalece as polaridades magnéticas.

— Uau, você realmente demonstrou o que estava falando.

— Não seja espertinha.

— Não seja bobinha.

Sam a olhou nos olhos. Ambas sorriram.

— O Fermilab está trabalhando nos protocolos de uma terapia de nêutrons para o tratamento do câncer — comentou Charlie.

Sam se surpreendeu de a irmã acompanhar esse tipo de coisa.

— Tenho alguns dos textos. Artigos, quero dizer. Eles foram publicados — falou Sam.

— Artigos que ela escreveu?

— São muito antigos, dos anos 1960. Pude achar referências ao trabalho dela nas notas de rodapé, mas nunca o material original. Houve dois que consegui baixar da biblioteca internacional de física moderna. — Ela abriu a bolsa e achou uma pilha grossa de páginas que imprimira naquela manhã no aeroporto de Teterboro. — Não sei por que trouxe isso — disse Sam, as palavras mais honestas que pronunciara para a irmã desde que chegara. — Achei que você poderia querer guardar, uma vez que... — Sam parou ali. Ambas sabiam que tudo mais fora perdido no incêndio. Filmes antigos. Boletins arcaicos. Diários. Dentes de leite. Fotos de férias.

Só uma foto de Gamma sobreviveu, um retrato dela em pé em um campo. Ela estava olhando para trás, sobre o ombro. Não estava olhando para a câmera e sim para alguém que estava ao lado. Três quartos da sua face estavam visíveis. Uma sobrancelha preta estava erguida. Os lábios estavam abertos. A foto estava na mesa de Rusty, no escritório dele no centro, quando a casa de tijolos vermelhos foi consumida pelas chamas.

Charlie leu o título do primeiro artigo.

— "Enriquecimento fototransmutativo do meio interestelar: estudos observacionais da nebulosa de Tarântula". — Ela fez um som parecido com um ronco e passou para o segundo artigo. — "A dominância dos caminhos do processo-P no envelopamento das supernovas".

Sam percebeu seu erro.

— Talvez você não consiga entendê-los, mas é algo legal para guardar.

— São legais. Obrigada. — Os olhos de Charlie buscaram de ponta a ponta enquanto tentava decifrar algum significado. — Eu só me sinto estúpida quando percebo o quanto ela era inteligente.

Até aquele momento, Sam não se lembrava que se sentiu daquela forma sua infância inteira. Podiam ter sido como ímãs, mas de forças desiguais. Tudo que Sam sabia, Gamma sabia mais.

— Ah... — Charlie riu. Ela devia ter lido uma frase muito densa.

Sam riu também.

Foi disso que ela sentiu falta todos esses anos? Dessas memórias? Dessas histórias? Da leveza de estar com Charlie que Sam achara que tinha morrido junto com Gamma?

— Você parece muito mesmo com ela — observou Charlie. Ela dobrou as páginas e as colocou ao lado dela no banco. — O papai ainda tem aquela foto na mesa dele.

A foto.

Sam sempre quisera uma cópia, mas era muito orgulhosa para dar a Rusty o prazer de lhe fazer esse favor.

— Ele realmente acha que vou defender alguém que atirou em duas pessoas com uma arma?

— Sim, mas Rusty acha que pode convencer qualquer um a fazer qualquer coisa.

— Você acha que eu deveria fazer isso?

Charlie pensou o que responderia antes de falar.

— A Sam com quem cresci faria isso? Talvez, mas não por nenhuma afinidade com Rusty. Ela ficaria brava da mesma forma que fico brava quando algo não é justo. E acho que não é justo porque não há outro advogado em uma centena de quilômetros que trataria Kelly Wilson como uma pessoa e não como um fardo. Mas o que a Sam de hoje faria? — Ela deu de ombros. — A verdade é que não conheço mais você. Da mesma forma que você não me conhece.

Sam sentiu uma pontada com as palavras, eram todas verdadeiras.

— É justo.

— Foi justo pedir para você vir?

Sam não estava acostumada a não ter uma resposta pronta.

— De verdade, por que você me queria aqui?

Charlie balançou a cabeça. Não respondeu de imediato. Puxou um fio solto na sua calça jeans. Soltou uma respiração longa que assobiou junto com o nariz quebrado dela.

— Ontem à noite, Melissa me perguntou se eu queria que ela tomasse medidas extraordinárias. O que na prática quer dizer "Deixo ele morrer? Não deixo? Me responda agora, nesse instante." Entrei em pânico, não por medo ou indecisão, mas porque achei que não tinha o direito de decidir sozinha. — Ela olhou para Sam. — Achei que eu conseguia lutar contra os enfartes. Sei que ele mesmo procurou por aquilo com o cigarro e a bebida, era uma situação em que eu sentia que deveria ter uma luta interna, algo orgânico, de dentro, e eu tinha que ajudá-lo a lutar.

Sam reconheceu na irmã a sensação que ela mesma teve com Anton.

— Acho que entendo.

O sorriso estreito de Charlie era de descrença.

— Acho que se ele voltar para o vício, eu o tranco com você em um quarto e você acaba com ele com a sua bolsa.

Sam não se orgulhava daquele momento.

— Eu costumava me dizer que a única coisa que redimia meu temperamento era que nunca bati em ninguém por raiva.

— É só o papai. Eu bato nele toda hora. Ele aguenta.

— Estou falando sério.

— Você quase me bateu. — A voz de Charlie subiu, um sinal de que ela estava forçando a luz em alguma escuridão. Ela estava se referindo à última vez em que estiveram juntas. Sam podia se lembrar do terror nos olhos de Ben quando ele ficou entre as duas.

— Me desculpe por aquilo. Perdi o controle. Podia ter batido em você se você ficasse. Não posso dizer que essa não era uma possibilidade e sinto muito.

— Sei que sente. — Charlie não disse essas palavras de um jeito cruel, o que, de algum modo, as tornou mais doloridas.

— Eu não sou mais assim — confessou Sam. — Sei que é difícil de acreditar, dado o meu comportamento agora há pouco, mas tem alguma coisa nesse lugar que traz à tona a maldade em mim.

— Então você deveria voltar para Nova York.

Sam sabia que a irmã tinha razão, mas, por enquanto, só por enquanto, nesse momento breve com Charlie, ela não queria partir.

Tomou um gole do chá. A água tinha esfriado. Despejou tudo na grama atrás do banco.

— Me conta por que você estava na escola ontem de manhã quando o tiroteio começou.

Charlie apertou os lábios.

— Você vai ficar ou vai embora?

— Nem um nem outro deveria afetar o que você me contar. A verdade é a verdade.

— Não há lados. Só o certo e o errado.

— É uma lógica bem elegante.

— É.

— Vai me contar sobre os machucados no seu rosto?

— Vou? — Charlie lançou a pergunta como um exercício filosófico. Cruzou os braços de novo. Olhou para as árvores. A sua mandíbula estava travada. Sam podia ver os músculos seguindo até o pescoço. Havia uma tristeza tão extraordinária na irmã naquele momento que Sam queria ir até o banco em que ela estava, ficar ao lado dela e abraçá-la até que contasse o que estava errado.

O mais provável era que Charlie a afastasse.

Sam repetiu a pergunta anterior.

— O que você estava fazendo na escola ontem de manhã? — Ela não tinha filhos. Não havia necessidade de estar lá, ainda mais antes das 8h da manhã. — Charlie?

Charlie levantou um ombro.

— A maioria dos meus casos são na corte juvenil. Estava na escola pedindo uma carta de recomendação a um professor.

Aquilo parecia exatamente o tipo de coisa que Charlie faria para um cliente e, ainda assim, o seu tom tinha uma pontada de enganação.

— Estávamos na sala dele quando ouvimos os disparos e, então, ouvimos uma mulher gritando por socorro e corri para ajudar.

— Quem era a mulher?

— A srta. Heller, acredita? Ela estava com a garotinha na hora em que cheguei lá. Ficamos olhando ela morrer. Lucy Alexander. Segurei a mão dela. Estava gelada. Não quando cheguei, mas quando morreu. Você sabe como elas esfriam rápido.

Sam sabia.

— Então... — Charlie inspirou e segurou por um momento. — Huck tirou a arma de Kelly, um revólver. Ele a convenceu a entregá-la para ele.

Sem motivo nenhum, Sam sentiu os pelinhos da nuca arrepiarem.

— Quem é Huck?

— Sr. Huckabee. Ele era o professor que fui encontrar. Para o cliente. Ele foi professor de Kelly...

— Mason Huckabee?

— Não peguei o primeiro nome. Por quê?

Sam pôde sentir um tremor atravessando o corpo todo.

— Como ele é?

Charlie balançou a cabeça, absorta.

— Isso importa?

— Ele tem a sua altura, cabelo castanho-claro, é um pouco mais velho do que eu e cresceu em Pikeville? — Sam podia dizer pela expressão da irmã que estava certa. — Oh, Charlie. Fique longe dele. Você não sabe?

— Sabe o quê?

— A irmã de Mason era Mary-Lynne Huckabee. Ela foi estuprada por aquele cara... Qual era o nome dele? — Sam tentou lembrar. — Alguma coisa Mitchell, de Bridge Gap. Kevin Mitchell?

Charlie continuou balançando a cabeça.

— Por que todo mundo sabe disso menos eu?

— Ele a estuprou, ela se enforcou no celeiro e nosso pai o soltou.

A expressão de choque de Charlie revelou sua lembrança repentina.

— Ele me disse para chamar o pai. Huck, Mason, seja lá qual é o nome dele. Quando Kelly foi presa, a polícia estava agindo, bem, do jeito que a polícia age. E Huck me disse para chamar o papai para defendê-la.

— Suponho que Mason Huckabee saiba que tipo de advogado Rusty é.

Charlie parecia visivelmente abalada.

— Tinha esquecido desse caso. A irmã dele estava na faculdade.

— Ela voltou por causa das férias. Foi até Bridge Gap com as amigas para ver um filme. Foi no banheiro e Kevin Mitchell a atacou.

Charlie olhou para as próprias mãos.

— Vi as fotos nos arquivos do papai.

Sam vira também.

— Mason reconheceu você? Quero dizer, quando você pediu a ajuda dele com seu réu na corte juvenil?

— Não conversamos muito. — De novo, deu de ombros. — Muita coisa estava acontecendo. Foi tudo muito rápido.

— Sinto muito por você ter que ver isso. A garotinha. Com a srta. Heller ali, deve ter trazido de volta as memórias.

Charlie continuou olhando para as mãos, um dedão alisando a articulação do outro.

— Foi difícil.

— Fico feliz por você ter Ben para te apoiar. — Sam esperou que a irmã dissesse algo sobre Ben, algo que explicasse o momento estranho entre eles.

Charlie continuou massageando a articulação do dedão.

— Aquilo foi engraçado, o que você disse para o papai, sobre outro buraco na cabeça.

Sam analisou a irmã. Charlie era mestre em desviar de um tópico.

— Não estou acostumada a uma linguagem crua, mas pareceu ser algo que somaria ao meu humor.

— Você soa muito como ela. Parece com ela. Até mesmo sua postura é igual à dela. — A voz de Charlie ficou mais suave. — Senti uma coisa estranha no meu peito quando a vi no corredor. Por um segundo, pensei que você era Gamma.

— Isso acontece comigo às vezes — admitiu Sam. — Me vejo em um espelho e... — Havia uma razão para ela não se olhar muito no espelho. — Cheguei na idade dela, agora.

— Ah, é. Feliz aniversário.

— Obrigada.

Charlie ainda não levantara a cabeça. Continuava torcendo as mãos.

Suas versões adultas podiam ser estranhas, mas havia algumas coisas que a idade, não importava o quanto fosse traiçoeira, não podia apagar. Os ombros caídos de Charlie. A maciez da voz dela. O tremor no lábio quando lutava para conter a emoção. O nariz fora quebrado. Havia hematomas sob os olhos. A proximidade que compartilhara com Ben havia se transformado em discordância. Estava claro que ela estava escondendo alguma coisa, talvez muitas coisas, mas, também, era claro que tinha seus motivos.

Na manhã do dia anterior, Charlie segurara uma garotinha que estava morrendo e à noite descobrira que o pai poderia morrer, e essa não fora a primeira vez e, sem dúvida, não seria a última, mas, dessa vez, dessa vez em especial, fizera Ben mandar um e-mail para Sam.

Charlie não chamara Sam para ajudá-la a tomar uma decisão que já tomara antes.

E Charlie não entrara diretamente em contato com Sam, porque, mesmo quando era criança, ela sempre pedira as coisas que queria, nunca as que precisava.

Sam virou seu rosto para o sol de novo. Fechou os olhos. Se viu parada em frente ao espelho dentro do banheiro de baixo da casa da fazenda. Gamma atrás dela. Os seus reflexos ecoando no vidro.

Você tem que colocar aquele bastão com firmeza na mão dela todas as vezes, não importa onde ela esteja. Encontre-a. Não espere que ela procure você.

— Talvez esteja na hora de você ir.

Sam abriu os olhos.

— Você não quer perder o voo.

— Você falou com essa garota Wilson? — perguntou Sam.

— Não. — Charlie se sentou. Secou os olhos. — Huck disse que ela é limitada. Rusty chutou que o QI dela está abaixo dos setenta. — Ela se inclinou na direção de Sam, com os cotovelos nos joelhos. — Conheci a mãe. Não é brilhante também. Apenas uma boa caipira, já que estamos falando de Flannery O'Connor hoje. Lenore os colocou em um hotel na noite passada. Os presos não têm direito a visita até que sejam denunciados. Devem estar desesperados para vê-la.

— Então é, no mínimo, mentalmente incapaz — disse Sam. — A defesa, digo.

De novo, Charlie deu de ombros.

— Essa é a única estratégia em qualquer um desses casos de tiroteio em massa. Por qual outro motivo alguém faria isso se não fosse louco?

— Onde ela está sendo mantida?

— Provavelmente na cadeia municipal de Pikeville.

Pikeville.

O nome parecia um caco de vidro no coração de Sam.

— Não posso assumir a defesa porque sou uma das testemunhas. Não que o papai tenha qualquer escrúpulo ético, mas... — Charlie balançou a cabeça. — Seja como for, tem esse professor de direito idoso, Carter Graal. Ele se aposentou alguns anos atrás. Tem noventa anos, é alcoólatra, odeia todo mundo. Pode cuidar disso amanhã.

Sam se esforçou para levantar do banco.

— Eu cuido disso.

Charlie levantou também.

— Não, de jeito nenhum.

Sam achou o cartão de Stanislav na bolsa. Pegou o telefone. Enviou uma mensagem para ele: *Me encontre na frente.*

— Sam, você não pode fazer isso. — Charlie grudou nos calcanhares dela como um filhote. — Não vou deixar. Vá para casa. Viva sua vida. Seja uma pessoa menos maldosa.

Sam olhou para a irmã.

— Charlotte, você acha que mudei tanto a ponto de deixar minha irmã caçula me dizer o que fazer?

Charlie grunhiu diante da obstinação dela.

— Não me obedeça. Obedeça seu instinto. Não deixe Rusty ganhar.

Stanislav respondeu: *Cinco minutos.*

— Isso não é por Rusty. — Sam colocou a bolsa no braço. Pegou a bengala.

— O que você está fazendo?

— Minha mala de viagem está no carro. — Sam planejava ficar no Four Seasons e visitar o escritório de Atlanta na manhã seguinte antes de voltar para Nova York. — Posso pedir para o meu motorista me levar até a delegacia ou posso ir com você. Você decide.

— Pra que isso? — Charlie a seguiu até o portão. — Quero dizer, sério. Por que você faria qualquer coisa por aquele babaca estúpido?

— É como você disse antes. Não é justo que Kelly Wilson não tenha ninguém do lado dela. — Sam abriu o portão. — Eu ainda não gosto de coisas injustas.

— Sam, pare. Por favor.

Sam se virou para encarar a irmã.

— Sei que isso é difícil para você, que estar aqui de volta é como afundar em areia movediça.

— Nunca disse isso.

— Não tem que dizer. — Charlie colocou a mão no braço de Sam. — Nunca teria deixado Ben enviar aquele e-mail se soubesse o quanto isso a afetaria.

— Você está falando isso por causa de algumas palavras emboladas? — Sam olhou para o caminho pavimentado arejado que a conduzia para o hospital. — Se tivesse ouvido os médicos sobre as minhas limitações, teria morrido naquele hospital.

— Não estou dizendo que você não é capaz. Estou questionando se deveria.

— Isso não importa. Já me decidi.

Sam só pôde pensar em um jeito de encerrar aquela conversa. Ela fechou o portão na cara de Charlie, dizendo:

— Última palavra.

CAPÍTULO DEZ

A NDANDO DE CARRO COM Charlie, Sam compreendeu que ela nunca fora uma passageira nervosa porque nunca esteve em um veículo conduzido pela irmã. Charlie dava apenas uma olhada superficial nos espelhos antes de trocar de faixa. Usava à vontade a buzina. Falava bufando com os motoristas, exigindo que fossem mais rápidos, mais devagar, que saíssem da frente.

Sam espirrou com força. Os seus olhos lacrimejaram. O carro de Charlie, uma espécie de cruzamento entre um furgão e uma caminhonete, fedia a feno molhado e animais.

— Você tem um cachorro?

— Ele está temporariamente emprestado para o museu Guggenhein.

Sam se agarrou no painel quando Charlie mudou para outra pista.

— Você não deveria deixar a seta ligada por mais tempo do que isso?

— Acho que a sua paralisia verbal voltou — disse Charlie. — Você perguntou "não deveria" quando quis afirmar "deveria".

Sam riu, o que parecia inapropriado dado que o destino delas era a cadeia municipal.

Representar Kelly Wilson era algo secundário, porque o que Sam queria era descobrir o que estava errado com Charlie tanto fisicamente, por causa dos ferimentos, quanto emocionalmente, por causa de tudo mais, mas Sam não seria irresponsável com o trabalho de representar a atiradora da escola. Pela primeira vez em muitos anos, estava nervosa para falar com um cliente e, pior, entraria em um tribunal desconhecido.

— Meus casos em Portland eram na vara da família — disse a Charlie. — Nunca fiquei frente a frente com alguém acusado de assassinato antes.

Charlie olhou com atenção para a irmã, como se algo pudesse estar errado com ela.

— Nós duas estivemos, Sammy.

Sam ignorou a referência. Não estava disposta a explicar como sempre separara sua vida em duas categorias. A Sam que se sentara em frente aos irmãos Culpepper na mesa da cozinha não era a mesma Sam que advogara em Portland.

— Faz muito tempo que não atuo em uma causa criminal.

— É só a denúncia. Você vai se lembrar do que deve fazer.

— Nunca estive do outro lado.

— Bom, a primeira coisa que você vai perceber é que o juiz não está morrendo de amores por você.

— Eles não eram assim em Portland. Lá, até mesmo os policiais usavam adesivos com "foda-se o sistema" escrito nos seus para-choques.

Charlie balançou a cabeça. Provavelmente nunca estivera em um lugar assim.

— No geral, tenho cinco minutos com o meu cliente antes de entrarmos na audiência. Não há muito a dizer. Quase sempre eles fizeram aquilo de que são acusados: comprar drogas, vender drogas, usar drogas, roubar tranqueiras ou receptar tranqueiras para poder comprar mais drogas. Olho a ficha deles e vejo se eles se qualificam para uma reabilitação ou para algum tipo de pena alternativa e, então, lhes digo o que vai acontecer a seguir. Isto, normalmente, é o que querem saber. Mesmo se já passaram pelo tribunal um zilhão de vezes antes, eles querem saber a sequência dos eventos. O que acontece a seguir? E depois? E no fim? E eu conto para eles uma centena de vezes e, a cada vez, eles me perguntam de novo e de novo.

Sam achou que aquilo se parecia muito com o que Charlie fizera durante o começo da sua recuperação.

— Isso não é tedioso?

— Sempre me lembro de que eles estão apavorados e que saber o que acontece a seguir lhes dá uma sensação de controle. Por que você tirou a licença na Geórgia?

Sam se perguntara quando essa questão surgiria.

— Minha firma tem uma filial em Atlanta.

— Dá um tempo. Tem um cara aqui para lidar com as questões locais. Você é a sócia babaca e controladora que voa para cá de tempos em tempos para ficar no pé dele.

Sam riu de novo. Charlie tinha mais ou menos acertado a dinâmica. Laurens Van Loon era tecnicamente o representante deles em Atlanta, mas Sam gostava de ter a opção de assumir o caso se necessário. E também gostava de fazer o exame da Ordem e sair com a certeza de que passara sem abrir um livro para estudar.

— A Ordem dos Advogados da Geórgia tem uma listagem on-line — comentou Charlie. — Estou logo acima de Rusty e ele está logo antes de você.

Sam pensou nos nomes dos três aparecendo juntos.

— Ben também trabalha com o papai?

— Não é "também", porque não trabalho com o papai, e não, ele é promotor-assistente, trabalha para Ken Coin.

Sam ignorou o tom hostil.

— Isso não causa conflitos?

— Tem criminosos o suficiente para todos. — Charlie apontou para a janela. — Eles fazem bons tacos de peixe aqui.

Sam sentiu a sobrancelha arquear. Havia um carro de tacos no acostamento da estrada, do mesmo tipo que se via em Nova York ou Los Angeles. A fila tinha, pelo menos, vinte pessoas. Outros carros tinham filas ainda mais longas, como o churrasco coreano, o frango Peri-Peri e alguma coisa chamada de Obtrusão Fusion.

— Onde estamos? — perguntou Sam.

— Cruzamos a fronteira de Pikeville alguns minutos atrás.

A mão de Sam, por instinto, pousou sobre o coração dela. Não notara a demarcação. Não sentira a mudança esperada no seu corpo, o temor e o sentimento de prostração que presumira que anunciariam seu retorno.

— Ben ama aquele lugar, mas não o suporto. — Charlie apontou para um prédio com um visual peculiar dos Alpes Suíços para combinar com o nome do restaurante, o Biergarten.

O chalé não era a única novidade. O centro estava quase irreconhecível. Prédios de tijolos expostos de dois ou três andares tinham apartamentos em cima e lojas vendendo roupas, antiguidades, azeite de oliva e queijos artesanais embaixo.

— Quem em Pikeville pagaria esse preço por um queijo?

— Turistas, a princípio. Depois as pessoas começaram a se mudar para cá de Atlanta. Aposentados da geração dos anos 1950. Ricos do ramo da tecnologia. Um punhado de gays. Não somos mais um condado árido. Aprovaram a regulamentação das bebidas alcoólicas cinco ou seis anos atrás.

— O que a velha guarda pensa disso?

— Os comissários do condado queriam a arrecadação de impostos e os bons restaurantes que vêm junto com a venda do álcool. Os fanáticos religiosos ficaram furiosos. Você podia comprar metanfetamina em todas as esquinas, mas tinha que dirigir até Ducktown para tomar uma cerveja aguada. — Charlie parou no sinal vermelho. — Acho que os fanáticos estavam certos, contudo. A bebida mudou tudo. Foi ali que a explosão de prédios decolou de verdade. Os mexicanos vêm de Atlanta para trabalhar. Ônibus de turismo param nos pomares de maçã o dia todo. A marina aluga barcos e recebe festas corporativas. O Ritz Carlton está construindo um resort de golfe. Achar isso bom ou ruim depende de por que você vive aqui.

— Quem quebrou o seu nariz?

— Me disseram que não está quebrado de verdade. — Charlie virou à direita sem ligar a seta.

— Você não está respondendo porque não quer que eu saiba ou porque quer me irritar?

— Essa é uma questão complexa com uma resposta tão complexa quanto.

— Vou pular do carro se você começar a citar o papai.

Charlie reduziu a velocidade do carro.

— Estava provocando você.

— Eu sei. — Ela parou no acostamento. Colocou a marcha no ponto morto. Virou para Sam. — Olha, estou feliz que veio até aqui. Sei que foi por um motivo difícil e horrível, mas é bom ver você e estou feliz de podermos conversar.

— Contudo?

— Não faça isso por mim.

Sam analisou os olhos machucados da irmã, o desvio no nariz no ponto em que, com certeza, a cartilagem se fraturara.

— O que a audiência de Kelly Wilson tem a ver com você?

— Ela é uma desculpa — respondeu Charlie. — Você não precisa tomar conta de mim, Sam.

— Quem quebrou o seu nariz?

Charlie revirou os olhos de frustração.

— Você se lembra de quando estava tentando me ensinar a fazer a passagem cega?

— Como poderia esquecer? — questionou Sam. — Você era uma péssima aluna. Nunca me ouvia. Continuava hesitando, de novo e de novo.

— Eu continuava olhando para trás — disse Charlie. — Você achava que esse era o problema, que eu não poderia correr para frente porque estava olhando para trás.

Sam ouviu um eco da carta que Charlie enviara todos aqueles anos atrás... *Nenhuma de nós conseguirá seguir em frente se estivermos sempre olhando para trás.*

Charlie ergueu a mão.

— Eu sou canhota.

— Rusty também — falou Sam. — Apesar de se acreditar que a dominância de mão é poligenética, há uma chance menor do que 25 por cento de você ter herdado do papai um dos quarenta loci que...

Charlie fez um barulho alto de ronco até que Sam parasse de falar.

— A questão é que você estava tentando me ensinar a passagem com a minha mão direita.

— Mas você era a segunda troca. Essa é a regra: o bastão passa da mão direita para esquerda, direita, esquerda.

— Mas você nunca me perguntou qual era o problema.

— Você nunca pensou em me *dizer* qual era o problema. — Sam não compreendia a novidade daquela desculpa. — Você falharia na primeira ou terceira troca. Você sempre queimava a largada. Era terrível nas viradas. Você tinha a velocidade para fazer a última etapa, mas sempre agiu muito como uma corredora líder.

— Quer dizer que eu só corria o tanto quanto precisava para ficar na frente.

— Sim, essa é a definição de "corredora líder". — Sam sentiu uma irritação se formando. — A terceira etapa aproveitava todas as suas vantagens: você tinha uma largada explosiva e era a corredora mais rápida do time. Tudo que você precisava era saber a passagem e, com alguma prática, até um chimpanzé poderia dominar uma retomada de vinte metros. Não entendo o problema. Você queria vencer, não?

Charlie agarrou a direção. O nariz dela voltou a assobiar quando respirava.

— Acho que estou tentando começar uma briga com você.

— Está funcionando.

— Me desculpe. — Charlie se endireitou no assento. Engatou o carro e pegou a estrada.

— Acabou?

— Sim.

— Estamos brigando?

— Não.

Sam tentou rever em silêncio a conversa, analisando os vários pontos nos quais foi provocada.

— Ninguém forçou você a entrar para a equipe de corrida.

— Eu sei. Não deveria ter falado nada. Isso foi há um milhão de anos.

Sam ainda se sentia aborrecida.

— Isso não é sobre a equipe de corrida, é?

— Merda. — Charlie reduziu a velocidade do carro até parar no meio da estrada. — Culpepper.

Sam sentiu um enjoo mesmo antes do cérebro dela ter tempo para processar exatamente o que aquela palavra significava.

Ou *quem*, para ser específico.

— Aquela é a caminhonete de Danny Culpepper — falou Charlie. — O filho mais novo de Zachariah. Batizado em homenagem a Daniel.

Daniel Culpepper.

O homem que atirara nela.

O homem que a enterrara viva.

Todo o ar se esvaiu dos pulmões de Sam.

Não pôde impedir seus olhos de seguirem o trajeto percorrido pelo olhar de Charlie. Uma caminhonete preta espalhafatosa com ornamentos dourados e calotas giratórias ocupava as duas únicas vagas de deficientes em frente à delegacia. A palavra "Danny" estava escrita com tinta refletiva dourada no vidro fumê traseiro. A cabine era do tipo estendida, daquelas que podiam acomodar quatro pessoas. Duas garotas estavam escoradas nas portas fechadas. Cada uma delas segurando cigarros nos seus dedos atarracados. Unhas com esmalte vermelho. Batom vermelho. Sombra preta. Delineador exagerado. Cabelo loiro platinado. Calças justas pretas. Camisetas mais justas ainda. Saltos altos. Sinistras. Odiosas. De uma ignorância agressiva.

— Posso deixar você nos fundos — comentou Charlie.

Sam queria que ela fizesse isso. Se houvesse uma lista de razões pelas quais ela deixara Pikeville, os Culpepper estavam no topo.

— Ainda acham que nós mentimos? Que tudo foi uma grande conspiração para culpar injustamente os dois?

— Claro que sim. Até fizeram uma página no Facebook sobre isso.

Sam ainda não teve como se desvincular de Pikeville enquanto Charlie estava terminando o colegial. Recebia atualizações mensais sobre as traiçoeiras garotas Culpepper, sobre a crença cega que a família mantinha de que Daniel estivera em casa na noite dos ataques, que Zachariah estava trabalhando em Alabama e que as garotas Quinn, uma delas uma mentirosa e a outra mentalmente incapaz, os acusara porque Zachariah devia a Rusty vinte mil dólares em honorários advocatícios.

— Essas garotas são as mesmas do colégio? — perguntou Sam. — Parecem muito jovens.

— Filhas ou sobrinhas, mas são todas iguais.

Sam estremeceu só de ficar àquela distância delas.

— Como consegue vê-los todos os dias?

— Eu não tenho que vê-los, se for um bom dia. Vou deixar você nos fundos.

— Não, não vou deixá-las me intimidar. — Sam dobrou a bengala retrátil e a enfiou na bolsa. — Não vão me ver com essa porcaria também.

Charlie dirigiu o carro lentamente pelo estacionamento. Havia duas viaturas policiais, as vans dos técnicos forenses e limusines pretas sem identificações na maioria das vagas, o que as deixava há mais de dez metros do prédio.

Charlie desligou o motor.

— Consegue caminhar até lá?

— Sim.

Charlie não se moveu.

— Não quero ser maldita...

— Seja maldita.

— Se você cair na frente daquelas vadias, elas rirão de você. Podem até tentar fazer coisa pior e terei que matá-las.

— Use minha bengala se chegar a esse ponto. É de metal. — Sam abriu a porta. Segurou no apoio de braço e saiu do carro.

Charlie deu a volta no carro, mas não para ajudar. Para se juntar a Sam. Para andarem lado a lado na direção das garotas Culpepper.

O vento aumentou conforme cruzaram o estacionamento. Sam vislumbrou sua situação ridícula em um momento de autorreflexão. Quase podia ouvir as esporas chacoalhando enquanto cruzavam o asfalto. As garotas Culpepper estreitaram os olhos. Charlie ergueu o queixo. Podiam estar em um faroeste ou um filme de John Hughes, se John Hughes tivesse escrito sobre mulheres desgostosas quase na meia-idade.

A delegacia ficava abrigada em um complexo baixo, no estilo dos prédios públicos dos anos 1960, com janelas estreitas e um teto que parecia com os das casas dos Jetson, com um bico apontando para as montanhas. Charlie ocupara a última vaga, que era a mais distante. Para chegar até a calçada, teriam que fazer uma caminhada de aproximadamente doze metros por um caminho levemente inclinado. Não havia uma rampa até o prédio elevado, apenas três degraus amplos de concreto que levavam para a calçada de cinco metros ladeada por arbustos e, então, em algum momento, chegariam nas portas de vidro da entrada.

Sam podia lidar com a distância. Precisaria da ajuda de Charlie para subir as escadas. Ou, talvez, o corrimão de metal fosse o suficiente. O difícil seria se apoiar nele enquanto fingia só descansar a mão. Teria que arremessar primeiro a perna esquerda, depois puxar a direita e, então, torcer para que a direita pudesse suportar sem auxílio o seu peso enquanto dava um jeito de jogar a perna de novo.

Sam passou os dedos pelo cabelo.

Sentiu a rigidez da pele sobre a orelha.

O passo dela se acelerou.

O vento mudou de direção. Sam podia ouvir as vozes das garotas Culpepper. A mais alta das duas apontou o cigarro na direção de Charlie e de Sam. Ela falou mais alto com a companheira:

— Parece que a vadia finalmente tomou uma boa surra.

— Os dois olhos. Deram uma lição nela duas *veis*.

— Da próxima *veis* que *cê* sair, talvez possa pegar pra Preciosa ali um pote de sorvete.

Sam sentiu os músculos da perna direita começarem a tremer. Passou a mão em torno do braço de Charlie como se estivessem dando uma volta no parque.

— Tinha me esquecido do dialeto dos apalaches nativos.

Charlie riu. Colocou a mão sobre a de Sam.

— O que foi isso? — disse a garota alta. — Do que ela chamou você?

A porta de vidro fez um barulho ao abrir.

Todas se assustaram com o som alto.

Um jovem ameaçador desceu com passos fortes pela calçada. Não era alto, mas era musculoso. Ali estava o som metálico de algo chacoalhando: a corrente que balançava do lado dele, prendendo a carteira no cinto. O figurino dele preenchia todos os estereótipos do caipira, desde o boné manchado de suor, passando pela camisa de flanela xadrez vermelha e preta, sem as mangas, até a calça jeans rasgada imunda.

Danny Culpepper, o filho mais novo de Zachariah.

Um reflexo perfeito do pai.

Suas botas pesadas fizeram um barulho alto quando saltou os três degraus. Seus olhos reluzentes apontaram para Charlie. Gesticulou com a mão como se estivesse com uma arma e fingiu mirar nela.

Sam apertou os dentes. Tentou não relacionar o jovem de físico atarracado à imagem de Zachariah Culpepper. Hedonista arrogante. O modo como os lábios dele estalaram quando tirou um palito de dentes da boca.

— O que temos aqui? — Ele parou na frente delas, com braços abertos, bloqueando por completo a passagem. — Tem algo de familiar na sua cara, senhora.

Sam apertou mais o braço de Charlie. Não demonstraria medo diante desse animal.

— Lembrei. — Ele estalou os dedos. — Vi a sua foto no julgamento do meu pai, mas a sua cabeça estava toda inchada com a bala ainda dentro dela.

Sam enfincou as unhas no braço de Charlie. Implorou para a perna não colapsar sob ela, para o corpo não tremer, para o seu temperamento não aniquilar esse homem nojento na frente de uma delegacia de polícia.

— Sai do nosso caminho.

Ele não saiu. Em vez disso, começou a bater palmas e a bater o pé. Ele cantou:

— Duas garotas Quinn paradas na travessa. Uma foi fodida, a outra levou um tiro na cabeça.

As garotas urraram rindo.

Sam tentou dar a volta em torno dele, mas Charlie a agarrou pela mão, impedindo que ambas saíssem do lugar. Charlie disse para ele:

— É difícil foder uma garota de treze anos quando seu pinto não funciona.

O garoto grunhiu.

— Merda.

— Tenho certeza que seu pai consegue fazer funcionar para os colegas dele na prisão.

O insulto era óbvio, mas eficaz. Danny enfiou o dedo na cara de Charlie.

— Você acha que não vou sacar meu rifle e atirar nessa sua fuça feia bem aqui na frente da delegacia?

— Certifique-se de estar bem perto — disse Sam. — Os Culpepper são famosos por sua mira ruim.

O silêncio rasgou um desfiladeiro no ar.

Sam bateu o dedo no lado da cabeça.

— Foi a minha sorte.

Charlie soltou uma risada assustadora. Continuou rindo até que Danny Culpepper passasse por ela, com seu ombro batendo no seu.

— Vadias de merda — disse ele para as garotas. — Entrem, porra.

Sam puxou o braço de Charlie para fazê-la voltar a andar. Estava com medo de Charlie não se contentar com a vitória e dizer alguma coisa vitriólica que traria Danny Culpepper de volta.

— Vamos — sussurrou Sam, puxando ela com mais força. — Já deu.

Só quando Danny foi para trás da direção da caminhonete que Charlie se permitiu ser levada dali.

Andaram lado a lado em direção aos degraus.

Sam se esquecera dos degraus.

Ouviu o ronco do motor a diesel da caminhonete de Danny Culpepper atrás dela. Ele continuou acelerando o veículo. Ser atropelada seria menos cansativo do que escalar os degraus.

— Eu não...

— Eu ajudo. — Charlie não permitiria que ela parasse de seguir em frente. Passou o braço sob o cotovelo dobrado de Sam, um tipo de apoio para ela se sustentar. — Um, dois...

Sam jogou a perna esquerda, se apoiou em Charlie para mover a direita e, então, sua perna esquerda recuperou o controle e ela venceu os degraus.

O show foi desperdiçado.

Pneus cantaram atrás delas. A fumaça encheu o ar. A caminhonete desapareceu em uma cacofonia de ronco de motor e rap.

Sam parou para descansar. Ainda faltava um metro e meio até a porta. Ela estava quase sem fôlego.

— Por que estavam aqui? Por causa do papai?

— Se eu estivesse no comando da investigação sobre quem esfaqueou o papai, o primeiro suspeito que eu escolheria seria Danny Culpepper.

— Acha que a polícia trouxe ele aqui para questionamento?

— Não acho que estejam investigando a fundo, porque têm um peixe maior para pegar com o tiroteio na escola e porque não se importam com alguém que tentou matar o papai — explicou Charlie. — No geral, a polícia não deixa uma pessoa vir para a delegacia por conta própria com as primas quando vai ser interrogada por tentativa de homicídio. Eles arrebentam a porta da pessoa, a arrastam pelo pescoço e fazem tudo que podem para apavorá-la, para que saiba que está enrascada.

— Então, Danny estava aqui por acaso?

Charlie encolheu os ombros.

— Ele é um traficante. Vem sempre na delegacia.

Sam procurou um lenço na bolsa.

— Foi assim que ele comprou a caminhonete espalhafatosa?

— Ele não é *tão* bom assim em vender drogas. — Charlie observou enquanto a caminhonete gritava subindo a rua na contramão. — Os preços no Empório da Caminhonete Espalhafatosa estão nas alturas.

— Li sobre isso no *Times*. — Sam usou o lenço para secar o suor na testa. Não fazia nem ideia de por que falara alguma coisa para Danny Culpepper e não havia tempo o suficiente no mundo para explicar as palavras que usou. Em Nova York, Sam fez todo o possível para diminuir a sua deficiência. Aqui, parecia disposta a brandi-la como uma arma.

Guardou o lenço na bolsa.

— Estou pronta.

— Kelly tinha um anuário — avisou Charlie com a voz baixa. — Você sabe, aquela coisa onde...

— Eu sei o que é um anuário.

Charlie acenou com cabeça para trás na direção dos degraus.

Sam precisava da bengala, mas andou os três metros de volta sem auxílio. Foi então que viu a placa de compensado encurvada posta sobre a elevação do gramado do outro lado dos degraus. A rampa para deficientes, supôs.

— Esse lugar do inferno — murmurou Sam. Se apoiou no corrimão de metal. Perguntou para Charlie: — O que estamos fazendo?

Charlie olhou de volta para a porta como se estivesse com medo de que fossem ouvidas. Ela manteve a voz quase como um sussurro.

— O anuário estava no quarto de Kelly, escondido no alto do guarda-roupas.

Sam estava confusa. O crime tinha acontecido há apenas um dia.

— O papai já recebeu as evidências?

A sobrancelha erguida de Charlie explicou a origem da prova.

Sam soltou um som que era um misto de suspiro e grunhido. Conhecia os tipos de atalhos que o pai pegava.

— O que tinha no anuário?

— Um monte de coisas nojentas sobre Kelly ser uma puta, sobre fazer sexo com o time de futebol.

— Isso não é uma coisa incomum no ensino médio. Garotas podem ser cruéis.

— Ensino fundamental — disse Charlie. — Isso foi há cinco anos, quando Kelly tinha catorze anos. E era mais do que cruel. As páginas estavam completamente preenchidas. Centenas de pessoas assinaram. É provável que a maioria delas nem a conhecesse.

— É a versão de Pikeville para a história de *Carrie*, mas sem o sangue de porco. — Sam percebeu o óbvio. — Bom, o sangue de alguém foi derramado.

— Certo.

— Isso é um fator mitigante. Ela era provocada, provavelmente era solitária. Isso é algo que pode tirá-la do corredor da morte. O que é bom. — Sam se corrigiu: — Para o caso do papai, quero dizer.

Charlie tinha mais.

— Kelly disse alguma coisa no corredor antes de entregar a arma para Huck.

— O quê? — A garganta de Sam doeu por tentar manter a voz baixa. — Por que está me dizendo isso agora que estamos paradas na frente da delegacia e não quando estávamos no carro?

Charlie apontou a mão na direção da porta.

— Só tem um gordo atrás de um vidro à prova de balas aqui.

— Me responda, Charlotte.

— Porque eu estava brava com você no carro.

— Sabia. — Sam segurou o corrimão. — Por quê?

— Porque você está aqui por mim, mesmo depois de eu dizer que não preciso de você, e porque está mentindo do jeito que sempre fez por causa de um senso mal orientado de responsabilidade com Gamma e está fingindo que isso é sobre a denúncia e só agora me ocorreu, quando subimos as escadas, que isso não é a nossa guerrinha besta pra ver quem é mais forte. É a vida de Kelly. Ela precisa que você esteja focada.

Sam endireitou a coluna.

— Estou sempre focada nos meus clientes. Levo minhas responsabilidades profissionais bem a sério.

— Isso é bem mais complicado do que você pensa.

— Então me dê os fatos. Não me mande para aquele prédio às cegas. — Ela apontou para o olho. — Mais às cegas do que o normal.

— Você tem que parar de fazer graça com isso.

Ela tinha razão.

— Me conte o que Kelly falou no corredor.

— Isso foi depois do tiroteio, quando eu estava sentada lá. Eles estavam tentando fazê-la entregar a arma. Eu vi os lábios de Kelly se movendo e Huck ouviu, mas ele não disse para o DIG, só que havia um policial parado lá que ouviu também. Como eu disse, vi acontecendo, mas não ouvi, mas, seja lá o que ela disse, foi algo que aborreceu mesmo ele.

— Você tem aversão aos pronomes apropriados? — Sam se sentiu inundada pelos fragmentos de informação. Charlie estava agindo como se tivesse treze anos de novo, coberta de excitação por contar uma história. — Essa informação era menos importante do que reclamar sobre fazer a segunda troca do revezamento há trinta anos?

— Tem mais sobre Huck.

— Certo.

Charlie olhou para o lado. Sem explicação, lágrimas encheram os olhos dela.

— Charlie? — Sam sentiu as próprias lágrimas começando a brotar. Nunca foi capaz de aguentar o sofrimento da irmã. — O que foi?

Charlie olhou para as mãos. Limpou a garganta.

— Eu acho que ele pegou a arma na cena do crime.

— O quê? — A voz de Sam subiu alarmada. — Como...?

— É só uma impressão. O DIG me perguntou sobre...

— Espera, o Departamento de Investigação da Geórgia interrogou você?

— Eu sou uma testemunha.

— Você tinha um advogado?

— Eu sou uma advogada.

— Charlie...

— Eu sei, tenho uma cliente tola. Não se preocupe. Não disse nada estúpido.

Sam não discutiu a questão da antiética.

— O DIG perguntou se você sabia onde a arma do crime estava?

— De uma forma indireta. A agente era boa em esconder o jogo. A arma era um revólver, provavelmente de seis tiros. E depois, quando falei com Huck pelo telefone, ele disse que perguntaram para ele a mesma coisa, só que, no caso dele, o FBI estava questionando também: "Quando foi a última vez que você viu a arma? Quem estava com ela? O que aconteceu com ela?" Só que estou com a sensação de que Huck pegou a arma. É só uma sensação. Que eu não pude contar para o papai, porque se ele descobrisse mandaria prendê-lo. E sei que ele deveria ser preso, mas ele estava tentando fazer a coisa certa e com o FBI envolvido estamos falando de um crime federal e... — Ela soltou uma respiração longa. — É isso.

Havia tantos alertas vermelhos que Sam não pôde acompanhar todos.

— Charlotte, você nunca mais pode conversar com Mason Huckabee, nem por telefone nem de outra maneira.

— Eu sei disso. — Charlie ficou apoiada na ponta dos pés no degrau, alongando as panturrilhas, se equilibrando sobre suas duas pernas saudáveis. — Antes de você falar isso, eu já disse para Huck não tentar me ver ou me ligar de novo e para procurar um bom advogado.

Sam olhou para o estacionamento. As viaturas policiais. As vans dos técnicos forenses. As limusines. Era contra tudo isso que Rusty estava lutando e, naquele momento, Charlie conseguira arrastá-la junto para acompanhá-lo.

— Pronta?

— Você pode me dar um momento para me recompor?

Em vez de verbalizar uma resposta, Charlie assentiu.

Era raro Charlie só assentir. Como Rusty, ela nunca era capaz de resistir ao desejo de falar, de explicar o gesto, de fazer uma exposição sobre o movimento para cima e para baixo da cabeça.

Sam estava prestes a perguntar o que mais ela estava escondendo quando Charlie disse:

— O que Lenore está fazendo aqui?

Sam observou o carro vermelho fazer uma curva rápida no estacionamento. O sol reluziu no para-brisas conforme o carro acelerava na direção delas. Houve outra curva fechada e os pneus cantaram até o carro parar.

A janela foi abaixada. Lenore acenou para elas se apressarem.

— A audiência está agendada para começar às 15h.

— Filhos da puta, isso nos dá 1h30, no máximo. — Charlie ajudou Sam a descer rapidamente a escada.

— Quem é o juiz?

— Lyman. Ele disse que agilizou o caso para evitar a imprensa, mas metade dos repórteres já está na fila do tribunal. — Ela acenou para elas entrarem no carro. — Ele também indicou o Carter Graal para substituir Rusty.

— Merda, ele vai enforcar Kelly pessoalmente. — Charlie abriu a porta de trás. Ela falou para Lenore: — Leve Sam. Vou tentar manter Graal longe de Kelly e descobrir que diabos está acontecendo. É mais rápido se eu for correndo.

— Mais rápido para... — começara Sam, mas Charlie já tinha ido.

— Graal é um fofoqueiro — disse Lenore. — Se Kelly falar com ele, ele vai contar para quem quiser ouvir.

— Tenho certeza de que isso não tem nada a ver com o juiz indicá-lo. — Sam não tinha outra chance a não ser entrar no carro de Lenore. O tribunal, um prédio grande com um domo no teto, ficava bem em frente à delegacia, mas a rua de mão única transformava o trajeto em um circuito. Por causa da mobilidade reduzida de Sam, teriam que ir até o farol vermelho, depois dar a volta no tribunal e virar a rua de novo.

Sam viu Charlie disparando na frente de um caminhão e saltando por uma curva de concreto. Ela corria com elegância: braços retraídos, cabeça ereta, ombros para trás.

Sam teve que desviar o olhar.

— Esse é um truque sujo. A audiência estava marcada para amanhã.

— Lyman faz o que quer. — Lenore viu o olho dela pelo espelho. — Os vigaristas chamam Carter de "o Santo Graal". Se ele bebe antes da sua audiência, você tem grandes chances de pegar prisão perpétua.

— É um cálice, na verdade. Na tradição cristã.

— Vou mandar um telegrama para o Indiana Jones. — Lenore fez a curva para sair do estacionamento.

Sam observou Charlie correndo pelo gramado do tribunal. Ela saltou por uma fileira de arbustos. Havia uma fila do lado de fora da porta, mas Charlie passou por ela, subindo dois degraus por vez.

— Posso perguntar uma coisa?

— Claro.

— Há quanto tempo minha irmã está dormindo com Mason Huckabee? Lenore mordeu os lábios.

— Essa não era a pergunta que eu achei que você faria.

Essa não era a questão que Sam achou que faria também, mas fazia muito sentido. A distância entre Charlie e Ben. A forma que Charlie chorou quando falou sobre Mason Huckabee.

— Você contou para Charlie quem ele é? — perguntou Lenore.

Sam assentiu.

— Isso deve ter feito ela se sentir uma merda. Mais ainda do que já se sentia.

— Não por falta de defensores.

— Você sabe bastante para alguém que chegou aqui há cinco minutos.

Lenore deu a volta em torno do tribunal e dirigiu até a parte de trás do prédio. Parou em frente a um lugar que claramente era a área de carga e descarga.

— Suba a rampa. O elevador está à direita. Desça um andar até o porão inferior. Ali é a área de contenção — informou Lenore. — E, escute — Lenore se virou para encará-la. — Rusty não conseguiu tirar nem um pio de Kelly ontem. Talvez ela se abra com uma mulher. Qualquer coisa que conseguir será melhor do que o que temos agora, que é zero.

— Entendido. — Sam desdobrou a bengala. Sentiu mais firmeza no pé quando saiu do carro. A adrenalina sempre fora sua aliada. A raiva estava em segundo lugar como motivadora enquanto ela marchava pela rampa feita para entregas de carregamentos de papel higiênico e descarregamento de lixeiras. O cheiro de comida podre vindo das lixeiras causava enjoo.

Por dentro, o tribunal era como qualquer outro em que Sam entrara, exceto por haver uma alta incidência de homens e mulheres lindos em seus ternos prontos para brilhar diante das câmeras. A bengala de Sam a levou para o começo da fila. Dois policiais estavam encarregados do detector de metais. Sam teve que mostrar a identidade, se registrar, colocar a bolsa e a bengala no raio-X, mostrar suas credenciais de advogada para poder entrar com o telefone, depois esperou por uma policial feminina para revistá-la porque a placa de metal na sua cabeça acionava o alarme quando passava pelo detector.

O elevador era à direita. Havia dois porões, mas Lenore dissera para descer um andar, então Sam apertou o botão apropriado e esperou. O elevador estava cheio de homens de terno. Ela ficou no fundo. Encostada contra a parede para aliviar o peso da perna. Quando as portas se abriram, todos os homens saíram da frente para que ela pudesse ser a primeira a descer.

Havia algumas coisas do sul de que Sam sentia falta.

— Ei. — Charlie estava esperando na porta. Ela estava com um lenço no nariz que tinha voltado a sangrar, provavelmente por causa da corrida. Ela inspirou e as palavras saíram todas de uma vez pela boca. — Falei para Coin que você fará a defesa. Ele está superfeliz, só que não. E Lyman também, então não tente irritá-lo ainda mais. Ouvi que Graal não teve chance de falar com Kelly, mas talvez valha checar para garantir. Ela está passando mal desde que a trouxeram. Entupiu a privada. Ouvi que está uma imundice.

— Passando mal como?

— Vomitando. Liguei para a cadeia. Ela tomou café e almoçou sem problemas. Mais ninguém passou mal, então não é intoxicação alimentar. Ela estava vomitando quando a trouxeram uns trinta minutos atrás. Não está desintoxicando. Deve ser a tensão. Essa é Mo. — Ela apontou para uma mulher mais velha sentada atrás de uma mesa. — Mo, essa é a minha irmã, Samantha.

— Não sangre na minha mesa, Quinn. — Mo não tirou os olhos do teclado. Ela estalou os dedos para que Sam entregasse a identidade e as credencias. Apertou algumas teclas no computador. Pegou o telefone. Apontou para uma folha de registro de entrada.

O registro estava quase cheio. Sam assinou o nome na última linha, abaixo de Carter Graal. O horário marcado indicava que ele tinha passado menos de três minutos com Kelly.

— Lyman está aqui há uns doze anos — contou Charlie. — Ele se aposentou em Marietta. É bem rígido com os protocolos. Você tem um vestido ou uma saia na mala?

— Pra quê?

— Não importa.

— Com certeza não importa. — Mo colocou o telefone no gancho. Falou para a Sam: — Você tem dezessete minutos. Graal bebeu três. Vai ter que falar com ela na cela.

Charlie bateu o punho na mesa.

— Que merda é essa, Mo?

— Charlie, eu cuido disso. — Sam se dirigiu para Mo. — Se a sala não está disponível agora, você deveria informar ao juiz que precisamos de um adiamento da audiência até eu ter o tempo necessário para fazer uma conferência privada com a minha cliente.

Mo grunhiu. Ela olhou para Sam, esperando que ela recuasse. Como ela não recuou, a mulher disse:

— Pensei que você era a irmã esperta. — Ela passou a mão embaixo da mesa e apertou uma campainha. Ela piscou para Sam. — A sala é à direita. Dezesseis minutos.

Charlie levantou o punho para o ar, depois disparou na direção das escadas. Os passos dela eram tão leves que mal faziam barulho.

Sam colocou a bolsa sobre o ombro. Se apoiou na bengala enquanto se arrastou pela porta. Ela parou em frente a outra porta, na prática ficou presa em uma caixa quando a primeira porta atrás dela se fechou. Outra campainha e uma segunda porta se abriu à sua frente.

Sam estava cercada pelos odores há muito esquecidos das celas: vômito pútrido misturado com suor alcalino, com a amônia da urina e com o fedor de esgoto do único banheiro que atendia aproximadamente cem presos por dia.

Sam se impulsionou com a bengala. Seus sapatos espalharam as poças marrons de água. Ninguém limpara a privada entupida. Só havia uma presa largada na cela, uma mulher mais velha e sem dentes que estava agachada no banco de concreto. O macacão laranja se embolava em volta dela como um cobertor. Ela se movia devagar para a frente e para trás sobre os pés. Seus olhos úmidos seguiram Sam enquanto andava em direção à porta fechada à direita.

A maçaneta virou antes que Sam batesse. A policial que saiu parecia corpulenta e brusca. Ela fechou a porta e ficou com as costas apoiadas no vidro opaco.

— Você é a segunda advogada?

— A terceira, tecnicamente. Samantha Quinn.

— A filha mais velha de Rusty.

Sam assentiu, mesmo que aquilo não fosse uma pergunta.

— A prisioneira vomitou aproximadamente quatro vezes na última meia--hora. Dei para ela um pacote de biscoitos de laranja e uma lata de Coca-Cola em um copo de isopor. Perguntei se ela queria atendimento médico. Ela declinou. Você tem quinze minutos até eu voltar. — Ela bateu no relógio de pulso. — Qualquer coisa que ouvir quando eu entrar, ouvi. Entendeu?

Sam pegou o telefone. Ajustou o cronômetro para catorze minutos.

— Que bom que chegamos a um acordo.

A mulher abriu a porta.

A sala estava tão escura que os olhos de Sam tiveram que se ajustar lentamente. Duas cadeiras. Uma mesa de metal parafusada no chão. Uma luz florescente pendurada torta por correntes cobertas por algo felpudo.

Kelly Rene Wilson estava deitada sobre a mesa. A cabeça dela estava envolvida por um casulo formado pelos braços dobrados. Quando a porta abriu, ela saltou para se levantar, com os braços ao lado do corpo, ombros retos, como se Sam tivesse dito "sentido" para um soldado.

— Pode se sentar — falou Sam.

Kelly esperou Sam sentar primeiro.

Ela pegou a cadeira vaga perto da porta. Apoiou a bengala na mesa. Procurou o caderno de anotações e a caneta na bolsa. Ela trocou os óculos para os de leitura.

— Meu nome é Samantha Quinn. Sou sua advogada para a denúncia. Você conheceu o meu pai ontem, Rusty.

— Você fala estranho — comentou Kelly.

Sam sorriu. Tinha sotaque sulista para os nova-iorquinos e sotaque *yankee* para os sulistas.

— Eu vivo em Nova York.

— Porque você é aleijada?

Sam quase riu.

— Não. Vivo em Nova York porque eu gosto. Uso uma bengala quando minhas pernas se cansam.

— Meu vovô tinha uma bengala, mas era de madeira. — A garota parecia tranquila, mas o som do *clink-clink* das algemas indicavam que ela estava nervosa e balançando as pernas.

— Você não precisa ter medo, Kelly. Sou sua aliada. Não estou aqui para enganar você. — Ela anotou o nome de Kelly e a data no alto do caderno. Sublinhou as palavras duas vezes. Sentiu uma queimação estranha no estômago. — Você falou com o sr. Graal, o advogado que veio ver você agora pouco?

— Não, dona, eu estava passando mal.

Sam analisou a garota. Ela falou bem devagar, quase como se estivesse drogada. A julgar pelo *P* na frente do macacão laranja, deram para ela um tamanho adulto pequeno, mas o uniforme era volumoso para o seu porte miúdo. Kelly parecia abatida. Seu cabelo estava oleoso e sujo com respingos de vômito. Apesar de ser bem magra, seu rosto era redondo, angelical.

Sam se lembrou de que o rosto de Lucy Alexander também fora angelical.

— Está tomando alguma medicação?

— Me deram líquidos no hospital ontem. — Ela mostrou para Sam o furo vermelho perto da dobra do braço direito. — Bem aqui.

Sam transcreveu palavra por palavra. Rusty precisaria pegar o prontuário da garota no hospital.

— Você acha que eles deram fluídos, mas não medicação?

— Sim, dona, foi isso que me disseram. Porque eu estava chocada.

— Em choque? — esclareceu Sam.

265

A garota assentiu.

— Sim, dona.

— Você está tomando ou já tomou drogas ilegais?

— Drogas ilegais? — perguntou a garota. — Não, dona. Isso não seria certo.

De novo, Sam copiou as palavras.

— E como você está se sentindo agora?

— Tudo bem, eu acho. Não tão mal quanto antes.

Ela olhou para Kelly Wilson por cima dos óculos de leitura. As mãos da garota ainda estavam entrelaçadas debaixo da mesa, os ombros encurvados, o que a deixava ainda menor. Sam podia ver a cadeira de plástico vermelha despontando de ambos os lados das costas da garota.

— Você está bem ou acha que está bem?

— Estou bem assustada. Tem algumas pessoas malvadas aqui.

— A melhor estratégia é ignorá-las. — Sam rabiscou algumas anotações gerais sobre a aparência de Kelly, escreveu que ela parecia não ter tomado banho e que estava despenteada. As unhas estavam roídas. Havia sangue coagulado nas cutículas. — Como está o seu estômago agora?

— Só fica um pouco irritado essa hora do dia.

— Essa hora do dia. — Sam fez uma anotação e marcou a hora. — Estava passando mal ontem?

— Sim, dona, mas não disse pra ninguém. Quando fico assim, normalmente passa sozinho, mas aquela senhora lá fora foi boa e me deu biscoitos.

Sam manteve os olhos no caderno. Ela não queria olhar para Kelly porque sentia seu coração amolecendo contra sua vontade cada vez que a via. A garota não se encaixava na imagem de um assassino, muito menos na de responsável por um massacre em uma escola. Contudo, talvez, a experiência de Sam com Zachariah e Daniel Culpepper tenha cristalizado a imagem errada na mente dela. O fato era que qualquer um podia matar.

— Estou trabalhando com o meu pai, Rusty Quinn, até ele melhorar. Alguém disse para você que ele está no hospital?

— Sim, dona. Os guardas lá da cadeia estavam falando sobre isso. Sobre como o sr. Rusty foi esfaqueado.

Sam duvidou que os guardas tivessem dito qualquer coisa boa sobre Rusty.

— Então, o sr. Rusty falou que trabalha para você, não para os seus pais? E que qualquer coisa que você contar para ele fica em sigilo?

— É a lei — disse ela. — O sr. Rusty não pode contar para ninguém o que eu disser.

— Correto. O mesmo vale para mim. Nós dois fizemos um juramento de confidencialidade. Você pode falar comigo e posso contar para o sr. Rusty o que você me disse, mas não podemos contar para mais ninguém os seus segredos.

— Isso é difícil? Guardar os segredos de todo mundo desse jeito?

Sam se sentiu desarmada pela pergunta.

— Pode ser, mas é parte das regras do meu trabalho e eu sabia que teria que guardar segredos quando decidi ser advogada.

— Você tem que ir pra escola por um montão de anos pra isso.

— Eu fui. — Sam olhou para o telefone. Normalmente, ela cobra por hora, portanto, não está acostumada a apressar as coisas. — O sr. Rusty explicou o que é uma denúncia?

— Não é um julgamento.

— Isso mesmo. — Sam percebeu que estava modulando sua voz como se estivesse falando com uma criança. A garota tinha dezoito anos, não oito.

Lucy Alexander tinha oito anos.

Sam limpou a garganta.

— Na maioria dos casos, a lei exige que uma denúncia seja feita em menos de 48 horas após a prisão. Na prática, isso é quando um caso passa de uma investigação para uma ação criminal na corte. Há uma leitura formal da acusação criminal ou do indiciamento na presença do réu para informar a ele, no caso você, das acusações pendentes que serão acionadas contra você e para lhe dar a oportunidade de fazer uma declaração inicial para os autos. Sei que parece muita coisa, mas, trocando em miúdos, o processo inteiro deve levar menos de dez minutos.

Kelly piscou.

— Você entendeu o que acabei de dizer?

— Você fala rápido.

Sam trabalhou centenas de horas para normalizar sua fala e, naquele momento, tinha que se concentrar para reduzir a velocidade. Ela tentou:

— Durante a citação, não serão chamados nem policiais nem testemunhas. Certo?

Kelly assentiu.

— Nenhuma evidência será apresentada. Sua culpa ou inocência não será avaliada ou determinada.

Kelly esperou.

— O juiz pedirá que a sua declaração seja apresentada para os autos. Eu direi a sua declaração, de que é inocente. Você pode retificá-la depois se desejar. — Sam fez uma pausa. Tinha começado a acelerar de novo. — Então o juiz, o promotor e eu discutiremos datas, objeções e outras questões do julgamento. Vou requerer que essas questões sejam resolvidas quando meu pai, o sr. Rusty, estiver recuperado, o que é provável que seja em menos de uma semana. Você não precisará falar durante o processo. Eu falo por você. Entendeu?

— Seu papai me disse para não falar com ninguém e eu não falei. Só com os guardas, pra dizer que estava passando mal. — Os ombros dela retraíram mais ainda. — Eles foram bonzinhos, como eu disse. Todo mundo está me tratando muito bem aqui.

— Exceto os malvados?

— Sim, dona, tem algumas pessoas malvadas.

Sam olhou de volta para as anotações. Rusty estava certo. Kelly era muito cordata. Não parecia compreender o tamanho do problema em que estava. A competência mental da garota teria que ser avaliada. Sam tinha certeza de que poderia achar alguém em Nova York disposto a fazer um trabalho voluntário.

— Srta. Quinn? — perguntou Kelly. — Posso fazer uma pergunta? Meu papai e minha mamãe sabem que estou aqui?

— Sim. — Sam percebeu que Kelly fora deixada no escuro nas últimas 24 horas. — Seus pais não têm permissão para visitar você na cadeia antes da denúncia, mas ambos estão ansiosos para te ver.

— Eles estão bravos com o que aconteceu?

— Estão preocupados com você. — Sam só podia fazer pressuposições. — Eles amam muito você, apesar de tudo. Todos vocês vão superar isso juntos. Não importa o que aconteça.

Os lábios de Kelly estremeceram. Lágrimas escorreram pelo rosto.

— Eu amo eles também.

Sam se encostou na cadeira. Se lembrou de Douglas Pinkman, da forma como ele vibrava a cada volta que ela completava, mesmo depois de ela ter ido para o colegial. O sujeito tinha ido mais vezes às competições de Sam do que o próprio pai dela.

E, naquele momento, Sam estava frente a frente com a garota que o assassinara.

— Seus pais estarão na corte no andar de cima, mas vocês não poderão se tocar ou falar qualquer coisa além de "olá". — Sam torceu para não haver câmeras no tribunal. Ela teria que se certificar de que os pais de Kelly foram alertados. — Assim que você for transferida de volta para a cadeia, poderá receber visitas deles, mas lembre-se de que tudo que disser para os seus pais, ou para qualquer um, enquanto estiver na cadeia, será gravado. Seja no horário de visitas ou no telefone, alguém está sempre ouvindo. Não fale com eles sobre o que aconteceu ontem. Certo?

— Sim, dona, mas posso fazer uma pergunta? Estou encrencada?

Sam estudou o rosto dela procurando sinais de malícia.

— Kelly, você se lembra do que aconteceu ontem de manhã?

— Sim, dona. Eu matei duas pessoas. A arma estava na minha mão.

Sam ponderou sobre a emoção dela, procurando por sinais de remorso. Não havia nenhum.

Kelly poderia ter descrito os eventos que aconteceram com outra pessoa.

— Por que... — Sam pensou em como formularia a pergunta. — Você conhecia Lucy Alexander?

— Não, dona. Acho que ela devia estar no ensino fundamental, porque ela parecia bem pequena.

Sam abriu a boca e puxou um pouco de ar.

— E o sr. Pinkman?

— Bem, ouvi pessoas dizendo que ele não era um homem mau, mas nunca me mandaram pra diretoria.

A aleatoriedade das vítimas, de alguma forma, fez tudo ficar pior.

— Então ambos, o sr. Pinkman e Lucy Alexander, só estavam no corredor na hora errada?

— Acho que sim — respondeu Kelly. — Como eu disse, a arma estava na minha mão e, depois, o sr. Huckabee a guardou na calça dele.

Sam sentiu o coração tremer dentro do peito. Olhou para o cronômetro no telefone. Se certificou de que não havia uma sombra à espreita na porta.

— Você contou para o meu pai o que acabou de me falar?

— Não, dona. Não falei muito com o seu pai ontem. Estava chateada porque me colocaram no hospital e minha barriga também estava doendo como agora e eles estavam falando sobre me deixar lá a noite toda e sei que custa muito dinheiro ficar lá.

Sam fechou o caderno. Tampou a caneta. Trocou os óculos de leitura pelos normais.

Estava em uma situação um pouco peculiar. Um advogado de defesa não tem permissão para apresentar uma testemunha sabendo que ela vai mentir.

Essa regra explica por que os advogados nunca querem que os clientes contem toda a verdade. Tudo que Kelly disse para Sam podia ser mantido em sigilo, mas Sam nunca chamaria ou faria a acareação de uma testemunha, então não estava com as mãos amarradas. Ela podia editar os fatos prejudiciais quando repassasse essa conversa para Rusty e deixá-lo cuidar do resto.

— Meu tio Shane morreu no hospital, e a esposa dele, todos tiveram que sair de casa porque a conta ficou muito cara.

— Não vão cobrar você pela estadia no hospital.

Ela sorriu. Os dentes dela pareciam pequenas miçangas brancas.

— Meus pais sabem disso? Acho que vai ser um alívio.

— Vou me certificar de que saibam.

— Obrigado, srta. Quinn. Eu agradeço mesmo tudo que você e o seu pai estão fazendo por mim.

Sam girou a caneta entre os dedos. Ela se lembrou de uma coisa que ouvira nos noticiários na noite anterior.

— Você sabe se a escola tinha câmeras de segurança?

— Sim, dona. Eles colocaram uma em cada corredor, menos naquele em frente à secretaria que foi atingido e não grava quase nada depois de um certo ponto.

— Tem um ponto cego?

— Não sei se tem isso, mas a câmera não consegue ver tudo depois de um ponto em algum lugar no meio do corredor.

— Como sabe que não consegue?

Ela deu de ombros por um segundo antes de deixá-los cair de novo.

— É só uma coisa que todo mundo sabe.

— Kelly, você tem muitos amigos na escola?

— Conhecidos, você quer dizer?

Sam assentiu.

— Pode ser.

— Acho que conheço quase todo mundo. Estou na escola há muito tempo mesmo. — Ela sorriu de novo. — Não tempo o suficiente para ser uma advogada, contudo.

Sam se viu retribuindo o sorriso.

— Tem alguém com quem você tem mais intimidade?

As bochechas de Kelly brilharam de tão vermelhas.

Sam reconheceu aquele tipo de reação. Ela abriu o caderno.

— Pode me dizer o nome dele? Não vou dizer para ninguém.

— Adam Humphrey. — Estava claro que Kelly estava ansiosa para falar sobre o garoto. — Ele tem cabelo e olhos castanhos, não é muito alto, mas dirige um Camaro. Mas não estamos saindo. Nada oficial ou algo assim.

— Certo, e as amigas próximas? Tem alguma?

— Não, dona. Ninguém próxima do tipo que vai em casa comigo. — Ela se lembrou. — Exceto Lydia Phillips, quando estávamos no fundamental, só que ela se mudou quando o pai dela foi transferido por causa da economia.

Sam registrou os detalhes no caderno.

— Tem algum professor com quem você é próxima?

— Bem, o sr. Huckabee costumava me ajudar com as tarefas de história, mas ele não faz isso já tem um tempo. O dr. Jodie disse que vai me deixar fazer um trabalho extra para compensar algumas aulas que faltei na semana passada, mas ele não me passou o trabalho ainda. E a sra. Pinkman...

Kelly abaixou a cabeça rapidamente.

Sam terminou a frase nas suas anotações. Colocou a caneta na mesa. Analisou a garota.

Kelly tinha paralisado.

— A sra. Pinkman estava ajudando você com as aulas de inglês?

Kelly não respondeu. Ficou com a cabeça abaixada. O cabelo cobria o rosto dela. Sam podia ouvi-la fungar. Os ombros começaram a tremer. Ela estava chorando.

— Kelly. Por que está chateada?

— É que o sr. Pinkman não era um homem mau. — Ela fungou de novo. — E aquela garota era só um bebê.

Sam entrelaçou as mãos. Apoiou os cotovelos na mesa.

— Por que você estava na escola ontem de manhã?

— É que... — balbuciou ela.

— O quê?

— É que levei a arma do porta-luvas do meu pai. — Ela fungou. — E eu estava com ela na minha mão quando matei duas pessoas.

A formação de Sam como promotora a dizia para pressioná-la, mas ela não estava ali para quebrar a garota.

— Kelly, sei que você está cansada de me ouvir dizer isso, mas é importante. Você nunca vai dizer para ninguém o que acabou de me contar. Certo? Nem para os seus pais, nem para os amigos, nem para estranhos e muito menos para qualquer um que conheça na cadeia.

— Eles não são meus amigos, foi isso que o sr. Rusty disse. — A voz de Kelly estava abafada atrás de uma cascata de cabelo grosso. — Eles podem tentar me causar problemas para escaparem dos problemas deles.

— É isso mesmo. Ninguém que você conhecer aqui é seu amigo. Nem os guardas, nem os presos, nem o faxineiro nem qualquer outra pessoa.

A garota fungou. As correntes das algemas estavam batendo sob a mesa de novo.

— Não vou falar com nenhum deles. Vou ficar na minha, como sempre faço.

Sam tirou o resto dos lenços da bolsa e os passou para Kelly.

— Vou falar com os seus pais antes de você os ver, vou garantir que eles não perguntem sobre o que aconteceu. — Sam presumiu que Rusty já teria feito o discurso para os Wilson, mas eles ouviriam da boca de Sam antes que ela saísse da cidade. — Tudo que você me disse sobre ontem fica entre a gente. Certo?

Ela fungou de novo.

— Certo.

— Assoe o nariz. — Ela esperou Kelly fazer o que tinha mandado e, então, disse: — Me conte sobre Adam Humphrey. Você o conheceu na escola.

Kelly balançou a cabeça. Sam ainda não podia ver o rosto dela. Tudo que via era o topo da cabeça.

— Você se encontrava com Adam quando saía? Por exemplo, no cinema ou na igreja?

Kelly balançou a cabeça de novo.

— Me conte sobre o anuário no seu guarda-roupas.

Kelly olhou rapidamente para cima. Sam esperava ver raiva, mas viu medo.

— Por favor, não conta pra ninguém.

— Não conto — prometeu Sam. — Lembra, tudo aqui é segredo.

Kelly continuava com o lenço na mão enquanto limpava o nariz com a manga.

— Pode me dizer por que as pessoas escreveram aquelas coisas sobre você?

— Eram coisas ruins.

— Não acho que os atos que descreveram eram ruins. Acho que as pessoas que escreveram aquelas coisas não estavam sendo gentis.

Kelly pareceu desconcertada. Sam não podia culpá-la. Aquela não era a hora para dar uma aula sobre feminismo para uma assassina de dezoito anos.

— Por que escreveram aquelas coisas sobre você?

— Não sei, dona. Você teria que perguntar para eles.

— Alguma coisa ali é verdade?

Kelly voltou a olhar para a mesa.

— Não da forma que disseram, mas talvez algo parecido.

Sam se questionou sobre a mudança na frase. A garota não era tão lenta a ponto de não poder se confundir.

— Você estava com raiva porque estavam implicando com você?

— Não. Fiquei mais ofendida porque eram coisas privadas e não conheço a maioria daquelas pessoas. Mas acho que isso foi há muito tempo. Um monte deles já dever ter se graduado.

— Sua mãe viu o anuário?

Os olhos de Kelly arregalaram. Dessa vez, ela parecia assustada.

— Por favor, não mostra pra minha mamãe.

— Não vou — prometeu Sam. — Lembra que expliquei que tudo que você me disser será segredo?

— Não.

Sam sentiu uma pontada na sobrancelha esquerda.

— Assim que entrei na sala, expliquei para você quem eu sou, que trabalho com o meu pai e que nós dois fizemos um juramento de confidencialidade.

— Não, dona, eu não lembro dessa última parte.

— "Confidencialidade" significa que tenho que guardar os seus segredos.

— Ah, bem, foi isso que o seu pai disse também, sobre segredos.

Sam olhou para o cronômetro. Tinha menos de quatro minutos.

— Kelly, me disseram que ontem pela manhã, logo depois do tiroteio, quando o sr. Huckabee estava pedindo para você entregar o revólver, você disse algo para ele e que talvez um policial tenha ouvido. Você lembra o que foi?

— Não, dona. Não estava com muita vontade de falar depois de tudo aquilo.

— Você disse alguma coisa. — Sam tentou de novo: — O policial ouviu. O sr. Huckabee ouviu.

— Certo. Falei uma coisa.

Sam se surpreendeu com a rapidez com a qual a garota mudou a história.

— Você lembra o que disse?

— Não sei. Não me lembro de falar.

Sam sentiu a ânsia de Kelly em agradar invadindo o espaço entre elas. Tentou abordar a questão de um ângulo diferente.

— Kelly, no corredor ontem de manhã, você disse para o sr. Huckabee e para o policial que os armários são azuis?

— Sim, dona. — Kelly agarrou a sugestão. — Eles são azuis.

Sam começou a assentir com a cabeça.

— Sei que eles são azuis. Mas foi isso que você disse? Você de fato *disse* para eles que os armários são azuis? Foi isso que disse para o sr. Huckabee e para os policiais? Que os armários são azuis?

Kelly começou a assentir junto.

— Sim, eu disse isso.

Sam sabia que a garota estava mentindo. Naquele momento, na manhã do dia anterior, Kelly Wilson tinha acabado de atirar e de matar duas pessoas. Seu ex-professor estava pedindo que ela entregasse a arma do crime. Um policial estava, sem dúvida alguma, apontando uma arma para a cabeça dela. Kelly não repararia na decoração da escola.

— Você se lembra de dizer para os dois que os armários são azuis?

— Sim, dona. — Kelly parecia tão certa da resposta que era provável que passaria em um detector de mentiras.

— Certo, então o sr. Huckabee estava lá — disse Sam, se perguntando até onde poderia pressionar a garota. — A sra. Pinkman estava lá também. Mais alguém? Alguém que você não reconhecesse?

— Havia uma mulher com uma camiseta do demônio. — Ela apontou para o peito. — O demônio estava vestindo uma máscara azul e tinha a palavra "Devils" escrita.

Sam ainda podia se lembrar de quando embalou as coisas de Charlie depois da visita desastrosa dela a Nova York. Todas as camisetas que Charlie possuía tinham alguma variação do logotipo do time de futebol Duke Blue Devils, com um desenho de um demônio.

— A mulher com a camiseta do Devils. Ela machucou alguém?

— Não, dona. Ela estava sentada ali, na frente da sra. Pinkman, olhando para as próprias mãos.

— Tem certeza de que ela não machucou ninguém? — Sam falou com uma voz firme. — Isso é muito importante, Kelly. Você precisa me dizer se a mulher com a camiseta do Devils machucou alguém.

— Bem... — Kelly analisou o rosto de Sam, procurando por dicas. — Não sei se ela fez isso, por causa do lugar onde eu estava sentada.

Bem devagar, Sam começou a assentir de novo.

— Acho que você viu a mulher do Devils machucar alguém, mesmo do lugar onde estava sentada. As evidências mostram que você a viu, Kelly. Não tem por que mentir.

A resposta de Kelly foi incerta.

— Não quero mentir para você. Sei que você está tentando me ajudar.

Sam usou sua voz firme.

— Então, admita a verdade. Você viu a mulher com a camiseta do Devils machucando alguém.

— Sim, dona — assentiu Kelly, também. — Agora que pensei sobre isso, talvez ela tenha machucado alguém.

— Ela machucou você?

Kelly hesitou. Buscou alguma diretriz na expressão de Sam.

— Talvez?

— Não posso usar "talvez" para ajudar você, Kelly. — Sam tentou de novo, declarando: — Você viu a mulher na camiseta do Devils machucar outra pessoa que estava no corredor.

— Sim, dona. — Kelly parecia mais segura de si dessa vez. Ela continuou assentindo com a cabeça, como se o movimento informasse o que estava pensando. — Foi isso que eu vi.

— A mulher do Devils machucou a sra. Pinkman? — Ela se inclinou para a frente. — Porque a sra. Pinkman estava bem ali, Kelly. Você me contou isso alguns segundos atrás. Você acha que a mulher do Devils pode ter machucado a sra. Pinkman?

— Acho.

Kelly continuou assentindo, porque isso era parte do padrão. Negava a declaração, consentia que podia ser verdadeira e, por fim, a aceitava como fato. Tudo que Sam precisou fazer foi falar com autoridade, dizer à garota a resposta, balançar a cabeça algumas vezes e esperar que a mentira fosse regurgitada de volta.

— De acordo com as testemunhas oculares, Kelly, você viu o que a mulher do Devils fez.

— Certo. Foi isso que eu vi acontecer. Que ela a machucou.

— Como a mulher do Devils machucou a sra. Pinkman? — Sam balançou a mão no ar tentando pensar em exemplos. — Chutou ela? Socou ela?

— Estapeou ela com a mão.

Sam olhou para a mão que acenara no ar, certa de que o movimento colocara a ideia na cabeça de Kelly.

— Tem certeza de que viu a mulher do Devils estapear a sra. Pinkman?

— Sim, dona, aconteceu como eu disse. Ela bateu bem no rosto e pude ouvir o barulho lá do lugar em que estava sentada no corredor.

Sam percebeu a enormidade da mentira. Sem pensar, implicara a própria irmã em uma agressão.

— Então, o que está dizendo é que viu com os próprios olhos quando a mulher do Devils estapeou a sra. Pinkman no rosto?

Kelly continuou assentindo. Havia lágrimas nos olhos dela. Estava claro que ela queria agradar Sam, como se agradá-la destravasse de alguma forma o segredo para tirá-la desse pesadelo que estava vivendo.

— Me desculpe.

— Está tudo bem. — Sam não a pressionou mais, porque o exercício tinha demonstrado o que queria. Conduzindo o interrogatório da forma certa, com o tom certo, Kelly Wilson diria que Charlie matou Judith Pinkman com as próprias mãos.

A garota era sugestionável, podia ter sido hipnotizada.

Sam olhou para o celular. Noventa segundos restantes, mais o minuto de margem de segurança.

— A polícia falou com você ontem antes do sr. Rusty?

— Sim, dona. Falaram comigo no hospital.

— Leram os seus direitos antes de falarem com você? — Sam viu que ela não compreendeu. — Eles disseram: "Você tem o direito de permanecer em silêncio. Tem o direito a um advogado." Falaram algo assim para você?

— Não, dona, não no hospital, porque eu lembraria disso dos programas de TV.

Sam se inclinou sobre a mesa de novo.

— Kelly, isso é muito importante. Você disse alguma coisa para a polícia antes de falar com o meu pai?

— Tinha um cara mais velho, ele ficou falando comigo. Foi comigo na ambulância até o hospital e ficou no meu quarto para garantir que eu estava bem.

Sam duvidou que o homem estava mesmo preocupado com o bem-estar dela.

— Você respondeu alguma pergunta dele? Ele interrogou você?

— Não sei.

— Você estava algemada quando ele falou com você?

— Não tenho certeza. Na ambulância, você quer dizer?

— Sim.

— Bom, não, não naquela hora. Não que eu me lembre.

— Você se lembra de quando foi algemada?

— Foi uma hora aí.

Sam queria jogar a caneta do outro lado da sala.

— Kelly, é muito importante que você tente se lembrar. Eles interrogaram você no hospital antes do meu pai falar para você não responder a nenhuma pergunta?

— Me desculpa, dona. Não me lembro de muita coisa de ontem.

— Mas esse cara mais velho ficou com você o tempo todo?

— Sim, dona, menos quando foi no banheiro, nessa hora um policial ficou sentado comigo.

— Esse cara mais velho usava um uniforme da polícia?

— Não, dona. Estava de terno e gravata.

— Ele falou o nome dele?

— Não, dona.

— Você se lembra de quando leram seus direitos... Quando disseram "Você tem o direito de permanecer em silêncio. Tem o direito a um advogado." — Ela esperou. — Kelly, você se lembra de quando disseram essas palavras?

Kelly percebeu que aquilo era importante.

— Talvez no carro da polícia quando fui para a cadeia hoje cedo?

— Mas não no hospital?

— Não, dona. Foi em algum momento nessa manhã, mas não sei exatamente quando.

Sam se encostou de volta na cadeira. Tentou pensar sobre aquilo. Se não leram os direitos de Kelly até aquela manhã, então, tudo que ela disse antes disso, tecnicamente, pode ser inadmissível no tribunal.

— Tem certeza de que foi hoje de manhã a primeira vez que leram seus direitos?

— Bom, sei que essa manhã foi o cara mais velho que falou. — Ela encolheu os ombros magros. — Talvez tenha dito antes, você pode ver no vídeo.

— Qual vídeo?

— O que fizeram de mim no hospital.

CAPÍTULO ONZE

S AM SE SENTOU SOZINHA na mesa da defesa. A bolsa dela estava no chão. A bengala ficou guardada, dobrada. Estudou as notas que fez durante a entrevista com Kelly Wilson, agindo como se não soubesse que, pelo menos, uma centena de pessoas estava sentada atrás dela. Sem dúvida, a maioria dos espectadores eram moradores locais. O calor irradiado da fúria branca deles fez o suor escorrer nas suas costas.

Um deles poderia ser a pessoa que esfaqueou Rusty.

A julgar pelos sussurros furiosos, Sam concluiu que muitos deles também a esfaqueariam com prazer.

Ken Coin tossiu na própria mão. O promotor do condado estava sentado com uma verdadeira falange: um segundo advogado com uma cara ensebada de novato, um homem mais velho com um bigode marrom parecendo uma escova e a jovem loira atraente obrigatória. Em Nova York, esse tipo de mulher estaria com um terno feito sob medida e um salto alto caro. A versão de Pikeville para o figurino a deixou mais parecida com uma freira católica.

Ken tossiu de novo. Queria que Sam olhasse para ele, mas ela não faria isso. Um aperto de mão protocolar era o máximo que concederia. Qualquer gratidão que Coin acreditasse que lhe fosse devida por ter assassinado Daniel Culpepper fora apagada pelo comportamento escandaloso dele. Não havia necessidade de fingir que ela tinha qualquer afinidade por aquele bastardo sujo e dissimulado. Coin era o tipo de promotor que denegria a imagem de todos os promotores. Não só pelo jogo de gato e rato que fizera com a audiência da denúncia, mas por causa do vídeo que gravara no hospital.

O que quer que estivesse registrado ali poderia enforcar Kelly Wilson.

Não havia como saber o que a garota dissera. Baseado no curto momento que Sam passara com ela, não duvidava que Kelly Wilson podia ser convencida a admitir que assassinou Abraham Lincoln. A questão legal, talvez a moção mais importante que Rusty defenderia, seria se a filmagem deveria ou não ser admissível no julgamento. Se os direitos de Kelly não foram lidos antes de ela responder oficialmente as questões, ou se ficou claro que ela não compreendeu seus direitos, então o vídeo não deveria ser exibido para o júri.

Tecnicamente, era assim que deveria funcionar.

Mas isso era uma questão legal. Sempre há caminhos alternativos.

Ken Coin argumentaria que a leitura dos direitos não importa, porque Kelly fez seu testemunho para a câmera voluntariamente. Havia um obstáculo legal gigante no caminho dele. Para que o vídeo fosse admitido, Coin teria que provar que uma *pessoa razoável* — por sorte não a própria Kelly Wilson — presumiria que Kelly *não* estava em custódia policial quando as declarações foram gravadas. Se Kelly acreditava que estava presa, que algemas, registro de digitais e fotos eram eminentes, então, lhe era devida a leitura dos seus direitos.

Assim sendo, sem a leitura dos direitos, sem filme para os jurados.

Pelo menos, era assim que o sistema deveria funcionar.

Havia outros elos fracos, um deles, inclusive, era o humor do juiz. Era muito raro achar uma figura completamente imparcial atrás da bancada. Eles tendiam para a promotoria ou para a defesa. Nenhum juiz gosta de receber uma apelação e, conforme o caso sobe pelas instâncias, fica cada vez mais difícil para um advogado de defesa argumentar que um erro aconteceu.

Nenhum juiz gosta de reverter a sentença de um juiz de uma instância inferior.

Sam fechou o caderno de anotações. Olhou para trás. Os Wilson estavam sentados com Lenore. Sam falara com eles por menos de cinco minutos antes que a corte fosse aberta para o público. As câmeras clicavam enquanto os fotógrafos registravam Sam fazendo contato visual com os pais da assassina. Câmeras de vídeo pareciam ter sido banidas do tribunal, mas havia muitos repórteres registrando cada momento com suas canetas.

Esse não era o cenário ideal para um sorriso tranquilizador, então Sam acenou com a cabeça para Ava e, depois, para Ely. Ambos acenaram de volta, com suas mandíbulas travadas enquanto se agarravam um ao outro. As suas roupas tinham aquela rigidez dos tecidos novos, as marcas dos cabides e os vincos se destacando nos braços e ombros. A primeira coisa que perguntaram para Sam, depois da disposição de Kelly ficar estabelecida, foi quando poderiam voltar para casa.

Sam fora incapaz de oferecer uma resposta definitiva.

Os Wilson receberam a falta de informação com um tipo de resignação que parecia entranhada nas suas almas. Era evidente que faziam parte de um tipo esquecido de pessoas pobres do campo. Estavam acostumados a esperar o sistema se mover, na maioria das vezes, não ao seu favor. O vazio no olhar deles lembrou Sam das imagens de refugiados em revistas. Talvez houvesse paralelos. Ava e Ely Wilson estavam completamente perdidos, foram lançados a força em um mundo desconhecido, o seu senso de segurança, o seu senso de paz, tudo que apreciavam na vida até ali se fora.

Sam se lembrou que Lucy Alexander e Douglas Pinkman também se foram.

Lenore se inclinou e sussurrou alguma coisa para Ava. A mulher assentiu. Sam olhou para o horário. A audiência estava prestes a começar.

A entrada de Kelly Wilson foi anunciada pelo barulho distante das correntes que soavam como sinos, como se o Papai Noel e seu trenó estivessem do outro lado da parede. O meirinho abriu a porta. As câmeras dispararam. Os múrmuros tomaram o recinto.

Kelly era conduzida por quatro guardas armados, cada um tão grande que a garota parecia perdida em um mar de carne humana. Estava restrita a alternar só um pouco os pés, porque a colocaram em uma algema de quatro pontos. O guarda à direita a segurava pelo braço. Seus dedos se amontoavam. O homem era tão musculoso que poderia erguê-la com a mão e colocá-la na cadeira.

Sam ficou feliz ao vê-lo ao lado de Kelly. No momento em que a garota viu os pais, os seus joelhos cederam. O guarda a impediu de cair no chão. Kelly começou a chorar.

— Mamãe... — Ela tentou alcançá-la, mas as mãos estavam acorrentadas na cintura. — Papai! Por favor!

Sam estava de pé e tinha atravessado a sala antes mesmo de poder pensar sobre como fora capaz de se mover tão rápido. Agarrou as mãos de Kelly.

— Olhe para mim.

A garota não tirava os olhos dos pais.

— Mamãe, sinto muito.

Sam apertou as mãos de Kelly com mais força, só o suficiente para causar dor.

— Olhe para mim — ordenou.

Kelly olhou para Sam. O rosto dela estava coberto por lágrimas. O nariz escorrendo. Os dentes batendo.

— Eu estou aqui — disse Sam, segurando firme as mãos dela. — Você está bem. Continue olhando para mim.

— Está tudo certo? — perguntou o meirinho. Ele era um homem mais velho, mas a mão repousada sobre o cabo do Taser era firme.

— Sim, está tudo bem — respondeu Sam.

Os guardas soltaram as correntes dos tornozelos, dos pulsos e da cintura de Kelly.

— Não consigo fazer isso — sussurrou Kelly.

— Você está indo bem — insistiu Sam, desejando que ela ficasse bem. — Lembre-se sobre o que falamos das pessoas que a estão observando.

Kelly assentiu. Usou a manga para limpar o nariz, segurando firme nas mãos de Sam.

— Você precisa ser forte. Não aborreça seus pais. Eles querem que você aja como uma garotinha crescida. Tudo bem?

Kelly assentiu de novo.

— Sim, dona.

— Você está indo bem — repetiu Sam.

As correntes caíram no chão. Um dos guardas se inclinou para recolhê-las com a mão.

Sam se apoiou no ombro da garota enquanto andaram até a mesa e se sentou. O guarda empurrou Kelly para a cadeira ao lado dela.

Kelly olhou de volta para os pais.

— Estou bem — disse para eles, com a voz trêmula. — Estou bem.

A porta da sala do juiz se abriu.

— Todos levantem-se para o juiz Stanley Lyman — falou a oficial de justiça.

Sam acenou para Kelly com a cabeça, indicando que ela deveria se levantar. Conforme o juiz andava até a bancada, Kelly agarrou a mão de Sam novamente. A sua palma estava ensopada de suor.

Stan Lyman parecia ter a idade de Rusty, mas sem a mesma agilidade nos passos. Os juízes eram uma raça bem variada. Alguns tinham confiança o suficiente para assumirem seus lugares na bancada. Outros buscavam estabelecer sua dominância no momento em que entravam no tribunal. Stan Lyman estava nessa última categoria. Ele olhou com reprovação para o recinto, para a mesa lotada da promotoria. O olhar dele parou em Sam. Executou uma avaliação quase mecânica de cada parte do corpo dela, como se a passasse por uma ressonância magnética. Ela não fora inspecionada com tanta atenção por um homem desde sua última avaliação médica.

Ele bateu o martelo com os olhos ainda fixos em Sam.

— Sentem-se.

Sam se sentou, puxando Kelly junto. O incômodo indesejado no estômago voltou. Se perguntou se Charlie estava na sala assistindo.

— Esse é o caso número OA 15-925, condado de Dickerson versus Kelly Rene Wilson, para a denúncia — anunciou a oficial. Ela se virou para Ken Coin. — Advogado, por favor, declare seu nome para os registros.

Coin se levantou e se dirigiu para o juiz.

— Boa tarde, meritíssimo. Kenneth C. Coin, Darren Nickelby, Eugene "Cotton" Henderson e Kaylee Collins em nome do condado.

Lyman inclinou a cabeça para a direita para acenar.

— Boa tarde.

Sam se levantou novamente.

— Meritíssimo, Samantha Quinn na defesa da srta. Wilson, que está presente.

— Tarde. — Lyman balançou a cabeça de novo. — Essa denúncia se qualificará como uma audiência de causa provável. Srta. Quinn, você e a srta. Wilson podem se levantar para ouvir a denúncia.

Sam acenou para Kelly se levantar ao seu lado. A garota estava tremendo novamente. Sam não segurou a mão dela. Kelly passaria muitos anos entrando e saindo de tribunais. Tinha que aprender a se levantar sozinha.

— Srta. Quinn. — Lyman, da sua bancada, encarou Sam. Ele saiu do roteiro. — Você removerá esses óculos de sol no meu tribunal.

Por um momento, Sam ficou perplexa com o pedido. Ela usava lentes escuras há tantos anos que mal se lembrava delas.

— Meritíssimo, meus óculos têm prescrição médica. As lentes são escuras devido a um problema de saúde nos meus olhos.

— Venha aqui. — Ele acenou para ela ir até a bancada. — Me deixe vê-los.

Sam sentiu o coração batendo descontrolado no peito. Uma centena de pares de olhos miravam nas costas dela. As câmeras não paravam de fotografar. Os repórteres anotavam cada palavra. Ken Coin tossiu na mão mais uma vez, mas não disse nada para defendê-la.

Sam deixou a bengala na bolsa. Queimou de humilhação enquanto mancou em direção ao juiz. As câmeras soavam como dezenas de gafanhotos esfregando as pernas. As imagens que capturavam seriam impressas nos jornais e, talvez, exibidas on-line onde colegas de Sam as veriam. As histórias que acompanhariam as fotos investigariam o motivo de ela precisar dos óculos. Os moradores locais assistindo ao julgamento, aqueles que viviam por ali há anos, ofereceriam com prazer os detalhes. Eles examinavam o andar de Sam, tentando ver todo o dano que a bala lhe causou.

Ela era uma verdadeira aberração em um circo de horrores.

Na bancada, a mão de Sam tremeu quando retirou os óculos. As luzes florescentes intensas a esfaquearam nas córneas.

— Por favor, tenha cuidado — falou ela para o juiz. — Não trouxe um par reserva.

Lyman pegou os óculos com grosseria e os segurou para os inspecionar.

— Não lhe foi dito para se vestir de forma adequada para minha corte?

Sam olhou para o seu figurino, a mesma variação de blusa preta de seda e calça drapeada preta que usava todos os dias.

— Me perdoe, não compreendi.

— O que você está vestindo?

— Armani — disse ela ao juiz. — Posso pegar meus óculos de volta, por favor?

Ele os bateu contra a bancada.

— Você pode voltar para o seu lugar.

Sam verificou se havia manchas nas lentes. Colocou os óculos. Se virou. Procurou por Charlie na multidão, mas tudo o que podia ver eram rostos vagamente familiares, mas envelhecidos, de pessoas que ela reconhecia da infância.

A caminhada da volta foi mais longa que a da ida até a bancada. Ela esticou a mão para se apoiar na mesa. No último minuto, viu Ben se sentando na plateia diretamente atrás de Ken Coin. Ele piscou para ela, sorrindo para a encorajar.

Kelly segurou a mão de Sam quando se sentaram juntas. Ela repetiu as palavras de Sam para encorajá-la:

— Você está bem.

— Estou, obrigada. — Sam deixou a garota segurar a mão dela. Estava abalada demais para agir de qualquer outra maneira.

O juiz Lyman limpou a garganta algumas vezes. O fato de que ele parecia ter percebido o inferno pelo qual fez Sam passar não servia de consolo. Ela aprendeu com a experiência que alguns juízes encobriam seus erros punindo o advogado com quem implicaram.

— Srta. Quinn, você dispensa a leitura completa das acusações contra a srta. Wilson?

Sam estava tentada a lhe dizer que não, mas desviar dos protocolos apenas atrasaria os procedimentos.

— Dispensamos.

Lyman acenou com a cabeça para a oficial.

— Você pode denunciar a srta. Wilson e apresentar os direitos dela.

A oficial se levantou de novo.

— Kelly Rene Wilson, você foi presa por justa causa provável por duas acusações de homicídio doloso. Srta. Quinn, está preparada para fazer uma declaração?

— Pedimos a corte para registrar que a ré se declara inocente.

Houve uma onda de risos abafados vindos da multidão mal informada. Lyman levantou seu martelo, mas o barulhou morreu antes de ele batê-lo.

— A declaração de inocência está registrada em nome da ré para todas as acusações. — A oficial se virou para Kelly. Sam achou que havia algo familiar no rosto dela. Outra colega de classe há muito esquecida. Ela também não defendera Sam quando o juiz exigira os óculos. — Kelly Rene Wilson, você tem direito a um julgamento público rápido diante de um júri. Você tem direito a um advogado. Você tem o direito de não se incriminar. Esses direitos permanecerão ao seu dispor durante todo o processo.

— Obrigado. — Lyman abaixou a mão. Sam disse para Kelly se sentar. O juiz falou: — A primeira questão para mim é, sr. Coin, você acredita que haverá um indiciamento suplementar com uma subsequente convocação de um grande júri?

Sam fez uma nota no seu caderno enquanto Ken Coin se arrastou até o púlpito. Outro dos truques baratos dele, tentar estabelecer dominância. Como com as crianças, o melhor é ignorá-lo.

— Meritíssimo. — Coin apoiou os cotovelos no púlpito. — Há uma possibilidade evidente.

— Você tem um cronograma?

— Não definitivo, meritíssimo. As estimativas para convocações são para as próximas duas semanas.

— Obrigado, sr. promotor, pode voltar para a mesa. — Lyman era um juiz antigo; sabia os jogos que os advogados armavam. — E a alocação da ré até o julgamento?

Coin voltou para o seu lugar atrás da mesa para se dirigir ao juiz.

— Deteremos a ré na prisão do município ou do condado, que for considerada mais segura para ela.

— Srta. Quinn? — perguntou o juiz.

Sam sabia que não havia a menor chance de Kelly Wilson ser solta sob fiança.

— Não tenho objeção quanto à prisão nesse momento, meritíssimo. Contudo, em relação a uma questão anterior, eu gostaria de dispensar o direito da srta. Wilson de ter seus crimes ouvidos por um grande júri. — Kelly já estava enfrentando uma investigação por causa provável por duas acusações de homicídio doloso. Sam não queria deixá-la vulnerável a mais acusações pela convocação de um grande júri. — Minha cliente não tem desejo de postergar o processo.

— Muito bem. — Lyman fez outra anotação. — Sr. Coin, você tem a intenção de tratar isso como uma investigação aberta, ou seja, entregará as evidências e tudo mais relacionado e não ocultará nada?

Coin levantou as mãos, um discípulo de Cristo.

— Sempre, meritíssimo. A menos que haja alguma base legal, uma investigação aberta sempre foi a política dessa promotoria.

Sam sentiu suas narinas dilatando ao se lembrar da gravação feita no hospital contra a qual Rusty teria que lutar.

— Está satisfeita com isso, srta. Quinn? — perguntou o juiz.

— Estou por enquanto, meritíssimo. Estou atuando apenas como segunda advogada. Meu pai apresentará suas moções para a corte assim que for capaz.

Lyman abaixou a caneta. Pela primeira vez, olhou para ela sem sua expressão desaprovadora.

— Como está seu pai?

— Ansioso para embarcar em uma defesa vigorosa para a srta. Wilson, meritíssimo.

Lyman torceu os lábios para o lado, incerto sobre o tom dela.

— Está ciente de que esse é um caso de crime capital, srta. Quinn, o que significa que a promotoria buscará uma condenação à pena de morte, como é de direito?

285

— Sim, meritíssimo, estou.

— Não estou familiarizado com os costumes de onde você veio, srta. Quinn, mas aqui tratamos nossos casos de crimes capitais com muita seriedade.

— Eu sou de Winder Road, uns dez quilômetros subindo essa rua, meritíssimo. Estou ciente da seriedade das acusações.

Ficou claro que Lyman não gostou dos risinhos na plateia.

— Por que tenho a sensação de que você não está agindo de verdade como uma segunda advogada para o seu pai? — Ele fez um gesto amplo com as mãos. — Em outras palavras, você não tem intenção alguma de continuar trabalhando no caso no transcorrer do julgamento.

— Acredito que o senhor colocou o sr. Graal em uma posição similar, meritíssimo, mas garanto que estou envolvida com esse caso e pretendo apoiar totalmente a srta. Wilson em qualquer capacidade que me for requerida para auxiliar na defesa dela.

— Tudo bem. — Ele sorriu e Sam sentiu seu sangue gelar, porque tinha acabado de cair na armadilha. — Você tem alguma questão ou dúvida na sua mente sobre a habilidade da ré em auxiliá-la ou em compreender a natureza desses procedimentos?

— Não vou entrar nesse mérito agora, meritíssimo.

Lyman não a deixaria fugir com tanta facilidade.

— Vamos nos permitir um exercício de raciocínio aqui, srta. Quinn. Você consideraria, como segunda advogada na defesa, abordar esse mérito no futuro...

— Só o faria se estiver embasada por testes científicos, meritíssimo.

— Testes científicos? — Ele pareceu desconfiado.

— A srta. Wilson exibiu uma vulnerabilidade a sugestionamentos, meritíssimo, como tenho certeza de que o promotor pode confirmar.

Coin interrompeu.

— Meritíssimo, não posso...

Sam falou por cima dele.

— A capacidade verbal e intelectual da srta. Wilson é limitada para uma garota de dezoito anos. Gostaria que fosse avaliada a decodificação da memória dela para comunicação visual não-verbal, sua linguagem funcional e quaisquer deficiências em verbalizar e decodificar a recuperação de informações, além de quantificar o seu quociente intelectual e emocional.

Coin bufou uma risada.

— E você espera que o condado pague por tudo isso?

Sam se virou para olhar para ele.

— Me foi dito que vocês levam a sério os casos de crimes capitais aqui.

Houve uma bolha de risos na plateia.

Lyman bateu o martelo várias vezes antes de se acalmarem. Sam viu uma pequena elevação nos cantos da boca do juiz enquanto suprimia o riso. Era raro juízes se divertirem nos tribunais. Esse homem ficara atrás da bancada por tanto tempo que provavelmente pensava já ter visto de tudo.

— Meritíssimo — disse Sam, testando as águas. — Posso abordar outra questão?

Ele fez um gesto bem amplo com a cabeça para ilustrar a latitude que estava permitindo.

— Como não?

— Obrigada, meritíssimo. Os pais da srta. Wilson estão ansiosos para voltarem para sua casa. Um prazo da promotoria para quando estimam liberar a residência dos Wilson seria bem-vindo.

Ken Coin saltou da mesa de novo.

— Meritíssimo, o condado ainda não tem uma estimativa para completar a busca citada na moradia dos Wilson. — Ele pareceu perceber que não poderia competir com a fala formal de Sam. Mostrou os dentes para o juiz. — Essas coisas são difíceis de prever, juiz. Precisamos de tempo para uma busca detalhada, executada de modo apropriado conforme as diretrizes estabelecidas no mandado.

Sam se culpou por não ter lido o mandado antes.

— Aí está sua resposta, srta. Quinn, tal como é — respondeu Lyman.

— Obrigada, meritíssimo. — Sam o viu pegar o martelo. Considerou na sua cabeça o *tal como é* do juiz. Sentiu uma onda de certeza, seu instinto gritando que aquele era o momento. — Meritíssimo?

Lyman abaixou o martelo de novo.

— Srta. Quinn?

— Sobre a investigação...

— Acredito que isso já foi discutido.

— Compreendo, meritíssimo. Contudo, há uma gravação feita da srta. Wilson ontem à tarde enquanto ela estava detida no hospital.

— Meritíssimo. — Coin estava de pé de novo. — Detida?

— Em custódia — esclareceu Sam.

— Ah, nem vem — O tom de Coin pingava de desgosto. — Você não pode...

— Meritíssimo...

Lyman levantou a mão para parar ambos. Ele se recostou na cadeira. Juntou as pontas dos dedos para pensar. Esses momentos acontecem com frequência nos tribunais, pontos em que o juiz para os procedimentos a fim de pensar nas repercussões de um pedido. Na maioria das vezes, acabam empurrando o problema com a barriga, pedem que moções sejam redigidas ou apenas dizem que postergarão sua decisão para outro momento.

Algumas vezes, lançam a questão de volta para os advogados, o que significa que têm que estar preparados para defender de forma sucinta seus méritos ou correm o risco do juiz se virar contra seu posicionamento pelo restante do caso.

Sam estava tensa, sentindo-se como se estivesse na largada, olhando para a pista vazia. Lyman mencionara a investigação bem antes, então era provável que soubesse que Ken Coin estava preparado para seguir o texto, mas não o espírito da lei.

Lyman acenou com a cabeça para Sam.

Ela disparou:

— A srta. Wilson estava sob a custódia de um policial à paisana que a acompanhou da escola até o hospital. Ele esteve na ambulância com ela. Ficou no quarto dela no hospital durante a noite. Dirigiu a srta. Wilson em uma viatura até a cadeia na manhã de hoje e estava presente quando lhe foram lidos seus direitos. Se uso as palavras "detida" ou "em custódia", é porque qualquer pessoa razoável...

— Meritíssimo — falou Ken. — Isso é uma audiência ou um episódio especial de *How to Get Away With Murder*?

Lyman lançou um olhar impiedoso para Sam, mas também lhe deu mais margem de manobra.

— Srta. Quinn?

— Nos termos da posição declarada pelo promotor sobre a investigação, requeremos que uma cópia do vídeo feito no hospital seja entregue para a srta. Wilson com urgência para que ela possa avaliar como proceder.

— Como proceder — ecoou Coin, como se a ideia fosse ridícula. — O que Kelly Wilson disse foi...

— Sr. Coin. — A voz de Lyman subiu o suficiente para se projetar até o fundo da sala. Ele limpou a garganta para ter silêncio. Falou para Coin: — Consideraria suas palavras com muito cuidado.

Coin relutou.

— Sim, meritíssimo. Obrigado.

Lyman pegou a caneta. Girou-a lentamente, fazendo o gesto para enrolar, o que era mais uma repreenda contra Coin. Até Kelly Wilson sabia que não se apresentava evidências durante uma denúncia.

— Sr. Coin, quando uma cópia desse vídeo do hospital pode ser disponibilizada? — indagou Lyman.

— Teremos que converter o filme, senhor. Foi gravado com um iPhone que pertence ao xerife Keith Coin.

— Meritíssimo? — Sam sentiu os dentes rangendo. Keith Coin era a verdadeira definição de um homem autoritário. Kelly teria saltado de um penhasco por ele. — Poderia me esclarecer um ponto? Como pode perceber, estou fora da cidade há algum tempo. O xerife Coin é irmão do promotor Coin?

— Você sabe que é, Samantha. — Coin se inclinou na direção do juiz, sua mão se agarrando na beirada da mesa. — Meritíssimo, me foi dito que precisaremos de alguém de Atlanta para garantir que a transferência do vídeo seja feita do modo apropriado. Há uma nuvem ou algo assim envolvida. Não sou especialista nessas coisas. Sou só um bom e velho garoto que sente falta do tipo de telefone que pesava nove quilos e que custava dois dólares por mês para ser alugado da companhia telefônica. — Ele sorriu para o juiz, que era aproximadamente da sua idade. — Senhor, essas coisas dependem de tempo e dinheiro.

— Gaste o dinheiro e apresse o tempo — comentou Lyman. — Srta. Quinn, mais alguma coisa?

Sam sentiu a euforia que vem de saber que o juiz está pendendo para o seu lado. Decidiu arriscar com a sua sorte.

— Meritíssimo, na questão das gravações em vídeo, também solicitamos que as filmagens das câmeras de segurança da escola sejam entregues o mais rápido possível para que nossos especialistas tenham tempo para analisá-las.

Coin bateu os nós dos dedos uma vez na mesa, claramente com o pé atrás.

— Isso também vai levar um tempo, meritíssimo. Meu próprio pessoal ainda não assistiu às filmagens. Temos uma responsabilidade com a privacidade das outras pessoas que estavam na escola no momento do tiroteio e temos que garantir que entregaremos só as evidências que são de direito da defesa segundo as regras da investigação.

Lyman pareceu em dúvida.

— Você ainda tem que ver a filmagem feita na escola ontem pela manhã? Os olhos do Coin viraram.

— Meu pessoal não assistiu, senhor.

— Todo o seu pessoal precisa ver?

— Especialistas, senhor. Precisamos...

— Vou acabar com o seu sofrimento — disse Lyman, obviamente agitado. — Para o *seu pessoal* ver o vídeo levaria uma semana? Duas semanas?

— Não poderia arriscar um palpite, meritíssimo. A quantidade de peças em movimento é...

— Esperarei sua resposta para minha pergunta até o final da semana. — Ele pegou o martelo, pronto para encerrar a audiência.

— Com licença, meritíssimo — interrompeu Sam.

Ele girou o martelo no ar, demandando agilidade.

— O promotor pode me dizer se preciso contratar um especialista em análise sonora também? Sempre é um desafio encontrar profissionais qualificados a tempo.

— Descobri que para localizar um profissional para um julgamento, só é preciso acenar com uma nota de cem dólares no estacionamento de uma universidade — falou Lyman, sorrindo quando alguns repórteres riram da piada repentina. — Sr. Coin?

Coin olhou para a mesa. A mão dele estava no quadril, o paletó estava desabotoado e a gravata torta.

— Meritíssimo.

Sam esperou. Coin não ofereceu nada.

— Sr. Coin, sua resposta para a questão do áudio? — retomou Lyman.

Coin bateu na mesa com seu dedo indicador.

— "O bebê está morto?"

Ninguém respondeu.

— "O bebê está morto?" — Coin bateu de novo na mesa, uma vez para cada palavras. — "O *bebê* está morto?"

Sam não ia parar aquilo, mas falou o obrigatório:

— Meritíssimo.

Lyman encolheu os ombros confuso.

— É isso que a srta. Quinn está buscando — falou Coin. — Ela quer saber o que Kelly Wilson disse no corredor depois de ter matado um homem e uma criança a sangue-frio.

Lyman enrugou a testa.

— Sr. Coin. Esse não é o momento para isso.

— "O bebê..."

— Sr. Coin.

— Esse era o nome que o casal Alexander usava para descrever a filha Lucy...

— Sr. Coin.

— Ela era chamada assim por Barbara Alexander diante dos seus alunos. Por Frank Alexander no ensino médio...

— Sr. Coin, esse é seu último aviso.

— Onde o sr. Alexander reprovaria Kelly Wilson na sua matéria. — Coin se virou para a multidão. — Kelly queria saber: o Bebê está morto.

Lyman bateu seu martelo.

— Sim, o Bebê está morto — disse Coin para Kelly.

— Meirinho.

Coin olhou de volta para o juiz.

— Meritíssimo...

— Eu? — Lyman fingiu-se surpreso. — Não tinha percebido que você sabia que eu estava aqui.

Não houve risadas tensas vindas da plateia. As palavras de Coin deixaram sua marca. As manchetes estavam garantidas pelos próximos dias.

— Minhas mais profundas desculpas, meritíssimo. Acabei de voltar da necropsia da pequena Lucy e...

— Chega! — Os olhos de Lyman acharam o meirinho. O homem levantou em prontidão. — Como você mesmo disse, sr. Coin. Essa audiência não é um episódio de How to Get Away With Murder.

— Sim, senhor. — Coin repousou as pontas dos dedos na mesa, se segurando, de costas para a multidão. — Minhas desculpas, meritíssimo. Estava abalado.

— E eu estou cansado da sua performance teatral. — Era visível que Lyman estava furioso.

Sam pressionou de novo.

— Meritíssimo, devo deduzir que há uma gravação em áudio com as filmagens da escola?

— Acredito que foi isso que todos nesse tribunal puderam deduzir, srta. Quinn. — Lyman repousou sua bochecha sobre o punho. Se reservou um momento para considerar o que tinha acabado de acontecer. As deliberações dele não eram longas. — Srta. Quinn, o promotor entregará para o seu escritório e para o oficial da corte, amanhã, às 17h em ponto, os seguintes cronogramas para...

Sam estava com o caderno e caneta prontos.

— A liberação urgente da *moradia* dos Wilson de volta para a custódia deles. A liberação da gravação completa e sem edição feita no hospital. A liberação de toda e qualquer filmagem das câmeras de segurança, sem edição, de dentro e do entorno da escola de ensino básico, do fundamental, além do ensino médio do outro lado da rua.

Coin abriu a boca, mas repensou sua objeção.

— Sr. Coin, seus cronogramas irão me impressionar pela agilidade e detalhamento — completou Lyman. — Estou correto?

— Sim, meritíssimo, está correto.

O juiz bateu o martelo.

— Todos se levantem — anunciou a oficial.

Lyman bateu a porta ao sair.

Uma respiração coletiva foi dada no tribunal.

Os guardas vieram buscar Kelly. Prepararam lentamente as correntes, sendo generosos ao permitir a ela alguns momentos com os pais.

Coin não lhe ofereceu o aperto de mão protocolar. Sam quase não reparou. Estava muito ocupada com as anotações no seu caderno, registrando para Rusty exatamente o que poderia esperar na tarde do dia seguinte porque as transcrições da corte não ficariam prontas em menos de uma semana. O juiz demandara várias coisas; mais do que ela esperara. Sam acabou tendo que escrever em volta de algumas anotações anteriores que fizeram quando falou com Kelly.

Sam parou de anotar.

Olhou para a transcrição, sublinhou...

Só fica um pouco irritado essa hora do dia.

Sam virou a página. Depois a próxima. Os olhos dela repassaram o que Kelly Wilson lhe disse.

Minha barriga também estava doendo como agora... Normalmente passa sozinho... Passando mal nessa mesma hora ontem... Para compensar algumas aulas que faltei na semana passada.

— Kelly. — Sam se virou para a garota. Os pés dela já estavam acorrentados. Os guardas estavam prestes a algemá-la, mas Sam os interrompeu, puxando-a para um abraço apertado. O macacão laranja se embolou sob os braços de Kelly. A barriga dela se pressionou contra a de Sam.

— Obrigada, srta. Quinn — sussurrou Kelly.

— Você vai ficar bem. Lembre-se do que falei sobre não falar com ninguém.

— Sim, dona. Vou ficar na minha. — Ela esticou os pulsos finos para que os guardas pudessem algemá-los. A corrente estava em volta da sua cintura.

Sam resistiu à necessidade de dizer para não apertarem tanto a corrente.

Lucy Alexander não era o bebê com quem Kelly Wilson estava preocupada.

CAPÍTULO DOZE

SAM SEGUIU COM CUIDADO seu caminho pela rampa íngreme de carga e descarga do lado de fora do tribunal. O fedor de comida podre havia desaparecido ou, talvez, ela se acostumara com o cheiro. Olhou para o céu. O sol laranja se arrastava pela grama verde dos picos distantes das montanhas. O crepúsculo seria em algumas horas. Ela não tinha ideia de onde dormiria aquela noite, mas tinha que falar com Rusty antes de sair da cidade.

Ele precisava saber que Kelly Wilson podia estar carregando o motivo dos seus crimes na barriga.

Enjoos matinais nem sempre vinham pela manhã. Algumas vezes vinham à tarde, mas o fator principal era ocorrerem aproximadamente na mesma hora todos os dias, principalmente durante o primeiro trimestre. Isso explicaria porque Kelly estava faltando na escola. Também explicaria o calombo redondo que Sam sentiu na barriga dela quando a abraçou apertado.

Kelly Wilson estava grávida há várias semanas.

O carro vermelho de Lenore fez um círculo aberto, parando a alguns centímetros do final da rampa.

— Sammy! — Charlie saltou do banco da frente. — Você foi fantástica demais lá! Ai, meu Deus! — Ela jogou a mão em volta da cintura de Sam. — Deixa eu ajudar você.

— Me dê um minuto — pediu Sam. O corpo dela estava em um estado em que ficar de pé era mais fácil do que sentar. — Você poderia ter me avisado sobre o juiz.

— Eu disse que ele era linha dura — falou Charlie. — Mas, nossa, você fez ele sorrir. Nunca o vi sorrindo. E você deixou Coin cuspindo como um irrigador quebrado. Aquele babaca estúpido lançou o caso dele bem no meio da audiência de denúncia.

Lenore saiu do carro.

Charlie estava radiante.

— Minha irmã mais velha não fez Ken Coin dançar como um maldito bailarino?

— Fiquei impressionada — falou Lenore.

— Aquele juiz... — Sam tirou os óculos para esfregar os olhos. — Tinha me esquecido...

— Que você está vestida como um Drácula da era Vitoriana?

— *Drácula* se passa nos tempos vitorianos. — Sam colocou os óculos. — A maior prioridade de Rusty deveria ser achar um especialista para avaliar Kelly. Ou ela é deficiente ou é esperta o suficiente para fingir. Ela pode estar enganando todos nós.

Charlie bufou uma risada.

— O papai talvez, mas ela não poderia enganar você.

— Você não disse que sou esperta demais para perceber o quanto sou estúpida?

— Você está certa. Precisamos de um especialista — concordou Charlie.

— Também temos que achar alguém que seja bom com confissões falsas. Você sabe que a gravação do hospital vai mostrar uma expectativa de se beneficiar.

— Talvez. — Sam estava preocupada com o fato de Ken e Keith Coin serem espertos demais para entregar seu jogo. Expectativa de benefício ou qualquer falso incitamento, como a promessa de uma pena menor em troca de uma confissão, era ilegal. — Posso achar um especialista em Nova York. Alguém que passe um pente fino nas gravações para garantir que não foram editadas. Rusty tem um investigador?

— Jimmy Jack Little — respondeu Lenore.

Sam não tremeria diante de um nome tão besta.

— Jimmy Jack precisa achar um garoto chamado Adam Humphrey.

— O que ele deve procurar? — perguntou Lenore.

— Humphrey pode ser alguém em quem Kelly confia.

— Ela estava transando com ele ou ele estava tentando transar com ela?

Sam encolheu os ombros, porque isso era tudo que ela de fato poderia oferecer sem quebrar a confidencialidade.

— Não acho que Kelly estude com ele. Talvez ele já tenha se formado? O único detalhe que tenho é que ele dirige um Camaro.

— Classudo — observou Charlie. — Será que ele está no anuário? A foto dele ou algo que ele escreveu? Kelly falou que ele era o namorado dela?

— Indeterminável — disse Sam. Kelly Wilson podia não compreender completamente o significado de um voto de confidencialidade, mas Sam não tratava esse dever com leviandade. — Rusty sabe que o pai de Lucy Alexander era professor de Kelly? — O homem pode ser um segundo suspeito na caça pela paternidade. Ela perguntou para Lenore: — Se você puder criar uma lista para Rusty com todos os professores da Kelly...

— Você sabe que essa é a abordagem deles. — disse Charlie. — Kelly estava brava que o sr. Alexander iria reprová-la, então levou a arma para a escola e matou a filha dele.

Essa não poderia ser a estratégia deles se surgisse um resultado positivo no teste de gravidez.

Charlie abriu a boca para falar.

— Silêncio... — Lenore apontou com a cabeça na direção atrás delas.

Ben estava descendo pela rampa, com as mãos nos bolsos, cabelo despenteado pelo vento. Ele sorriu para Sam.

— Você deveria ser advogada quando crescer.

Ela sorriu de volta.

— Vou pensar nisso.

— Você foi incrível. — Ben apertou o ombro dela. — Rusty vai ficar muito orgulhoso.

Sam sentiu o sorriso diminuindo. A última coisa que ela queria era a aprovação de Rusty.

— Obrigada.

— Amor — falou Charlie —, minha irmã não arrasou lá?

Ele assentiu.

— Ela arrasou.

Charlie esticou a mão para ajeitar o cabelo dele com os dedos, mas Ben já estava se afastando. Ele se aproximou de novo, mas a mão dela já tinha se abaixado. O mal-estar voltou.

— Ben, podemos jantar todos juntos? — tentou Sam.

— Estarei ocupado reconfortando meu chefe depois da surra que você deu nele, mas obrigado por convidar. — Os olhos dele miraram em Charlie, depois voltaram. — Mas, ei, Sam. Eu não sabia sobre o vídeo no hospital. Estive na delegacia o dia inteiro ontem. Descobri sobre a audiência meia hora antes dela começar. — Ele deu de ombros, do mesmo jeito que Charlie fazia. — Não jogo sujo desse jeito.

— Acredito em você — respondeu Sam..

— Melhor eu ir voltando. — Ben pegou a mão de Lenore. — Leve elas para casa em segurança.

Ele seguiu para a rampa, com as mãos bem fundas nos bolsos.

Charlie limpou a garganta. Ela o observou com uma saudade que partiu o coração de Sam. Naquele dia, vira a irmã chorar mais do que na infância toda delas. Sam queria arrastar a irmã até Ben e fazer Charlie implorar por perdão. Ela era tão obstinada. Nunca se desculpava por nada.

— Entrem no carro. — Lenore foi para trás do volante. Ela bateu a porta.

Sam olhou com uma expressão questionadora para Charlie, mas ela deu de ombros enquanto se arrastava para o banco de trás, deixando espaço para Sam.

Lenore já estava manobrando enquanto Sam ainda fechava a porta.

— Pra onde vamos? — perguntou Charlie.

— Para o escritório. — Lenore virou na rua principal. Acelerou quando viu o farol amarelo.

— Meu carro está na delegacia — avisou Charlie. — Tem algum motivo pra irmos até o escritório?

— Sim — foi tudo que Lenore falou.

Isso pareceu ser o suficiente para Charlie. Ela se afundou no banco. Olhou pela janela. Sam supôs que ela estava pensando sobre Ben. A necessidade de agarrar Charlie e de enfiar algum bom-senso nela era avassaladora. Por que a irmã arriscou o casamento? Ben era a única coisa boa que ela tinha na vida.

Lenore virou em outra rua lateral. Sam finalmente se localizou. Estavam no lado ruim da cidade, o lugar onde o dinheiro dos turistas não chegou. Todo prédio parecia tão abandonado quanto parecera trinta anos atrás.

Lenore ergueu uma miniatura da nave espacial *Enterprise*.

— Ben me deu isso.

Sam não fazia ideia de por que ele daria a Lenore um brinquedo.

Charlie pareceu saber.

— Ele não deveria ter feito isso.

— Bom, ele fez — falou Lenore.

— Jogue fora — mandou Charlie. — Bata no liquidificador.

— Alguém pode me dizer... — começou Sam.

— É um pendrive — explicou Charlie. — E suponho que tem algo nele que ajudará com o nosso caso.

— Exatamente — disse Lenore.

— Joga essa merda fora — Charlie disse pronunciando cada palavra. — Ele vai ter problemas. Vai ser demitido. Ou pior.

Lenore enfiou o pendrive no sutiã.

— Não vou fazer parte disso. — Charlie levantou as mãos. — Se fizer Ben perder a licença, nunca vou perdoar você.

— Põe na minha conta. — Lenore lançou o carro em outra rua lateral. O antigo prédio da loja de materiais de escritório tinha mudado um pouco. A porta de vidro da frente estava coberta por madeiras. Havia barras grossas de ferro nas janelas. O portão na entrada também era novo. Sam se lembrou do parque com animais selvagens soltos do zoológico de San Diego quando o portão se abriu, conduzindo-as para um santuário emparedado atrás do prédio.

— Você vai ver o drive? — questionou Charlie.

— Vou — respondeu Lenore.

Charlie olhou para Sam em busca de ajuda.

Sam deu de ombros.

— Ele queria que a gente visse.

— Eu odeio muito vocês duas. — Charlie saltou do carro. Ela abriu a porta de segurança e a porta normal antes que Sam pudesse falar com ela.

— Podemos abrir o arquivo no meu escritório — comentou Lenore.

Charlie virou em um corredor batendo os pés no chão e acendendo as luzes por onde passava.

Sam não sabia se seguia a irmã ou se dava um tempo para a raiva de Charlie diminuir. Sentiu que deveria ser cautelosa. Ela estava tão volátil, celebrando a performance de Sam no tribunal e, logo em seguida, a denegrindo por fazer o seu trabalho. Havia uma correnteza subterrânea de tristeza fluindo por Charlie que de tempos em tempos fazia tudo desabar.

— Por aqui. — Lenore acenou na direção do outro lado do prédio.

Sam a seguiu por outro longo corredor marcado pelo odor dos cigarros de Rusty. Ela tentou se lembrar da última vez que foi uma fumante passiva. Provavelmente em Paris, antes de proibirem o fumo dentro dos estabelecimentos.

Passaram por uma porta fechada que tinha o nome de Rusty na placa do lado de fora. Sam teria adivinhado que aquele era o seu escritório só pelo cheiro. As marcas de nicotina radiando da porta ofereciam uma pista adicional.

— Ele não fuma no prédio há anos — comentou Lenore. — O cheiro vem nas roupas dele.

Sam fez uma careta. Tinha tantas coisas erradas no corpo dela que não era capaz de imaginar por que alguém se prejudicaria de propósito. Se dois ataques cardíacos não serviram de alerta, nada serviria.

Lenore tirou um molho de chaves da bolsa. Segurou a bolsa embaixo do braço enquanto destrancava a porta. Ela ligou as luzes. Sam apertou os olhos enquanto eles protestavam contra o brilho repentino das luzes.

Quando as pupilas finalmente se ajustaram, deparou-se com um espaço acolhedor e bem organizado. O escritório de Lenore era bem azul. Paredes azuis-claras. Carpete azul-escuro. Sofá azul pastel com almofadas em vários tons da mesma cor.

— Eu gosto de azul — explicou-se ela.

Sam parou em frente ao sofá.

— Bem agradável aqui.

— Pode se sentar.

— Acho melhor ficar de pé.

— Como quiser. — Lenore se sentou à mesa.

— Minha perna está...

— Não precisa explicar. — Ela se inclinou e inseriu o drive USB no computador. Virou o monitor para que Sam pudesse ver. — Quer que eu saia?

Sam não queria passar a imagem de uma pessoa mais rude do que já fora antes.

— Você quem decide.

— Então, eu fico. — Lenore clicou para abrir o pendrive. — Um arquivo. Só uma série de números. Pode ver?

Sam assentiu. A extensão dizia ".mov", o que significava que era um vídeo.

— Vá em frente.

Lenore clicou no nome do arquivo.

O vídeo abriu.

Ela clicou no botão para ficar em tela cheia.

A imagem poderia ser uma fotografia se não fossem os números se alternando no canto: 07:58:47. Um corredor típico de uma escola. Armários azuis. Piso de assoalho marrom-claro. A câmera estava virada muito para baixo. Só metade do corredor era visível pelas lentes, algo em torno de quinze metros de área livre. No ponto mais distante aparecia um feixe estreito de luz que devia vir de uma porta aberta. Havia pôsteres nas paredes. Pichações salpicavam os armários. Toda a área estava vazia. A filmagem era granulada. A cor era lavada, mais para um tom de sépia.

Lenore aumentou o volume das caixas de som.

— Sem som.

— Olha. — Sam apontou para o monitor. Enquanto assistia, um pedaço de um bloco de cimento foi espontaneamente lascado da parede.

— Um tiro — disse Lenore.

Sam olhou para o buraco redondo da bala.

Um homem correu para o corredor.

Ele entrou em cena por detrás da câmera. As costas dele estavam viradas para elas. Camisa social branca. Calças escuras. O cabelo dele era grisalho, com um corte típico masculino, curto atrás, dividido na frente.

Ele parou, de modo abrupto, as mãos esticadas na frente dele.

Não, não.

Lenore inspirou pelos dentes cerrados quando o homem foi jogado para trás uma vez, depois outra e outra.

O sangue formou uma névoa no ar.

Ele desabou no chão. Sam viu o rosto.

Douglas Pinkman.

Um tiro no peito. Dois na cabeça. Um buraco preto substituiu seu olho direito.

Um rio de sangue começou a fluir em volta do corpo dele.

Sam sentiu a mão cobrindo a boca.

— Por Deus... — sussurrou Lenore.

Uma silhueta pequena entrou no corredor. Estava com as costas viradas para as lentes.

Rabos de cavalo saltando em cada lado da cabeça.

Uma mochila de princesa, sapatos que acendiam luzes e braços balançando.

Ela parou de forma abrupta.

O sr. Pinkman. Morto no chão.

Lucy Alexander caiu rapidamente, pousando inclinada sobre a mochila volumosa.

A cabeça dela virada para trás. As pernas esticadas. Os sapatos apontando para o teto.

A garotinha tentou em vão levantar a mão. Tocou os dedos na ferida aberta no pescoço.

A boca estava se movendo.

Judith Pinkman correu em direção à câmera. A sua camisa vermelha parecia ter um tom pálido de ferrugem. Estava com os braços para trás, abertos para os lados, como uma criatura alada prestes a voar. Ela passou pelo marido e se jogou de joelhos ao lado de Lucy.

— Olhe... — falou Lenore.

Kelly Wilson entrou em cena.

Distante. Um pouco fora de foco. A garota estava no ponto mais remoto do alcance das lentes da câmera. Estava vestida toda de preto. O cabelo ensebado caído sobre os ombros. Olhos arregalados. Boca aberta. Ela segurava o revólver na mão direita.

Como eu disse, a arma estava na minha mão.

Kelly se sentou no chão. O lado esquerdo do corpo dela estava fora do alcance da câmera. As suas costas estavam viradas para os armários. O revólver permaneceu ao lado dela, sobre o chão. Ela olhou direto para a frente.

— No máximo, onze segundos desde o momento em que a bala entrou na parede. — Lenore apontou para o relógio no canto da tela. — Contei cinco tiros ao todo. Um na parede. Três em Pinkman. Um em Lucy. Não foi isso que a reconstituição mostrou no noticiário. Dizem que ela deu dois tiros em Judith Pinkman e errou ambas as vezes.

Sam se permitiu olhar para Lucy de novo.

A boca de Judith Pinkman se abriu para gritar para o teto.

Sam leu a tristeza nos lábios da mulher.

Me ajude.

Em algum lugar na escola, Charlie estava ouvindo as súplicas da mulher.

Lenore ergueu uma caixa de lenços da mesa.

Sam pegou alguns. Secou os olhos. Ela assoou o nariz. Assistiu a Judith Pinkman envolver a cabeça de Lucy com as mãos. Ela tentou em vão estancar a ferida que se abriu no pescocinho da garota. O sangue escorreu pelos dedos dela como se estivesse apertando uma esponja. A mulher estava chorando, lamentando o luto.

Charlie surgiu do nada, saltando na cena.

Ela correu pelo corredor, em direção à câmera, em direção à Lucy e à sra. Pinkman. A expressão no rosto dela era de pânico total. Os seus joelhos atingiram o chão. Ela ficou virada de lado para a câmera, com o rosto bem visível.

Agarrou a mão de Lucy Alexander. Falou com a garota. Balançou-a para a frente e para trás, tentando acalmar a garota e a si mesma.

Sam vira Charlie se balançar dessa forma só uma vez antes.

— Esse é Mason — explicou Lenore. Ela assoou o nariz fazendo muito barulho.

Mason Huckabee estava de costas para a câmera. Estava falando com Kelly, tentando persuadi-la a entregar a arma. A garota ainda estava sentada, mas tinha escorregado mais para o fundo do corredor. Sam não podia mais ver o rosto dela. A única parte visível do corpo era a perna direita e a mão com o revólver.

A coronha da arma estava apoiada no chão.

Mason ficou de joelhos. Inclinou-se para a frente. O braço dele se esticou, com a palma da mão à mostra. Ele avançou aos poucos em direção a Kelly. Devagar, bem devagar. Sam só podia imaginar o que ele estava dizendo. *Me dê a arma. Apenas entregue para mim. Você não precisa fazer isso.*

Mason conhecia Kelly Wilson, fora professor e tutor dela. Saberia que ela podia ser convencida a obedecer.

Na tela, ele continuou se aproximando, cada vez mais, até que, sem aviso, Kelly elevou a arma e ela saiu de cena.

O estômago de Sam se revirou.

Mason recuou rapidamente, abrindo uma distância entre ele e Kelly.

— Ela apontou a arma para si mesma — observou Lenore. — Por isso que as mãos dele estavam para baixo em vez de para cima.

O olhar de Sam buscou Charlie de novo. Ela estava ao lado de Lucy, na frente da sra. Pinkman. A mulher mais velha estava olhando para o teto, olhos fechados, obviamente rezando. Charlie sentou com as pernas cruzadas no chão. As mãos dela estavam no colo. Esfregava os dedos olhando para o sangue como se nunca tivesse visto algo assim antes.

Ou, talvez, estivesse pensando que já vira algo exatamente igual àquilo.

A cabeça de Charlie virou devagar. Olhou para fora da área que a câmera cobria. Um rifle deslizou pelo chão, parando há alguns centímetros dali. Charlie não se moveu. Outro segundo se passou. O rifle foi pego por um policial. Ele correu pelo corredor. O colete à prova de balas estava solto e batia na cintura dele. Ele ficou com um joelho no chão e pressionou a coronha do rifle contra o ombro.

A arma estava apontada para Mason Huckabee, não para Kelly Wilson.

Mason estava de joelhos, de costas para Kelly, bloqueando a linha de tiro do homem.

Tudo aquilo parecia alheio a Charlie. Ela estava olhando para baixo, para as mãos, aparentemente mesmerizada pelo sangue. O balançar do corpo dela começou a ficar menos pronunciado, mais parecido com uma vibração passando pelo corpo.

— Minha bebezinha — sussurrou Lenore.

Sam teve que desviar o olhar de Charlie. Olhou para Mason ainda de joelhos. Naquele momento, estava de costas para Kelly Wilson. O rifle estava apontado para o peito dele.

O rifle estava apontado para o peito dele.

Os olhos de Sam voltaram para Charlie. Ela não se moveu. Ainda estava balançando. Parecia estar em algum tipo de estado de fuga. Pareceu não perceber quando o segundo policial correu pela frente dela.

Sam seguiu o progresso rápido do homem pelo corredor. Assim como o outro policial, as suas costas estavam viradas para a câmera, mas Sam podia ver a arma nas mãos dele. Ele parou a alguns centímetros do outro policial com o rifle.

Rifle e revólver.

Revólver e rifle.

Mason Huckabee tinha estendido a mão em direção a Kelly por cima do ombro esquerdo, oferecendo a palma. Ele estava falando com ela, o mais provável era que estivesse tentando persuadi-la a lhe entregar a arma.

Os policiais balançavam as armas. As suas posturas eram agressivas. Sam não precisava ver os rostos deles para saber que estavam gritando ordens.

Em contraste, Mason estava calmo, centrado. A sua boca se movia lentamente. Seus movimentos eram como os de um gato.

O olhar de Sam voltou para Charlie assim que ela olhou para cima. A expressão no rosto dela era de partir o coração. Sam queria entrar pela tela e abraçá-la.

— Ela se afastou — disse Lenore.

Ela se referiu a Kelly. A garota estava quase fora da cena nesse ponto. Só um pedaço preto do jeans dela indicava que ainda estava lá. Mason foi para trás junto com ela. A cabeça dele, o ombro e a mão esquerda sumiram por completo. O ângulo da câmera tinha cortado o torso dele em uma linha diagonal.

Os policiais não se moveram.

Mason não se moveu.

Houve uma nuvem de fumaça vinda da arma do policial.

O braço direito do Mason se retraiu.

O policial atirara nele.

— Ó, meu Deus! — gritou Sam. Não podia ver o rosto de Mason, mas seu torso tinha se retorcido apenas um pouco.

Os policiais pareceram tão surpresos quanto Sam. Não se moveram, ficaram lá por vários segundos, ambos abaixaram as armas. Falaram com outra pessoa. O homem com o rifle pegou o rádio do ombro. O outro virou em volta no corredor, olhou para Charlie e, então, virou de costas.

Ele estendeu a mão para Mason.

Mason se levantou. O segundo policial andou na direção de Kelly Wilson.

De repente, a garota apareceu na tela, rosto no chão, o joelho do policial nas costas dela. Fora jogada como um saco.

Sam procurou pela arma do crime.

Não estava na mão de Kelly nem de outra pessoa.

Não estava no chão perto de Kelly.

Não estava na mão do policial com o joelho nas costas dela.

Mason Huckabee estava de pé, com as mãos vazias para os lados, falando com o policial com o rifle. O sangue deixou a manga da camisa dele quase preta. Estava falando com o policial como se discutissem uma jogada errada em algum evento esportivo.

Sam olhou para o chão em volta dos pés deles.

Nada.

Nenhum armário fora aberto.

Nenhum dos policiais parecia ter guardado o revólver no cinto.

Ninguém chutara a arma pelo chão.

Ninguém esticou a mão para escondê-la atrás de uma placa do forro.

Sam voltou para Charlie. As mãos dela estavam vazias. Ela ainda estava sentada com as pernas cruzadas no chão, ainda parecia desnorteada. A cabeça dela não estava virada na direção dos homens. Sam notou que um risco de sangue escorria pela bochecha dela. Ela devia ter esfregado a mão no rosto.

O nariz dela ainda não estava quebrado. Não havia hematomas em volta dos olhos.

Charlie não parecia registrar a presença do grupo de policiais correndo pelo corredor. Armas em punho. Coletes soltos.

O monitor se apagou.

Sam encarou a tela escura por mais alguns segundos, mesmo não havendo mais nada para ver.

Lenore soltou uma respiração longa.

Sam fez a única pergunta que importava.

— Charlie está bem?

Lenore apertou os lábios.

— Houve um tempo em que eu poderia lhe contar tudo sobre ela.

— Mas agora?

— Muito mudou nos últimos anos.

Os ataques cardíacos de Rusty. Charlie se abalara com a possibilidade repentina da morte do pai? Seria a cara dela esconder o medo ou encontrar formas autodestrutivas para não pensar no assunto. Como dormir com Mason Huckabee. Como se alienar de Ben.

— Você deveria comer — falou Lenore. — Vou lhe fazer um sanduíche.

— Obrigada, mas não estou com fome. Preciso de um lugar para fazer algumas anotações para o meu pai.

— Use o escritório dele. — Lenore pegou uma chave na bolsa. Ela a deslizou pela mesa na direção de Sam. — Vou transcrever esse vídeo, para garantir que não perdemos nada. Também quero puxar aquilo que chamaram de reconstituição no noticiário. Não tenho certeza de quem está vazando as informações sobre a sequência, em especial sobre os tiros, mas estão errados, de acordo com esse vídeo.

— No tribunal, Coin indicou que havia um áudio.

— Ele não corrigiu Lyman — apontou Lenore. — Meu palpite é que há uma fonte alternativa. A escola mal pode pagar a conta de luz. As câmeras provavelmente já têm décadas de uso. Não pagariam para prepará-las para a captação de som.

— Um esforço inútil, considerando o número de crianças que ficam nos corredores. Isolar uma voz no meio do barulho seria um desafio. Um celular, talvez?

— Talvez. — Lenore deu de ombros e voltou para o computador. — Rusty vai descobrir.

Sam olhou para a chave na mesa de Lenore. A última coisa que queria fazer era ficar no escritório de Rusty. O seu pai fora um acumulador antes da televisão popularizar esse distúrbio. Imaginava que haveria caixas na casa da fazenda que não foram desembaladas desde que Gamma as trouxera do brechó.

Gamma.

Charlie dissera que a foto — *a* foto de Gamma — estava na mesa de Rusty.

Sam caminhou de volta pelo corredor para o escritório do pai. Ela só pôde abrir parcialmente a porta antes que emperrasse em uma pilha de escombros. A sala era grande, mas a desordem reduzia as suas dimensões. Caixas, papéis e arquivos inundavam quase toda superfície. Só um caminho curto até a mesa indicava que alguém, em algum momento, utilizava o espaço. O ar estagnado ali dentro fez Sam tossir. Ela procurou a luz, depois pensou melhor no caso. A sua dor de cabeça tinha começado a reduzir desde que tirara os óculos no tribunal.

Sam deixou a bengala perto da porta. Andou com cuidado no caminho até a mesa de Rusty, imaginando que um passeio virtual pelo cérebro intrincado do pai não seria tão diferente daquilo. Como ele conseguia trabalhar ali era um mistério. Ela acendeu o abajur da mesa. Abriu as cortinas que cobriam a janela imunda protegida por grades. Sam supôs que a superfície plana provida de uma pilha de depoimentos servia como mesa para escrever. Não havia computador. Um rádio-relógio que Gamma dera a ele quando Sam era criança era o único indicativo de modernidade.

A mesa era de nogueira, possuía uma área vasta que Sam lembrava que continha um mata-borrão de couro verde, provavelmente no mesmo estado de quando foi fabricado, preservado sob pilhas de tranqueiras. Ela testou a firmeza da cadeira de Rusty. A coisa estava inclinada para o lado porque ele era um inclinador incorrigível. Quando Sam pensava no seu pai sentado, ele sempre estava escorado no cotovelo direito, com o cigarro na mão.

Sam se sentou na cadeira instável. O grito agudo do regulador de altura era alto e desnecessário. Uma lata simples de lubrificante poderia erradicar o barulho. Os braços podiam ser firmados com um pouco de cola nos parafusos. Substituir os anéis de aderência nas rodas melhoraria a estabilidade.

Ou o idiota podia encomendar uma nova cadeira em uma loja on-line.

Sam tirou alguns papéis e pilhas de transcrições da frente enquanto procurava *a* foto de Gamma. Ela queria jogar tudo para fora da mesa, mas estava certa de que Rusty tinha um sistema na sua loucura. Não que Sam em algum momento na vida permitisse que sua mesa ficasse daquele jeito, mas se alguém tirasse as coisas dela do lugar, ela mataria a pessoa.

Verificou o topo das pilhas amontoadas, as quais continham, entre outras coisas, um pacote de cadernos de anotação lacrados. Abriu o pacote. Achou suas anotações na bolsa. Trocou os óculos. Escreveu o nome de Kelly

Wilson no alto da folha. Acrescentou a data. Fez uma lista de itens para Rusty seguir.

1. Teste de gravidez.

2. Paternidade: Adam Humphrey? Frank Alexander?

3. Vídeo do hospital; filmagens de segurança (áudio?)

4. Por que Kelly estava na escola de ensino fundamental? (As vítimas foram aleatórias.)

5. Lista de tutores/ professores/ cronograma de aulas.

6. Judith Pinkman...?

Sam sublinhou as letras do nome da mulher.

Durante a passagem de Sam pelo ensino fundamental, a sala principal em frente à secretaria fora alocada para o departamento de língua inglesa. Judith Pinkman era uma professora de inglês, o que explicava por que estava lá quando o tiroteio começou.

Sam refletiu sobre a filmagem das câmeras de segurança.

A sra. Pinkman aparecera no corredor depois de Lucy levar o tiro no pescoço. Sam acreditava que menos de três segundos se passaram entre o momento em que a garotinha caiu de costas, no chão, e o momento em que Judith Pinkman apareceu no final do corredor.

Cinco disparos. Um na parede. Três em Douglas Pinkman. Um em Lucy.

Se o revólver tinha seis balas, então por que Kelly não usou o último tiro em Judith Pinkman?

— Acho que ela engravidou. — Charlie estava parada na porta, um prato com um sanduíche em uma mão e uma garrafa de Coca-Cola na outra.

Sam virou suas anotações para baixo. Tentou manter sua expressão neutra, com receio de entregar o jogo.

— O quê?

— Lá no ensino fundamental, quando toda aquela merda sobre ela estava rolando. Acho que Kelly estava grávida.

Sam teve uma sensação momentânea de alívio, mas então percebeu o que a irmã estava dizendo.

— Por que acha isso?

— Vi no Facebook. Fiquei amiga de uma das garotas da escola.

— Charlie.

— É uma conta falsa. — Charlie colocou o prato na mesa à frente de Sam.

— Essa garota, Mindy Zowada, é uma das vadias que foi cruel no anuário. Cutuquei ela um pouco, disse que tinha ouvido uns rumores de que Kelly era fácil no ensino fundamental, levou dois segundos para ela soltar que Kelly fizera um aborto aos treze anos. Ou "uma aborto", como Mindy disse.

Sam inclinou a cabeça sobre a mão. Essa informação dava uma nova perspectiva sobre Kelly Wilson. Se a garota estivera grávida antes, era certo que reconhecia os sintomas dessa vez. Então, por que não contou para Sam? Estava se fazendo de boba para ganhar a simpatia dela? Podia confiar em alguma coisa que ela disse?

— Ei... — disse Charlie. — Conto o segredo mais sinistro de Kelly Wilson e tudo que ganho é essa cara de paisagem?

— Me desculpe. — Sam se encostou na cadeira. — Você assistiu o vídeo?

Charlie não respondeu, mas sabia sobre o problema com o áudio.

— Não tenho certeza sobre a teoria do celular. O som teria que vir de algum outro lugar. Há uma regra que manda trancar as salas no caso de um tiroteio em andamento. Os professores fazem simulações uma vez por ano. Todos estariam nas suas salas, com as portas fechadas. Se alguém ligasse para a emergência, não poderiam captar a conversa no corredor.

— Judith Pinkman não seguiu o procedimento padrão — falou Sam. — Ela correu para o corredor depois que Lucy levou o tiro. — Sam desvirou seu bloco de anotações e o manteve em um ângulo longe do olhar de Charlie enquanto acrescentou isso. — Ela também não correu até o marido. Disparou direto na direção de Lucy.

— Era óbvio que ele estava morto. — Charlie apontou para o lado do rosto dela. O queixo de Douglas Pinkman tinha sido destruído quase por completo pelo tiro. Havia um buraco de bala na cavidade do olho.

— Então, Coin estava mentindo quando nos fez acreditar que havia um áudio da Kelly perguntando sobre "o Bebê"?

— Ele é um mentiroso, tendo a acreditar que mentirosos sempre mentem. — Charlie pareceu pensar um pouco mais sobre aquilo. — O policial pode ter falado para Coin. Ele estava parado bem ali no corredor quando Kelly disse seja lá o que tenha dito. Isso o afetou de verdade. Ele ficou mais furioso do que antes e já estava bem raivoso antes.

Sam terminou sua anotação.

— Faz sentido.

— E a arma do crime? — perguntou Charlie.

— O que tem?

Charlie se apoiou na pilha de lixo em formato de cadeira. Estava puxando uma linha da calça jeans azul dela, a mesma que puxara pela manhã.

Sam deu uma mordida no sanduíche. Olhou para a janela suja. Aquele dia exaustivo parecia não ter fim e só naquele momento o sol começara a se pôr.

Sam apontou para a Coca-Cola.

— Posso tomar um pouco?

Charlie rosqueou a tampa. Colocou a garrafa sobre as anotações viradas para baixo de Sam.

— Vai contar para o papai sobre Huck e a arma?

— Por que isso importa para você?

Charlie fez o seu gesto de encolher só um ombro.

— O que está acontecendo com você e Ben?

— Indeterminável.

Sam engoliu a manteiga de amendoim com uma golada de refrigerante. Aquele seria o momento para contar a Charlie sobre Anton. De explicar que sabia como os casamentos funcionavam, compreendia as briguinhas mesquinhas que podiam escalonar. Deveria dizer a Charlie que isso não importa. Que se você ama alguém, deveria fazer todo o possível para fazer funcionar, porque a pessoa que você adora mais do que qualquer outra no mundo podia reclamar de uma dor de garganta em um dia e estar morta no outro.

Em vez disso, falou para a irmã:

— Você precisa acertar as coisas com Ben.

— Me pergunto com qual frequência você falaria se erradicassem as palavras "você precisa" do seu vocabulário.

Sam estava cansada demais para defender uma causa perdida. Deu outra mordida no sanduíche. Mastigou devagar.

— Estava procurando a foto de Gamma.

— Está na mesa dele em casa.

Isso encerrava o assunto. Sam não iria para a casa da fazenda.

— Tem isso aqui. — Charlie usou o dedão e dois dedos para arrancar um livro debaixo de uma caixa de arquivo, no melhor estilo balança mas não cai, sem deixar os papéis no topo escorregarem.

Ela entregou o livro para Sam.

Sam leu o título em voz alta.

— "Previsão do tempo por processo numérico". — O livro parecia muito antigo e muito lido. Sam passou os dedos pelas páginas. Marcações a lápis destacavam os parágrafos. O texto parecia ser o que o título prometia: um guia para prever o tempo com base em um algoritmo específico que incorporava pressão atmosférica, temperatura e umidade. — De quem são esses cálculos?

— Eu tinha treze anos — explicou Charlie.

— Você não era retardada. — Sam corrigiu uma das equações. — Pelo menos não achei que você fosse.

— Era de Gamma.

A caneta de Sam parou.

— Ela encomendou o livro antes de morrer. Chegou um mês depois — contou Charlie. — Há uma torre meteorológica antiga atrás da fazenda.

— Sério que ainda está lá? — Sam quase se afogara na correnteza sob a torre, porque estava fraca demais para levantar a cabeça da água.

— Rusty e eu íamos consertar os instrumentos na torre para surpreender Gamma. Pensamos que ela ia se divertir coletando os dados. O Programa Cooperativo do Serviço de Observadores Meteorológicos chamava essas pessoas de cientistas amadores. Havia milhares deles por todo o país que coletavam dados, mas os computadores cuidam disso hoje em dia. Acho que o livro prova que ela estava um passo à frente de nós. Como sempre.

Sam folheou os gráficos e algoritmos misteriosos.

— Você sabe que isso é fisicamente irreal. A atmosfera tem um equilíbrio delicado entre campos de massa e movimento.

— Sim, Samantha, todo mundo sabe disso.... O papai e eu trabalhamos juntos nos cálculos. Pegávamos os dados do equipamento meteorológico todas as manhãs, enfiávamos eles no algoritmo e prevíamos o tempo do dia seguinte. Ou, pelo menos, tentávamos. Isso nos fazia sentir como se ela estivesse por perto.

— Gamma teria gostado disso.

— Ela ficaria furiosa por eu não conseguir fazer os cálculos.

Sam deu de ombros, porque era verdade.

Ela folheou lentamente o livro, sem prestar atenção de verdade às palavras. Pensou em quando Charlie era pequena, na forma como ela trabalhava na mesa da cozinha com a cabeça inclinada e a língua entre os lábios enquanto fazia a lição de casa. Ela sempre fazia um zunido quando estudava matemática. Assobiava quando fazia os projetos de educação artística. Às vezes, cantava alto algumas frases que lia nos livros, mas só quando achava que estava sozinha. Sam ouvia com frequência a cantoria grave como a de uma ópera pelas paredes finas que dividiam os quartos delas. "Seja merecedora, amor, e o amor virá!" ou "Juro por Deus, jamais sentirei fome novamente!"

O que acontecera com aquele zunido, com o assobio e a cantoria de Charlie?

Era compreensível que a morte de Gamma e a lesão no cérebro de Sam tivessem reprimido um pouco daquela alegria, mas Sam vira aquela fagulha de felicidade quando estiveram juntas pela última vez em Nova York. Ela estava fazendo piadas, provocando Ben, zunindo, cantando e sempre se entretendo com os próprios barulhos. O comportamento dela na época lembrava Sam do modo como às vezes encontrava Fosco sozinho em um cômodo, ronronando para si mesmo para se entreter.

Então, quem era essa mulher com essa infelicidade profunda em que a irmã se transformara?

Charlie estava puxando o fio na calça de novo. Ela fungou. Tocou os dedos no nariz.

— Meu Deus. Estou sangrando de novo. — Ela continuou fungando, o que não resolvia nada. — Tem algum lenço?

Kelly Wilson tinha exaurido o estoque de Sam. Ela olhou em volta no escritório de Rusty. Abriu as gavetas da mesa.

Charlie fungou de novo.

— O papai não vai ter lenços de papel.

Sam achou um rolo de papel higiênico na última gaveta. Ela o entregou para Charlie.

— Você deveria procurar alguém que colocasse seu nariz no lugar antes que seja tarde demais. Você não passou a noite toda em um hospital?

Charlie limpou o sangue.

— Dói muito.

— Você vai me dizer quem acertou você?

Charlie parou de examinar o sangue no papel higiênico.

— Na atual situação, não é relevante; mas, de certo modo, está se multiplicando nessa *coisa* e não quero mesmo falar disso com você.

— Justo. — Sam voltou seus olhos para a gaveta. Havia uma estrutura metálica vazia para pastas suspensas. Rusty jogara uma pilha de cartas sobre uma cópia vincada de um volume de três anos atrás do *Regras e Procedimentos nos Tribunais da Geórgia*. Sam estava prestes a fechar a gaveta quando viu o endereço do remetente em um dos envelopes.

Escrito à mão.

Letras precisas e furiosas.

PRISÃO PARA DIAGNÓSTICO & CLASSIFICAÇÃO DA GEÓRGIA
CAIXA POSTAL 3877
JACKSON, GA 30233

Sam congelou.

A D&C da Geórgia.

Os prisioneiros do corredor da morte ficavam abrigados nessa instalação.

— Algo errado? — perguntou Charlie. — Achou alguma coisa morta?

Sam não podia ver o nome acima do endereço. Outro envelope obscurecia a informação pessoal do detento, exceto por metade da primeira letra.

Sam podia ver uma linha curva, poderia ser parte de um *O*, ou um *I* mal escrito ou talvez a borda de um *C* maiúsculo.

O restante do nome estava coberto por um monte de panfletos de grinaldas natalinas.

— Por favor, não me diga que é pornografia. — Charlie deu a volta na mesa. Olhou dentro da gaveta.

Sam também olhou.

— Tudo que está aí é propriedade particular do papai — comentou Charlie. — Não temos nenhum direito de olhar.

Sam remexeu a gaveta com uma caneta.

Empurrou a parte com o destinatário escrito com uma cor brilhante.

CULPEPPER, ZACHARIAH DETENTO #4252619

— Deve ser uma ameaça de morte. Você viu os Culpepper hoje. Toda hora parece que a data de execução de Zachariah será marcada...

Sam pegou a carta. Não pesava nada, contudo, sentiu um peso nos seus dedos. O lacre do envelope já havia sido rasgado.

— Sam, isso é particular.

Sam puxou a folha de caderno. Dobrada duas vezes para caber no envelope. Branco no verso. Zachariah Culpepper tomou o cuidado de tirar as rebarbas rasgadas no canto em que o papel fora arrancado da espiral de metal.

Ele usara aqueles mesmos dedos para retalhar as pálpebras de Sam.

— Sam... — Charlie estava olhando na gaveta. Havia dezenas de outras cartas do assassino. — Não temos o direito de ler nenhuma...

— O que quer dizer por "direito"? — indagou Sam. A garganta dela engasgou com a palavra. — Eu tenho o *direito* de saber o que o homem que matou minha mãe está dizendo ao meu pai.

Charlie agarrou a carta.

Jogou-a de volta na gaveta e a fechou com o pé.

— Isso é perfeito. — Sam jogou o envelope vazio na mesa. Puxou a gaveta. Ela não se movia. Charlie a afundou com o chute. — Abra.

— Não. Nós não precisamos ler nada do que ele disse.

— "Nós" — repetiu Sam, porque não fora ela a lunática que teve a ideia de provocar uma briga com Danny Culpepper naquele dia. — Desde quando foi "nós" no que se trata dos Culpepper?

— O que quer dizer com isso?

— Nada, não tem sentido discutir sobre isso. — Sam esticou a mão e puxou a gaveta de novo. Nada se moveu. Os dedos dela pareciam ter a firmeza de uma pena diante da gaveta.

— Sabia que você ainda estava brava comigo.

— Eu não *continuo* brava com você — retrucou Sam. — Eu *acabei de* ficar brava com você, porque está agindo como uma garota de três anos. Está bem.

— Com certeza. Como você quiser, Sammy. Eu tenho três anos. Tudo bem.

— O que está acontecendo com você? — Sam podia sentir a raiva dela alimentando a de Charlie. — Quero ler as cartas do homem que matou nossa mãe.

— Você sabe o que elas dizem — falou Charlie. — Você ficou só um dia na cidade e já ouviu da própria cria do bastardo: nós mentimos. Ele é inocente. Estamos matando ele por causa de uma merda de dívida que o papai nunca cobraria de um jeito ou de outro.

Sam sabia que ela estava certa, mas isso não mudava sua opinião.

— Charlie, estou cansada. Pode, por favor, abrir a maldita gaveta?

— Não até você me dizer por que ficou aqui hoje. Por que foi na audiência. Por que ainda está aqui agora.

Sam sentiu como se tivesse uma bigorna sobre cada ombro. Ela se inclinou na mesa.

— Certo, quer saber por que fiquei hoje? Porque não acreditei no tanto que você ferrou com a sua vida.

Charlie bufou com tanta força que o sangue respingou do seu nariz. Ela limpou com os dedos.

— Porque a sua vida é tão perfeitinha, né?

— Você não faz ideia do que...

— Você colocou uma distância de dois mil quilômetros entre nós. Nunca respondia às ligações do papai ou aos e-mails de Ben ou ligava para qualquer

313

um de nós por nenhum motivo. Aparentemente você vem para Atlanta a toda a hora, menos de duas horas de distância e você nunca...

— Você me disse para não procurar você. "Nenhuma de nós conseguirá seguir em frente se estivermos sempre olhando para trás." Foram essas as suas palavras.

Charlie balançou a cabeça, o que apenas serviu para amplificar a irritação de Sam.

— Charlotte, você está tentando puxar essa briga o dia todo. Pare de balançar a cabeça como se eu fosse algum tipo de lunática.

— Você não é uma lunática, é uma vadia. — Charlie cruzou os braços. — Eu disse para você que não deveríamos olhar para trás. Não disse que não deveríamos olhar para a frente ou não tentar seguir em frente juntas, como as irmãs que deveríamos ser.

— Me desculpe se não pude ler nas entrelinhas da sua injúria mal construída sobre o status do nosso relacionamento fracassado.

— Bom, você levou um tiro na cabeça, então estou certa de que tem um furo no lugar onde seu processamento de injúrias deveria estar.

Sam apertou as mãos. Não ia explodir.

— Eu tenho a carta. Quer que eu mande uma cópia?

— Quero que você vá até a gráfica, duplique-a para mim e, depois, a enfie na sua bunda *yankee*.

— Por que eu duplicaria uma carta de uma página só?

— Meu Deus! — Charlie golpeou a mesa com o punho. — Você está aqui há menos de um dia, Sam. Por que minha vida miserável e patética de repente é uma preocupação tão grande para você?

— Esses não foram os meus adjetivos.

— Você fica implicando comigo. — Charlie bateu no ombro de Sam com os dedos. — Cutuca e cutuca como a droga de uma agulha.

— Sério? — Sam ignorou a onda lancinante de dor cada vez que Charlie bateu no ombro dela. — *Eu* implico com *você*?

— Me perguntando sobre Ben. — Ela cutucou de novo, mais forte. — Me perguntando sobre Rusty. — De novo. — Sobre Huck. — Mais uma vez. — Me perguntando sobre...

— Pare! — Sam gritou batendo na mão dela para afastá-la. — Por que você é tão antagonizante?

— Por que você é irritante pra caralho?

— Porque você deveria ser feliz! — gritou Sam, e o som da verdade foi como um choque nos sentidos dela. — Meu corpo é inútil! Meu cérebro é... — Ela jogou as mãos no ar. — Se foi! Tudo que eu deveria ter sido desapareceu. Eu não posso enxergar. Não posso correr. Não posso me mover. Não posso processar as informações. Não tenho uma sensação de bem-estar. Não me sinto confortável... nunca. E digo para mim mesma todo dia... Todos os dias sem falta, Charlotte... que isso não importa porque você conseguiu fugir.

— Eu fugi mesmo!

— Para que? — Sam se enfureceu. — Pra poder antagonizar os Culpepper? Pra se transformar em Rusty? Pra levar um soco na cara? Pra destruir seu casamento? — Sam arremessou uma pilha de revistas no chão. Ela arfou com a dor que cortava seu braço. Seu bíceps se contraiu. O ombro travou. Ela se apoiou na mesa, sem fôlego.

Charlie deu um passo para a frente.

— Não. — Sam não queria a ajuda dela. — Você deveria ter filhos. Deveria ter amigos que te amassem e deveria viver na sua casa linda com seu marido maravilhoso e não jogar tudo para o alto por um babaca impotente como Mason Huckabee.

— Isso é...

— Não é justo? Não é certo? Não foi isso que aconteceu com Ben? Não foi isso que aconteceu no colégio? Não foi isso o que aconteceu seja lá quando você sentiu vontade de fugir porque *você* se culpava, Charlie, *não eu*. Não a culpo por correr. Gamma queria que você corresse. Eu *implorei* para você correr. Eu a culpo por se esconder da sua vida, de mim, da sua própria alegria. Acha que sou fechada? Que sou fria? Você está se *consumindo* por um ódio por si mesma. Você transpira isso. E acha que colocar cada um e cada coisa em um compartimento separado é a única forma de organizar as coisas.

Charlie não disse nada.

— Eu fui embora para Nova York. Rusty para o moinho torto dele. Ben está aqui. Mason está ali. Lenore está seja lá onde. Isso não é jeito de viver, Charlie. Você não foi criada para esse tipo de vida. Você é tão inteligente e criativa e sempre tão irritante com sua *felicidade* incansável. — Sam massageou o ombro. O músculo estava pegando fogo. Ela perguntou para a irmã:

— O que aconteceu com aquela pessoa, Charlie? Você correu. *Você escapou.*

Charlie olhou para o chão. A sua mandíbula estava travada. Respirava com dificuldade.

Do mesmo modo que Sam. Podia sentir o peito subindo e descendo com rapidez. Os dedos dela tremiam como um ponteiro dos segundos emperrado em um relógio. Sentiu como se o mundo estivesse girando sem controle. Por que Charlie continuou forçando ela? O que esperava conseguir?

Lenore bateu à porta aberta.

— Tudo bem aqui?

Charlie balançou a cabeça. O sangue pingava do seu nariz.

— Devo chamar a polícia? — brincou Lenore.

— Chame um táxi. — Charlie agarrou o puxador da gaveta. O levantou até abrir. A madeira lascou. As cartas de Zachariah Culpepper se espalharam pelo chão. Ela disse: — Vá para casa, Samantha. Você tem razão. Esse lugar faz você ficar cruel.

CAPÍTULO TREZE

S AM ESTAVA SENTADA NA frente de Lenore à mesa de uma lanchonete vazia. Mergulhou devagar o sachê de chá na água quente que a garçonete trouxe. Podia sentir Lenore a observando, mas não sabia o que dizer.

— É mais rápido eu mesma levar você para o hospital — ofereceu Lenore.

Sam balançou a cabeça. Esperaria pelo táxi.

— Não precisa ficar aqui comigo.

Lenore segurou a xícara de café entre as mãos. As suas unhas eram bem aparadas e ela usava base. Estava com um único anel no dedo indicador direito. Viu Sam observando.

— Sua mãe me deu isso.

Sam pensou que o anel parecia com algo que a mãe usaria, incomum, não tão bonito, mas com um brilho peculiar.

— Me fale sobre ela — pediu Sam.

Lenore levantou a mão e estudou o anel.

— Lana, a minha irmã, trabalhou no Fermilab com ela. Não eram do mesmo departamento, nem mesmo do mesmo andar, mas garotas solteiras não podiam viver sozinhas naquela época. Dessa forma, foram designadas para o mesmo dormitório na universidade. Esse era o único jeito da minha mãe permitir que Lana trabalhasse lá, ela podia ficar desde que fosse mantida longe dos cientistas assanhados.

Sam esperou que ela continuasse.

— Lana levou Harriet para casa no Natal e eu a ignorei a princípio, mas, então, teve uma noite em que não consegui dormir, fui até o quintal para tomar um ar e lá estava ela. — Lenore levantou as sobrancelhas. — Olhando para as estrelas. A física era a sua vocação, mas a astronomia era sua verdadeira paixão.

Sam se sentiu triste por nunca ter descoberto isso.

— Conversamos a noite toda. Era muito raro para mim achar alguém tão interessante. Nós meio que começamos a sair, mas nunca houve nada... — Ela encolheu os ombros em vez de dar detalhes. — Ficamos juntos um pouco mais de um ano, mas era um relacionamento à distância. Eu estava estudando Direito com Rusty. Por que isso não deu certo é uma outra história. Mas um verão levei o seu pai pra Chicago comigo e ela se apaixonou por ele. — Ela encolheu os ombros. — Eu não criei empecilhos. Sempre fomos mais amigos do que amantes.

— Mas ela estava sempre irritada com você — disse Sam. — Podia sentir isso na voz dela.

— Eu ficava com o marido dela até tarde, bebendo e fumando, em vez de deixar ele passar esse tempo com a sua família. — Lenore encolheu os ombros de novo. — Ela sempre quis uma vida convencional.

Sam não podia imaginar a mãe querendo uma coisa dessas.

— Ela era tudo menos convencional.

— As pessoas sempre querem o que não podem ter — comentou Lenore. — Harry nunca se encaixou de verdade, nem mesmo no Fermi. Ela era tão peculiar. Não tinha jeito com as pessoas. Suponho que nos dias de hoje diriam que ela estava em algum espectro de alguma coisa, mas, na época, ela só era considerada esperta demais, realizadora demais, estranha demais. Especialmente para uma mulher.

— Então, o que era uma vida normal para ela?

— Casamento. Um paradigma social. Vocês duas. Ela nunca foi tão feliz quanto no dia em que você nasceu. Assistir ao seu cérebro se desenvolver. Estudar suas reações aos novos estímulos. Ela tinha páginas e mais páginas de anotações.

— Você fala como se eu fosse um projeto científico.

— Sua mãe amava projetos. Por outro lado, Charlie era tão diferente. Tão criativa. Espontânea. Harriet a adorava... adorava vocês duas, mas ela nunca entendeu Charlie.

— Algo que temos em comum. — Sam bebeu o chá. O leite tinha um gosto estranho. Ela colocou a caneca na mesa. — Por que você não gosta de mim?

— Você magoou Charlie.

— Charlie parece bem capaz de magoar a si mesma.

Lenore enfiou a mão na bolsa e achou o pendrive que Ben lhe entregara.

— Você vai querer levar isso.

Sam se afastou, como se a coisa fosse um bicho perigoso.

— Jogue fora em algum lugar em Atlanta. — Lenore deslizou a nave espacial pela mesa. — Faça isso por Ben. Você sabe o tipo de problema que isso pode causar para ele.

Sam não sabia o que fazer além de jogar a coisa dentro da própria bolsa. Não podia levar o drive no avião de volta até Nova York. Teria que achar alguém no escritório de Atlanta que o destruísse.

— Você pode falar comigo sobre o caso, sabe. Coin nunca vai me chamar para depor. Eu enfureço qualquer júri vestida assim.

Sam sabia que ela estava certa, bem como sabia que aquela verdade era algo errado.

— As balas estão me incomodando. Os tiros aleatórios na parede não fazem sentido. Kelly foi capaz de acertar Pinkman três vezes: uma no peito, duas na cabeça. Ou isso é muita sorte ou ela tem uma boa pontaria.

— Lucy. — Sam tocou o lado do pescoço. — Esse não foi um tiro tão certeiro.

— Não, mas veja. Você não pode ser uma mulher como eu em Pikeville sem saber muito bem como usar uma arma. Eu não poderia acertar aqueles alvos daquela distância e isso pensando em uma situação controlada, sem vidas em jogo. Estamos falando de uma garota de dezoito anos parada no corredor esperando o sinal tocar. A sua adrenalina deveria estar altíssima. Ou ela é a assassina de sangue mais frio que já passou por essa cidade ou tem alguma outra coisa acontecendo.

— O que poderia?

— Não faço ideia.

Sam pensou sobre a gravidez de Kelly. Adam Humphrey. O anuário. Essas eram peças de um quebra-cabeças que ela nunca veria montado.

— Nunca quebrei a confidencialidade antes.

Lenore encolheu os ombros, como se não significasse nada.

Sam sentiu-se culpada só de contemplar a possibilidade e sentiu-se ainda pior por não estar se abrindo com a irmã. Ainda assim, por fim, admitiu:

— Kelly pode estar grávida.

Lenore bebeu seu café e não disse nada.

— Ela mencionou Adam Humphrey quando falamos. Acho que ele pode ser o pai. Ou Frank Alexander. Ao que tudo indica, essa é a segunda gravidez de Kelly. Houve uma mais precoce no ensino fundamental que, de acordo com as fofocas, foi abortada. Charlie que sabe sobre essa aí. Ela não sabe que Kelly pode estar grávida agora.

Lenore colocou a xícara na mesa.

— Coin dirá que é de Frank Alexander e que Kelly matou Lucy por rancor ou inveja.

— Há um teste simples que provará a paternidade.

— Rusty pode fazê-los esperar até que a criança nasça. Por sofrimento desnecessário. Esses testes sempre têm um risco. Você acha que Adam Humphrey ou Frank Alexander convenceram Kelly a levar a arma para a escola por alguma razão desconhecida? Ou você acha que ela fez isso por conta própria?

— A única coisa de que tenho certeza é que Kelly é a última pessoa em quem podemos confiar para saber a verdade. — Sam pressionou os dedos nas têmporas, tentando aliviar um pouco da tensão. — Já vi vídeos de confissões falsas antes, na faculdade, na televisão, em documentários. Os três homens de Memphis, Brendan Dassey, Chuck Erickson. Todo mundo acompanhou casos assim ou leu sobre eles, mas quando você está frente a frente com uma pessoa tão sugestionável, tão ansiosa para agradar que seguiria qualquer um por qualquer caminho, até mesmo um caminho sinuoso, isso é algo quase inacreditável.

Sam tentou repensar a conversa que teve com Kelly para analisá-la, para compreender com exatidão o que acontecera.

— Suponho que seja algum tipo de tendência à reafirmação que entra em funcionamento. Você fica dizendo a si mesma que não é possível que alguém seja tão lento, que devem estar pregando uma peça em você, mas o fato é que eles não possuem a perspicácia necessária para enganar alguém. Eles têm um funcionamento lento demais para esse nível de subterfúgio e, se fossem tão espertos a ponto de serem capazes de enganar alguém, não seriam estúpidos o suficiente para se implicar em um crime. — Sam percebeu que falou rápido, como Charlie. Tentou ser mais sucinta. — Convenci Kelly Wilson a dizer que testemunhou Charlie estapeando Judith Pinkman no rosto.

— Por Cristo. — A mão de Lenore cobriu o coração. Era provável que ela estivesse fazendo uma prece para agradecer o fato do vídeo que provava o contrário estar com elas.

— Foi tão fácil fazê-la falar. Sabia que ela estava cansada, estava se sentindo mal, confusa, assustada e solitária. E, em menos de cinco minutos, a convenci não só a repetir o que eu disse, mas a validar isso, até a criar detalhes novos, como o ruído do tapa ter sido tão alto que ela pôde ouvir do outro lado do corredor; tudo para corroborar uma mentira que eu sugeri. — Sam balançou a cabeça, porque ainda não podia acreditar. — Sempre soube que vivo em um tipo de mundo diferente do das outras pessoas, mas Kelly está no final da linha. Não quero parecer cruel ou arrogante. É uma simples constatação de um fato. Há um motivo para garotas como ela se perderem na vida.

— Você quer dizer serem levadas para fora do rumo?

Sam balançou a cabeça de novo, sem querer se prender a qualquer teoria de outra pessoa.

— Já mandei Jimmy Jack achar esse garoto Humphrey. É provável que o esteja buscando agora mesmo.

— O pai de Lucy Alexander também não pode ser descartado. — Sam lembrou a si mesma. — As coisas não podem ser definidas só porque não queremos que Ken Coin esteja certo.

— Se alguém pode chegar ao fundo disso, é Jimmy Jack.

Sam se perguntou se a investigação seria ampla o suficiente para incluir Mason Huckabee, mas sabia que era melhor não colocar o amante da irmã na mira de Lenore.

— Descobrir os motivos de Kelly não vai trazer as vítimas de volta à vida.

— Não, mas pode manter uma terceira vítima longe do corredor da morte.

Sam mordeu os lábios. Não estava convencida de que Kelly Wilson era uma vítima. Lenta ou não, ela levou uma arma até a escola e puxou o gatilho vezes o suficiente para matar dois inocentes. Sam se sentiu com sorte ao lembrar que o destino da garota não estava sobre seus ombros. Havia uma razão pela qual os júris deveriam ser imparciais. Contudo, a probabilidade de se achar um júri imparcial a menos de duzentos quilômetros de Pikeville era tão remota que chegava a ser absurda.

— Seu táxi já vai chegar. — Lenore olhou para a garçonete, levantando a mão para chamar a atenção dela.

Sam se virou. A mulher estava sentada no balcão.

— Com licença?

A mulher se levantou e voltou para a mesa delas com uma relutância visível. Ela suspirou.

— O quê?

Sam olhou para Lenore, que balançou a cabeça.

— Estou pronta para pagar a conta.

A mulher jogou a conta na mesa. Ela pegou a caneca de Lenore com o dedão e o indicador, como se estivesse com medo de ser contaminada.

Sam esperou a mulher horrível sair.

— Por que você vive aqui? Nesse lugar retrógrado?

— É o meu lar. E ainda há algumas boas pessoas aqui que acreditam em viver e deixar viver. Além do que, Nova York perdeu qualquer moral depois das eleições presidenciais.

Sam soltou uma risada pesarosa.

— Vou ver como Charlie está — Lenore pegou uma nota de um dólar na carteira, mas Sam fez um sinal para ela guardar.

— Obrigada — disse Sam, apesar de que ela só podia supor o que Lenore havia feito pela família dela. Sam sempre fora tão envolta na agonia da própria recuperação que não pensara muito sobre como tinha sido a vida de Rusty e de Charlie. Era óbvio que Lenore preenchera um pouco do vazio deixado por Gamma.

Sam ouviu o sino sobre a porta soar quando Lenore saiu. A garçonete fez algum comentário nojento para o cozinheiro. Sam pensou em repreendê-la, parti-la ao meio com um comentário afiado, mas estava sem energias para lutar qualquer outra batalha naquele dia.

Ela foi ao banheiro. Parou em frente à pia e fez uma limpeza protocolar enquanto sonhou com o chuveiro no hotel Four Seasons em Atlanta. Dezesseis horas se passaram desde que Sam saíra de Nova York. Tinha passado quase o dobro desse tempo acordada. A sua cabeça estava amortecida pela dor, como se tivesse um dente podre. O corpo dela não estava cooperando. Olhou para o rosto cansado e em frangalhos no espelho e viu o desapontamento amargo da mãe.

Sam estava desistindo de Charlie.

Não havia outra opção. Ela tentou, mas Charlie não falava com ela, não destrancava a porta do escritório mesmo com Sam batendo várias vezes. Isso não era como a última vez em que Charlie fugira no meio da noite, temendo pela sua segurança. Agora Sam estava implorando, se desculpando (pelo quê, ela não sabia), só para ser recebida pelo silêncio gélido de Charlie. Por fim, infelizmente, Sam se viu cedendo a algo que já deveria saber desde o princípio.

Charlie não precisava dela.

Sam usou um pouco de papel higiênico para secar os olhos. Não sabia se estava chorando pela inutilidade da viagem ou pela exaustão. Vinte anos atrás, a perda da irmã parecera uma decisão mútua. Sam explodira. Charlie explodira de volta. Houve uma briga, elas se atracaram de verdade e ambas concordaram, no final, em se afastar.

Esse último rompimento parecia mais um assalto. Sam agarrara algo bom, algo que a fez se sentir verdadeira e Charlie arrancara dela.

Isso foi por causa de Zachariah Culpepper?

Sam estava com as cartas na bolsa. Algumas delas, pelo menos, porque existiam muitas, muitas outras lá na sala de Rusty. Sam ficou na mesa dele abrindo um envelope atrás do outro. Todos tinham só uma página, no mesmo tipo de folha de caderno dobrada, e as mesmas três palavras escritas em cada uma delas com uma mão tão pesada que o lápis abrira sulcos no papel:

VOCÊ ME DEVE.

Uma frase enviada centena de vezes, uma vez por mês, ao escritório de Rusty.

O telefone de Sam apitou.

Ela revirou a bolsa para achá-lo. Não era Charlie. Não era Ben. Era uma mensagem da empresa de táxi. O motorista estava esperando.

Sam enxugou os olhos. Passou os dedos pelo cabelo. Voltou para a mesa. Deixou uma nota de um dólar. Arrastou a mala até o táxi que a aguardava. O homem correu para ajudá-la a guardar sua bagagem no porta-malas. Sam se sentou no banco de trás. Ela olhou pela janela enquanto o homem dirigiu pelo centro de Pikeville.

Stanislav a encontraria no hospital. Sam estava relutante em ver o pai, mas tinha uma responsabilidade para com Rusty, para com Kelly Wilson, de entregar suas anotações, de compartilhar suas ideias e suspeitas.

Lenore tinha razão sobre a bala. Kelly demonstrara uma mira notável no corredor. Fora capaz de atingir tanto Douglas Pinkman quanto Lucy Alexander de uma distância considerável.

Então, por que Kelly não foi capaz de atirar em Judith Pinkman quando a mulher saiu da sala?

Mais mistérios para Rusty resolver.

Sam abaixou a janela do táxi. Olhou para as estrelas que salpicavam o céu. Havia tanta poluição luminosa em Nova York que Sam se esquecera de como a noite deveria se parecer. A lua não era maior do que um fiapo de luz azul. Ela tirou os óculos. Sentiu o ar fresco no rosto. Deixou as pálpebras se fecharem. Pensou em Gamma olhando para as estrelas. Aquela mulher magnífica e brilhante realmente desejou uma vida convencional?

Uma dona de casa. Uma mãe. Um marido para cuidar dela. Um voto de cuidar dele.

A memória mais duradoura que Sam tinha da mãe era de uma Gamma que estava sempre procurando. Por conhecimento. Por informação. Por soluções. Sam se lembrou de um dos muitos dias anônimos em que voltara da escola e encontrara Gamma trabalhando em um projeto. Charlie estava na casa de uma amiga. Ainda viviam na casa de tijolos vermelhos. Sam abriu a porta dos fundos. Largou a mochila no chão da cozinha. Arrancou os sapatos. Gamma se virou. Tinha um marcador na mão. Escrevera na janela grande que dava para o quintal dos fundos. Equações, Sam pôde ver, mas não entendeu o significado.

— Estou tentando entender por que o meu bolo solou — explicou Gamma. — Esse é o problema com a vida, Sam. Se você não está crescendo, está afundando.

O táxi passou em uma lombada e Sam acordou.

Teve um segundo de pânico em que ficou incerta de onde estava.

Sam colocou os óculos. Quase meia hora se passara. Já estavam em Bridge Gap. Prédios de escritórios de quatro ou cinco andares brotavam sobre as cafeterias. Placas anunciavam concertos nos parques e piqueniques para as famílias. Passaram em frente ao cinema onde Mary-Lynne Huckabee fora com os amigos e acabara sendo estuprada no banheiro.

Tantos homens violentos nesse condado.

Sam colocou a mão sobre a bolsa. As cartas ali dentro irradiavam um calor palpável.

VOCÊ ME DEVE.

Sam se importava com o que Zachariah Culpepper achava que lhe era devido? Quase três décadas atrás, Rusty defendera que a vida do homem deveria ser poupada. Se fosse seguir por essa linha de raciocínio, era Zachariah quem devia a Rusty. E a Sam. E a Charlie. E a Ben, se chegasse a esse ponto.

Sam destravou o celular.

Abriu um novo e-mail e digitou o endereço eletrônico de Ben no destinatário. Os dedos dela não podiam decidir qual combinação de letras deveriam apertar para preencher o assunto. Em nome de Charlie? Um pedido de conselho? Uma desculpa por não ter sido capaz de consertar o que estava quebrado?

Que Charlie estava quebrada era o único fato que Sam podia ver com clareza. A irmã quisera que Sam voltasse para casa por *algo*. Para que Sam a forçasse a admitir algo, desistir de algo, dizer a verdade sobre algo que a estava aborrecendo. Não havia outra razão para a provocação constante, para os ataques, para os afastamentos.

Sam estava familiarizada com aquelas táticas. Ela ficara tão volátil depois do tiro, enfurecida pela fraqueza do corpo, cheia de raiva porque o cérebro não estava mais funcionando como antes, que não havia uma única pessoa que era poupada pelo temperamento dela. Os esteroides, os antidepressivos e os anticonvulsivos que os médicos a prescreveram apenas inflamavam as suas emoções. Sam sentia-se furiosa a maior parte do tempo e a única coisa que fazia a raiva diminuir era expeli-la nos outros.

Charlie e Rusty eram os dois alvos que atingia com mais violência.

Depois da reabilitação, os seis meses em que Sam vivera na casa da fazenda foram um inferno para todos. Sam nunca estava satisfeita. Sempre reclamava. Torturava Charlie, a fez sentir como se nada que fizesse fosse certo. Quando alguém sugeria que ela fizesse terapia para controlar o humor, gritava como uma alma penada, insistindo que estava bem, que estava se recuperando, que *não* estava *brava*, que estava apenas cansada, que estava só incomodada, que apenas precisava de espaço, tempo, uma chance para ficar sozinha, para fugir, para se reencontrar.

Por fim, Rusty permitira que Sam fizesse a prova para ser aceita antes em Stanford. Só depois que foi para escola, a quatro mil quilômetros de distância, percebera que a raiva dela não era a de uma criatura confinada apenas na casa da fazenda.

Você só pode ver algo quando está do lado de fora.

Sam estava brava com Rusty por trazer os Culpepper para a vida deles. Brava com Charlie por abrir a porta da cozinha. Brava com Gamma por agarrar a espingarda. Brava com si mesma por não ouvir seus instintos quando estava no banheiro, segurando o martelo nas mãos e por ter andado na direção da cozinha em vez de ter corrido pela porta dos fundos.

Estava brava. Estava brava. Estava tão brava, brava para caralho.

Ainda assim, só com 31 anos Sam se deu permissão para dizer essas palavras em voz alta. A explosão com Charlie abrira a ferida e Anton, com seu jeito bem ponderado, fora a única razão pela qual a ferida finalmente começara a se cicatrizar.

Sam estava no apartamento dele. Era noite de ano-novo. Assistiam pela televisão a contagem regressiva. Estavam bebendo champanhe ou, ao menos, Sam estava fingindo que bebia.

— Dá azar se você não tomar um gole — brincara Anton.

Sam riu, porque, àquela altura, o azar a perseguira por mais da metade da vida. Então, admitira para ele algo que nunca confessara antes para qualquer outra pessoa:

— Me preocupo o tempo todo pensando que se eu beber algo, tomar algo ou me mover do jeito errado, terei um ataque ou derrame e isso destruirá o que restou da minha mente.

Anton não oferecera palavras poéticas sobre os mistérios da vida ou conselhos para consertar o problema.

— Muitas pessoas devem ter dito que você tem sorte por estar viva. Acho que você teria sorte se, antes de tudo, não tivesse levado um tiro.

Sam chorou por quase uma hora.

Todo mundo constante e incessantemente dissera que ela tivera sorte de sobreviver ao tiro. Ninguém nunca reconhecera que ela tinha o direito de ter raiva da *forma como* teve que sobreviver.

— Senhora? — O motorista do táxi ligou a seta. Ele apontou para a placa branca a frente.

O Hospital do Condado de Dickerson. Rusty estaria no quarto dele, assistindo às notícias, provavelmente tentando achar alguma matéria sobre ele. Ele saberia sobre a performance de Sam no tribunal. Sentiu a ansiedade retornando, então se repreendeu por se importar com qualquer coisa relacionada a Rusty.

Sam apenas estava ali para entregar as anotações. Se despediria do pai, provavelmente seria a última vez que se despediria pessoalmente, depois seguiria para Atlanta onde, no dia seguinte pela manhã, acordaria com a sua vida de verdade restaurada como Dorothy de volta ao Kansas.

O motorista parou sob a marquise de concreto. Ele tirou a bagagem de Sam do porta-malas. Levantou o puxador. Sam estava puxando a mala de rodinhas na direção da entrada quando sentiu o cheiro de cigarro.

— "Ó, sou um tolo bem-aventurado" — Rusty recitou em voz alta. Estava em uma cadeira de rodas, com o cotovelo direito no apoio para o braço e o cigarro na mão. Duas bolsas intravenosas estavam penduradas em uma haste na parte de trás da sua cadeira. A bolsa do cateter estava pendurada embaixo, como um candelabro. Ele se estacionara em frente à placa que alertava os fumantes para manter um perímetro de trinta metros da porta. Estava há seis metros, se muito.

— Essas coisas vão matar você.

Ele sorriu.

— Essa noite é um bálsamo. Estou falando com uma das minhas filhas lindas. Tenho um maço novo de cigarros. Tudo que preciso é de um copo de uísque e morrerei feliz.

Sam abanou a fumaça.

— Nenhum bálsamo tem esse cheiro.

Ele riu e começou a tossir.

Sam puxou a mala até o banco de concreto ao lado da cadeira do pai. Os repórteres se foram, era provável que já estivessem no próximo tiroteio em massa. Ela se sentou na extremidade mais distante do banco e ficou contra o vento para escapar da fumaça.

— Ouvi dizer que fizeram chover na audiência — comentou Rusty.

Sam deu de ombros. Pegara esse mal hábito de Charlie.

— "O bebê está morto?" — Ele fez a voz tremular de forma dramática. — "O bebê está morto".

— Pai, uma criança foi morta.

— Eu sei, querida. Acredite em mim, eu sei. — Ele deu a última tragada no cigarro antes de amassá-lo na sola do chinelo. Jogou a bituca no bolso do roupão. — Um julgamento não é nada mais do que uma competição para ver quem conta a melhor história. Quem conseguir comover o júri vence. E Ken vai sair na frente com uma baita história.

Sam reprimiu o desejo de torcer pelo pai, de dizer que ele pensaria em uma história melhor e salvaria o dia.

— O que achou dela?

— Kelly? — Sam pensou no que responderia. — Não tenho certeza. Ela pode ser mais esperta do que estamos pensando. Pode ser mais lenta do que qualquer um de nós quer acreditar. Você pode conduzi-la para onde quiser, pai. Qualquer lugar.

— Sempre preferi os loucos aos estúpidos. Um estúpido pode partir seu coração. — Rusty olhou por cima do ombro, se certificando de que estavam sozinhos. — Eu ouvi sobre o aborto.

Sam imaginou a irmã no escritório dela, ligando para Rusty para tagarelar.

327

— Você falou com Charlie.

— Não. — Rusty apoiou o cotovelo, ficou com a mão para cima e os dedos abertos como se um cigarro ainda estivesse ali. — Jimmy Jack, o meu detetive, descobriu isso ontem à tarde. Achamos evidência da época de Kelly no ensino fundamental que indicam que algo ruim aconteceu. Só rumores, sabe. Kelly apareceu inchada numa semana, tirou umas férias e voltou magra. Confirmei o aborto com a mãe dela na noite passada. Ela ainda estava muito perturbada com isso. O pai do bebê era um garoto do time de futebol, ele saiu da cidade já faz tempo. Pagou pelo aborto ou a família pagou. A mãe a levou até Atlanta. Quase perdeu o emprego por causa das faltas.

— Kelly pode estar grávida de novo.

As sobrancelhas de Rusty se levantaram.

— Ela tem vomitado na mesma hora todos os dias. Faltou na escola. Tem um calombo na barriga.

— Ela começou a usar roupas pretas de uns tempos para cá. A mãe diz que não faz ideia do porquê.

Sam percebeu uma questão óbvia que ainda não tinha mencionado a Rusty.

— Mason Huckabee tem uma conexão com Kelly.

— Sim, tem.

Sam esperou achando que ele elaboraria melhor a resposta, mas Rusty só olhou para o estacionamento.

— Lenore já colocou seu investigador para trabalhar nisso, mas há um garoto chamado Adam Humphrey, Kelly tem uma queda por ele — comentou Sam. — Você também deveria investigar Frank Alexander, o pai de Lucy. Ou Mason Huckabee.

Rusty coçou a bochecha. Pela segunda vez, ele ignorou o nome do homem.

— Ela estar grávida... Isso não é bom.

— Poderia ajudar no seu caso.

— Poderia, mas ela ainda é uma garota de dezoito anos, com um bebê na barriga e uma vida na prisão diante dela. Isso se tiver sorte.

— Pensei que ela era seu unicórnio.

— Você sabe quantos inocentes estão presos?

— Preferiria não saber. Por que acha que ela é inocente? O que mais você sabe?

— Eu não sei de nada, de geral ou de específico. É só.. — Ele apontou para a barriga. — A faca passou raspando pela minha intuição. Mas ela ainda está intacta. Ainda diz que tem mais coisas nisso do que os olhos podem ver.

— Meus olhos viram bastante. Lenore contou que conseguiu pegar a filmagem das câmeras de segurança?

— Também ouvi que você e a sua irmã quase se atracaram no meu escritório. — Rusty cobriu o coração com as mãos. — Esse ciclo pode ser quebrado?

Sam não queria entrar nesse mérito.

— Pai, o que tem de errado com ela?

Rusty olhou fixo para o estacionamento. Luzes brilhantes reluziram sobre os carros parados.

— "Não existe pecado, nem virtude. Só existe aquilo que a gente quer fazer."

Sam tinha certeza de que Charlie reconheceria aquela citação.

— Nunca entendi o seu relacionamento com ela. Vocês dois falam o tempo todo, mas nunca dizem nada que tenha significado. — Sam imaginou dois galos girando em círculos e encarando um ou ao outro em um celeiro. — Acho que é por isso que ela sempre foi sua preferida.

— Vocês duas são minhas preferidas.

Sam não acreditou. Charlie sempre fora a boa filha, a que ria das piadas dele, a que desafiava as suas opiniões, a filha que ficou.

— O trabalho de um pai é amar cada uma das filhas da forma que elas precisam ser amadas — comentou ele.

Sam riu alto daquele aforismo tolo.

— Como você nunca ganhou o prêmio de pai do ano?

Rusty riu com ela.

— Uma das tristezas da minha vida é que nunca ganhei uma daquelas canecas escritas pai do ano. — Ele enfiou a mão no bolso do roupão. Achou o maço de cigarros. — Charlotte contou sobre o envolvimento pessoal dela com Mason?

— Vamos falar sobre isso?

— Seguindo nossa tradição de fazer rodeios.

— *Eu* contei a ela sobre Mason. Ela não fazia nem ideia de quem ele era.

Rusty ficou em silêncio enquanto acendia o cigarro. Ele tossiu um pouco de fumaça. Tirou um pedaço de tabaco da língua.

— Eu nunca mais fui capaz de defender um estuprador depois daquele dia.

Sam se surpreendeu com a revelação.

— Você sempre disse que todo mundo merecia uma chance.

— Todos merecem, mas não preciso ser eu a pessoa que dá essa chance. — Rusty tossiu mais fumaça. — Quando olhei para as fotos daquela garota, Mary-Lynne era o nome dela, percebi algo sobre o estupro que nunca entendera antes. — Ele rolou o cigarro entre os dedos. Olhou para o estacionamento, não para Sam. — O que um estuprador toma de uma mulher é o seu futuro. A pessoa que ela se tornaria, que deveria se tornar, desaparece. De certa forma, é pior que o assassinato, porque ele mata o potencial da pessoa, erradica aquela vida em potencial. Ainda assim, a mulher continua viva e respira e tem que descobrir outro jeito de prosperar. — Ele balançou a mão no ar. — Ou não, em alguns casos.

— Parece muito com o que acontece quando se leva um tiro na cabeça.

Rusty tossiu quando a fumaça chegou na garganta.

— Charlotte sempre foi um animal que vive em matilhas. Não precisa ser a líder, mas precisa estar em um grupo. Ben era o grupo dela.

— Por que ela o traiu?

— Não cabe a mim contar os segredos da sua irmã.

Sam não podia continuar com aquela conversa que não chegava em lugar algum, apesar de saber que Rusty ficaria mais do que feliz em debater a noite toda. Ela tirou as anotações da bolsa.

— Tenho algumas outras coisas que você deveria acompanhar. Kelly não parece conhecer suas vítimas. Não sei se isso melhora ou piora a situação. — Sam sabia que piorava, pela sua perspectiva. Nunca se tornara indiferente aos atos aleatórios de violência. — Você vai querer definir com exatidão a sequência e o número de disparos. Parece haver alguma coisa estranha.

Rusty repassou a lista.

— Gravidez, interrogação. Paternidade, interrogação maior ainda. Vídeo, temos um, graças a você sabe quem, mas veremos se aquela cobra velha do sr. Coin atende a ordem do juiz. — Ele bateu no papel com o dedo. — Sim, de fato, por que Kelly estava na escola de ensino fundamental? Vítimas aleatórias. — Ele olhou para Sam. — Você tem certeza de que ela não os conhece?

Sam balançou a cabeça.

— Perguntei e ela disse que não, mas vale se aprofundar.

— O que mais gosto de fazer é me aprofundar. — Ele olhou para o último item da lista. — Judith Pinkman. A vi nos noticiários hoje cedo. Foi uma grande conversão para ela chegar nessa conversa de "dê a outra face". — Ele dobrou o papel no meio e o colocou no bolso. — Quando Zachariah Culpepper estava sendo julgado, ela queria ligar a cadeira elétrica pessoalmente. Isso foi na época em que ainda eletrocutavam as pessoas. Lembre-se, todo mundo que cometeu um crime antes de maio de 2000 tem direito adquirido a esse tipo de execução.

Sam lera sobre os métodos de execução na faculdade. Achara o processo bárbaro até imaginar Zachariah Culpepper urinando nas calças da mesma forma que Charlie enquanto esperava a primeira descarga de 1.800 volts.

— Ela queria que o assassino de Gamma fosse executado e quer que a assassina do seu marido seja poupada.

Sam deu de ombros.

— As pessoas amolecem quando envelhecem. Algumas pessoas.

— Vou entender isso como um elogio. Quanto a Judith Pinkman, diria que "é melhor estar certo às vezes do que errado sempre."

Sam decidiu que esse era um momento tão bom quanto qualquer outro para jogar o problema de Charlie no colo de Rusty.

— Kelly me disse que Mason Huckabee enfiou a arma na parte de trás das calças dele. Suponho que ele saiu do prédio com ela. Você precisa descobrir por que ele se arriscou desse modo.

Rusty não respondeu. Fumou o cigarro. Olhou para o estacionamento.

— Pai. Ele retirou a arma da cena do rime. Ou ele está envolvido de alguma forma, ou é idiota.

— Eu lhe disse que os estúpidos partem nossos corações.

— Você chegou nessa conclusão muito rápido.

— Cheguei?

Sam não rebateria as charadas dele. Era óbvio que Rusty sabia de algo que não estava compartilhando.

— Você tem que entregar Mason por causa da arma. Além de Judith Pinkman, ele provavelmente é a testemunha mais forte de Coin.

— Eu dou um outro jeito.

Sam balançou a cabeça.

— Como é?

— Eu dou outro jeito de neutralizar Mason Huckabee. Não há por que jogar um homem na cadeia só porque cometeu um erro estúpido.

— Teríamos que soltar metade dos presos se essa fosse a regra. — Sam esfregou os olhos. Estava esgotada demais para ter aquela conversa. — Você está sentindo algum tipo de culpa? É alguma penitência? Não sei se pegar leve com Mason faz de você um hipócrita ou um coração mole, porque está claro que você está tentando proteger Charlie em vez do cliente.

— Provavelmente as duas coisas — admitiu Rusty. — Samantha, vou lhe contar uma coisa muito importante: o perdão tem seu valor.

Sam pensou sobre as cartas na bolsa dela. Não tinha certeza se queria saber por que o assassino da mãe dela, o homem que tentara estuprar a sua irmã, que estava lá quando ela levou um tiro na cabeça, mantinha contato com Rusty. Na verdade, Sam tinha medo de que o pai o tivesse perdoado e temia nunca poder perdoar Rusty por dar um indulto para a consciência de Zachariah Culpepper.

— Você já esteve em uma execução? — perguntou Rusty.

— Por que eu faria isso?

Rusty apagou o cigarro e o guardou no bolso. Esticou o braço para Sam.

— Sinta meu pulso. — Ele viu a expressão dela. — Atenda um pedido do seu velho antes de voltar de avião para casa.

Sam pressionou os dedos no interior do pulso ossudo dele. A princípio, não sentiu nada além de um feixe grosso de flexores do túnel carpo. Mexeu os dedos e, então, localizou o *tum-tum-tum* firme da pulsação do sangue pelas suas veias.

— Achei.

— Quando uma pessoa é executada, você se senta na área de observação, a família fica na frente, depois vem o pastor e um repórter e, do outro lado, está você, a pessoa que não pôde impedir que aquilo acontecesse. — Rusty colocou a mão sobre a de Sam. A pele dele era áspera e seca. Ela percebeu que essa era a primeira vez que tocava o pai em quase trinta anos.

— Eles abrem a cortina e lá está ele, esse ser humano, essa criatura viva que respira — prosseguiu ele. — Ele é um monstro? Talvez ele tenha cometido atos monstruosos. Mas, agora, ele está amarrado em uma cama. Braços, pernas e cabeça estão amarrados de forma que ele não pode fazer contato visual com qualquer pessoa. Ele está olhando para o teto, onde os azulejos foram pintados com nuvens brancas e um céu azul. Uma versão cartunesca da natureza, provavelmente obra de outro condenado. Essa é a última coisa que verá.

Rusty apertou mais os dedos dela sobre o seu pulso. A sua taxa cardíaca tinha acelerado.

— Então o que você percebe é que o peito está bombeando enquanto tenta controlar a respiração. E esse é o momento em que você sente. — Ele bateu as pontas dos dedos. — Dum-dum. Dum-dum. Você sente seu sangue sendo bombeado pelo seu corpo. Você sente sua respiração entrando e saindo dos pulmões.

Sem perceber, Sam deixou sua respiração se sincronizar com a do pai.

— Então, perguntam a ele suas últimas palavras e ele diz algo sobre perdão ou sobre esperar que a sua morte traga paz para a família ou que é inocente, mas a voz dele é trêmula, porque ele sabe que esse é o momento. O telefone vermelho na parede não tocará. Ele nunca verá a mãe de novo. Nunca segurará seu filho. É isso. A morte está próxima.

Sam pressionou os lábios juntos. Não sabia dizer se sua pulsação estava sincronizada com a cadência de Rusty ou se tinha de novo se deixado envolver pelas palavras dele.

— O diretor dá o sinal para prosseguir. Há dois homens na sala. Cada um pressiona botões separados para injetar o coquetel de drogas. Isso é feito para que ninguém saiba ao certo quem o matou. — Rusty ficou em silêncio por alguns segundos, como se estivesse assistindo aos botões sendo pressionados. — Você sente um gosto na sua boca, como um produto químico, como se pudesse sentir o gosto da coisa que está prestes a matá-lo. Ele se contrai e, então, de forma lenta mas certeira, os músculos dele começam a se soltar até ele não fazer mais nenhum movimento. E é aí que você começa a sentir essa sensação de cansaço, como se as drogas estivessem entrando nas suas próprias veias. E a sua cabeça começa a assentir. Você está quase aliviado, porque esteve tão tenso o tempo todo, durante a espera, e, por fim, só faltam alguns segundos para terminar. — Rusty pausou de novo. — Seu coração fica mais lento. Você sente sua respiração voltando a se estabilizar.

Sam espera o restante da história.

Rusty não diz nada.

— E depois? — pergunta ela.

— Depois acaba. — Ele acaricia a mão dela. — É isso. Eles fecham as cortinas. Você sai da sala. Entra no carro. Vai para casa. Bebe alguma coisa. Escova os dentes. Vai para a cama e fica olhando para o teto para o resto da sua vida do mesmo jeito que o condenado olhou para os azulejos do teto sobre a cabeça dele. — Ele segura com firmeza a mão de Sam. — É nisso que Zachariah Culpepper pensa em cada minuto da vida dele e ele continuará pensando nisso todos os dias até que seja levado para aquele quarto onde as cortinas se abrem.

Sam se afastou dele. A pele na mão dela parecia rígida, como se tivesse sido chamuscada.

— Lenore contou que achamos as cartas.

— Nunca fui capaz de deixar vocês duas longe dos meus arquivos. — Ele segurou nos braços da cadeira de rodas. Olhou ao longe. — Ele está sendo punido. Sei que você quer que ele sofra. Ele está sofrendo. Não há necessidade de ir atrás de nada relacionado a esse homem. Você precisa voltar para Nova York e se esquecer dele. Viva sua vida. Essa é a sua vingança.

Sam balançou a cabeça. Deveria ter previsto que chegaria nesse ponto. Estava furiosa consigo mesma por sempre deixar Rusty se esconder no ponto cego dela.

— Se você não pode fazer isso por você, faça pela sua irmã.

— Tentei ajudar a minha irmã. Ela não quer.

Rusty agarrou o braço dela.

— Me ouça, querida. Você precisa ouvir isso, porque é importante. — Ele aguardou até que ela olhasse para ele. — Se você deixar Charlotte agitada com esse assunto de Zachariah Culpepper agora, ela nunca mais sairá desse estado de tristeza em que ela está.

— O que Zachariah acha que você deve para ele?

Rusty a soltou. Ele se ajeitou de novo na cadeira.

— Usando uma definição emprestada de Churchill, diria que isso é uma charada, envolta em um boato.

— Um boato é um rumor infundado ou uma fábula.

— Também é uma projeção em forma de asa em um avião. Ou, em francês, *pato.**

— Rusty, essas cartas enviadas para você, a mesma carta com a mesma mensagem, toda segunda sexta-feira de cada mês.

— É mesmo?

— Você sabe que sim. É no mesmo dia que você sempre me liga.

— Fico feliz em saber que você espera ansiosa pelas minhas ligações.

Sam balançou a cabeça. Ambos sabiam que essas não foram as palavras dela.

— Pai, por que ele manda a mesma carta? O que você deve a ele?

— Eu não devo nada. Juro pela minha vida. — Rusty levantou sua mão direita como se estivesse jurando sobre a Bíblia. — A polícia sabe sobre as

---

* A citação original do político Winston Churchill usa o termo "canard" que quer dizer "boato" e também possui essas duas outras definições citadas por Rusty. [N. do T.]

cartas. É só uma coisa que ele faz. O maldito miserável tem muito tempo livre. É fácil manter uma rotina.

— Então não tem nada por trás das cartas? Ele é só um prisioneiro no corredor da morte que acha que você deve alguma coisa para ele?

— Homens nessa posição com frequência acreditam que lhes é devido algo.

— Por favor, não me diga que perdoá-lo tem seu valor.

— *Esquecê-lo* tem seu valor — esclareceu Rusty. — Esqueci dele para que pudesse seguir com a minha vida. Minha mente tornou a existência dele imaterial. Contudo, nunca o perdoarei por tirar de mim minha alma gêmea.

Sam se sentiu tentada a revirar os olhos.

— Amei a sua mãe mais do que qualquer outra coisa nesse planeta. Cada dia com ela foi o melhor dia da minha vida, mesmo quando estávamos gritando um com o outro com todo nosso fôlego.

Ela se lembrava da gritaria e não da bajulação.

— Nunca entendi o que ela viu em você.

— Um homem que não queria vestir as calcinhas dela.

Sam riu, depois se sentiu mal por rir.

— Lenny nos apresentou. Você sabia disso? — Rusty não esperou por uma resposta. — Ele me arrastou até o norte para conhecer essa garota que ele estava meio que namorando e, no minuto em que a vi, pensei que um maldito pedregulho tinha caído do céu e me atingido na cabeça. Eu não podia tirar meus olhos dela. Ela era a coisa mais bonita que eu já vira. As pernas se esticavam por quilômetros. A curva adorável dos quadris dela. — Ele sorriu para Sam. — E, é claro, antes que você pense que o seu pai era um completo canalha, havia o enigma da mente dela. Meu senhor, como ela sabia das coisas. Nunca na minha vida conheci uma mulher como aquela. Ela era como um gato. — Ele apontou o dedo para Sam. — Alguém já disse isso sobre você?

— Não posso afirmar que sim.

— Cachorros são estúpidos. Esse é um fato conhecido. Mas um gato... você tem que merecer o respeito de um gato todos os dias da sua vida. E você o perde assim... — Ele estalou os dedos. — Era isso que a sua mãe era para mim. Era o meu gato. Ela mantinha minha bússola apontando para o norte.

— Suas metáforas estão se misturando.

— Os gatos navegaram com os vikings.

— Para matar os ratos. Não para navegar o barco. A mamãe odiava o que você fazia.

— Ela odiava os riscos inerentes ao que eu fazia. Odiava os horários, sem dúvida. Mas compreendia que eu precisava fazer aquilo e sempre respeitou as pessoas que se faziam úteis.

Sam ouviu a voz de Gamma nas palavras dele.

— *Cidade de Portland vs. Henry Alameda* — falou Rusty.

Sam sentiu um choque.

O primeiro caso dela.

— Me sentei nos fundos com meus dentes brilhando tanto que poderia ter mostrado a um gato como navegar um barco para longe de uma encosta rochosa.

— Mas, papai...

— Você nasceu para isso, minha garota. Era uma promotora incrível. Com um controle total do tribunal. Nunca me senti mais orgulhoso.

— Por que você não...

— Só queria saber como você estava, ver se tinha encontrado o seu caminho. — Rusty sacudiu outro cigarro para fora do maço. — *Companhia de Cabos Clinton vs. Mercantil LTDA.* — Ele piscou para ela, como se não fosse nada recitar o primeiro caso na área de patentes que ela defendeu sozinha. — Aquele era o seu lugar, Samantha. Você achou a sua forma de ser útil para o mundo e, sem dúvida alguma, você é a melhor nesse jogo. — Colocou o cigarro na boca. — Não posso dizer que teria escolhido essa direção em particular para apontar o seu cérebro impressionante, mas você está de fato no seu habitat quando debate sobre a força de tensão em um cabo reforça-do. — Ele se inclinou. Apontou o dedo para o peito dela. — Gamma ficaria orgulhosa.

Sam sentiu lágrimas indesejadas nos seus olhos. Tentou visualizar a imagem do tribunal, para mudar de ângulo de visão e ver o pai nos fundos, mas a memória não veio.

— Nunca soube que você esteve lá.

— Não, não mesmo. Queria ver você. Não queria que você me visse. — Ele ergueu a mão para lhe dispensar do trabalho de inventar uma desculpa. — O trabalho de um pai é amar sua filha da forma que ela precisa ser amada.

Em vez de fazer uma brincadeira, dessa vez, Sam desabou em lágrimas.

— Tem uma foto de Gamma no meu escritório, gostaria que você ficasse com ela.

Sam ficou surpresa. Rusty não tinha como saber que ela passara boa parte do dia pensando na foto.

— A foto é uma que você nunca viu. Me desculpe por isso. Sempre pensei que a mostraria para vocês duas um dia.

— Charlie nunca a viu?

— Nunca.

Sam sentiu uma leveza estranha no peito por ele contar algo a ela que Charlie não sabia.

— Agora. — Rusty tirou o cigarro apagado da boca. — Quando essa foto foi tirada, Gamma estava de pé em um campo. Havia uma torre meteorológica ao longe. Não de metal, como a da casa da fazenda. Era de madeira, uma coisa velha e frágil. E a sua Gamma estava olhando para ela quando Lenny pegou a câmera. Ela estava usando um short. — Rusty sorriu. — Meu Deus, o tempo que passei com aquelas pernas... — Ele soltou um rosnado grave e desconcertante. — Agora, a foto que você conhece, aquela foi tirada no mesmo dia. Fizemos um piquenique na grama. Chamei o nome dela e ela olhou para trás para me ver, com a sobrancelha erguida, porque eu dissera algo de uma sagacidade devastadora.

Sam riu sem perceber.

— Mas há uma segunda foto. A minha foto secreta. Gamma estava olhando para a câmera, mas a sua cabeça estava um pouco para o lado, porque ela estava de olho em mim e eu nela... quando Lenny e eu voltamos para casa e pegamos o rolo de filme de volta na loja que revelou as fotos, olhei para a imagem e disse: esse foi o momento em que nos apaixonamos.

Sam amou demais a história para acreditar que era verdade.

— Gamma concordava com você?

— Minha filha linda. — Rusty esticou o braço. Envolveu o queixo de Samantha com a mão. — Digo sem mentira alguma que minha interpretação desse momento crítico foi o único ponto em nossas vidas em que sua mãe e eu concordamos por completo.

Sam piscou e mais lágrimas caíram.

— Gostaria de ver essa foto.

— Colocarei no correio assim que estiver apto. — Rusty tossiu na mão. — E continuarei ligando pra você, se não se importar.

Sam assentiu. Não podia imaginar sua vida em Nova York sem as mensagens dele.

Rusty tossiu de novo, com um som profundo de chacoalhar nos pulmões que não o impediu de tentar acender seu cigarro.

— Você sabe que a tosse é um sinal de parada cardíaca congestiva.

Ele tossiu um pouco mais.

— Também é um sinal de sede.

Sam entendeu a dica. Deixou a mala ao lado do banco e andou até o hospital. A loja ficava perto da porta principal. Sam achou uma garrafa de água na geladeira. Esperou na fila atrás de uma senhora mais velha que pretendia pagar a conta com os trocados perdidos no fundo da bolsa.

Ela inspirou e expirou. Podia ver Rusty do lado de fora. Estava apoiado no cotovelo direito de novo. O cigarro acesso estava entre os dedos.

A mulher à sua frente estava caçando os centavos. Ela começou a falar com o caixa sobre a amiga doente que estava visitando.

Sam olhou em volta. A viagem de volta para Atlanta demoraria outras duas horas. Ela provavelmente deveria procurar alguma coisa para comer, já que estivera muito irritada para pedir qualquer coisa na lanchonete. Estava procurando uma barra de cereais quando viu uma prateleira de canecas no fundo da loja. MÃE DO ANO. MELHOR AMIGO DO MUNDO. PADRASTO DO ANO. MELHOR PAI DO MUNDO.

Sam pegou a caneca que dizia MELHOR PAI e a girou na mão.

Ficou nas pontas dos pés para poder ver Rusty.

Ele ainda estava apoiado na cadeira. A fumaça girava sobre a cabeça dele. Ela colocou a caneca de volta e escolheu a do PADRASTO, porque Rusty acharia engraçado.

A contadora de centavos se foi. Sam achou o cartão de crédito na bolsa. Esperou o leitor do chip processar a cobrança.

— Está visitando seu padrasto? — perguntou o vendedor.

Sam assentiu, porque nenhuma pessoa normal acharia graça na explicação.

— Espero que ele melhore logo.

O caixa arrancou o recibo e entregou para Sam.

Ela andou de volta pela entrada. As portas do hospital se abriram. Rusty ainda estava perto do banco. Sam segurou a caneca.

— Olha o que comprei.

Rusty não se virou.

— Pai?

Rusty não estava só apoiado na cadeira. Estava caído para o lado. A sua mão despencara. O cigarro aceso caíra no chão.

Sam deu um passo a frente. Olhou no rosto do pai.

Os lábios de Rusty estavam abertos. O seu olhar vazio estava fixo nas luzes do estacionamento. A pele parecia uma cera, quase branca.

Sam colocou os dedos no pulso dele. No pescoço. Encostou o ouvido no peito.

Ela fechou os olhos. Ouviu. Esperou. Rezou.

E então se afastou.

Sentou-se no banco.

Seus olhos embaçaram com as lágrimas.

O pai se fora.

CAPÍTULO CATORZE

S AM ACORDOU NO SOFÁ de Charlie. Ficou parada olhando para o teto branco. A sua cabeça não parara de doer desde que saíra de Nova York. Na noite anterior, não fora capaz de subir a escada até o quarto de visitas. Ela mal teve forças para vencer os dois degraus da entrada. O corpo começara a parar de funcionar, o cérebro não tinha disposição ou capacidade para lutar contra o estresse, contra a exaustão e contra o abatimento inesperado após encontrar Rusty morto na cadeira de rodas.

Normalmente, em dias muito ruins, Sam debatia consigo mesma se acrescentava ou não mais remédios ao seu coquetel diário de anti-inflamatórios para dores nas juntas, anticonvulsivos para evitar derrames, antidepressivos para as dores crônicas e relaxantes musculares para as cãibras. Precisava mesmo de outro anti-inflamatório? Poderia dormir sem o relaxante muscular? A dor era tanta para um comprimido de morfina?

Na noite anterior, o seu corpo doía tanto que Sam teve que se segurar para não tomar tudo de uma vez.

Ela virou a cabeça. Olhou para as fotografias alinhadas sobre o aparador da lareira de Charlie. Observara as fotos com mais atenção na noite anterior, antes dos medicamentos fazerem efeito. Rusty sentado em uma cadeira de balanço com o cotovelo levantado, cigarro na mão e a boca aberta. Ben usando um chapéu engraçado em um jogo de basquete dos Devils. Vários cachorros que talvez já tivessem morrido. Charlie e Ben parados juntos na beira do que parecia uma praia do Caribe. Vestidos para esquiar na base de uma montanha coberta de neve. De pé ao lado de um dos cabos de sustentação de uma ponte pintada no inconfundível tom vermelho da Golden Gate.

Provas de que as coisas foram melhores em algum ponto da vida deles.

Como era de se esperar, Sam se sentiu drogada quando sentou no sofá. As pernas se moviam com dificuldade. A sua cabeça doía. Os seus olhos não focavam. Ficou olhando para a televisão gigante de Charlie que ocupava a maior parte da parede. A sombra do reflexo dela a encarou de volta.

Rusty estava morto.

Sam sempre achara que receberia essa notícia enquanto estivesse em uma reunião ou quando pousasse em uma cidade diferente, em um mundo diferente. Presumira que a morte dele incitaria um senso de tristeza, mas só temporário. Imaginara que seria a mesma sensação que teve quando Charlie lhe disse que Peter Alexander, o seu namorado do colegial, morrera atropelado por um carro.

Sam não pensara que seria ela a encontrar Rusty. Que seria ela quem teria que dar a notícia para a irmã. Que se veria tão paralisada pela tristeza da perda que ficaria sentada ao lado de Rusty por meia hora antes que pudesse alertar a equipe do hospital.

Chorara pelo pai que morrera.

Chorara pelo pai que nunca conhecera.

Achou os óculos na mesa de centro. Alongou as pernas, começando pelos tornozelos, seguindo para as panturrilhas e, por fim, os quadris. As suas costas se arquearam. Ela forçou as mãos para fora na frente dela, ergueu os braços sobre a cabeça. Quando se sentiu pronta, se levantou. Fez mais alongamentos até que os músculos estivessem aquecidos e até que seus membros se movessem apenas com um desconforto módico.

Não havia carpete sobre o chão de madeira. Sam duvidava que Charlie teria um tapete de ioga. Sentou-se com as pernas cruzadas ao lado do sofá. Olhou para o quintal. A porta deslizante tinha uma fresta aberta para deixar a brisa da manhã entrar. A toca do coelho, o projeto de Charlie da época das Bandeirantes, ainda estava de pé. Sam estivera sobrecarregada demais com o luto para comentar sobre isso na noite anterior, mas ficou feliz ao ver que Charlie e Ben construíram sua casa no terreno onde antigamente ficara a casa de tijolos vermelhos.

Não que Ben tivesse ficado lá na noite anterior. Ele foi para o andar de cima por apenas alguns minutos. Sam ouviu o piso rangendo quando ele entrou no quarto de Charlie. Não houve gritos. Não houve choro. Ben desceu a escada de mansinho e saiu da casa sem se despedir de Sam.

Sam endireitou a coluna. Apoiou as costas das mãos sobre os joelhos. Antes que pudesse fechar os olhos, viu Charlie empurrando um carrinho de mão pelo quintal. Sam observou a irmã espalhando feno na toca do coelho enquanto gatos de rua miavam em volta dos pés dela. Havia sacos de comida no carrinho. Ração, alpiste, amendoim. A julgar pela irritação que Sam sentiu nos olhos, um cachorro viveu naquela casa em algum momento.

Então era assim que Charlie passava seu tempo: alimentando um zoológico.

Sam tentou expulsar os problemas da irmã da sua consciência. Não estava ali para consertar Charlie e, mesmo se estivesse, Charlie não a deixava ajudar.

Fechou os olhos. Juntou as pontas dos dedos. Pensou nas partes lesionadas da mente dela. As dobras delicadas de matéria cinzenta. As correntes elétricas das sinapses.

Rusty amontoado na cadeira de rodas.

Sam não podia tirar a imagem da cabeça. A forma como o lado esquerdo da sua boca se curvou. A ausência total do espírito, daquela fagulha que sempre esteve ali. A tristeza que sentiu quando percebera que ele tinha partido.

A necessidade de conforto.

A necessidade de estar com Charlie.

Sam não tinha o número do telefone da irmã. Sentiu vergonha demais para admitir isso para a equipe do hospital. Então, em vez disso, mandou um e-mail para Ben e esperou que ele respondesse. De novo, a tarefa de dar as más notícias para Charlie caíra no seu colo. A irmã não dirigira até o hospital como Sam esperava. Charlie mandou Ben buscá-la. Ela não desceu quando Sam chegou à sua casa. Sam podia ser qualquer outra pessoa, apesar de que Charlie nunca seria tão rude com alguém que não fosse da família.

— Você está tendo um derrame? — Charlie parou na porta. Os olhos dela estavam inchados de tanto chorar. Os hematomas sob os olhos escureceram por completo.

— Estava tentando meditar.

— Tentei uma vez. Me irritou pra caralho. — Ela tirou as botas. Tinha feno no cabelo. Tinha cheiro de gato. Sam reconheceu o logotipo na camiseta dela do grupo de estudos de matemática, o símbolo do Pi com uma cobra em volta dele. As Pítons de Pikeville.

Sam ajeitou os óculos. Não ficavam alinhados desde que o juiz mexeu neles no tribunal. Ela se levantou com menos dificuldade do que esperava.

— Um gambá ficou me encarando pela porta de vidro a noite toda — avisou Sam..

— É Bill — Charlie ligou a televisão gigante. — É o meu amante.

Sam se apoiou no braço do sofá. Esse era exatamente o tipo de coisa chocante que Charlie costumava dizer quando tinha dez anos.

— Gambás podem transmitir leptospirose, cólera, salmonela. As fezes deles trazem uma bactéria que devora a pele abrindo feridas.

— Não somos pervertidos. — Charlie foi mudando os canais.

— É uma televisão impressionante.

— Ben a chama de Eleanor Roosevelt, porque é grande e feia e, mesmo assim, a adoramos. — Charlie achou a CNN. Deixou o som no mudo. As legendas ficaram mudando. Os olhos de Sam passaram rapidamente pelas palavras.

— Por que você está vendo isso?

— Quero ver se sai alguma notícia sobre o papai.

Sam assistiu ao noticiário com Charlie. Não havia nada que a TV poderia contar à irmã que Sam não saberia informar. Sem dúvida alguma, ela sabia mais do que os repórteres. O que o pai dissera. No que ele devia estar pensando. Como a polícia classificara o ocorrido. O fato do corpo de Rusty ter sido deixado na cadeira por mais de uma hora. Por ele ter sido esfaqueado e por ser provável que os ferimentos tivessem contribuído para a sua morte, o Departamento de Polícia de Bridge Gap fora acionado.

Por sorte, Sam dera um jeito de remover a lista sobre o caso de Kelly Wilson do bolso do pai antes de a polícia chegar. Caso contrário, os segredos da garota estariam nas garras de Ken Coin.

— Merda. — Charlie religou o som.

Uma narração estava dizendo:

— ...entrevista exclusiva com Adam Humphrey, ex-aluno que estudou com Kelly Rene Wilson na escola de ensino médio de Pikeville.

Sam viu um jovem inchado e cheio de espinhas parado em frente a um Camaro velho e surrado. Os braços dele estavam cruzados. Estava vestido como se fosse na igreja, camisa branca abotoada, gravata preta fina e calças pretas. Uns fios perdidos de barba tentavam se passar por cavanhaque no seu queixo. As lentes dos óculos dele estavam cobertas de manchas de dedos.

343

— Kelly era boa, eu acho — disse Adam. — Teve coisas que as pessoas disseram sobre ela que não foram gentis. Mas ela era... legal, ela era lenta, entende? Aqui. — Ele bateu o dedo do lado da cabeça. — Mas era legal, sabe? Não é todo mundo que recebe prêmios acadêmicos ou coisas assim. Ela era só uma boa garota. Não era brilhante. Mas tentava.

O repórter apareceu em cena com o microfone sob o queixo.

— Pode me dizer como a conheceu?

— Não foi nada demais. Talvez no ensino fundamental. A maioria das pessoas se conhece. Essa é uma cidade bem pequena. Tipo, você não pode andar pela rua sem encontrar pessoas que conhece.

— Você era amigo de Kelly Rene Wilson no ensino fundamental? — O repórter tinha o olhar de um animal que farejou carne fresca. — Há rumores de indiscrições nessa época. Me pergunto se vocês...

— Não, cara, não vou entrar nesse assunto. — Ele apertou mais os braços cruzados. — Olha, as pessoas estão querendo dizer coisas ruins, que implicavam com ela ou coisa assim, e talvez algumas pessoas fossem ruins com ela, mas isso são coisas da vida. Da vida na escola, pelo menos. Kelly sabe disso. Sabia disso na época também. Ela não é estúpida. As pessoas estão dizendo que ela é estúpida. Tudo bem, ela não é brilhante, já disse isso, mas não é uma idiota. É assim que as coisas são quando você é criança. Crianças são cruéis. Às vezes ficam cruéis e continuam cruéis, outras vezes melhoram quando crescem, mas você lida com isso. Kelly lidava com isso. Então não sei o que a fez estourar, mas não foi isso. Nada disso que estão dizendo. Isso é falsidade.

— Mas com Kelly Rene Wilson, você...

— Não tente transformá-la em um John Wayne Gacy, certo? É só Kelly. Kelly Wilson. E o que ela fez foi uma coisa odiosa. Não sei por que ela fez isso. Não posso especular nem nada. Ninguém pode e ninguém deveria, e se tentarem é porque são um bando de mentirosos. O que aconteceu é só o que aconteceu e ninguém além de Kelly sabe o porquê, mas você... Vocês da TV... Vocês todos têm que lembrar que é só Kelly. As pessoas que estudaram com ela também. É só Kelly.

Adam Humphrey foi embora. O repórter não deixou a ausência do entrevistado encerrar o assunto. Prosseguiu falando com o âncora no estúdio:

— Ron, como disse, o perfil típico de um atirador é homem, solitário, no geral vítima de provocações dos colegas, isolado e com um desejo de vingança. No caso de Kelly Rene Wilson, fomos apresentados a uma possibilidade diferente, a de uma jovem que caiu no ostracismo por sua promiscuidade sexual e que, de acordo com fontes próximas à família Wilson, abortou uma gravidez não planejada, o que, para uma cidade pequena...

Charlie desligou o som.

— Gravidez não planejada. Ela estava no ensino fundamental. Queriam o quê? Que ela controlasse a merda da tabelinha de fertilidade?

— Adam Humphrey daria uma boa testemunha para estabelecer o bom caráter dela. Está claro que não quer denegri-la como outros amigos fizeram.

— Amigos não denigrem. Aposto que se você colocasse Mindy Zowada na TV ela falaria sobre amor e perdão, mas se ler as merdas que ela posta no Facebook acharia que ela está prestes a pegar uma tocha e um forcado e marchar para a cadeia no melhor estilo Frankenstein.

— É compreensível que as pessoas a vejam como um monstro. Ela assassinou...

— Eu sei quem ela assassinou. — Charlie olhou para as mãos como se ainda esperasse encontrar o sangue de Lucy nelas. — Esse garoto, Humphrey, precisa de um bom advogado. Esse ângulo da "mulher fatal" vai pegar rápido. Vão tentar amarrá-lo a Kelly quer ele tenha algo a ver com isso ou não.

Sam se absteve de comentar. Ela se sentiu culpada por desabafar com Lenore na lanchonete na noite anterior e por não quebrar o voto de confidencialidade para a própria irmã. Apesar de que, diferente de Lenore, Charlie com certeza seria chamada para testemunhar. Sam não queria colocar a irmã em uma posição em que teria que escolher entre cometer perjúrio ou entregar evidências que poderiam levar o júri a votar pela execução.

Esse era um dos muitos motivos pelos quais Sam não atuava na área criminal. Não queria que suas palavras fossem as responsáveis por separar a vida da morte.

Sam decidiu mudar de assunto.

— E agora? Presumo que tenhamos que fazer o funeral do papai.

— Ele já cuidou disso. Já deixou tudo pago, disse ao dono da funerária o que queria que fizessem com ele.

— Ele fez tudo isso, mas não podia fazer um testamento ou uma ONR?

— Rusty sempre quis fazer uma saída triunfal. — Charlie olhou para o relógio na parede. — O velório começa em três horas.

Sam foi pega de surpresa pela notícia. Presumira que teria que procurar um hotel para passar mais uma noite.

— Por que tanta pressa?

— Ele não queria ser embalsamado. Disse que estava abaixo da dignidade dele.

— Mas com certeza um dia não faria diferença?

— Ele queria que fosse tudo muito rápido para que você não se sentisse obrigada a vir ou para que se sentisse culpada por não poder vir. — Charlie desligou a televisão. — Não é do feitio dele prolongar as coisas.

— A menos que seja uma das suas histórias estúpidas.

Charlie encolheu o ombro em vez de fazer um comentário mordaz.

Sam a seguiu até a cozinha. Sentou ao balcão. Observou Charlie arrumar as coisas e carregar a lava-louças.

— Acho que ele não sofreu — comentou Sam.

Charlie pegou duas canecas do armário. Colocou café em uma. Colocou água da torneira na outra e esquentou-a no micro-ondas.

— Você pode ir embora depois do funeral. Ou antes. Acho que não importa. O papai não vai saber e você não se importa com o que as pessoas pensam.

Sam ignorou a crítica.

— Ben foi muito gentil comigo antes de sair na noite passada.

— Onde está seu chá? — Charlie pegou a bolsa de Sam que estava no banco perto da porta. — Está aqui, certo?

— No bolso do lado.

Ela achou o saquinho plástico na bolsa de Sam e o jogou pelo balcão.

— Podemos reconhecer que Ben não está vivendo aqui sem ter que de fato conversar sobre isso?

— Acho que já estamos fazendo isso há algum tempo. — Sam tirou o sachê de chá. Jogou ele para Charlie. — Tem leite?

— Por que eu teria leite?

Sam deu de ombros e balançou a cabeça ao mesmo tempo.

— Não me esqueci que você é intolerante a lactose. Só pensei que talvez o bem... — Ela viu a futilidade em prolongar a explicação. — Vamos tentar terminar o dia sem brigar de novo. E sem continuar a briga de ontem. Ou o que quer que fosse aquilo que estávamos fazendo.

O micro-ondas apitou. Charlie achou uma luva térmica. Colocou a caneca no balcão. Tirou um pires do armário. Sam analisou as costas da camiseta dela. Charlie estampara o lema do grupo de estudos de matemática na parte de trás da camiseta: Denominador Comum da Lois.

— O que acontecerá com Kelly Wilson? Aquele alcoólatra, Graal, fica com o caso?

Charlie se virou. Colocou a caneca na frente de Sam. O pires estava em cima da caneca por razões desconhecidas.

— Há um cara em Atlanta, Steve LaScala. Acho que consigo fazê-lo pegar o caso. Pode ser que ele ligue para saber sua opinião.

— Vou deixar o meu número.

— Ben já tem.

Sam colocou o pires embaixo da xícara. Mergulhou o saquinho de chá na água algumas vezes.

— Se esse LaScala não pegar o caso de graça, então eu pago ele.

Charlie riu.

— Isso vai custar mais de um milhão.

— É o que o papai iria querer que eu fizesse.

— Desde quando você faz o que ele quer que você faça?

Sam sentiu a paz temporária entre elas começar a rachar.

— O papai te ama. Foi uma das últimas coisas que ele falou.

— Não começa.

— Ele estava preocupado com você.

— Estou de saco cheio das pessoas se preocuparem comigo.

— Em nome das pessoas, estamos de saco cheio também. — Sam tirou os olhos da xícara. — Charlie, seja o que for que está perturbando você, não vale a pena. Essa raiva que você tem. Essa tristeza.

— Meu pai está morto. Meu marido me deixou. Os últimos dias foram os piores dias da minha vida desde que você levou o tiro e a mamãe morreu. Me desculpe se não estou alegre e contente, Sam, mas a parte de mim que se importa com os outros está quebrada. — Charlie bebeu o café. Ela olhou pela janela da cozinha. Os pássaros se amontoaram no comedouro.

Esse era o momento, talvez a última chance, para Sam contar para a irmã sobre Anton. Ela queria que Charlie soubesse que ela compreendia o que significava ser amada e como algumas vezes esse amor podia trazer uma responsabilidade opressora. Podiam trocar segredos do jeito que faziam quando eram crianças: *Vou contar sobre aquele garoto que eu gosto se você me disser por que Gamma deixou você de castigo por três dias.*

— Rusty me falou que as cartas de Zachariah Culpepper não significam nada. Que a polícia sabe sobre elas. Que ele só está desesperado. Está tentando nos provocar. Não devemos deixá-lo vencer.

— Acho que você perde seu prêmio de consolação quando está no corredor da morte. — Charlie colocou o café no balcão. Cruzou os braços. — Continue. O que mais ele disse?

— Ele me falou sobre a pena de morte.

— Rusty fez você colocar os seus dedos no pulso dele?

Sam se sentiu enganada mais uma vez.

— Como ele nunca foi expulso da cidade por vender instrumentos musicais falsos?

— Ele não queria que eu fosse na execução de Culpepper. Isso é, se o Estado algum dia resolver fazer o seu trabalho. — Charlie balançou a cabeça, como se a morte de um homem fosse um mero inconveniente. — Não sei ao certo se quero ir. Mas nada que Rusty disser, quer dizer, disse, vai influenciar minha decisão.

Sam torceu para aquilo não ser verdade.

— Ele me falou sobre uma foto da mamãe.

— *A* foto?

— Uma outra, uma que ele diz que nenhuma de nós viu antes.

— Acho difícil de acreditar. A gente fuçava em todas as coisas dele. Ele não tinha privacidade.

— Ele disse que está no escritório na casa dele. Queria pegar antes de ir embora.

— Ben pode levar você até o RR depois do funeral.

A casa da fazenda. Sam não queria ir, mas não sairia da cidade sem ter ao menos essa última lembrança da mãe para levar de volta para Nova York.

— Posso ajudar você a cobrir isso. — Sam apontou para os hematomas no rosto de Charlie. — Para o funeral.

— Por que eu cobriria?

Sam não pôde pensar em nenhuma razão. Era provável que ninguém fosse ao funeral, pelo menos ninguém que Sam gostaria de ver. Rusty estava longe de ser uma figura popular na cidade. Sam marcaria presença, depois iria para a casa da fazenda e, então, esperaria até que Stanislav a levasse de volta para Atlanta para sair o mais rápido possível desse lugar.

Isso é, se ela conseguisse juntar forças para ficar de pé. O relaxante muscular ainda estava no seu organismo. Podia sentir a droga amortecendo seu corpo. Ficou acordada por menos de quinze minutos e já poderia voltar a dormir sem dificuldade alguma.

Ela pegou a caneca de chá.

— Não beba isso. — As bochechas de Charlie ficaram vermelhas. — Tem suor de peito.

— Tem...

— Suor de peito. Passei o sachê do chá por dentro do meu sutiã quando você não estava olhando.

Sam colocou a caneca no balcão. Ela deveria estar irritada, mas começou a rir.

— Por que você faria isso?

— Não espere por uma boa desculpa. Não sei por que estou agindo como criança de novo, atormentando você, tentando irritá-la, tentando chamar a sua atenção. Me vejo fazendo isso e fico com raiva.

— Então, pare.

Ela bufou um suspiro pesado.

— Não quero brigar, Sam. O papai não iria querer isso, especialmente hoje.

— Na verdade, o papai adorava discussões.

— Não do tipo ofensivo.

Ela bebeu um pouco do chá. Precisava tanto de cafeína que nem se importava com o que estava junto.

— E o que fazemos agora?

— Acho que vou chorar no chuveiro e me aprontar para o funeral do meu pai feito as pressas.

Charlie enxaguou a caneca de café na pia. Colocou-a na lava-louças. Secou as mãos em uma toalha. E começou a sair.

— Meu marido morreu. — Sam expeliu as palavras tão rápido que não estava certa se Charlie as ouvira. — O nome dele era Anton. Fomos casados por doze anos.

Os lábios de Charlie se abriram com a surpresa.

— Ele morreu treze meses atrás. Câncer de esôfago.

A boca de Charlie se mexeu enquanto tentava pensar o que dizer.

— Sinto muito.

— Foram os taninos. No vinho. Eles são...

— Eu sei o que são taninos. Pensei que esse tipo de câncer era causado por HPV.

— Testaram o tumor dele e deu negativo. Posso mandar para você a análise.

— Não. Acredito em você.

Sam não tinha certeza se ela mesma ainda acreditava no que dizia. A preferência dela sempre foi por aplicar a lógica a um problema, mas, como ocorria com o clima, a vida existia em um equilíbrio dinâmico delicado entre campos de massas e movimento.

Na prática, algumas vezes dá merda.

— Quero ir na funerária com você, mas não acho que posso ficar. Não quero ver as pessoas que virão. Os hipócritas. Os curiosos. Pessoas que atravessavam a rua quando viam o papai vindo e que nunca, nunca mesmo, compreenderam que ele estava tentando fazer o bem.

— Ele não queria um funeral — contou Charlie. — Não um tradicional. Haverá uma visitação e depois ele queria que todos seguissem para o Shady Ray's.

Sam se esquecera do bar preferido do pai.

— Não posso sentar e ficar ouvindo um bando de velhos bêbados se deliciando com histórias de tribunais.

— Essa era uma das coisas que ele mais gostava de fazer. — Charlie se inclinou sobre o balcão. Olhou para os pés. Havia um furo na meia dela. Sam podia ver o dedão para fora. — Conversamos sobre o funeral dele da última vez. Antes da cirurgia no coração. Só eu e ele. Foi quando ele fez todos esses planos. Disse que queria que as pessoas ficassem felizes, que celebrassem a vida. Parece agradável, não é? Mas agora que estou no meio disso, tudo que consigo pensar é em como ele foi um babaca estúpido ao presumir que eu sentiria vontade de celebrar a vida quando ele estivesse morto. — Ela enxugou as lágrimas. — Não consigo decidir se estou em choque ou se o que estou sentindo é normal.

Sam não podia oferecer nenhuma teoria. Anton fora um cientista com uma formação que não romantizava a morte. Sam foi ao crematório e assistiu ao caixão de madeira dele deslizar para as chamas.

— Me lembro do funeral de Gamma — disse Charlie. — *Aquilo* foi um choque. Foi tão inesperado e eu estava com tanto medo de Zachariah sair da cadeia. Com medo de ele voltar para me pegar. Da família dele fazer alguma coisa. De você morrer. De matarem você. Acho que não soltei a mão de Lenore nem por um minuto.

Sam ainda estava no hospital quando a mãe foi enterrada. Tinha certeza de que Charlie contara sobre o funeral, assim como tinha certeza de que o cérebro dela não fora capaz de reter a informação.

— O papai fez tudo certo naquele dia — continuou Charlie. — Estava presente. Estava sempre vendo se eu estava bem, acompanhando meu olhar, interrompendo quando a pessoa errada dizia a coisa errada. Foi meio como você falou. Alguns hipócritas. Alguns curiosos. Mas havia outras pessoas, como a sra. Kimble do outro lado da rua e o sr. Edwards da imobiliária. Eles contaram histórias, lembraram das coisas estranhas que Gamma falava ou de como ela sabia resolver um problema esquisito e foi muito bom ver esse seu outro lado. O seu lado adulto.

— Ela nunca se encaixou.

— Em todo lugar sempre tem alguém que não se encaixa. É isso que os faz se encaixarem. — Charlie olhou para o relógio. — Deveríamos nos aprontar. Quanto mais rápido resolvermos isso, mais rápido tudo acaba.

— Eu posso ficar. — Sam sentiu sua cautela. — Para o funeral. Posso ficar se...

— Nada mudou, Sam. — Charlie fez seu gesto de encolher só um ombro. — Eu ainda preciso descobrir o que fazer com a minha vida infeliz e desperdiçada e você ainda precisa ir embora.

CAPÍTULO QUINZE

S AM OBSERVOU CHARLIE ANDANDO sem parar pela recepção da funerária. O prédio era moderno por fora, mas a decoração do interior parecia
feita por uma velha espalhafatosa. Aparentavam operar com a mesma eficiência. Havia dois funerais acontecendo nas capelas em cada lado da recepção.
Dois carros fúnebres idênticos aguardavam seus passageiros do lado de fora.
Sam se lembrou do logotipo da funerária de um outdoor pelo qual passara
quando estava vindo para Pikeville. O anúncio mostrava uma adolescente linda e feliz ao lado da frase ameaçadora: *Vá devagar! Não precisamos de trabalho.*

Charlie passou por Sam com os braços balançando e a boca fechada. Estava usando um vestido preto e salto alto. O cabelo estava amarrado para trás.
Não passou maquiagem, não fez nada para cobrir seu luto.

— Quem, em algum momento, ouviu falar em fila de espera na droga da
funerária?

Sam sabia que a irmã não estava esperando uma resposta. Pediram que
elas esperassem há menos de dez minutos. Músicas diferentes vinham de trás
das portas fechadas de ambos os lados. Um funeral parecia caminhar para o
fim enquanto o outro tinha acabado de começar. Em breve, elas estariam no
meio de uma multidão em luto.

— Inacreditável — resmungou Charlie, passando por ela de novo.

Sam sentiu o telefone vibrar. Olhou para a tela. Antes de sair da casa de
Charlie, ela mandou uma mensagem para Stanislav, pedindo que ele a encontrasse na casa da fazenda. O motorista era bem pago pelas viagens, mas, ainda
assim, ela sentiu um tom seco na resposta: *Volto o mais rápido possível.*

O "mais rápido possível" a incomodou. De repente, Sam se viu possuída por um desejo de dizer a ele para não ter pressa. Ela chegou no condado de Dickerson querendo, mais do que tudo, ir embora, mas, agora que estava aqui, sentia-se dominada pela inércia.

Ou, talvez, obstinação fosse uma palavra melhor.

Quanto mais Charlie dizia para ela ir embora, mais Sam se sentia presa àquele lugar amaldiçoado.

Uma porta lateral foi aberta. Sam presumira que ali fosse um armário, mas o cavalheiro mais velho de terno e gravata saiu de lá secando as mãos em um papel-toalha. Ele se inclinou e jogou o papel no lixo.

— Edgar Graham. — Ele apertou a mão de Sam primeiro e depois a de Charlie. — Me desculpem por deixar vocês esperando.

— Estamos aqui já tem quase vinte minutos — falou Charlie.

— De novo, me desculpem. — Edgar apontou para o corredor. — Senhoras, por aqui, por favor.

Sam foi na frente. A sua perna estava cooperando, só uma pontadinha de dor a lembrava que a trégua provavelmente era temporária. Ouviu Charlie resmungando atrás dela, mas as palavras eram muito baixas para fazerem sentido.

— Seu marido passou pela manhã com o traje requerido.

— Ben? — Charlie soou surpresa.

— Por aqui. — Edgar ficou um passo à frente delas para que pudesse segurar a porta aberta. A placa dizia ACONSELHAMENTO PARA O LUTO. Havia quatro poltronas, uma mesa de centro e caixas de lenços discretamente posicionadas atrás dos vasos de plantas espalhados pela sala.

Charlie olhou de relance para a placa na porta. Sam pôde sentir um calor impiedoso irradiando da irmã. No geral, o estado emocional de uma alimentava o da outra, quaisquer emoções que Charlie estivesse sentindo se amplificavam em Sam. Naquele momento, o pânico de Charlie e a sua raiva serviam para deixar Sam mais calma.

Era para isso que ela estava ali. Não podia resolver os problemas de Charlie, mas, naquele momento, podia dar à irmã o que ela precisava.

— Podem ficar à vontade aqui — avisou Edgar. —Estamos com a casa cheia hoje. Me perdoem por não estarmos esperando vocês.

— Você não estava nos esperando para o funeral do nosso pai?

— Charlie — disse Sam, tentando controlá-la. — Viemos sem avisar. O funeral só começa daqui a duas horas.

— No geral abrimos a visitação uma hora antes do velório — explicou Edgar.

— Não faremos um velório. De quem é o funeral na outra capela? É do sr. Pinkman? — perguntou Charlie.

— Não, senhora. — Edgar parara de sorrir, mas parecia imperturbável. — O velório de Douglas Pinkman está agendado para amanhã. Teremos Lucy Alexander no dia seguinte.

Sam sentiu um alívio repentino e inesperado. Estivera tão focada em Rusty que se esquecera de que havia mais dois corpos que precisariam ser enterrados.

Edgar indicou uma poltrona para Sam, mas ela não se sentou.

— No momento, seu pai está no andar de baixo — continuou ele. — Quando o velório na nossa capela memorial for encerrado, o traremos para cima e o colocaremos no pódio na frente do recinto. Quero garantir a vocês que...

— Quero vê-lo agora — falou Charlie.

— Ele não está preparado.

— Ele se esqueceu de estudar para alguma prova?

Sam colocou a mão no ombro de Charlie.

— Me desculpe se não fui claro. — Ele continuava com as mãos apoiadas nas costas da poltrona, sua frieza sobrenatural permanecia intacta. Ele explicou: — Seu pai foi colocado no caixão que ele escolheu, mas precisamos colocá-lo no pódio, arrumar as flores, preparar o recinto. Você vai querer que, na primeira vez que o vir, ele...

— Isso não é necessário. — Sam apertou o ombro de Charlie para mantê-la em silêncio. Sabia o que a irmã estava pensando. *Não me diga o que eu quero.* — Tenho certeza de que você tem algo adorável planejado, mas queremos vê-lo agora.

Edgar fez um aceno suave.

— É claro, senhoras. É claro. Por favor me concedam um instante.

Charlie nem esperou a porta fechar após ele sair.

— Que babaca condescendente.

— Charlie...

— A pior coisa que você pode falar nesse momento é que pareço a mamãe falando. Nossa. — Ela puxou a gola do vestido. — Parece que está quarenta graus aqui.

— Charlie, isso faz parte do luto. Você quer controlar as coisas porque está se sentindo sem controle. — Sam se esforçou para tirar o tom de palestrante da voz. — Você precisa aprender a lidar com isso porque o que você está sentido não vai mudar amanhã.

— *Você precisa* — repetiu Charlie. Pegou um lenço da caixa ao lado da poltrona. Secou o suor da testa. — Pensei que com todos esses mortos eles manteriam o ar mais frio aqui. — Ela andou pela sala pequena. Continuou mexendo as mãos, balançando a cabeça como se estivesse tendo algum tipo de conversa privada consigo mesma.

Sam se sentou na poltrona. O universo estava dando o troco nela, ver a energia maníaca e frenética da irmã se manifestar em forma de raiva. Charlie tinha razão ao dizer que ela parecia a mãe falando. Gamma sempre estourava quando se sentia ameaçada, da mesma forma que Sam fizera no passado e do jeito que Charlie estava agindo naquele momento.

— Tenho alguns comprimidos de Rivotril na minha bolsa... — ofereceu Sam.

— Você deveria tomá-los.

— Onde está Lenore?

— Pra ela me acalmar? — Charlie andou até a janela. Ergueu as persianas de metal para olhar para o estacionamento. — Ela não vai vir. Ela ia ter vontade de matar todo mundo aqui. O que você usa no seu pescoço?

Sam tocou o pescoço com os dedos.

— O quê?

— Eu lembro que o pescoço de Gamma estava ficando marcado. Como se a pele estivesse começando a enrugar. Mesmo ela tendo só três anos a mais do que eu tenho hoje.

Sam não sabia o que mais poderia fazer além de prosseguir com aquela conversa.

— Ela ficava no sol o tempo todo. Nunca usava protetor solar. Ninguém na geração dela usava.

— Você não se preocupa com isso? Quero dizer, você está bem agora, mas... — Charlie olhou no espelho perto da janela. Repuxou a pele do próprio pescoço. — Coloco loção nele todas as noites, mas acho que preciso de um creme.

Sam abriu a bolsa. A primeira coisa que viu foi a lista que dera para Rusty. O cheiro de cigarro impregnou o papel. Sam resistiu ao desejo de fazer algo melodramático, como segurar o papel perto do nariz para se lembrar do cheiro do pai. Achou o creme de mão ao lado do pendrive de Ben.

— Aqui.

Charlie olhou na etiqueta.

— O que é isso?

— É o que eu uso.

— Mas aqui diz que é para as mãos.

— Podemos pesquisar alguma coisa. — Sam pegou o telefone. — O que você acha?

— Eu acho que... — Charlie soltou uma respiração curta. — Acho que estou perdendo a cabeça.

— O mais provável é que você esteja tendo um ataque de pânico.

— Não estou em pânico — disse Charlie, mas o tremor na voz dela indicava outra coisa. — Me sinto tonta. Trêmula. Acho que posso vomitar. Isso é um ataque de pânico?

— Sim. — Sam a ajudou a se sentar na cadeira. — Respire fundo algumas vezes.

— Meu Deus. — Ela colocou a cabeça entre os joelhos. — Ai, meu Deus.

Sam acariciou as costas da irmã. Tentou pensar em algo que acabaria com a dor, mas o luto desafiava a lógica.

— Eu não acreditava que ele morreria. — Charlie agarrou seu cabelo. — Quero dizer, eu sabia que aconteceria, mas não achava que chegaria o dia. Tipo, o oposto do que você sente quando compra um bilhete de loteria. Você diz: "É claro que vou ganhar", mas nesse caso você de fato *acha* que você *pode* ganhar, porque, se não fosse assim, por que compraria o maldito bilhete?

Sam continuou alisando as costas da irmã.

— Sei que ainda tenho Lenore, mas o papai era... — Charlie respirou nervosa. — Sempre soube que, independentemente do que acontecesse, se tivesse um problema, poderia falar com ele que ele não me julgaria e faria uma piada sobre o assunto para que não doesse tanto e depois descobriríamos juntos como resolver a questão. — Ela cobriu o rosto com as mãos. — Odeio Rusty por não ter se cuidado. E o amo por ter vivido sua vida nos seus próprios termos.

Sam estava familiarizada com ambas as sensações.

— Não sabia que Ben trouxe as roupas dele. — Ela se virou assustada para Sam. — E se ele pediu para ser fantasiado de palhaço?

— Charlie, não seja tola. Você sabe que ele escolheria um figurino renascentista.

A porta abriu. Charlie se levantou.

— Nossa capela memorial está sendo liberada. Se me derem mais um momento, posso posicionar o seu pai de uma forma mais natural.

— Ele está morto — falou Charlie. — Nada disso é natural.

— Pois bem. — Edgar abaixou o queixo. — Colocamos ele temporariamente no nosso mostruário. Deixei duas cadeiras lá para o seu conforto e reflexão.

— Obrigada. — Sam se virou para Charlie, esperando que ela reclamasse sobre as cadeiras ou que fizesse um comentário ácido sobre a reflexão. Em vez disso, viu que a irmã estava chorando.

— Eu estou aqui — acudiu Sam, apesar de não saber se isso era um conforto.

Charlie mordeu os lábios. As mãos dela ainda estavam fechadas. Estava tremendo.

Sam puxou os dedos de Charlie e segurou na mão dela.

Ela acenou para Edgar.

Ele andou até o outro lado da saleta. Sam tinha notado uma porta discreta embutida nos painéis de madeira da parede. Ele virou a maçaneta e Sam viu o mostruário bem iluminado.

Charlie não se movia por conta própria, então Sam a conduziu em direção à porta. Apesar de Edgar ter chamado a sala de mostruário, Sam não esperara um mostruário de verdade. Caixões brilhantes pintados em tons terrosos escuros estavam alinhados nas paredes. Estavam inclinados em um ângulo de quinze graus, as suas tampas estavam abertas para mostrar os revestimentos de seda. As luzes iluminavam as alças douradas e prateadas. Uma variedade de travesseiros estava exposta em uma prateleira giratória. Sam se perguntou se as pessoas em luto testavam a maciez antes de tomar sua decisão.

Charlie estava se desequilibrando nos seus saltos altos.

— Foi desse jeito quando o seu...

— Não. Anton foi cremado. O colocaram em uma caixa de pinho.

— Por que o papai não fez isso? — Charlie olhou em um caixão preto reluzente à mostra com revestimento em cetim. — Me sinto como se estivéssemos em um livro da Shirley Jackson.

Sam se virou ao se lembrar de Edgar. Ela moveu a boca para indicar suas palavras:

— Obrigada.

Ele fez uma reverência e saiu da sala, fechando a porta.

Sam olhou de volta para Charlie. Ela estava paralisada. Toda a sua combatividade desaparecera. Olhava para a frente da sala. Havia duas cadeiras dobráveis cobertas com um protetor de cetim azul pastel. Ao lado, um caixão branco com alças douradas em um carrinho de metal com rodas pretas grandes. A tampa estava aberta. A cabeça de Rusty estava inclinada em um travesseiro. Sam podia ver alguns cabelos pretos espalhados pela cabeleira grisalha dele, via também a ponta do nariz e o reflexo do tecido azul brilhoso do terno dele.

— Esse é o papai — falou Charlie.

Sam buscou a mão da irmã de novo, mas Charlie já estava se movendo na direção do pai. O passo decidido dela perdeu a firmeza com rapidez. Ela hesitou até parar. A mão dela cobriu a boca. Os ombros começaram a tremer.

— Não é ele.

Sam entendeu o que ela quis dizer. Era claro que aquele era o pai delas, mas também estava claro que não era. As bochechas de Rusty estavam muito vermelhas. As suas sobrancelhas selvagens foram domadas. Os cabelos dele, que sempre apontavam para todos os lados, estavam penteados e fixados todos para trás.

— Ele me prometeu que ia ficar bonito — comentou Charlie.

Sam passou o braço em volta da cintura da irmã.

— Quando conversamos sobre isso, falei que não queria que o caixão ficasse aberto e ele me prometeu que estaria bonito — continuou Charlie. — Que eu ia querer ver o quanto ele estava lindo. Ele não parece bem.

— Não. Ele não parece ele mesmo.

Elas olharam o pai. Sam não podia se lembrar de algum momento em que Rusty não estivesse em movimento. Acendendo um cigarro. Abanando as mãos de forma dramática. Tamborilando os dedos. Estalando os dedos. Balançando a cabeça enquanto cantarolava, estalava a língua ou assobiava uma música que ela não reconhecia e que, mesmo assim não conseguia tirar da cabeça.

— Não quero que ninguém o veja assim. — Charlie esticou o braço para fechar a tampa.

Sam fez um sinal para ela ficar quieta.

— Charlie!

Ela puxou a tampa. A tampa não se moveu.

— Me ajuda a fechar isso.

— Podemos...

— Não quero aquele babaca assustador aqui de novo. — Charlie puxou com as duas mãos. A tampa se moveu algo em torno de cinco graus antes de parar. — Me ajuda.

— Não vou ajudar você.

— O que estava na sua lista? Você não pode ver, não pode correr, não pode processar? Não me lembro de você dizer que o seu corpo inútil não pode ajudar a fechar a merda da tampa da urna do seu pai.

— É um caixão. As urnas são mais estreitas na cabeça e nos pés.

— Que diabo. — Charlie largou a bolsa no chão. Ela jogou os sapatos longe. Usou as duas mãos para puxar a tampa, praticamente se pendurando nela.

Ouve um rangido em protesto, mas o caixão continuou aberto.

— Não vai fechar só puxando. Deve haver uma trava de segurança.

— Você quer dizer que ele poderia morrer se a tampa batesse ao fechar?

— Quero dizer que pode acertar a sua cabeça ou quebrar seus dedos. — Ela se inclinou sobre Rusty para examinar as dobradiças metálicas. Uma tira de tecido amarrada impedia a tampa de abrir por completo, mas não havia um mecanismo aparente controlando o fechamento. — Deve haver algum tipo de chave de liberação.

— Jesus Cristo. — Charlie se pendurou na tampa de novo. — Você não pode só me ajudar?

— Estou tentando...

— Eu faço isso sozinha. — Charlie deu a volta e ficou atrás do caixão. Empurrou por trás. A mesa se moveu. Uma das rodas da frente estava destravada. Charlie empurrou com mais força. A mesa se moveu de novo.

— Espera. — Sam examinou o exterior do caixão procurando algum tipo de alavanca ou botão. — Você vai...

Charlie pulou, empurrando a tampa para baixo com todo o peso dela.

— Você vai jogá-lo para fora da mesa.

— Ótimo. — Charlie empurrou de novo. Nada se moveu. Bateu a palma da mão contra a tampa. — Merda! — Bateu de novo, dessa vez com o punho fechado. — Merda! Merda! Merda!

Sam passou os dedos pela beirada do revestimento de seda. Achou um botão.

Houve um clique audível.

A bomba pneumática assobiou conforme a tampa se fechou devagar.

— Merda. — Charlie estava sem fôlego. Ela apoiou as mãos no caixão fechado. Fechou os olhos. Balançou a cabeça. — Ele nos deixou com uma metáfora.

Sam se sentou na cadeira.

— Não vai falar nada?

— Estou refletindo.

A risada de Charlie foi interrompida por um soluço. Os ombros dela tremiam enquanto chorava. As lágrimas caíram sobre o caixão. Sam as viu rolando pelas laterais, dando a volta na mesa de aço e, por fim, caindo no chão.

— Merda — repetiu Charlie, usando as costas da mão para limpar o nariz. Ela achou uma caixa de lenços atrás do expositor de alças. Assoou o nariz. Secou os olhos. Desabou na cadeira ao lado de Sam.

As duas olharam para o caixão. As alças douradas espalhafatosas e as cantoneiras entalhadas. A tinta branca reluzente tinha um acabamento brilhoso, como se tivessem misturado purpurina no verniz.

— Não consigo acreditar no quanto essa coisa é feia — comentou Charlie. Ela jogou fora os lenços usados. Arrancou outro da caixa. — Parece algo em que enterrariam o Elvis.

— Lembra de quando fomos para Graceland?

— Aquele Cadillac branco.

Rusty tinha convencido a atendente a deixá-lo sentar atrás do volante. A tinta no Fleetwood tinha o mesmo brilho branco do caixão. O pó de diamante dava aquele brilho.

— O papai podia convencer qualquer um a deixá-lo fazer qualquer coisa. — Charlie limpou o nariz de novo e se recostou na cadeira. Cruzou os braços.

Sam podia ouvir um ponteiro de relógio se movendo em algum lugar, um tipo de metrônomo sincronizado com os batimentos cardíacos dela. Os seus dedos ainda guardavam a lembrança do *tum-tum-tum* do sangue de Rusty pulsando pelas veias dele. Ela passara dois dias implorando para Charlie desabafar, mas seus próprios pecados pesavam bem mais.

— Não pude deixar ele morrer. Meu marido. Não pude deixar ele partir.

Em silêncio, Charlie ficou mexendo no lenço com os dedos.

— Ele tinha uma ONR, mas não a entreguei ao hospital. — Sam tentou dar uma respiração profunda. Sentiu o peso da morte de Anton comprimindo o seu peito. — Ele não podia falar. Não podia se mover. Só podia ver e ouvir, e ele viu e ouviu a sua esposa se recusando a deixar os médicos desligarem as máquinas que prolongavam seu sofrimento. — Sam sentiu a vergonha borbulhando no estômago como óleo fervente. — Os tumores tinham se espalhado pelo cérebro. O interior de um crânio tem um limite de volume. A pressão estava empurrando o cérebro dele para a coluna. A dor era excruciante. Eles o sedaram com morfina, depois Fentanil. E eu ficava sentada ao lado da cama, vendo as lágrimas rolarem dos olhos dele, e não pude deixá-lo partir.

Charlie continuou mexendo no lenço, o enrolando em volta do dedo.

— Eu faria a mesma coisa aqui. Poderia ter dito isso para você lá de Nova York. Eu era a pessoa errada para ajudar. Não pude colocar de lado minhas necessidades, meu desespero, pelo único homem que já amei. Com certeza não poderia agir melhor com o papai.

Charlie começou a rasgar as camadas do lenço.

O ponteiro do relógio continuava com o tique-taque.

O tempo continuava seguindo em frente.

— Eu queria você aqui porque eu queria você aqui — confessou Charlie.

Sam não teve a intenção de remexer na culpa da irmã.

— Por favor, não tente me fazer me sentir melhor.

— Não estou tentando. Odeio o fato de ter feito você vir. De ter feito você passar por isso.

— Você não me forçou a nada.

— Eu sabia que você viria se eu pedisse. Sempre soube disso e usei o papai como desculpa porque eu não podia mais lidar com isso.

— Lidar com o quê?

Charlie amassou o lenço em uma bola e o manteve apertado entre as mãos.

— Perdi um bebê na época da faculdade.

Sam se lembrava dos telefonemas hostis daquela época. Charlie raivosa exigindo dinheiro.

— Me senti tão aliviada quando aconteceu — continuou ela. — Quando você é jovem, não imagina que vai ficar velha. Que chegará um momento em que não sentirá um alívio por isso.

Sam sentiu seus olhos começarem a lacrimejar com o tom angustiante das palavras da irmã.

— A segunda gravidez que eu perdi foi pior. Ben acha que foi a primeira, mas foi a segunda. — Ela encolheu os ombros diante da mentira. — Estava no final do primeiro trimestre. Estava no tribunal e senti essa dor, como uma cólica. Tive que esperar mais uma hora até que o juiz fizesse um recesso. Corri para o banheiro, me sentei na privada e tive a sensação de que o sangue estava escorrendo do meu corpo. — Ela parou para engolir. — Olhei e aquilo era... Era nada. Não parecia nada. Uma menstruação bem intensa, uma pasta de alguma coisa. Mas não me pareceu certo dar descarga. Não podia deixá-lo. Rastejei por baixo da porta para poder deixá-la trancada. Liguei para Ben. Estava chorando tanto que ele não podia compreender o que eu estava dizendo.

— Charlie... — sussurrou Sam.

Ela balançou a cabeça, porque não tinha acabado.

— A terceira vez, que Ben acha que foi a segunda, foi pior ainda. Estava com dezoito semanas. Estávamos no quintal, recolhendo as folhas. Já tínhamos começado a organizar o quarto, sabe? Pintado as paredes. Pesquisado berços. Senti o mesmo tipo de cólica. Disse para Ben que ia tomar um pouco de água, mas quase não cheguei no banheiro. Simplesmente saiu, como se meu corpo não visse a hora de se livrar daquilo. — Ela usou a ponta dos dedos para secar as lágrimas. — Disse a mim mesma que aquilo nunca mais aconteceria, não ia arriscar, mas aconteceu de novo.

Sam esticou o braço. Segurou forte na mão da irmã.

— Foi três anos atrás. Parei de tomar o anticoncepcional. Foi uma coisa estúpida. Não falei para Ben, o que deixa tudo pior porque eu o estava enganando. Estava grávida de um mês. Depois passou outro mês, chegamos na marca dos três meses e depois seis, sete, estávamos tão animados. O papai estava nas nuvens. Lenore não parava de sugerir nomes.

Charlie apertou os dedos nas pálpebras. As lágrimas jorraram.

— Tem uma coisa chamada de Síndrome Dandy-Walker. É um nome estúpido, parece um tipo antigo de dança de salão, mas, basicamente, é um conjunto de malformações cerebrais congênitas.

Sam sentiu uma dor no coração.

— Eles nos contaram em um fim de tarde em uma sexta-feira. Ben e eu passamos o fim de semana inteiro lendo sobre isso na internet. Aparecia essa história fantástica sobre um garoto que estava sorrindo, vivendo sua vida, apagando as velinhas de aniversário e nós dizíamos: "Certo, bem, isso é... Isso é fantástico, é uma dádiva, podemos fazer isso." Depois, surgia outra história sobre um bebê cego e surdo que fez cirurgia cardíaca e cerebral e morreu antes do primeiro aniversário e a gente só conseguia se abraçar e chorar.

Sam apertou a mão de Charlie.

— Decidimos que não podíamos desistir. Era o nosso bebê, certo? Então, fomos a um especialista em Vanderbilt. Ele fez alguns exames e nos levou para essa sala. Não havia fotos nas paredes. É disso que eu me lembro. Havia fotos de bebês por todos os lados. Fotos de famílias. Mas não naquela sala.

Charlie parou para secar os olhos de novo.

Sam esperou.

— O médico nos disse que não tinha nada que pudéssemos fazer. O fluído cerebrospinal estava vazando. O bebê não tinha... órgãos. — Ela respirou trêmula. — Minha pressão sanguínea estava alta. Estavam preocupados com a sepse. O médico nos deu cinco dias, talvez uma semana, até que o bebê morresse ou que eu morresse e eu só... Eu não podia esperar. Não podia trabalhar, jantar e nem assistir TV sabendo daquilo... — Ela entrelaçou as mãos. — Então, decidimos ir para o Colorado. Que é o único lugar legalizado que encontramos.

Sam sabia que ela estava falando de aborto.

— Foi 25 mil. Mais os voos. Mais o hotel. Mais as faltas no trabalho. Não dava tempo de pegar um empréstimo e não queríamos que ninguém soubesse com que estávamos gastando o dinheiro. Vendemos o carro de Ben. Papai e Lenore nos deram dinheiro. Colocamos o restante no cartão de crédito.

Sam sentiu uma vergonha esmagadora. Ela deveria ter estado lá. Poderia ter dado o dinheiro, levado Charlie no avião.

— Na noite que deveríamos ir, tomei um comprimido para dormir, porque não faria diferença, né? Mas acordei com essa dor intensa. Não era como as cólicas das outras vezes. Me senti como se estivesse sendo rasgada por dentro. Desci as escadas para não acordar Ben. Comecei a vomitar. Não consegui chegar no banheiro. Tinha tanto sangue. Parecia uma cena de crime. Tinhas pedaços que eu pude identificar. Pedaços de... — Charlie balançou a cabeça, incapaz de dizer o resto. — Ben chamou a ambulância. Ganhei uma cicatriz, como de uma cesária, mas nenhum bebê para justificá-la. E quando voltei para casa, o carpete tinha desaparecido. Ben tinha limpado tudo. Foi como se nunca tivesse acontecido.

Sam pensou no chão de madeira da sala de Charlie. Não substituíram o tapete em três anos.

— Você falou com Ben sobre isso?

— Sim. Conversamos. Fizemos terapia. Superamos.

Sam não podia acreditar que aquilo fosse verdade.

— Foi minha culpa. Eu nunca disse para Ben, mas todas as vezes foi minha culpa.

— Você não pode pensar assim.

Ela usou as costas da mão para secar os olhos.

— Eu vi o papai fazer essa defesa no tribunal uma vez. Ele falou sobre como as pessoas são sempre obcecadas com mentiras. As malditas mentiras. Mas ninguém entendia que o verdadeiro perigo estava na verdade. — Ela olhou para o caixão branco. — A verdade pode fazer você apodrecer por dentro. Não deixa espaço para mais nada.

— Não há verdade em se culpar. A natureza tem seus próprios planos.

— Não é dessa verdade que estou falando.

— Me conta então, Charlie. Qual verdade?

Charlie se inclinou. Colocou a cabeça nas mãos.

— Por favor — implorou Sam. Não podia suportar a própria inutilidade. — Me conta.

Charlie respirou fundo, puxando o ar pela fresta entre as mãos.

— Todo mundo pensa que me culpo por fugir.

— E não se culpa?

— Não — disse ela. — Me culpo por não ter corrido mais rápido.

O QUE REALMENTE ACONTECEU COM CHARLIE

— Corre! — Sam empurrou a irmã com força. — *Charlie, vai!*

Charlie caiu de bunda com força no chão. Viu o brilho reluzente de uma arma disparando, ouviu a explosão repentina da bala saindo do cano.

Sam girou no ar, quase rodopiando como o garfo para dentro da boca aberta do túmulo.

— Merda — disse Daniel. — Deus. Meu Deus.

Ela se afastou como um caranguejo, de quatro, até que trombou com uma árvore. Se impulsionou para se levantar. Os seus joelhos tremiam. As suas mãos tremiam. Todo o corpo tremia.

— Está tudo bem, docinho — disse Zach a Charlie. — Fique paradinha aí me esperando.

Charlie olhou para a terra aberta. Talvez Sam estivesse bem, se escondendo no túmulo, pronta para saltar e correr.

Mas ela não estava saltando. Não estava se movendo ou falando ou gritando ou mandando em todo mundo.

— Cobre essa cadela — falou Zach. — Vou ficar um pouco com a pequenina.

Sam não falaria naquele momento, gritaria, furiosa com Charlie por ficar parada ali, por perder a chance, por não fazer o que ela a treinara para fazer.

Não olhe para trás... confie que eu vou estar lá... mantenha a cabeça abaixada e...

Charlie correu.

Os braços no ar. Os pés lutando para ter tração. Os galhos das árvores cortaram o seu rosto. Não podia respirar. Os pulmões pareciam agulhas perfurando seu peito.

Respire até passar. Devagar e constante. Espere a dor passar.

— Volta aqui! — gritou Zach.

O ar tremia com o *tum-tum-tum* firme que começou a vibrar dentro do peito de Charlie.

Zachariah Culpepper estava atrás dela.

Ela encaixou os braços nos lados do corpo. Forçou para fora a tensão nos ombros. Imaginou que as pernas eram pistões em uma máquina trabalhando rápido. Ignorou as pinhas e as pedras afiadas perfurando seus pés descalços. Pensou nos músculos que a ajudavam a se mover...

Panturrilhas, quadríceps, isquiotibiais. Firme o abdômen, proteja as costas.

Zachariah estava se aproximando. Podia ouvi-lo como uma locomotiva abrindo caminho.

Charlie saltou sobre uma árvore caída. Olhou para a direita, para a esquerda, sabendo que não deveria correr em linha reta. Precisava localizar a torre meteorológica, para se certificar de que estava indo na direção correta, mas sabia que se olhasse para trás veria Zachariah Culpepper e que, se o visse, sentiria um pânico ainda maior e, se o pânico fosse maior, tropeçaria e, se tropeçasse, cairia.

E, então, ele a estupraria.

Charlie desviou para a direita, os dedos do pé grudando na terra enquanto alterava a direção. Em cima da hora, viu outra árvore caída. Se lançou por cima dela, pousando de forma estranha. O seu pé virou. Sentiu o osso do tornozelo tocando a terra. A dor subiu pela perna.

Continuou correndo.

Os seus pés estavam pegajosos com o sangue. O suor escorria pelo seu corpo. Buscou alguma luz no caminho, qualquer indicação de civilização.

Quanto mais ele poderia correr? Quanto mais ela podia correr?

Imagine a linha de chegada na sua cabeça. Você tem que querê-la mais do que qualquer pessoa atrás de você.

Zachariah queria algo. Charlie queria mais, só que outra coisa, fugir, ajudar a irmã, encontrar Rusty para que ele encontrasse um jeito de consertar tudo.

De repente, a cabeça de Charlie foi jogada para trás.

Os seus pés voaram para a frente.

As costas se chocaram contra o solo.

Ela viu sua respiração sair pela boca como se fosse algo real.

Zachariah estava em cima dela. As mãos dele estavam em todo lugar. Agarrando os seus seios. Puxando o seu short. Os dentes dele bateram contra a sua boca fechada. Ela arranhou os olhos dele. Tentou subir com o joelho até a virilha dele, mas não podia dobrar a perna.

Zachariah se sentou, montando nela. Puxou seu cinto pela fivela. Ele era muito pesado. Estava forçando o ar para fora dos pulmões dela.

A boca de Charlie se abriu. Não lhe restara fôlego para gritar. Estava atordoada. O vômito queimou sua garganta.

O seu short foi arrancado. Ele a virou como se não pesasse nada. Ela tentou gritar de novo, mas ele enfiou a cara dela no chão. A boca de Charlie se encheu de terra. Ele agarrou o cabelo dela na mão. Ela sentiu algo se partindo nas profundezas do seu corpo conforme ele a rasgava por dentro. Os dentes dele morderam o ombro dela. Ele grunhiu como um porco enquanto a estuprava por trás. Ela sentiu um cheiro podre vindo da terra, da boca dele, do que ele estava enfiando dentro dela.

Charlie apertou os olhos.

Não estou aqui. Não estou aqui. Não estou aqui.

Toda a vez que se convencia de que aquilo não estava acontecendo, que ela estava na cozinha da casa de tijolos vermelhos fazendo a lição de casa, que estava na pista de corrida da escola, que estava escondida no guarda-roupas de Sam ouvindo ela conversar no telefone com Peter Alexander, Zachariah fazia algo novo e a dor a arrastava de volta para a realidade.

Ele não tinha terminado.

Os braços de Charlotte caíram inúteis conforme ele a virou. Ele enfiou nela pela frente. Ela estava amortecida. A sua mente apagou. Estava ciente das coisas, mas era como se estivesse vendo de longe: o seu corpo subindo e descendo conforme ele começou a impulsionar. A sua boca aberta. A língua dele se enfiando na sua garganta. Os dedos dele apertando os seus seios como se estivesse tentando arrancá-los do corpo.

Ela olhou para cima. Para além do rosto feio e contorcido dele.

Para além das árvores encurvadas. Com seus galhos tortos.

O céu da noite.

A lua estava azul contra o espaço escuro.

Estrelas espalhadas, como pontinhos idênticos.

Charlie fechou os olhos. Ela queria a escuridão, mas viu Sam girando pelo ar. Pôde ouvir o *bum* do corpo da irmã caindo na cova como se tudo estivesse acontecendo de novo. Então viu Gamma. No chão da cozinha. Encostada no armário.

Ossos brancos reluzentes. Pedaços de coração e pulmão. Novelos de tendões, artérias e veias e a vida se despejando para fora dos buracos dos seus ferimentos.

Gamma tinha dito para ela correr.

Sam ordenara que ela fugisse.

Elas não queriam que isso acontecesse.

Sacrificaram suas vidas por Charlotte, mas não para isso.

— Não! — gritou Charlie, as mãos dela viraram punhos. Bateu no peito de Zachariah, golpeando com tanta força no queixo dele que a cabeça chicotou para o lado. Sangue escorreu da boca dele... bolhas grandes, não os pequenos respingos de Gamma.

— Cadela de merda. — Ele levou a mão para trás para socá-la.

Charlie viu um borrão no canto do olho.

— Sai de cima dela!

Daniel voou pelo ar, jogando Zachariah no chão. Os punhos voando para a frente e para trás, os braços giravam enquanto batia no irmão.

— Maldito! — gritou ele. — Eu vou te matar!

Charlotte se afastou dos homens. As mãos dela afundaram na terra quando do se impulsionou para se levantar. O sangue escorria pelas suas pernas. A cólica a fazia se dobrar. Ela cambaleou. Girou o corpo, cega como Sam. Não conseguiu se localizar. Não sabia para onde correr, mas sabia que tinha que continuar se movendo.

O seu tornozelo gritava de dor quando ela correu de volta para a floresta. Não procurou a torre meteorológica. Não tentou ouvir a correnteza ou achar Sam ou seguir na direção do RR. Continuou correndo, depois andando e, então, se sentiu tão exausta que queria se arrastar.

Por fim, ela cedeu, colapsando de quatro no chão.

Tentou ouvir se havia passos atrás dela, mas tudo que podia escutar era a própria respiração pesada e ofegante saindo pela boca.

O sangue pingava entre as suas pernas. A *coisa* dele estava lá, infestando, apodrecendo ela por dentro. Charlotte vomitou. A bile bateu no chão e respingou de volta no seu rosto. Queria deitar, fechar os olhos, dormir e acordar em uma semana quando tudo tivesse acabado.

Mas não podia.

Zachariah Culpepper.

Daniel Culpepper.

Irmãos.

Charlotte veria os dois mortos. Assistiria o carrasco amarrá-los em uma cadeira de madeira, pôr o chapéu de metal na cabeça deles com uma esponja por baixo para que não se incendiassem e olharia entre as pernas de Zachariah Culpepper para ver a urina escorrer quando ele percebesse que seria eletrocutado.

Charlie levantou.

Cambaleou, andou, voltou a correr e, por fim, como se fosse um milagre, viu uma luz.

A casa da outra fazenda.

Charlotte esticou a mão como se pudesse tocá-la.

Engoliu o choro.

O tornozelo mal podia mantê-la em pé enquanto ela mancava pelos campos recém-arados. Ela fixou os olhos na luz da varanda, usando-a como guia, como um farol capaz de navegá-la para longe das rochas.

Estou aqui. Estou aqui. Estou aqui.

Havia quatro degraus até a varanda dos fundos. Charlotte olhou para eles, tentando não pensar nos degraus do RR, na forma como subiu por eles, dois por vez, só algumas horas atrás, como chutou os tênis para longe, tirou as meias e encontrou Gamma xingando na cozinha.

— Meleca — sussurrou Charlie. — Meleca.

O tornozelo dela cedeu no primeiro degrau. Ela se segurou no corrimão frágil. Piscou diante da luz da varanda, que era branca e brilhante, como uma chama. O sangue escorreu nos olhos dela. Charlotte usou os punhos para limpá-los. O capacho de boas-vindas tinha um morango vermelho inchado com uma cara sorridente, braços e pernas.

Os pés dela deixaram pegadas pretas no capacho.

Ela levantou a mão.

O seu pulso tinha uma elasticidade, como tira de borracha de um estilingue.

Charlotte teve que firmar uma mão com a outra para que pudesse bater a porta. Uma marca sangrenta e úmida da sua mão manchou a porta de madeira pintada de branco.

Dentro da casa, ela ouviu uma cadeira sendo arrastada. Passos leves cruzaram o chão.

— Quem pode estar batendo a essa hora da noite? — perguntou a voz alegre de uma mulher.

Charlotte não respondeu.

Não ouviu fechaduras sendo destravadas, nem uma corrente deslizando. A porta se abriu. Uma mulher loira estava parada na cozinha. O cabelo dela estava preso para trás em um rabo de cavalo frouxo. Ela era mais velha do que Charlotte. Bonita. Os seus olhos se arregalaram. A boca se abriu. A mão cobriu o peito, como se ela tivesse sido atingida por uma flecha.

— Ó... Meu Deus. Meu Deus. Papai! — Ela esticou a mão para Charlotte mas parecia não saber onde tocá-la. — Entra! Entra!

Charlotte deu um passo, depois outro e, então, estava parada dentro da cozinha.

Ela tremia, apesar de o lugar estar quente.

Tudo estava tão limpo, tão brilhante. O papel de parede era amarelo com morangos vermelhos. Molduras da mesma cor arrematavam os topos das paredes. A torradeira tinha uma capa bordada com um morango costurado em um dos lados. A chaleira no fogão era vermelha. O relógio na parede, um gato que mexia os olhos, era vermelho.

— Meu Deus do Céu... — sussurrou o homem. Ele era mais velho e com barba. Seus olhos eram quase perfeitamente redondos por trás dos óculos.

Charlotte andou para trás até suas costas ficarem contra a parede.

— Que diabos aconteceu? — perguntou ele.

— Ela apareceu do nada na nossa porta. — A mulher estava chorando. A voz dela se afinou como um flautim. — Eu não sei. Eu não sei.

— Essa é uma das garotas do Quinn. — Ele abriu as cortinas. Olhou para fora. — Eles ainda estão por aqui?

Zachariah Culpepper.

Daniel Culpepper.

Sam.

O homem esticou a mão até o alto do armário. Ele puxou um rifle e uma caixa de balas.

— Traga o telefone.

Charlotte começou a tremer de novo. O rifle era longo, o cano era como uma espada que poderia parti-la ao meio.

A mulher pegou o telefone sem fio da parede. Ela o deixou cair no chão. Recolheu-o. As mãos dela tremiam, o movimento caótico, incontrolável. Ela ergueu a antena. Passou o telefone para o pai.

— Vou ligar para a polícia. Tranque a porta assim que eu sair — ordenou ele.

A mulher fez como lhe foi dito, os seus dedos se atrapalharam conforme tentou virar o trinco. Ela fechou a porta com as mãos juntas. Olhou para Charlotte. Respirou rapidamente. Olhou em volta da sala.

— Eu não sei o que... — Ela colocou a mão sobre a boca. Estava olhando para a sujeira no chão.

Charlotte viu também. O sangue estava formando uma poça em volta dos pés dela. Estava saindo do interior do corpo dela, deslizando pelas pernas, passando pelos joelhos, tornozelos, seguindo devagar mas de forma constante, como o vazamento da torneira da casa da fazenda se não batesse nela com força o suficiente com o martelo.

Ela mexeu o pé. O sangue a seguiu. Ela se lembrou de quando aprendeu sobre caramujos e a forma como eles deixam um rastro de gosma por onde passam.

— Sente-se — disse a mulher. Ela parecia mais firme naquele instante, mais segura de si mesma. — Está tudo bem, querida. Pode se sentar. — Ela encostou os dedos gentilmente sobre os ombros de Charlotte, guiando-a para a cadeira. — A polícia está vindo. Você está segura agora.

Charlotte não se sentou. A mulher não aparentava se sentir segura.

— Eu sou a srta. Heller. — Ela se ajoelhou em frente à Charlotte. Penteou o cabelo dela para trás. — Você é Charlotte, certo?

Charlotte balançou a cabeça.

— Meu anjo. — A srta. Heller continuou alisando o cabelo dela. — Sinto muito. Seja lá o que aconteceu com você, sinto muito.

Charlotte sentiu uma fraqueza nos joelhos. Não queria sentar, mas teve que fazê-lo. A dor era como uma faca infincada nas suas entranhas. A sua bunda doía. Pôde sentir alguma coisa quente saindo dela pela frente, como se estivesse se urinando em si mesma de novo.

Ela perguntou para a srta. Heller:

— Posso tomar sorvete?

A mulher não disse nada a princípio. Então se levantou. Juntou uma tigela, um pouco de sorvete de baunilha e uma colher. Ela colocou tudo na mesa.

O cheiro trouxe uma onda de bile para a garganta de Charlotte. Ela engoliu de volta. Pegou a colher. Comeu o sorvete, enfiando tudo na boca o mais rápido que podia.

— Devagar — disse a srta. Heller. — Assim você vai passar mal.

Charlotte queria passar mal. Queria que ele saísse de dentro dela. Queria se purificar. Queria se matar.

Mamãe, o que aconteceria se eu comesse duas tigelas de sorvete? Daquelas bem grandonas.

Seus intestinos explodiriam e você morreria.

Charlotte devorou a segunda tigela de sorvete. Ela usou as mãos porque a colher não era grande o suficiente. Ela tentou pegar o pote, mas a srta. Heller a impediu. Ela parecia aterrorizada.

— O que aconteceu com você? — perguntou à Charlotte.

Charlotte estava sem fôlego por comer tão rápido. Podia ouvir sua respiração assobiando pelo nariz. O que restava do short dela estava ensopado de sangue. A almofada de morango na cadeira estava encharcada. Ela sentiu o gotejamento entre as pernas, mas sabia que não era só sangue. Era *ele*. Era Zach Culpepper. Ele tinha deixado as coisas dele dentro dela.

O vômito subiu de novo. Dessa vez, ela não pôde segurar. Charlotte colocou a mão sobre a boca. A srta. Heller a pegou pela cintura. Correu pelo corredor carregando Charlotte até o banheiro.

Charlotte vomitou tanto que achou que o estômago sairia pela boca. Ela se agarrou nas laterais geladas da privada. Os olhos dela incharam. A garganta queimou. Sentiu como se tivesse navalhas no intestino. Arrancou o short. Sentou na privada. Sentiu uma enxurrada saindo do corpo dela. Sangue. Fezes. *Ele*.

Charlotte chorou de dor. Se dobrou na cintura. Abriu a boca. Gritou uma lamúria angustiante.

Ela queria a mãe. *Precisava* da mãe.

— Ai, querida. — A srta. Heller estava do outro lado da porta. Estava ajoelhada de novo. Charlotte pôde ouvir a voz dela vindo pelo buraco da fechadura. — "Ele lhes ordenou: 'Deixai vir a mim as crianças, não as impeçais, pois o Reino dos céus pertence aos que se tornam semelhantes a elas.'"

Charlotte fechou os olhos. As lágrimas rolaram. Respirou pela boca aberta. Ouviu gotas pesadas de sangue pingando na água. Não parava. Nunca pararia.

— Docinho, deixe Deus carregar esse fardo.

Charlotte balançou a cabeça. O cabelo ensopado de sangue a atingiu no rosto. Continuou com os olhos fechados. Ela viu Sam girando, despencando no ar.

A névoa que se formou quando a bala entrou no cérebro dela.

O jato forte de sangue quando o peito de Gamma explodiu.

— Minha irmã — sussurrou Charlotte. — Ela está morta.

— Como é, querida? — A srta. Heller abriu uma fresta da porta. — O que você disse?

— Minha irmã. — Os dentes de Charlotte estavam batendo. — Ela está morta. Minha mãe está morta.

A srta. Heller se segurou na maçaneta enquanto se afundou no chão.

Ela não disse nada.

Charlotte olhou para os ladrilhos brancos sob os pés dela. Pôde ver pontos pretos na sua vista. O sangue escorria da sua boca aberta. Ela enrolou um pouco de papel higiênico. Segurou no nariz. A cartilagem parecia quebrada.

A srta. Heller entrou no cômodo. Abriu a torneira da pia.

Charlotte tentou se limpar. Pôde sentir pedaços de carne pendurados entre as pernas dela. O sangue não parava. Nunca pararia. Levantou o short, mas uma onda de tontura a impediu de levantar.

Se sentou de volta na privada. Olhou fixo para uma foto de uma plantação de morangos em um quadro na parede.

— Está tudo bem. — A srta. Heller limpou o rosto de Charlotte com um pano molhado. As mãos dela tremiam junto com a voz. — "Todavia, para vós, todos quantos amam reverentemente o meu Nome, nascerá o sol da justiça, trazendo cura em suas asas; e vós havereis de sair saltando de alegria como..."

Uma batida forte balançou a porta dos fundos. Batendo. Gritando.

A mão da srta. Heller parou no peito de Charlotte, mantendo-a parada.

— Judith! — gritou o velho. — Judith!

A porta dos fundos foi arrombada.

A srta. Heller agarrou Charlotte de novo, segurando-a pelo meio do corpo. Charlie sentiu os pés saindo do chão. Se abraçou nos ombros da mulher. Sentiu suas costelas sendo esmagadas quando a srta. Heller correu pelo corredor.

— *Charlotte!*

A palavra viera carregada de dor, como um som que você esperaria de um animal à beira da morte.

A srta. Heller deslizou para parar.

Ela se virou.

O abraço dela em volta da cintura de Charlotte se soltou aos poucos.

Rusty estava parado no final do corredor. Estava com todo o seu peso escorado na parede. O seu peito estava ofegante. Ele apertava um lenço na mão.

Charlotte sentiu seu pé tocando o chão. Os joelhos dela se dobraram, incapazes de suportar o peso do corpo.

Rusty cambaleou pelo corredor. O ombro dele bateu em uma parede, depois na outra e, então, ele caiu de joelhos e segurou Charlotte.

— Meu bebê... — Ele chorou, envolvendo o corpo dela no seu. — Meu tesouro.

Charlotte sentiu seus músculos se relaxando aos poucos. O pai era como um remédio. Ela se transformou em uma boneca de pano nos braços dele.

— Meu bebê — repetiu ele.

— Gamma...

— Eu sei! — lamentou Rusty. Ela sentiu o peito dele tremer conforme ele lutava para controlar sua tristeza. — Eu sei, meu amor. Eu sei.

Charlotte começou a soluçar, não pela dor, mas por medo, porque nunca vira o pai chorando.

— Eu estou aqui. — Ele a balançou. — O papai está aqui. Você está comigo.

Charlotte estava chorando tanto que não podia abrir os olhos.

— Sam...

— Eu sei. Vamos achá-la.

— Eles a enterraram.

Rusty soltou um uivo de desespero.

— Foram os Culpepper — disse Charlotte. Saber o nome deles, entregá-los para Rusty, era a única coisa que a manteve viva. — Zach e o irmão.

— Não importa. — Ele apertou os lábios no topo da cabeça dela. — A ambulância está vindo. Vão cuidar de você.

— Papai... — Charlotte levantou a cabeça. Colocou a boca perto da orelha dele e sussurrou: — Zach colocou a coisa dele dentro de mim.

Os braços de Rusty desabaram lentamente. Era como se o ar tivesse sido arrancado dele. O queixo dele caiu. Ele desmoronou no chão. Os olhos dele viravam para a frente e para trás enquanto ele olhava para o rosto de Charlotte. A garganta voltou a funcionar. Ele tentou falar, mas tudo que saiu foi um gemido.

— Papai... — sussurrou ela de novo.

Rusty colocou os dedos na boca dela. Ele mordeu o lábio, como se não quisesse falar, mas tinha que falar.

— Ele estuprou você? — perguntou ele.

Charlotte assentiu.

A mão de Rusty caiu como uma pedra. Ele olhou para outro lado. Balançou a cabeça. As lágrimas dele se transformaram em dois rios escorrendo pelos lados do rosto.

Charlotte sentiu a vergonha no silêncio dele. O pai sabia as coisas que homens como Zachariah Culpepper faziam. Ele nem podia olhar para ela.

— Me desculpa — pediu Charlotte. — Não corri rápido o suficiente.

Os olhos de Rusty foram para a srta. Heller e, por fim, lentamente voltaram para Charlotte.

— Não é sua culpa. — Ele limpou a garganta e repetiu: — Não é sua culpa, querida. Está me ouvindo?

Charlotte ouviu, mas não acreditou.

— O que aconteceu com você — falou Rusty, soando estridente. — Não é sua culpa, mas você não pode contar para mais ninguém, tudo bem?

Charlotte só conseguia olhar para ele. Você não precisa mentir se não é sua culpa.

— Isso é uma coisa pessoal e não vamos contar para ninguém, tudo bem? — Ele olhou para Judith Heller de novo. — Você sabe o que os advogados fazem com garotas que foram estupradas. Não vou fazer minha filha passar por esse inferno. Não deixarei as pessoas a tratarem como se ela estivesse quebrada. — Ele enxugou os olhos com as costas da mão. A voz dele ficou mais forte. — Eles serão enforcados por isso. Aqueles dois garotos são assassinos e morrerão por isso, mas, por favor, não os deixe levar minha filha com eles. Por favor. Isso é demais. Isso é demais.

Ele esperou, seus olhos estavam virados para a srta. Heller. Charlie se virou. A srta. Heller olhou para ela e assentiu.

— Obrigado, obrigado. — Ele repousou a mão no ombro de Charlotte. Olhou para o rosto dela de novo, viu o sangue, os ossos, os galhos e as folhas que estavam grudados no corpo dela. Tocou a costura rasgada do short dela. As lágrimas dele começaram a jorrar de novo. Estava pensando no que fora feito com ela, no que fora feito com Sam, com Gamma. A cabeça dele caiu sobre as mãos. Os soluços dele se transformaram em uivos. Ele caiu encostado na parede, atormentado pelo luto.

Charlotte tentou engolir. A garganta dela estava muito seca. Não conseguia se livrar do gosto de leite azedo. Estava destruída por dentro. Ainda podia sentir o fluxo constante de sangue deslizando pelas pernas.

— Papai, me desculpa.

— Não. — Ele a agarrou, a sacudiu. — Nunca se desculpe, Charlotte. Está me ouvindo?

Ele parecia estar com tanta raiva que Charlotte não ousou falar.

— Me desculpe — falou Rusty. Ele se endireitou sobre os joelhos. Envolveu as mãos em volta da nuca dela, apertou o rosto no dela, os seus narizes se tocaram. Ela pôde sentir o cheiro de fumaça de cigarro e do perfume almiscarado dele. — Me ouça, ursinha Charlie. Está me ouvindo?

Charlotte fixou o olhar nos olhos dele. Linhas vermelhas irradiavam da íris azul dele.

— Não é sua culpa. Sou seu pai e estou dizendo que nada disso é culpa sua. — Ele esperou. — Certo?

Charlotte assentiu.

— Certo.

Rusty soltou outro lamento. Ele engoliu com dificuldade. Ainda estava chorando sem parar.

— Agora, você se lembra de todas aquelas caixas que a sua mamãe trouxe do brechó?

Charlotte se esquecera das caixas. Ninguém estaria lá para desempacotar as coisas. Era só Charlotte e Rusty. Nunca mais haveria outra pessoa.

— Me escute, amor. — Rusty segurou o rosto dela com as duas mãos. — Quero que você pegue o que aquele homem nojento fez com você e quero que guarde em uma daquelas caixas, certo?

Ele esperou, claramente desesperado para que ela concordasse.

Charlotte se permitiu concordar.

— Tudo bem — continuou ele. — Tudo bem. Bom, depois o seu papai vai pegar uma fita e vamos lacrar essa caixa juntos, querida. — A voz dele desafinou de novo. Os olhos dele procuraram os dela em desespero. — Está me ouvindo? Vamos fechar essa caixa e lacrá-la.

De novo, ela concordou.

— Depois, vamos colocar essa velha caixa malvada em uma prateleira. E vamos deixá-la lá. E não vamos mais pensar nela ou olhar para ela até que estejamos bem preparados, tudo bem?

Charlotte continuou balançando a cabeça porque era isso que ele queria.

375

— Boa garota. — Rusty beijou a bochecha dela. Ele a puxou mais próximo do peito. A orelha de Charlotte se dobrou sobre a camisa dele. Ela pôde sentir o coração dele batendo debaixo da pele e dos ossos. Ele parecera tão agitado, tão assustado.

— Vamos ficar bem, não é? — perguntou ele.

Ele a abraçou com tanta força que ela não podia assentir, mas Charlotte entendeu o que o pai queria. Ele precisava que ela ativasse seu lado lógico, mas de verdade dessa vez. Gamma se fora. Sam se fora. Charlotte tinha que ser forte. Tinha que ser a boa filha que cuidava do pai.

— Tudo bem, ursinha? — Rusty beijou o topo da cabeça dela. — Podemos fazer isso?

Charlotte imaginou o armário vazio no quarto do fazendeiro. A porta aberta. Viu a caixa no chão. De papelão marrom. Fita adesiva a mantinha selada. Viu a etiqueta. CONFIDENCIAL. Viu Rusty içando a caixa sobre o ombro, deslizando-a na prateleira de cima, empurrando até as sombras a deixarem no escuro.

— Podemos fazer isso, amor? Podemos apenas fechar essa caixa.

Charlie se imaginou fechando a porta do armário.

— Sim, papai.

Ela nunca mais abriria a caixa de novo.

CAPÍTULO DEZESSEIS

CHARLIE NÃO PODIA OLHAR para Sam. Manteve sua cabeça enterrada entre as mãos. Ficou dobrada sobre a cadeira. Por décadas não pensara sobre a promessa que fizera a Rusty. Fora a boa filha, a filha obediente, guardando o seu segredo na prateleira, deixando as sombras escuras do tempo ocultarem as memórias. O pacto deles com o demônio nunca pareceu ser a parte da história que importava, mas podia ver agora que aquilo importava quase mais do que todo o resto.

— Acho que a moral da história é que coisas ruins acontecem comigo em corredores.

Charlie sentiu a mão de Sam em suas costas. Tudo que ela mais queria no mundo naquele instante era ser acolhida pela irmã, colocar a cabeça no colo de Sam e se deixar abraçar enquanto chorava.

Em vez disso, levantou. Encontrou os sapatos. Apoiou a cintura no caixão do Rusty enquanto os vestia.

— Era Mary-Lynne. Pensei que Lynne era o sobrenome dela. Não Huckabee. — Sentiu um enjoo quando lembrou da reação fria de Huck ao descobrir que Charlie era filha de Rusty Quinn. — Você se lembra das fotos dela no celeiro?

Sam assentiu.

— O pescoço dela se esticou uns trinta centímetros, pelo menos. É disso que eu me lembro. Que ela parecia uma girafa, ou quase isso. E a expressão no rosto dela... — Charlie se perguntou se tinha a mesma expressão agonizante quando Rusty a encontrara no corredor. — Pensamos que você estava morta,

377

sabíamos que a mamãe estava morta. Ele não falou nada, mas eu sabia que ele estava com medo de que eu me enforcasse ou achasse alguma forma de me matar, como Mary-Lynne. — Charlie encolheu os ombros. — Ele devia estar certo. Era muita coisa para aguentar.

Sam permaneceu em silêncio por um momento. Ela nunca foi dada a inquietações, mas estava alisando a perna da própria calça.

— Os médicos acreditam que essa foi a causa dos abortos?

Charlie quase riu. Sam sempre quis a explicação científica.

— Depois do segundo, que na verdade foi o terceiro, fui a uma especialista em fertilidade em Atlanta. Ben achava que eu estava em uma conferência. Contei à médica o que aconteceu... O que realmente aconteceu. Abri o jogo, contei coisas que nem o papai sabia. Que ele usou as mãos. Os punhos. A faca.

Sam limpou a garganta. A expressão dela, como sempre, ficava obscurecida pelos seus óculos escuros.

— E?

— E ela fez uns testes, uns exames e disse algo sobre a espessura da parede tal ou as cicatrizes no tubo tal e desenhou um diagrama em um papel, mas eu disse: "Seja direta". E ela foi. Eu tenho um útero inóspito. — Charlie deu uma risada amarga com a frase, que parecia algo que alguém leria em um site de resenhas de viagens. — Meu ambiente uterino não era apropriado para abrigar um feto. A médica se surpreendeu por eu ter chegado até o segundo trimestre.

— Ela disse que era por causa do que aconteceu?

Charlie deu de ombros.

— Disse que podia ser, mas não tinha como ter certeza. Não sei, se um cara enfia uma faca na sua vagina... Acho que faz sentido você não poder mais ter bebês.

— Da última vez   falou Sam, sempre mirando na falácia dedutiva. — Você disse que Dandy-Walker é uma síndrome, não que é resultante de uma má-formação do útero. Há um componente genético?

Charlie não podia voltar a sofrer com isso.

— Você está certa. Aquela foi minha última vez. Estou muito velha. Qualquer gravidez seria considerada de alto risco. O relógio parou de funcionar.

Sam tirou os óculos. Esfregou os olhos.

— Eu deveria ter estado aqui com você.

— E eu nunca deveria ter pedido para você vir. — Ela sorriu, lembrando de algo que Rusty dissera dois dias atrás. — Nosso impasse familiar.

— Você precisa contar para Ben.

— Lá vem o *você precisa* de novo. — Charlie assoou o nariz. Nos últimos anos, ela não sentira saudades do lado irmã mais velha mandona de Sam. — Acho que é tarde demais para mim e Ben. — As palavras saíram com irreverência, mas, depois da sua desastrosa tentativa de sedução, parara de desconsiderar a possibilidade de que o marido não voltaria para casa. Charlie não foi capaz nem de juntar coragem o suficiente para pedir que ele ficasse na noite anterior porque estava com muito medo de ele lhe dizer não de novo.

— Ben foi um santo quando tudo isso aconteceu. Todas as vezes. Falando sério. Não consigo entender de onde vem toda aquela bondade. Não é da mãe dele. Nem das irmãs. Por Deus, elas todas são horríveis. Querem saber cada detalhe, como se fosse uma fofoca. Elas praticamente têm uma rede de informações. E você não sabe o que é ficar grávida, comprar as coisas para o bebê, planejar sua licença-maternidade, ficar maior que um caminhão e, do nada, uma semana depois, você vai no mercado e vê que todo mundo que estava sorrindo para você mal consegue olhar nos seus olhos... Estou presumindo que você não saiba como é isso...

Sam balançou a cabeça.

Charlie não estava surpresa. Não podia imaginar a irmã correndo os riscos inerentes de ter uma criança no corpo dela.

— Eu me transformei em uma idiota cruel. Eu me ouvia falando... posso me ouvir falando agora mesmo, dez minutos atrás, ontem, todo maldito dia antes disso... E pensava, *cala a boca*. Deixa isso *pra lá*. Mas eu não conseguia. Não conseguia.

— E adoção?

Charlie tentou não se aprofundar na questão. O seu bebê tinha morrido. Não era como um cachorro que você pode pegar outro uns meses depois para espantar a tristeza.

— Eu fiquei esperando Ben tocar no assunto, mas ele continuava dizendo que estava feliz de estar comigo, que éramos um time, que amava a ideia de nós dois envelhecermos juntos. Talvez ele estivesse esperando eu falar sobre isso. Como "O presente dos magos", mas com um útero tóxico.

Sam colocou os óculos.

— Você diz que já está tudo terminado com Ben. O que você perde se contar para ele o que aconteceu?

— A questão é o que eu ganho. Não quero que ele tenha pena de mim. Não quero que fique comigo porque se sente obrigado. — Ela apoiou a mão no caixão fechado. Estava falando tanto com Rusty quanto com Sam. — Ben seria mais feliz com outra pessoa.

— Baita mentira — falou Sam, com um tom cortante. — Você não tem o direito de decidir por ele.

Charlie achava que Ben já tinha se decidido. Não podia culpá-lo. Ela esteve se forçando a acreditar que qualquer homem de 41 anos seria infeliz com uma garota flexível de 26.

— Ele é tão bom com crianças. Ele as adora.

— Você também.

— Mas não é ele que está me impedindo de ter filhos.

— E se estivesse?

Charlie fez que não com a cabeça. As coisas não funcionavam daquela forma.

— Quer ficar um minuto sozinha? — Ela apontou para o caixão. — Para se despedir.

Sam fez uma careta.

— Com quem eu falaria?

Charlie cruzou os braços.

— Posso ter um minuto?

As sobrancelhas de Sam se arquearam, mas ela foi capaz de conter sua opinião.

— Estarei do lado de fora.

Charlie viu a irmã saindo da sala. Sam não estava mancando tanto naquele dia. Pelo menos isso era um alívio. Charlie não aguentava vê-la em Pikeville, tão fora do seu habitat, tão desprotegida. Sam não podia virar uma esquina, não podia andar pela rua, sem todo mundo saber o que lhe acontecera.

Exceto pelo meritíssimo Stanley Lyman.

Se houvesse um meio de correr até a bancada e estapear o bastardo no rosto por humilhar sua irmã, Charlie teria corrido o risco de ser presa.

Sam sempre se esforçara tanto para esconder seus problemas, mas não era preciso mais do que alguns minutos a estudando para notar as suas peculiaridades. A postura sempre muito rígida. A forma como ela andava com os braços firmes dos lados em vez de deixá-los balançar livremente. O jeito que a sua cabeça se inclinava, sempre atenta ao seu ponto cego. Também havia a forma precisa, com um didatismo enlouquecedor, do seu jeito de falar. O tom de Sam sempre fora afiado, mas, depois do tiro, era como se cada palavra fosse dobrada em volta de uma ponta afiada. Às vezes, era possível ouvir uma hesitação quando ela procurava pela palavra correta. Era mais raro, mas, em alguns momentos, ouvia-se o som da respiração dela enquanto forçava as palavras para fora, usando o diafragma da forma como o fonoaudiólogo a treinara.

Os médicos. Os fonoaudiólogos. Os terapeutas. Havia todo um time cercando Sam. Todos tinham opiniões, recomendações, alertas e nenhum deles compreendia que ela desafiaria a todos. Ela não era uma pessoa normal. Não fora mesmo antes do tiro e, com certeza, não seria durante a recuperação.

Charlie podia lembrar de um dos médicos dizendo a Rusty que a lesão no cérebro de Sam poderia ter reduzido até dez pontos do seu QI. Charlie quase riu. Dez pontos seriam devastadores para qualquer ser humano. Para Sam, significava que ela saíra de um nível prodigioso de genialidade para ser só uma pessoa muito, mas muito, esperta.

Ela tinha dezessete anos, dois anos depois do tiro, quando lhe ofereceram uma bolsa integral em Stanford.

Ela era feliz?

Charlie podia ouvir a pergunta de Rusty ecoando na sua cabeça.

Ela se virou para encarar o caixão pavoroso do pai. Apoiou a mão na tampa. A tinta tinha lascado no canto, algo que ela supôs que seria o que acontece quando alguém se pendura nele como um macaco demente incontrolável.

Sam não parecia feliz, mas parecia contente.

Em retrospecto, Charlie deveria ter dito ao pai que o contentamento era uma meta mais louvável. Sam estava prosperando no seu escritório de advocacia. O temperamento dela, que antes fora uma tempestade devastadora, parecia estar sob controle. A raiva que ela carregava por todo o lado como um tijolo no seu peito tinha desaparecido. É óbvio, ela ainda era pedante e irritante, mas isso vinha de ser filha da mãe delas.

Charlie bateu os dedos no caixão.

Não lhe passou despercebido a ironia de que tanto ela quanto a irmã falharam miseravelmente nas questões de vida ou morte. Sam não fora capaz de aliviar o sofrimento do marido. Charlie não fora capaz de oferecer um ambiente seguro para o crescimento do filho.

— E aí vêm elas de novo — murmurou Charlie enquanto as lágrimas enchiam seus olhos. Estava cansada de chorar. Não queria mais fazer aquilo. Não queria mais ser tão chata. Não queria mais se sentir triste. Não queria mais ficar sem o marido.

Por mais difícil que fosse se apegar às coisas, era bem mais difícil abandoná-las.

381

Ela puxou uma das cadeiras para reflexão. Arrancou a capa de cetim azul-bebê, porque aquilo não era a festa de debutante de uma garotinha.

Charlie se sentou no plástico duro.

Contara para Sam o seu segredo. Abrira a caixa.

Por que não se sentia diferente? Por que as coisas não mudaram milagrosamente?

Anos atrás, Rusty arrastara Charlie até um terapeuta. Ela tinha dezesseis anos. Sam estava morando na Califórnia. Charlie começara a aprontar na escola, a sair com os garotos errados, a transar com os garotos errados, a furar os pneus dos carros que os garotos errados dirigiam.

Rusty presumira que Charlie contaria a verdade sobre o que aconteceu, assim como ela presumira que Rusty esperava que ela deixasse essa parte fora da conversa.

Olá, impasse familiar.

O terapeuta, um homem zeloso de colete, tentara levar Charlie de volta para aquela época, para a cozinha da casa da fazenda, para aquele cômodo úmido onde Gamma deixara uma panela de água no fogão para ferver enquanto saíra pelo corredor para procurar Sam.

O homem dissera para Charlie fechar os olhos e se imaginar na mesa da cozinha, com as mãos dobrando o prato de papel conforme tentava transformá-lo em um avião. Em vez de ouvir um carro na garagem, ele disse para imaginar Jesus entrando pela porta.

Ele era um terapeuta cristão. Bem-intencionado, de uma sinceridade indubitável, mas que achava que Jesus era a resposta para muitas coisas.

— Mantenha seus olhos fechados — disse para Charlie. — Imagine Jesus levantando você.

Em vez de Gamma agarrando a espingarda. Em vez de Sam levando o tiro. Em vez de Charlie correndo pela floresta até a casa da srta. Heller.

Charlie mantivera os olhos fechados como foi instruída. Se sentara sobre as mãos para mantê-las paradas. Podia se lembrar das suas pernas balançando, fingiu que estava fazendo o que ele pediu, mas ela viu Lindsay Wagner, não Jesus Cristo, vindo resgatá-la. A Mulher Biônica usou sua superforma para socar Daniel Culpepper na cara. Ela deu um chute de karatê nas bolas de Zachariah. Se movia em câmera lenta, o seu cabelo longo balançava enquanto o som biônico *chuh-chuh-chuch-chuh* tocava no fundo.

Charlie nunca fora muito boa em seguir instruções.

Contudo, ela fervilhava de humilhação ao pensar que a assistente social diplomada com roupas ridículas e um corte de cabelo ruim que Ben a forçara a consultar estivera certa sobre pelo menos uma coisa. Algo terrível que acontecera com Charlie quase três décadas atrás estava destruindo a vida dela naquele momento.

Tinha destruído, porque o marido se fora, a irmã voltaria para Nova York em algumas horas e Charlie voltaria para uma casa vazia.

Nem era a sua semana de ficar com o cachorro.

Charlie olhou para o caixão do pai. Não queria pensar em Rusty deitado dentro de uma caixa fria de metal. Queria se lembrar dele sorrindo. Piscando para ela. Batendo o pé. Batucando fora do ritmo na mesa do lado. Contando uma das suas histórias inventadas que já contara milhares de vezes antes.

Ela deveria ter tirado mais fotos dele.

Deveria ter gravado a voz dele para que não se esquecesse das inflexões, do jeito irritante com que dava ênfase às palavras erradas.

Houve momentos na sua vida em que Charlie rezara para que Rusty, por favor, pelo amor de Deus, apenas calasse a boca, mas, naquele momento, tudo que ela mais queria no mundo era ouvir a voz dele. Ouvir uma das suas lorotas. Reconhecer uma das suas citações obscuras. Sentir aquele momento de clareza quando percebia que a história, a frase estranha, a observação aparentemente inócua, era, na verdade, um conselho, e que o conselho, na maioria das vezes, para a irritação dela, era muito válido.

Ela esticou a mão até o pai.

Colocou a palma aberta na lateral do caixão. Se sentiu estúpida ao fazer isso, mas tinha que perguntar:

— O que eu faço agora, papai?

Charlie esperou.

Pela primeira vez em 41 anos, Rusty não tinha a resposta.

CAPÍTULO DEZESSETE

CHARLIE ANDOU PELA CAPELA memorial com uma taça de vinho na mão. Só mesmo o seu pai para especificar que álcool deveria ser servido no funeral dele. Havia bebidas mais pesadas no bar, mas meio-dia ainda era considerado muito cedo para a maioria, o que foi o primeiro problema dos planos acelerados de Rusty para a cerimônia. O segundo problema era um que Sam apontara mais cedo: os curiosos e os hipócritas.

Charlie se sentiu mal por colocar alguns dos seus ex-amigos nessas mesmas categorias. Não poderia culpá-los por preferirem Ben a ela. Ela mesma também teria preferido ele. Em uma semana, um mês ou, talvez, no próximo ano, a presença silenciosa deles, os sorrisos e acenos gentis, significariam alguma coisa, mas, naquele momento, ela só conseguia se concentrar nos babacas.

Os moradores da cidade que tinham insultado Rusty pelos seus métodos liberais de fazer o bem foram expulsos à força. Judy Willard, que chamara Rusty de assassino por representar uma clínica de aborto. Abner Coleman, que o chamara de bastardo por representar um assassino. Whit Fieldman, que o chamara de traidor por representar um bastardo. A lista não tinha fim, mas Charlie estava muito enojada para detalhá-la.

O pior de todos era Ken Coin. O canalha estava no centro de um grupo de asseclas da promotoria. Kaylee Collins estava na frente e no centro. A jovem que provavelmente era amante do marido de Charlie não parecia perceber que ela não era bem-vinda ali. Por outro lado, toda a comunidade jurídica da região estava tratando aquilo como um evento social. Coin estava contando uma história sobre Rusty, algum tipo de excentricidade que o pai dela fizera no tribunal. Charlie observou Kaylee jogar a cabeça para trás e rir. Ela tirou seu cabelo loiro longo dos olhos. Fez aquela coisa íntima que uma mulher faz quando estica a mão e toca o braço de um homem de um jeito que só a esposa desse homem podia dizer que era inapropriado.

Charlie bebeu o vinho, desejando que ele fosse um ácido que pudesse jogar na cara da mulher.

O seu telefone começou a tocar. Ela andou até um canto vazio e atendeu antes da ligação cair na caixa postal.

— Sou eu — falou Mason Huckabee.

Charlie virou as costas para a sala, sua culpa se manifestou na forma de uma sensação de vergonha.

— Falei para você não me ligar.

— Me desculpe. Precisava falar com você.

— Não, não precisava. Escute com muita atenção: o que aconteceu entre a gente foi o pior erro da minha vida. Eu amo meu marido. Não estou interessada em você. Não quero falar com você. Não quero ter nenhuma ligação com você e, se me ligar de novo, vou fazer um boletim de ocorrência e me certificar de que a secretaria de educação saiba que você tem um histórico de assédio. É isso que você quer?

— Não. Por Cristo. Me liga de volta, tá bem? Por favor? — Ele parecia desesperado. — Charlotte, preciso falar pessoalmente com você. É muito importante. Mais importante do que nós dois. Mais do que aquilo que a gente fez.

— É aí que você se engana. A coisa mais importante na minha vida é a minha relação com o meu marido e não vou deixar você entrar no nosso caminho.

— Charlotte, se você puder...

Charlie desligou antes que ele pudesse falar mais das suas mentiras.

Ela largou o telefone na bolsa. Ajeitou o cabelo. Esvaziou a taça de vinho. Pegou outra no bar. Metade da taça desaparecera antes dela sentir a tremedeira passar. Graças a Deus, Mason só tinha ligado. Se viesse ao funeral, se a cidade os visse juntos, se Ben o visse, Charlie teria derretido em uma poça de desgosto e ódio por si mesma.

— Charlotte. — Newton Palmer, outro advogado preguiçoso em uma sala repleta de seres da sua espécie, lhe deu um olhar ensaiado de condolências. — Como você está?

385

Charlie esvaziou a taça para afogar os xingamentos. Newton era um daqueles estereótipos de homens velhos brancos que comandavam a maioria das pequenas cidades dos Estados Unidos. Ben uma vez dissera que tudo que tinham que fazer era esperar até que velhos bastardos racistas e machistas como Newton morressem. O que ele não percebera é que eles continuavam se procriando em novas versões.

— Eu vi seu pai no café do Rotary na semana passada. Viril como sempre, e ele disse uma coisa muito engraçada.

— Esse era o meu pai. Muito engraçado. — Charlie fingiu ouvir a história estúpida do homem sobre o Rotary enquanto olhava para a irmã.

Sam estava cercada também, pela sra. Duncan, a professora dela de inglês na oitava série. Ela estava acenando e sorrindo, mas Charlie não conseguia ver a irmã como alguém com muita paciência para jogar conversa fora. O estranhamento de Sam ficava mais pronunciado em uma multidão. Não por causa das suas deficiências, mas porque ficava claro que ela não pertencia àquele lugar, ou, talvez, nem mesmo àquela época. Os óculos escuros. A inclinação elegante da cabeça. Ela estava toda vestida de preto, mas o tipo errado de preto. Do tipo que só estava disponível para as elites. De pé, ao lado da professora idosa, Sam parecia um saco de seda cheio de dinheiro para os olhares provincianos.

— É como se estivesse vendo sua mãe. — Lenore estava usando um vestido preto justo e saltos mais altos que os de Charlie. Ela sorriu para Newton. — Sr. Palmer.

Newton ficou pálido.

— Charlie, se me dá licença.

Lenore o ignorou, Charlie também. Ela apoiou seu ombro no de Charlie enquanto as duas observavam Sam. A sra. Duncan ainda estava falando sem parar.

— Harriet queria tanto se conectar com as pessoas, mas nunca chegou a resolver essa equação — comentou Lenore.

— Ela se conectava com o papai.

— Seu pai era uma aberração. Eles eram duas pessoas singulares que funcionavam melhor quando estavam juntas.

Charlie se inclinou para mais perto dela.

— Achei que você não vinha.

— Não resisti à chance de provocar esses bastardos odiosos pela última vez. Ouça... — Lenore respirou fundo, como se estivesse se preparando para algo difícil. — Acho que vou me aposentar na Flórida. Ficar junto do meu povo... mulheres brancas, velhas e amargas vivendo de um rendimento fixo.

Charlie apertou os lábios. Não podia chorar de novo. Não podia fazer Lenore se sentir culpada por fazer o que precisava fazer.

— Ah, minha querida. — Lenore envolveu seus braços em volta da cintura de Charlie. Ela colocou a boca na orelha de Charlie. — Nunca vou abandonar você. Só estarei em outro lugar. E você pode vir me visitar. Vou deixar um quarto só para você, com fotos de cavalos nas paredes, e de gatos e de gambás.

Charlie riu.

— Está na hora de eu seguir com a minha vida — assegurou Lenore. — Lutei pela justiça por tempo o suficiente.

— O papai amava você.

— É claro que amava. E eu amo você. — Lenore beijou o lado do rosto dela. — Falando em amor...

Ben estava abrindo caminho pela multidão. Ele levantou as mãos enquanto desviava de um velho que parecia ter uma história para contar. Ben deu alguns cumprimentos para pessoas que conhecia, sempre avançando, se livrando com facilidade dos parasitas. As pessoas sempre sorriam quando o viam. Charlie percebeu que estava sorrindo também.

— Ei. — Ele alisou a gravata. — Esse grupinho é só de garotas?

— Eu estava prestes a antagonizar o seu chefe. — Ela beijou Charlie de novo na bochecha antes de deslizar até Ken Coin.

O grupo da promotoria se separou, mas Lenore cercou Coin como uma pantera caçando um filhote de javali.

— Lenore vai se aposentar na Flórida — contou Charlie para Ben.

Ele não pareceu surpreso.

— Não sobrou muita coisa aqui para ela agora que o seu pai se foi.

— Só eu. — Charlie não podia pensar sobre a partida de Lenore. Doía demais. Perguntou para Ben: — Você quem escolheu o terno do papai?

— Tudo foi coisa de Rusty. Abra a mão.

Charlie abriu a mão.

Ele colocou a mão no bolso do casaco. Tirou uma bola vermelha. Colocou-a na mão dela.

— De nada.

Charlie olhou para o nariz vermelho de palhaço e sorriu.

— Vamos ali fora — falou Ben.

— Por quê?

Ben esperou, paciente como sempre.

Charlie deixou a taça de vinho. Guardou o nariz de palhaço na bolsa enquanto o seguiu. A primeira coisa que ela notou foi o nevoeiro denso de fumaça de cigarro. A segunda coisa foi que estava cercada por condenados. Os ternos que não lhes serviam direito não escondiam as tatuagens de presidiários e a musculatura esculpida por várias horas puxando ferro no pátio da cadeia. Havia dúzias de homens e mulheres, talvez tivesse cinquenta pessoas ali.

Essas eram as pessoas que estavam de luto por Rusty, fumando do lado de fora como crianças atrás do ginásio da escola.

— Charlotte. — Um dos homens segurou a mão dela. — Quero dizer que o seu pai significava muito para mim. Ele me ajudou a recuperar o meu filho.

Charlie estava sorrindo quando apertou a mão áspera do homem.

— Ele me ajudou a achar um emprego — disse outro homem. Os seus dentes da frente estavam podres, mas as marcas precisas de pente no cabelo oleoso indicavam que ele fez um esforço por Rusty.

— Ele era bom. — Uma mulher bateu o cigarro sobre o cinzeiro cheio ao lado da porta. — Fez o imbecil do meu ex-marido pagar pensão para o meu filho.

— Ei — falou outro cara, provavelmente o ex-marido imbecil.

Ben piscou para Charlie antes de voltar para dentro. Um funcionário da promotoria não era bem-vindo naquele grupo.

Charlie apertou mais algumas mãos. Tentou não tossir com toda a fumaça. Ouviu histórias sobre Rusty ajudando as pessoas quando ninguém mais parecia disposto a atendê-los. Ela queria entrar e trazer Sam, porque a irmã gostaria de ouvir o que aquelas pessoas tinham a dizer sobre o seu pai complicado e temperamental. Talvez Sam não *gostasse*. Mas, talvez, *precisasse*. Sam sempre fora tão friamente atraída pelo branco no preto. As áreas cinzentas, aquelas em que Rusty parecia prosperar, sempre foram um mistério para ela.

Charlie riu sozinha. Não podia deixar de notar o paradoxo daquela situação. Depois de desabafar com Sam sobre os seus pecados mais profundos e obscuros, Charlie achava que a coisa mais importante que Sam poderia levar de volta para casa com ela seria o reconhecimento de que o seu pai fora um bom homem.

— Charlotte? — Jimmy Jack Little se misturava bem entre os condenados. Ele tinha mais tatuagens que a maioria deles, incluindo a manga que fizera durante uma temporada na prisão por assalto a banco. O seu chapéu preto o deixava meio deslocado no tempo e no espaço. Ele parecia sentir uma raiva perpétua, como se a sua maior decepção fosse não ser um dos mocinhos que eram cooptados por uma garota malvada na literatura noir dos anos 1940.

— Obrigado por vir. — Charlie abraçou o pescoço dele, algo que ela nunca fizera antes e que nunca faria de novo. — O papai ficaria feliz por você estar aqui.

— Sim. Bem. — Ele pareceu desconcertado pelo contato físico. Acendeu seu cigarro devagar, restaurando a imagem de macho durão. — É uma pena o que aconteceu com o velho. Esperava que ele morresse lutando em um tiroteio glorioso.

— Fico feliz por não ter sido assim — comentou Charlie, porque o pai fora esfaqueado dois dias atrás. Levar um tiro mortal era uma possibilidade real demais para ser uma piada.

— Esse moleque, Adam Humphrey. — Jimmy Jack tirou um pedaço de tabaco da boca. — Não sei se saquei qual é a dele. Pode ser que estivesse afogando o ganso com ela, mas essas crianças de hoje, as garotas e os garotos, conseguem ser amigos sem o boom-chicka-wow-wow. — Ele encolheu diante do inexplicável, como faria se falassem para ele de carros dirigidos por computadores e televisões que congelam a programação ao vivo. — Agora, Frank Alexander, esse eu conheço de uns anos atrás. Rusty livrou o cara de uma prisão por dirigir bêbado.

— Meu pai trabalhou com a família Alexander? — Charlie percebeu que a voz dela estava muito alta. Ela sussurrou: — O que aconteceu?

— Da parte do velho Rusty, pagando bem, que mal tem. Não teve nada de incomum no negócio deles. O que aconteceu é que Frank estava vomitando sua minhoca no buraco errado. Ficou meio alegrinho com uma garota no motelzinho e voltou para encontrar a esposinha com o perfume de outra garota. Ou tentou voltar para casa. Os policiais meteram nele uma acusação de direção perigosa com uso de álcool.

Charlie sabia que isso significava que o teste do bafômetro de Frank Alexander dera abaixo do limite legal, mas fora acusado por dirigir bêbado mesmo assim, porque o policial julgara que a habilidade dele de dirigir estava comprometida.

— A garota era uma aluna?

— Uma corretora de imóveis, bem mais velha que a esposa, o que não faz nenhum sentido, por que isso? Quero dizer, ela tem dinheiro, tudo bem, mas garotas não viram clássicos, como os carros. Você quer que o sabão na outra ponta da corda esteja fresco, não é mesmo?

Charlie não queria começar uma discussão sobre as melhores formas de trair.

— Então, o que aconteceu com Frank Alexander?

— Cumpriu umas horas de serviço comunitário, passou pela escolinha dos motoristas bêbados. O juiz excluiu a acusação da ficha pra ele não perder a licença de professor. Tenho algumas fontes que dizem que o problema mesmo é em casa. A patroa não estava feliz com a namorada idosa. Poxa, pra que ir pro modelo mais velho?

— Falaram em divórcio?

Jimmy Jack deu de ombros.

— Talvez não fosse uma opção. As acusações de dirigir bêbado são uma parada de ricaços. Os honorários advocatícios. O dinheiro para a escola dos bêbados. Multas. Taxas. Você sabe que essa merda chega a oito ou nove mil, fácil.

Charlie sabia que isso era muito dinheiro para qualquer um e os Alexander eram professores com uma filha pequena. Duvidava muito que tinham essa grana sobrando.

— Nada faz alguém dizer "eu te amo" mais rápido do que perceber que vai comer miojo para o resto da vida.

— Ou talvez se amassem e quisessem resolver a situação porque tinham uma filha...

— Essa é uma visão bem fofa que você tem, boneca. — Ele fumou o cigarro até chegar no filtro. Jogou em um vaso perto da porta. — Acho que isso não importa mais. Rusty não vai me pagar do túmulo para descobrir isso.

— Quem assumir o caso precisará de alguém investigando.

Ele se estremeceu, como se o pensamento tivesse lhe feito mal.

— Não sei se estou a fim de trabalhar pra outro advogado que não seja seu pai. Fora você. É que, merda, os advogados não pagam o que devem e são péssimos seres humanos.

Charlie não discordava.

Ele piscou para ela.

— Tudo bem, querida, volta lá pra ouvir esses porcos sujos. Esses putos aí dentro não conheciam seu pai. Não o suficiente nem para segurar um copo do mijo dele, se você quer saber.

Charlie sorriu.

— Obrigada.

Jimmy Jack estalou a língua quando piscou para ela. Charlie o observou abrindo caminho pela aglomeração de pessoas. Deu alguns tapinhas nas costas de algumas pessoas, cumprimentou outras, chegou até a porta e, como era de se esperar, ao bar. Acenou com o chapéu para a mulher que tinha recuperado o filho. Ela colocou a mão na cintura e Charlie ficou com a impressão de que nenhum dos dois passaria a noite a sós.

A buzina de um carro soou.

Todos olharam para o estacionamento.

Ben estava no volante da sua caminhonete. Sam estava sentada do lado dele.

A última vez que um garoto buzinara para Charlie, Rusty a colocara de castigo por fugir pela janela do quarto no meio da noite.

Ben buzinou de novo. Ele acenou para Charlie.

Ela pediu licença ao grupo, mesmo presumindo que muitos deles em algum momento da vida já tivessem corrido em direção a uma caminhonete parada em um estacionamento.

Sam saiu, a mão dela apoiada na porta aberta. Charlie podia ouvir o escapamento da caminhonete bufando a dez metros de distância. A Datsun de Ben tinha vinte anos, foi a única coisa que puderam comprar depois que cancelaram a viagem para o Colorado. Tinham vendido o utilitário dele para pagar o empréstimo. Uma semana depois, o comprador não se mostrou disposto a vender o carro de volta para eles. Rusty e Lenore tinham dito para ficarem com o dinheiro emprestado, mas Charlie não conseguiu aceitar. A clínica fizera a devolução do dinheiro em alguns dias. O problema foi as outras contas: o cancelamento dos voos e do hotel, as taxas pelos saques em dinheiro no cartão de crédito, as contas do hospital decorrentes da perda do bebê, as contas do cirurgião, dos especialistas, do anestesista, do radiologista, dos médicos, da farmácia, uma tonelada de itens que o convênio ressarcia só parcialmente e uma avalanche de dinheiro que não ressarciriam. Na época, a dívida era tão esmagadora que tiveram sorte de poder pagar em dinheiro aquela caminhonete detonada.

Passaram um fim de semana inteiro raspando o decalque gigante da bandeira Confederada na janela de trás.

— Ben se ofereceu para me ajudar a fugir — explicou Sam. — Não aguentava mais ficar com aquela gente.

— Nem eu — disse Charlie, apesar de ela preferir conversar com os criminosos a aturar a tentativa patética de Sam de fazê-la se aproximar de Ben.

Charlie teve um momento constrangedor com o câmbio, que despontava de uma elevação do piso. Ela começou a subir o vestido para abrir espaço, mas Ben deixara claro na outra noite que não queria que o câmbio dele ficasse entre as pernas dela.

— Você está bem? — perguntou Ben.

— Claro. — Charlie acabou sentando meio de lado, com os joelhos juntos e a perna torta, como Bonnie Blue Butler antes da queda.

As dobradiças enferrujadas da porta rangeram quando Sam a fechou.

— Um pouco de lubrificante aliviaria esse barulho.

— Vou tentar passar um WD-40 — falou Ben.

— Isso é um solvente, não um lubrificante... Pensei que a gente poderia passar algum tempo juntas na casa da fazenda.

Charlie não sabia como reagir àquela ideia. Não podia imaginar por que a irmã desejaria passar nem dois segundos naquele lugar detestável. Na noite antes de partir para Stanford, Sam fizera uma piada que não fora completamente sem graça sobre o modo mais eficiente de queimar aquele lugar.

Ben engatou a marcha, fez uma curva em volta do bloco de carros estacionados. BMWs. Audis. Mercedes. Charlie torceu para que ninguém no velório de Rusty os visse.

— Merda — murmurou Ben.

Dois carros de polícia estavam parados no meio da saída. Charlie reconheceu Jonah Vickery, Greg Brenner e a maioria dos outros policiais que estudaram com ela. Estavam esperando para escoltar o funeral, apoiados nas viaturas, fumando seus cigarros.

Eles também reconheceram Charlie.

Jonah fez dois círculos com os dedos e apontou para seus olhos. O resto da gangue o acompanhou, rindo como hienas enquanto faziam olhos de guaxinins em homenagem aos hematomas de Charlie.

— Putos. — Ben agarrou a manivela e abaixou a janela.

— Amor — disse Charlie, assustada.

Ele se inclinou na janela, com o punho levantado.

— Seus fodidos!

— Ben! — Charlie tentou puxá-lo de volta. Ele estava quase gritando. O que acontecera com o seu marido pacífico? — Ben, o que você está...

— Vão se foder. — Ben levantou o dedo para eles com as duas mãos. — Cuzões.

Os policiais pararam de rir. Encararam Ben enquanto a caminhonete entrava na estrada.

— Você está louco? — gritou Charlie. Ela deveria ser a pessoa incontrolável. — Eles podiam espancar você.

— Que espanquem.

— Quer que eles matem você? Meu Deus, Ben. Eles são perigosos. Como tubarões. Com canivetes.

— Certeza sobre os canivetes? Isso seria ilegal.

Charlie sentiu um grunhido estranho morrer na sua garganta.

Ben fechou a janela de volta.

— Estou cansado desse lugar de merda. — Forçou o câmbio para a terceira marcha e depois para a quarta enquanto acelerava pela estrada.

Charlie olhou para a pista vazia em frente.

Ele nunca se cansava daquele lugar.

— Bom. — Sam limpou a garganta. — Amo viver em Nova York. A cultura. A arte. Os restaurantes.

— Não conseguiria viver no norte... — reconheceu Ben, como se estivesse pensando no assunto. — Talvez Atlanta.

— Tenho certeza que a defensoria pública adoraria contratar você.

Charlie olhou para a irmã gesticulando um *"Que merda é essa?"*.

Sam deu de ombros, a sua expressão era indecifrável.

Ben afrouxou a gravata. Desabotoou o colarinho.

— Já fiz minha parte pelo bem de todos. Quero me juntar ao lado negro.

Charlie quase pôde sentir sua mente se assustando.

— O quê?

— Estou pensando nisso já faz um tempo — comentou Ben. — Estou cansado de ser funcionário público. Quero ganhar dinheiro. Ter um barco.

Charlie apertou os lábios da mesma forma que fizera quando Lenore lhe disse que estava de mudança para a Flórida. Ben era tranquilo com a maioria das coisas, mas Charlie aprendera que quando ele tomava uma decisão, era bem difícil de mudar. Ele estava decidido a partir. Havia algo diferente nele. Parecia mais relaxado, quase avoado, como se um grande peso tivesse sido tirado dos seus ombros.

Charlie presumiu que o peso era ela.

— Tem algumas empresas em Atlanta que trabalham com a gente nos litígios criminais — falou Sam. — Poderia escrever algumas cartas de recomendação.

Charlie olhou para a irmã.

— Obrigado. Eu aviso depois que pesquisar um pouco. — Ben desfez o nó da gravata. O tecido fez um barulho parecido com *thwip* quando ele a puxou do colarinho. Ele a jogou atrás do banco. — Kelly confessou na gravação do hospital.

— Meu Deus! — A voz de Charlie saiu aguda o suficiente para rachar o vidro. — Ben, você não pode contar isso pra gente.

— Você pode alegar que ainda tem voto de confidencialidade como esposa, e ela... — Ele riu. — Por Deus, Sam, você assustou muito o Coin. Praticamente dava para ouvir ele se borrando quando você começou a duelar com o juiz.

Charlie agarrou o braço dele.

— No que você está pensando? Você pode ser demitido por...

— Eu me demiti ontem à noite.

Charlie soltou a mão.

— O vídeo... — perguntou Sam para Ben.

— Merda — sussurrou Charlie.

— O que acha? Ela é culpada? — quis saber Sam.

— Sem dúvida. As evidências provam isso. Ela tinha resíduo de pólvora na mão, na manga, na gola da blusa e no peito direito, exatamente onde era esperado que tivesse. — Ben mascou a ponta da língua. Pelo menos uma parte dele ainda sabia que aquilo que estava fazendo era antiético. — Não gosto do jeito que a fizeram admitir isso. Não gosto do jeito que fazem um monte de coisas.

— É possível convencer Kelly a falar qualquer coisa — apontou Sam.

Ben assentiu.

— Não leram os direitos dela. Mesmo se lessem, ninguém saberia dizer se ela entende o que significa o direito de permanecer calada.

— Acho que ela está grávida.

A cabeça de Charlie chicoteou para o lado.

— Por que acha isso?

Sam balançou a cabeça. Estava falando com Ben.

— Sabe o que aconteceu com a arma?

— Não. — respondeu Ben. — Você sabe?

— Sei — disse Sam. — Kelly falou se conhecia as vítimas?

— Sabia que Lucy Alexander era filha de Frank Alexander, mas acho que essa informação chegou a ela depois do ocorrido — falou ele.

— Sobre os Alexander — Charlie se intrometeu. — Jimmy Jack me disse que Frank foi pego traindo a mulher uns anos atrás. Ele foi parado por dirigir bêbado e a história foi revelada.

— Ah... Então, ele já fez isso antes — observou Sam. — Era uma aluna?

— Não, corretora de imóveis. Rica, só que mais velha, algo que aparentemente é o jeito errado de trair. O papai representou Frank na acusação por dirigir bêbado. Jimmy Jack disse que não foi nada demais.

— Na verdade, foi — falou Ben. — Coin já investigou isso. O foco dele está no fato de que Kelly era aluna de álgebra de Frank. Ele ia reprová-la. Você ouviu essa teoria ontem. Coin acha que uma garota que tem o QI de um nabo estava tão preocupada e envergonhada por reprovar em álgebra que levou uma arma para a escola e matou duas pessoas. Na escola errada, aliás.

— Essa é uma questão interessante — confessou Sam. — Por que Kelly estava na escola de ensino fundamental?

— Judith Pinkman estava dando aulas de reforço para ela para um tipo de exame de proficiência em inglês.

— Ah... — repetiu Sam, como se as peças do quebra-cabeças estivessem se juntando.

— Mas Judith disse que não tinha marcado com Kelly naquela semana — acrescentou Ben. — Não fazia nem ideia de que Kelly estava no corredor até ouvir os tiros.

— O que mais Judith disse? — perguntou Sam.

— Nada demais. Estava muito chateada. Quero dizer, parece ser uma coisa óbvia, porque o marido dela está morto e também teve o que aconteceu com Lucy e, provavelmente, ver Charlie... — Ben olhou para Charlie, depois voltou os olhos para a pista. — Judith estava muito abalada. Tiveram que sedá-la para colocá-la na ambulância. Acho que foi nesse momento que ela se deu conta de tudo, no segundo que saiu do prédio. Ela ficou histérica, mas no sentido real da palavra. Simplesmente tomada pelo luto.

— Onde Judith estava quando o tiroteio começou?

— Na sala dela — falou Ben. — Ela ouviu a arma disparando. Deveria trancar a porta e se esconder no canto dos fundos da sala, mas correu para o corredor porque sabia que o primeiro sinal estava prestes a tocar e queria alertar as crianças para não entrarem. Quero dizer, caso pudesse fazer isso sem levar um tiro. Ela não estava pensando na própria segurança, segundo ela. — Ele olhou para Charlie de novo. — Não só ela, no caso.

— Barcos têm uma manutenção muito cara — comentou Sam.

— Não estou pensando em um iate.

— Tem o seguro, as taxas portuárias, os impostos.

Charlie não conseguiu prestar atenção na sua irmã alienada falando para o seu marido alienado sobre barcos. Seu olhar se perdeu na estrada. Tentou entender o que tinha acabado de acontecer. A demissão de Ben, essa era uma coisa com que ela não podia lidar naquele momento. Em vez disso, concentrou-se na conversa com Sam. Ben entregou o jogo como um delator que já está preso. Sam fora mais circunspecta. Kelly grávida. A arma que desapareceu. Charlie estava na escola quando o tiroteio aconteceu, fora testemunha de parte do ocorrido, mas estava mais no escuro do que os dois.

Ben se inclinou para olhar para Sam.

— Você deveria assumir o caso da garota Wilson.

— Não poderia bancar o corte salarial — respondeu ela.

Ele reduziu por causa de um trator que estava na estrada. O fazendeiro ocupava as duas pistas. A colheitadeira dele estava abaixada. Ben buzinou duas vezes e o homem foi para o canto abrindo espaço suficiente para a caminhonete passar.

Ben e Sam voltaram para a conversa à toa sobre o barco. Charlie se viu retornando para as perguntas de Sam, tentando ver em que direção apontavam. Sam sempre fora mais rápida para resolver enigmas. Mais rápida para a maioria das coisas, para ser sincera. Com certeza era melhor no tribunal. Charlie ficara admirada no dia anterior e descrevera a situação da forma correta de primeira. Sam parecia um Drácula vitoriano quintessencial, pelo estilo das suas roupas, pelo seu ar de superioridade e pela forma que abrira sua boca e engolira Ken Coin como um rato gordo.

— Quantas balas foram disparadas? — indagou Sam.

Charlie esperou Ben responder, mas então percebeu que Sam estava falando com ela.

— Quatro? Cinco? Seis? Não sei. Sou mesmo uma péssima testemunha.

— Na gravação são cinco — falou Ben. — Uma na...

— Na parede, três em Pinkman, uma em Lucy. — Ela se inclinou para olhar para Ben. — E perto da sala da sra. Pinkman? Alguma coisa perto da porta dela?

— Não faço ideia — admitiu ele. — O caso só tem dois dias. Eles ainda estão fazendo as análises forenses. Mas há outra testemunha. Ele disse que contou seis tiros, no total. Ele já esteve em combate. É bem confiável.

Mason Huckabee.

Charlie olhou para as mãos.

— E o áudio?

— Tem uma ligação com muito chiado de um celular na secretaria, mas foi feita depois que o tiroteio parou. O áudio que você quer veio de um rádio aberto de um policial que estava no corredor. Foi lá que Coin tirou o lance do "bebê". Nenhum dos tiros foi gravado. Nós, pelo menos eu, não vimos o relatório do médico legista. Pode haver mais uma bala dentro de um dos corpos.

— Acho que eu quero ver aquele vídeo de novo — comentou Sam.

— Não tenho acesso. Eu fui muito franco na minha carta de demissão — falou Ben. — Com certeza não receberei uma carta de recomendação.

Charlie queria rastejar para debaixo das cobertas na cama e dormir. Tinham uma hipoteca. As prestações do carro. Plano de saúde. Seguro do carro. Impostos. Todas aquelas contas dos últimos anos.

— Serei a sua referência. — Sam estava com a mão no fundo da bolsa, uma bolsa de couro que provavelmente pagaria por todas as dívidas deles. Ela tirou o pendrive em forma de *Enterprise* que Ben entregara. — O papai tem um computador?

— Ele tem uma boa TV — respondeu. Eles compraram para Rusty o mesmo modelo que tinham em casa. Isso foi quatro anos atrás, antes do Colorado. Antes do barco.

Ben reduziu a velocidade da caminhonete. Estavam no RR, mas ele não entrou na garagem. O sangue deixara uma mancha preta oleosa no barro vermelho. Foi ali que o pai delas caíra na noite em que foi pegar a correspondência.

— Acham que o tio esfaqueou Rusty — contou Ben.

— Faber? — perguntou Sam.

— Rick Fahey. — Charlie se lembrou do tio de Lucy Alexander na coletiva de imprensa. — Por que pensam que foi ele?

Ben balançou a cabeça.

— Estava de fora nesse caso. Ouvi algumas fofocas no escritório, Kaylee estava reclamando de ter sido chamada tarde da noite quando Rusty foi esfaqueado.

— Então precisavam de alguém para falar com o possível suspeito — disse Charlie, fingindo que a forma como ele lançara o nome da mulher com quem Charlie pensava que ele estava tendo um caso não tivesse lhe dado a sensação de uma faca a perfurando também. — Acho que o papai viu quem o atacou.

— Também acho... — concordou Sam. — Ele fez todo um discurso para mim sobre o valor do perdão.

— Posso imaginar — falou Charlie. — Se o papai tivesse sobrevivido, ele se ofereceria para representar Fahey.

Ninguém riu, pois todos sabiam que era possível.

Ben engatou a primeira marcha. Ele fez uma curva na entrada, dirigindo devagar para evitar as raízes.

A casa da fazenda ficou visível, a tinta lascada, a madeira podre, a janela torta, mas, fora isso, nada mudara desde que os Culpepper bateram à porta da cozinha 28 anos atrás.

Charlie sentiu Sam se remexendo no banco. Ela estava se preparando mentalmente, fortalecendo seu emocional. Charlie queria dizer algo que lhe trouxesse conforto, mas tudo que podia fazer era segurar a mão dela.

— Por que não há grades e portões de segurança aqui? — questionou Sam. — O escritório é uma fortaleza.

— O papai dizia que o raio não cai duas vezes no mesmo lugar. — Charlie sentiu um nó voltando a fechar sua garganta. Sabia que a segurança abundante no escritório era para protegê-la, não para Rusty. Nas poucas vezes em que ela estivera no RR ao longo dos anos, sempre ficara do lado de fora, dentro do carro, buzinando para Rusty sair porque não queria entrar. Se tivesse o visitado mais, talvez o pai tivesse melhorado a segurança da casa por ela.

— Não acredito que estive aqui no fim de semana passado, conversando com ele na varanda — contou Ben.

Charlie desejou muito se encostar nele, colocar a cabeça no ombro do marido.

— Se segurem — disse Ben. As rodas bateram em um buraco, depois em uma raiz profunda antes de chegar em um terreno plano. Ele começou a manobrar no espaço para os carros do lado do celeiro.

— Vá para a porta da frente — pediu Charlie. Ela não queria entrar pela cozinha.

— "Enrabador de cabras" — falou Sam, lendo a pichação. — O suspeito o conhecia.

Charlie riu.

Sam não.

— Nunca pensei que voltaria aqui.

— Não precisa. — Charlie se ofereceu. — Posso entrar e procurar a foto.

A tensão na mandíbula de Sam dizia que ela estava determinada.

— Quero que a encontremos juntas.

Ben deu a volta com a caminhonete até a varanda da frente. O gramado estava tomado por ervas daninhas. Um garoto do final da rua deveria cortar a grama, mas Charlie viu seus pés mergulharem até o tornozelo em dentes-de--leão quando saiu do carro.

Sam segurou a mão dela de novo. Elas não se tocavam tanto assim quando eram crianças.

Exceto por aquele dia.

— Me lembro que eu estava triste por ter perdido a casa de tijolos vermelhos, mas também lembro que foi um dia bom. — Sam se virou para Charlie. — Se lembra disso?

Charlie assentiu. As irritações de Gamma iam e voltavam, mas tudo parecia que estava se ajeitando.

— Essa poderia ter sido a nossa casa.

— É tudo que uma criança quer, não é? — falou Ben. — Ter um lugar seguro para viver. — Ele pareceu se lembrar. — Quer dizer, seguro antes ou...

— Está tudo bem — disse Charlie.

Ben jogou seu paletó na caminhonete. Tirou o laptop de trás do assento.

— Eu vou lá acertar a TV.

Sam colocou o pendrive na mão dele.

— Lembre-se de me devolver para que eu possa destruí-lo — avisou ela.

Ben fez uma saudação militar.

Charlie o viu disparar pelos degraus. Ele esticou a mão até o alto da porta onde pegou a chave e entrou.

Mesmo do quintal, Charlie podia sentir o odor familiar dos cigarros sem filtro de Rusty.

Sam olhou para a casa da fazenda.

— Ainda é um rancho relaxo.

— Acho que vamos vendê-lo.

— O papai comprou?

— O fazendeiro solteiro era meio pervertido. E tinha um fetiche por pés. E roubou muitas calcinhas. — Charlie riu da expressão de Sam. — Ele devia um bom dinheiro em honorários. A família transferiu a casa para Rusty para quitar as dívidas.

— Por que o papai não a vendeu anos atrás e reconstruiu a casa de tijolos vermelhos? — questionou Sam.

Charlie sabia por quê. Havia muitas contas do tratamento de Sam. Os médicos, os hospitais, os terapeutas, a reabilitação. Charlie conhecia bem o peso esmagador de uma doença inesperada. Não sobra muito tempo ou energia para reconstruir nada.

— Acho que foi mais inércia — respondeu Charlie. — Você sabe que Rusty não era de fazer mudanças.

— Você pode ficar com a casa. Quero dizer... Não que você esteja pedindo, mas não preciso do dinheiro. Só quero a foto da mamãe. Ou uma cópia. É claro que tiro uma cópia para você. Ou para mim. Você pode ficar com a original se...

— A gente vê isso depois. — Charlie tentou sorrir. Sam nunca hesitava em falar e estava hesitando naquele momento. — Posso fazer isso por você, sabe.

— Vamos. — Sam indicou a casa com a cabeça.

Charlie a ajudou a subir as escadas, mesmo que Sam não tivesse pedido. Ben deixara a porta aberta. Ela podia ouvi-lo abrindo mais janelas para ajudar o ar a circular.

A melhor coisa a fazer seria isolar a área, como Chernobyl.

Uma montanha de coisas que Charlie herdara preenchia o quarto da frente. Jornais velhos. Revistas. Cópias dos anuários legislativos da Geórgia desde os anos 1990. Caixas de arquivos de casos antigos. Uma prótese de perna que Rusty recebera como pagamento de um bêbado que todo mundo chamava de Skip.

— As caixas — disse Sam, porque parte dos achados de Gamma no brechó nunca foram desembalados. Ela puxou uma fita ressecada em um caixa de papelão escrita TUDO POR $1,99 e pegou a camiseta roxa da personagem de TV que estava no topo.

Ben observou de trás da TV.

— Tem outra caixa no porão — comentou ele. — É provável que essas coisas valham uma fortuna no eBay. — Ele olhou para Charlie. — Não tem nada do *Star Trek*. Só *Star Wars*.

Charlie não podia acreditar que foi capaz de desapontar o marido mesmo quando ainda tinha treze anos.

— Gamma que pegou tudo, não eu.

A cabeça dele se escondeu atrás do aparelho. Ele estava tentando ligar os componentes que Rusty desligara alegando que todas aquelas luzes piscantes lhe causariam um derrame.

— Certo, acho que estou pronta — disse Sam.

Charlie não sabia para o que ela estava pronta até ver Sam olhando para o longo corredor que atravessava toda a casa. A porta dos fundos com a sua janela opaca estava bem no final do trajeto. A cozinha estava na parte de cima. Foi lá que Daniel Culpepper ficou parado quando observou Gamma saindo do banheiro.

Charlie ainda podia se lembrar da sua descida pelo corredor procurando o banheiro, da forma como ela gritou "meleca" para provocar a mãe.

Havia cinco portas, nenhuma delas posicionada de forma a fazer qualquer sentido. Uma das portas levava para o porão assustador. Outra para o roupeiro. Outra para a dispensa. E ainda tinha a do banheiro. Uma das portas do meio, inexplicavelmente, levava ao pequeno quarto no andar de baixo onde o fazendeiro solteiro morrera.

Rusty transformara esse quarto em seu escritório.

Sam foi primeiro. Vista por trás, ela parecia impenetrável. As suas costas estavam retas. A cabeça erguida. Mesmo a leve hesitação no passo dela desaparecera. A única coisa que a entregava era o hábito de manter os dedos encostados na parede, como se precisasse se certificar de que tinha acesso a algo firme.

— A porta dos fundos. — Sam apontou na direção da porta. O vidro estava rachado. Rusty tentara consertá-lo com uma fita adesiva amarela. — Você não faz ideia de quantas vezes acordei ao longo da vida sonhando que tinha corrido por aquela porta em vez de andar para a cozinha.

Charlie não disse nada, apesar de ela também ter aquele mesmo tipo de sonho.

— Está tudo bem. — Sam colocou a mão na maçaneta do escritório de Rusty. Ela abriu a boca e inalou profundamente, como uma nadadora prestes a colocar a cabeça sob a água.

Abriu a porta.

Mais do mesmo, mas decorado com o odor rançoso impregnado de nicotina. Os papéis, as caixas, as paredes, até mesmo o ar tinha um tom amarelado. Charlie tentou abrir uma janela, mas a tinta a tinha selado. Percebeu que o pulso estava dolorido de bater no caixão do pai. Não estava tendo um bom dia com objetos inanimados.

— Eu não estou achando — disse Sam, ansiosa. Ela estava na mesa de Rusty. Empurrou alguns papéis, empilhou outros. — Não está aqui. — Olhou nas paredes, mas elas estavam decoradas com desenhos que Charlie fez na escola. Só Rusty colaria com fita adesiva na sua parede um esquema da anatomia de um besouro do esterco feito por uma aluna da oitava série.

— Tem essa daqui — falou Charlie, olhando para a frágil moldura preta de metal que exibira *a* foto por quase cinquenta anos. — Merda, pai. — Rusty deixara o sol desbotar o rosto da mãe. Só os buracos escuros dos olhos e da boca estavam evidentes sob o esfregão preto que era o cabelo dela.

— Está arruinada — constatou Sam, devastada.

Charlie se sentiu mal com a culpa.

— Deveria ter tirado isso dele há muito tempo e tê-la preservado ou ter feito qualquer coisa que devesse ser feita. Me desculpe, Sam.

Sam balançou a cabeça. Ela largou a foto de volta sobre a pasta.

— Não era essa foto que ele falou. Lembra, ele disse que era uma diferente, uma que ele escondeu da gente. — Ela começou a mexer nos papéis de novo, olhando atrás das caixas de anotações e dos maços de depoimentos. Ela parecia perturbada. A foto era importante por si só, mas ela também fora uma das últimas coisas sobre as quais Rusty falara com Sam.

Charlie tirou os sapatos para não prender o salto em alguma coisa e quebrar o pescoço. O próximo ano da vida dela seria desperdiçado ajeitando toda aquela merda. Então, podia muito bem começar naquele momento.

Ela afastou algumas caixas da mesa dobrável trêmula. Um conjunto de peças vermelhas de um jogo incompleto de damas se espalhou pelo chão. Por um milagre, caíram em um pedaço intocado do piso original de madeira. O som era como o de cartas de baralho se espalhando.

— Acha que ele a guardava nos gaveteiros de arquivo? — sugeriu Charlie.

Sam olhou desconfiada. Havia cinco gaveteiros de madeira, todos fechados com cadeados grandes.

— Será que encontramos as chaves nessa bagunça?

— Deviam estar com ele quando foi levado para o hospital.

— O que significa que estão retidas como evidência.

— E não temos ninguém na promotoria que possa nos ajudar porque o meu marido aparentemente mandou todos à merda. — Ela pensou em Kaylee Collins e, dentro da sua cabeça, acrescentou, *talvez não todos*.

— O papai tinha certeza de que nem eu nem você vimos essa foto antes? — indagou ela.

— Já falei. Ele disse que a guardou só para ele. Que capturava o momento em que ele e Gamma se apaixonaram.

Charlie sentiu a melancolia na afirmação do pai. O jeito dele de falar sempre foi tão irritantemente barroco que ela às vezes não captava o significado.

— Ele realmente a amava — falou para Sam.

— Eu sei. Tinha me esquecido que ele também a perdeu.

Charlie olhou pela janela. Chorara o suficiente por todo o restante da sua vida.

— Não posso ir embora sem achar a foto — confessou Sam.

— Ele pode ter inventado isso — disse Charlie. — Você sabe como ele adorava inventar histórias.

— Ele não mentiria sobre isso.

Charlie ficou calada. Não tinha tanta certeza assim.

— Vocês olharam o cofre? — Ben estava parado no corredor com um monte de cabos coloridos enrolados sobre os ombros.

Charlie esfregou os olhos.

— Quando o papai comprou um cofre?

— Quando percebeu que você e Sam liam tudo que ele trazia para casa. — Ele afastou uma pilha de caixas com o pé, revelando um cofre cuja altura chegava na metade da coxa dele. — Você sabe a combinação?

— Não sabia nem que ele tinha um cofre — retrucou Charlie. — Por que eu saberia a combinação?

Sam se ajoelhou. Estudou o disco numerado.

— Deve ser um conjunto de números relevantes para ele.

— Qual o preço de um maço de Camel?

— Não faço nem ideia. — Sam girou o disco algumas vezes. Ela parou no número dois, voltou para o oito e depois para o 76.

O aniversário de Charlie.

Sam testou a alavanca.

O cofre não abriu.

— Tente o seu aniversário — falou Charlie.

Sam girou o disco de novo, parando nos números corretos. Ela puxou a alavanca.

— Nada.

— O aniversário de Gamma — sugeriu Ben.

Sam colocou os números. Sem sorte. Ela balançou a cabeça, como se tivesse percebido o óbvio.

— O aniversário dele.

Ela moveu o disco com rapidez, colocando a data do aniversário do pai. Tentou a alavanca.

Mais uma vez, nada.

Sam olhou para Ben.

— O seu aniversário é o próximo... — comentou Charlie para Ben. — Tente 3-16-89.

O dia em que os Culpepper apareceram na porta da cozinha.

Sam soltou uma respiração lenta. Ela voltou para o cofre. Girou o disco para direita, esquerda e para a direita de novo. Apoiou os dedos na alavanca. Olhou para Charlie. Tentou mover a alavanca.

O cofre abriu.

Charlie se ajoelhou atrás de Sam. O cofre estava lotado, como todos os outros lugares na vida de Rusty. A princípio, tudo que ela sentiu foi o cheiro de papéis velhos embolorados, mas depois surgiu outra coisa, quase como o perfume de mulher.

— Acho que é o sabonete da mamãe — sussurrou Sam.

— Deleite de rosas. — Charlie se lembrou. Gamma comprava na farmácia. Era a sua única vaidade.

— Acho que está vindo daqui. — Sam usou as duas mãos para extrair uma pilha de envelopes atolados no alto.

Estavam amarrados com um elástico vermelho.

Sam sentiu o cheiro das cartas. Ela fechou os olhos como um gato ronronando no sol. O seu sorriso parecia uma bênção.

— É dela.

Charlie também sentiu o cheiro dos envelopes. Ela fez que sim com a cabeça. O odor era fraco, mas era de Gamma.

— Olhe. — Sam indicou o destinatário, que era Rusty, aos cuidados da Universidade da Geórgia. — É a letra dela. — Sam passou os dedos sobre a letra cursiva perfeita e precisa da mãe. — O carimbo dos correios é da Batavia, em Illinois. É onde fica o Fermilab. Devem ser cartas de amor.

— Oh — disse Ben. — É, talvez vocês não queiram ler isso.

— Por que não?

— Porque eles estavam apaixonados.

Sam estava radiante.

— Mas isso é maravilhoso.

— É? — A voz de Ben ficou um pouco aguda, em um tom que era provável que ele não usasse desde a puberdade. — Quero dizer, você quer ler um monte de cartas perfumadas que seu pai guardava em um elástico vermelho do tempo em que ele e a mãe de vocês tinham acabado de se conhecer e, provavelmente... — Ele fez um sinal metendo seu dedo no punho aberto. — Pensem nisso. O seu pai pode ter sido um verdadeiro cachorro no cio.

Charlie se sentiu enjoada.

— Vamos deixar essa decisão para depois. — Ela colocou as cartas em cima do cofre. Enfiou a mão dentro do cofre e puxou um cartão-postal.

Sam mostrou para Charlie a foto aérea do Centro Espacial Johnson.

Gamma trabalhara na NASA antes de ir para o Fermilab.

Sam virou o cartão. De novo, a letra impecável da mãe era inconfundível.

Charlie leu em voz alta a mensagem para Rusty.

— "Se você pode ver coisas sem sentido, então pode ver como as coisas seriam se fizessem sentido", dr. Suess.

Sam deu um olhar que queria dizer muitas coisas para Charlie, como se a mãe delas estivesse oferecendo conselhos matrimoniais do túmulo.

— Obviamente, ela estava tentando se comunicar com o papai na língua dele.

— Obviamente. — Sam estava sorrindo da mesma forma que sorria nas manhãs de Natal. Ela sempre abrira seus presentes com uma lerdeza enlouquecedora, fazendo comentários sobre o papel do embrulho, sobre a quantidade de fita usada, o tamanho e o formato da caixa. Charlie, por outro lado, rasgava seus presentes como um chihuahua que acabou de tomar metanfetamina. — Precisamos olhar tudo isso com muito cuidado. — Ela ficou mais confortável no chão. — Espero achar a foto hoje, mas se não achar, ou mesmo se achar, você se importa se eu levar tudo isso de volta para Nova York? Algumas dessas coisas são muito preciosas. Eu posso catalogar tudo e...

— Tudo bem — falou Charlie, porque sabia que Gamma e Sam sempre falaram uma linguagem inacessível para os outros.

E também porque ela nunca catalogaria nada.

— Eu trago de volta — prometeu Sam. — Você pode me encontrar em Atlanta ou posso vir aqui.

Charlie concordou com a cabeça. Ela gostou da ideia de ver a irmã de novo.

— Não acredito que o papai guardou isso. — Sam estava segurando as suas medalhas de corrida. — Ele devia deixar no escritório. Caso contrário teria se queimado no incêndio. E... ó, meu deus. — Ela achou uma pilha de trabalhos escolares. — Seu texto sobre transcendentalismo, Charlie, lembra que Gamma discutiu por duas horas com o seu professor? Ela estava tão embasbacada por ele marginalizar Louisa May Alcott. E, olha, meu boletim antigo. Ele deveria ter assinado.

Ben assobiou para chamar a atenção de Charlie. Ele estava segurando uma folha de papel em branco.

— Seu pai guardou o meu desenho do coelho na nevasca.

Charlie sorriu.

— Ei, espera. — Ele pegou uma caneta na mesa e desenhou um ponto preto no centro da página. — É o cu de um urso polar.

Ela gargalhou e depois quis chorar, porque sentia tanta falta do senso de humor dele.

— Charlie — disse Sam, se deliciando. — Acho que tiramos a sorte grande. Se lembra dos cadernos da mamãe? — Ela estava enfiando a mão no cofre de novo. Dessa vez, puxou um caderno grande com uma capa de couro. Ela o abriu.

Em vez de páginas de diário cheias de equações, havia cheques em branco.

Charlie olhou por cima do ombro de Sam de novo. Encadernação em espiral. Três fileiras de cheques, canhotos rasgados dos cheques antigos que foram preenchidos. A conta era do Banco da América, mas ela não reconhecia o nome da empresa.

— Fundos de Investimento de Pikeville.

Sam folheou os canhotos, mas as informações normais (data, valor e a pessoa que recebeu o cheque) estavam em branco.

— Por que o papai teria um talão de cheques empresarial de uma financeira? — perguntou ela a Charlie.

— A conta de custódia dele é nominal a Rusty Quinn, advogado — disse Charlie. A maioria dos litigantes tinha contas específicas em financeiras onde os valores recebidos das ações eram depositados. O advogado tira sua parte e, depois, paga o restante para o cliente. — Mas isso não faz sentido. Lenore cuida de toda a contabilidade do papai. Ela assumiu depois que ele esqueceu de pagar a conta de luz e cortaram a eletricidade.

Ben mexeu em uma pilha de correspondências que não foram abertas na mesa de Rusty. Achou um envelope e o segurou.

— Banco da América.

— Abra — pediu Charlie.

Ben retirou um extrato de uma página.

— Caramba. Mais de trezentos mil.

— O papai nunca teve um cliente que pagasse um valor desses.

— Tem só um saque no mês passado, cheque número zero-três-quatro-zero de dois mil dólares — falou Ben.

— Normalmente o primeiro cheque de uma conta começa sua numeração em zero-zero-zero-um... — apontou Sam.— Que dia foi emitido o último cheque?

— Não diz aqui, mas foi descontado quatro semanas atrás.

— A segunda sexta-feira de cada mês.

— O quê? — Charlie olhou para o talão de cheques. — Achou alguma coisa?

Sam balançou a cabeça. Fechou a capa de couro.

— Sem querer dar uma de Turma do Scooby-Doo, mas querem tentar o truque do lápis? — sugeriu Ben. — Esfregar a ponta sobre os cheques em branco que estão embaixo dos que foram preenchidos? Rusty tinha uma mão de urso quando usava a caneta.

— Isso é brilhante, amor. — Charlie se levantou para procurar um lápis na mesa.

— Precisaremos das cópias oficiais — lembrou Sam. — Esfregar um lápis não vai nos dizer nada.

— Vai dizer pra quem ele fez os cheques.

Sam abraçou o caderno.

— Tenho várias contas no Banco da América. Posso ligar para eles amanhã e pedir as cópias. Precisaremos da certidão de óbito do papai. Charlie, tem certeza de que o papai não tinha um testamento? Devíamos procurar. Muitos idosos fazem testamentos sem contar para os filhos.

Charlie congelou. Sentiu o suor escorrendo pela nuca. Um carro estava vindo na direção da casa. O barulho inconfundível de quando a roda da frente bate no buraco. O rangido da borracha contra o barro.

— Deve ser Stanislav, meu motorista — explicou Sam. — Eu disse para ele me encontrar aqui. — Ela olhou para o relógio na mesa de Rusty. — Ele chegou rápido. Devia procurar uma caixa para guardar tudo isso.

— Ben... — falou Charlie.

— Eu vou. — Ben seguiu pelo corredor.

Charlie ficou parada na porta, acompanhando o progresso dele até a cozinha. Ele olhou pela janela. A mão dele envolveu a maçaneta. O coração dela tremeu de forma estranha no peito. Ela não queria que Ben estivesse na cozinha. Não queria que ele abrisse a porta.

Ben abriu a porta.

Mason Huckabee estava parado na varanda. Ele olhou para Ben, surpreso. Estava vestindo um terno preto com uma gravata azul e um boné militar.

Ben não falou com o homem. Ele se virou e voltou pelo corredor.

Charlie sentiu um enjoo. Ela correu para encontrar Ben. Bloqueou a passagem dele, com as mãos encostadas nas paredes.

— Me desculpe.

Ben tentou passar.

Charlie se manteve firme.

— Ben, não chamei ele aqui. Não quero ele aqui.

Ben não iria empurrá-la. Ele olhou para ela. Mascou a ponta da língua.

— Vou me livrar dele. Estou tentando me livrar.

Sam o chamou do escritório:

— Ben, pode me ajudar a embalar essas coisas?

Charlie sabia que Ben era cavalheiro demais para lhe dizer não.

Com relutância, deixou-o passar. Ela correu em direção à cozinha, praticamente galopando pelo corredor.

Mason acenou para ela, porque tinha um campo de visão livre até o final da casa. Ele teve o bom senso de não sorrir quando ela se aproximou.

— Me desculpe — falou ele.

— Você vai se lamentar por isso — sussurrou Charlie, com a voz rouca. — Não estava mentindo sobre a liminar. Só preciso de dois minutos para acabar com a merda da sua vida.

— Eu sei disso — falou ele. — Olha, me desculpa. Me desculpa mesmo. Só quero falar com você e com a sua irmã.

Charlie ignorou o desespero na voz dele.

— Não me importa o que você quer. Preciso que você vá embora.

— Charlie, deixe ele entrar — falou Sam.

Charlie se virou. Sam estava parada no corredor. Estava tocando a parede com os dedos de novo.

— Aqui. — Sam entrou na sala antes que Charlie pudesse lhe dizer não.

Mason entrou na cozinha sem ser convidado. Ele parou do lado de dentro da porta, tirou o boné. Ficou trocando o boné de mão. Olhou em volta do cômodo e não se impressionou. Rusty não mudara nada desde o dia em que foram para lá. As cadeiras bambas, a mesa lascada. A única coisa que faltava era o ar-condicionado que ficava na janela. Não havia como tirar os pedaços de Gamma das hélices.

— Por aqui. — Charlie olhou pelo corredor para ver se enxergava Ben. A porta do escritório de Rusty estava fechada. A caminhonete de Ben não tinha ido embora. Ele não abrira a porta dos fundos. Ele devia estar no escritório se perguntando por que a sua esposa era uma vadia.

— Sinto muito pelo seu pai — disse Mason.

Charlie se virou.

— Eu sei quem você é.

Mason pareceu assustado.

— Não sabia quando o conheci, óbvio, mas depois minha irmã me falou da sua e... — Ela deu de ombros para tentar achar as palavras certas. — Sinto muito pelo que aconteceu com ela. E com você e a sua família. Mas o que nós fizemos foi um erro que não vai se repetir, um grande erro. Eu amo meu marido.

— Você já disse isso. Entendo. Respeito. — Mason balançou a cabeça na direção de Sam. Ela abriu um espaço para se sentar em uma cadeira de encosto reto. A filmagem da câmera de segurança da escola estava pausada na TV na frente dela. Ben descobrira como fazê-la funcionar.

Mason encarou a tela enorme.

— Quem vai ser o advogado de Kelly agora?

— Vamos achar alguém em Atlanta — respondeu Sam.

— Posso pagar. Minha família tem dinheiro. Meus pais têm. Tinham. Eram donos de uma transportadora.

Charlie se lembrou dos anúncios que via quando era criança. "Huckabee Transportes".

— Sim. — Ele olhou para a filmagem de novo. — Isso é do outro dia?

Charlie não queria começar uma conversa.

— Por que você está aqui?

— É que... — Em vez de oferecer uma explicação para a sua presença contínua e indesejada, ele disse: — Kelly tentou se matar. Isso mostra remorso. Li sobre isso na internet, que o remorso é importante em casos de pena de morte. Então podem usar isso no julgamento para fazer o júri deixá-la viva ou talvez viva com chance de sair em condicional. Eles sabem disso, certo?

— Quem sabe? — perguntou Sam.

— A polícia. O promotor. Vocês.

— Eles dirão que isso foi uma atitude desesperada — disse Charlie. — Ela entregou a arma. Não puxou o gatilho.

— Ela puxou — retrucou ele. — Três vezes.

— O quê? — Sam se levantou da cadeira.

— Você não pode mentir sobre isso — acusou Charlie. — Havia outras pessoas lá.

— Não estou mentindo. Ela colocou a arma no peito. Você estava a seis metros de distância. Você deve ter visto ou, pelo menos, ouvido. Kelly pressionou o cano no peito e puxou o gatilho três vezes.

Charlie não tinha nenhuma lembrança daquilo.

— Eu ouvi os cliques — disse ele. — Aposto que Judith Pinkman também ouviu. Não estou inventando isso. Ela realmente tentou se matar.

— Então por que você não tirou a arma dela? — indagou Sam.

— Não sabia se ela tinha recarregado a arma. Eu sou um fuzileiro. Nós sempre presumimos que a arma está carregada a menos que tenhamos visto o pente vazio.

— Recarregado — repetiu Sam, dando ênfase à palavra. — Quando o tiroteio começou, quantos tiros você ouviu?

— Seis. Um, depois teve uma pausa, então três tiros rápidos na sequência, uma pausa rápida, outro tiro, mais uma pausa rápida e outro tiro. — Ele encolheu os ombros. — Seis.

Sam se sentou de novo. Ela enfiou a mão na bolsa.

— Tem certeza disso?

— Quando alguém atua em tantos combates quanto eu, aprende rápido a contar os disparos.

Ela estava com o caderno no colo.

— E o revólver de Kelly era de seis tiros?

— Sim, senhora.

— Estava descarregado quando você o pegou? — questionou Charlie.

Mason olhou nervoso para Sam.

— Agora seria um bom momento para explicar por que você o enfiou na parte de trás das suas calças — replicou Sam.

— Instinto. — Ele deu de ombros, como se não houvesse consequências por cometer o crime. — O policial não pegaria, então eu apenas o guardei, temporariamente, como você disse, na cintura, na minha calça. E depois nenhum dos policiais me perguntou da arma ou me revistou, eu saí e só depois que estava na minha caminhonete percebi que a arma ainda estava lá.

Sam não cutucou os furos daquela história frágil. Em vez disso, perguntou:

— O que fez com ela?

— Eu a desmontei e joguei no lago. Na parte mais profunda.

De novo, ela deixou passar.

— É possível dizer se uma arma está carregada só de olhar para ela?

— Não — disse Mason. — Quero dizer, em uma 9mm. o ferrolho vai para trás, mas você pode soltar a trava e...

— No revólver, depois que as balas são disparadas, as cápsulas ficam no cilindro — interrompeu Charlie.

— Ficam — confirmou Mason. — Todas as seis estavam no cilindro, então ela não a recarregou.

— O que significa que ela sabia que a arma estava descarregada quando puxou o gatilho três vezes — comentou Charlie.

— Você não tem como saber isso — insistiu Mason. — Kelly deve ter pensado...

— Verifique a sequência para mim, por favor. — Sam deslizou a caneta pelo caderno. Começou a escrever conforme falava. — Um tiro, pausa longa, três tiros rápidos, pausa curta, outro tiro, outra pausa breve e outro tiro. Certo?

Mason concordou com a cabeça.

— Houve outro tiro disparado depois que Lucy Alexander foi atingida no pescoço? — perguntou Sam.

— No chão. Quero dizer, é isso que suponho.

Sam ergueu as sobrancelhas.

— Vi um buraco de bala no chão, mais ou menos aqui — explicou ele, apontando para o lado direito da tela. Não aparece no vídeo por causa do ângulo da câmera. É mais perto da porta. Mais ou menos onde Kelly ficou quando a algemaram.

— Como o buraco se parecia? — quis saber Charlie.

— O azulejo estava lascado, mas não tinha perfurações em volta, então é provável que tenha sido disparado a uma distância de meio metro a um metro, no mínimo. Era oval, também. Como uma lágrima, então foi disparado de um ângulo. — Ele segurou a mão, o dedo indicador e o dedão em um gesto semelhante a uma arma. — Então, na cintura, talvez? Ela é mais baixa do que eu, mas o ângulo não era tão fechado. Você teria que medir o ângulo com um barbante. — Ele deu de ombros. — Não sou especialista nisso. Fiz uma aula como parte da minha educação continuada durante meu tempo servindo.

— Ela não queria matar Judith Pinkman, então disparou a última bala no chão — comentou Sam.

— Talvez — falou ele. — Mas ela conhecia os Pinkman há muito tempo e isso não a impediu de matar Doug.

— Ela os conhecia? — perguntou Sam.

— Kelly era a garota da água do time de futebol. Foi quando os rumores começaram sobre ela e um dos jogadores. Não tenho cem por cento de certeza sobre o que aconteceu, mas Kelly sumiu por duas ou três semanas e o garoto mudou de cidade, então... — Ele deu de ombros para resumir o restante, mas deveria estar se referindo aos rumores que incentivaram metade da escola a denegrir Kelly Wilson no seu próprio anuário.

— Douglas Pinkman era o treinador do time de futebol, então ele conhecia Kelly Wilson do seu período como garota da água — esclareceu Sam.

— Correto. Ela fez isso por duas temporadas, acho que com outra garota do grupo de edução especial. A secretaria de ensino soltou esse decreto que dizia que deveríamos integrar as crianças especiais em mais atividades extracurriculares: banda marcial, líderes de torcida, basquete, futebol. Era uma boa ideia. Acho que realmente ajuda alguns deles. É óbvio que não ajudou Kelly, mas...

— Obrigada. — Sam voltou para suas anotações. Ela virou as páginas devagar, fazendo anotações com a caneta. Ela não dispensara Mason e nem achara algo mais interessante.

Ele olhou para Charlie procurando alguma explicação.

Charlie só pôde dar de ombros também.

— O que você queria nos falar?

— Sim. — Ele trocou o boné de mão. — Se importa se eu usar seu banheiro antes?

Ela não podia acreditar que ele estava postergando aquilo.

— É no final do corredor.

Ele assentiu antes de sair, como se estivesse em uma sala de estar britânica.

Charlie se virou para Sam, que estava focada nas anotações.

— Por que você está falando com ele? Precisamos tirar ele daqui.

— Você pode olhar isso e me dizer o que está vendo? — Sam apontou para o lado direito da tela. — Não confio nos meus olhos. Essa sombra parece estranha para você?

Charlie ouviu Mason abrir a porta do banheiro, depois fechá-la. Graças a Deus ele não entrou no escritório de Rusty por engano.

— Por favor, me ajuda a me livrar dele — pediu Charlie.

— Eu vou — disse Sam. — Só veja o vídeo.

Charlie ficou parada em frente à tela gigante. Estudou a filmagem pausada. Podia ver que o ângulo da câmera estava virado para baixo, capturando apenas metade do corredor. O famoso ponto cego que Mason lhe contara. As luzes acima estavam ligadas, mas uma sombra estranha vinha do lado direito do corredor. Estreita, longa, quase como a perna de uma aranha.

— Espere — falou Charlie, mas não por causa do vídeo. — Como ele sabia onde é o banheiro?

— O quê?

— Ele andou direto para lá e abriu a porta. — Charlie sentiu um formigamento na coluna. — Ninguém advinha a porta certa, Sam. Há cinco opções e nenhuma delas faz sentido. Você sabe disso. É quase como uma piada que ninguém entende a graça. — O coração de Charlie começou a pulsar no fundo da garganta dela. — Acha que Mason conhecia o papai? Que já veio aqui antes? Tipo, muitas vezes antes, a ponto de saber onde fica o banheiro sem que ninguém aponte?

Sam abriu a boca. Depois, fechou.

— Você sabe de alguma coisa — pressupôs Charlie. — O papai contou pra você...

— Charlie, sente-se. Eu não sei de nada ao certo no momento, mas estou tentando entender.

A calma de Sam deixou Charlie ansiosa.

— Por que quer que eu me sente?

— Porque você está flutuando sobre mim como um drone militar.

— Você não podia dizer alguma coisa delicada, como um beija-flor?

— Beija-flores são bem perversos, na verdade.

— Chuck! — gritou Ben.

Charlie sentiu o coração disparar. Nunca o ouvira gritando tão alto antes.

— Chuck! — gritou ele de novo.

Os passos dele ecoaram pelo corredor. Ele disparou para a sala. Olhou para trás agitado.

— Você está bem? — Ben olhou por cima do ombro e por todo o corredor. — Onde ele está?

— Ben, o que... — falou Charlie.

— Onde ele está, porra?! — Ben gritou tão alto que ela colocou as mãos nos ouvidos. — Mason! — Ele golpeou a parede com o punho. — Mason Huckabee!

A porta do banheiro rangeu ao abrir.

— Seu puto! — berrou Ben, avançando em disparada pelo corredor.

Charlie correu atrás dele. Ela deslizou para frear quando Ben jogou Mason no chão.

Os punhos de Ben começaram a golpear. Mason levantou os braços, cobrindo o rosto. Charlie ficou horrorizada enquanto assistia ao marido batendo em outro homem.

— Ben! — Ela tinha que fazer alguma coisa. — Ben... Pare!

Sam agarrou Charlie pela cintura, a segurando para trás.

— Eu tenho que... — Charlie parou. Não sabia o que fazer. Mason mataria Ben. Ele tinha treinamento militar. — Sam, temos que...

— Ele não está revidando — observou Sam, quase como se estivesse narrando um documentário. — Olhe, Charlie. Ele não está revidando.

Sam tinha razão. Mason estava deitado no chão, suas mãos cobrindo o rosto, conforme absorvia cada golpe contra a sua cabeça, seu pescoço, seu peito.

— Seu covarde! — gritou Ben. — Mostra essa sua cara de merda!

Mason afastou as mãos.

Ben encaixou um golpe firme no queixo. Charlie ouviu dentes rachando. Sangue escorreu da boca de Mason. Ele ficou deitado lá, com as mãos para o lado e tomou os golpes.

Ben não parou. Ele bateu de novo, de novo e de novo.

— Não... — sussurrou Charlie.

O sangue respingou na parede.

As sobrancelhas de Mason se partiram contra a borda da aliança de Ben.

O lábio dele estava partido.

A pele na bochecha estava dilacerada.

Mason só ficou lá, aguentando.

Ben bateu nele de novo.

De novo.

— Me desculpe — pediu Mason, embolando as palavras. — Me desculpe.

— Seu maldito... — Ben levantou o braço, girando todo o corpo e, então, golpeou o queixo de Mason com o punho.

Charlie viu a pele da bochecha de Mason partir como o rastro de água atrás de um navio. Ela ouviu um barulho agudo de algo rachando, como um bastão acertando uma bola. A cabeça de Mason chicoteou para o lado.

As pálpebras dele piscaram.

O sangue escorria pela sua boca e pelo seu nariz.

Ele piscou de novo, mas não se moveu. O seu olhar se fixou na parede. O sangue pingava pelo rodapé empoeirado e se empoçava no chão de madeira.

Ben se sentou nos calcanhares. Estava ofegante por causa do esforço.

— Me desculpe — repetiu Mason. — Me desculpe.

— À merda com as suas desculpas. — Ben cuspiu na cara dele. Ele caiu de lado, com o ombro batendo na parede. As mãos caídas ao lado do corpo. Sangue escorrendo dos seus dedos. Não estava mais gritando. Estava chorando.

— Você... — Ele tentou de novo, a voz falhava. — Você deixou ele estuprar a minha esposa.

CAPÍTULO DEZOITO

CHARLIE SENTIU A VISÃO embaçando. O pânico se agarrou na garganta dela. Só conseguia gritar dentro da própria cabeça.

Ben sabia.

— Você contou para ele? — perguntou a Sam.

— Não — respondeu a irmã.

— Não minta para mim, Samantha. Só me conta.

— Charlie, você está focando na coisa errada.

Só havia uma coisa errada. O marido dela sabia o que acontecera com ela. Ele espancou um homem até quase deixá-lo inconsciente. Cuspiu nele e lhe disse...

Você deixou ele estuprar a minha esposa.

Deixou.

Charlie sentiu todo o ar saindo dos seus pulmões. A mão dela cobriu a boca quando a bile serpenteou pela garganta.

— Foi ele — falou Ben. — Não Daniel.

— Na floresta? — perguntou Charlie, com suas cordas vocais se forçando em torno das palavras. Ela vira a cara pavorosa de Zachariah Culpepper. O golpeara com tanta força que a cabeça dele chicoteou para trás. O sangue escorreu da sua boca. E, depois, Daniel Culpepper o jogara no chão e começara a bater nele da mesma forma que Ben acabara de bater em Mason Huckabee.

Só que não era Daniel Culpepper na floresta.

— Você atacou Zachariah. — Ela teve que engolir antes de acrescentar: — Você chegou tarde demais.

— Eu sei. — Mason rolou sobre as costas. Ele cobriu os olhos com a mão. — Na casa. Na floresta. Sempre cheguei tarde demais.

Charlie sentiu uma fraqueza nos joelhos. Ela apoiou o ombro na parede.

— Por quê?

Mason moveu a cabeça de um lado para o outro. A sua respiração era pesada. O sangue borbulhava no nariz.

— Conta pra elas — falou Ben, com os punhos cerrados.

Mason limpou o nariz com as costas das mãos. Olhou para Ben, para Sam e depois para Charlie.

— Contratei Zach para me ajudar a dar um fim em Rusty. Dei para ele tudo que tinha economizado para a faculdade. Eu sabia que ele devia um dinheiro para Rusty, mas... — Ele parou, a voz dele oscilava. — Vocês duas deveriam estar na pista de corrida treinando. Íamos pegar Rusty, levá-lo até a rodovia de acesso e dar um fim nele. Zach receberia três mil, além de zerar suas dívidas. Eu teria minha vingança... — Ele olhou para Sam e, de novo, para Charlie. — Tentei parar Zach quando vi que o seu pai não estava aqui, mas ele...

— Você não precisa nos contar o que ele fez. — As palavras de Sam saíram sob tanta tensão que eram quase inaudíveis à sua volta.

Mason cobriu o rosto de novo. Começou a chorar.

Charlie ouviu os soluços secos dele e quis socá-lo na garganta.

— Eu ia levar a culpa pela sua mãe — falou ele. — Eu disse isso na floresta. Cinco vezes, pelo menos. Vocês duas me ouviram. Nunca quis que nada daquilo acontecesse. — A sua voz falhou de novo. — Quando sua mãe levou o tiro, fiquei amortecido, tipo, não podia acreditar. Me senti mal, trêmulo, queria fazer alguma coisa, mas estava com medo de Zach. Vocês sabem como ele é. Todos estávamos com medo dele.

Charlie sentiu o ódio sendo bombeado em cada artéria do seu corpo.

— Não venha com *nós* nessa história, seu imbecil patético. Não tinha *nós* na cozinha além de mim e de Sam. *Nós* fomos levadas à força para fora da casa. *Nós* fomos para a floresta sob a mira de uma arma. *Nós* estávamos apavoradas com medo de morrer. *Você* atirou na cabeça da minha irmã. *Você* a enterrou viva. *Você* deixou aquele monstro me perseguir pela floresta, me estuprar, me bater, tirar tudo, *tudo mesmo*, de mim. Foi você, Mason. Tudo isso foi culpa sua.

— Eu tentei...

— Cale-se. — Charlie fechou o punho e parou sobre ele. — Você pode dizer a si mesmo que tentou parar aquilo, mas não tentou. Deixou acontecer.

Ajudou a acontecer. *Você* puxou o gatilho. — Ela parou, tentando recuperar o fôlego. — Por quê? Por que fez isso? O que fizemos para você?

— A irmã dele — respondeu Sam. A voz dela possuía um tipo de calma mortal. — Foi isso que ele quis dizer sobre se vingar. Mason e Zachariah apareceram no mesmo dia em que Kevin Mitchell se livrou da acusação de estupro. Nós presumimos que tudo foi por conta das dívidas dos Culpepper, quando, na verdade, foi por que Mason Huckabee estava louco o suficiente para matar, mas assustado demais para fazê-lo com as próprias mãos.

A língua de Charlie virou chumbo. Ela teve que se apoiar na parede de novo para não cair.

— Eu achei a minha irmã — contou Mason. — Ela estava no celeiro. O pescoço dela estava... — Ele balançou a cabeça. — Ela estava atormentada pelo que aquele desgraçado fez com ela. Não conseguia sair da cama. Só chorava o tempo todo. Você não sabe o que é se sentir tão inútil, tão desamparado. Eu queria que alguém fosse punido. Alguém tinha que ser punido.

— E você veio atrás do meu pai? — Charlie sentiu a vibração nas mãos que agora já lhe era familiar. Se espalhou pelos braços, pelo peito. — Você veio aqui matar meu pai e você...

— Me desculpe. — Mason voltou a chorar. — Me desculpe.

Charlie queria chutá-lo.

— Não chora, porra. Você atirou na cabeça da minha irmã.

— Foi um acidente.

— Não importa! — gritou Charlie. — Você atirou nela! Você a enterrou viva!

Sam abriu o braço. Impediu Charlie de ficar sobre Mason, de bater nele da mesma forma que Ben fizera.

Ben.

Charlie olhou para o marido. Ele estava sentado no chão, com as costas contra a parede. Os seus óculos tinham respingos de sangue e estavam tortos no rosto dele. Ele continuava flexionando as mãos, abrindo as feridas, incentivando o sangue a escorrer.

— Por que Rusty estava emitindo cheques para o filho de Zachariah Culpepper? — questionou Sam.

Charlie estava tão em choque que não podia mover a boca para formar uma pergunta.

— A numeração dos cheques — explicou Sam. — Doze cheques ao ano por 28 anos e quatro meses, dão o total de 340 cheques.

— Essa é a numeração atual — Charlie se lembrou.

— Certo — confirmou Sam. — E tem também o saldo. Você começou com um milhão, certo?

Ela estava perguntando para Mason.

Devagar, relutante, Mason concordou.

Sam disse:

— Se você começar com um milhão e tirar dois mil dólares por mês por 28 anos e pouco, isso deixa aproximadamente 320 mil — disse ela, e virou-se para Mason. — Tudo começou a fazer sentido quando você disse que seus pais tinham dinheiro. Lá em 1989, mais ninguém em Pikeville tinha esse tipo de fortuna e menos ainda esse tipo de poder. Trocaram sua liberdade por um milhão de dólares. Isso era uma fortuna na época. Mais dinheiro do que os Culpepper veriam em toda sua vida. Ele barganhou o irmão morto pelo filho que ainda não tinha nascido.

Mason olhou para ela. Concordou devagar.

— Qual a participação do meu pai nessa história? Ele fez o acordo entre vocês e Culpepper? — perguntou Sam.

— Não.

— Então, o quê? — Sam exigiu saber.

Mason virou de lado. Se forçou a levantar. Sentou com as costas contra a porta. A fita que Rusty usara na janela formou um tipo de raio sobre a cabeça dele.

— Eu não sabia de nada disso.

Ben ameaçou Mason.

— Você vai apodrecer no inferno por arrastar Rusty na sua mentira.

— Não era Rusty. Não a princípio. — Mason estremeceu conforme tocou o queixo. — Meus pais fizeram o acordo. Na noite que aconteceu. Eu andei até em casa. Dez quilômetros. Zach pegou meus sapatos e a minha calça porque tinha o DNA dele. Estava seminu e coberto de sangue quando cheguei em casa. Confessei para os meus pais. Queria ir para a polícia. Eles não me deixaram. Descobri depois que mandaram um advogado conversar com Zach.

— Rusty — completou Ben.

— Não, alguém de Atlanta. Não sei quem. — Mason mexeu a mandíbula. A articulação estalou. — Me deixaram de fora. Não tive escolha.

— Você tinha dezessete anos — falou Sam. — Tenho certeza que tinha um carro. Poderia ter ido até a polícia por conta própria ou esperado até fazer dezoito anos.

— Eu queria — insistiu Mason. — Me trancaram no meu quarto. Quatro caras vieram. Me levaram para uma academia militar no norte. Me alistei aos fuzileiros assim que completei dezoito anos. — Ele limpou o sangue dos olhos. — Fui para o Afeganistão, o Iraque, a Somália. Continuei me oferecendo como voluntário. Queria merecer, sabe? Queria usar a minha vida para ajudar outras pessoas. Para me redimir.

Charlie mordeu o lábio com tanta força que sentiu a pele sangrar. Não havia redenção, não importava em quantos países ele tivesse espetado alfinetes no seu mapa estúpido.

— Completei meus vinte anos de serviço — falou Mason. — Voltei para cá. Fui para a escola. Achei que seria importante retribuir aqui, nessa cidade, para essas pessoas.

Ben se levantou. As mãos dele ainda estavam fechadas. Ele andou pelo corredor. Charlie estava com medo de ele continuar até a porta dos fundos, mas ele parou perto do iPhone de Mason. Afundou o calcanhar no vidro, quebrando-o em pedacinhos.

Ben levantou o sapato. Tinha vidro pendurado na sua sola.

— Daniel Culpepper foi assassinado por sua causa — acusou ele.

— Eu sei — confirmou Mason, mas estava errado.

Charlie foi quem apontou Ken Coin na direção de Daniel.

— Ele chamou você de "irmão" — disse ela.

Mason balançou a cabeça.

— Ele chamava muita gente de irmão. É só uma coisa que os caras fazem.

— Não importa — retrucou Ben. — Nenhum de vocês deveria ter vindo aqui para começo de conversa. O que aconteceu depois disso é culpa sua.

— É — concordou Mason. — É minha culpa. Tudo minha culpa.

— Como as suas roupas e a arma acabaram chegando no trailer de Daniel? — quis saber Sam.

De novo, Mason balançou a cabeça, mas não era difícil descobrir a resposta. Ken Coin plantara a evidência. Ele armara para um homem inocente e deixara o culpado escapar.

— Minha mãe me contou sobre o acordo depois que o meu pai morreu — confessou Mason. — Eu estava em missão na Turquia, tentando ajudar as pessoas. Voltei para o funeral. Ela estava preocupada que algo pudesse acontecer e que Zach renegasse sua parte no acordo.

— Só para esclarecer, o acordo era que Zach ficaria em silêncio sobre a inocência de Daniel e sobre a sua culpa em troca de dois mil dólares ao mês a serem pagos pelos seus pais para o filho dele, Danny Culpepper? — resumiu Sam.

Mason concordou com a cabeça.

— Eu não sabia. Não até a minha mãe me contar. Oito anos tinham se passado. Culpepper ainda estava no corredor da morte. Ele continuava escapando da execução.

Charlie apertou a mandíbula. Oito anos após o assassinato. Oito anos após Sam se desenterrar da cova. Oito anos após Charlie ser rasgada em pedaços.

Sam estava começando o mestrado na Northwestern. Charlie estava se candidatando para o curso de direito, rezando para poder começar uma vida nova.

— Como amarraram meu pai nisso? — perguntou Sam.

— Vim até ele para confessar — contou Mason. — Aqui, nessa casa. Sentamos na cozinha. Não sei por quê, mas, de certa forma, facilitou as coisas sentar àquela mesa e tirar esse peso de mim. Na cena do crime. Vomitei de colocar tudo para fora, cada parte da verdade. Eu lhe contei como estava devastado por causa de Mary-Lynne, como paguei para Zach me ajudar a me vingar. Quando a gente é jovem como eu era, não vê as coisas com clareza. Você não entende como o mundo funciona. Não compreende que há consequências que não se pode prever. Más escolhas, atitudes ruins, podem corromper você. — Mason estava assentindo, como se concordasse consigo mesmo. — Queria explicar para Rusty o que tinha acontecido, *por que* tinha acontecido, de homem para homem.

— Você não é um homem — disse Charlie, enojada com a ideia de Mason e Rusty sentados na cozinha onde Gamma morrera, revoltada por isso ter lhe trazido absolvição em vez de dor. — Você é culpado de tentativa de homicídio. Cúmplice em um estupro. Cúmplice no assassinato da minha mãe. Culpado por rapto. Por sequestro de menores. Pela invasão da merda desse domicílio. — Não conseguia deixar de pensar em todas as namoradas que ele tivera, as festas em que fora, os aniversários, as comemorações de ano-novo, enquanto Sam acordava todos os dias rezando para poder pelo menos andar. — Se alistar aos fuzileiros não faz de você um bom homem. Só mostra que você é um covarde que foge das coisas.

A voz de Charlie saiu tão alta que ela ouviu as próprias palavras ecoando pelo corredor.

— Rusty o fez assinar uma confissão. — Ben olhou para Sam, não para Charlie. — Achei no cofre.

Charlie olhou para o teto. Deixou as lágrimas caírem. Nunca se perdoaria por fazer Ben encontrar aquele papel.

— Eu *quis* assinar a confissão — confessou Mason. — Queria me entregar. Estava mal por aquilo, pelas mentiras, pela culpa.

Sam se segurou no braço de Charlie como se tentasse manter as duas firmes naquele lugar.

— Por que meu pai não entregou você?

— Ele não queria outro julgamento — respondeu Mason. — Vocês duas estavam vivendo suas vidas, deixando aquilo pra trás.

— Deixando pra trás — murmurou Charlie.

— Rusty não queria aquilo dragando tudo de novo, fazendo você voltar para casa, forçando Charlie a depor — prosseguiu Mason. — Não queria que ela tivesse que...

— Mentir — completou Sam.

A caixa, lacrada há tanto tempo, guardada no alto da prateleira. Rusty não quisera forçar Charlie a escolher entre mentir no tribunal e a abrir a caixa para o mundo todo ver.

As garotas Culpepper.

A tortura pela qual aquelas vadias nojentas a fizeram passar, ainda a fazem passar. O que diriam, o que fariam, se surgisse a prova de que estavam certas sobre a inocência de Daniel o tempo todo?

Elas sempre *estiveram* certas.

Charlie apontara o dedo para o homem errado.

— Por que meu pai fazia os cheques? — perguntou Sam.

— Essa foi uma das exigências de Rusty — respondeu Mason. — Ele queria que Zach soubesse que ele sabia, que soubesse que outra pessoa poderia acabar com o acordo, cortar o dinheiro de Danny, se Zach não ficasse de boca fechada.

— Isso colocou um alvo nas costas dele — falou Charlie. — Culpepper poderia ter mandado matá-lo.

Mason balançou a cabeça de novo.

— Não se quisesse que os cheques continuassem indo para o filho.

— Você acha que ele se importa com o filho? — perguntou Sam. — Culpepper estava atormentando o meu pai. Sabia disso? Todo mês mandava uma carta para Rusty dizendo *Você me deve*. Só para esfregar na cara dele. Para lembrar a Rusty que ele podia destruir nossas vidas, roubar nossa paz e nosso senso de segurança a qualquer momento.

Mason não disse nada.

— Sabe o nível de estresse que você causou ao nosso pai? Mentir para a gente. Esconder a verdade. Ele não estava preparado para esse tipo de armação. Já tinha passado pelo assassinato da esposa, pela filha que ficou à beira da morte, pela Charlie sendo... — Sam balançou a cabeça. — O coração de Rusty já era fraco. Sabia disso? Sabe o quanto suas mentiras, sua culpa e sua covardia contribuíram para a saúde debilitada dele? Talvez por isso ele bebesse tanto, para afastar o gosto amargo da própria cumplicidade. A cumplicidade para qual você o arrastou. Ele teve que viver com isso a cada dia. A cada mês que redigia aquele cheque ele sempre me ligava...

Sam perdeu o controle. Tirou os óculos. Apertou os dedos nas pálpebras.

— Ele estava nos protegendo todos esses anos por sua causa — concluiu ela.

Mason se inclinou entre os joelhos. Se estava chorando de novo, Charlie não se importou.

— Por que você está aqui? — questionou Ben. — Achou que podia convencê-las a não entregarem você?

— Vim pra confessar — respondeu Mason. — Dizer que sinto muito. Que tenho tentado todos os dias compensar o que fiz. Recebi medalhas. — Ele olhou para Sam. — Tenho medalhas de combate, uma é o Coração Púrpura, outra...

— Não me importa — interrompeu Sam. — Você teve 28 anos da sua vida para se apresentar como culpado. Poderia ter ido a qualquer delegacia de polícia, confessado e recebido sua pena, mas teve medo de acabar condenado à prisão perpétua ou no corredor da morte, da mesma forma que Zachariah Culpepper.

Mason não respondeu, mas a verdade falava por si só.

— Você sabia que eu nunca disse pra ninguém o que aconteceu na floresta — concluiu Charlie. — Foi assim que você convenceu meu pai a ficar do seu lado, não é? Chantageando ele. Meus segredos pelos seus.

Mason limpou o sangue da boca. Permaneceu em silêncio.

— Você sentou naquela cozinha onde minha mãe foi morta e disse para o meu pai que usaria o dinheiro da sua família para lutar contra uma acusação de homicídio, não importava quem fosse prejudicado, não importava o que surgisse durante o julgamento. Sam teria sido arrastada até aqui. Eu seria forçada a testemunhar. Você sabia que o papai não permitiria que isso acontecesse com a gente.

Mason só perguntou.

— O que vocês vão fazer agora?

— É o que você vai fazer — retrucou Sam. — Você tem exatamente vinte minutos para dirigir até a delegacia e confessar oficialmente, e sem um advogado, por mentir à polícia e por ter pego a arma de Kelly Wilson da cena de um homicídio duplo ou, por Deus, levarei sua confissão escrita de tentativa de homicídio e conspiração para cometer homicídio direto para o chefe de polícia. Essa cidade não se esquece, Mason. Sua desculpa de que estava só parado lá, de que foi um acidente, ainda caracteriza seu ato como homicídio. Se não fizer o que eu disse agora, vai acabar em uma cela ao lado de Zachariah Culpepper, que é onde você deveria ter passado os últimos 28 anos.

Mason limpou as mãos nas calças. Esticou o braço para pegar o telefone quebrado.

Ben chutou o aparelho para longe. Ele abriu a porta dos fundos.

— Saia.

Mason se levantou. Não falou nada. Virou e saiu da casa.

Ben bateu a porta com tanta força que uma nova rachadura se espalhou pela janela.

Sam colocou os óculos de volta.

— Onde está a confissão? — perguntou ela a Ben.

— No cofre, com as cartas.

— Obrigada. — Sam não foi para o escritório.

Andou até a sala.

Charlie hesitou. Não sabia se a seguia ou não. O que poderia dizer à irmã que tivesse qualquer chance de fazer qualquer uma das duas se sentir melhor? O homem que atirou na cabeça de Sam, que a enterrou viva, acabara de sair pela porta dos fundos com nada além de uma ameaça para forçá-lo a fazer a coisa certa.

Ben virou a trava na porta.

— Está tudo bem com você? — perguntou Charlie a Ben.

Ele tirou os óculos, limpou o sangue das lentes.

— Nunca estive em uma briga de verdade antes. Não em uma em que fui capaz de bater em alguém.

— Me desculpe. Me desculpe por você ter se irritado. Me desculpe por mentir. Me desculpe por você ter lido sobre o que aconteceu em vez de ter me ouvido contando.

— Não havia nada na confissão sobre o que Zachariah fez a você. — Ben colocou os óculos de volta. — Rusty me contou.

Charlie ficou sem palavras. Rusty nunca traíra a confiança dela.

— No fim de semana passado — prosseguiu Ben. — Ele não me contou que Mason estava envolvido, mas me contou o restante. Disse que o maior pecado que ele já cometera contra alguém na vida foi fazer você guardar isso em segredo.

Charlie esfregou os próprios braços, incapaz de resistir a um frio repentino.

— O que aconteceu com você... Eu sinto muito, mas não me importo.

O desprezo dele fez Charlie sentir uma dor quase física.

— Não falei isso do jeito certo. — Ben tentou explicar: — Sinto muito que tenha acontecido, mas não importa. Não me importo que você tenha mentido. Não me importo, Chuck.

— Foi por isso que... — Charlie olhou para o chão. Como sempre, Mason Huckabee deixara um rastro de sangue ao sair da casa.

— Foi por isso o quê? — Ben estava parado na frente dela. Ele ergueu o queixo. — Chuck, fala. Guardar essas coisas está matando você.

Ele já sabia. Ele sabia de tudo. E, ainda assim, ela lutou para pôr em palavras seu próprio fracasso.

— Os abortos. Foram por causa do que aconteceu.

Ben apoiou as mãos nos ombros dela. Esperou até que ela o olhasse nos olhos.

— Quando eu tinha nove anos, Terri chutou minhas bolas e eu mijei sangue por uma semana.

Charlie começou a falar, mas ele balançou a cabeça, dizendo para não o fazer.

— Quando eu tinha quinze anos, um atleta imbecil da escola me deu um soco lá. Eu estava de boa com o meu grupinho nerd, fechado no meu mundo, e ele me deu um soco tão forte nas bolas que elas foram até a minha bunda.

Ben pressionou os seus dedos nos lábios de Charlie para que ela não o interrompesse.

— Eu fico com o meu celular no bolso da frente. Sei que não deveria, porque frita o esperma, mas faço isso mesmo assim. E não consigo usar samba-canção. Você sabe que eu odeio o jeito que ela se amontoa. E me masturbei demais. Quero dizer, ainda faço isso um pouco hoje em dia, mas, quando era moleque, era medalhista olímpico nessa modalidade. Era o único membro do fã-clube de *Star Trek* na minha escola, colecionava quadrinhos e tocava o triângulo na banda. Nenhuma garota olhava para mim. Nem mesmo as cheias de espinha. Me masturbava tanto que minha mãe me levou ao médico porque estava preocupada que formassem bolhas na pele.

— Ben...

— Chuck, me ouça. Na minha formatura me vesti com uma camisa vermelha com insígnia e tudo, como se fosse um membro da frota estelar de *Star Trek*. E não era uma festa à fantasia. Eu era o único cara que não estava de terno. Achava que estava sendo irônico.

Charlie finalmente sorriu.

— É óbvio que eu não esperava procriar. Não faço nem ideia de como acabei ficando com alguém tão linda como você ou por que não podemos... — Ele não falou as palavras. — É só a carta que tiramos, amor. Não sabemos se foi alguma coisa que aconteceu comigo ou com você ou se foi a boa e velha seleção natural, mas é assim que as coisas são e estou dizendo que não me importo.

Charlie limpou a garganta.

— Kaylee poderia lhe dar um filho.

— Kaylee me deu gonorreia.

Charlie deveria ter se sentido magoada, mas a primeira emoção que registrou foi preocupação. Ben era alérgico à penicilina.

— Você teve que ir para o hospital?

— Passei os últimos dez dias indo e vindo de Ducktown para que ninguém daqui descobrisse.

Isso a fez se sentir magoada.

— Então, é recente.

— A última vez foi há quase dois meses. Pensei que só estava com dificuldade para urinar.

— Você não achou que era um sinal para ir ao médico?

— Depois de um tempo, ficou óbvio. Mas foi por isso que eu não... na outra noite, com você. O exame diz que eu estou bem, mas não me senti pronto pra contar pra você. E fui lá pra ver como você estava porque estava preocupado. Não precisava de nenhum arquivo. Não havia nenhum acordo dando errado.

Charlie não se importou com a mentira.

— Quanto tempo durou?

— Não durou. Foram só quatro vezes e foi divertido na primeira vez, mas as outras foram meio deprimentes. Ela é tão jovem. Ela acha que Kate Mulgrew só ficou famosa depois de *Orange is the New Black*.

— Uau — disse Charlie, tentando fazer uma piada para não chorar. — Como ela conseguiu terminar a faculdade?

Ben tentou fazer uma piada também.

— Você tem razão sobre ficar por cima. Dá muito trabalho.

Charlie se sentiu nauseada.

— Obrigada pela imagem.

— Tente nunca mais ser capaz de espirrar de novo.

Charlie mordeu a parte de dentro da bochecha. Ela nunca deveria ter contado os detalhes para ele. Tinha certeza de que não desejava ouvir os detalhes dele.

— Vou ajudar Sam a embalar as coisas — sugeriu ele.

Charlie concordou, mas não queria que ele fosse embora, nem mesmo que saísse do corredor.

Ben beijou a testa dela. Ela se encostou nele, sentindo o cheiro de suor e do sabão em pó errado que ele estava usando nas camisas.

— Estarei no escritório do seu pai — falou ele.

Charlie observou o seu jeito de andar bobo e curvilíneo conforme ele caminhou.

Ben não saiu da casa.

Isso tinha que significar alguma coisa.

Charlie não foi de imediato até Sam. Ela se virou. Olhou para a cozinha. A porta estava aberta. Podia sentir a brisa fria entrando. Tentou levar a memória para aquele momento em que abriu a porta, esperando encontrar Rusty e, em vez disso, viu dois homens, um de preto e outro usando uma camiseta do Bon Jovi.

Um com uma espingarda.

Outro com um revólver.

Zachariah Culpepper.

Mason Huckabee.

O homem que chegara tarde demais para parar o estuprador de Charlie era o mesmo com quem ela fez sexo frenético no estacionamento do Shady Ray's.

O mesmo homem que atirara na cabeça da sua irmã.

Que enterrou Sam em uma cova rasa.

Que espancou Zachariah Culpepper, mas só depois dele retalhar Charlie em um milhão de pedacinhos.

— Charlie? — chamou Sam.

Ela estava sentada na cadeira de encosto reto quando Charlie entrou na sala. Não estava jogando coisas, nem estava agitada ou fazendo aquela cara de que algo que estava fermentando devagar estava prestes a estourar. Em vez disso, estudava alguma coisa no seu bloco de notas.

— Que dia complicado — falou Sam.

Charlie riu da afirmação.

— Como você descobriu isso tão rápido?

— Sou sua irmã mais velha. Sou mais esperta que você.

Charlie não podia oferecer nenhuma evidência do contrário.

— Acha que Mason vai para a delegacia como você disse?

— Pareceu para você que eu não cumpriria minha ameaça?

— Pareceu que você o mataria se alguém colocasse uma faca na sua mão. — Charlie se estremeceu com o pensamento, mas só porque não queria que Sam ficasse com as mãos literalmente sujas de sangue. — Ele não mentiu só para o DIG. Mentiu para um agente do FBI.

— Tenho certeza de que o oficial que o prender vai ficar mais do que feliz em explicar a diferença entre contravenção e crime.

Charlie sorriu com o truque, o qual significaria anos em uma prisão federal em vez de uma liberdade condicional monitorada depois de semanas na cadeia do condado.

— Por que está tão calma agora?

Sam balançou a cabeça, sem certeza.

— Choque? Alívio? Sempre achei que Daniel escapou de alguma coisa, que não tinha sofrido o suficiente. De uma forma estranha, me traz uma certa satisfação saber que Mason ficou atormentado. E também que ele vai para uma prisão federal por cinco anos, pelo menos. Isso é o que eu espero, a menos que os promotores queiram que eu os atormente pelo restante das suas existências.

— Acha que Ken Coin vai fazer a coisa certa?

— Aquele homem nunca fez a coisa certa na vida. — Os lábios dela se curvaram em um sorriso discreto. — Talvez tenha um jeito de passar uma rasteira nele.

Charlie não lhe pediu para explicar como esse milagre aconteceria. Homens como Coin sempre davam um jeito de rastejar de volta até o topo.

— Fui eu quem apontou o dedo para Daniel. Disse que Zachariah o chamou de irmão.

— Não se culpe, Charlie. Você tinha treze anos. E Ben tem razão. Para começo de conversa, se Mason e Zachariah não tivessem vindo aqui, nada teria acontecido. Ken Coin foi quem decidiu incriminar e matar Daniel. Não se esqueça disso.

— Coin também parou a investigação para encontrar o verdadeiro atirador. — Charlie se sentiu mal quando considerou sua participação involuntária no esquema de acobertamento. — Será que seria tão difícil perceber que o garoto rico que de repente foi mandado para a escola militar no meio da noite estava envolvido?

— Tem razão. Zachariah teria entregue Mason sem pedir nada em troca — concordou Sam. — Quero me importar com Daniel, até com Mason, mas não consigo. Sinto como se isso tivesse ficado para trás. É estranho?

— Sim. Não. Não sei. — Charlie sentou no espaço livre que Rusty reservava no sofá para ele. Tentou analisar suas emoções, explorar como se sentia sobre tudo que Mason contara. Percebeu que havia uma sensação de leveza no seu peito. Esperava sentir um alívio depois de dizer a Sam a verdade sobre o que acontecera na floresta, mas não tinha sentido isso.

Até aquele momento.

— E o papai? — perguntou Charlie. — Ele escondeu isso da gente.

— Ele estava tentando nos proteger. Como sempre fez.

Charlie levantou a sobrancelha diante da conversão repentina da irmã para o lado de Rusty.

— O perdão tem seu valor — falou Sam.

Charlie não tinha tanta certeza disso. Ela se afundou de volta no sofá. Olhou para o teto.

— Me sinto tão cansada. Do jeito que os condenados se sentem quando confessam. Eles caem rápido no sono. Nem sei dizer quantas vezes estava no meio de um interrogatório em que o criminoso começou a roncar do nada.

— É o alívio — disse Sam. — E estou errada por não sentir culpa por Daniel ser uma vítima tanto quanto a gente nisso tudo?

— Se você está, eu também estou — admitiu Charlie. — Sei que Daniel não merecia morrer daquele jeito. Posso dizer a mim mesma que ele era um

Culpepper e uma hora ou outra acabaria atrás das grades ou embaixo da terra, mas ele deveria ter tido o luxo de fazer as próprias escolhas.

— Ao que tudo indica, o papai superou isso — observou Sam. — Ele passou a maior parte da vida livrando homens culpados das suas penas, mas nunca limpou o nome de Daniel.

— "Nada é mais enganoso do que a aparência da humildade."

— Shakespeare?

— Sr. Darcy para Bingley.

— De todas as pessoas.

— Se não foi o orgulho dele, foi seu preconceito.

Sam riu, mas ficou séria.

— Estou contente pelo papai não ter nos contado sobre Mason. Acho que consigo lidar com isso agora, mas na época? — Ela balançou a cabeça. — Sei que isso parece horrível, porque é óbvio que essa decisão assombrou o papai, mas quando penso no estado que a minha mente estava oito depois de levar o tiro, acredito que voltar aqui para testemunhar teria me matado. Que tal essa hipérbole?

— Bem precisa, se me incluir também. — Charlie sabia que um julgamento teria acelerado sua trajetória ladeira abaixo. Não teria ido para a faculdade de Direito. Não conheceria Ben. Ela e Sam não falariam uma com a outra. — Por que sinto que posso lidar melhor com isso agora? O que mudou?

— Essa é uma questão complexa com uma resposta tão complexa quanto.

Charlie riu. Esse era o verdadeiro legado de Rusty. Elas passariam o restante da vida citando um morto que citava outros mortos.

— O papai devia saber que acharíamos a confissão no cofre — disse Sam.

Charlie viu com facilidade uma das apostas altas de Rusty.

— Aposto que ele pensou que viveria para ver a data da execução de Zachariah Culpepper.

— Aposto que ele achou que descobriria um jeito de consertar tudo sozinho.

Charlie pensou que era provável que as duas estivessem certas. Não havia um prato equilibrado sobre uma vareta que Rusty não tentasse manter girando.

— Quando pequena, achava que a motivação do papai para ajudar as pessoas era o seu senso ardoroso de justiça. Depois que fiquei mais velha, passei a achar que era porque ele adorava se ver como esse anti-herói babaca lutando pela justiça.

— E agora?

— Acho que ele sabia que pessoas ruins faziam coisas ruins, mas, mesmo assim, acreditava que elas mereciam uma chance.

— Essa é uma visão bem romântica do mundo.

— Estava falando sobre o papai, não sobre mim. — Charlie se entristeceu por estarem falando sobre Rusty no passado. — Ele estava sempre procurando o seu unicórnio.

— Que bom que você tocou nesse assunto — falou Sam. — Acho que ele encontrou um.

CAPÍTULO DEZENOVE

CHARLIE FICOU COM O nariz a alguns centímetros da televisão. Analisou o canto direito da reprodução pausada da filmagem das câmeras de segurança da escola por tanto tempo que a vista começara a embaçar. Deu um passo para trás. Piscou para a visão voltar ao normal. Estudou a imagem inteira. O corredor longo e vazio. O tom vívido do azul dos armários perdeu seu brilho na reprodução da câmera antiga. O ângulo das lentes era para baixo, capturando o corredor aproximadamente até o meio. Os olhos dela voltaram para o canto. Havia uma porta, provavelmente fechada, que, por um milímetro, ficou fora da cena, mas era claro que estava lá. A luz vinda pela janela projetava uma sombra a partir de algo que se esgueirava de dentro do corredor.

— É a sombra de Kelly? — perguntou Charlie, apontando para além da TV, como se as duas estivessem de pé no corredor da escola e não na sala de estar de Rusty. — Ela deveria estar parada aqui, certo?

Sam seguiu o próprio conselho. Virou a cabeça e usou o olho bom para ver a imagem.

— O que mais você vê?

— Isso. — Charlie apontou para a sombra se esgueirando pelo corredor. — É uma linha fininha meio desfocada, como a perna de uma aranha.

— Tem alguma coisa estranha nisso. — Sam estreitou os olhos, estava claro que ela viu algo que Charlie não conseguiu enxergar. — Não acha que tem alguma coisa estranha?

— Posso tentar aumentar. — Charlie pegou o computador de Ben, mas, então, lembrou que não fazia nem ideia do que estava fazendo. Apertou teclas aleatórias. Tinha que haver um meio de fazer isso.

— Vamos chamar Ben para ajudar — sugeriu Sam.

— Não quero que Ben ajude. — Charlie se inclinou para ler o menu dos ícones. — Paramos a conversa em um ponto muito bom...

— Ben!

— Você não tem um voo para pegar?

— O avião não sai sem mim. — Sam usou as mãos para enquadrar a parte superior direita da filmagem. — Não está certo. O ângulo não funciona.

— Qual ângulo? — perguntou Ben.

— Esse. — Charlie apontou para a sombra. — Parece a perna de uma aranha para mim, mas o Sherlock Holmes ali está vendo o cão de Baskerville.

— Está mais para *Um estudo em vermelho* — retrucou Sam, mas isso não esclarecia o que estava pensando. — Ben, pode ampliar esse canto superior direito?

Ben fez alguma mágica no computador e o canto da cena foi isolado e, na sequência, ampliado para preencher toda a tela. Como o marido dela não era um mago da informática em um filme de Jason Bourne, a imagem não ficou mais nítida, só mais borrada.

— Ah, estou vendo. — Ben apontou para a perna peluda da aranha. — Achei que fosse uma sombra, mas...

— Não seria uma sombra — falou Sam. — As luzes não estão no corredor. Estão nas salas. Sem uma terceira fonte de luz, as sombras seriam projetadas para trás da porta, não para a frente.

— Certo, sim. — Ben começou a assentir. — Achei que estava vindo da porta aberta, mas parece que está despontando.

— Correto — disse Sam. Ela sempre fora boa com quebra-cabeças. Dessa vez, parecia que ela descobrira a solução antes mesmo de Charlie compreender que existia um problema a ser resolvido.

— Não consigo ver nada — admitiu Charlie. — Não dá para contar o que é?

— Acho melhor que vocês validem de forma independente minha suposição — comentou Sam.

Charlie queria jogá-la pela janela como um saco de esterco.

— Você acha mesmo que esse é o momento para usar um método socrático?

— Sherlock ou Sócrates. Escolha um e não mude mais. — Sam se virou para Ben e perguntou: — Pode corrigir a cor?

— Acho que sim. — Ben abriu outro programa no computador, uma cópia pirata do Photoshop que ele usara para colocar o capitão Kirk nos cartões de Natal dois anos atrás. — Deixa eu ver se lembro como se faz isso.

Charlie cruzou os braços, deixando claro para Sam que estava descontente, mas Sam estava muito atenta a Ben para perceber.

Houve mais digitação e cliques e, então, as cores na tela ficaram saturadas, quase mais do que o normal. As partes pretas ficaram tão escuras que pontos cinzas borbulharam como um céu estrelado.

— Use o azul dos armários como cor guia — sugeriu Charlie. — São quase do mesmo tom de azul do terno do papai no funeral.

Ben abriu uma escala de cores. Clicou em quadrados aleatórios.

— É esse aí — disse Charlie. — É esse azul.

— Posso limpar mais. — Ele melhorou a nitidez dos pixels. Alisou as quinas da imagem. Por fim, ele ampliou a imagem o máximo possível sem distorcê-la para algo disforme.

— Caramba — falou Charlie. Ela finalmente entendeu.

Não era uma perna, mas um braço.

Não um, mas dois.

Um preto. Um vermelho.

Uma canibal sexual. Uma marca vermelha. Uma picada venenosa.

Não acharam o unicórnio de Rusty.

Acharam uma viúva-negra.

Charlie estava sentada na caminhonete de Ben, com as mãos suadas no volante. Olhou para a hora no rádio: 17h06. O funeral de Rusty estaria perto do fim àquela altura. Os bêbados no Shady Ray's já teriam gasto suas histórias. Os retardatários, os curiosos e os hipócritas deveriam estar fofocando no telefone e postando comentários maldosos no Facebook.

Rusty Quinn era um bom advogado, mas...

Charlie completou a frase com coisas que só as pessoas que realmente o conheceram compreenderiam.

Amara as filhas.

Adorara a esposa.

Tentara fazer o certo.

Achara sua criatura mística.

Uma harpia, dissera Sam, se referindo à criatura meio-mulher, meio pássaro da mitologia greco-romana.

Charlie continuou com a sua analogia de que era uma perna de aranha porque se encaixava melhor na situação. Kelly Wilson fora pega em uma teia armada com muito cuidado.

O aquecedor da caminhonete estava ligado, mas ela tremia de frio. Esticou a mão até a chave. Desligou o motor. A caminhonete estremeceu e parou.

Ela mexeu o espelho retrovisor para ver seu rosto. Sam a ajudara a cobrir os hematomas. Fizera um bom trabalho. Ninguém adivinharia que ela tinha levado uma cotovelada no rosto dois dias atrás.

Sam quase bateu nela de novo.

Não queria que Charlie fizesse aquilo. Ben com certeza não queria que ela fizesse aquilo.

Charlie faria mesmo assim.

Ajeitou o vestido do velório quando saiu da caminhonete. Vestiu o salto alto, se equilibrando com uma das mãos na direção. Pegou o celular que estava no painel. Fechou a porta em silêncio, prestando atenção ao clique da trava.

Ela estacionara longe da casa da fazenda, escondendo a caminhonete em uma curva. Charlie andou com cuidado, evitando as pedras no barro vermelho. Uma casa surgiu no seu campo de visão. Qualquer similaridade ao RR era mínima. Plantas coloridas e um gramado verde preenchiam o quintal na entrada. O revestimento de madeira tinha uma pintura branca brilhosa e os detalhes foram pintados com um tom preto reluzente. O telhado parecia novo. Uma bandeira americana estava pendurada em um mastro giratório perto da porta da frente.

Charlie não entrou pela frente. Deu a volta na casa. Pôde ver a velha varanda dos fundos, o piso fora pintado recentemente com um tom de azul igual ao dos ovos de um pisco-azul-siberiano. As cortinas da cozinha estavam fechadas. Não eram mais amarelas com morangos vermelhos e sim com damascos brancos.

Havia quatro degraus até a varanda. Charlie olhou para eles, tentando não pensar nos degraus do RR, na forma como correra por eles saltando dois por vez todos aqueles anos atrás, jogando os sapatos longe, arrancando as meias e encontrando Gamma xingando na cozinha.

Meleca.

O salto dela ficou preso em um buraco na tábua do primeiro degrau. Ela segurou no corrimão firme. Piscou diante da luz da varanda, a qual, mesmo no começo do alvorecer, tinha um brilho branco intenso, como uma chama. O suor escorreu pelos seus olhos. Charlie usou os dedos para limpá-los. O capacho de boas-vindas tinha um desenho entrelaçado, fibras de coco e borracha que a faziam lembrar da grama que crescia nos campos atrás da casa da fazenda. Um *P* em letra cursiva se destacava no centro do desenho.

Charlie levantou a mão.

O pulso distendido ainda estava dolorido.

Bateu três vezes na porta.

Dentro da casa, ouviu uma cadeira se arrastando. Passos leves cruzaram o chão.

— Quem é? — perguntou uma mulher.

Charlie não respondeu.

Não ouviu trancas sendo destravadas, nem correntes deslizando. A porta foi aberta. Uma mulher mais velha estava na cozinha. Cabelo mais grisalho do que loiro, preso em um rabo de cavalo frouxo. Ainda era bonita. Os olhos dela se arregalaram quando viu Charlie. Sua boca se abriu. A mão foi até o peito, como se tivesse sido atingida por uma flecha.

— Me desculpe por não ligar antes — falou Charlie.

Judith Pinkman apertou os lábios. Seu rosto alinhado parecia manchado pelo choro. Os olhos estavam inchados. Ela limpou a garganta.

— Entre — disse para Charlie. — Entre.

Charlie entrou na cozinha. O cômodo estava frio, quase gélido. Não havia mais o tema dos morangos. Os balcões eram de granito escuro. Eletrodomésticos de aço inox. Paredes brancas. Sem frutas alegres dançantes contornando o teto.

— Sente-se — sugeriu Judith. — Por favor.

Havia um celular ao lado de um copo de água gelada na mesa. Madeira de nogueira escura com cadeiras pesadas combinando. Charlie sentou-se do lado oposto. Colocou seu celular na mesa, com a tela virada para baixo.

— Posso oferecer alguma coisa? — perguntou Judith.

Charlie fez que não com a cabeça.

— Eu ia tomar chá. — Os olhos dela miraram no copo de água na mesa.

— Quer um pouco?

Charlie assentiu.

Judith pegou a chaleira do fogão. Aço inox, como tudo mais. Ela a encheu na pia, dizendo:

— Sinto muito mesmo pelo seu pai.

— Sinto muito pelo sr. Pinkman.

Judith olhou por cima do ombro. Fixou no olhar de Charlie. Os lábios da mulher tremiam. Os olhos brilhavam, como se as suas lágrimas fossem tão constantes quanto sua tristeza. Fechou a torneira.

Charlie a viu levar a chaleira para o fogão, ligar o gás. Houve vários cliques e, então, um *whoosh* quando o gás acendeu.

— Então... — Judith hesitou e, finalmente, se sentou. — O que a traz aqui hoje?

— Queria ver como você estava — comentou Charlie. — Não vi mais você desde o que aconteceu na escola.

Judith apertou os lábios. Juntou as mãos sobre a mesa.

— Aquilo deve ter sido difícil para você. Trouxe várias lembranças para mim.

— Quero que saiba o quanto sou grata por tudo que fez por mim naquela noite — falou Charlie. — Por ter cuidado de mim. Por me fazer me sentir segura. Você mentiu por mim.

Os lábios de Judith tremiam enquanto sorria.

— É por isso que eu estou aqui — comentou Charlie. — Nunca falei sobre isso enquanto meu pai estava vivo.

A boca de Judith se abriu. A tensão foi drenada dos olhos. Ela sorriu com gentileza para Charlie. Aquela era a mulher carinhosa e generosa de que Charlie se lembrava.

— É claro, Charlotte. É claro. Você pode falar comigo sobre qualquer coisa.

— Na época, meu pai estava cuidando desse caso, estava representando um estuprador, e ele livrou o homem da prisão, mas a garota se enforcou no celeiro da família.

— Eu me lembro disso.

— Tenho me questionado, você pensa que foi por isso que o meu pai quis manter segredo? Ele teve medo de que eu fizesse algo parecido?

— Eu... — Ela balançou a cabeça. — Não sei. Me desculpe, não sei responder. Acho que ele tinha acabado de perder a esposa e achava que a filha mais velha estava morta e viu o que aconteceu com você... — A voz dela falhou. — As pessoas dizem que Deus não lhe dá mais do que você consegue lidar, mas, às vezes, não acho que isso seja verdade. O que você acha?

— Não tenho certeza.

— O versículo de Coríntios. "Não veio sobre vós tentação, senão humana; mas fiel é Deus, que não vos deixará tentar acima do que podeis, antes, com a tentação dará também o escape, para que a possais suportar." Essa segunda parte me faz pensar. Como você *sabe* como escapar? Pode ser possível, mas e se você não enxergar a saída?

Charlie assentiu.

— Sinto muito — falou Judith. — Sei que a sua mãe não acreditava em Deus. Ela era esperta demais para isso.

Charlie sabia que Gamma veria essa observação como um elogio.

— Ela era tão inteligente — comentou Judith. — Eu tinha um pouco de medo dela.

— Acho que muita gente tinha.

— Bem... — Judith bebeu um pouco da água gelada.

Charlie observou as mãos da mulher, procurando por um tremor que entregasse o jogo, mas não havia nada.

— Charlotte. — Judith colocou o copo na mesa. — Vou ser honesta com você sobre aquela noite. Nunca vi um homem tão destruído quanto o seu pai. Espero nunca mais ver. Não sei como ele conseguiu prosseguir com a vida. De fato, não faço ideia. Mas sei que ele amava você de modo incondicional.

— Nunca duvidei disso.

— Isso é bom. — Judith usou os dedos para tirar a água condensada em volta do vidro. — Meu pai, o sr. Heller, era um homem devoto, amável, ele me sustentou, me apoiou e só Deus sabe como uma professora no início de carreira precisa de apoio. — Ela riu em silêncio. — Mas, depois daquela noite, compreendi que meu pai não me adorava da forma como seu pai adorava você. Não culpo o sr. Heller por isso. O que você e Rusty tinham era algo especial. Então, acho que o que estou dizendo para você é que, independentemente da motivação do seu pai para pedir que você mentisse, ela foi bem-intencionada e vinda de um amor profundo e incondicional.

Charlie esperou as lágrimas jorrarem, mas nada aconteceu. Elas finalmente tinham secado.

— Sei que Rusty se foi e que a morte de um pai nos faz pensar em muitas coisas — continuou Judith —, mas não deveria ficar brava com ele por pedir que você guardasse aquilo em segredo. Ele o fez com as melhores intenções.

Charlie concordou com aquilo que sabia ser verdadeiro.

A chaleira começou a apitar. Judith levantou. Desligou o fogo. Foi até o armário imenso que Charlie lembrava de ter visto da outra vez. Era alto, ia quase do chão ao teto. O sr. Heller guardava seu rifle em cima dele, escondido atrás da moldura no alto. A madeira branca fora pintada de azul-escuro nesse ínterim. Judith abriu as portas. Tinham canecas decorativas penduradas em ganchos sob as prateleiras. Ela escolheu duas canecas, uma de cada lado. Fechou as portas e voltou para o fogão.

— Tenho hortelã e camomila.

— Qualquer um está bom. — Charlie olhou para as portas fechadas do armário. Havia uma frase escrita sob a moldura. Em azul-claro, mas não com contraste o suficiente contra o azul-escuro para fazer as palavras se destacarem. Leu em voz alta: — "Dá um lar à mulher sem filhos e faz dela mãe de crianças felizes."

Na pia, as mãos de Judith paralisaram.

— É de Salmos 113:9. Mas não da versão do rei James. — Ela colocou água fervente nas canecas.

— Qual é a versão do rei James?

— "Faz com que a mulher estéril habite em casa, e seja alegre mãe de filhos. Louvai ao Senhor." — Ela achou duas colheres na gaveta. — Não sou estéril. Então, prefiro a outra versão.

Charlie sentiu um suor frio escorrendo.

— Acho que, de certo modo, você é a mãe das crianças na escola.

— Você está mais do que certa. — Judith sentou-se, passando uma das canecas para Charlie. — Doug e eu passamos mais da metade das nossas vidas cuidando das crianças dos outros. Não que não gostássemos, mas, quando chegamos em casa, gostamos mais ainda do silêncio.

Charlie virou a asa da caneca, mas não a pegou.

— Eu sou estéril — falou Charlie, a palavra parecia uma pedra na sua garganta.

— Sinto muito. — Judith se levantou. Ela voltou com uma caixa de leite da geladeira. — Quer açúcar?

Charlie fez que não com a cabeça. Não beberia o chá.

— Você nunca quis ter filhos? — perguntou Charlie.

— Eu amo os filhos dos outros.

— Ouvi que você estava ajudando Kelly com algum exame.

Judith colocou o leite na mesa e se inclinou no encosto da cadeira.

— Você deve ter se sentido traída — prosseguiu Charlie — por ela ter feito aquilo.

Judith observou a fumaça subir do chá.

— E ela conhecia o sr. Pinkman — continuou Charlie, não porque Mason Huckabee contara para elas, mas por causa das anotações que Sam lhe mostrara, com o registro preciso das palavras de Kelly Wilson: *"Eu ouvi pessoas dizendo que ele não era um homem mau, mas nunca me mandaram pra diretoria."*

Kelly dera um jeito de se esgueirar pela pergunta de Sam. A garota não dissera que não conhecia Douglas Pinkman. Dissera que ele era conhecido por não ser um homem mau.

— Eu vi a gravação das câmeras de segurança da escola — falou Charlie.

Os olhos de Judith saltaram e, depois, voltaram para a caneca.

— Houve uma reconstituição no noticiário.

— Não, eu vi a filmagem real da câmera que fica sobre a secretaria.

Ela pegou a caneca. Assoprou antes de tomar um gole.

— Em algum momento, a câmera foi empurrada para baixo. O ângulo de visão para meio metro antes da porta da sua sala.

— É mesmo?

— Acha que Kelly sabia sobre a câmera? — questionou Charlie. — Será que ela sabia que o que acontecesse bem em frente à sua porta não seria gravado?

— Ela nunca falou nada. Você perguntou para a polícia?

Charlie perguntara para Ben.

— As crianças sabiam que a câmera não filmava o final do corredor, mas não sabiam exatamente onde parava. Contudo, o mais estranho é que Kelly sabia. Ela estava parada quase na beirada do ângulo de visão da câmera quando começou a atirar. O que é estranho, porque... ela só saberia onde ficar se já tivesse ido na sala onde ficam as imagens das câmeras, não é?

Judith balançou a cabeça, pareceu perplexa.

— Você já esteve nessa sala, certo? Ou, pelo menos, já viu o interior dela? De novo, a mulher fingiu não saber de nada.

— Os monitores ficavam em um armário logo depois do escritório do seu marido. A porta estava sempre aberta, então, qualquer um que tivesse entrado lá poderia ver. Kelly disse que nunca foi mandada para a diretoria. O que torna mais curioso ela saber sobre o ponto cego sem ter visto os monitores.

Judith abaixou a caneca. Colocou as palmas abertas sobre a mesa.

— "Não mentirás" — citou Charlie. — Esse é um versículo da bíblia, não é?

Os lábios de Judith se abriram. Ela expirou, depois inspirou mais uma vez antes de falar:

— É um dos dez mandamentos. "Não dirás falso testemunho contra o teu próximo." Mas acho que você está pensando em uma passagem de Provérbios. — Ela fechou os olhos. Recitou: — "Estas seis coisas o Senhor odeia, e a sétima a sua alma abomina: olhos altivos, língua mentirosa, mãos que derramam sangue.." — Ela soluçou. — "Que derramam sangue inocente." — Ela parou de novo antes de prosseguir: — "O coração que maquina pensamentos perversos, pés que se apressam a correr para o mal, testemunha falsa que profere mentiras, e o que semeia contendas entre irmãos."

— É uma lista e tanto.

Judith olhou para as mãos, ainda espalmadas na mesa. As unhas estavam bem aparadas. Os dedos eram longos e magros. Lançavam uma sombra estreita sobre a mesa lustrosa de nogueira.

Como a perna de uma aranha que Sam vira invadindo aos poucos a filmagem.

Ben conseguiu fazer algo mais milagroso no seu computador assim que percebeu o que estavam vendo. Era como uma ilusão de ótica. Assim que você compreende o que os olhos estão vendo, nunca mais é possível enxergar a imagem de outra forma.

Naquela imagem congelada, a câmera registrou Kelly Wilson segurando o revólver, do jeito que confessara para Sam, mas, como aconteceu com várias declarações de Kelly Wilson, havia outra história por trás.

Kelly se vestiu de preto naquele dia.

Judith Pinkman de vermelho.

Charlie se lembrou de ter pensando o quanto a camisa da mulher tinha se ensopado com o sangue de Lucy Alexander.

O tom sépia da gravação quase mesclou as duas cores escuras, mas, assim que Ben terminou de mexer na imagem, a verdade estava lá para todos verem.

Ao lado do braço com a manga preta havia um com uma manga vermelha.

Dois braços apontando na direção da porta da sala.

Dois dedos no gatilho.

"A arma estava na minha mão."

Kelly Wilson dissera a Sam pelo menos três vezes durante a entrevista que estava segurando o revólver quando Douglas Pinkman e Lucy Alexander foram assassinados.

O que a garota deixou de mencionar foi que a mão de Judith Pinkman estava mantendo a arma ali.

— Eles examinaram Kelly no hospital e acharam resíduos de pólvora — contou Charlie. — Estava na mão dela e por toda a camisa. Exatamente onde se espera encontrar nesses casos.

Judith se encostou na cadeira. Os olhos continuaram mirando as próprias mãos.

— O resíduo é como um talco em pó, caso você esteja pensando nisso — explicou Charlie. — Sai com água e sabão.

— Eu sei disso, Charlotte. — A voz dela arranhou, como o som que o disco faz quando a agulha toca pela primeira vez no vinil. — Eu sei disso.

Charlie esperou. Podia ouvir um relógio se movendo em algum lugar. Sentiu uma brisa se esgueirando pelas bordas da porta fechada da cozinha.

Judith olhou para ela. Os olhos reluziam sob a luz. Ela observou Charlie com atenção por um momento

— Por que foi você quem veio? Por que não a polícia? — quis saber Judith.

Charlie não havia percebido que estava prendendo a respiração até sentir uma dor nos pulmões.

— Preferia a polícia?

Judith olhou para o teto. As lágrimas começaram a rolar.

— Acho que não importa. Não mais.

— Ela estava grávida — falou Charlie.

— De novo. Ela fez um aborto quando estava no ensino fundamental.

Charlie se preparou para uma polêmica sobre a santidade da vida, mas Judith não começou um discurso.

Em vez disso, a mulher se levantou. Tirou uma toalha de papel do rolo. Secou o rosto. E prosseguiu.

— O pai era um garoto do time de futebol. Ao que tudo indica, vários rapazes se divertiram com ela. Ela era inocente. Não fazia ideia do que estavam fazendo com ela.

— Quem era o pai dessa vez?

— Você vai me fazer dizer? — Charlie assentiu. Ela tinha se convertido para a prática de dar voz à verdade. — Doug. Ele fodeu ela na minha sala.

— Charlie deve ter reagido de alguma forma diante do *fodeu*, porque Judith acrescentou: — Me desculpe pela expressão, mas quando você vê o seu marido trepando com uma garota de dezessete anos na sala em que você dá aula para alunos do ensino fundamental, essa é a primeira palavra que vem à mente.

— Dezessete — repetiu Charlie. Douglas Pinkman era da administração. Kelly Wilson era uma aluna do mesmo sistema escolar. O que ele fez era estupro presumido. Foder não tem nada a ver com isso.

— É por isso que a câmera estava virada para baixo. Doug foi esperto nesse ponto — entregou Judith. — Sempre era esperto para isso.

— Houve outras alunas?

— Qualquer uma em que ele conseguisse enfiar. — Ela fez uma bola com a toalha de papel na mão. Era visível que estava furiosa. Pela primeira vez, Charlie se preocupou com a possibilidade de Sam e de Ben terem razão sobre ela correr algum perigo indo ali.

— Foi por isso que tudo aconteceu, por causa da gravidez de Kelly?

— Não foi pelo motivo que você acha. Me desculpe, Charlotte. É evidente que você queria um filho, mas eu não. Nunca quis. Eu amo crianças, amo como a mente delas funciona, amo tanto que podem ser engraçadas e interessadas, mas as amo mais por poder deixá-las na escola e voltar para casa, ler um livro e aproveitar o silêncio. — Ela jogou a toalha de papel na lata de lixo. — Não sou uma mulher desesperada que não pode ter um filho e enlouqueceu. Não ter um filho foi uma escolha. Uma opção com a qual eu achava que Doug concordava, mas... — Ela encolheu os ombros. — Você nunca sabe o quanto seu casamento era ruim até ele acabar.

— Ele queria se divorciar? — indagou Charlie.

Judith deu uma risada amarga.

— Não, nem eu. Tive que aprender a viver com a eterna crise de meia-idade dele. Ele não era um pedófilo. Não ia atrás das pequeninas.

Charlie se admirou com a facilidade com que a mulher desconsiderou o fato de Kelly Wilson ter a inteligência emocional de uma criança.

— Doug queria que ficássemos com o bebê. Kelly sairia da escola. Ela já não ia se graduar mesmo. Ele queria que déssemos algum dinheiro para ela, para fazê-la ir embora, e que criássemos juntos a criança.

De todas as coisas que Judith poderia ter dito, Charlie nunca suspeitaria que isso teria sido a gota d'água.

— O que mudou na cabeça dele para querer um filho?

— Percepção da própria mortalidade? A vontade de deixar um legado? Pura arrogância, egoísmo e estupidez? — Ela bufou com raiva. — Tenho 55 anos. Doug tinha quase sessenta. Deveríamos estar planejando a aposentadoria. Eu não queria criar o filho de outra mulher, de uma adolescente qualquer. — Ela balançou a cabeça, estava claro que ainda estava furiosa. — Sem mencionar as deficiências mentais de Kelly. Doug não queria que eu criasse uma criança só pelos próximos dezoito anos. Queria que ficássemos amarrados a ela pelo resto das nossas vidas.

Qualquer simpatia que Charlie pudesse sentir evaporara com aquelas palavras.

— O que mais Kelly contou? — perguntou Judith, balançando a cabeça. — Não importa. Eu ia me fazer de mártir... A pobre viúva acusada de ser cúmplice de uma caipira de sangue-frio. Quem acreditaria mais nela do que em mim?

Charlie não disse nada, mas sabia que, sem a filmagem, ninguém acreditaria na garota.

— E agora? — Judith secou furiosa as lágrimas. — Essa é a parte em que eu conto como aconteceu? — Ela apontou para o telefone de Charlie. — Veja se está gravando tudo.

Charlie virou o telefone, mesmo confiando que Ben o tinha ajustado corretamente. O telefone não estava só gravando, estava transmitindo o áudio para o computador dele.

— O caso deles começou um ano atrás. Eu os vi pela janela da minha sala. Doug pensava que eu tinha saído. Ele ficou para trancar tudo, pelo menos foi o que ele disse. Voltei para pegar alguns papéis. Como falei, ele estava trepando com ela em uma das mesas.

Charlie recostou na cadeira. Judith parecia ficar com mais raiva a cada palavra.

— Então, fiz o que qualquer esposa obediente faria. Virei as costas. Voltei para casa. Preparei o jantar. Doug chegou. Me disse que tinha se atrasado falando com um pai. Assistimos à TV juntos e fiquei com aquilo borbulhando dentro de mim. Aquilo borbulhou dentro de mim a noite toda.

— Quando você começou a ajudar Kelly?

— Quando ela começou a se vestir como bruxa de novo. — Judith apertou as mãos no balcão. — Foi isso que ela fez da outra vez. Começou a vestir preto, como os góticos, para esconder a barriga. Soube que ela estava grávida de novo no momento em que a vi no corredor.

— Você confrontou Doug?

— Por que faria isso? Eu sou só a esposa. Só a mulher que cozinha as refeições dele, passa as suas roupas e limpa as manchas das suas cuecas. — A voz dela tinha som de algo sendo moído, como se as engrenagens de um relógio fossem forçadas. — Você sabe como é não ser importante? Viver na mesma casa que um homem por quase toda sua vida adulta e sentir que você não é nada? Que as suas vontades, os seus desejos e os seus planos são irrelevantes? Que qualquer problema, não importa a gravidade, pode ser jogado em você porque você é uma boa mulher, alguém temente a Deus, uma cristã que aguentará com um sorriso, porque o seu marido, o homem que deveria ser seu protetor, é o mestre da casa?

Judith apertou as mãos juntas com tanta força que os nós dos seus dedos ficaram brancos.

— Claro que você não sabe. Você foi acariciada e adorada por toda a sua vida. A morte da sua mãe, depois quase perder a irmã, ter um pai que todos no estado inteiro odiavam, fez as pessoas amarem mais você.

O coração de Charlie pulsava na garganta. Não tinha percebido que tinha se levantado até que sentiu que estava com as costas contra a parede.

Judith não parecia perceber a sensação que estava passando.

— Você pode convencer Kelly a fazer qualquer coisa, sabia disso?

Charlie não se mexeu.

— Ela é tão dócil. Tão frágil. E pequena. É como uma criança. Ela é uma criança. Só que, quanto mais tempo eu passava com ela, mais a odiava. — Ela balançou a cabeça. O cabelo estava se soltando. Os olhos tinham um ar selvagem. — Sabe como é essa sensação? Odiar uma criança inocente? Focar toda sua raiva em alguém que não sabe o que está fazendo, que não sabe o que aconteceu, porque você percebe que pode ver a própria estupidez refletida no comportamento dela? Perceber que o seu marido as controla, as engana, as usa, que abusa das alunas da mesma forma que abusa de você?

Charlie olhou pela sala. Olhou para as facas no suporte de madeira, para as gavetas cheias de utensílios, para o armário que provavelmente ainda ocultava o rifle do sr. Heller no topo.

— Sinto muito — falou Judith, visivelmente se forçando a se acalmar. Ela seguiu o olhar de Charlie até o armário. — Pensei que ia ter que inventar uma história sobre como Kelly roubou a arma. Ou dar dinheiro para ela e rezar para que fosse capaz de seguir as instruções e comprar uma.

— O pai dela tinha um revólver no carro.

— Ela me disse que ele o usava para matar esquilos. As pessoas do Vale os comem às vezes.

— É gorduroso — disse Charlie, tentando se manter calma. — Tenho um cliente que faz um ensopado com eles.

Judith agarrou as costas da cadeira. Os nós dos seus dedos ficaram brancos.

— Não vou machucar você.

Charlie forçou uma risada.

— Não é isso que as pessoas dizem antes de machucar alguém?

Judith empurrou a cadeira e se apoiou no balcão de novo. Ainda estava brava, mas continuava tentando se controlar.

— Não deveria ter dito aquilo sobre a sua tragédia. Me desculpe.

— Tudo bem.

— Você está dizendo isso porque quer que eu continue falando.

Charlie deu de ombros.

— Está funcionando?

A risada dela saiu repleta de desgosto.

Ben dissera que Judith Pinkman ficara histérica quando os paramédicos a tiraram da escola. Tiveram que sedá-la para colocá-la na ambulância. Ela passara a noite no hospital. Aproveitou a atenção dos jornalistas para pedir que Kelly não fosse condenada à pena de morte. Mesmo nesse momento, diante de Charlie, os olhos dela estavam inchados de tanto chorar. O rosto dela estava desfigurado pelo luto. Estava dizendo a verdade para Charlie, uma verdade brutal, nua e crua, mesmo sabendo que estava sendo gravada.

Não estava barganhando, não estava implorando, não estava tentando fazer algum tipo de acordo. Não era assim que uma pessoa se comporta quando sente remorso verdadeiro por seus atos.

— Kelly não puxaria o gatilho sozinha — continuou Judith. — Ela me prometeu que faria, mas eu sabia que não era capaz. Ela era tão gentil e confiava tanto nas pessoas, teria sido uma péssima atiradora, então fiquei atrás dela no corredor, coloquei minha mão em volta da sua e atirei na parede para chamar a atenção de Doug. — Ela bateu os dedos na boca como se estivesse lembrando sua voz de se manter calma. — Ele saiu correndo e eu atirei nele três vezes. E, então...

Charlie esperou.

Judith apertou a mão contra o peito. A raiva dela se transformou toda em uma espécie de frieza.

— Eu ia matar Kelly — confessou Judith. — O plano era o seguinte: atirar em Doug, assassinar Kelly e dizer que a tinha impedido de matar mais crianças. Seria uma heroína. Ficaria com a pensão de Doug, com a previdência dele. Me livraria do divórcio complicado. Teria mais tempo para ler meus livros, certo?

Charlie se perguntou se o plano era atirar na barriga de Kelly para ter certeza de que o bebê também tinha morrido.

— Consegui acertar Doug em todos os lugares certos. O legista me disse que qualquer um dos três tiros seria fatal. Acho que ele pensou que isso seria um conforto para mim. — Os olhos reluziram com a umidade de novo. Ela engoliu, a garganta fez um ruído audível. — Mas Kelly não soltava a arma. Não acho que ela soubesse do restante do plano, que eu iria matá-la. Acho que ela entrou em pânico quando viu que Doug estava morto. Nós lutamos. O gatilho foi puxado. Não sei se fui eu ou ela, mas a bala ricocheteou no chão.

Judith respirou pela boca. A sua voz estava rouca.

— Nós duas ficamos chocadas com o disparo e Kelly se virou e eu... Eu não sei. Não sei o que aconteceu. Entrei em pânico. Vi o movimento no canto do meu olho e puxei o gatilho de novo e... — Ela foi interrompida por um gemido. Os lábios dela se empalideceram. Estava tremendo. — Eu a vi. Eu a vi quando... Enquanto... Meu dedo puxou o gatilho. Aconteceu tão devagar e o meu cérebro compreendeu aquilo, me lembro de pensar, "Judith, você está atirando em uma criança", mas não conseguia parar. Meu dedo continuava indo para trás e...

Ela não pôde pronunciar as palavras, então Charlie o fez.

— Lucy Alexander foi baleada.

As lágrimas de Judith fluíram como água.

— Eu trabalho com a mãe dela. Costumava ver Lucy nas reuniões, dançando no fundo da sala. Ela cantava sozinha. Tinha uma voz tão doce. Não sei, talvez fosse diferente se eu não a conhecesse, mas eu a conhecia.

Charlie não pôde deixar de pensar que a mulher também conhecia Kelly Wilson.

— Charlotte, sinto muito por envolver você nisso tudo — falou Judith. — Não fazia ideia de que você estava no prédio. Se soubesse, faria em outro dia ou em outra semana. Nunca em sã consciência colocaria você naquela situação.

Charlie não iria agradecê-la.

— Queria poder explicar o que me enlouqueceu. Pensei que Doug e eu éramos... Você não entende. Ele não era o grande amor da minha vida, mas achei que nos importávamos um com o outro. Nos respeitávamos. Mas depois de todos aqueles anos, tudo virou uma bagunça. Você verá quando chegar lá. Finanças pessoais, aposentadoria, benefícios, carros, essa casa, as economias, os ingressos que compramos para um cruzeiro nesse verão.

— Dinheiro — disse Charlie. Rusty tinha milhares de citações sobre os desejos destrutivos do homem por sexo e dinheiro.

— Não foi só pelo dinheiro. Quando confrontei Doug sobre a gravidez e ele apresentou seu plano brilhante de nos tornarmos pais geriátricos, como se não fosse nada assumir esse tipo de compromisso... E não era, não para ele. Não era ele que acordaria às 3h da manhã para trocar fraldas. Sei que parece impressionante, no fim, essa ser a causa, mas foi a gota d'água.

Ela analisou o olhar de Charlie, como se esperasse alguma aprovação.

— Me permiti odiar Kelly porque era o único jeito de me convencer a fazer aquilo. Sabia que ela era maleável. Tudo que precisei fazer foi colocar a ideia na cabeça dela... Ela não era uma má garota por ter deixado Doug fazer aquilo com ela? Ela não iria para o inferno pelo que aconteceu no ensino fundamental? Não poderia punir Doug por suas transgressões? Não podia impedi-lo de machucar outras garotas? Me impressionei com o quão rápido foi convencer outro ser humano de que sua existência era insignificante. Insignificante. Como eu.

As mãos de Charlie estavam suando. Ela as secou no vestido.

— Tem um outro versículo que você provavelmente conhece, Charlotte. Tenho certeza de que já o ouviu em um filme ou leu em um livro. "Assim, em tudo, façam aos outros o que vocês querem que eles lhes façam; pois esta é a Lei e os Profetas."

— A Regra de Ouro — falou Charlie. — Trate os outros como eles lhe tratam.

— Fiz com Kelly o que Doug fez comigo. Foi isso que disse a mim mesma. Foi assim que justifiquei meus atos e, então, vi Lucy e percebi... — Judith ergueu o dedo indicador, como se começasse a contar. — Os *olhos altivos* na janela da minha sala. — Levantou outro dedo, listando seus pecados. — Uma *língua mentirosa* ao falar com meu marido e com Kelly. — Outro dedo se ergueu. — *O coração que maquina pensamentos perversos* sobre assassinar os dois. *Pés que se apressam a correr para o mal* quando coloquei a arma na mão dela. Uma *testemunha falsa que profere mentiras* para a polícia sobre o que aconteceu. Alguém que *semeia contendas* com você, com Mason Huckabee, com a cidade toda. — Desistiu de contar e levantou todos os dedos. — "*Mãos que derramam sangue inocente*".

Judith ficou lá parada, as mãos para cima, palmas expostas, dedos abertos. Charlie não sabia o que dizer.

— O que acontecerá com ela? — perguntou Judith. — Com Kelly?

Charlie balançou a cabeça, mas sabia que Kelly Wilson iria para a prisão. Se livraria do corredor da morte e não ficaria lá para sempre, mas, com QI baixo ou não, a garota tinha razão: a arma estava na mão dela.

— Preciso que você saia, Charlotte — falou Judith.

— Eu...

— Leve seu telefone. — Ela jogou o telefone para Charlie. — Mande a gravação para a mulher do DIG. Diga a ela que me encontrará aqui.

Ela tateou para pegar o telefone.

— O que você vai...

— Saia. — Judith esticou a mão até o alto do armário. Não pegou o rifle do pai. Pegou uma Glock.

— Meu Deus. — Charlie cambaleou para trás.

— Por favor, saia. — Judith tirou o pente vazio da arma. — Já disse, não vou machucar você.

— O que vai fazer? — O coração de Charlie trepidou quando fez essa pergunta.

Sabia o que a mulher estava planejando.

— Charlotte, vá. — Judith pegou uma caixa de balas e as espalhou na mesa. Começou a carregar o pente.

— Meu Deus — repetiu Charlie.

Judith parou o que estava fazendo.

— Sei o quanto isso vai soar ridículo, mas, por favor, pare de usar o nome do Senhor em vão.

— Certo — disse Charlie. Ben estava ouvindo. Ele devia estar a caminho, correndo pela floresta, saltando pelas árvores, afastando os galhos no caminho, tentando achar Charlie.

Tudo que tinha que fazer era manter Judith falando.

— Por favor — implorou Charlie. — Por favor, não faça isso. Eu tenho perguntas sobre aquele dia, sobre como...

— Você precisa esquecer isso, Charlotte. Você precisa fazer o que o seu pai falou, colocar tudo em uma caixa e deixar lá, porque estou lhe dizendo nesse exato momento que você nunca vai querer se lembrar do que aquele homem horrível fez com você. — Judith enfiou o pente na arma. — Agora, preciso mesmo que vá embora.

— Judith, por favor, não faça isso. — Charlie sentiu a voz falhando. Aquilo não podia acontecer. Não naquela cozinha. Não com aquela mulher. — Por favor.

Judith puxou o ferrolho, carregando a arma.

— Saia, Charlotte.

— Eu não posso... — Charlie abriu as mãos, esticou-as na direção de Judith, na direção da arma. — Por favor, não faça isso. Isso não pode acontecer. Não posso deixar você...

Ossos brancos reluzentes. Pedaços de coração e pulmão. Novelos de tendões, artérias e veias e a vida se despejando para fora dos buracos dos seus ferimentos.

— Judith — choramingou Charlie —, por favor.

— Charlotte. — A voz dela era firme, como uma professora diante da sala. — Você vai embora imediatamente. Eu quero que você entre na sua caminhonete, dirija até a casa do seu pai e chame a polícia.

— Judith, não.

— Eles estão acostumados a lidar com esse tipo de coisa, Charlotte. Sei que você acha que está acostumada também, mas não posso ficar com isso na minha consciência. Não posso mesmo.

— Judith, por favor. Estou implorando. — Charlie estava tão próxima da arma. Ela poderia tomar a arma dela. Era mais jovem, mais rápida. Poderia impedir isso.

— Não. — Judith colocou a arma atrás dela, no balcão. — Eu disse que não ia machucar você. Não me faça voltar atrás na minha promessa.

— Não posso! — Charlie soluçava. Sentia como se navalhas retalhassem seu coração. — Não posso abandonar você aqui pra se matar.

Judith abriu a porta da cozinha.

— Você pode e vai.

— Judith, por favor. Não me deixe viver com essa culpa.

— Eu estou libertando você da culpa, Charlotte. Seu pai se foi. Eu sou a última pessoa que sabe. Seu segredo morre comigo.

— Não precisa morrer! — gritou Charlie. — Não me importo! As pessoas já sabem. Meu marido. Minha irmã. Não me importo. Judith, por favor, por favor, não...

Sem aviso, Judith avançou na direção dela. Agarrou Charlie pelo meio do corpo. Charlie sentiu seus pés saírem do chão. Ela envolveu as mãos nos ombros da mulher. Sentiu as costelas sendo esmagadas enquanto era carregada pela cozinha e jogada na varanda.

— Judith, não! — Charlie saltou para impedi-la.

A porta bateu na cara dela.

Ouviu o clique da trava.

— Judith! — gritou Charlie, batendo os punhos contra a porta. — Judith! Abra a...

Ela ouviu o estouro alto ecoando dentro da casa.

Não era o escapamento de um carro.

Não eram fogos de artifício.

Charlie caiu de joelhos.

Apoiou a mão na porta.

Uma pessoa que estivera bem perto de uma arma sendo disparada em outro ser humano nunca confunde o som de um tiro com o de qualquer outra coisa.

O QUE ACONTECEU COM SAM

Sam alternava os braços na água, cruzando a raia estreita da piscina aquecida. Virava a cabeça sempre na terceira braçada e inspirava. Os pés flutuavam. Esperava a próxima respiração.

Esquerda-direita-esquerda-inspira.

Fez uma virada perfeita na borda da piscina, mantendo os olhos na linha preta que a guiava pela raia. Sempre amou a calma e a simplicidade das braçadas do nado livre; o tanto que precisava se concentrar nas braçadas era o suficiente para que a mente se libertasse de outros pensamentos.

Esquerda-direita-esquerda-inspira.

Sam viu a marca no fim da linha. Prosseguiu até que os dedos tocassem a beirada. Se ajoelhou no fundo da piscina, estava ofegante, verificou seu cronômetro de nadadora: 2,4 quilômetros a 154,2 segundos por cem metros, então foram 38,55 segundos a cada etapa de 25 metros.

Nada mal. Não foi tão bem quanto no dia anterior, mas tinha que ficar em paz com o fato que o seu corpo trabalhava no próprio ritmo. Sam tentou se convencer de que aceitar essa verdade era um progresso. Mesmo assim, enquanto saía da piscina, seu lado competitivo reclamava dos seus encorajamentos. O desejo de saltar de volta na água e melhorar seu tempo só era abafado pela pulsação incômoda que sentia no nervo ciático.

Sam tomou uma ducha rápida para tirar a água salgada do corpo. Secou-se com a toalha, os dedos enrugados se enroscavam no algodão egípcio. Examinou os sulcos nas pontas dos dedos — a resposta do corpo ao ser submergido por muito tempo.

Ficou com seus óculos de natação de grau enquanto subiu de elevador até o apartamento. No térreo, um homem mais velho entrou, com um jornal sob o braço e um guarda-chuva molhado na mão. Ele riu quando viu Sam.

— Uma bela sereia!

Sam tentou corresponder o sorriso entusiasmado dele. Falaram sobre o mau tempo, sobre a tempestade vindo pela costa que deveria trazer chuvas mais fortes para Nova York à tarde.

— Já é quase junho! — disse ele, como se o mês tivesse chegado na surdina e pegado ele de surpresa.

Sam também se sentia um pouco desprevenida. Não podia acreditar que apenas três semanas tinham se passado desde que deixara Pikeville. A sua vida voltara facilmente para a normalidade desde que retornara. A rotina era a mesma. Via as mesmas pessoas no trabalho, comandava as mesmas reuniões e conferências telefônicas, estudava os mesmos projetos da lixeira sanitária, se preparando para o julgamento.

Ainda assim, tudo parecia diferente. Mais completo. Mais rico. Mesmo algo mundano como levantar da cama tinha uma leveza que lhe escapara desde que... Bem, se fosse ser honesta, desde que acordara no hospital 28 anos atrás.

A campainha do elevador tocou. Tinham chegado no andar do velho.

— Divirta-se nadando, sereia linda! — Ele acenou com o seu jornal.

Sam o observou andando pelo corredor. Ele tinha um passo alegre que a fazia lembrar de Rusty, ainda mais quando começou a assobiar e, depois, a fazer um barulho alto com as chaves no ritmo da música.

— "Sai, perseguido por um urso" — sussurrou Sam, depois que as portas do elevador se fecharam.

A superfície cromada ondulada nas portas do elevador refletia a imagem de uma mulher com óculos ridículos, sorrindo para si mesma. Seu corpo esguio. Seu maiô preto. Sam passou os dedos pelo cabelo grisalho curto para ajudá-lo a secar. O dedo tocou a borda da cicatriz onde a bala entrou no seu cérebro. Ela quase não pensava mais naquele dia. Em vez disso, se lembrava de Anton. De Rusty. De Charlie e de Ben.

As portas do elevador abriram.

Nuvens escuras encobriam a janela que ia do chão até o teto ao redor de todo o apartamento dela. Sam ouviu as buzinas dos carros, os guindastes e os barulhos rotineiros da vida na cidade que eram abafados pelo vidro espelhado triplo.

Andou até a cozinha, apagando as luzes conforme seguia. Trocou os óculos de natação por óculos normais. Colocou comida para Fosco. Encheu a chaleira. Preparou o infusor de chá, a caneca e a colher, mas, antes de a água ferver foi até o tapete de ioga na sala.

Tirou os óculos. Fez uma série rápida de alongamentos. Estava ansiosa para começar o dia. Tentou meditar, mas se viu incapaz de limpar a mente. Fosco, depois de terminar seu café da manhã, se aproveitou da mudança na rotina. Tentou enfiar a cabeça pelo braço dela até que ela cedeu. Sam coçou sob o focinho dele, ouvindo seus ronronados relaxantes e se perguntando, como sempre, se deveria adotar outro gato.

Fosco mordiscou a mão dela, indicando que estava satisfeito.

Ela o viu se afastando e, depois, deitando de lado em frente à janela.

Sam colocou os óculos. Voltou para a cozinha e ligou a chaleira. A chuva castigava do lado de fora da janela, saturando a parte baixa de Manhattan. Ela fechou os olhos e ouviu as batidas de milhares de gotas d'água contra o vidro. Quando abriu os olhos de novo, viu que Fosco estava olhando pela janela também. Ele estava encurvado na forma de um C, com as pernas da frente se alongando em direção ao vidro, aproveitando o calor emanado do piso da cozinha.

Os dois assistiram à chuva caindo até a chaleira soltar seu apito baixo.

Sam serviu sua xícara de chá. Ajustou o cronômetro em forma de ovo para três minutos e meio, para permitir que as folhas fizessem a infusão. Pegou o iogurte da geladeira e misturou na granola com uma colher da gaveta. Tirou os óculos normais e colocou os de leitura.

Sam ligou o telefone.

Havia vários e-mails do trabalho, mas abriu um de Eldrin primeiro. O aniversário de Ben era na semana seguinte. Sam pediu para o assistente pensar em uma mensagem inteligente que agradasse o cunhado. Eldrin sugerira:

Esse é o pingo de ficar mais velho!

Pingos no paraíso!

Ontem, todos os meus pingos pareciam tão distantes...

Sam franziu a testa. Não sabia se a palavra *pingo* era inapropriada ou muito juvenil para uma mulher de 44 anos enviar para o marido da irmã.

Ela abriu o navegador do celular para pesquisar a palavra. A página de Charlie no Facebook já estava na tela. Sam visitava a página da irmã duas vezes ao dia porque era a forma mais confiável de saber o que Charlie e Ben estavam aprontando: procurando casas juntos em Atlanta; fazendo entrevistas de emprego; tentando achar alguém que sabia se era ou não aconselhável realocar coelhos da montanha para a cidade.

Em vez de pesquisar sobre *pingos*, Sam atualizou a página de Charlie. Balançou a cabeça diante da nova foto que a irmã postara. Outro animal perdido fora encontrado. O vira-lata era manchado como um bluetick hound, mas com as pernas curtas como um dachshund. Estava no quintal, com a grama o cobrindo até o joelho. Um dos amigos de Charlie, uma pessoa com nome de usuário duvidoso, Iona Trayler, postara um comentário maldoso dizendo que o marido de Charlie deveria cortar a grama.

Pobre Ben. Ele passara várias horas com Charlie escavando os escritórios de Rusty e o RR, encaixotando, doando e vendendo no eBay várias revistas, roupas e, por incrível que pareça, a perna prostética que fora comprada por um homem no Canadá por dezesseis dólares.

Nunca acharam a fotografia de Gamma. Só havia mesmo *a* foto, aquela desbotada pelo sol que Rusty deixara desaparecer na mesa, mas a fotografia que ele falara para Sam, aquela que ele alegara que capturava o momento em que ele e Gamma se apaixonaram, não foi encontrada em nenhum lugar. Não estava no cofre. Nem nos arquivos. Nem nos armários. Não estava em nenhum ponto do escritório no centro nem no RR.

Sam e Charlie por fim concordaram que a imagem mítica provavelmente era uma das histórias de Rusty, floreadas para animar a plateia, sem quase nenhum fundamento.

Ainda assim, a perda dessa foto fantasma deixara uma dor dentro de Sam. Por anos, vasculhara o mundo acadêmico e científico procurando as produções da mente brilhante da mãe. Não lhe ocorrera, até três semanas atrás, o pensamento sobre como fora tola por não procurar em nenhum momento pelo rosto dela.

Sam poderia olhar no espelho e ver similaridades. Poderia compartilhar lembranças com Charlie. Mas, fora as duas publicações acadêmicas áridas, não havia prova de que a sua mãe tivesse sido um ser humano vital e vibrante.

O cartão-postal da NASA que elas acharam no cofre de Rusty dera uma ideia à Sam. O museu Smithsonian, em parceria com o Centro Espacial Johnson, mantinha registros detalhados de todos os passos da corrida espacial. Sam fizera um pedido para um pesquisador ou um historiador fazer uma investigação completa para descobrir se os arquivos continham ou não fotos de Gamma. Já recebera várias respostas. Parecia haver um movimento dentro das áreas de ciência e tecnologia para reconhecer as contribuições que por muito tempo foram negligenciadas de mulheres e minorias para os avanços científicos da humanidade.

A busca seria como achar a poética agulha no palheiro, mas Sam sentia no seu âmago que uma fotografia de Gamma existia nos registros da NASA ou do Fermilab. Pela primeira vez na sua vida, se viu acreditando que existia aquela coisa que as pessoas chamam de destino. O que acontecera na cozinha quase três décadas atrás não era o fim de tudo. Sam sabia que estava destinada a ver o rosto da mãe de novo. Tudo que precisava era tempo e dinheiro, duas coisas que tinha de sobra.

O cronômetro em forma de ovo tocou.

Colocou leite no chá quente. Olhou pela janela, vendo a chuva escorrer no vidro. O céu tinha ficado mais escuro. O vento tinha aumentado. Sam podia sentir a vibração leve do prédio que enfrentava a tempestade.

Por algum motivo estranho, Sam se pegou pensando em como estaria o clima em Pikeville.

Rusty saberia. Ao que tudo indicava, ele mantivera o projeto meteorológico que iniciara com Charlie. Ben achara pilhas de formulários no celeiro, onde, por 28 anos, Rusty registrara quase que diariamente a direção e a velocidade do vento, a pressão do ar, a temperatura, a unidade relativa e a precipitação. O sistema meteorológico que Ben instalara na torre enviava pela internet os dados para o Programa Cooperativo do Serviço de Observadores Meteorológicos. No fim, talvez tudo se resumisse ao fato de que Rusty era uma pessoa apegada à sua rotina. Sam sempre se achara mais parecida com a mãe, mas, ao menos nesse aspecto, com certeza se parecia com o pai.

O treino diário na piscina. A xícara de chá. O iogurte com granola.

Um dos vários pequenos arrependimentos de Sam era não ter preservado a última mensagem que Rusty deixara no seu aniversário. O cumprimento entusiasmado. O informe do clima. A misteriosa curiosidade histórica. A despedida dissonante.

Sam sentia falta da risada dele mais do que tudo. Ele sempre se impressionara com a própria esperteza.

Sam estava tão perdida nos seus pensamentos que não ouvira o telefone tocando. A vibração ritmada do aparelho a trouxe de volta para o presente. Ela deslizou a barra na tela. Colocou o telefone na orelha.

— Ela assinou o acordo — disse Charlie como uma saudação. — Eu disse que poderíamos tentar reduzir mais alguns anos, mas os pais de Lucy Alexander estavam insistindo muito e os Wilson só queriam que tudo terminasse, então ela ficou com os dez anos em segurança mínima, com possibilidade de sair em condicional em cinco anos se tiver um bom comportamento, que é claro que ela terá.

Sam repetiu em silêncio as palavras de Charlie dentro da sua cabeça antes de as compreender por completo. A irmã estava falando sobre Kelly Wilson. Sam contratara um advogado de Atlanta para ajudar com o acordo. Com a demissão repentina de Ken Coin e com a gravação que Charlie fizera de Judith Pinkman sendo considerada equivalente a uma confissão no leito de morte, o promotor estadual estava mais do que ansioso para dar fim ao caso.

— Coin nunca teria feito esse acordo — comentou Charlie.

— Aposto que eu poderia ter convencido ele a fazer.

Charlie riu concordando.

— Algum dia você vai me dizer como fez ele se demitir?

— É uma história interessante — falou Sam, mas não contou. Charlie ainda se recusava a contar como o nariz dela fora quebrado, então Sam ainda se recusava a explicar como usara a confissão de Mason para intimidar Coin e forçá-lo a se demitir. — Condicional em cinco anos é um bom acordo. Kelly estará com vinte e poucos anos quando sair. O filho dela ainda será novo o suficiente para eles criarem um vínculo.

— Ainda dói — falou Charlie e Sam sabia que não estava falando de Kelly Wilson, do bebê que ainda não nascera e nem mesmo de Ken Coin. Estava falando de Mason Huckabee.

O FBI fez uma acusação completa contra Mason por mentir para um agente federal, por adulterar evidências, por obstrução de justiça e por cumplicidade pós-ocorrido em um homicídio duplo. Apesar da sua confissão voluntária para a polícia de Pikeville, Mason Huckabee contratara um advogado muito bom e muito caro, algo que não foi uma surpresa, que reduziu a sentença dele para seis anos sem direito à condicional. A penitenciária federal de Atlanta não era um lugar fácil para cumprir a pena, mas, nas últimas semanas, tanto Charlie quanto Sam se questionaram se deveriam prosseguir com a ameaça de entregar a confissão escrita de Mason.

— É melhor para nós deixarmos isso de lado, Charlie — disse Sam, repetindo o que sempre dizia. — O papai não iria querer que nos amarrássemos pelos próximos cinco, dez ou vinte anos, perseguindo Mason Huckabee no sistema judiciário. Precisamos seguir com as nossas vidas.

— Eu sei — admitiu Charlie, mas com relutância óbvia. — Me irrita muito ele só ter pego um ano a mais do que Kelly. Acho que isso serve de lição sobre mentir para um agente federal. Mas, você sabe, ainda podemos ir atrás dele depois que ele for solto. Quem sabe onde estaremos daqui a seis anos? Não há tempo de prescrição para...

— Charlie.

— Tudo bem. Talvez alguém esfaqueie ele no chuveiro ou coloque vidro na comida dele. — Sam deixou a irmã falar. — Não estou dizendo que ele deveria ser assassinado ou algo assim, mas, tipo, perder um rim ou ter o estômago retalhado ou, ei, melhor ainda, ser forçado a cagar em um saco para o resto da vida. — Ela fez uma pausa rápida para respirar. — Quero dizer, tudo bem, as condições de vida nas prisões são deploráveis e o atendimento médico é uma piada e eles são alimentados, basicamente, com cocô de rato, mas você não fica um pouco contente por ele poder pegar algo estúpido como uma infecção no dente e morrer de forma miserável e dolorida?

Sam esperou para se certificar de que ela tinha terminado.

— Assim que você e Ben estiverem vivendo em Atlanta e começarem uma nova vida, isso não importará tanto. Essa é a sua vingança. Aproveite a sua vida. Aprecie o que você tem.

— Eu sei — repetiu Charlie.

— Seja útil, Charlie. Era isso que a mamãe queria.

— Eu sei — Charlie suspirou as palavras para uma terceira rodada. — Vamos mudar de assunto. Já que estou atualizando você sobre os crimes de Pikeville, soltaram Rick Fahey.

O tio enlutado de Lucy Alexander. O homem que era mais do que suspeito de esfaquear Rusty.

— Sem uma confissão, não tinham provas contra ele — respondeu Sam, falando algo que Charlie já sabia.

— Continuo dizendo a mim mesma que o papai o viu naquela noite e que sabia que era Fahey, mas decidiu deixar de lado, então deveríamos deixar também.

Sam tentou não incentivar a irmã com a fala de Rusty sobre o valor do perdão.

— Isso não foi exatamente o que você tinha dito que queria fazer... aprender a deixar de lado as coisas?

— Sim, bem, pensei que você estava aprendendo a não ser um pé no meu saco.

Sam sorriu.

— Quero mandar para você um cheque por limpar...

— Pare. — Charlie era muito teimosa para pegar o dinheiro de Sam. — Olha, estamos pensando em tirar umas férias antes de começarmos nossos novos trabalhos. Dar um pulo na Flórida por alguns dias, ver se Lenore se adaptou bem lá e, talvez, depois voar até aí para ver você...

Sam sentiu seu sorriso crescendo pelas bochechas.

— Você não aceita o meu dinheiro, mas aceitará casa e comida de graça?

— Exato.

— Gostei disso. — Sam olhou em volta do apartamento. De repente, ele pareceu muito estéril. Precisava comprar algumas coisas, como travesseiros, pendurar alguma obra de arte e, talvez, acrescentar alguma cor antes de Charlie chegar lá. Queria que a irmã soubesse que ela tinha constituído um lar.

— Certo, tenho que ir ficar ansiosa e reclamar disso para Ben até me cansar. Olha o seu e-mail. Achamos uma coisa louca no porão.

Sam se encolheu. O porão fora o domínio do fazendeiro solteiro.

— É outra coisa bizarra que vai me deixar apavorada?

— Olha o seu e-mail.

— Já olhei.

— Olha de novo, mas depois que desligarmos.

— Eu posso olhar enquanto estamos...

Charlie desligou.

Sam revirou os olhos. Havia um lado negativo em ter a irmã caçula de volta na sua vida.

Ela abriu o e-mail. Puxou a tela com o dedão. O círculo girou enquanto os e-mails se atualizavam.

Nada novo apareceu no topo. Sam atualizou de novo.

Ainda nada.

Tirou os óculos. Esfregou os olhos. Pensou em todas as surpresas perturbadoras do fazendeiro solteiro que já tinham achado no porão: calcinhas variadas, sapatos diversos, mas só os pés esquerdos e um relógio com uma mulher pelada que fazia um som pervertido de hora em hora.

Fosco saltou no balcão. Farejou a tigela vazia de iogurte, claramente desapontado. Sam coçou as orelhas dele. Ele começou a ronronar.

O telefone apitou.

O e-mail de Charlie chegara.

Sam olhou o assunto: *o conteúdo dessa mensagem está vazio.*

— Charlie... — murmurou ela. Sam abriu o e-mail, se preparando mentalmente para uma reação cômica para, no fim, descobrir que a mensagem não estava vazia.

Um arquivo estava anexado no final.

Toque para baixar.

O nome do arquivo estava acima da unha dela.

Em vez de tocar na tela, colocou o telefone no balcão.

Ela se inclinou, pressionando a testa no mármore gelado. Os olhos dela estavam fechados. As mãos juntas no colo. Inspirou lentamente, enchendo os pulmões antes de expirar. Ouviu a chuva escorrendo. Esperou o estômago se acalmar.

Fosco a cutucou na bochecha. Ronronou de forma exuberante.

Sam respirou profundamente de novo. Sentou com as costas eretas. Coçou as orelhas de Fosco até ele se contentar e descer do balcão.

Colocou os óculos. Pegou o telefone. Olhou o e-mail, o nome do arquivo. Gamma.jpg

Se Charlie fora a criação de Rusty, Sam se sentia propriedade exclusiva de Gamma. Quando era criança, Sam passara muitas horas observando a mãe, a estudando, querendo ser como ela: interessante, esperta, boa, ter sempre razão. Mas, depois da morte de Gamma, todas as vezes que Sam tentara visualizar a memória do rosto da mãe, se viu incapaz de preencher as expressões correspondentes: um sorriso, um olhar de surpresa, outro de dúvida, o de questionamento, a cara de curiosidade, de encorajamento, de deleite.

Até agora.

Sam pressionou o arquivo. Observou a imagem sendo carregada no telefone.

Cobriu a boca com a mão. Não pôde conter as lágrimas.

Charlie achara a fotografia.

Não *a* fotografia, mas a fotografia mítica da história de amor de Rusty.

Sam olhou fixo para a imagem por minutos, por horas, por todo o tempo necessário para preencher as lacunas da sua memória.

Como Rusty descrevera, Gamma estava parada em um campo. A toalha vermelha de piquenique estava no chão. Ao longe, havia uma torre meteorológica antiga — de madeira, não de metal como a da casa. O corpo de Gamma estava virado na direção da câmera. As mãos apoiadas no seu quadril fino. Uma das pernas, muito bonita, estava dobrada no joelho. Ela estava tentando não dar a Rusty a satisfação de rir de algo bobo que ele disse. Uma sobrancelha erguida. Os dentes brancos à mostra. Sardas marcando as bochechas pálidas. Tinha uma covinha pequena no queixo.

Sam não podia negar a avaliação do pai desse momento crítico que fora capturado pelo filme. Os olhos azuis vívidos de Gamma sem dúvida alguma mostravam uma mulher se apaixonando, só que havia mais alguma coisa... Uma sensação de alerta diante dos desafios por vir, um desejo de aprender, uma esperança pelo convencional, por crianças, por uma família, por uma vida repleta e útil.

Sam sabia que era exatamente assim que Gamma gostaria de ser lembrada: cabeça erguida, ombros para trás, com os dentes à mostra, sempre perseguindo a diversão.

Agradecimentos

Meus agradecimentos a Kate Elton, minha amiga e editora, que me acompanha desde o meu segundo livro. Também para Victoria Sanders, amiga e agente, que está comigo desde antes do começo de tudo. Também tem o Time Slaughter, que mantém tudo funcionando em dia: Bernadette Baker-Baughman, Chris Kepner, Jessica Spivey e a grande Oz, Diane Dickensheid. Obrigada à minha agente cinematográfica, Angela Cheng Caplan, amiga e advogada.

Na William Morrow, muita apreciação por Liate Stehlik, Dan Mallory, Heidi Richter e Brian Murray.

Há muitas outras pessoas para listar nas filiais da Harper por todo o mundo, mas muito obrigada em especial para o pessoal na Noruega, Dinamarca, Finlândia, Suécia, França, Irlanda, Itália, Alemanha, Holanda, Bélgica e México, com quem eu tive a honra de passar um bom tempo.

E, agora, gostaria de agradecer aos especialistas: dr. David Harper, que pacientemente respondeu minhas dúvidas médicas (com ilustrações!) para que eu parecesse mais esperta do que sou de fato.

Nas questões legais: Alafair Burke, formada em Direito pela Stanford, ex-promotora em Portland, atualmente professora de Direito e também uma autora muito talentosa, que, apesar de viver equilibrando um milhão de bolas no ar, ainda dá um jeito de responder minhas mensagens urgentes sobre procedimentos legais. Obrigada também aos seguintes pelos conselhos jurídicos gratuitos: Aimee Maxwell, Don Samuelson, Patricia Friedman, juíza Jan Wheeler e Melanie Reed Williams. Vocês todos de uma vez me deixaram contente por ter seus números de telefone e apavorada por sempre precisar deles.

No DIG, o diretor Scott Dutton foi gentil o suficiente para me detalhar todos os procedimentos e, como sempre, a diretora (aposentada) Sherry Lange, a agente especial (aposentada) Dona Robinson e a sargenta (aposentada) Vickye Prattes ajudaram muito. Sempre sinto um pouco de culpa quando escrevo sobre policiais se comportando mal porque tenho a grande honra de conhecer muitos policiais ótimos. Obrigada ao porta-voz David Ralston por fazer as apresentações. Diretor Vernon Keenan, espero que tenha notado que sempre coloco vocês como os mocinhos.

Minha amiga e colega de profissão Sara Blaedel me ajudou com as partes sobre a Dinamarca. Brenda Alums e seu alegre grupo de treinadores me ajudou calculando os tempos, distâncias e várias outras coisas sobre as quais eu não sei nada.

Sempre sou grata a Claire Schoeder por sua agência de viagens e amizade. Muito obrigada a Gerry Collins e Brian por me mostrar Dublin. Anne-Marie Diffley me ofereceu um passeio maravilhoso pelo Trinity College em Dublin. Sra. Antonella Fantoni em Florença e sra. Maria Luisa Sala que, em Veneza, fizeram a história ganhar vida com sua alegria e seu entusiasmo por essas cidades maravilhosas. E, também, por sua alegria e seu entusiasmo por vinhos.

Meus profundos agradecimentos para as mulheres que compartilharam suas histórias e perdas com um caráter implacável e graça. Jeanenne English que conversou comigo sobre lesões cerebrais traumáticas. Margaret Graff que voltou a pesquisar física com certa relutância para me ajudar com algumas passagens. Chiara Scaglioni na HarperCollins italiana que me ajudou a escolher um nome chique de vinho. Melissa LeMarche que fez uma doação generosa para a Biblioteca Pública de Gwinnett em troca de ter seu nome nesse livro. Bill Sessions que foi o primeiro a mencionar a citação de Flannery O'Connor que senti que capturava com perfeição o dilema da mulher realizada. Sinto muito por esse ser um agradecimento póstumo — ele era um contador de histórias talentoso e um professor incrível.

O livro *Previsões climáticas por um processo numérico*, de 1922, de Lewis Fry Richardson, foi uma referência muito útil. O sucessor do guia de 2007, segunda edição, escrito por Peter Lynch, professor de meteorologia na Universidade de Dublin, complementou muito o trabalho. Quaisquer erros, é claro, são de minha autoria.

Os últimos agradecimentos vão para o meu pai, que garantiu que eu não passasse fome e/ou congelasse até a morte enquanto estava escrevendo e para

DA, meu coração, que sempre me recebe quando volto para casa, nas colinas tranquilas de Mount Clothey.

Essa história é para Billie: às vezes o mundo vira de ponta-cabeça e você precisa que alguém lhe ensine como andar com as mãos até que possa encontrar novamente seus pés.

Este livro foi impresso em 2022,
pela Vozes, para a HarperCollins Brasil.
A fonte usada no miolo é Arno Pro, corpo 11,5/14,5.
O papel do miolo é pólen natural $80g/m^2$, e o da capa é cartão $250g/m^2$.